D0126918

El Libro
de las cosas nunca vistas

Michel Faber

El Libro
de las cosas nunca vistas

Traducción de Inga Pellisa

EDITORIAL ANAGRAMA
BARCELONA

S

Título de la edición original:
The Book of Strange New Things
Canongate
Edimburgo, 2014

Ilustración: foto © Nádia Maria

Primera edición: febrero 2016

Diseño de la colección: Julio Vivas y Estudio A

© De la traducción, Inga Pellisa, 2016

© Michel Faber, 2016

© EDITORIAL ANAGRAMA, S. A., 2016
    Pedró de la Creu, 58
    08034 Barcelona

ISBN: 978-84-339-7944-5
Depósito Legal: B. 506-2016

Printed in Spain

Liberdúplex, S. L. U., ctra. BV 2249, km 7,4 - Polígono Torrentfondo
08791 Sant Llorenç d'Hortons

Para Eva, siempre

I. Hágase tu voluntad

1. CUARENTA MINUTOS DESPUÉS, ESTABA CRUZANDO EL CIELO

—Iba a decir algo.

—Dilo —respondió ella.

Se quedó callado, con los ojos clavados en la calzada. En la oscuridad de las afueras, no había nada que ver salvo las luces traseras de otros coches a lo lejos, el rollo de asfalto desplegándose sin cesar, los elementos gigantescos del mobiliario vial de la autopista.

—A lo mejor decepciono a Dios sólo por pensarlo.

—Bueno —dijo ella con un suspiro—. Él ya lo sabe, así que puedes decírmelo.

Echó un vistazo a su cara para decidir con qué humor había dicho aquello, pero la mitad superior de su cabeza, incluidos los ojos, quedaba oculta en la sombra que proyectaba el borde del parabrisas. La mitad inferior emitía un resplandor lunar. La visión de su mejilla, de los labios y del mentón —tan interiorizada, tan presente en la vida tal y como la conocía— le hizo sentir una punzada de dolor al pensar que podía perderla.

—El mundo se ve más bonito con luces artificiales —dijo.

Siguieron avanzando en silencio. Ni uno ni otro soportaban el cotorreo de la radio o la intrusión de la música pregrabada. Una de tantas cosas en las que eran compatibles.

—¿Eso es todo?

–Sí –respondió él–. Lo que quiero decir es que... Se supone que la naturaleza virgen es el súmmum de la perfección, ¿no?, y que todo lo que ha hecho el hombre es una vergüenza, que sólo sirve para llenarla de trastos. Pero no disfrutaríamos del mundo ni la mitad si nosotros, si el hombre..., o sea, los seres humanos...

(Ella soltó uno de sus gruñidos de *ve-al-grano.*)

»... si no hubiésemos puesto luces eléctricas por todas partes. Las luces eléctricas son bonitas, en realidad. Hacen que conducir de noche, como hoy, sea soportable. Hermoso, incluso. O sea, imagina que tuviéramos que hacer este viaje totalmente a oscuras. Porque ése es el estado natural del mundo, por la noche, ¿no? Una oscuridad total. Imagínatelo. Sería un estrés no tener ni idea de adónde vas, no ver más que a unos metros de distancia. Y si fueras camino de una ciudad... Bueno, en un mundo no tecnológico no habría ciudades, supongo..., pero si fueses camino de un lugar en el que viviera otra gente, de manera natural, tal vez con unas cuantas fogatas..., no los verías hasta que ya estuvieras allí. No tendrías esa vista mágica, como cuando estás a pocos kilómetros de una ciudad, con todas las luces titilando, como estrellas sobre una ladera.

–Ajá.

–E incluso dentro de este coche, suponiendo que tuvieras coche, o alguna clase de vehículo, en ese mundo natural, algo tirado por caballos, supongo... Estaría oscuro como boca de lobo. Y haría frío, también, sería una noche de invierno. Pero en lugar de eso mira qué tenemos aquí.

Apartó una mano del volante (siempre conducía con las dos manos apoyadas simétricamente en él) y señaló el salpicadero. Las lucecillas habituales les respondieron con su brillo. Temperatura. Hora. Nivel de agua. Aceite. Velocidad. Gasolina.

–Peter...

–¡Oh, mira! –A varios centenares de metros se veía una figura pequeña, cargada, de pie en mitad del charco de luz de una farola–. Un autoestopista. Paro, ¿no?

–No, no pares.

El tono de su voz hizo que se lo pensara dos veces antes de llevarle la contraria, a pesar de que pocas veces perdían la oportunidad de mostrarse amables con los desconocidos.

El autoestopista levantó la cabeza esperanzado. Cuando la luz de los faros lo envolvió, su cuerpo –sólo por un instante– pasó de ser una forma vagamente humanoide a una persona con rasgos individuales reconocibles. Sostenía un cartel que decía HETHROW.

–Qué raro –dijo Peter, mientras pasaban zumbando por su lado–. Podría haber cogido el metro y ya está.

–Último día en Inglaterra –respondió Beatrice–. Última oportunidad de pasar un buen rato. Debió de gastarse todo el dinero británico que le quedaba en un pub, pensando en guardar lo justo para el tren. Seis copas después está ahí al fresco, pasando la borrachera, y lo único que le queda es el billete de avión y una libra con setenta.

Sonaba factible. Pero si eso era cierto, ¿por qué dejar en la estacada a esa oveja descarriada? No era propio de Bea dejar a alguien tirado.

Volvió la vista otra vez hacia su cara ensombrecida y se sobresaltó al ver lágrimas brillando en su mejilla y en la comisura de la boca.

–Peter...

Él apartó de nuevo una mano del volante, esta vez para apretarle el hombro. Suspendida sobre la autopista había una señal que indicaba el aeropuerto.

–Peter, ésta es la última oportunidad que tenemos.

–¿La última oportunidad?

–De hacer el amor.

Los intermitentes parpadearon levemente haciendo tic, tic,

13

tic mientras tomaba con cuidado el carril del aeropuerto. Las palabras «hacer el amor» trastabillaban contra su cerebro, tratando de entrar, a pesar de que no quedaba espacio dentro. Estuvo a punto de decirle: «Me tomas el pelo.» Pero aunque ella tenía un agudo sentido del humor, y le encantaba reír, nunca hacía broma con las cosas importantes.

Mientras seguían avanzando, la sensación de que no estaban en la misma onda —de que necesitaban cosas distintas en este momento crucial— se introdujo en el coche como una presencia turbadora. Él había pensado —había sentido— que la de ayer por la mañana había sido su verdadera despedida, y que este trayecto al aeropuerto era sólo... una posdata, casi. Ayer por la mañana fue *perfecto*. Por fin habían conseguido tachar todo lo que había en la lista de cosas por hacer. La maleta estaba preparada. Bea tenía el día libre, habían dormido como un tronco, y se habían despertado con la radiante luz del sol calentando la colcha amarilla de la cama. Joshua, el gato, estaba tendido a sus pies en una pose cómica; lo echaron de un empujoncito e hicieron el amor, sin hablar, despacio y con una gran ternura. Al terminar, Joshua había saltado de nuevo sobre la cama y había plantado tímidamente la pata trasera en la espinilla de Peter, como diciendo: *No te vayas; no dejaré que te muevas.* Fue un momento conmovedor que expresó la situación mejor de lo que podrían haberlo hecho las palabras, o quizás fue sólo que el encanto exótico del gato puso una capa peluda y protectora sobre el dolor humano desnudo y lo hizo soportable. Daba igual. Fue pura perfección. Se habían quedado allí tumbados, escuchando el gutural ronroneo de Joshua, envueltos uno en los brazos del otro, el sudor de ambos evaporándose con el sol, el ritmo de sus corazones volviendo poco a poco a la normalidad.

—Una vez más —le dijo ella ahora, por encima del ruido del motor, en una oscura autopista camino del avión que iba a llevarlo a América y más allá.

Consultó el reloj digital del salpicadero. Tenía que estar en el mostrador de facturación dentro de dos horas; estaban a unos quince minutos del aeropuerto.

—Eres increíble —dijo él.

Tal vez si pronunciaba las palabras de la manera exacta ella pillaría el mensaje de que no debían tratar de mejorar lo de ayer, que era mejor dejarlo tal como estaba.

—No quiero ser increíble —respondió ella—. Te quiero dentro de mí.

Siguió conduciendo unos segundos en silencio, adaptándose con rapidez a las circunstancias. La rápida adaptación a un cambio en las circunstancias era otra de sus cosas en común.

—Hay un montón de hoteles de negocios de esos horribles justo al lado del aeropuerto. Podríamos alquilar una habitación para una hora.

Se arrepintió del detalle del «horribles»; había dado la impresión de que trataba de disuadirla fingiendo que no. Sólo se refería a que era el tipo de hotel que ambos evitaban si podían.

—Busca un área de descanso —dijo ella—. Podemos hacerlo en el coche.

—¡La bizca! —soltó él, y los dos se rieron.

«La bizca» era la expresión que se había enseñado a decir en lugar de «La virgen» cuando se convirtió al cristianismo. El sonido era lo bastante parecido para desactivar la blasfemia cuando ya había salido media por su boca.

—Lo digo en serio —insistió ella—. Da igual dónde. Sólo aparca en un sitio donde no nos vaya a dar por detrás otro coche.

Ahora la autopista parecía distinta. En teoría seguía siendo el mismo tramo de asfalto, flanqueado por la misma parafernalia de tráfico y el mismo guardarraíl endeble, pero su propósito lo había transformado. Ya no era una línea recta que conducía al aeropuerto: era un paraje misterioso lleno de escondrijos y desvíos oscuros. La prueba, una vez más, de que la realidad no

15

era objetiva, sino que estaba siempre aguardando a ser remodelada y redefinida por la actitud de cada cual.

Por descontado, todo el mundo tenía el poder de remodelar la realidad. Era uno de los temas de los que Peter y Beatrice hablaban a menudo. El reto de conseguir que la gente comprendiera que la vida era tan triste y asfixiante como uno la percibiera. El reto de conseguir que la gente viera que los hechos inmutables de la existencia no eran tan inmutables a fin de cuentas. El reto de encontrar una palabra más sencilla para «inmutable» que «inmutable».

–¿Qué tal ahí?

Beatrice no contestó, sólo le puso la mano sobre el muslo. Él giró suavemente el volante hacia una parada de camiones. Tendrían que confiar en que no fuera el plan de Dios que los aplastara un camión de 44 toneladas.

–Yo nunca he hecho esto –dijo él después de apagar el motor.

–¿Crees que yo sí? Nos las arreglaremos. Vamos atrás.

Bajaron del coche por sus respectivas puertas y se reunieron segundos más tarde en el asiento trasero. Se sentaron como pasajeros, hombro con hombro. La tapicería olía a otra gente: amigos, vecinos, miembros de su iglesia, autoestopistas. Eso hizo que Peter dudara aún más de si podía o si debía hacer el amor allí, ahora. Pero... había también algo excitante en aquello. Se acercaron el uno al otro, buscando un suave abrazo, pero sus manos no acertaban en la oscuridad.

–¿Cuánto tardaría en agotar la batería la luz del interior? –preguntó ella.

–No tengo ni idea. Mejor que no nos arriesguemos. Además, daríamos un espectáculo a todos los vehículos que pasaran.

–Lo dudo –respondió ella, volviendo la cara hacia las luces de los faros que pasaban volando por su lado–. Leí una vez un artículo sobre una niña a la que estaban secuestrando. Consiguió saltar del coche cuando éste cogió la autopista y redujo la velocidad. El secuestrador la agarró, ella se resistió muchísimo, gritaba pidiendo ayuda. Pasó un coche detrás de otro. Nadie se paró. Entrevistaron a uno de esos conductores más tarde. Dijo: «Iba muy rápido, no me creí lo que estaba viendo.»

Él se removió incómodo en el asiento.

–Qué historia tan terrible. Y quizás no era el mejor momento para contarla.

–Lo sé, lo sé, lo siento. Estoy un poco... desquiciada ahora mismo. –Soltó una risa nerviosa–. Es tan duro... perderte.

–No me estás perdiendo. Sólo me voy un tiempo. Estaré...

–Peter, por favor. Ahora no. Esa parte ya está hecha. Hemos hecho lo que hemos podido con ella.

Se inclinó hacia delante, y él pensó que iba a ponerse a sollozar. Pero estaba buscando algo en el hueco entre los dos asientos delanteros. Una pequeña linterna a pilas. La encendió y la colocó en equilibrio en el reposacabezas del asiento del copiloto; se cayó. Entonces la encajó en la ranura que quedaba entre el asiento y la puerta, puesta de tal forma que el haz de luz enfocara el suelo.

–Tenue y agradable –dijo ella, de nuevo con voz firme–. El punto justo de luz para que podamos ver dónde está el otro.

–No estoy seguro de que pueda hacer esto.

–Vamos a ver qué pasa –respondió ella, y empezó a desabotonarse la blusa, dejando a la vista el sujetador blanco y la curva de los pechos. Dejó que la blusa le resbalara por los brazos y sacudió los hombros y los codos para liberar las muñecas del sedoso material. Se quitó la falda, las medias y las bragas todo de una vez, haciendo gancho con sus fuertes pulgares, y consiguió que aquel movimiento pareciera grácil y fluido.

–Ahora tú.

Él se desabrochó los pantalones y ella le ayudó a quitárselos. Entonces se deslizó hasta quedar tumbada de espaldas y retorció los brazos para quitarse el sujetador mientras él trataba

17

de recolocarse sin aplastarla con las rodillas. Se dio un cabezazo contra el techo.

—Parecemos un par de adolescentes ineptos —se quejó él—. Esto es...

Ella le puso la mano en la cara, tapándole la boca.

—Somos tú y yo —le dijo—. Tú y yo. Marido y mujer. Está todo bien.

Estaba totalmente desnuda, salvo por el reloj que llevaba en su delgada muñeca y el collar de perlas en torno al cuello. A la luz de la linterna, el collar dejó de ser un elegante regalo de aniversario para convertirse en un primitivo adorno erótico. Los pechos temblaban por la fuerza de sus latidos.

—Vamos. Hazlo.

Así que comenzaron. Apretados el uno contra el otro ya no podían verse; el propósito de la linterna había concluido. Sus bocas se habían encontrado, sus ojos estaban cerrados, sus cuerpos podrían haber sido los cuerpos de cualquiera desde que el mundo fue creado.

—Más fuerte —dijo ella jadeando poco después. Su voz tenía un matiz brusco, una tenacidad tosca que nunca le había oído. Su forma de hacer el amor había sido siempre decorosa, amistosa, impecablemente considerada. Unas veces serena, otras veces enérgica, otras atlética, incluso, pero nunca desesperada—. ¡Más fuerte!

Apretujado e incómodo, con los dedos de los pies chocando contra la ventanilla y rozándose las rodillas contra la viscosa afelpada del asiento trasero, lo hizo lo mejor que pudo, pero el ritmo y el ángulo no eran los adecuados, y no calculó bien cuánto tiempo más iba a necesitar ella y cuánto podría aguantar él.

—¡No te pares! ¡Sigue! ¡Sigue!

Pero se acabó.

—No pasa nada —dijo ella al fin, y se escurrió de debajo de él, pegajosa de sudor—. No pasa nada.

Llegaron a Heathrow con tiempo de sobra. La mujer de facturación le echó un vistazo al pasaporte de Peter. «Viaja sólo de ida a Orlando, Florida, ¿no?» «Sí», respondió él. Le preguntó si tenía alguna maleta que facturar. Con un balanceo del brazo, colocó una bolsa de deporte y una mochila sobre la cinta. Aquello daba mala espina, de algún modo. Pero la logística de su viaje era demasiado complicada e incierta como para reservar el billete de vuelta. Habría querido que Beatrice no estuviese allí a su lado, oyendo esas confirmaciones de su inminente despegue hacia la nada, habría querido que no tuviera que oír eso de «sólo de ida».

Y luego, claro, una vez le entregaron la tarjeta de embarque, quedaba más tiempo por llenar antes de que le permitieran subir al avión. Uno al lado del otro, Beatrice y él se alejaron deambulando de los mostradores de facturación, algo deslumbrados por el exceso de luz y por la escala monstruosa de la terminal. ¿Era la luz cegadora de los fluorescentes lo que hacía que la cara de Beatrice se viera demacrada e intranquila? Peter le pasó un brazo por el final de la espalda. Ella le respondió con una sonrisa tranquilizadora que no lo tranquilizó. ¿POR QUÉ NO COMENZAR LAS VACACIONES EN LA PLANTA DE ARRIBA?, tentaban los carteles. CON NUESTRA AMPLIA VARIEDAD DE OPORTUNIDADES ¡PUEDE QUE NO QUIERA MARCHARSE!

A esa hora de la tarde, el aeropuerto no estaba demasiado concurrido, pero aun así había bastante gente arrastrando equipaje y curioseando en las tiendas. Peter y Beatrice se sentaron cerca de una pantalla de información a esperar el número de su puerta de embarque. Se cogieron de la mano, sin mirarse, viendo desfilar a las docenas de futuros pasajeros. Una pandilla de chicas jóvenes y guapas, vestidas como bailarinas de barra americana a punto de empezar su turno, salieron de una tienda libre de impuestos cargadas de bolsas. Pasaron tambaleándose sobre tacones altos; a duras penas podían cargar con tanto trofeo. Peter se inclinó hacia Beatrice y murmuró:

19

–¿Cómo puede querer alguien coger un vuelo así de cargado? Y luego, cuando llegan adondequiera que vayan, compran todavía más cosas. Y mira: si casi no pueden ni caminar.

–Ajá.

–A lo mejor de eso se trata. A lo mejor es una exhibición organizada especialmente para nosotros. La absoluta falta de practicidad de todo, hasta de esos ridículos zapatos. Una manera de decirle al mundo que estas chicas son tan ricas que no tienen que preocuparse por la vida real. Su riqueza las convierte en criaturas distintas, una cosa exótica que no tiene por qué funcionar como un ser humano.

–Esas chicas no son ricas –dijo Bea negando con la cabeza–. La gente rica no viaja en manada. Y las mujeres ricas no caminan como si no estuvieran acostumbradas a llevar tacones altos. Esas chicas son sólo jóvenes, y les gusta comprar cosas. Para ellas es una aventura. Se exhiben unas a otras, no a nosotros. Nosotros somos invisibles para ellas.

Peter miró a las chicas, que se tambaleaban hacia un Starbucks. Sus traseros temblaron bajo las faldas arrugadas, y sus voces se volvieron chillonas, delatando acentos regionales. Bea tenía razón.

Suspiró, le estrechó la mano. ¿Qué iba a hacer sin ella, allí sobre el terreno? ¿Cómo se las apañaría, sin poder discutir sus percepciones con nadie? Era ella quien le impedía decir disparates, la que frenaba su tendencia a elaborar grandes teorías que lo abarcaban todo. Ella lo mantenía con los pies en el suelo. Habría dado un millón de dólares por tenerla a su lado en esta misión.

Pero costaba más de un millón de dólares enviarlo sólo a él, y la USIC se hacía cargo de la factura.

–¿Tienes hambre? ¿Te traigo algo?

–Hemos comido en casa.

–¿Una chocolatina o algo?

Ella sonrió, pero parecía cansada.

—Estoy bien. De verdad.

—Me siento tan mal por haberte fallado...

—¿Por haberme fallado?

—Ya sabes... En el coche. Me parece injusto, inacabado, hoy precisamente... Detesto dejarte así.

—Va a ser horrible, pero no por eso.

—El ángulo, no estoy acostumbrado a ese ángulo y me ha hecho...

—Por favor, Peter, no hace falta. No llevo ningún marcador de puntuaciones ni ninguna hoja de balance. Hemos hecho el amor. Con eso me basta.

—Siento que he...

Ella lo calló poniéndole un dedo en los labios, y luego lo besó.

—Eres el mejor hombre del mundo. —Lo besó de nuevo, en la frente—. Si te vas a poner a diseccionarlo todo y a hacer autopsias, estoy segura de que en esta misión habrá motivos mucho mejores.

Frunció el ceño bajo los labios de ella. ¿Qué quería decir con «autopsias»? ¿Se refería sólo a la inevitabilidad de toparse con obstáculos y reveses? ¿O estaba convencida de que la misión en conjunto iba a terminar en fracaso? ¿En muerte?

Se puso de pie; ella se levantó con él. Se abrazaron con fuerza. Un nutrido grupo de turistas entraron en tropel en el vestíbulo, recién salidos del autocar y ansiosos por viajar hacia el sol. La marea susurrante de juerguistas, en dirección a la puerta de embarque asignada, se dividió en dos corrientes y siguió discurriendo envolviendo a Peter y Bea. Cuando se fueron y el vestíbulo quedó relativamente en calma de nuevo, una voz dijo por megafonía: «Por favor, vigilen en todo momento sus pertenencias. Los objetos abandonados serán retirados y pueden ser destruidos.»

—¿Tienes algún tipo de... intuición de que la misión vaya a fracasar? —le preguntó.

21

Ella negó con la cabeza, que dio unos golpecitos contra la mandíbula de él.

–¿No sientes en esto la mano de Dios?

Ella asintió.

–¿Tú crees que él me enviaría hasta...?

–Por favor, Peter, no hables. –Su voz sonaba ronca–. Ya hemos hablado de todo esto muchas veces. No tiene sentido ahora. Sólo debemos tener fe.

Se recostaron en el asiento, intentando ponerse cómodos. Ella apoyó la cabeza en su hombro. Él pensó en la historia, en la desazón humana que había detrás de los acontecimientos trascendentales. En las pequeñas trivialidades que preocuparían seguramente a Einstein, a Darwin o a Newton cuando formularon sus teorías: discusiones con la casera, tal vez, o una chimenea atascada. Los pilotos que bombardearon Dresde, dándole vueltas a la frase de una carta de casa: ¿qué querría decir ella con eso? Y qué me dices de Colón, mientras navegaba hacia el Nuevo Mundo..., ¿quién sabe qué le pasaba por la cabeza? Las últimas palabras que le había dicho un viejo amigo, alguien que los libros de historia ni siquiera recuerdan...

–¿Has decidido cuáles serán tus primeras palabras? –le preguntó Bea.

–¿Mis primeras palabras?

–Lo que les dirás. Cuando los conozcas.

Peter trató de pensar.

–Depende... –dijo nervioso–. No tengo ni idea de lo que me voy a encontrar. Dios me mostrará el camino. Él me dará las palabras que necesito.

–Pero cuando te lo imaginas..., el encuentro..., ¿qué imagen te viene a la cabeza?

Él clavó la vista al frente. Un empleado del aeropuerto que llevaba puesto un mono de trabajo con franjas amarillas reflectantes estaba abriendo una puerta con el letrero de MANTENER SIEMPRE CERRADA.

22

–No me anticipo –respondió–. Ya sabes cómo soy. No sé cómo llevar una situación hasta que ocurre. Y, de todas maneras, la forma en la que acaban saliendo las cosas nunca es la que imaginábamos.

–Yo sí tengo una imagen –suspiró–. Una imagen mental.

–Cuéntamela.

–Prométeme que no te reirás de mí.

–Te lo prometo.

Habló con la cara hundida en su pecho.

–Te veo de pie a orillas de un lago enorme. Es de noche y el cielo está lleno de estrellas. En el agua hay centenares de botes de pesca, meciéndose arriba y abajo. En cada bote hay al menos una persona; en algunos, tres o cuatro, pero no los veo bien, está demasiado oscuro. Ninguno se mueve, tienen echada el ancla porque todo el mundo está escuchando. El aire está tan en calma que ni siquiera tienes que gritar. Tu voz se desplaza sobre el agua.

Él le apretó el hombro.

–Bonita... –Estuvo a punto de decir «fantasía», pero habría sonado despectivo– visión.

Ella emitió un sonido que tal vez fuera un murmullo de asentimiento, o un lamento reprimido de dolor. Su cuerpo se apretaba pesado contra él, pero la dejó acomodarse y trató de quedarse quieto.

Un poco más allá, en diagonal, había una tienda de galletas y chocolates. Vendía aún a buen ritmo a pesar de la hora; había cinco clientes haciendo cola en la caja y varios más curioseando. Peter se quedó mirando a una mujer joven y bien vestida mientras ésta seleccionaba una brazada de productos de los expositores. Cajas de pralinés extragrandes, envases alargados de galletas escocesas, un Toblerone del tamaño de una porra. Con todo aquello abrazado contra el pecho, caminó lentamente más allá del poste que sostenía el techo de la tienda, como para comprobar si había más dulces expuestos fuera. Y entonces, sencillamente, se introdujo en el remolino de transeúntes y se marchó en dirección al lavabo de señoras.

—Acabo de ser presenciar un delito —murmuró Peter entre el cabello de Beatrice—. ¿Lo has visto?

—Sí.

—Pensaba que estabas echando una cabezada.

—No, yo también la he visto.

—¿Crees que tendríamos que pillarla?

—¿Pillarla? ¿Quieres decir, como un arresto ciudadano?

—O al menos decírselo al personal de la tienda.

Beatrice apretó la cabeza aún más contra su hombro mientras veían cómo la mujer desaparecía en el aseo.

—¿Y eso ayudaría a alguien?

—A lo mejor le recordaría que robar está mal.

—Lo dudo. Que la pillaran sólo haría que odiara a la gente que la ha pillado.

—Entonces, como cristianos, ¿tenemos que dejar que robe y se vaya de rositas?

—Como cristianos, tenemos que difundir el amor de Jesucristo. Si hacemos bien nuestro trabajo, crearemos personas que no *querrán* hacer el mal.

—¿«Crearemos»?

—Ya sabes lo que quiero decir. Inspirar. Educar. Mostrar el camino. —Levantó la cabeza, lo besó en la frente—. Exactamente lo que estás a punto de hacer tú. En esta misión. Mi valiente.

Se ruborizó, tragando agradecido el halago como un niño sediento. No se había dado cuenta de lo mucho que lo necesitaba justo ahora. Se hizo tan enorme dentro de él que pensó que iba a estallarle el pecho.

—Voy a ir al oratorio —dijo—. ¿Quieres venir?

—Un poco más tarde. Ve tú.

Él se levantó y se dirigió con seguridad a la capilla de Heathrow. Era el único sitio en los aeropuertos de Heathrow, Gatwick, Edimburgo, Dublín y Manchester que sabía encon-

24

trar sin problemas. Era siempre la sala más fea y anticuada de todo el complejo, nada que ver con el reluciente hervidero de comercios. Pero tenía alma.

Después de encontrarla una vez más, examinó atentamente el calendario de la puerta por si había llegado justo en mitad de alguna comunión excepcional, pero la próxima no estaba programada hasta el jueves a las tres de la tarde, y para entonces él estaría a una distancia inimaginable y Beatrice se habría embarcado ya en sus largos meses durmiendo sola con Joshua.

Empujó la puerta con suavidad. Los tres musulmanes que había de rodillas en el interior hicieron caso omiso de su llegada. Estaban de cara a una hoja de papel pegada a la pared, el pictograma impreso con ordenador de una flecha, como una señal de tráfico. Señalaba a La Meca. Los musulmanes se inclinaron, impulsando el trasero hacia arriba, y besaron la tela de brillantes colores de las esteras suministradas. Iban vestidos de manera inmaculada, con relojes caros y trajes a medida. Los zapatos, de charol enlustrado, estaban a un lado. Las plantas de los pies se contorsionaban con el entusiasmo de su devoción.

Peter echó un rápido vistazo tras la cortina que dividía la sala en dos. Tal como sospechaba, había una mujer allí, también musulmana, con velo gris, llevando a cabo el mismo mudo ritual. Había una criatura con ella, un niñito milagrosamente bien educado que iba vestido como el Pequeño Lord Fauntleroy. Estaba sentado cerca de los pies de su madre, sin prestar atención a sus postraciones, leyendo un cómic. Spiderman.

Peter se acercó al armario en el que se guardaban los Libros Sagrados y los folletos. La Biblia (de Gedeón), una edición independiente del Nuevo Testamento y de los Salmos, un Corán y un maltrecho volumen en indonesio que debía de ser otro Nuevo Testamento. En el estante más bajo, al lado de algunos ejemplares de *La Atalaya* y del periódico del Ejército de Salvación, había una pila optimistamente alta de folletos. El logo le sonaba, así que se inclinó para identificarlos. Eran de una secta

25

evangelista norteamericana muy numerosa, cuyo pastor en Londres había sido entrevistado para la misión. De hecho, Peter se lo había encontrado en el vestíbulo de la USIC hecho una furia. «Qué manera de hacerme perder el tiempo», soltó entre dientes camino de la puerta. Peter esperaba fracasar también, pero en cambio... lo habían seleccionado. ¿Por qué él y no alguien de una Iglesia con influencias políticas y un montón de dinero? Seguía sin tenerlo claro. Abrió uno de los folletos y vio de inmediato los cuentos de siempre sobre el significado numerológico del 666, los códigos de barras y la puta de Babilonia. Puede que ése fuera justamente el problema: no era fanatismo lo que buscaba la USIC.

El silencio de la sala quedó interrumpido por un mensaje de megafonía, transmitido por medio de un pequeño altavoz fijado al techo como una lapa.

«Allied Airlines lamenta comunicarles que, debido a problemas técnicos con la aeronave, se ha producido un retraso adicional en el vuelo AB31 con destino a Alicante. Volveremos a informarles a las 22.30. Rogamos a los pasajeros que no hayan recogido todavía sus vales de comida tengan la amabilidad de retirarlos. Desde Allied Airlines les pedimos de nuevo disculpas por las molestias ocasionadas.»

Peter creyó oír cómo fuera se alzaba un lamento colectivo, pero debió de ser su imaginación.

Abrió el libro de visitas y hojeó sus páginas tamaño doble carta, leyendo los comentarios que habían garabateado uno debajo del otro viajeros de todo el mundo. No lo decepcionaron; nunca lo decepcionaban. Sólo las entradas del día llenaban tres páginas. Algunas estaban escritas en caracteres chinos, otras en árabe, pero la mayoría eran en un inglés más o menos vacilante. El Señor estaba allí, vertido en aquel batiburrillo de tinta de bolígrafo y rotulador.

Siempre le llamaba la atención, cuando estaba en un aeropuerto, que todo aquel complejo enorme, de tantas plantas, pretendiera ser un patio de juegos de placeres seculares, una galaxia de consumismo en la que la fe religiosa sencillamente no existía. Cada una de las tiendas, cada uno de los carteles, cada centímetro del edificio, hasta los mismos remaches y los desagües del lavabo, irradiaba la pretensión de que allí nadie tenía ninguna necesidad de Dios. La multitud que hacía cola para comprar aperitivos y baratijas, la corriente incesante de pasajeros grabados por los circuitos cerrados de televisión, eran la prueba asombrosa de la absoluta diversidad de ejemplares humanos, pero se los suponía idénticamente desprovistos de fe en su interior, artículos exentos, en todos los sentidos del término. Y, sin embargo, esas hordas de cazagangas, recién casados, veraneantes, ejecutivos obsesionados con sus negocios, gente del mundo de la moda regateando para que los pasen a primera..., nadie imaginaría cuántos de ellos se escabullen a esa salita y escriben sentidos mensajes para el Todopoderoso y para otros creyentes como ellos.

Querido Dios, por favor llévate todas las partes malas del mundo –Jonathan.

Un niño, supuso.

Yuko Oyama, Hyoyo, Japón. Ruego por los niños con enfermedad y la paz del planeta. Y ruego por encontrar un buen compañero.

¿Dónde está la CRUZ de JESUCRISTO, nuestro SEÑOR RESUCITADO? ¡DESPERTAD!

Charlotte Hogg, Birmingham. Por favor, rueguen por que mi hija y mi nieto queridos sepan aceptar mi enfermedad. Y rueguen por todo aquel que sufre.

Marijn Tegelaars, Londres/Bélgica. Para mi queridísima amiga G, que encuentre la valentía para ser quien es.

Jill, Inglaterra. Por favor, rueguen por el alma de mi difunta madre, que descanse en paz, y rueguen por mis familiares, que no están unidos y se odian los unos a los otros.

¡Alá es el mejor! ¡Dios es la caña!

La siguiente entrada estaba tachada y resultaba indescifrable. Sería, lo más seguro, una réplica desagradable e intolerante al mensaje musulmán anterior, que habría borrado algún otro musulmán o el encargado del oratorio.

Coralie Sidebottom, Slough, Berks. Gracias por la maravillosa creación de Dios.

Pat y Ray Murchiston, Langton, Kent. Para nuestro querido hijo, Dave, que murió ayer en un accidente de coche. Te llevaremos siempre en el corazón.

Thorne, Frederick, Co. Armagh, Irlanda. Ruego por la curación del planeta y por el despertar de TODOS los pueblos que hay en él.

Una madre. Tengo el corazón roto porque mi hijo no ha querido hablar conmigo desde que volví a casarme hace 7 años. Por favor, rueguen por una reconciliación.

Huele fatal a ambientador barato podéis hacerlo mejor.

Moira Venger, Sudáfrica. Dios tiene el poder.

Michael Lupin, Hummock Cottages, Chiswick. Poned algo que no huela a antiséptico.

Jamie Shapcott, 27 Pinley Grove, Yeovil, Somerset. Por favor, que mi avión de BA a Newcastle no se estrelle. Gracias.

Victoria Sams, Tamworth, Staffs. Bonita decoración, pero la luz no deja de ir y venir.

Lucy, Lossiemouth. Que mi marido regrese sano y salvo.

Cerró el libro. Le temblaban las manos. Sabía que tenía bastantes posibilidades de morir en los treinta días siguientes, o de, suponiendo que sobreviviera al viaje, no regresar jamás. Era su momento Getsemaní. Cerró los ojos con fuerza y rogó a Dios que le dijera qué quería Él; si no serviría mejor a Sus fines agarrando a Beatrice de la mano, corriendo con ella hasta el aparcamiento y volviendo directos a casa antes de que Joshua llegara siquiera a darse cuenta de que se había ido.

A modo de respuesta, Dios le hizo escuchar el parloteo histérico de su propia voz interior, y dejó que resonara en la bóveda de su cráneo. Entonces, a su espalda, oyó el tintineo de calderilla que hizo uno de los musulmanes al ponerse en pie y recuperar sus zapatos. Peter se dio media vuelta. El musulmán lo saludó cortésmente de camino a la puerta. La mujer de detrás de la cortina se estaba retocando el pintalabios, peinándose las pestañas con el meñique, recogiendo cabellos sueltos dentro del *hiyab*. La flecha de la pared ondeó ligeramente cuando el hombre abrió la puerta.

A Peter ya no le temblaban las manos. Había tomado distancia. Aquello no era Getsemaní: no iba camino del Gólgota, sino que estaba a punto de embarcarse en una gran aventura. Lo habían escogido entre miles para responder a la llamada misionera más importante desde que los apóstoles se aventuraron a conquistar Roma con el poder del amor, y él iba a darlo todo.

Beatrice no estaba en el asiento en el que la había dejado. Durante unos segundos, pensó que había perdido el temple y se había largado de la terminal para no tener que despedirse por última vez. Sintió una punzada de dolor. Pero entonces la divisó unas filas más allá, en dirección al puesto de café y magdalenas. Estaba en el suelo, a cuatro patas, con el pelo suelto tapándole la cara. Agazapado frente a ella, también a cuatro patas, había un niño: un bebé rechoncho con los pantalones elásticos abultados por un evidente pañal.

—¡Mira! ¡Tengo... diez dedos! —le estaba diciendo al niño—. ¿Y tú?, ¿tienes diez dedos?

El bebé rechoncho deslizó las manos hacia delante, tocando casi las de Bea. Ella le contó los dedos haciendo teatro:

—¡Cien! No, ¡diez!

El niño se rió. Una niña mayor que él se mantenía un paso atrás con timidez, chupándose los nudillos. No dejaba de echarle miradas a su madre, pero la madre no miraba ni a sus hijos ni a Beatrice, sino que estaba concentrada en un aparato que sostenía en la mano.

—Eh, hola —dijo Beatrice cuando vio llegar a Peter. Se apartó el pelo de la cara y se lo peinó por detrás de las orejas–. Éstos son Jason y Gemma. Van a Alicante.

–Esperemos –dijo la madre con tono cansado.

El aparato emitió un pitidito tras analizar los niveles de glucosa en la sangre de la mujer.

–Esta gente lleva aquí desde las dos de la tarde –explicó Beatrice–. Están muy agobiados.

–Nunca más –murmuró la mujer mientras revolvía en la bolsa de viaje buscando la inyección de insulina–. Lo juro. Cogen tu dinero y les importa todo una mierda.

–Joanne, éste es mi marido, Peter. Peter, ésta es Joanne.

Joanne lo saludó con la cabeza, pero estaba demasiado sumida en su desgracia como para charlotear.

–En el folleto parece todo baratísimo –comentó amargamente–, pero lo pagas con dolor.

–Va, no te pongas así, Joanne –le aconsejó Beatrice–. Lo vais a pasar de maravilla. Tampoco ha pasado nada, en realidad. Piénsalo: si el vuelo hubiese estado previsto para ocho horas más tarde, habríais hecho lo mismo que hacéis ahora: esperar, sólo que en casa.

–Estos dos tendrían que estar en la cama –se quejó la mujer, destapando un pliegue de carne abdominal y clavando la aguja en él.

Jason y Gemma, justamente ofendidos por la acusación de que lo que les pasaba era que tenían sueño, y no que nadie los hubiera tratado mal, parecían listos para una nueva tanda de rabietas. Beatrice se puso de nuevo a cuatro patas.

–Creo que he perdido los pies –dijo, examinando a tientas el suelo alrededor–. ¿Dónde están?

–¡Están aquí! –gritó el pequeño Jason, cuando ella se dio la vuelta.

–¿Dónde? –preguntó ella, girando de nuevo.

–Gracias a Dios –exclamó Joanne–. Ahí viene Freddie con la comida.

Un tipo de aspecto fastidiado, sin barbilla y con una cazadora beige, apareció caminando pesadamente con varias bolsas
de papel en cada mano.

–El timo más grande del mundo –anunció–. Te tienen ahí
esperando con el vale por cuatro duros. Es como la oficina del
paro. Os lo aseguro, como en media hora esta mierda de gente
no...

–Freddie –dijo Beatrice con tono jovial–, éste es mi marido, Peter.

El hombre dejó las bolsas y estrechó la mano de Peter.

–Tu esposa es un ángel, Pete. ¿Siempre se compadece de
los niños abandonados?

–Los dos... creemos que hay que ser amable –respondió Peter–. No cuesta nada y hace que la vida sea más interesante.

–¿Cuándo vamos a ver el mar? –preguntó Gemma, y bostezó.

–Mañana, cuando te levantes –le respondió su madre.

–¿La señora amable estará allí?

–No, ella se va a América.

Beatrice le hizo un gesto a la niña para que se acercase y se
sentara apoyada en su cadera. El bebé ya se había quedado dormido, despatarrado sobre una mochila de lona tan llena que
parecía a punto de estallar.

–Ha habido un pequeño cruce de líneas –apuntó Beatrice–. Es mi marido el que se va, no yo.

–Te quedas en casa con los niños, ¿no?

–No tenemos hijos –respondió Beatrice–. Todavía.

–Haceos un favor –dijo el hombre con un suspiro–. No los
tengáis. Saltáoslo.

–Venga, no lo dices en serio –replicó Beatrice.

–No, en realidad, no –apuntó Peter, viendo que el hombre
estaba a punto de responder sin pensar.

Y así avanzó la conversación. Beatrice y Peter cogieron el
ritmo, unidos a la perfección en su propósito. Lo habían hecho

cientos de veces. Tener una conversación, una auténtica conversación, sin forzar, pero con el potencial de convertirse en algo mucho más significativo si surgía el momento apropiado de mencionar a Jesús. Podía ser que ese momento llegara; podía ser que no. Podía ser que no dijeran más que «Que Dios os bendiga» al despedirse y ahí quedara todo. No todos los encuentros podían ser transformadores. Algunas conversaciones eran sólo intercambios amistosos de aliento.

Engatusados, los dos desconocidos se relajaron a su pesar. Al cabo de unos minutos estaban hasta riendo. Eran de Merton, tenían diabetes y depresión respectivamente, los dos trabajaban en un almacén de ferretería, habían estado ahorrando un año para estas vacaciones. No eran demasiado listos ni demasiado fascinantes. La mujer emitía un desagradable ronquido al reír, y el hombre apestaba a aftershave de almizcle. Eran seres humanos, y muy valiosos a los ojos de Dios.

—Mi vuelo está a punto de embarcar —dijo al fin Peter.

Beatrice seguía en el suelo, con la cabeza de una niña desconocida recostada en su muslo. Los ojos se le empañaron de lágrimas.

—Si voy contigo hasta el control de seguridad y te abrazo cuando estés a punto de cruzar, no podré soportarlo, te lo prometo. Se me irá la cabeza, montaré una escena. Así que dame un beso de despedida aquí.

Peter sintió como si le partieran el corazón en dos. Lo que en el oratorio le había parecido una gran aventura lo dejaba ahora sin nada, como un sacrificio. Se aferró a las palabras del apóstol: *Haz la obra de evangelista, cumple plenamente tu ministerio. Yo estoy ya a punto de ser sacrificado, y el tiempo de mi partida está cercano.*

Se inclinó, y ella le dio un beso rápido y brusco en los labios mientras lo sujetaba por la nuca con una mano. Se enderezó, aturdido. Toda esta situación con los desconocidos... Beatrice lo había maquinado todo, ahora se daba cuenta.

–Te escribiré –le prometió.

Beatrice asintió, y el movimiento sacudió las lágrimas, que resbalaron por las mejillas.

Se dirigió con paso enérgico a la puerta de Salidas. Cuarenta minutos después, estaba cruzando el cielo.

2. NUNCA VOLVERÍA A VER AL RESTO DE LOS HUMANOS DE LA MISMA MANERA

El chófer de la USIC salió de la gasolinera con una botella de Tang y un plátano sin mácula, de un amarillo sobrenatural. Deslumbrado por el sol, escudriñó el patio para localizar su limusina con el depósito lleno y su valiosísimo cargamento extranjero. El cargamento era Peter, que estaba aprovechando que habían parado a repostar para estirar las piernas y probar a hacer una última llamada.

–Disculpa –le dijo Peter–. ¿Podrías echarme una mano con este teléfono?

El hombre pareció desconcertado por la petición y agitó las manos para señalar que las tenía ocupadas. Llevaba un traje azul oscuro, corbata incluida, demasiada ropa para el calor de Florida, y sentía todavía cierto estrés residual a raíz del retraso del avión. Era casi como si culpara a Peter de las turbulentas condiciones atmosféricas sobre el océano Atlántico Norte.

–¿Qué le pasa? –le preguntó mientras colocaba el refresco y el plátano en equilibrio sobre el techo de la limusina.

–Seguramente nada –respondió Peter, mirando con los ojos entrecerrados el aparato que sostenía en la mano–. Seguramente no sé usarlo bien.

Así era. No se le daban bien los aparatos, y sólo usaba el teléfono cuando las circunstancias lo obligaban a hacerlo; el resto del tiempo lo llevaba hibernando en un bolsillo, hasta que acababa quedando obsoleto. Cada año, más o menos, Beatrice le decía cuál era su nuevo número, o el de ella, porque otra empresa más de telefonía se había ido a pique, o porque se había vuelto demasiado frustrante tratar con ella. En los últimos tiempos, las empresas se iban a pique con una frecuencia alarmante; Bea estaba al día de esos temas, él no. Él lo único que sabía es que no le resultaba nada fácil memorizar dos números de teléfono nuevos cada año, a pesar de su habilidad para memorizar largos pasajes de las Escrituras. Y la tecnología le generaba tal aprensión que si apretaba el botón de llamada y no sucedía nada —como acababa de ocurrir, aquí en el limbo cegador de Florida–, era incapaz de imaginar qué más podía hacer.

El chófer estaba ansioso por ponerse otra vez en marcha: quedaba aún mucho camino por delante. Mientras daba un mordisco al plátano, cogió el teléfono de Peter y lo examinó con recelo.

—¿Lleva puesto el tipo correcto de tarjeta? —masculló mientras masticaba—. ¿Para llamar a... eh... Inglaterra?

—Diría que sí. Eso creo.

El chófer se lo devolvió, sin mojarse.

—A mí me parece que no le pasa nada.

Peter se colocó bajo la sombra de una marquesina de metal que cubría los surtidores de gasolina. Intentó marcar de nuevo la secuencia correcta de símbolos. Esta vez fue recompensado con una melodía staccato: el prefijo internacional seguido del número de Bea. Sostuvo la tableta de metal contra la oreja con la mirada fija en aquel cielo de un azul extraño para él y en los árboles podados que bordeaban el aparcamiento de camiones.

—¿Hola?

—Soy yo —dijo él.

—¿...la?

—¿Me oyes?

—... oigo ... —respondió Bea. Su voz estaba envuelta en una

35

ventisca de estática. Las palabras al azar saltaban del pequeño altavoz del teléfono como chispas erráticas.

—Estoy en Florida.

—... mitad ... noche —respondió ella.

—Lo siento. ¿Te he despertado?

—...e quiero ... cómo est... sabes qué...?

—Estoy sano y salvo —le dijo. El sudor estaba haciendo que el teléfono se le resbalara entre los dedos—. Perdona que te llame, pero es posible que no tenga ocasión más tarde. El avión llegó con retraso y vamos con mucha prisa.

—... e ... o ... en el ... mí ... hombre sabe algo de ...?

Se alejó un poco más del vehículo, abandonando la sombra de la marquesina de metal.

—Este hombre no sabe nada de nada —murmuró, confiando en que sus palabras se estuviesen transmitiendo con mayor claridad que las de ella hacia él—. Ni siquiera estoy seguro de que trabaje para la USIC.

—¿...o ... has preguntad...?

—No, aún no se lo he preguntado. —Le dio un poco de vergüenza. Llevaba ya veinte, treinta minutos en el coche con él y aún no había determinado si era empleado de la USIC o sólo un chófer de alquiler. Lo único que había averiguado hasta el momento era que la niña de la foto del salpicadero era la hija del chófer, que el chófer se acababa de divorciar de la madre de la niña, y que la madre de la niña era una abogada que se estaba aplicando a fondo para que el chófer se arrepintiera de haber nacido—. Es todo muy... frenético, de momento. Y no dormí nada en el avión. Te escribiré cuando..., ya sabes, cuando llegue al otro lado. Entonces tendré tiempo de sobra y te contaré hasta el último detalle. Será como si viajáramos juntos. —Hubo una ráfaga de estática y no supo decir si se había quedado callada o si el ruido se tragaba sus palabras. Alzó la voz—: ¿Cómo está Joshua?

—... principio ... sólo ... o ... creo ... lado ...

36

–Lo siento. Se está cortando. Y este hombre quiere que cuelgue ya. Tengo que irme. Te quiero. Ojalá... Te quiero.

–... también te ...

Y se cortó.

–¿Era tu mujer? –le preguntó el conductor cuando Peter se hubo acomodado en el vehículo de nuevo y salían del aparcamiento.

En realidad, no, tuvo ganas de decirle, *ésa no era mi mujer, eran un puñado de ruidos electrónicos desarticulados que salían de un pequeño dispositivo metálico.*

–Sí –le respondió.

Su preferencia casi obsesiva por la comunicación cara a cara era demasiado difícil de explicar a un desconocido. Hasta a Beatrice le costaba entenderlo a veces.

–¿Y vuestro hijo se llama Joshua? –Al conductor no parecía importarle el tabú social de escuchar conversaciones ajenas.

–Joshua es nuestro gato. No tenemos hijos.

–Te ahorra muchos dramas –le respondió el chófer.

–Eres la segunda persona en un par de días que me dice eso. Pero estoy seguro de que quieres a tu hija.

–¡Qué remedio! –El conductor hizo un gesto con la mano hacia el parabrisas, para señalar el mundo de la experiencia, el destino, lo que fuese–. ¿A qué se dedica tu mujer?

–Es enfermera.

–Ése sí que es un buen trabajo. Mejor que abogada, al menos. Hacer que las personas tengan una vida mejor en lugar de peor.

–Bueno, espero que ser pastor sirva también para eso.

–Claro –respondió despreocupadamente el conductor. No parecía nada seguro de ello.

–¿Y tú? –le preguntó Peter–. ¿Eres... empleado de la USIC o sólo te contratan para conducir?

–Llevo haciendo de chófer para la USIC nueve, diez años.

Mercancías, sobre todo. Académicos, alguna vez. La USIC organiza montones de conferencias. Y luego, de vez en cuando, algún astronauta.

Peter asintió. Por un segundo se imaginó al conductor recogiendo a un astronauta en el aeropuerto de Orlando, un hombretón de mandíbula cuadrada con un abultado traje espacial, avanzando pesadamente por el vestíbulo de salidas en dirección al chófer, que lo esperaba cartel en mano. Entonces cayó en la cuenta.

–No me he considerado en ningún momento un astronauta –le dijo.

–Es una palabra anticuada –reconoció el chófer–. La uso por respeto a la tradición, supongo. El mundo cambia demasiado rápido. Apartas la vista de algo que lleva toda la vida ahí y un minuto después es sólo un recuerdo.

Peter miró por la ventana. La autopista era prácticamente igual que una autopista británica, pero con señales metálicas enormes informándole de que atracciones espléndidas como el río Econlockhatchee y la Reserva Natural Regional Hal Scott estaban por allí cerca, ocultas más allá de las barreras rompevientos. Los dibujos esquemáticos de los carteles evocaban los placeres de acampar y de montar a caballo.

–Una de las cosas buenas de la USIC –continuó el chófer– es que tienen respeto por la tradición. O a lo mejor es sólo que saben ver el valor de una marca. Compraron Cabo Cañaveral, ¿lo sabías? Son los dueños de todo aquello. Debió de costarles una fortuna, y podrían haber construido su base de lanzamiento en cualquier otro sitio, porque hay mucho terreno disponible, hoy día. Pero querían Cabo Cañaveral. Eso para mí es tener clase.

Peter emitió un murmullo indiferente de asentimiento. La clase –o la falta de clase– de las multinacionales no era un tema sobre el que tuviera una opinión demasiado sólida. Una de las pocas cosas que sabía de la USIC era que eran los dueños de un sinfín de fábricas antes abandonadas en pueblos antes en la miseria situados en zonas descolgadas antes pertenecientes a la antigua Unión Soviética. No estaba muy seguro de que «clase» fuera la palabra correcta para lo que estaba ocurriendo allí. En cuanto a Cabo Cañaveral, la historia de los viajes espaciales nunca había tenido el más mínimo interés para él, ni siquiera de niño. Ni se había enterado de que la NASA ya no existía. Ésa era la clase de píldora de información inútil que Beatrice acostumbraba a descubrir leyendo el periódico que acabaría más tarde debajo del bol de comida de Joshua.

Ya echaba de menos a Joshua. Beatrice salía a menudo de casa al amanecer, mientras Joshua seguía durmiendo profundamente sobre la cama. Aunque se despertara y maullara, ella se marchaba con prisas y le decía: «Papá te dará de comer.» Y, en efecto, una hora o dos después Peter estaba sentado en la cocina, masticando cereales azucarados, mientras Joshua, a su lado, en el suelo, masticaba cereales salados. Luego saltaba sobre la mesa de la cocina y lamía los restos de leche del tazón de Peter. Y eso no era algo que le dejasen hacer cuando mamá andaba por allí.

—El entrenamiento es duro, ¿verdad? —le preguntó el chófer.

Peter comprendió que se esperaba que contase historias de planes de ejercicios al estilo del ejército, de pruebas olímpicas de resistencia. No tenía ninguna historia así que contar.

—Hay una parte física —reconoció—. Pero la mayor parte del examen consiste en... preguntas.

—¿Ah, sí?

Momentos después, el chófer encendió la radio del coche. «... continúa en Pakistán», dijo una voz decidida, «mientras las fuerzas contrarias al gobierno...» Cambió a una emisora de música, y el sonido vintage de A Flock of Seagulls se oyó surcado de interferencias.

Peter se recostó y rememoró algunas de las preguntas que le habían hecho en las entrevistas del proceso de selección. Esas sesiones, que se llevaban a cabo en la sala de reuniones de la décima planta de un imponente hotel londinense, se prolongaban durante horas. Estaba siempre presente una mujer americana: una anoréxica elegante y menuda con los ademanes de una coreógrafa famosa o una bailarina de ballet retirada. Con ojos claros y voz nasal, apuraba lentamente tazas de café descafeinado mientras trabajaba asistida por un equipo cambiante de interrogadores. Interrogadores no era la palabra adecuada, tal vez, dado que todo el mundo era amable y había la extraña sensación de que lo animaban a conseguirlo.

–¿Cuánto tiempo puede aguantar sin comer su helado favorito?

–No tengo helado favorito.

–¿Qué olor le recuerda más a su infancia?

–No lo sé, puede que el olor a crema inglesa.

–¿Le gusta la crema inglesa?

–Está bien. Últimamente la tomo más que nada con el pudín de Navidad.

–¿Qué le viene a la cabeza cuando piensa en la Navidad?

–La Natividad, una celebración del nacimiento de Cristo, que se celebra coincidiendo con el solsticio de invierno romano. Juan Crisóstomo. Sincretismo. Papá Noel. Nieve.

–¿La celebra?

–En nuestra iglesia nos volcamos en ella. Organizamos recogidas de regalos para los niños desfavorecidos, servimos una cena de Nochebuena en el centro de acogida... Mucha gente se siente terriblemente perdida y decaída en esa época del año. Hay que ayudarles a sobrellevarlo.

–¿Qué tal duerme en una cama que no sea la suya?

Ésa tuvo que pensársela. Hizo memoria de los hoteles baratos en los que Bea y él se habían alojado cuando participaban en un festival evangelista en otra ciudad. De los sofás de amigos que se convertían en una especie de colchón. O, aún más atrás, de la difícil elección de dejarse puesto el abrigo para no temblar tanto o usarlo de almohada para amortiguar el cemento bajo su cabeza.

—Seguramente... como la mayoría de la gente. Si es una cama y está en posición horizontal, creo que no hay problema.

—¿Está irritable antes de tomar el primer café del día?

—No bebo café.

—¿Té?

—A veces.

—¿A veces está irritable?

—No me enfado fácilmente.

Eso era cierto, y aquellos interrogatorios fueron la prueba. Disfrutaba con ese toma y daca, tenía la sensación de que lo estaban poniendo a prueba, más que juzgándolo. Aquel bombardeo de preguntas representaba un cambio estimulante respecto de los oficios religiosos, en los que debía perorar durante una hora mientras los demás escuchaban sentados y en silencio. Quería ese trabajo, lo quería con todas sus fuerzas, pero el resultado estaba en manos de Dios, y no ganaba nada con ponerse nervioso, dar respuestas engañosas o esforzarse demasiado por gustar. Sería él mismo y esperaba que bastara con eso.

—¿Qué piensa de llevar sandalias?

—¿Por qué, tendré que llevarlas?

—Podría ser.

Y esto se lo dijo un hombre cuyos pies estaban enfundados en unos zapatos caros de piel negra tan relucientes que la cara de Peter se reflejaba en ellos.

—¿Cómo se siente si no ha podido acceder en todo el día a las redes sociales?

—Yo no accedo a las redes sociales. Al menos, eso creo. ¿A qué se refiere exactamente con «redes sociales»?

—No importa. —Siempre que una pregunta quedaba atascada acostumbraban a cambiar de tercio—. ¿A qué político odia usted más?

—No odio a nadie. Y no estoy muy al día de política.

—Son las nueve de la noche y se va la luz. ¿Qué hace?

—Arreglarlo, si puedo.

—¿Pero cómo pasaría el rato si no pudiera arreglarlo?

—Hablando con mi mujer, si estuviese en casa.

—¿Cómo cree que lo llevaría ella si *usted* estuviera un tiempo fuera?

—Es una mujer independiente y muy capaz.

—¿Diría que es usted un hombre independiente y muy capaz?

—Eso espero.

—¿Cuándo fue la última vez que se emborrachó?

—Hace unos siete u ocho años.

—¿Le apetece tomar una copa ahora?

—No me importaría tomar un poco más de zumo de melocotón.

—¿Con hielo?

—Sí, gracias.

—Imagine esto —le dijo la mujer—. Está de visita en una ciudad extranjera y sus anfitriones lo invitan a cenar fuera. El restaurante al que lo llevan es agradable y está muy animado. Hay una jaula grande y transparente con unos encantadores patitos blancos que corretean alrededor de su madre. Cada pocos minutos, un chef agarra uno de los patitos y lo arroja a una olla de aceite hirviendo. Una vez frito, lo sirven a los comensales y todo el mundo está contento y relajado. Sus anfitriones piden pato y le dicen que tiene que probarlo, es delicioso. ¿Qué hace usted?

—¿Hay algo más en la carta?

—Claro, hay muchísimas cosas.

—Entonces pediría otra cosa.

—¿Pero podría quedarse allí y cenar?

—Dependería de por qué estoy en compañía de esa gente, para empezar.

—¿Y en el caso de que no les tuviera simpatía?

—Intentaría llevar la conversación hacia las cosas que no me gustan y sería sincero sobre lo que creo que no está bien.

–¿No tiene ningún problema en concreto con el tema del pato?

–Los humanos comen todo tipo de animales. Matan cerdos, que son mucho más inteligentes que las aves.

–¿Entonces si un animal es tonto cree que no hay problema en matarlo?

–No soy carnicero. Ni chef. He escogido hacer otra cosa con mi vida. Y mi elección va en contra de matar, por así decirlo.

–¿Pero qué pasa con los patitos?

–¿*Qué pasa* con los patitos?

–¿No se sentiría empujado a salvarlos? ¿No se plantearía romper el cristal, por ejemplo, para que pudieran escapar?

–Instintivamente, puede que sí. Pero es probable que no les hiciera ningún favor a esos patitos. Si lo que viera en ese restaurante me marcara de verdad, supongo que podría dedicar la vida entera a reeducar a la gente de esa sociedad para que matara a los patos de un modo más humano. Pero preferiría dedicar mi vida a algo que convenciera a los seres humanos de tratarse *los unos a los otros* de un modo más humano. Porque los seres humanos sufren mucho más que los patos.

–A lo mejor no pensaría lo mismo si fuese un pato.

–No creo que pensara demasiado sobre *nada* si fuera un pato. Es una conciencia superior la que origina todas nuestras aflicciones y tormentos, ¿no cree?

–¿Pisaría un grillo? –intervino otro de los entrevistadores.

–No.

–¿Y una cucaracha?

–Puede.

–No es usted budista, entonces.

–Yo nunca he dicho que fuera budista.

–¿No le parece que toda vida es sagrada?

–Es una idea bonita, pero cada vez que me lavo mato a criaturas microscópicas que esperaban poder vivir de mí.

–Así pues, ¿dónde está la línea divisoria para usted? –retomó la mujer–. ¿Los perros? ¿Los caballos? ¿Qué pasaría si en el restaurante frieran gatitos?

–Deje que *yo* le haga una pregunta a *usted* –dijo Peter–. ¿Van a enviarme a un lugar en el que la gente les hace cosas terribles y crueles a otras criaturas?

–Por supuesto que no.

–¿Entonces por qué me hacen este tipo de preguntas?

–De acuerdo, ¿qué me dice de esto?: el barco en el que iba de crucero se ha hundido, y usted está atrapado en un bote salvavidas con un hombre extremadamente irritante que resulta ser también homosexual...

Y así seguía la cosa. Durante días y días. Durante tanto tiempo, de hecho, que a Bea se le acabó la paciencia y empezó a preguntarse si no sería mejor que Peter le dijera a la USIC que su tiempo era demasiado valioso para seguir desperdiciándolo en esas payasadas.

–No, me quieren a mí –le había asegurado él–. Lo noto.

Ahora, en una cálida mañana de Florida, después de ganarse el sello de aprobación de la corporación, Peter volvió la vista hacia el chófer y le formuló la pregunta a la que nadie, en todos estos meses, le había dado una respuesta clara.

–¿*Qué es* la USIC, exactamente?

El chófer se encogió de hombros.

–Hoy día, cuanto más grande es una empresa, más difícil es saber a qué se dedica. Hubo un tiempo en que las fábricas de coches hacían coches, y las compañías mineras cavaban minas. Ya no es así. Les preguntas a los de la USIC en qué están especializados y te dicen cosas en plan: Logística. Recursos humanos. Desarrollo de proyectos a gran escala.

El chófer sorbió el último trago de Tang a través de la pajita con un desagradable borboteo.

–¿Pero de dónde sale todo ese dinero? –preguntó Peter–. No tienen financiación del gobierno.

El conductor frunció el ceño, distraído. Tenía que asegurarse de que el vehículo circulaba por el carril correcto.

—Inversiones.

—¿Inversiones en qué?

—En muchísimas cosas.

Peter hizo visera con la mano; el brillo del sol le estaba dando dolor de cabeza. Recordaba haberles hecho esa misma pregunta a los entrevistadores de la USIC en una de las primeras sesiones, cuando Beatrice aún le acompañaba.

—Invertimos en *personas* —había dicho la mujer elegante, sacudiendo la melena gris, con un corte impecable, y apoyando las manos, enjutas y delicadas, sobre la mesa.

—Eso es lo que dicen todas las corporaciones —comentó Beatrice, algo brusca, le pareció a Peter.

—Bueno, nosotros lo decimos en serio —respondió la mujer. Sus ojos grises eran sinceros e infundidos de inteligencia—. No se puede lograr nada sin personas. Sin individuos, individuos únicos con dotes muy especiales. —Se volvió hacia Peter—. Por eso estamos hablando con usted.

Él sonrió ante la astucia de la formulación: podía funcionar como un halago —estaban hablando con él porque era obvio que era una de esas personas especiales—, o podía ser el preámbulo de un rechazo —estaban hablando con él para preservar los elevados criterios que terminarían, al fin, por descalificarlo—. Una cosa estaba clara: las insinuaciones que fueron deslizando Bea y él sobre el estupendo equipo que formarían si pudieran ir juntos a la misión cayeron como migas de galleta y se perdieron en la alfombra.

—Uno de los dos tiene que quedarse y cuidar de Joshua, de todas maneras —le dijo Bea cuando lo hablaron más tarde—. Sería una crueldad dejarlo tanto tiempo solo. Y está la iglesia. Y la casa, los gastos. Yo tengo que seguir trabajando. —Todas preocupaciones muy válidas, aunque un adelanto de la USIC, siquiera una pequeña parte de la suma total, habría cubierto una

45

cantidad enorme de comida para gatos, visitas de buenos vecinos y facturas de la calefacción–. Es sólo que habría estado bien que me invitaran, eso es todo.

Sí, habría estado bien. Pero no eran ciegos a la buena fortuna cuando ésta se les presentaba. Peter había sido elegido entre otros muchos candidatos.

–Bueno –le dijo al chófer–, ¿y tú cómo entraste en contacto con la USIC?

–El banco nos desahució.

–Lo lamento.

–El banco ejecutó la hipoteca de cada maldita casa en Gary, prácticamente. Se quedó con ellas, no pudo venderlas, y dejó que se cayeran a pedazos y se pudrieran. Pero la USIC hizo un trato con nosotros. Ellos asumían la deuda, nosotros nos quedábamos con la casa, y a cambio trabajábamos para ellos cobrando, digamos, lo justo para comer. Algunos de mis colegas de antes dijeron que eso era esclavitud. Para mí es... algo humanitario. Y esos colegas míos ahora están viviendo en una casa remolque, y yo, aquí estoy, conduciendo una limusina.

Peter asintió. Ya había olvidado el nombre de la ciudad de la que era ese hombre, y no tenía más que una vaga idea de la salud actual de la economía norteamericana, pero comprendía muy bien lo que significaba que te lanzaran una cuerda de salvamento.

La limusina se desplazó suavemente a la derecha y quedó al abrigo de la sombra refrescante que proporcionaban los pinos del margen. Una señal de madera, de las que anunciaban las zonas de acampada, los restaurantes a pie de carretera y los centros de bungalows, advertía de un desvío inminente en dirección a la USIC.

–Si vas a cualquier ciudad del país que se esté yendo a pique –siguió el conductor–, te encuentras a un montón de gente en el mismo barco. Puede que te digan que trabajan para esta

46

empresa o aquélla, pero rascas un poco y están trabajando para la USIC.

—Ni siquiera sé lo que significan las siglas «USIC» —dijo Peter.

—A saber. Hoy día muchas empresas tienen nombres que no significan nada. Todos los nombres con significado están cogidos. Es una cuestión de marcas registradas.

—Doy por hecho que la parte de US significa Estados Unidos.

—Supongo. Son multinacionales, sin embargo. Alguien me dijo incluso que habían empezado en África. Lo único que sé es que se trabaja bien con ellos. Nunca me han tocado las narices. Estás en buenas manos.

En tus manos encomiendo mi espíritu, pensó Peter instintivamente. Lucas 23:46, cumpliendo la profecía de los Salmos 31:5. Sólo que no estaba claro de quién eran las manos a las que estaba a punto de entregarse.

—Esto va a escocer un poco —dijo la mujer negra con bata blanca de laboratorio—. De hecho, va a ser realmente desagradable. Sentirá como si medio litro de yogur frío le recorriera las venas.

—Caray, gracias. Me muero de ganas.

Acomodó con inquietud la cabeza en el hueco de poliestireno acolchado de aquella cápsula que parecía un ataúd y trató de no mirar la aguja que se acercaba a su brazo con torniquete.

—No nos gustaría que pensara que algo va mal, eso es todo.

—Si muero, por favor díganle a mi...

—No se va a morir. No con esto dentro. Relájese y piense cosas bonitas.

La cánula estaba en la vena; activaron el gotero; la sustancia translúcida entró en él. Pensó que iba a vomitar sólo por lo repulsivo que era aquello. Tendrían que haberle dado un sedante o algo. Se preguntó si sus tres compañeros de viaje serían más valientes que él. Estaban confinados en cápsulas idénticas a la suya en algún lugar del edificio, pero no podía verlos. Los conocería al cabo de un mes, cuando despertara.

La mujer que le había administrado la infusión intravenosa estaba de pie a su lado, vigilándolo tranquilamente. Sin aviso alguno —¿cómo podría haberlo?— sus labios pintados comenzaron a derivar hacia la parte izquierda de la cara, cruzando la carne de su mejilla como una pequeña canoa roja. La boca no se detuvo hasta que llegó a la frente, donde quedó descansando sobre las cejas. Entonces los ojos, junto con los párpados y las pestañas, se movieron hacia abajo siguiendo la línea de su mandíbula, parpadeando con normalidad mientras se reubicaban.

—No se resista, déjese llevar —le recomendó la boca de la frente—. Es pasajero.

Estaba demasiado asustado para responder. No era ninguna alucinación. Eso era lo que le ocurría al universo cuando uno ya no podía mantenerlo unido. Átomos apiñados, rayos de luz dibujando formas efímeras antes de seguir desplazándose. Su mayor temor, mientras se disolvía en la oscuridad, era que nunca volvería a ver al resto de los humanos de la misma manera.

3. LA GRAN AVENTURA PODÍA ESPERAR

–Tío, tío, *tío*. –Una voz grave y quejumbrosa llegó del amorfo vacío–. Esa mierda es la hostia, pero *la hostia* de jodida.

–Esa lengua, BG. Hay una persona religiosa aquí con nosotros.

–Vaya, *eso sí* que es la polla en vinagre. Ayúdame a salir de este ataúd, tío.

Una tercera voz:

–A mí también. Yo primero.

–Os arrepentiréis, niños. –Esto dicho con sonsonete condescendiente–. Pero está bien.

Y se oyó el crujido y el gruñido y el jadeo y el murmullo del esfuerzo.

Peter abrió los ojos, pero estaba demasiado mareado para girar la cabeza hacia las voces. Los techos y paredes parecían convulsionarse; las luces subían y bajaban como yoyós. Era como si el marco sólido de la estancia se hubiera vuelto elástico, las paredes oscilaban, el techo se removía. Cerró los ojos para escapar del delirio, pero fue peor: las convulsiones continuaron dentro de su cabeza; parecía que los ojos se estuviesen hinchando como globos, como si la cara interna y carnosa de su rostro pudiera, en cualquier momento, salir a chorro por las fosas nasales. Creyó sentir que su cerebro se llenaba –o se vaciaba– de un licor repugnante y corrosivo.

49

Desde algún punto de la cabina, seguían llegando los gruñidos y el trajín, acompañados de una risa desquiciada.

—¿Sabéis? Es bastante entretenido veros, tíos —comentó la voz grave, burlona, apartada de las otras dos—, retorciéndoos por el suelo como un par de bichos rociados de insecticida.

—¡Eh, no es justo! El maldito sistema tendría que despertarnos a todos a la vez. Así veríamos quién está en mejor forma.

—Bueno... —De nuevo la voz superior—. Alguien tiene que ser el primero, supongo. Para preparar el café y comprobar que todo funciona.

—Pues ve a comprobarlo, Tuska, y déjanos a BG y a mí que decidamos a hostias el segundo puesto.

—Vosotros mismos. —Pasos. Se abrió una puerta—. ¿Creéis que vais a tener privacidad? Seguid soñando. Puedo ver cómo os retorcéis a través de las cámaras de seguridad. ¡Sonreíd!

La puerta se cerró.

—Se cree que su mierda huele a flores —murmulló una voz desde el suelo.

—Será porque siempre le estás lamiendo el culo, tío.

Peter estaba quieto, reuniendo fuerzas. La intuición le decía que su cuerpo volvería a la normalidad a su debido tiempo, y que no se ganaba nada tratando de ponerse en marcha demasiado pronto, a no ser que uno fuese competitivo. Los dos hombres del suelo siguieron gruñendo y soltando risitas y empujándose de aquí para allá, desafiando las sustancias químicas que les habían permitido sobrevivir al Salto.

—¿Serás el primero en ponerte de pie o seré yo?

—Yo ya estoy de pie, colega..., ¿ves?

—Mentiroso de mierda. Eso no es de pie, estás apoyado. Vamos al banco.

El sonido de un cuerpo cayendo al suelo; más risas.

—A ver si *tú* lo haces mejor, colega...

—Fácil.

El sonido de otro cuerpo cayendo al suelo; risas histéricas.

—Se me había olvidado lo chungo que era, tío.

—Nada que media docena de latas de Coca-Cola no puedan arreglar.

—Qué coño, tío. Una *raya* de coca y entonces hablamos.

—Si quieres meterte después de esto es que eres más tonto de lo que creía.

—Lo que soy es más fuerte, colega, más fuerte.

Y así siguió la cosa. Los dos hombres estuvieron peleando, soltando bravuconadas y ganando tiempo hasta que ambos estuvieron en pie. Rebuscaron en bolsas de plástico gruñendo y resollando, se rieron del mal gusto del otro para vestir, se calzaron, ensayaron su bipedismo paseando por allí. Peter estaba tendido en su cápsula, respirando superficialmente, esperando a que la sala dejara de moverse. El techo se había calmado, al menos.

—Eh, colega.

Una cara enorme apareció en su campo de visión. Por un segundo, Peter no fue capaz de identificarla como humana: parecía acoplada al cuello boca abajo, con cejas en la barbilla y una barba en lo alto. Pero no: era humana, por supuesto que era humana, sólo que muy distinta a la suya. Con la piel muy morena, una nariz amorfa, orejas pequeñas, unos bonitos ojos marrones inyectados en sangre y unos músculos en el cuello que podrían hacer subir y bajar un ascensor en un edificio de veinte plantas. ¿Y esas cosas como cejas que tenía en la barbilla? Una barba. No una barba poblada y espesa, sino una de esas esculpidas con precisión, para marcar estilo, que podía colarte un barbero chic. Años atrás, debía de parecer perfectamente trazada con rotulador negro, pero ahora el hombre había entrado en la mediana edad, y la barba tenía claros y motas grises. Una calvicie galopante lo había dejado con apenas alguna que otra mata de pelo crespo en la cabeza.

—Encantado de conocerle —dijo Peter con un graznido—. Yo soy Peter.

51

–BG, colega –se presentó el hombre negro, tendiéndole la mano–. ¿Quieres que te saque de ahí?

–Pre... preferiría quedarme tumbado un rato más.

–No tardes mucho, colega –le dijo BG con una blanca y radiante sonrisa–. Esta nave es muy pequeña para llevar los pantalones cagados.

Peter sonrió, sin saber si BG le decía eso a modo de aviso de lo que podía ocurrir o de observación sobre lo que había ocurrido ya. Notaba el revestimiento de viscosa de la cápsula húmedo y pesado, pero ya estaba así cuando la mujer del laboratorio lo había envuelto en él.

Apareció otra cara. Blanca y quemada por el sol, de unos cincuenta años, con el pelo gris y ralo cortado a cepillo al estilo militar. Tenía los ojos tan rojos como BG, pero azules y cargados de una infancia dolorosa, un divorcio complicado y violentos contratiempos laborales.

–Severin –dijo.

–¿Disculpa?

–Artie Severin. Tenemos que sacarte de ahí, amigo. Cuanto antes bebas algo, antes te sentirás como un ser humano.

BG y Severin lo sacaron en volandas de la cápsula como si estuviesen extrayendo de su caja un aparato recién comprado: no con suavidad, exactamente, pero sí con el suficiente cuidado como para no desgarrar ni romper nada. Sus pies apenas tocaron el suelo mientras lo llevaban fuera de la sala y recorrían un corto pasillo camino del baño. Allí le quitaron el taparrabos de gasa que había llevado puesto el último mes, lo rociaron con una espuma azul del cuello hasta los tobillos y lo limpiaron con toallitas de papel. Una enorme bolsa de basura de plástico transparente se llenó ya hasta la mitad de mugre azul y marrón cuando todavía no habían terminado.

–¿No hay ninguna ducha? –preguntó al acabar; aún se sentía pegajoso–. Es decir, con agua.

–El agua es *oro*, colega –le respondió BG–. Cada gota que

conseguimos, va a parar aquí. –Se señaló la garganta–. No le hace ningún bien a nadie ahí fuera. –Y señaló con la barbilla hacia la pared, hacia la cubierta exterior de la nave: la barrera que los separaba del enorme vacío sin aire en el que estaban flotando.

–Perdón –dijo Peter–. Qué novato.

–No pasa nada por ser novato. Todos tenemos que aprender muchas cosas de golpe. Yo ya he hecho este viaje antes. La primera vez no sabía una mierda.

–Tendrás toda el agua que quieras cuando lleguemos a Oasis –le explicó Severin–. Ahora mismo, será mejor que bebas un poco.

Le tendió una botella de plástico con boquilla de cierre resellable. Peter echó un largo trago y diez segundos después se desmayó.

Recuperarse del Salto le llevó más tiempo del que le habría gustado. A él le habría gustado ponerse en pie de un salto, como un boxeador que se hubiese quedado momentáneamente sin aliento, y dejar impresionados a los otros hombres. Pero ellos se sacudieron enseguida de encima los efectos del Salto y se pusieron a hacer lo que fuera que estuviesen haciendo, mientras él reposaba, inútil, en una litera, tomando un sorbo de agua de rato en rato. Antes del despegue le habían advertido que se sentiría como si lo hubiesen desmontado y vuelto a montar; que no era exactamente como funcionaba el Salto, en términos científicos, pero sí era en efecto como se sentía.

Pasó la tarde... Bueno, no, esas palabras ya no tenían sentido, ¿verdad? Allí no había tarde, mañana ni noche. En la habitación oscura en la que BG y Severin lo habían depositado después de limpiarlo, se despertaba de vez en cuando de su atontado sopor y consultaba el reloj. Los números eran sólo símbolos. El tiempo real no se reanudaría hasta que pisara tierra firme y saliera y se pusiera un sol.

Cuando llegara a Oasis, dispondría de instalaciones para enviarle un mensaje a Beatrice. «Te escribiré todos los días», le había prometido. «Todos y cada uno de los días, si Dios me lo permite.» Intentaba imaginar qué estaría haciendo ella en ese mismo momento, cómo iría vestida, si se habría recogido el pelo o lo llevaría suelto sobre los hombros. Para eso servía el reloj, comprendió: no para informarle de nada útil acerca de su propia situación, sino para permitirle imaginar a Beatrice existiendo en la misma realidad que él.

Miró el reloj de nuevo. En Inglaterra, eran las 2.43 de la madrugada. Beatrice seguiría dormida, con Joshua, aprovechando para tumbarse todo a lo largo en su lado de la cama, repantigándose. Joshua, claro, no Beatrice. Ella estaría tumbada del lado izquierdo, con un brazo colgando del borde y el otro hacia arriba, el codo tapándole la oreja, y los dedos tan cerca de la almohada de Peter que éste podía besarlos desde su lado. No ahora, claro está.

A lo mejor estaba despierta. A lo mejor estaba preocupada por él. Había pasado un mes sin contacto alguno, y ellos estaban acostumbrados a hablar todos los días.

—¿Y si mi marido muere en el viaje? —le había preguntado a la gente de la USIC.

—No morirá en el viaje. —Fue la respuesta.

—¿Pero y si muere?

—La informaríamos de inmediato. En otras palabras, que no haya noticias es una buena noticia.

Buenas noticias, entonces. Pero aun así..., Bea había pasado esos últimos treinta días consciente de su ausencia mientras que él no se había percatado de la suya.

La imaginó en el dormitorio, iluminado con tonos tenues por la lamparita de noche; imaginó el uniforme azul claro de Bea colgando de la silla, el batiburrillo de zapatos en el suelo, la colcha amarilla cubierta de pelo de Joshua. Beatrice sentada con la espalda apoyada en el cabezal, con las piernas desnudas pero con un jersey puesto, leyendo y releyendo el dossier escasamente informativo que había enviado la USIC.

«La USIC no garantiza la seguridad de ninguno de los viajeros que se desplacen en su nave, que residan en sus instalaciones o que desarrollen cualquier actividad relacionada o no con las actividades de la USIC. "Seguridad" se define como salud física y mental, y comprende, aunque no de manera exclusiva, la supervivencia y/o el regreso de Oasis, ya sea dentro del plazo de tiempo especificado en este acuerdo como pasado este plazo. La USIC se compromete a minimizar los riesgos para toda persona que participe en sus proyectos, pero con la firma de este documento se considera que el firmante declara comprender que los esfuerzos de la USIC en este aspecto (es decir, la minimización de riesgos) están sujetos a circunstancias que quedan fuera del control de la USIC. Estas circunstancias, por ser imprevistas y carecer de precedentes, no pueden detallarse con anterioridad a que se produzcan. Éstas incluyen, a título enunciativo y no limitativo, enfermedad, accidente, fallo mecánico, meteorología adversa y cualquier otra incidencia calificada comúnmente como causa mayor.»

La puerta de la celda en la que descansaba se abrió, y se dibujó la silueta del cuerpo colosal de BG:

–¡Qué pasa, tío!

–Hola.

Por la experiencia de Peter, era mejor hablar con el lenguaje de uno que imitar los giros y acentos de los demás. Los rastafaris y los paquistanís cockneys no se acercaban a Cristo por los intentos ridículos y paternalistas de los evangelistas de hablar como ellos, así que no había motivo para suponer que los norteamericanos negros fuesen a hacerlo.

–Si quieres comer con nosotros, mejor que te levantes de la cama, colega.

–Me parece bien –respondió Peter, bajando las piernas de la litera con un amplio movimiento–. Creo que me apunto.

55

Los brazos enormes de BG estaban listos para prestar ayuda.

—Fideos chinos —le dijo—. Fideos con ternera.

—Suena perfecto.

Todavía descalzo, vestido sólo con los calzoncillos y una camisa sin abrochar, Peter salió de la habitación andando como un pato. Era como volver a tener seis años, cuando una vez, colocado de paracetamol líquido, su madre lo sacó de la cama para celebrar su cumpleaños. La perspectiva de abrir regalos no fue lo bastante adrenalínica como para disipar los efectos de la varicela.

BG lo condujo por un pasillo con las paredes empapeladas del suelo al techo con fotografías en color de verdes praderas, el tipo de ampliaciones en papel adhesivo que estaba más acostumbrado a ver en los laterales de los autobuses. Algún diseñador considerado habría decidido que un paisaje de hierba, flores primaverales y cielos azules era justo lo que hacía falta para combatir la claustrofobia de aquel espacio sin aire fresco.

—No serás vegetariano, ¿eh, colega?

—Eh..., no.

—Bueno, yo sí —declaró BG, mientras dobleba una esquina; el paisaje, verde aunque algo borroso, siguió repitiéndose—. Pero una cosa que aprendes cuando haces un viaje como éste, tío, es que a veces hay que relajar los principios.

La cena se sirvió en la sala de control; esto es, la sala que contenía los dispositivos de pilotaje y navegación. A diferencia de lo que había esperado, no lo recibió una vista imponente al entrar. No había ninguna ventana gigante asomada a una vasta extensión de espacio, estrellas y nebulosas. No había siquiera ventana; ningún foco de atención, sólo paredes de plástico reforzado salpicadas por conductos de ventilación, interruptores, reguladores de humedad y un par de pósters plastificados. Peter había visto antes esas imágenes, en los folletos de la USIC, cuando se presentó para la vacante. Los pósters eran una obra corporativa y satinada en los que aparecía una nave de líneas esquemáticas, un pájaro esquemático con una esquemática ramita en el pico, y un pequeño bloque de texto que ensalzaba los elevados estándares de la práctica empresarial de la USIC y su potencial ilimitado de beneficio a la humanidad.

Los controles de la nave tampoco eran tan impresionantes como Peter había imaginado: nada de tableros enormes llenos de mandos, diales, contadores y luces parpadeantes: apenas unos teclados compactos, monitores de pantalla plana y una estación independiente que parecía una máquina expendedora de aperitivos o un cajero automático. Para ser francos, la sala de control no parecía tanto el puente de mando de un barco como una oficina; y una oficina bastante cutre, además. No había nada allí que hiciera justicia al hecho de que estaban flotando en un sistema solar que no era el suyo, a trillones de kilómetros de casa.

Tuska, el piloto, había girado la silla de espaldas a los monitores y tenía la vista clavada en una terrina de plástico que sostenía cerca de la cara. El vapor escondía sus rasgos. Tenía las piernas cruzadas a la turca, desnudas y vellosas, cubiertas sólo por unos pantalones cortos que le quedaban grandes y unas zapatillas deportivas sin calcetines.

–Bienvenido de vuelta al mundo de los vivos –dijo, dejando descansar el envase sobre su rotunda barriga–. ¿Has dormido bien?

–No sé si estaba durmiendo, en realidad –respondió Peter–. Era más como esperar a sentirme humano otra vez.

–Lleva un tiempo –reconoció Tuska, y se llevó de nuevo la terrina de fideos a la cara. Tenía la barba de un color castaño apagado, y era evidente que tenía mucha práctica con la logística de transportar comida caldosa por entre los peligros del vello facial. Enrollaba algunos fideos en el tenedor y cerraba los certeros labios sonrosados sobre ellos.

–Aquí están los tuyos, Pete –le dijo Severin–. Les he quitado la tapa de papel.

–Muy amable –respondió Peter, y se sentó a una mesa de plástico negro en la que BG y Severin daban ya buena cuenta de sus fideos con los tenedores de plástico. Había preparadas tres latas de Coca-Cola sin abrir. Peter cerró los ojos y recitó en silencio una oración de gracias por lo que iba a recibir.

–Eres cristiano, ¿no? –le preguntó BG.

–Sí.

Los fideos con ternera se habían calentado de manera desigual en el microondas: algunas partes estaban hirviendo y otras seguían un pelín crujientes por los restos del hielo. Los mezcló para que alcanzaran un templado punto medio.

–Yo antes era de la Nación del Islam, hace mucho tiempo –le explicó BG–. Me ayudaron a superar alguna mala racha. Pero había que estar siempre preocupándose. No se puede hacer esto, no se puede hacer lo otro. –BG abrió la boca, de tamaño considerable, y se metió un cargamento temblequeante de fideos con el tenedor; masticó tres veces y tragó–. Y tienes que odiar a los judíos y a los blancos, además. Dicen que no es obligatorio, y mierdas de ésas; pero pillas el mensaje, tío. Alto y claro. –Otro tenedor cargado de fideos–. Ya decido yo mismo a quién quiero odiar, ¿entiendes lo que te digo? Si alguien me toca los cojones, lo odio: ya puede ser blanco, negro o aguamariiiina, tío; para mí es lo mismo.

–Supongo que con eso quieres decir, también, que ya decides tú mismo a quién quieres amar.

–Vaya que sí. Coñitos blancos, coñitos negros..., todos me van bien.

Tuska resopló.

–Le estás dando una impresión excelente a nuestro pastor, estoy seguro. –Había terminado de comer y se estaba limpiando la cara y la barba con una toallita.

–No es fácil escandalizarme –replicó Peter–. No con palabras, al menos. En el mundo hay sitio para muchas maneras distintas de hablar.

–Ahora no estamos en el mundo –dijo Severin con una lúgubre sonrisa. Abrió una lata de Coca-Cola y un chorro espumeante de líquido marrón salió disparado hacia el techo.

–¡Je-sús! –exclamó Tuska, cayendo casi de la silla.

BG se limitó a soltar una risita.

–Yo me encargo, yo me encargo –dijo Severin, agarrando un puñado de toallitas de papel de un dispensador. Peter le ayudó a limpiar el líquido pegajoso que había caído sobre la mesa.

–Cada puta vez hago lo mismo –murmuró Severin, secándose con toquecitos el pecho, el antebrazo, las sillas, la nevera portátil de la que habían salido las Coca-Colas. Se agachó para secar también el suelo, cuya alfombra era ya marrón, casualmente.

–¿Cuántas veces has hecho este viaje? –le preguntó Peter.

–Tres. Y cada vez juro que no volveré más.

–¿Por qué?

–Oasis vuelve loca a la gente.

–Tú ya estás loco, colega –dijo BG con un gruñido.

–El señor Severin y el señor Graham son individuos gravemente desequilibrados, Pete –le dijo Tuska, con la solemnidad de un magistrado–. Hace años que los conozco. Oasis es el lugar más apropiado para los tipos como ellos. Así no están en la calle. –Tiró la terrina de fideos vacía al cubo de la basura–. Además, son extremadamente buenos en lo suyo. Los mejores. Por eso la USIC se sigue gastando el dinero con ellos.

–¿Qué hay de ti, colega? –le preguntó BG a Peter–. ¿Eres el mejor?

–¿El mejor qué?

–El mejor predicador.

–En realidad, no me considero un predicador.

–¿Y qué te consideras, tío?

Peter tragó saliva, perplejo. Su cerebro seguía afectado residualmente por las mismas fuerzas violentas que habían agitado las latas de Coca-Cola. Desearía que Beatrice estuviera allí con él, para esquivar las preguntas, modificar la naturaleza de ese ambiente exclusivamente masculino, desviar la conversación por caminos más provechosos.

–Sólo soy alguien que ama a las personas y quiere ayudarlas, estén como estén.

Otra gran sonrisa recorrió la cara enorme de BG, como si estuviese a punto de soltar una ocurrencia. Luego se puso serio de golpe.

–¿Lo dices en serio? ¿De verdad?

Peter lo miró a los ojos.

–De verdad.

BG asintió. Peter notó que en la consideración del hombretón había pasado una especie de examen. Recalificado. No exactamente «uno de los nuestros», pero tampoco un animal exótico que tal vez fuese un fastidio importante.

–¡Eh, Severin! –lo llamó BG–. Nunca te lo he preguntado: ¿tú de qué religión eres, tío?

–¿Yo? De ninguna –respondió Severin–, y así se va a quedar la cosa.

Severin había terminado con la limpieza de la Coca-Cola y se estaba quitando los restos del detergente azul de los dedos con toallitas de papel.

–Sigo teniendo los dedos pegajosos –se quejó–. Me voy a volver loco hasta que consiga agua y jabón.

La estación de control comenzó a emitir un suave pitido.

–Parece que tus plegarias han sido atendidas, Severin –comentó Tuska, volviendo su atención a uno de los monitores–. El sistema acaba de averiguar dónde estamos.

Los cuatro hombres se quedaron callados mientras Tuska se desplazaba por la pantalla revisando los detalles. Parecía que le estuviesen dejando echar un vistazo al correo o pujar en una subasta por internet. En realidad, estaba comprobando si iban a vivir o a morir. La nave no había comenzado aún la fase pilotada del viaje; sólo la habían catapultado a través del tiempo y el espacio mediante la tecnología del Salto, un desafío a las leyes de la física. Ahora estaban girando sin rumbo, en algún punto cercano al lugar donde tenían que estar, una nave en forma de garrapata hinchada: una enorme panza de combustible y una cabeza diminuta. Y dentro de esa cabeza cuatro hombres respiraban un suministro limitado de nitrógeno, oxígeno y argón. Lo respiraban con más rapidez de la necesaria. Callado pero flotando en aquel aire filtrado estaba el miedo de que el Salto los hubiese lanzado demasiado lejos de la marca y no hubiera bastante combustible para el tramo final del viaje. Un margen de error casi inconmensurablemente pequeño al principio del Salto podría haberse convertido en una enormidad fatal al otro extremo.

Tuska analizó los números, acarició el teclado con sus dedos hábiles y regordetes y examinó diseños geométricos que eran, en realidad, mapas de lo incartografiable.

—Buenas noticias, familia —anunció al fin—. Parece que la práctica hace la perfección.

—¿Y eso qué quiere decir...? —preguntó Severin.

—Eso quiere decir que tendríamos que enviar una oración de gracias a los techies de Florida.

—¿Y eso qué quiere decir exactamente para nosotros?

—Eso quiere decir que si dividimos el combustible entre la distancia que tenemos que recorrer, hay gasofa *de sobra*. Podemos desperdiciarla como cerveza en una fiesta de la hermandad.

—Y eso quiere decir ¿cuántos días, Tuska?

—¿Días? —Tuska hizo una pausa efectista—. Cuarenta y ocho horas máximo.

BG se puso de pie de un salto y lanzó un puñetazo al aire.

—¡Uuu-huuu!

A partir de ese momento, el ambiente en la sala de control se volvió triunfal, algo histérico. BG paseaba arriba y abajo sin descanso, ejercitando los brazos, bailando el locomotion. Severin sonreía, exhibiendo unos dientes amarillentos por la nicotina, y tocaba sobre sus rodillas la batería de una canción que sólo él podía oír. Para simular los golpes de platillos, golpeaba el vacío periódicamente y hacía una mueca, como si lo abofetease un alegre estallido. Tuska fue a cambiarse de ropa: tal vez porque tenía una mancha de fideos en el jersey, o tal vez porque sus deberes inminentes como piloto merecían un gesto ceremonial. Recién ataviado con una camisa blanca almidonada y unos pantalones grises, se sentó frente al teclado en el que iba a introducir la trayectoria hacia Oasis.

–Hazlo ya, Tuska –le dijo Severin–. ¿Qué quieres? ¿Una banda de música? ¿Animadoras?

Tuska le lanzó un beso, y luego pulsó una tecla decisiva en el teclado.

–Caballeros y zorras de la tripulación –anunció, parodiando un tono oratorio–. Bienvenidos a bordo del servicio de lanzadera de la USIC rumbo a Oasis. Por favor, presten total atención a las instrucciones de seguridad aunque sean viajeros frecuentes. El cinturón de seguridad se abrocha y desabrocha tal como les mostramos. ¿No hay cinturón en su asiento? Pues se aguantan. –Tecleó otro código. El suelo empezó a vibrar–. En el caso de una pérdida de presión en la cabina, se suministrará oxígeno, que será bombeado directamente a la boca del piloto. El resto de ustedes, contengan la respiración y quédense quietos. –Risotada de BG y Severin–. En caso de colisión, los indicadores luminosos les mostrarán el camino a la salida, donde la muerte los succionará instantáneamente. Por favor, recuerden que el planeta utilizable más cercano puede estar a cinco billones de kilómetros de distancia. –Tecleó otro código. En la pantalla del ordenador, un gráfico empezó a subir y bajar trazando olas–. La nave está equipada con una cápsula salvavidas: una en la parte delantera, ninguna en el medio y ninguna detrás. Hay espacio para el piloto y un par de tías buenas. –Carcajada de BG, risita de Severin–. Quítense los tacones antes de entrar en la cápsula, chicas. Qué demonios, quítenselo *todo*. Succionen mi conducto para eliminar cualquier obstrucción. Hay una bengala y un silbato para lanzar señales, pero no se preocupen: las atenderé a todas por turnos. Por favor, consulten la tarjeta de instrucciones que muestra la posición que deben adoptar si oyen la orden «Chupar, chupar». Les recomendamos que mantengan la cabeza abajo en todo momento. –Tecleó de nuevo y sostuvo el puño en el aire–. Entendemos que no han tenido elección, por lo que les agradecemos que hayan escogido la USIC para viajar.

Severin y BG aplaudieron y vitorearon. Peter dio palmas con timidez, pero sin hacer ningún ruido. Esperaba poder quedarse a un lado discretamente, parte del grupo pero sin que lo sometieran a escrutinio. Ése no era, lo sabía, un comienzo demasiado impresionante para su misión de ganarse los corazones de una población al completo, pero esperaba que lo perdonaran. Estaba lejos de casa, le dolía y le zumbaba la cabeza, los fideos con ternera le habían sentado fatal, seguía teniendo la alucinación de que su cuerpo había sido desacoplado y vuelto a acoplar ligeramente mal, y lo único que quería era arrastrarse hasta la cama y echarse a dormir con Beatrice y Joshua. La gran aventura podía esperar.

4. «HOLA A TODO EL MUNDO», SALUDÓ

Querida Bea:

¡Por fin una oportunidad de comunicarme contigo como es debido! ¿Le llamamos a esto mi Primera Epístola a los Joshuanos? Ay, ya sé que los dos tenemos nuestros recelos hacia San Pablo y su visión de las cosas, pero desde luego el hombre sabía escribir una buena carta, y yo voy a necesitar toda la inspiración posible, sobre todo en mi estado actual. (Un agotamiento semidelirante.) Así que, hasta que pueda aportar algo maravillosamente original: «Que la gracia y la paz de Dios nuestro Padre y del Señor Jesucristo sean con vosotros.» Dudo que Pablo tuviera a ninguna mujer en mente cuando escribió ese saludo, dados sus problemas con las señoras, ¡pero a lo mejor habría sido distinto si te hubiese conocido a TI!

Me encantaría darte detalles, pero aún no hay mucho que contar. La nave no tiene ventanas. Hay millones de estrellas ahí fuera, y otras vistas asombrosas, seguramente, pero lo único que puedo ver son las paredes, el techo y el suelo. Menos mal que no tengo claustrofobia.

Te escribo esto con lápiz y papel. (Llevaba un montón de bolis, pero debieron de explotar durante el Salto; la bolsa está llena de tinta por dentro. No me extraña que no sobrevivieran al viaje, teniendo en cuenta cómo tenía yo la cabeza...) En fin, cuando falla la tecnología más sofisticada, la tecnología primitiva entra en juego.

Volvamos al palo afilado con una mina de grafito dentro, y a las hojas de pulpa de celulosa prensada...

Debes de estar preguntándote si me he vuelto loco. No, no te preocupes (de momento). No estoy delirando hasta el punto de pensar que puedo poner esta carta en un sobre y pegarle un sello. Todavía estamos de camino, nos quedan unas 25 horas de viaje. Tan pronto llegue a Oasis y me instale, transcribiré todos estos apuntes. Me conectarán a la red y podré enviar un mensaje a la cosa esa que la USIC nos instaló en casa. Y no te molestes en llamarlo «Servidor de Mensajería Zhou-23», como nos dijeron. Les mencioné ese nombre a los tipos de la nave y se pusieron a reír. Ellos lo llaman Shoot. Muy típico de los americanos acortarlo todo en monosílabos. (Es pegadizo, de todas formas.)

Supongo que en lugar de esperar un día entero podría utilizar el Shoot que hay a bordo, en particular porque estoy demasiado alterado para dormir y sería una buena manera de ocupar el tiempo hasta que aterricemos. Pero no tendría privacidad, y la necesito para lo que voy a contar ahora. Los hombres de la nave no son –¿cómo lo diría?– modelos de discreción y sensibilidad, precisamente. Si escribo esto en su máquina, me imagino a alguno de ellos descargando mi mensaje y leyéndolo en voz alta para hilaridad de todos.

Bea, perdona que no sea capaz de dejar el tema, pero sigo disgustado por lo que pasó en el coche. Siento que te fallé. Ojalá pudiera abrazarte y arreglarlo. Es una tontería que me obsesione con ello, ya lo sé. Supongo que es sólo que hace que comprenda lo lejos que estamos ahora el uno del otro. ¿Habrán estado alguna vez marido y mujer separados por una distancia tan enorme? Parece que fue ayer mismo cuando podía alargar la mano y tocarte. La última mañana que pasamos juntos en la cama, se te veía tan serena y satisfecha. Pero en el coche te vi derrumbada.

Más allá de lo alterado que estoy al respecto, no puedo decir que me sienta muy seguro con respecto a la misión. Es probable que sea sólo algo físico y pasajero, pero me pregunto si estoy a la altura. Los hombres de la nave, aunque un poco brutos, han sido muy amables conmigo, de una forma algo condescendiente. Pero estoy seguro de que se preguntan por qué la USIC se gasta una fortuna en transportarme a Oasis, y debo admitir que yo mismo estoy confuso. Cada miembro de la tripulación tiene un papel claramente definido. Tuska (no estoy seguro de cuál es su nombre de pila) es el piloto, y en Oasis se encarga de los ordenadores. Billy Graham, apodado BG, es un ingeniero con una experiencia enorme en la industria petrolífera. Arthur Severin es también una especie de ingeniero, algo relacionado con procesos hidrometalúrgicos; queda fuera de mi comprensión. Hablando, podrían pasar por obreros de la construcción (¡y supongo que algo de eso tienen!), pero son mucho más inteligentes de lo que parece a simple vista y, a diferencia de mí, están extraordinariamente cualificados para las tareas que les han encomendado.

Bueno, ¡supongo que ya está bien de inseguridades por hoy!

La parte de la carta que escribí en la nave termina aquí. No llegué muy lejos con lápiz y papel, ¿eh? A partir de aquí, todo está escrito (bueno, tecleado) en Oasis. Sí, ya he llegado, ¡estoy aquí! Y lo primero que hago es escribirte.

Fue un aterrizaje muy seguro; extrañamente suave, de hecho, no hubo siquiera ese choque inquietante que notas cuando las ruedas del avión tocan el suelo. Fue más como un ascensor llegando a la planta indicada. Habría preferido algo más teatral, o incluso aterrador, para disipar la sensación de irrealidad. Pero en lugar de eso, te avisan de que ya hemos aterrizado, se abren las puertas y pasas a uno de esos túneles en forma de tubo, como en un aeropuerto, y llegas a un edificio grande y feo que es igual que cualquier otro edificio grande y feo en el que hayas estado. Esperaba algo más exótico, una extravagancia arquitectónica; pero puede que las mismas personas diseñaran este sitio igual que las instalaciones de la USIC en Florida.

En fin, ya estoy en mi cuarto. Daba por sentado que al llegar me llevarían de inmediato a otra parte, un viaje a través de algún terreno asombroso. Pero el aeropuerto —si es que se lo puede llamar así, porque es más bien como un aparcamiento enorme— tiene varias alas de alojamientos anexas. Me han pasado de una caja a otra.

No es que mi vivienda sea pequeña. De hecho, el dormitorio es más grande que el nuestro, hay un baño con una ducha de verdad (que estoy demasiado cansado para usar), una nevera (vacía por completo, salvo por una cubitera de plástico, también vacía), una mesa, dos sillas y, claro está, el Shoot desde el que estoy escribiendo esto. El ambiente es muy de «cadena hotelera»; podría estar en un centro de congresos de Watford. Pero espero caer dormido pronto. Severin me ha explicado que es bastante habitual que la gente sufra insomnio los dos días siguientes al Salto y que luego duerma 24 horas de un tirón. Estoy seguro de que sabe de lo que habla.

Nos despedimos de una manera algo incómoda, Severin y yo. El hecho de que la puntería del Salto fuera más precisa de lo esperado supuso que, pese a hacer un uso sin restricciones del combustible para llegar a Oasis lo más rápido posible, sobrara una cantidad enorme. Así que lo soltamos todo, sin más, antes de llegar. ¿Te lo imaginas? Miles de litros de combustible lanzados a chorro al espacio, junto con nuestros desechos orgánicos, toallitas sucias, envases vacíos de fideos... No pude evitar decir: Seguro que hay una manera mejor. Severin se molestó (creo que quería defender a Tuska, que fue técnicamente responsable de la decisión; esos dos tienen un rollo amor/odio). Total, Severin me preguntó si acaso yo podría aterrizar una nave con esa cantidad de fuel «colgándole del culo». Dijo que era como arrojar una botella de leche desde lo alto de un rascacielos y esperar que no le pasara nada al llegar al suelo. Le respondí que si la ciencia era capaz de ingeniar algo como el Salto, seguro que podía resolver un problema como ése. Severin se agarró a la palabra «ciencia». La ciencia, me dijo, no es una fuerza misteriosa y sobrenatural, sino el nombre que les damos a las ideas brillantes que tienen tíos concretos tumbados en la cama de noche, y que si tanto me preocupaba el combustible, nada me impedía tener una idea brillante con la que resolver el problema y enviársela a la USIC. Lo dijo como a la ligera, pero había agresividad detrás de sus palabras. Ya sabes cómo son los hombres a veces.

¡No me puedo creer que te esté contando una discusión que he tenido con un ingeniero! Dios ha querido que me envíen a otro mundo, el primer misionero cristiano que lo hace, ¡y aquí estoy yo, chismorreando sobre mis compañeros de viaje!

Mi querida Beatrice, por favor considera esta Primera Epístola un preludio, una tirada de prueba, una manera de remover bien el suelo antes de sembrar en él algo hermoso. Por eso es, en parte, por lo que decidí transcribir los garabatos a lápiz que escribí en la nave y pasarlos tal cual al Shoot, sin editar, en este mensaje para ti. Si cambiara una sola frase me vería tentado de cambiarlas todas; si me diera permiso para omitir un solo detalle insulso, acabaría seguramente descartándolo todo. Es mejor que te lleguen estos desvaríos apenas coherentes de jet lag a que no te llegue nada.

Voy a acostarme ya. Es de noche. Será de noche durante los próximos tres días, no sé si me explico. Todavía no he visto el cielo, no bien visto, sólo un atisbo a través del techo transparente del vestíbulo de llegadas, mientras me acompañaban al cuarto. Un enlace muy amable de la USIC cuyo nombre ya no recuerdo estuvo dándome charla y tratando de llevarme la bolsa y yo me vi arrastrado, de algún modo. Mi habitación tiene unos grandes ventanales, pero están cubiertos con unas persianas venecianas supuestamente electrónicas, y yo estoy demasiado cansado y desorientado para averiguar cómo funcionan. Tendría que dormir un poco antes de ponerme a pulsar botones. Excepto el que pulsaré ahora, claro, para enviarte este mensaje.

¡Cruzad el espacio como un cohete, pequeños rayos de luz, y rebotad en los satélites apropiados para llegar a la mujer que amo! ¿Pero cómo es posible que estas palabras, convertidas en pulsaciones de código binario, viajen tan increíblemente lejos? No acabaré de creérmelo hasta que me llegue tu respuesta. Si se me concede ese pequeño milagro, todos los demás vendrán después, estoy seguro.

Te quiero,

Peter

Durmió, y se despertó con el sonido de la lluvia.

Estuvo mucho rato tumbado a oscuras, demasiado cansado

para moverse, escuchando. La lluvia sonaba distinta a la de casa. La intensidad subía y bajaba siguiendo un veloz ritmo cíclico, tres segundos como máximo entre cada pico. Sincronizó su respiración con las fluctuaciones, inspirando cuando la lluvia caía con más suavidad, y espirando cuando caía con más fuerza. ¿Por qué hacía eso la lluvia? ¿Había un motivo natural, o se debía al diseño del edificio: una turbina de aire, un extractor, un portal defectuoso que se abría y se cerraba? ¿Podía ser algo tan prosaico como su propia ventana golpeando con la brisa? No veía nada a través de los listones de la persiana veneciana.

Al final, la curiosidad se impuso a la fatiga. Salió trastabillando de la cama, palpó la pared en busca del interruptor del cuarto de baño y se quedó cegado un momento por el exceso de fuerza halógena. Echó un vistazo al reloj, lo único que se había dejado puesto al meterse en la cama. Había dormido... ¿cuánto?... sólo siete horas..., a no ser que hubiera dormido treinta y una. Comprobó la fecha. No, sólo siete. ¿Qué lo había despertado? La erección, tal vez.

El baño era idéntico en todos los aspectos al baño que uno esperaría encontrar en un hotel, sólo que el inodoro, en lugar de emplear un mecanismo de descarga de agua, era de esos que succionaban el contenido con una ráfaga de aire comprimido. Peter meó despacio y con cierto malestar, esperando a que se le pasara la erección. La orina tenía un tono naranja oscuro. Alarmado, llenó un vaso de agua del grifo. El líquido salió verde claro. Limpio y transparente, pero verde claro. Había un aviso colgado de la pared, sobre el lavamanos: EL AGUA ES DE COLOR VERDE. ESTO ES NORMAL Y SE HA CERTIFICADO QUE NO ENTRAÑA NINGÚN RIESGO. EN CASO DE DUDA, PUEDEN ADQUIRIR AGUA EMBOTELLADA Y REFRESCOS, SEGÚN DISPONIBILIDAD, EN LA TIENDA USIC, 50 $ POR 300 ML.

Peter se quedó mirando el vaso de líquido verdoso, muerto de sed pero con recelos. Todas esas historias de turistas británicos que bebían agua extraña estando de vacaciones y se intoxicaban... La diarrea del viajero y todo eso. Le vinieron a la memoria dos pasajes reconfortantes de las Escrituras: «No os afanéis por lo que habéis de beber», de Mateo 6:25, y «Todas las cosas son puras para los puros», de Tito 1:15, aunque era obvio que estaban pensadas para otros contextos. Miró de nuevo el letrero con la alternativa embotellada: 50 $ POR 300 ML. Imposible. Bea y él habían hablado ya de lo que harían con el dinero que iba a ganar en la misión. Cancelar la hipoteca. Reformar la sala infantil de la iglesia para que los niños tuvieran más luz y más sol. Comprar una furgoneta adaptada para sillas de ruedas. La lista era interminable. Cada dólar que gastara aquí eliminaría de la lista algo que merecía la pena. Se llevó el vaso a la boca y bebió.

Sabía bien. Divinamente, de hecho. ¿Eso era una blasfemia? «Ay, déjalo ya», le habría aconsejado Beatrice, sin duda. «Hay cosas más importantes de que preocuparse en el mundo.» ¿Qué cosas de las que preocuparse habría en *este* mundo? Lo iba a descubrir muy pronto. Se puso de pie, tiró de la cadena y bebió un poco más de agua verde. Tenía un ligero regusto a melón, o a lo mejor eran imaginaciones suyas.

Todavía desnudo, se acercó a la ventana del dormitorio. Tenía que haber algún modo de subir la persiana, pero no había ningún interruptor ni ningún botón a la vista. Palpó por los extremos de los listones y sus dedos se enredaron con un cordel. Tiró de él y la persiana subió. Se dio cuenta, mientras seguía tirando del cordel, de que tal vez estuviera exponiendo su desnudez a los ojos de cualquiera que pasara casualmente por allí, pero era demasiado tarde para preocuparse por eso. La ventana –un gran panel de plexiglás– estaba totalmente descubierta.

Fuera, la oscuridad seguía imperando. El área que rodeaba el complejo del aeropuerto de la USIC era un páramo, una zona muerta de carreteras anodinas, de edificios sombríos como hangares y larguiruchas farolas de acero. Era como el aparcamiento de un supermercado que no terminara nunca. Pero el corazón de Peter latía con fuerza, y él respiraba superficialmente por la excitación. ¡La lluvia! La lluvia no caía en línea recta, estaba... ¡bailando! ¿Podía decirse eso de la lluvia? El agua carecía de inteligencia. Y, sin embargo, aquella lluvia se desplazaba de lado a lado, cientos de miles de hileras plateadas describiendo con elegancia los mismos arcos. No tenía nada que ver con las rachas de viento que impulsaban erráticamente la lluvia de casa. No, el aire aquí estaba en calma, y el movimiento de la lluvia era un barrido grácil y pausado de un lado del cielo al otro, de ahí las salpicaduras rítmicas contra la ventana.

Apoyó la frente en el cristal. Estaba benditamente frío. Se dio cuenta de que tenía algo de fiebre, se preguntó si la curvatura de la lluvia sería una alucinación. Escudriñando la oscuridad, se esforzó por enfocar la vista en la bruma luminosa que envolvía las farolas. Dentro de esas esferas de luz, semejantes a halos, las gotas de lluvia se distinguían tan brillantes como confeti de papel de aluminio. Su patrón sensual, ondulante, no podía ser más claro.

Peter se apartó de la ventana. Vio su reflejo fantasmal, surcado por aquella lluvia sobrenatural. La cara, por lo general alegre y de mejillas sonrosadas, tenía una mirada angustiada, y el resplandor de tungsteno de una farola lejana brillaba en su abdomen. Sus genitales parecían esculpidos en alabastro como los de una estatua griega. Levantó la mano, para romper el hechizo, para reorientarse hacia su humanidad de siempre. Pero fue como si un extraño le devolviera el saludo.

Mi querida Beatrice:
No he sabido nada de ti. Me siento literalmente en suspenso, como si no pudiera soltar el aire hasta tener la prueba de que podemos comunicarnos el uno con el otro. Una vez leí un relato de ciencia ficción en el que un hombre joven viajaba a otro planeta y dejaba a su mujer en la Tierra. Sólo estaba fuera unas semanas, y luego

71

volvía. Pero la gracia de la historia era que el Tiempo pasaba para ella a una velocidad distinta, así que cuando el hombre llegaba a casa, descubría que habían transcurrido setenta y cinco años, y que su mujer había muerto la semana antes. Volvía justo a tiempo para asistir al funeral, y todos los viejos se preguntaban quién podía ser aquel joven devastado. Era un relato de ciencia ficción cursi y del montón, pero yo lo leí a una edad impresionable y me afectó mucho. Y, por supuesto, ahora tengo miedo de que se haga realidad. BG, Severin y Tuska han ido todos a Oasis y han vuelto varias veces a lo largo de los años, ¡así que supongo que debería tomar eso como una prueba de que no te estás arrugando como una pasa! (¡Aunque te seguiría queriendo de todas formas!)

Como deducirás seguramente de mi cháchara, sigo teniendo un jet lag horrible. He dormido bien, pero ni mucho menos lo bastante. Sigue estando oscuro, estamos justo en mitad de la noche de tres días. Todavía no he salido, pero he visto llover. La lluvia aquí es increíble. Se balancea adelante y atrás, como una cortina de cuentas.

Tengo un baño muy bien equipado, y me acabo de dar una ducha. ¡El agua es de color verde! Y por lo visto se puede beber. Ha sido maravilloso lavarse por fin como es debido, aunque todavía huelo raro (estoy seguro de que te reirías si me vieras aquí sentado, oliéndome las axilas con el ceño fruncido), y mi orina tiene un color extraño.

Bueno, éste no es el tono con el que quería terminar, pero no se me ocurre qué más decir ahora mismo. Necesito saber de ti. ¿Estás ahí? ¡Di algo, por favor!

Te quiero,

Peter

Después de enviar el mensaje, Peter se puso a dar vueltas por el cuarto, sin saber qué hacer. La representante de la USIC que lo había acompañado al salir de la nave había dado a entender con perfecta cortesía que estaba a su disposición si necesitaba cualquier cosa, pero no había especificado cómo funcionaba esa disposición. ¿Le había dicho siquiera su nombre? Peter no lograba recordarlo. Desde luego, no habían dejado ninguna nota sobre la mesa, para darle la bienvenida, ofrecerle algunas indicaciones y explicarle cómo podía ponerse en contacto. En la pared había un botón rojo con el letrero EMERGENCIA, pero no había ninguno para el DESCONCIERTO. Pasó un buen rato buscando la llave de su cuarto, sin olvidar que quizás no se pareciera a una llave convencional, sino que podía ser una tarjeta de plástico como las que daban en los hoteles. No encontró nada que se pareciera lo más vagamente a una llave. Al final, abrió la puerta y examinó la cerradura, o mejor dicho, el lugar en el que iría la cerradura en caso de haberla. Pero sólo encontró una anticuada manija oscilante, como si el cuarto de Peter fuera un dormitorio encajado en una casa inusualmente grande. *En la casa de mi padre hay muchos aposentos.* A la USIC, estaba claro, no le preocupaban la seguridad ni la privacidad. Vale, puede que el personal no tuviese nada que robar ni nada que esconder, pero aun así... Raro. Peter echó un vistazo a un lado y otro del pasillo; estaba desierto y la suya era la única puerta a la vista.

De vuelta adentro, abrió la nevera y confirmó que la cubitera vacía era lo único que había en ella. ¿Una manzana habría sido mucho esperar? Tal vez sí. Se le seguía olvidando lo lejos que estaba de casa.

Era hora de salir y afrontarlo.

Se puso la ropa que había llevado el día anterior: calzoncillos, camisa de franela, cazadora y pantalones vaqueros, calcetines y zapatos de cordones. Se peinó y echó otro trago de agua verdosa. El estómago vacío protestaba y gorgoteaba; había procesado y eliminado ya los fideos que había comido en la nave. Se acercó despacio a la puerta; dudó, se puso de rodillas, inclinó la cabeza para rezar. Aún no le había dado las gracias a Dios por hacerle llegar a salvo a su destino; se las dio ahora. Le agradeció también otras cosas, pero luego tuvo la sensación inconfundible de que Jesús estaba allí mismo, dándole un codazo,

73

acusándolo amistosamente de marear la perdiz, así que se puso en pie y salió de una vez.

En el comedor de la USIC resonaba un murmullo, pero no provenía de la actividad humana, sino de música grabada. Era una sala grande, con una de las paredes casi por completo de cristal, y la música flotaba en el ambiente como niebla que emitieran los conductos de ventilación del techo. Al margen de una vaga impresión de brillo acuoso en la ventana, la lluvia que caía fuera se notaba más de lo que se veía, y le aportaba al comedor una sensación de recogimiento acogedor y amortiguado.

I stopped to see a weeping willow
Crying on his pillow
Maybe he's crying for me..., cantaba una fantasmal voz femenina, que parecía haber recorrido kilómetros de túneles subterráneos hasta emerger al fin por una abertura accidental.

And as the skies turn gloomy,
Night blooms whisper to me,
I'm lonesome as I can be...

Había cuatro empleados de la USIC en el comedor, todos ellos hombres jóvenes que Peter no había visto antes. Uno, un chino grueso con el pelo rapado, cabeceaba en un sillón colocado junto a un expositor de revistas bien surtido, con la cara apoyada en el puño. Otro estaba trabajando en la barra de la cafetería, con el cuerpo, alto y larguirucho, envuelto en una camiseta dos tallas grande. Estaba concentrado trasteando con un monitor de pantalla táctil puesto en equilibrio sobre el mostrador, pulsándolo con un puntero metálico. Se mordió los labios, hinchados, con unos dientes blancos y grandes. Llevaba el pelo aplastado con alguna clase de producto capilar gelatinoso. Parecía eslavo. Los otros dos hombres eran negros. Estaban sentados a una de las mesas, examinando juntos un libro. Era demasiado grande y fino para ser una Biblia; lo más probable es que fuera un manual técnico. Había junto a ellos unas tazas

74

altas de café y un par de platos de postre en los que no quedaban más que las migas. A Peter no le llegaba ningún olor a comida en la sala.

I go out walking after midnight,
Out in the starlight,
Just hoping you may be...

Los tres hombres que estaban despiertos reaccionaron a su llegada inclinando la cabeza en señal de discreta bienvenida, pero por lo demás no interrumpieron lo que estaban haciendo. El asiático adormecido y los dos hombres del libro iban todos vestidos igual: camisa holgada al estilo de Oriente Medio, pantalones anchos de algodón y unas macizas deportivas sin calcetines. Como jugadores de baloncesto musulmanes.

–Hola, me llamo Peter –dijo, acercándose al mostrador–. Soy nuevo. Me encantaría comer algo, si puede ser.

El joven de aspecto eslavo negó moviendo su cara prognata a un lado y otro.

–Demasiado tarde, colega.

–¿Demasiado tarde?

–Tasación de inventario de veinticuatro horas. Ha empezado hace una.

–Los de la USIC me dijeron que se suministraba comida siempre que la necesitásemos.

–Correcto, colega. Sólo tienes que asegurarte de no necesitarla en el momento equivocado.

Peter asimiló la noticia. La voz femenina que sonaba por megafonía había llegado al final de la canción. La siguió la voz de un hombre, sonora y con una intimidad teatral.

«Están escuchando *Night Blooms,* una crónica documental de las interpretaciones de "Walkin' After Midnight" que hizo Patsy Cline desde 1957 hasta los duetos póstumos de 1999. Bueno, amigos, ¿han hecho lo que les pedí? ¿Han retenido en la memoria esa timidez aniñada que irradiaba la voz de Patsy en la versión de su debut en *Los cazatalentos de Arthur Godfrey?*

¡Cómo cambian las cosas en once meses! La versión que acaban de escuchar se grabó el 14 de diciembre de 1957 para el Grand Ole Opry. A esas alturas, es evidente que había comprendido mejor el extraordinario poder de la canción. Pero el aura de sabiduría y de insoportable tristeza que oirán en la *siguiente* versión le debe también algo a una tragedia personal. El 14 de junio de 1961, Patsy había estado a punto de morir en un choque frontal. Sorprendentemente, apenas unos días después de abandonar el hospital, la encontramos interpretando "After Midnight" en la Sala Cimarron de Tulsa, Oklahoma. Escuchen, escuchen con atención, y oirán el dolor de aquel terrible accidente de coche, la angustia que debió de sentir por aquellas profundas cicatrices en la frente, que nunca se curaron...»

La voz femenina y fantasmal flotó por el techo de nuevo.

I go out walking after midnight,
Out in the moonlight just like we used to do.
I'm always walking after midnight,
Searching for you...

—¿Cuándo es la próxima entrega de comida? —preguntó Peter.

—La comida ya está aquí, colega —le respondió el eslavo, dando unas palmaditas sobre la barra—. Disponible para su consumo en seis horas y... veintisiete minutos.

—Lo siento, soy nuevo; no conocía el sistema. Y la verdad es que tengo muchísima hambre. ¿No podrías... eh... sacar algo antes y marcarlo como si se hubiese servido dentro de seis horas?

El eslavo entrecerró los ojos.

—Eso sería... cometer una falsedad, colega.

Peter sonrió y dejó caer la cabeza en señal de derrota. Patsy Cline cantaba «Well, that's just my way of saying I love you» mientras él se alejaba de la barra y se sentaba en uno de los sillones del expositor de revistas, justo detrás del hombre que dormitaba.

En cuanto su espalda se hundió en el tapizado se notó exhausto, y supo que si no se levantaba pronto de allí se quedaría dormido. Se inclinó hacia las revistas e hizo un rápido inventario mental de la selección: *Cosmopolitan*, *Retro Gamer*, *Men's Health*, *Your Dog*, *Vogue*, *Vintage Aircraft*, *Tragonas de Lefa*, *House & Garden*, *Innate Inmunity*, *Autosport*, *Science Digest*, *Super Food Ideas*... Más o menos todo el repertorio. Manoseadas y sólo ligeramente desfasadas.

–¡Eh, padre!

Se dio la vuelta. Los dos hombres negros que compartían mesa habían cerrado el libro; habían terminado por hoy. Uno de ellos sostenía en lo alto un objeto envuelto en papel de aluminio y del tamaño de una pelota de tenis, agitándolo efusivamente. Tan pronto llamó la atención de Peter, lanzó el objeto de punta a punta de la sala. Peter lo atrapó con facilidad, sin asomo alguno de torpeza. Siempre había sido un excelente receptor. Los dos hombres levantaron el puño con cordialidad, felicitándolo. Retiró el envoltorio, era un pedazo de magdalena de arándanos.

–¡Gracias! –Su voz sonó extraña con la acústica del comedor, compitiendo con la del locutor, que había retomado su exégesis de Patsy Cline. Llegados a este punto del relato, Patsy había muerto en un accidente aéreo.

«... efectos personales que quedaron abandonados tras la venta de su casa. La grabación fue de mano en mano, sin que nadie reconociera en ella el tesoro que era, antes de terminar guardada en el armario de un joyero durante varios años. ¡Imaginen, amigos! Esos sonidos divinos que acaban de escuchar, durmientes en una modesta bobina de cinta magnética, encerrados en un armario oscuro, tal vez para no volver a ver jamás la luz del sol. Pero podemos estar eternamente agradecidos de que el joyero despertara al fin y llegara a un acuerdo con MCA Records...»

La magdalena de arándanos estaba deliciosa; de lo mejor que había probado nunca. Y qué agradable era, también, saber que no estaba en territorio completamente hostil.

–¡Bienvenido al cielo, padre! –le dijo uno de sus benefactores, y todos salvo el asiático rieron.

Peter se dio la vuelta y les lanzó una sonrisa.

–Bueno, desde luego las cosas pintan mejor que hace unos minutos.

–¡Arriba y adelante, padre! Ése es el lema de la USIC, más o menos.

–¿Y qué? –les preguntó Peter–. ¿Os gusta esto?

El hombre negro que le había lanzado la magdalena se puso pensativo, meditando seriamente la pregunta.

–Está bien, tío. Mejor que otros sitios.

–El tiempo está guapo –intervino su compañero.

–Quiere decir que la temperatura es agradable.

–Pues eso he dicho, tío.

–Aún no he salido, ¿sabéis? –explicó Peter.

–Ah, pues deberías –le dijo el primer hombre, como si aceptara la posibilidad de que Peter prefiriera pasar toda su estancia en Oasis encerrado en su cuarto–. Echa un vistazo antes de que vuelva la luz.

–Me gustaría –respondió Peter, poniéndose de pie–. ¿Dónde está... eh... la puerta más cercana?

El empleado de la barra apuntó con un dedo largo y huesudo más allá de un cartel de plástico en el que decía ¡DISFRUTE! en letras grandes y, debajo, con caracteres más pequeños: COMA Y BEBA CON RESPONSABILIDAD. RECUERDE QUE EL AGUA EMBOTELLADA, LOS REFRESCOS CARBONATADOS, LOS PASTELES, LAS GOLOSINAS Y LOS ARTÍCULOS CON EL ADHESIVO AMARILLO NO ESTÁN INCLUIDOS EN LA ASIGNACIÓN DE ALIMENTOS Y BEBIDAS Y SE DESCONTARÁN DE SU SALARIO.

–¡Gracias por la información! –dijo Peter mientras salía–. ¡Y por la comida!

–Que vaya bien, colega.

Lo último que oyó fue la voz de Patsy Cline, esta vez cantando con algún cantante famoso un dueto grabado, gracias al milagro de la tecnología moderna, décadas después de su muerte.

Peter cruzó una puerta corredera y salió al aire de Oasis, donde, a pesar de sus temores, no murió al instante, ni fue succionado por un vórtice de vacío, ni se requemó como un pegote de grasa en la plancha. En lugar de eso, lo envolvió una brisa húmeda y cálida, un remolino balsámico que dejaba la misma sensación que el vapor pero sin que le ardiera la garganta. Se adentró lentamente en la oscuridad, sus pasos iluminados sólo por algunas farolas apartadas. En el inhóspito entorno del aeropuerto de la USIC no había mucho que ver, de todos modos, nada más que hectáreas de asfalto negro y húmedo; pero quería ir fuera a caminar y aquí estaba, fuera, caminando.

El cielo era oscuro, un aguamarina oscuro. Aguamariiiiina, que diría BG. Sólo se veían unas decenas de estrellas, muchas menos de las que solía ver, pero cada una de ellas brillaba intensamente, sin titilar, y con un aura verde claro. No había luna.

La lluvia había parado, pero el ambiente parecía aún compuesto en gran medida de agua. Si cerraba los ojos, casi podía imaginar que caminaba por una piscina templada. El aire le lamía las mejillas, le hacía cosquillas en las orejas, se deslizaba por sus labios y sus manos. Traspasaba su ropa, se colaba por el cuello de la camisa y bajaba por la columna, cubría de humedad sus omóplatos y su pecho, hacía que los puños de la camisa se quedaran adheridos a sus muñecas. La calidez —era una extrema calidez, más que calor— hizo que la piel le hormigueara por el sudor y lo volvió consciente de cada pelo de su axila, de las hendiduras de las ingles, de la forma de los dedos de los pies dentro de sus húmedos zapatos.

Iba todo él vestido de la manera equivocada. Los tipos de la USIC, con esos trapos árabes y holgados lo tenían pillado, ¿eh? Tendría que seguir su ejemplo lo antes posible.

Mientras caminaba, trató de marcar una separación entre los fenómenos inusuales que ocurrían dentro de él y los sucesos reales externos. Su corazón latía algo más rápido de lo normal; lo achacó a la excitación. Andaba un poco de lado, como torcido por el alcohol; se preguntó si serían sólo las secuelas del Salto, el jet lag y el agotamiento general. Los pies parecían rebotar ligeramente a cada paso, como si el asfalto estuviese cauchutado. Se puso de rodillas y golpeó el suelo con los nudillos. Era duro, rígido. Fuera de lo que fuera –alguna combinación de tierra local y sustancias químicas importadas, era de suponer–, tenía una consistencia similar a la del asfalto. Se levantó, y el acto de levantarse fue quizás más sencillo de lo que debería. Como un ligerísimo efecto trampolín que quedaba compensado por la densidad acuosa del aire. Alzó la mano y empujó el espacio con la palma, midiendo la resistencia. No había ninguna, y sin embargo el aire se arremolinó en torno a su muñeca y se deslizó por el antebrazo, haciéndole cosquillas. No sabía si aquello le gustaba o si le ponía los pelos de punta. El aire, en su experiencia, había sido siempre una ausencia. Pero allí era una presencia, una presencia tan palpable que se sentía tentado a creer que podía dejarse caer y el aire lo recogería como una almohada. No lo haría, por supuesto. Pero, arrimándose a su piel, casi parecía prometerle que sí.

Respiró hondo, concentrado en la textura del aire a medida que entraba en él. La textura y el sabor no eran distintos a los del aire normal. Sabía por los folletos de la USIC que la composición era casi la misma mezcla de nitrógeno y oxígeno que llevaba respirando toda la vida, con una pizca menos de dióxido de carbono, una pizca más de ozono y trazas de algunos elementos que tal vez no hubiese respirado nunca. Los folletos no mencionaban aquel vapor, sin embargo, aunque el clima de Oasis se describía como «tropical», así que puede que quedara incluido ahí.

Algo le hizo cosquillas en la oreja izquierda y se la frotó sin pensar. Algo blanduzco, como un copo de maíz mojado o una hoja de árbol putrefacta, se le escurrió entre los dedos y cayó antes de que pudiera acercárselo a los ojos y examinarlo. En los dedos le quedó una veta de líquido pegajoso. ¿Sangre? No, no era sangre. O, en todo caso, no suya. Era verde como una espinaca.

Se dio la vuelta y contempló el edificio del que había salido. Era monumentalmente feo, como toda la arquitectura que no era obra de devotos religiosos o excéntricos chalados. Lo único que lo salvaba era la transparencia del ventanal del comedor, iluminado como una pantalla de vídeo en la oscuridad. Aunque había andado un buen trecho, podía ver todavía la barra de la cafetería y el expositor de revistas, y creyó distinguir incluso al hombre asiático desplomado en uno de los sillones. A esa distancia, los detalles parecían el ordenado surtido de artículos de una máquina expendedora. Una pequeña caja luminosa rodeada por un mar enorme de aire extraño, y sobre ella, un trillón de kilómetros de oscuridad.

Había experimentado antes momentos como ése, en el planeta que se suponía que era su hogar. Vagando sin poder dormir por las calles de ciudades británicas de mala muerte, a las dos o a las tres de la mañana, acababa en una parada de autobuses de Stockport, en un destartalado centro comercial de Reading o en los cascarones vacíos de Camden Market horas antes de que amaneciera; y era en esos momentos, en esos lugares, cuando lo golpeaba una visión de la insignificancia humana en todo su insoportable patetismo. La gente y sus casas eran un polvo finísimo en la superficie del globo, como motas invisibles de bacterias en una naranja, y las débiles luces de los restaurantes de kebabs y los supermercados eran por completo incapaces de hacerse visibles en la infinitud del espacio sobre ellas. Si no fuera por Dios, aquel vacío todopoderoso sería demasiado aplastante para soportarlo, pero cuando Dios estaba contigo, era otra historia.

Peter dio media vuelta de nuevo y siguió caminando. Te-

81

nía la vaga esperanza de que si iba lo bastante lejos, el asfalto monótono de los alrededores del aeropuerto llegaría a su fin y se adentraría en el paisaje de Oasis, del auténtico Oasis.

La cazadora vaquera pesaba cada vez más por la humedad, y la camisa de franela estaba hinchada de sudor. Los vaqueros emitían un cómico silbido al caminar, el algodón basto y húmedo frotando contra sí. La cinturilla empezaba a rasparle las caderas, y un riachuelo de sudor le bajaba por la rabadilla. Se paró a subirse los pantalones y enjugarse la cara. Presionó sus orejas con la yema de los dedos para despejar un silbido de fondo que creía que venía de los oídos, pero descubrió que el ruido no procedía de dentro. El aire estaba lleno de crujidos. Un susurro sin palabras, el ruido de hojas revoloteando, sólo que no se veía vegetación por ninguna parte. Era como si las corrientes de aire, tan parecidas a las corrientes de agua, no pudieran moverse en silencio, sino que tuvieran que agitarse y sisear como olas del océano.

Estaba seguro de que se adaptaría, con el tiempo. Sería como vivir cerca de una vía de tren o, de hecho, cerca del océano. Pasado un tiempo ya no lo oyes.

Se alejó aún más, resistiendo el impulso de quitarse la ropa, tirarla al suelo y recogerla a la vuelta. El asfalto no daba muestras de tener fin. ¿Qué pretendía la USIC con todo aquel asfalto desierto? A lo mejor había planes de ampliar las alas de alojamientos, o de construir canchas de tenis o un centro comercial. Oasis estaba destinado, en «un futuro muy próximo», a convertirse en una «próspera comunidad». Con lo que la USIC se refería a una próspera comunidad de colonos extranjeros, claro está. Los habitantes indígenas de este mundo, prósperos o no, apenas aparecían mencionados en los textos de la USIC, salvo para asegurar escrupulosamente que nada se planificaba o implementaba sin contar con su pleno e informado consentimiento. La USIC estaba «asociada» con los ciudadanos de Oasis..., quienesquiera que fuesen.

Peter, desde luego, se moría de ganas de conocerlos. Ellos eran, a fin de cuentas, la razón que lo había llevado allí.

Sacó una cámara compacta de uno de los bolsillos de la cazadora. Los textos preparatorios advertían de que no era «viable» usar una cámara en Oasis, pero él la había llevado de todos modos. Que no era «viable»..., ¿qué quería decir eso? ¿Era una amenaza velada? ¿Requisarían su cámara las autoridades? Bueno, ya lo vería cuando llegara el momento. Ahora mismo, quería sacar algunas fotos. Para Bea. Cuando volviera con ella, cada foto que se hubiese molestado en hacer valdría mil palabras. Alzó el aparato y capturó el asfalto fantasmal, los edificios solitarios, el resplandor de la luz de la cafetería. Trató de capturar incluso el cielo aguamarina, pero una inspección rápida de la imagen almacenada le confirmó que era un rectángulo de puro negro.

Se guardó la cámara en el bolsillo y siguió caminando. ¿Cuánto rato llevaba caminando? Su reloj no era uno de esos digitales con luz, sino un reloj anticuado, con manecillas, regalo de su padre. Se lo acercó a la cara, intentando colocarlo en un ángulo que recogiera la luz de la farola más cercana. Pero la farola más cercana estaba al menos a cien metros.

Algo emitió un destello en su antebrazo, cerca de la correa del reloj. Algo vivo. ¿Un mosquito? No, demasiado grande. Era una libélula, o una criatura parecida a una libélula. Un cuerpecillo alargado y trémulo envuelto en alas transparentes. Peter sacudió la muñeca y la criatura cayó. O a lo mejor saltó, o voló, o la absorbió la atmósfera serpenteante. Como fuera: desapareció.

De pronto se dio cuenta de que al susurro del aire se le había sumado un nuevo ruido, un zumbido mecánico a sus espaldas. Apareció un vehículo. Era gris acero y tenía forma de bala, con ruedas grandes y unos gruesos neumáticos vulcanizados diseñados para terrenos accidentados. Era difícil distinguir al conductor a través del parabrisas tintado, pero tenía forma humanoide. El coche desaceleró y se detuvo justo a su lado; el lateral de metal quedó a sólo unos centímetros de él. La luz de los faros perforó la oscuridad hacia la que se dirigía Peter y reveló una cerca de tela metálica a la que habría llegado al cabo de un par de minutos más.

–Buenas.

Una voz femenina, con acento americano.

–Hola –saludó él.

–Deja que te lleve de vuelta.

Era la mujer de la USIC que lo había recibido a su llegada, la que lo había guiado hasta su habitación y le había dicho que estaba a su disposición si necesitaba algo. Abrió la puerta del pasajero y esperó, tocando el piano con los dedos sobre el volante.

–Quería ir un poco más lejos, en realidad –le dijo Peter–. Y tal vez conocer a gente... eh... de aquí.

–Iremos cuando salga el sol –le respondió la mujer–. El asentamiento está a unos ochenta kilómetros. Te hará falta un vehículo. ¿Sabes conducir?

–Sí.

–Bien. ¿Te explicaron cómo funcionaba la petición de vehículos?

–No creo.

–¿No crees?

–Eh..., mi mujer se encargó de la mayoría de los asuntos prácticos con la USIC. No sé si eso estaba incluido.

Hubo un silencio, y luego una risa amistosa.

–Sube, por favor, o el aire acondicionado se va a volver loco.

Peter subió al coche y cerró la puerta. Dentro el aire era fresco y seco, y le hizo tomar inmediata conciencia de que estaba calado hasta los huesos. Los pies, liberados del peso del cuerpo, hicieron un sonido de ventosa dentro de los calcetines.

La mujer iba vestida con un blusón blanco, unos pantalones finos de algodón y un pañuelo gris topo que le colgaba sobre el pecho. No llevaba nada de maquillaje en la cara, y tenía una ci-

84

catriz fruncida en la frente, justo debajo del nacimiento del pelo. Éste, de un castaño brillante, era muy corto, y la mujer podría haber pasado por un joven soldado de no ser por las cejas delicadas y oscuras, unas orejas pequeñas y unos labios bonitos.

–Lo siento –le dijo Peter–. He olvidado tu nombre. Estaba muy cansado...

–Grainger.

–Grainger.

–Los nombres de pila no tienen mucha importancia entre los empleados de la USIC, por si no te habías dado cuenta.

–Me había dado cuenta.

–Es un poco como el ejército. Sólo que no hacemos daño a nadie.

–Espero que no.

Ella aceleró el motor y giró en dirección al complejo del aeropuerto. Conducía inclinada hacia delante, frunciendo el ceño por la concentración, y a pesar de que había poca luz en el interior del vehículo, Peter distinguió los bordes reveladores de las lentes de contacto en sus ojos.

–¿Has salido expresamente a buscarme?

–Sí.

–¿Estás vigilando todos mis movimientos? ¿Llevas la cuenta de los pedazos de magdalena que como?

No pilló la alusión.

–Sólo me dejé caer por el comedor y uno de los chicos me dijo que habías salido a caminar.

–¿Eso te preocupa? –Peter mantuvo un tono ligero y amistoso.

–Acabas de llegar –le dijo ella, sin apartar los ojos del parabrisas–. No nos gustaría que te hicieras daño en tu primera incursión al exterior.

–¿Y qué hay del descargo de responsabilidad que firmé? Ese que recalca de doce maneras distintas que la USIC no asume ninguna responsabilidad por nada de lo que pueda ocurrirme?

El comentario pareció molestarle.

–Eso es un documento legalista redactado por abogados paranoicos que no han estado aquí jamás. Yo soy una persona amable, estoy aquí, te di la bienvenida cuando bajaste de la nave, y dije que estaría pendiente de ti, así que eso es lo que estoy haciendo.

–Lo agradezco.

–Me preocupo por las personas –explicó ella–. A veces me causa problemas.

–Intentaré no causarte problemas –le dijo Peter.

La cafetería, con aquella luz fantasmal, parecía avanzar hacia ellos en la oscuridad, como si fuera otro vehículo que amenazaba con chocar de frente contra ellos. Le habría gustado que no lo recogiesen tan pronto.

–Espero que comprendas que no he venido aquí a quedarme sentado y leer revistas en la cafetería. Quiero salir a conocer a la gente de Oasis, dondequiera que estén. Puede que viva entre ellos, si me dejan. Así que tal vez no sea factible que tú... eh... estés pendiente de mí.

Ella llevó el vehículo hacia el aparcamiento; habían llegado.

–Ya nos ocuparemos de eso cuando llegue el momento.

–Pues espero que sea muy pronto –insistió él, aún con tono ligero–. Lo antes posible. No es mi intención avasallarte, pero... voy a avasallarte. ¿Cuándo estás disponible para llevarme?

Grainger apagó el motor y retiró sus pequeños pies de los pedales.

–Dame una hora para preparar las cosas.

–¿Cosas?

–Comida, principalmente. Te habrás dado cuenta de que el comedor no sirve nada ahora mismo.

Peter asintió, y un hilillo de sudor se deslizó haciéndole cosquillas por la cara.

–No acabo de entender cómo se supone que funciona la

rutina noche/día, si está oscuro tres días seguidos. O sea, ahora mismo, oficialmente es de noche, ¿no?

–Sí, es de noche. –Se frotó los ojos, pero con cuidado, para que no se le salieran las lentillas.

–Entonces, ¿dejáis que el reloj decida cuándo empiezan y terminan los días, y listo?

–Claro. No es muy distinto de vivir en el Ártico, supongo. Ajustas tu patrón de sueño para estar despierto cuando lo están todos los demás.

–¿Y esos hombres que están ahora mismo en el comedor?

Ella se encogió de hombros.

–A Stanko le toca estar ahí porque tiene guardia. Y los otros..., bueno, a veces la gente tiene insomnio. O ya han dormido todo lo que tenían que dormir.

–¿Y la gente de Oasis, los... eh... nativos? ¿Están durmiendo ahora? Quiero decir, ¿deberíamos esperar a que saliera el sol?

Se volvió hacia él con una mirada defensiva, sin parpadear.

–No tengo ni idea de cuándo duermen. O de *si* duermen. Para ser franca contigo, no sé casi nada de ellos, aunque debo de ser la que más sabe por aquí. Son... algo difíciles de conocer. No estoy segura de que *quieran* que los conozcan.

–Sin embargo –repuso él, sonriendo–, yo estoy aquí para conocerlos.

–Vale –suspiró–. Es tu decisión. Pero se te ve cansado. ¿Estás seguro de que has dormido lo suficiente?

–Estoy bien. ¿Y tú?

–También bien. Como te he dicho, déjame una hora. Si en ese rato cambias de idea y quieres dormir un poco más, házmelo saber.

–¿Cómo hago eso?

–Con el Shoot. Hay un menú desplegable en el icono de la USIC. Yo estoy ahí.

–Me alegra saber que hay algún menú que sí ofrece algo.

Su intención era hacer un comentario lastimero sobre el

comedor, pero tan pronto las palabras salieron de su boca temió que ella lo malinterpretara.

Abrieron cada uno la puerta de su lado y salieron a la oscuridad de húmedos remolinos.

–¿Alguna otra recomendación? –le preguntó por encima del techo del vehículo.

–Sí –replicó ella al instante–: Olvídate de esa cazadora.

¿Sería el poder de sugestión? Le había dicho que parecía cansado y entonces no lo estaba, pero ahora sí se sentía agotado. Y aturdido, además. Como si el exceso de humedad se hubiera filtrado en su cerebro y hubiese empañado sus pensamientos. Esperaba que Grainger lo acompañara hasta su cuarto, pero no lo hizo. Lo llevó de vuelta al edificio por una puerta distinta a la que Peter había usado para salir y, medio minuto después, se estaba despidiendo de él en un cruce de pasillos.

Peter se alejó en dirección contraria a la de Grainger, que era claramente lo que esperaba ella, pero no tenía una idea precisa de adónde iba. El pasillo estaba vacío y en silencio y no recordaba haberlo visto antes. Las paredes estaban pintadas de un alegre color azul (que la tenue iluminación volvía algo más oscuro), pero, por lo demás, no había nada que lo distinguiese, ninguna señal ni indicador. Aunque tampoco es que hubiese razones para esperar que una señal indicara el camino a su cuarto. La USIC había dejado claro, en el curso de una de las entrevistas, que Peter no sería «en modo alguno» el pastor oficial de la base, y no debía sorprenderle si no había mucha demanda de sus servicios. Su verdadera responsabilidad era para con los indígenas. De hecho, ésa era la descripción de su puesto que aparecía en el contrato: *Pastor (cristiano) para la población indígena.*

–Pero cuentan con un pastor para las necesidades del personal de la USIC, ¿verdad? –había preguntado él.

—En realidad, de momento no —le había respondido el entrevistador.

—¿Quiere decir que la colonia es oficialmente atea? —preguntó Bea.

—No es una colonia —explicó otro de los entrevistadores de la USIC, con ligera brusquedad—. Es una comunidad. No usamos el término «colonia». Y no promovemos ninguna fe o falta de fe. Buscamos a las personas más adecuadas, eso es todo.

—Un pastor específicamente para el personal de la USIC es buena idea, en principio —los confortó el primer entrevistador—. En particular si él, o ella, tiene otras habilidades útiles. Hemos incorporado a personas así en el equipo en otras ocasiones, pero ahora mismo no es prioritario.

—¿Pero mi misión sí es prioritaria? —preguntó Peter, que apenas podía creer aquello todavía.

—La calificaríamos de «urgente» —le respondió el entrevistador—. Tan urgente, en realidad, que debo preguntarle... —Se inclinó hacia delante y miró a Peter directamente a los ojos—: ¿Cuándo puede partir?

Vio el resplandor de una luz en el siguiente recodo del pasillo, un leve sonido armonioso que, al cabo de un momento, identificó como el hilo musical. Se había pasado de largo, incapaz de localizar su propio cuarto, y había acabado en el comedor.

Cuando volvió a entrar, descubrió que se habían producido algunos cambios. El susurro fantasmal de Patsy Cline se había esfumado de las ondas y había sido reemplazado por un cocktail jazz tan insulso que apenas existía. Los dos hombres negros ya no estaban. El tipo chino se había despertado y hojeaba una revista. Una mujer menuda de mediana edad, puede que coreana o vietnamita, con el pelo negro y un mechón teñido de naranja, miraba fija y pensativamente una taza que tenía en el regazo. El eslavo de la barra seguía de servicio. No pareció darse cuenta de que había entrado Peter, ensimismado como estaba jugando con dos botes de plástico: ketchup y mostaza. Intentaba ponerlos en equilibrio apoyando el uno contra el otro, inclinados de tal modo que sólo las boquillas se tocasen. Sus largos dedos planeaban sobre la precaria estructura, listos para atrapar los botes cuando cayesen.

Peter se detuvo en la puerta, helado de repente, con esos vaqueros empapados en sudor y el pelo enmarañado. ¡Debía de tener un aspecto ridículo! Por unos segundos, la simple extrañeza de aquella gente, y lo irrelevante que él era para ellos, amenazó con inundar su espíritu de miedo, la parálisis de la timidez, el terror que siente un niño cuando se enfrenta a una escuela nueva llena de desconocidos. Pero entonces Dios lo calmó con una inyección de coraje y dio un paso al frente.

–Hola a todo el mundo –saludó.

5. JUSTO CUANDO ENTENDIÓ LO QUE ERAN

A los ojos de Dios, todos los hombres y mujeres están desnudos. La ropa no es nada más que una hoja de parra. Y los cuerpos que había debajo eran sólo otra capa de ropa, un traje de carne con un exterior de piel engorrosamente fino en diversos tonos de rosa, amarillo y marrón. Sólo las almas eran reales. Visto así, no debería existir nada parecido a la incomodidad o la timidez o el apuro en sociedad. Lo único que había que hacer era saludar al alma prójima.

Ante el saludo de Peter, Stanko dejó los botes en su sitio, alzó la vista y sonrió. El tipo chino levantó el pulgar a modo de respuesta. Y, por desgracia, la mujer, que estaba cabeceando con los ojos abiertos, se llevó un susto, sacudió las piernas y se derramó el café encima.

—¡Ay, madre! —gritó Peter, y corrió hacia ella—. ¡Lo siento mucho!

La mujer estaba ahora totalmente despierta. Llevaba un blusón y unos pantalones holgados, muy parecidos a los de Grainger, pero de color beige. El líquido derramado dejó un enorme manchurrón marrón.

—No pasa nada, no pasa nada —le dijo—. No estaba tan caliente.

Un objeto le pasó volando cerca de la cara y aterrizó en la

rodilla de la mujer. Era un paño de cocina, lanzado por Stanko. Ella empezó a secarse frotando y dando golpecitos. Se levantó el bajo del blusón y dejó a la vista dos manchas húmedas en los pantalones de fino algodón.

—¿Puedo ayudar? —se ofreció Peter.

Ella rió.

—No lo creo.

—Mi mujer elimina las manchas de café con vinagre —le dijo, con los ojos fijos en su cara para que no pensara que le estaba mirando los muslos.

—No es café de verdad. No te preocupes.

Hizo una bola con el paño y lo dejó sobre la mesa, con un movimiento pausado y metódico. Luego volvió a acomodarse en el sillón, sin prisa alguna por cambiarse de ropa, daba la impresión. El jazz del hilo musical calló por un momento, y luego las escobillas volvieron a acariciar los platillos y la caja, el saxofón exhaló y la improvisación comenzó una vez más. Stanko se aplicó a algo considerablemente ruidoso, y el hombre chino se concentró en la revista. Qué amables, estaban tratando de dejarle espacio.

—¿He echado a perder mi oportunidad de presentarme? —le preguntó—. Me llamo Peter.

—Moro. Encantada de conocerte. —La mujer alargó la mano derecha.

Peter vaciló un momento antes de estrecharla, pues se dio cuenta de que uno de los dedos terminaba en un muñón y de que le faltaba el meñique entero. Se la cogió y ella estrechó la suya con aplomo.

—No es muy habitual, ¿sabes? —le dijo Peter, sentándose a su lado.

—Un accidente de fábrica. Pasa todos los días.

—No, me refiero a la forma en que me has tendido esa mano. He conocido a muchas personas a las que les faltaban dedos de la mano derecha y siempre ofrecen la izquierda para

92

un apretón de manos. Porque no quieren que el otro se sienta incómodo.

Ella parecía ligeramente sorprendida.

—¿En serio?

Y luego sonrió y negó con la cabeza, como diciendo: *Mira que son raros algunos.* Su mirada era directa y sin embargo cauta, mientras lo examinaba en busca de rasgos identificativos que pudiera registrar en el archivo, por el momento vacío, con la etiqueta Misionero Inglés.

—Vengo de dar un paseo —le explicó, haciendo un gesto hacia la oscuridad de fuera—. La primera vez.

—No hay mucho que ver.

—Bueno, es de noche.

—De día tampoco hay mucho que ver. Pero estamos trabajando en ello. —El comentario no sonó ni orgulloso ni desinteresado, sólo descriptivo.

—¿A qué te dedicas aquí?

—Tecnóloga de ingeniería.

Peter se permitió una expresión aturdida, queriendo decir: *Explícame eso, por favor.* Y ella lo eludió con una mirada que venía a responder: *Es tarde y estoy cansada.*

—Además —añadió—, también hago alguna cosa en la cocina; en los fogones y en el horno, cada noventa y seis horas. —Se pasó los dedos por entre el pelo. Había raíces grises bajo el negro brillante y el naranja—. Es divertido, siempre lo espero con ganas.

—¿Es un trabajo voluntario?

—No, forma parte de mi horario. Verás que muchos tenemos más de una función aquí. —Se puso de pie, pero sólo cuando le tendió de nuevo la mano Peter comprendió que había terminado el encuentro—. Será mejor que vaya a limpiarme —le explicó.

—Un placer conocerte, Moro.

—Igualmente —dijo ella, y se marchó.

–Prepara unas empanadillas de dim sum muy buenas –le dijo el tipo chino cuando la mujer se hubo ido.

–¿Perdón?

–La pasta del dim sum es difícil de hacer –le explicó el hombre–. Muy delicada. La masa. Pero tiene que ser fina, si no, no es dim sum. Es complicado. Pero a ella se le da bien. Siempre nos damos cuenta, cuando le toca turno en la cocina.

Peter se cambió a un sillón vacío a su lado.

–Soy Peter.

–Werner –le respondió el hombre chino. Su mano, rechoncha, tenía cinco dedos y ejercía una firmeza estudiada con cuidado al estrecharla–. Así que has estado explorando.

–No mucho, todavía. Sigo muy cansado. Acabo de llegar.

–Lleva un tiempo adaptarse. Esas moléculas que llevas dentro tienen que calmarse. ¿Cuándo te toca el primer turno?

–Eh... En realidad, no... Estoy aquí como pastor. Supongo que se espera que esté de servicio en todo momento.

Werner asintió, pero había un punto de perplejidad en su cara, como si Peter acabara de confesar que firmó un contrato leonino sin contar con asesoramiento legal apropiado.

–Hacer la obra de Dios es un privilegio y un gozo –aseguró Peter–. No necesito tomarme ningún descanso.

Werner asintió de nuevo. Peter vio, de un vistazo, que la revista que estaba leyendo era *Informática Hidráulica y Neumática,* con la foto a todo color de las tripas de una máquina en portada y el efectivo titular BOMBAS DE ENGRANAJES MÁS VERSÁTILES.

–Esto de pastor... ¿Qué es lo que vas a hacer exactamente? En el día a día.

Peter sonrió.

–Tendré que esperar a ver.

–Tantear el terreno –sugirió Werner.

–Exacto –respondió Peter. El cansancio lo inundaba de nuevo. Tenía la sensación de que podía desmayarse allí mismo en la silla y caer resbalando hasta el suelo para que Stanko lo barriera.

—Tengo que reconocer que no sé mucho de religión.

—Yo no sé mucho de hidráulica y neumática.

—No es mi rama, tampoco —explicó Werner, alargando el brazo con cierto esfuerzo para devolver la revista al expositor—. Acababa de cogerla por curiosidad. —Miró de nuevo a Peter. Había algo que quería aclarar—: En China ni siquiera hubo religión durante mucho tiempo, bajo, como, una de las dinastías.

—¿Qué dinastía fue ésa? —Por algún motivo le vino a la cabeza la palabra «Tokugawa», pero luego se dio cuenta de que estaba confundiendo la historia japonesa y la china.

—La dinastía Mao —le dijo Werner—. Fue terrible, tío. Mataban a la gente a diestro y siniestro. Luego las cosas se relajaron. La gente podía hacer lo que quisiera. Si quería creer en Dios, pues bien. Y en Buda, también. Sintoísmo. Lo que fuera.

—¿Y tú? ¿No te interesó nunca ninguna fe?

Werner miró al techo.

—Me leí un libro, una vez. Debía de tener cuatrocientas páginas. Cienciología. Interesante. Daba que pensar.

Ay, Bea, pensó Peter, *te necesito aquí conmigo.*

—Entiéndelo, he leído muchos libros —continuó Werner—. Aprendo vocabulario con ellos. Me construyo vocabulario. Así que si algún día me topo con una palabra extraña, en una situación en la que sea importante, estoy, como, preparado.

El saxo se atrevió con un graznido que podría haberse considerado casi chillón, pero se resolvió de inmediato en una dulce melodía.

—Hay muchísimos cristianos en China, hoy día —comentó Peter—. Millones.

—Sí, pero en el total de la población eso es, como, el uno por ciento, la mitad del uno por ciento, lo que sea. De niño apenas conocí alguno. Era algo exótico.

Peter respiró hondo, combatiendo las náuseas. Esperaba

que sólo estuviera imaginando esa sensación en su cabeza, la sensación de que el cerebro estaba cambiando de posición, deslizándose por el cascarón lubricado de su cráneo para ajustar su encaje.

–Los chinos... Los chinos están muy volcados en la familia, ¿verdad?

Werner se puso pensativo.

–Eso dicen.

–¿Tú no?

–A mí me adoptaron. Una pareja de militares alemanes destinados en Chengdú. Más tarde, cuando tenía catorce años, se trasladaron a Singapur. –Hizo una pausa y luego, por si pudiera haber alguna duda, añadió–: Conmigo.

–Ésa debe de ser una historia muy poco habitual en China.

–No sabría darte las estadísticas, pero sí, muy poco habitual. Estoy seguro. Y eran buena gente, además.

–¿Cómo llevan el hecho de que estés aquí?

–Murieron –dijo Werner, sin cambiar de expresión–. Poco antes de que me seleccionaran.

–Lo lamento.

Werner asintió, para confirmar que estaba de acuerdo en que la muerte de sus padres adoptivos era, en último término, un suceso que lamentar.

–Eran buenas personas. Me apoyaron mucho. Mucha gente aquí no ha tenido eso. Yo sí. Tuve suerte.

–¿Estás en contacto con alguien, allí en casa?

–Hay mucha gente a la que me gustaría darle un toque. Buena gente.

–¿Alguien especial?

Werner se encogió de hombros.

–No pondría a ninguno por delante del otro. Son todos únicos, ya sabes. Con talento. A algunos les debo mucho. O sea, que me ayudaron. Me dieron consejos, me abrieron puertas...

96

Le brillaron los ojos mientras reconectaba, por un momento, con un pasado distante.

–¿Cuándo vuelves? –le preguntó Peter.

–¿Volver? –A Werner le llevó un segundo o dos descifrar la pregunta, como si Peter la hubiese pronunciado con un acento marcado e impenetrable–. No hay nada previsto por ahora. Algunos, como Severin, por ejemplo, han estado yendo y viniendo, yendo y viniendo, cada pocos años. Yo, en cambio, me digo: ¿para qué? Tardas tres, cuatro años en adaptarte al ritmo. En lo que respecta a aclimatarse, coger experiencia, centrarse. Es un proyecto grande. Pasado un tiempo, llegas al punto en que eres capaz de ver cómo conecta cada cosa con todo lo demás. Cómo enlaza el trabajo de un ingeniero con el de un fontanero y con el de un electricista, un cocinero, un... horticultor.

Ahuecó las manos rechonchas formando una esfera invisible para indicar algún tipo de concepto holístico.

De pronto, las manos de Werner parecieron hincharse, cada dedo se infló como un globo del grosor de un brazo de bebé. Su cara también cambió de forma; brotaron de ella numerosos ojos y bocas que se desprendieron de la carne y revolotearon por la sala. Entonces, algo golpeó a Peter en la frente. Era el suelo.

Segundos o minutos después, unas manos fuertes lo sujetaron por las axilas y lo tumbaron boca arriba.

–¿Estás bien? –le preguntó Stanko, extrañamente impávido ante el sube y baja delirante de las paredes y del techo a su alrededor. Werner, cuyas manos y cara habían vuelto a la normalidad, parecía igualmente ajeno a cualquier problema, salvo al de tener a un misionero empapado en sudor y con una cantidad absurda de ropa despatarrado inconsciente en el suelo.

–¿Estás con nosotros, colega?

Peter parpadeó con fuerza. La sala empezó a girar más despacio.

—Estoy aquí.

—Necesitas acostarte –le dijo Stanko.

—Creo que tienes razón. Pero, no... no sé dónde...

—Saldrá en el directorio –le dijo Stanko, y fue a comprobarlo.

Sesenta segundos después, Stanko y Werner estaban sacando a Peter del comedor y llevándolo a cuestas por el oscuro pasillo azul. Ni uno ni otro era tan fuerte como BG, así que avanzaban con lentitud y dando bandazos, parándose cada pocos metros para sujetarlo mejor. Los dedos huesudos de Stanko se le clavaban en las axilas y los hombros, seguro que le dejaban moratones, mientras que a Werner le había tocado la parte fácil, los tobillos.

—Puedo caminar, puedo caminar –les dijo Peter, pero no estaba seguro de que fuese cierto, y sus dos buenos samaritanos hicieron caso omiso, de todos modos. Su cuarto no estaba lejos del comedor. Antes de que se diese cuenta, lo estaban tumbando, o, mejor dicho, tirando, en la cama.

—Ha estado bien hablar contigo –le dijo Werner, resollando ligeramente–. Buena suerte con... lo que sea.

—Cierra los ojos y relájate, colega –le recomendó Stanko, ya a medio camino de la puerta–. Duérmela.

Duérmela. Era una palabra que había oído muchas veces a lo largo de su vida. Ni siquiera era la primera vez que se la decía alguien que lo había recogido del suelo y lo había llevado a cuestas, sólo que normalmente lo había acabado tirando a un lugar mucho menos agradable que una cama. En alguna ocasión, después de sacarlo a rastras de los clubs y demás tugurios en los que se había puesto en ridículo, le habían soltado unas cuantas patadas en las costillas antes de levantarlo del suelo. Una vez lo habían lanzado a un callejón y una furgoneta de reparto le había pasado por encima; la cabeza y las extremidades habían escapado de milagro de los neumáticos, que sólo le habían arrancado una buena mata de pelo. Eso fue antes de que estuviese preparado para admitir que había un poder superior que lo mantenía con vida.

Era asombroso lo mucho que se parecían las secuelas del Salto a una borrachera extrema. Pero peor. Como la madre de todas las resacas combinada con una dosis de setas alucinógenas. Ni BG ni Severin habían mencionado las alucinaciones, pero quizás sólo se debía a que eran más robustos que él. O porque estaban los dos profundamente dormidos ahora mismo, recuperándose con calma, en lugar de poniéndose en ridículo por ahí.

Esperó a que la habitación volviera a ser un espacio geométrico de ángulos fijos afianzados en la gravedad, y luego se puso de pie. Comprobó si había llegado algún mensaje al Shoot. Seguía sin noticias de Bea. A lo mejor tendría que haberle pedido a Grainger que pasase por su habitación y le echara un vistazo a la máquina, para asegurarse de que la estaba usando correctamente. Pero era de noche, era una mujer y él apenas la conocía. Y su relación no habría tenido un comienzo demasiado propicio si Peter hubiese tenido la alucinación de que brotaban de su cara multitud de ojos y bocas y luego se hubiese desmayado a sus pies.

Además, el Shoot era tan fácil de utilizar que no imaginaba cómo alguien −ni siquiera un tecnófobo como él− podía no entenderlo. Aquella cosa enviaba y recibía mensajes: eso era todo. No reproducía películas, ni emitía ruiditos, ni se ofrecía a venderte productos, ni te informaba de la grave situación de los burros maltratados o de la selva brasileña. No te ofrecía la oportunidad de consultar el tiempo en el sur de Inglaterra ni el número actual de cristianos en China ni los nombres y fechas de las dinastías. Sólo te confirmaba que tu mensaje había sido enviado y que no había ninguna respuesta.

Súbitamente, entrevió −no en la pantalla gris mate del Shoot, sino en su propia mente− la imagen de un amasijo de

99

hierros en una autopista inglesa, de noche, bajo la luz estridente de los faros de los vehículos de emergencia. Bea, muerta, en algún punto del camino entre Heathrow y su casa. Perlas sueltas esparcidas por el asfalto, regueros negros de sangre. Un mes atrás, ya. Era historia. Esas cosas podían pasar. Una persona se embarca en un viaje terriblemente peligroso y llega sin un rasguño; la otra hace un trayecto en coche, corto, de rutina, y muere. «El enfermizo sentido del humor de Dios», como le había dicho una vez un padre deshecho (que pronto abandonaría la Iglesia). Por unos segundos, la visión pesadillesca de Beatrice tendida sin vida en aquella carretera fue real para Peter, y un nauseabundo estremecimiento de terror le recorrió las entrañas.

Pero no. No debía dejarse llevar por terrores imaginarios. Dios nunca era cruel. La vida podía ser cruel, pero Dios no. En un universo que resultaba peligroso por el don del libre albedrío, uno podía recurrir a Dios en busca de apoyo pasara lo que pasase, y Él valoraba las capacidades y limitaciones de cada uno de Sus hijos. Peter sabía que si a Bea le hubiese pasado algo, a él le sería imposible hacer nada allí. La misión terminaría antes de empezar. Y si algo le había quedado claro en todos aquellos meses de reflexión y oración previos al viaje a Oasis, era que Dios lo quería allí. Estaba a salvo en las manos de Dios, y también Bea. Tenía que estarlo.

En cuanto al Shoot, había una manera muy sencilla de comprobar si lo estaba usando correctamente. Localizó en la pantalla el icono de la USIC –un escarabajo verde– y abrió el menú haciendo clic sobre él. No era exactamente un menú, tenía sólo tres opciones: *Mantenimiento (reparaciones)*, *Admin* y *Grainger*, que obviamente habría configurado a toda prisa la propia Grainger. Si quería una lista más numerosa de destinatarios, era cosa suya organizarla.

Abrió una página de mensaje nuevo y escribió:

Querida Grainger. Y luego borró el «Querida» y lo sustituyó

por un «Hola», y luego lo borró también y dejó sólo «Grainger», luego reincorporó el «Querida» y volvió a borrarlo. Familiaridad sin fundamento versus brusquedad poco amistosa..., una ráfaga de gestos confusos antes de que comenzara la comunicación. Escribir cartas era mucho más fácil en los viejos tiempos, cuando todo el mundo, hasta el director del banco o Hacienda, era Querido.

Hola, Grainger:

Tenías razón. Estoy cansado. Debería dormir un poco más. Disculpa las molestias.

Saludos,

Peter

Se desvistió laboriosamente. Todas las prendas de ropa estaban hinchadas por la humedad, como si lo hubiese pillado un chaparrón. Los calcetines se despegaron de los pies arrugados como hojas fangosas. Los pantalones y la cazadora se aferraban a él, obstinados, resistiéndose a sus intentos de liberarse. Todo lo que se quitaba pesaba mucho y caía al suelo con un golpe sordo. En un primer momento, pensó que parte de su ropa se había hecho jirones que rodaban por el suelo, pero cuando los examinó más de cerca vio que aquellos fragmentos eran insectos muertos. Cogió uno y lo sostuvo entre los dedos. Las alas habían perdido su translucidez plateada y estaban teñidas de rojo. Las patas habían desaparecido. Costaba mucho, en realidad, identificar aquella carcasa mutilada con un insecto: parecían a la vista y al tacto los restos pulverizados de un cigarrillo de liar. ¿Por qué se habían aferrado a su ropa esas criaturas? Seguramente las había matado por la mera fricción al andar.

Se acordó de la cámara y la sacó del bolsillo de la cazadora. Estaba húmeda y resbaladiza. La encendió, con la intención de revisar las fotos que había hecho en el perímetro de la USIC y sacar unas cuantas más allí, para enseñarle a Bea su cuarto, su

101

ropa empapada, puede que algún insecto de aquéllos. Saltó una chispa del aparato, que le picó en la piel, y la luz dejó de funcionar. Se quedó con la cámara en la mano, mirándola fijamente como si fuera un pájaro al que le hubiera estallado el corazón de un susto. Sabía que no había forma de arreglarla, y sin embargo tenía alguna esperanza de que si aguardaba un poco, volvería con un espasmo a la vida. Hacía sólo un momento, era un pequeño almacén inteligente de recuerdos para Bea, una mina de imágenes que vendrían en su ayuda en un futuro próximo que, en su imaginación, él ya había habitado. Bea y él en la cama, el resplandor del aparato entre los dos, ella señalando, él siguiendo la dirección del dedo, él diciéndole «¿Eso? Ah, eso era...», «Y eso era...», «Y eso era...». Ahora de pronto nada de aquello existía. En la palma de su mano descansaba una pequeña forma metálica sin ninguna utilidad.

Con el paso de los minutos, se dio cuenta de que su piel desnuda olía raro. Era aquel leve aroma a melón que había detectado en el agua del grifo. El aire que se arremolinaba allí fuera no se había conformado con lamerle y acariciarle la piel, lo había aromatizado, además de hacerlo sudar a mares.

Estaba demasiado cansado para lavarse, y un ligero temblor en la línea recta del zócalo lo avisó de que era posible que la habitación entera empezara otra vez a moverse si no cerraba los ojos y descansaba. Se desplomó en la cama y durmió una eternidad que, cuando despertó, resultaron ser cuarenta y tantos minutos.

Comprobó el Shoot por si había llegado algún mensaje. Nada. Ni siquiera de Grainger. Tal vez no sabía usar esta máquina, después de todo. El mensaje que le había enviado a Grainger no era una prueba infalible, porque lo había escrito de tal modo que no era del todo necesaria una respuesta. Lo pensó un minuto y luego escribió:

Hola de nuevo, Grainger:
Perdona que te moleste, pero no he visto ningún teléfono ni

ningún otro método de contactar con alguien directamente. ¿Hay alguno?

Saludos,

Peter

Se duchó, se secó un poco con la toalla y se tumbó otra vez en la cama, todavía desnudo. Si los mensajes que le había enviado a Grainger no habían llegado y se presentaba en la puerta al cabo de unos minutos, se envolvería en la sábana y hablaría con ella a través de la puerta. A no ser que entrara sin llamar. No lo haría, ¿no? Seguro que las convenciones sociales en la base de la USIC no estaban *tan* lejos de la norma. Echó un vistazo a su alrededor en busca de un objeto con el que trabar la puerta, pero no había nada.

Una vez, años atrás, enfrascado en el complicado procedimiento de cerrar la iglesia (cerrojos, candados, cerraduras, hasta una cadena), le había propuesto a Bea que implantaran una política de puertas abiertas.

—Pero ya lo hacemos —le respondió ella, desconcertada.

—No, me refiero a nada de cerrojos. Las puertas abiertas a todo el mundo, en cualquier momento. «Sin saberlo, hospedaron ángeles», como dicen las Escrituras.

Ella le acarició la cabeza como si fuera un niño.

—Eres un cielo.

—Va en serio.

—Los drogadictos también van en serio.

—Aquí no hay drogas. Ni nada que pueda venderse para conseguir droga.

Señaló las paredes decoradas con dibujos infantiles; los bancos, con sus cómodos y viejos cojines; el atril cojo; los estantes de Biblias manoseadas; la ausencia general de candelabros de plata, esculturas antiguas o adornos preciosos. Bea suspiró.

—Todo puede venderse a cambio de droga. O al menos se puede intentar. Si uno está lo bastante desesperado. —Y le lanzó

103

una mirada con la que quería decir: *Tú deberías saberlo todo al respecto, ¿no?*

Desde luego, él lo sabía todo al respecto. Sólo que tenía tendencia a olvidar.

A pesar de su resolución de aguantar despierto hasta que Grainger apareciera si no había recibido su mensaje, Peter se quedó dormido. Pasaron dos horas, y cuando se despertó, la habitación estaba estable y la vista a través de la ventana, sin cambios: una extensión solitaria de oscuridad salpicada por las luces fantasmales de las farolas. Se levantó de la cama arrastrando los pies, que golpearon algo ligero y lo enviaron a la otra punta de la habitación: era uno de sus calcetines, seco y rígido, que había pasado de algodón a cartón. Se sentó frente al Shoot y leyó la respuesta recién llegada de Grainger, también ella con un señuelo a lo «perdona que te moleste».

Una llamada de teléfono me habría molestado mucho más, le decía, especialmente si hubiese estado dormida. No, no hay teléfonos. La USIC intentó configurarlos al comienzo, pero la recepción oscilaba entre lo pésimo y lo inexistente. El aire de aquí no sirve, es demasiado denso o algo parecido. Así que nos las hemos arreglado sin ellos. Y ha ido bien. Afrontémoslo, los teléfonos, para el uso que se les da, son una pérdida de tiempo absoluta de todas formas. Hay botones rojos por todas partes para las emergencias (¡y nunca hacen falta!). Los turnos de trabajo están en una lista impresa, para que sepamos dónde presentarnos y qué tenemos que hacer. En cuanto a las charlas, hablamos cara a cara si no estamos demasiado ocupados, y si estamos demasiado ocupados, no deberíamos charlar. Cuando hay que hacer algún anuncio especial, lo comunicamos por megafonía. También podemos usar el Shoot, pero la mayoría de la gente prefiere esperar a hablar las cosas cara a cara. Aquí todo el mundo es experto en algo, así que las discusiones pueden resultar bastante técnicas, y luego está el intercambio de ideas que se da al resolver los problemas in situ. Ponerlo todo por escrito de modo que otro lo entienda y esperar a que llegue respuesta es una pesadilla. Espero que esto te sirva, Grainger.

Peter sonrió. En una sola frase, había tirado resueltamente a la basura miles de años de comunicación escrita, después de haber desechado un siglo y medio de uso del teléfono en la anterior paletada. La coletilla del «espero que esto te sirva» también era un toque encantador. Con un punto de insolencia.

Todavía sonriendo y reproduciendo en su cabeza la cara amuchachada de Grainger, comprobó si había algún mensaje de Beatrice, sin esperar nada, en realidad. Un largo bloque de texto se materializó en la pantalla y, dado que había aparecido al instante, sin bombo ni platillo, tardó en identificarlo como lo que era. La pantalla estaba llena a rebosar. Miró entre aquel apiñamiento de palabras y divisó el nombre de Joshua. Un grupo de seis letras, irrelevantes para la mayoría de la gente, pero que brotaron en su alma y la devolvieron a la vida con imágenes palpables: las garras de Joshua, con aquellos mechones blancos tan cómicos entre las almohadillas rosas; Joshua cubierto de polvo de yeso de las reformas del vecino; Joshua realizando su salto mortal desde lo alto de la nevera hasta la tabla de planchar; Joshua rascando la ventana de la cocina, su suave maullido inaudible entre el tráfico de la hora punta; Joshua dormido en el cesto de la ropa recién sacada de la secadora; Joshua en la mesa de la cocina, frotando su morro peludo contra la tetera de barro que no se usaba nunca para otro propósito aparte de ése; Joshua en la cama con Bea y con él. Y entonces vio a Bea: Bea cubierta sólo a medias por la colcha amarilla, evitando moverse porque el gato estaba dormido apoyado en su muslo. El torso y los pechos de Bea, asomando a través del raído algodón de su camiseta favorita, que estaba demasiado vieja para llevarla en público, pero que era perfecta para la cama. El cuello de Bea, largo y suave, salvo por dos arrugas pálidas como costuras. La boca de Bea, sus labios.

Querido Peter, comenzaba su carta.

¡Ah, lo valiosas que eran para él esas palabras! Si el mensaje hubiese terminado ahí, ya habría estado satisfecho. Habría leído Querido Peter, Querido Peter, Querido Peter una y otra vez, no por vanidad, sino porque eran palabras de ella para él.

Querido Peter:

Estoy llorando de alivio mientras escribo esto. Saber que estás vivo me ha dejado toda temblorosa y atontada, como si hubiera estado conteniendo la respiración durante un mes y por fin hubiese soltado el aire. Alabado sea el Señor, que te ha mantenido a salvo.

¿Cómo es el sitio donde estás? No me refiero al cuarto, me refiero a fuera, al lugar en general. Por favor, cuéntame cosas, me muero de ganas de saber. ¿Has sacado fotos?

En cuanto a mí, tranquilo, no he envejecido cincuenta años ni me ha salido ninguna arruga desde la última vez que nos vimos. Sólo un poco de ojeras por la falta de sueño (te cuento más abajo).

En serio, las últimas cuatro semanas han sido duras, sin saber si llegarías allí de una pieza o si ya estabas muerto y nadie me lo había dicho. No dejaba de dar vueltas alrededor de esta máquina, aunque sabía que faltaba todavía un siglo para que llegase algo.

Y entonces tu mensaje por fin llegó y yo no estaba aquí para recibirlo. Me quedé atrapada en el trabajo. Hice el turno de mañana, que fue bien, y ya me iba para casa, pero hacia las 14.45 se hizo evidente que iban a faltar tres personas de la plantilla. Leah y Owen llamaron para avisar de que estaban enfermos y Susannah directamente no se presentó. No hubo suerte con la agencia de enfermeros, así que me pidieron que me quedara y doblara turno, que es lo que hice. Y entonces a las 23, adivina qué: la mitad del personal de la noche tampoco se presentó. ¡Así que me insistieron para que hiciera un triple turno! Totalmente ilegal, pero a ellos qué más les da.

Tony, el vecino, se encargó de ponerle comida a Joshua, pero no parecía muy contento cuando lo llamé. «Todos tenemos problemas», me dijo. Aún más motivo para ayudarnos los unos a los otros, estuve a punto de responderle. Pero parecía estresado. Si vuelve a pasar esto, puede que tenga que llamar a los estudiantes del otro lado. Seguro que hay que enseñarles a usar un abrelatas.

Hablando de Joshua, no está llevando muy bien tu ausencia. Me despierta a las 4 de la mañana, maullándome al oído, y luego se deja caer elocuentemente en tu lado de la cama. Y yo me quedo tumbada despierta hasta que tengo que prepararme para ir a trabajar. Ah, los placeres de ser una madre abandonada.

He estado revisando las noticias en el móvil compulsivamente, por si salía algún reportaje sobre ti. Sé que es una estupidez. La USIC no es la organización más mediática del mundo que digamos, ¿verdad? Nunca habíamos oído hablar de ella hasta que contactaron contigo. Pero aun así...

En fin, ahora que estás a salvo, no te puedes ni imaginar lo aliviada que estoy. Por fin he dejado de temblar y me siento menos atontada. ¡He leído y releído tus dos mensajes una y otra vez! Y sí, tienes razón al suponer que es mejor escribirme con el cerebro revuelto que no escribirme en absoluto. No está en nuestra mano alcanzar la perfección.

Lo que me recuerda: por favor, deja de preocuparte por la última vez que hicimos el amor. Te dije que no pasaba nada y no pasaba (y no pasa) nada. Un orgasmo no era lo que más me importaba llevarme de la experiencia, créeme.

Y, también, deja de preocuparte por lo que esos hombres (Severin, etc.) piensen de ti. Es irrelevante. No has ido a Oasis a impresionarlos a ellos. Has ido a Oasis a dar testimonio a unas almas que no han oído nunca hablar de Jesús. Además, esa gente de la USIC tiene trabajo que hacer y seguramente no los verás demasiado.

La verdad es que no me puedo imaginar la lluvia de Oasis con tu descripción, pero lo del agua verde suena un poco alarmante. Aquí el tiempo se ha puesto terrible desde que te fuiste. Chaparrones cada día. Yo no los describiría como cortinas de cuentas, es más como que te tiren un cubo de agua encima. Ha habido inundaciones en algunos pueblos de las Midlands, coches flotando por las calles, etc. Nosotros estamos bien, sólo que el váter tarda mucho

107

en tragar cuando tiras de la cadena, igual que el desagüe del plato de ducha. No tengo claro qué pasa. He estado demasiado ocupada para llamar al fontanero.

La vida en nuestra parroquia sigue agitada. La situación con Mirah (¿Meerah?) y su marido ha llegado a un punto crítico. Al final le contó que ha estado viniendo a nuestra iglesia y a él se le fue la cabeza. O, para ser más precisos, se le fue la mano con Mirah. Muchas veces. Tiene la cara hinchada y hecha un desastre, casi no ve. Dice que quiere dejarle y que necesita nuestra (mi) ayuda con los temas legales: alojamiento, trabajo, ayudas, etc. He hecho algunas llamadas preliminares (unas horas, hasta el momento), pero sobre todo le he proporcionado amor y cariño. Sus perspectivas de independencia no son muy buenas. Apenas habla inglés, no tiene ninguna experiencia y, para ser sincera, creo que tiene una inteligencia por debajo de la media. Me parece que mi función es estar ahí para darle apoyo emocional hasta que se le cure la cara un poco y vuelva con su marido. Entretanto, espero que nuestra casa no se convierta en el escenario de un crimen de honor árabe. Estoy segura de que dejaría a Joshua totalmente traumatizado.

Ya sé que pareceré una frívola, pero el fondo de la cuestión es que no creo que Meerah (¿Mirah?, tengo que saber cómo se escribe por si hay que rellenar los formularios de solicitud de un préstamo de emergencia, etc.) esté preparada para recibir el apoyo y la fortaleza que obtendría si le entregará su corazón a Jesucristo. Creo que le atrae el ambiente cordial y tolerante de nuestra Iglesia y la idea tentadora de ser una mujer libre. Habla de hacerse cristiana como si fuera un gimnasio al que uno pudiera apuntarse.

Bueno, veo que es la 1.30, malas noticias para mí, porque no hay duda de que Joshua me despertará dentro de dos horas y media y todavía no estoy ni en la cama. Oigo llover otra vez. Te quiero y te echo de menos. No te preocupes por nada. Confía en Jesús. Él te ha acompañado en el viaje. (Ojalá pudiera haberte acompañado yo.) Recuerda que Jesús está obrando a través de ti aun en los momentos en que te sientas perdido.

108

En cuanto a nuestro viejo amigo San Pablo, puede que no aprobara lo mucho que me gustaría acurrucarme a tu lado en la cama ahora mismo. Pero sí, citemos sus sabios consejos en otros asuntos. Mi amor, los dos sabemos que los efectos del viaje acabarán pasando, que estarás descansado y ya no podrás quedarte sentado en tu acogedora habitación escribiéndome epístolas y contemplando la lluvia que cae fuera. Tienes que abrir la puerta y ponerte a trabajar. Como dice Pablo: «Compórtense sabiamente con los no creyentes, y aprovechen bien el tiempo.» ¡Y recuerda que yo estoy pensando en ti!

Besos, abrazos y un golpecito con la cabeza de parte de Joshua,

Beatrice

Peter leyó la carta al menos ocho o nueve veces hasta que pudo soportar la idea de separarse de ella. Entonces agarró la bolsa, esa que la chica de facturación de Virgin dudaba que fuera suficiente para un vuelo transatlántico de ida, la tiró sobre la cama y abrió la cremallera. Era hora de vestirse para el trabajo.

Aparte de la Biblia, cuadernos de notas, otros vaqueros, unos lustrosos zapatos negros, deportivas, sandalias, tres camisetas, tres pares de calcetines y calzoncillos, la bolsa contenía una prenda de ropa que le había parecido de un exotismo inútil cuando la metió, un artículo que había creído que era impensable que se pusiera, tanto como un tutú o un esmoquin. Los entrevistadores de la USIC le habían advertido que no había un código de vestimenta concreto en Oasis, pero que si tenía intención de pasar una cantidad considerable de tiempo en el exterior, quizás le interesara invertir en ropa de estilo árabe. De hecho, habían dejado caer claras indirectas de que tal vez se arrepintiera si no lo hacía. Así que Beatrice le había comprado una dishdasha en la tienda musulmana de ropa de saldo de la zona.

—Es la más sencilla que he encontrado —le dijo, enseñándosela un par de noches antes de su partida—. Las tenían con brocados dorados, lentejuelas, bordados...

Él la sostuvo contra su cuerpo.

—Es muy larga.

—Así no te harán falta pantalones —repuso ella, con una media sonrisa—. Puedes ir desnudo debajo. Si quieres.

Peter le dio las gracias pero no se la probó.

—No te parece demasiado femenina, ¿verdad? —le preguntó Bea—. Yo la encuentro muy masculina.

—Está bien —respondió él, y la metió en la bolsa.

No era lo afeminado de la prenda lo que le preocupaba, era que no se imaginaba pavoneándose por ahí como un actor en una antigua película bíblica. Le parecía jactancioso, nada que ver con lo que buscaba el cristianismo moderno.

Un paseo por el aire oasiano lo había cambiado todo. La cazadora vaquera, todavía hecha un higo en el suelo, se había quedado rígida como la lona de rafia al secarse. Un blusón árabe y unos pantalones tipo pijama, como había visto que llevaba alguna gente de la USIC, eran seguramente la alternativa ideal, pero su dishdasha hasta los tobillos iría perfecta también. Podía ponérsela con sandalias. ¿Qué más daba si parecía un jeque vestido de fiesta? La cuestión era ser práctico. Sacó la dishdasha de la bolsa y la desplegó.

Para su consternación, tenía salpicaduras y manchas de tinta negra. Los bolígrafos que habían reventado durante el vuelo escupieron su contenido directamente sobre la tela blanca. Y para empeorar las cosas, era evidente que Peter había apretujado la prenda aún más en el fondo de la bolsa cuando se preparaba para abandonar la nave, lo que había hecho que las manchas de tinta se replicaran como si fueran un test de Rorschach.

Y sin embargo... Sin embargo... Sacudió la túnica para desarrugarla y la sostuvo con los brazos estirados. Había ocurrido algo sorprendente. El dibujo de la tinta, creado por azar, había formado una cruz, una cruz cristiana, justo en mitad del pecho. Si en lugar de negra hubiese sido roja, casi habría parecido la insignia de un cruzado medieval. Casi. Las manchas de tinta se veían sucias, con pegotes y rayajos extra que arruinaban la perfección del diseño. Aunque... aunque... esas débiles líneas espectrales bajo la cruz podían interpretarse como los brazos esqueléticos de Cristo crucificado..., y esos borrones puntiagudos más arriba podían verse como las espinas de su corona. Peter negó con la cabeza: buscarle demasiado sentido a las cosas era una de sus debilidades. Y sin embargo allí estaba, una cruz en su ropa, donde antes no había ninguna. Apretó la yema del dedo contra la tinta, para ver si mojaba. Aparte de una mancha algo pegajosa justo en el centro, estaba seca. Lista para poner.

Se pasó la dishdasha por la cabeza y la tela fresca se deslizó por su piel envolviendo su desnudez. Se volvió para evaluar su reflejo en la ventana y confirmó que Bea había escogido bien. Aquello le iba muy bien, como si un sastre de Oriente Medio le hubiese medido los hombros, hubiera cortado la tela y lo hubiese cosido especialmente para él.

La ventana que había usado a modo de espejo volvió a ser una ventana cuando unas luces se encendieron fuera. Dos puntos brillantes, como los ojos de un organismo monstruoso acercándose. Dio un paso hacia el cristal y miró a través de él, pero las luces del vehículo desaparecieron justo cuando entendió lo que eran.

6. SU VIDA ENTERA CONDUCÍA A ESE MOMENTO

Una cita entre un hombre casado y una mujer desconocida, ambos lejos de casa, en las horas oscuras de la madrugada. Si acaso había en ello algo inapropiado o una posible complicación, Peter no desperdició energía preocupándose. Tanto Grainger como él tenían trabajo por hacer, y Dios vigilaba.

Además, la actitud de Grainger hacia él, cuando Peter le abrió la puerta, no fue ni mucho menos alentadora. Tuvo una reacción teatral: el típico efecto de sorpresa retardada de los dibujos animados. Sacudió la cabeza con tanta fuerza que Peter pensó que se iba a caer de espaldas al pasillo, pero sólo se tambaleó sin dejar de mirarlo. El motivo, por supuesto, fue la enorme cruz de tinta que llevaba en el pecho. Al verla a través de sus ojos, se sintió de pronto avergonzado.

–He seguido tu consejo –trató de bromear, tirando de las mangas de la dishdasha–. Sobre la cazadora vaquera.

Ella no sonrió, sólo siguió mirándolo.

–Podrías haber ido, no sé, a una tienda de estampado de camisetas y que te lo hicieran... eh... profesionalmente –dijo al fin.

No había cambios en su ropa desde el último encuentro: seguía llevando el blusón blanco, los pantalones de algodón y el pañuelo. No era un atuendo occidental al uso, ni mucho menos, pero, de algún modo, en ella quedaba más natural, menos afectado, que su indumentaria.

—La cruz ha sido... un accidente —le explicó—. Reventaron unos bolígrafos.

—Ah..., vale... Supongo que da una impresión como... de hecho en casa. Amateur, en el buen sentido.

Este condescendiente gesto de diplomacia le hizo sonreír.

—Crees que parezco un fantoche.

—¿Un qué?

—Pretencioso.

Ella echó un vistazo al pasillo, hacia la salida.

—Eso no es cosa mía. ¿Estás listo?

Hombro con hombro, salieron del edificio y se adentraron en la oscuridad. El aire cálido los abrazó con apacible entusiasmo y, al instante, Peter se sintió menos cohibido por su vestimenta, ya que era perfecta para aquel clima. Transportar su antigua ropa toda esa distancia hasta Oasis no tenía sentido, ahora se daba cuenta. Tenía que reinventarse, y esa mañana era un buen momento para comenzar.

El vehículo de Grainger estaba aparcado justo al lado del complejo, iluminado por una farola que sobresalía de la fachada de cemento. Era grande y de aspecto militar, a todas luces mucho más potente que el modesto cochecito de Peter y Bea.

—Te agradezco de verdad que me proporciones un coche —le dijo Peter—. Imagino que tenéis que racionarlos. La gasolina y esas cosas.

—Es mejor no tenerlos parados —le respondió Grainger—. Si no, se van al carajo. Técnicamente hablando. La humedad es fatal. Deja que te enseñe algo.

Fue hacia el coche y abrió el capó para mostrarle el motor. Peter se inclinó obedientemente y miró dentro, aunque no sabía nada del mecanismo interno de un coche; no había llegado

113

a dominar siquiera los aspectos básicos que Bea era capaz de manejar, como llenar el aceite, poner anticongelante o hacer un puente. Aun así, se dio cuenta de que había algo inusual.

—Es... es asqueroso —dijo, y se rió ante su propia falta de tacto. Pero era cierto: el motor entero estaba embadurnado de una mugre grasienta que apestaba a comida de gato pasada.

—Desde luego, pero espero que comprendas que esto no es el mal, sino la cura. La medida de prevención.

—Oh.

Empujó el capó hacia abajo con la cantidad justa de fuerza para hacer que se cerrara de golpe.

—Se tarda una hora en engrasar un vehículo como éste. Si haces unos cuantos apestas el día entero.

Instintivamente, trató de olerla, o al menos de rescatar un recuerdo de cómo olía ella antes de que se adentrasen en aquel bochorno. No olía a nada. Olía bien, incluso.

—¿Ésa es una de tus tareas? ¿Engrasar coches?

Le hizo una seña a Peter para que entrase.

—Nos toca a todos de vez en cuando.

—Muy democrático. ¿Nadie se queja?

—Éste no es sitio para quejicas —le respondió ella, saltando al asiento del conductor.

Peter abrió la puerta del pasajero y se metió adentro. Apenas había acomodado su cuerpo en el asiento, cuando Grainger giró la llave de contacto y arrancó el motor.

—¿Y qué hay de los de arriba? —preguntó Peter—. ¿A ellos también los hacen engrasar?

—¿Los de arriba?

—La... administración. Los directores. Como los llaméis.

Grainger parpadeó, como si le hubiese preguntado por domadores de leones o por payasos de circo.

—No tenemos directores, en realidad —le dijo mientras giraba el volante del coche y metía la primera marcha—. Aquí todos arrimamos el hombro, hacemos turnos. Salta a la vista todo el trabajo que hay que hacer. Si surge algún desacuerdo, votamos. En general, seguimos las directrices de la USIC.

–Parece demasiado bueno para ser cierto.

–¿Demasiado bueno para ser cierto? –Grainger negó con la cabeza–. Sin ánimo de ofender, pero eso es lo que dice alguna gente de la religión, no de una simple rotación de turnos para evitar que los motores de nuestros coches se corroan.

La argumentación era perfecta, pero algo en el tono de voz de Grainger le hizo sospechar que ella misma no acababa de creérselo. Peter tenía un radar bastante bueno para detectar las dudas que la gente ocultaba tras sus bravuconerías.

–Pero debe haber alguien que asuma la responsabilidad del proyecto en conjunto –insistió.

–Claro –respondió ella. El coche estaba cogiendo velocidad y las luces del complejo se desvanecieron rápidamente en la oscuridad–. Pero están muy lejos. No van a venir a llevarnos de la manita, ¿verdad?

Iban comiendo pan con pasas mientras cruzaban la oscuridad en dirección al horizonte invisible. Grainger había colocado una enorme y tierna barra de pan en el espacio entre ambos asientos, apoyada en la palanca de cambios, y se iban sirviendo una rebanada tras otra.

–Está bueno –dijo Peter.

–Está hecho aquí –dijo ella, con un deje de orgullo.

–¿Incluidas las pasas?

–No, las pasas, no. Ni los huevos. Pero la harina, la manteca, el endulzante y el bicarbonato de sodio, sí. Y las barras se hornean aquí. Tenemos un obrador.

–Muy bueno. –Masticó un poco más y tragó.

Habían abandonado el perímetro de la base hacía quince minutos. No había ocurrido aún nada reseñable. Había poco que ver a la luz de los faros del coche, que era la única en kilómetros a la redonda. No por primera vez, Peter pensó cuánta parte de nuestras vidas pasamos recluidos en pequeñas parcelas de brillo eléctrico, ciegos a todo lo que ocurre fuera del alcance de esos débiles focos.

—¿Cuándo sale el sol? —preguntó Peter.

—Faltan tres o cuatro horas. O tal vez dos, no estoy segura, no sé decirte exactamente. Es un proceso gradual. No algo tan espectacular.

Circulaban directamente por encima de terreno virgen, sin cultivar. No había ninguna carretera, ninguna pista, ni evidencia alguna de que alguien hubiese circulado o caminado antes por allí, aunque Grainger le aseguró que hacía este trayecto con regularidad. A falta de señales o de luces, en algunos momentos resultaba difícil creer que se estuviesen moviendo, a pesar de la suave vibración del chasis del vehículo. La vista era la misma en todas direcciones. De vez en cuando, Grainger echaba un vistazo al sistema de navegación informático del salpicadero, que la informaba cuando estaban a punto de salirse del curso correcto.

El paisaje —lo poco de él que Peter podía ver a oscuras— presentaba una aridez sorprendente para aquel clima. La tierra era de color marrón chocolate, tan compacta que los neumáticos circulaban con suavidad sobre ella, sin sacudidas de la suspensión. Aquí y allá, había alguna mancha de hongos blancos sobre el terreno, o salpicaduras de una bruma verdosa que quizás fuese musgo. Ni un árbol, ni un arbusto, ni una hierba siquiera. Una tundra húmeda y oscura.

Cogió otra rebanada de pan con pasas. Estaba perdiendo el atractivo, pero tenía hambre.

—Nunca habría pensado que los huevos pudieran salir intactos del Salto. Desde luego yo me sentí un poco revuelto cuando lo pasé.

—Huevo en polvo —le explicó Grainger—. Usamos huevo en polvo.

—Claro.

A través de la ventanilla, Peter divisó un remolino aislado de lluvia en el cielo, por lo demás vacío: un resplandor curvo de gotas de agua, más o menos del tamaño de una noria, abriéndose paso. Viajaba en una tangente distinta a la suya, de modo que Grainger tendría que desviarse para atravesarlo. Peter se planteó pedírselo, por diversión, como niños jugando con un aspersor de jardín giratorio. Pero ella estaba absorta en el camino, con la vista clavada en la carretera inexistente y las dos manos aferradas al volante. El brillante remolino de agua se atenuó cuando los faros pasaron de largo, y luego fue engullido por la oscuridad tras ellos.

–Bueno –comenzó a hablar Peter–. Cuéntame lo que sepas.

–¿Sobre qué? –Su actitud relajada desapareció en el acto.

–Sobre las personas a las que vamos a ver.

–No son personas.

–Bueno... –respiró hondo–. Una sugerencia, Grainger: ¿qué tal si decidimos usar la palabra «personas» en el sentido amplio de «seres»? Por supuesto, podríamos usar «criatura», pero da algunos problemas, ¿no te parece? Es decir, a mí, personalmente, me encantaría usar «criatura» si pudiéramos recuperar el original latino: *creatura,* «cosa creada». Porque todos somos cosas creadas, ¿no? Pero esa palabra ha sufrido una especie de declive a lo largo de los siglos. Hasta el punto de que «criatura», para la mayoría de la gente, significa «monstruo», o como mínimo «animal». Lo que me recuerda: ¿no estaría bien usar «animal» para todos los seres que respiran? Al fin y al cabo, la palabra griega *anima* significa «aliento» o «alma», que cubre bastante bien todo lo que buscamos, ¿no?

El silenció se instaló en el habitáculo. Grainger seguía conduciendo con los ojos fijos en la luz de los faros, igual que antes. Al cabo de unos treinta segundos, que se hicieron bastante largos, dadas las circunstancias, dijo:

–Bueno, está claro que no eres uno de esos predicadores incultos y fanáticos de Hicksville.

117

–Nunca dije que lo fuera.

Ella lo miró de reojo, lo pilló sonriendo, le devolvió la sonrisa.

–Cuéntame, Peter. ¿Qué te decidió a venir *aquí* y hacer *esto?*

–No lo decidí yo, lo decidió Dios.

–¿Te envió un email?

–Claro. –Sonrió aún más–. Te levantas por la mañana, vas al buzón de mensajes de tu corazón y miras qué ha llegado. A veces hay un mensaje.

–Ésa es una forma un poco cursi de decirlo.

Peter dejó de sonreír, no porque se sintiera ofendido, sino porque la conversación se estaba poniendo seria.

–La mayoría de las cosas auténticas son un poco cursis, ¿no crees? Pero las volvemos más complicadas por pura vergüenza. Verdades sencillas vestidas con ropas complejas. El único fin de la vestidura lingüística es que la gente no mire el contenido de nuestros corazones y nuestras mentes al desnudo y diga: «Qué ñoño.»

–¿Ñoño? –dijo ella frunciendo el ceño.

–Es un término coloquial, significa trillado o banal, pero con una connotación extra como de... eh... pringado. Pasado. Colgado.

–¡Vaya! ¿También enseñaban argot americano en las clases de catequesis?

Peter dio unos tragos de una botella de agua.

–Yo no fui a catequesis. Fui a la Universidad del Alcohol y las Drogas. Me licencié en Interiorismo de Retretes y... eh... Ingreso en Urgencias.

–¿Y entonces encontraste a Dios?

–Entonces encontré a una mujer llamada Beatrice. Y nos enamoramos.

–Los tíos no acostumbran a explicarlo así.

–¿A qué te refieres?

118

–Los tíos dicen «nos juntamos» o «y ya sabes qué viene después» o algo parecido. Algo que no suene tan...

–¿Ñoño?

–Exacto.

–Bueno, nosotros nos enamoramos –continuó Peter–. Dejé la bebida y las drogas para impresionarla.

–Espero que quedase impresionada.

–Sí. –Dio un último trago, volvió a enroscar el tapón de la botella y la dejó caer entre sus pies–. Aunque no me lo dijo hasta años después. Los adictos no llevan bien los elogios. La presión de estar a la altura los hace caer de nuevo en el alcohol y las drogas.

–Sí-sí.

–¿Has pasado por alguna de esas cosas?

–Sí-sí.

–¿Quieres hablar de ello?

–Ahora mismo, no. –Grainger se reacomodó en el asiento, dio gas al motor, aceleró un poco. El rubor en su cara la hacía parecer más femenina, aunque también resaltaba la cicatriz blanca bajo el nacimiento del pelo. Se había quitado el pañuelo de la cabeza, que colgaba del cuello; el pelo rapado, suave y de un castaño apagado, ondulaba por el aire acondicionado–. Tu novia parece una chica lista.

–Es mi mujer. Y sí, es inteligente. Más inteligente, o al menos más sabia, que yo, eso seguro.

–¿Entonces cómo es que te escogieron a *ti* para la misión?

Peter descansó la cabeza en el respaldo.

–Yo también me lo he preguntado. Supongo que Dios debe de tener otros planes para Beatrice allí abajo.

Grainger no hizo ningún comentario. Peter miraba por la ventanilla. El cielo estaba algo más claro. O a lo mejor sólo eran imaginaciones suyas. Una mata de setas especialmente grande tembló a su paso.

–No has respondido a mi pregunta –le recordó Peter.

—Ya te he dicho que no quiero hablar de ello.

—No, me refiero a mi pregunta sobre las personas a las que vamos a ver. ¿Qué sabes de ellos?

—Son... eh... —Se encogió de hombros unos segundos mientras buscaba las palabras apropiadas—. Son muy celosos de su intimidad.

—Me lo podía imaginar. No hay una sola foto en ninguno de los informes y folletos que me dio la USIC. Esperaba al menos una foto sonriente de vuestro jefazo estrechando las manos de los nativos.

Ella soltó una risita.

—Eso habría sido complicado.

—¿No tienen manos?

—Claro que tienen manos. Es sólo que no les gusta que los toquen.

—Bueno: descríbemelos.

—Es difícil —dijo suspirando—. No se me dan bien las descripciones. Los vamos a ver muy pronto.

—Inténtalo —le pidió Peter pestañeando lastimero—. Te estaría muy agradecido.

—Bueno..., llevan túnicas largas y capuchas. Como monjes, supongo.

—¿Entonces tienen forma humana?

—Supongo. Es difícil saberlo.

—Pero tienen dos brazos, dos piernas, tronco...

—Claro.

Peter negó con la cabeza.

—Me sorprende. Todo este tiempo me he repetido a mí mismo que no debía dar por sentado que el diseño humano fuera una especie de estándar universal. Así que me los intentaba imaginar como... eh... como arañas enormes, o unos ojos sobre pedúnculos, o zarigüeyas gigantes sin pelo.

—¿Zarigüeyas gigantes sin pelo? —exclamó ella sonriendo—. Me encanta. Es muy de ciencia ficción.

120

–¿Pero por qué habrían de tener forma humana, Grainger, de entre todas las formas concebibles que podrían tener? ¿No es eso precisamente lo que esperas de la ciencia ficción?

–Sí, supongo... O de la religión, tal vez. ¿No creó Dios al hombre a su imagen y semejanza?

–Yo no usaría la palabra «hombre». En hebreo es *ha-adam*, que diría que engloba ambos sexos.

–Me alegro de saberlo –respondió ella inexpresiva.

De nuevo, siguieron avanzando un par de minutos en silencio. En el horizonte, Peter estaba seguro de ver cómo despuntaba un resplandor. Una sutil bruma de luz que volvió la línea de unión del cielo y la tierra de aguamarina oscuro contra negro a verde contra marrón. Si mirabas fijamente demasiado tiempo, empezabas a preguntarte si no era más que una ilusión óptica, una alucinación, el anhelo frustrado de que terminara la noche.

Y, dentro de aquel resplandor indeciso, ¿eso era...? Sí, había algo más en el horizonte. Una especie de estructuras elevadas. ¿Montañas? ¿Peñascos? ¿Edificios? ¿Un pueblo? ¿Una ciudad? Grainger le había dicho que el «asentamiento» estaba a unos ochenta kilómetros. Para entonces debían de haber recorrido la mitad de esa distancia.

–¿Tienen género? –preguntó Peter al fin.

–¿Quién?

–Las personas a las que vamos a ver.

Grainger pareció exasperarse.

–¿Por qué no hablas sin rodeos y usas la palabra *extraterrestres?*

–Porque aquí los extraterrestres somos *nosotros.*

Ella soltó una carcajada.

–¡Me encanta! ¡Un misionero políticamente correcto! Perdona que te lo diga, pero parece una contradicción absoluta.

–Te perdono, Grainger –dijo guiñándole el ojo–. Pero mis actitudes no deberían parecerte contradictorias. Dios ama a todas las criaturas por igual.

121

A ella se le borró la sonrisa de la cara.

—No según mi experiencia.

El silencio invadió el habitáculo una vez más. Peter pensó si debía insistir; decidió que no. No en esa dirección, al menos. Aún no.

—¿Entonces, qué? —retomó, jovial—, ¿tienen género?

—Ni idea —respondió Grainger con tono plano y formal—. Tendrás que levantarles la túnica y echar un vistazo.

Circularon durante diez, quince minutos sin decir nada más. La rebanada de pan que quedaba al descubierto se había secado. La bruma de luz del horizonte se hizo más evidente. Las estructuras misteriosas que había justo delante eran decididamente algún tipo de construcción, aunque el cielo seguía estando demasiado oscuro para que Peter pudiera distinguir formas o detalles exactos.

—Necesito hacer un pis —dijo por fin.

—No hay problema —le respondió Grainger, y redujo la velocidad hasta detener el coche. En el salpicadero, un indicador electrónico que estimaba el consumo de gasolina por kilómetro saltó de cifra en cifra y se detuvo en un símbolo abstracto.

Peter abrió la puerta y, en cuanto puso un pie en el suelo, quedó envuelto al instante por el aire húmedo y susurrante. Había perdido la costumbre, después de pasar tanto rato en la burbuja de aire acondicionado del coche. Era agradable, esa auténtica exuberancia de repente, pero también una agresión: la manera en que el aire le subió de inmediato por las mangas de la camisa, lamió sus párpados y sus orejas, le empapó el pecho. Se levantó el bajo de la dishdasha hasta el abdomen y meó directamente en el suelo, dado que el paisaje no ofrecía ningún árbol ni ninguna roca tras los que ocultarse. La tierra era ya húmeda y marrón oscuro, así que la orina no supuso un gran cambio en el color o la consistencia. Se hundió en ella sin pausa.

Oyó cómo Grainger abría y cerraba la puerta de su lado.

Para darle algo de intimidad, Peter se quedó donde estaba un momento y estudió el panorama. Las plantas que había confundido con setas eran flores, flores de un blanco grisáceo con un toque de malva, casi luminosas en la penumbra. Crecían en matas pequeñas y compactas. No había distinción entre flor, hoja y tallo: la planta entera era ligeramente vellosa, áspera, y sin embargo tan fina que era casi transparente, como la oreja de un gatito. Saltaba a la vista que no era viable ninguna otra planta en esta parte del mundo. O tal vez era, simplemente, que había ido en una mala época.

La puerta de Grainger se cerró de un portazo, y él se dio la vuelta para volver al coche. Mientras se sentaba, ella apretujó una caja de cartón de toallitas desechables en la guantera.

–Vale. Últimos kilómetros.

Peter cerró su puerta y el aire acondicionado restauró rápidamente el ambiente neutral del habitáculo. Se acomodó en el asiento y tuvo un escalofrío cuando una brizna de templado aire oasiano que había quedado atrapada se deslizó entre sus omóplatos y escapó por el cuello de la túnica.

–Debo decir que construisteis vuestra base de aterrizaje a una distancia muy respetuosa –comentó Peter–. Los urbanistas que planificaron los aeropuertos de Londres nunca fueron tan considerados con los residentes de la zona.

Grainger abrió una botella de agua, dio un trago largo, tosió. Un chorrito de agua le resbaló por la barbilla, y ella se lo secó con una punta del pañuelo.

–En realidad... –Se aclaró la garganta–. En realidad, cuando construimos la base, los... eh... residentes de la zona vivían a sólo tres kilómetros de distancia. Se trasladaron. Se lo llevaron todo consigo. Y quiero decir *todo*. Dos de los nuestros examinaron el asentamiento antiguo cuando terminaron. En el sentido de que a lo mejor podíamos aprender algo de lo que hubiesen dejado allí. Pero no habían dejado nada. Sólo el armazón de las casas. No dejaron ni una seta en el suelo. –Consultó uno de los indicadores del salpicadero–. Debieron de tardar una eternidad en caminar estos ochenta kilómetros.

–Da la impresión de que son realmente celosos de su intimidad. A no ser que... –Peter dudó, intentando encontrar una forma diplomática de preguntarle si la USIC había hecho algo escandalosamente ofensivo. Antes de que pudiera formular la pregunta, Grainger la contestó.

–Fue de un día para otro. Nos informaron de que se trasladaban, sin más. Les preguntamos si estábamos haciendo algo mal. Si había algún problema que pudiéramos solucionar para que lo reconsiderasen. Y dijeron que no, que no había ningún problema.

Grainger arrancó el motor y se pusieron en marcha de nuevo.

–¿Cuando dices «les preguntamos», te refieres a que tú...?

–Yo no formé parte personalmente de las negociaciones, no.

–¿Hablas su idioma?

–No.

–¿Ni una palabra?

–Ni una palabra.

–Y... eh... ¿qué tal su inglés? Es decir, traté de averiguarlo antes de venir, pero no obtuve una respuesta clara.

–No hay una respuesta clara. Algunos..., puede que la mayoría, no... –Su voz se fue apagando. Se mordió el labio–. Mira, esto va a sonar mal. No es la intención. La cosa es que no sabemos cuántos hay. En parte porque se esconden, y en parte porque no sabemos diferenciarlos... Sin ánimo de faltar al respeto, pero simplemente no lo sabemos. Tratamos con unos cuantos. Puede que una docena. O puede que sean los mismos cinco o seis tíos vestidos con ropa distinta, no lo sabemos. Ésos hablan algo de inglés. Lo suficiente.

–¿Quién les enseñó?

–Creo que lo fueron pillando, o algo así, no lo sé. –Echó un vistazo al retrovisor, como si pudiera haber algún atasco y

Peter la estuviese distrayendo–. Tendrías que haberle preguntado a Tartaglione. Si estuviera aún con nosotros.

–¿Perdón?

–Tartaglione era lingüista. Vino a estudiar el lenguaje. Iba a compilar un diccionario y demás, pero... eh... desapareció.

Peter digirió esto durante un par de segundos.

–Muy bien –dijo–. Pues sí que vas dejando caer miguitas de información, ¿no? Si espero lo bastante...

Grainger suspiró, molesta de nuevo.

–Ya te conté la mayoría de las cosas cuando nos conocimos al bajar de la nave, mientras te acompañaba.

Esto era nuevo para él. Se esforzó por recordar su recorrido juntos, aquel primer día. Las palabras se habían esfumado. Lo único que recordaba, vagamente, era la presencia de Grainger a su lado.

–Perdóname, estaba muy cansado.

–Perdonado.

Siguieron avanzando. A pocos centenares de metros a un lado, había otro remolino de lluvia aislado, rodando sobre el terreno.

–¿Podemos pasar por el medio? –le pidió Peter.

–Claro.

Grainger dio un ligero volantazo, y cruzaron el torbellino de brillantes gotas de agua, que los envolvieron momentáneamente en su despliegue de farolillos de colores.

–Psicodélico, ¿eh? –comentó Grainger, inexpresiva, activando los limpiaparabrisas.

–Hermoso –dijo él.

Tras unos minutos más de camino, las formas del horizonte se habían concretado en los contornos inconfundibles de unos edificios. Nada lujoso ni monumental. Bloques cuadrados, como los edificios de apartamentos británicos, alojamiento barato y funcional. No los chapiteles diamantinos de una ciudad de fantasía, precisamente.

–¿Cómo se llaman a sí mismos? –preguntó Peter.

–Ni idea. Algo que seríamos incapaces de pronunciar, supongo.

–¿Entonces quién le puso Oasis a este sitio?

–Una niña de Oskaloosa, Iowa.

–Estás de broma.

Ella le lanzó una mirada divertida.

–¿No te enteraste? Debe de ser la *única* cosa que la gente de a pie sabe de este sitio. Aparecieron artículos sobre esa niña en las revistas, salió en la tele...

–No leo revistas y no tengo tele.

Ahora era el turno de ella para decirlo:

–Estás de broma.

–No es broma –dijo Peter sonriendo–. Un día me llegó un mensaje del Señor que decía: «Deshazte de la tele, Peter, es una enorme pérdida de tiempo.» Y eso hice.

–No sé cómo tomarme lo que me cuentas –dijo ella negando con la cabeza.

–Tal cual. Siempre tal cual. En fin: esta niña de... eh...

–Oskaloosa. Ganó un concurso: «Ponle nombre a un mundo nuevo». Estoy tan alucinada de que no te enteraras... Hubo cientos de miles de propuestas, la mayoría sin pies ni cabeza. Fue como un festival de memos. El personal de la USIC en el edificio en el que yo trabajaba llevaba un registro interno de los peores nombres. Cada semana teníamos nuevos favoritos. Acabamos usándolos para montar un concurso por nuestro lado, para ponerle nombre al cuarto de suministros del conserje: «Nuvo Opportunus», ése era genial. «Zion II», «Atlanto», «Arnold»..., ése tenía garra, me pareció. «Splendoramus», eh..., «Einsteinia». Me he olvidado del resto. Ah, sí: «El descanso del viajero», ése era otro. «Planetanovo», «Cérvix», «Hendrix», «Elvis»... No dejaban de llegar.

–¿Y la niña?

–Tuvo suerte, supongo. Lo de «Oasis» debieron de proponerlo cientos de personas. Ganó cincuenta mil dólares. La fa-

126

milia los necesitaba, además, porque la madre acababa de quedarse sin trabajo y al padre le habían diagnosticado alguna clase de enfermedad rara.

—Entonces, ¿cómo acabó la historia?

—Tal como esperas. El padre murió. La madre salió en la tele hablando de ello y se convirtió en alcohólica. Y luego los medios pasaron a otra cosa y ya no se supo nada más.

—¿Recuerdas el nombre de la niña? Me gustaría rezar por ella.

Grainger golpeó irritada el volante con las palmas de las manos y puso los ojos en blanco.

—Porrrr fa-vor. Había millones de americanos rezando por ella y eso no impidió que su vida se fuera a la mierda.

Peter se quedó callado, mirando al frente. Siguieron en silencio unos cuarenta segundos.

—Coretta —dijo Grainger al fin.

—Gracias.

Intentó imaginarse a Coretta, para que no fuera sólo un nombre cuando rezara por ella. Una cara cualquiera era mejor que ninguna. Pensó en todos los niños que conocía, los niños de su congregación, pero los que le venían a la cabeza eran demasiado mayores, o demasiado pequeños, o del sexo contrario. En todo caso, como pastor, en su iglesia, él no estaba tan involucrado con los pequeños: Bea se los llevaba a otra sala a jugar durante los sermones. No es que se olvidara de ellos mientras predicaba: las paredes eran tan finas que si hacía una pausa entre frases para captar la atención, el silencio se llenaba a veces de risas o de fragmentos de canción o hasta del sonido de piececillos correteando con torpeza. Pero no conocía especialmente bien a ninguno de ellos.

—Esta Coretta —dijo, tentando su suerte con Grainger—. ¿Es blanca o negra? —Le había venido una niña a la memoria: la hija de esa familia somalí nueva, una niña descarada que iba siempre vestida como una beldad sureña del siglo XIX en miniatura... ¿Cómo se llamaba? Lulú. Una niña adorable.

–Blanca –respondió Grainger–. Con el pelo rubio. O puede que pelirrojo, no me acuerdo ya. Fue hace mucho tiempo, y no hay manera de comprobarlo.

–¿No se la puede buscar?

–¿Buscarla? –preguntó ella parpadeando.

–¿En un ordenador o algo?

Tan pronto lo dijo se dio cuenta de que era una sugerencia estúpida. Oasis estaba muy lejos del alcance de cualquier superautopista de la información; no había allí tendida ninguna Red llena de trivialidades, ningún diligente motor de búsqueda que arrojara millones de Oskaloosas y de Corettas. Si lo que querías saber no estaba en el material que hubieses traído contigo –en los libros, los discos duros, los lápices de memoria, los números atrasados de la revista *Hidráulica*–, ya podías quitártelo de la cabeza.

–Perdona. No estaba pensando con claridad.

–Es este aire –le dijo Grainger–. Odio la manera en que *insiste*. Hasta dentro mismo de los *oídos*. No desiste nunca. A veces te dan ganas de... –No prosiguió con la idea, sólo aspiró una bocanada de aire y se apartó de la frente un mechón de pelo húmedo–. No tiene sentido hablarlo con la gente de aquí. Están acostumbrados, no tienen ningún problema con él, ya no lo notan. Tal vez hasta les gusta.

–Tal vez lo detestan, pero no se quejan.

Grainger puso una expresión rígida.

–Vale, mensaje recibido.

Peter refunfuñó para sus adentros. Tendría que haber pensado en las implicaciones antes de abrir la boca. ¿Qué le pasaba hoy? Solía tener mucho tacto. ¿Sería el aire, como decía Grainger? Siempre había imaginado su cerebro como algo totalmente cerrado, a salvo dentro de una envoltura de hueso, pero tal vez, en este entorno nuevo y extraño, el sello era más permeable y su cerebro estaba siendo impregnado por vapores insidiosos. Se enjugó el sudor de los párpados y se esforzó por estar cien por cien alerta, con la vista al frente y escudriñando a través del parabrisas empañado. El terreno era más blando, menos estable, a medida que se acercaban a su destino. Partículas de tierra húmeda salían despedidas por los neumáticos y envolvían el coche en una especie de halo de porquería. Los contornos del asentamiento nativo parecían lúgubres y hostiles de algún modo.

De pronto, la magnitud del desafío lo desbordó. Hasta ese momento, todo había girado en torno a *él* y a su capacidad de mantenerse de una pieza: de sobrevivir al viaje, de recuperarse del Salto, de adaptarse a un aire extraño y al shock de la separación. Pero aquello iba mucho más allá de eso. La escala de lo desconocido seguía siendo igual de inmensa tanto si él se encontraba bien como si no; se aproximaba a las barreras monolíticas de un mundo desconocido que existía ajeno a él, indiferente a lo cansado o descansado que estuviese, lo apagados o despiertos que tuviese los ojos, si estaba animado o aburrido.

Le vino a la cabeza el Salmo 139, como ocurría tan a menudo cuando necesitaba reafirmarse. Pero hoy, aquel recordatorio de la omnisciencia de Dios no supuso un consuelo, sino que intensificó su desasosiego. *Dios mío, ¡cuán preciosos me son tus pensamientos! ¡Cuán vastos son en su totalidad! Si los contara, serían más que la arena.* Todas y cada una de las motas de tierra que hacían saltar las ruedas del coche era como una verdad que debía aprender, un número ridículamente grande de verdades que no tendría ni la sabiduría ni el tiempo necesarios para comprender. Él no era Dios, y quizás Dios era el único que podía hacer lo que había que hacer allí.

Grainger activó los limpiaparabrisas una vez más. La vista se emborronó por un momento, y luego el cristal se aclaró y el asentamiento nativo se reveló de nuevo, iluminado ahora por el sol que despuntaba. El sol lo cambiaba todo.

Sí, la misión era abrumadora; y no, él no se encontraba en las mejores condiciones. Pero allí estaba, a punto de conocer a una especie completamente nueva de gente, un encuentro que

129

Dios había dispuesto para él. Lo que fuera que estuviese escrito, sería sin duda precioso y asombroso. Su vida entera —ahora lo entendía, mientras las fachadas de lo desconocido se alzaban ante él, albergando maravillas inimaginables—, su vida entera conducía a ese momento.

7. ACEPTADO, TRANSMITIDO

–Bueno –dijo Grainger–, aquí estamos.

A veces una constatación de lo tremendamente obvio era la única manera acertada de avanzar. Como darle a la vida un permiso ceremonioso para que proceda.

–¿Estás bien? –le preguntó a Peter.

–Eh..., sí –respondió él, bamboleándose en el asiento. Le había vuelto a entrar el mareo que había sentido en la base–. Debo de estar sobreexcitado. Es mi primera vez, al fin y al cabo.

Grainger le echó una mirada que él conocía muy bien, una mirada que había visto en miles de caras durante sus años como pastor, una mirada que decía: *No hay nada por lo que valga la pena ilusionarse; todo es una decepción.* Tendría que intentar hacer algo con esa mirada, si podía, más adelante.

Entretanto, tenía que admitir que el entorno no era, para ser exactos, asombrosamente imponente. El asentamiento oasiano no era lo que llamaríamos una ciudad. Era más como una urbanización, levantada en mitad del páramo. No había calles propiamente dichas, ni aceras, ni señales, ni vehículos, y –a pesar de la penumbra y de las amplias sombras de las primeras luces– ninguna farola ni evidencia alguna de electricidad o de fuego. Nada más que una comunidad de edificios descansando sobre la tierra pelada. ¿Cuántas viviendas en total? Peter no sabría decirlo. Puede que quinientas. Puede que más. Estaban desperdigadas formando agrupamientos sin orden alguno, y las había desde de una sola planta hasta bloques de tres pisos, todos con la azotea plana. Los edificios eran de ladrillo, hechos sin duda con el mismo barro del suelo, pero cocidos hasta quedar de color caramelo y lisos como el mármol. No se veía un alma. Todas las puertas y ventanas estaban cerradas. Bueno, eso no era del todo cierto: las puertas no estaban hechas de madera, ni las ventanas de cristales, eran sólo agujeros en los edificios, cubiertos con cortinas de cuentas. Las cuentas eran cristalinas, como extravagantes ristras de joyas. La brisa las mecía con suavidad. Pero nadie asomaba la cabeza para espiar, nadie cruzaba los umbrales de las puertas.

Grainger aparcó el coche justo delante de un edificio que parecía como los demás salvo porque tenía pintada una estrella blanca cuya punta inferior había goteado un poco y se había secado tal cual. Peter y Grainger salieron del coche y se rindieron al abrazo del aire. Ella se envolvió la cara con el pañuelo y se cubrió la nariz y la boca, como si le pareciera impuro. De un bolsillo de los pantalones sacó un artilugio de metal que Peter dio por sentado que era un arma. Lo apuntó hacia el coche y presionó dos veces el gatillo. El motor se apagó y se abrió una puerta en la parte de atrás.

En ausencia del ruido del motor, los sonidos del asentamiento oasiano se aventuraron en las ondas sonoras como fauna salvaje aprovechando su oportunidad. El borboteo de agua corriendo, desde un origen invisible. Un tintineo o un golpe amortiguado aquí y allá, insinuando forcejeos cotidianos con objetos domésticos. Chillidos y risitas lejanas que podían ser pájaros o niños o maquinaria. Y, más cerca, el murmullo ininteligible de voces, sutiles y difusas, que emanaba de los edificios como un zumbido. Ese lugar, a pesar de las apariencias, no era un pueblo fantasma.

—Entonces, ¿gritamos hola y ya está?

—Saben que estamos aquí —le explicó Grainger—. Por eso se esconden.

Su voz, levemente amortiguada por el pañuelo, sonó tensa. Tenía los brazos cruzados, y Peter vio una mancha de sudor oscuro en la zona de la axila.

—¿Cuántas veces has estado aquí? —le preguntó.

—Decenas. Les traigo el suministro de medicamentos.

—¿En serio?

—Soy farmacéutica.

—No lo sabía.

Grainger suspiró.

—Veo que gasté saliva en balde cuando nos conocimos. No retuviste nada de lo que dije, ¿verdad? Mi gran discurso de bienvenida, mi explicación detallada del procedimiento para obtener algo de la farmacia si lo necesitabas...

—Perdona, debía de tener la cabeza hecha polvo.

—El Salto tiene ese efecto en alguna gente.

—En los flojuchos, ¿eh?

—Yo no he dicho eso. —Grainger se abrazó a sí misma con fuerza, estrechándose nerviosa los brazos—. Venga, acabemos con esto. —No iba dirigido a Peter; estaba mirando al edificio con la estrella blanca pintada.

—¿Estamos en peligro?

—No que yo sepa.

Peter se apoyó en el parachoques y llevó a cabo un examen más detenido de lo que veía. Los edificios, aunque rectangulares, no tenían bordes afilados: cada ladrillo era una losa pulida, una lustrosa lámina de ámbar. La argamasa no tenía rugosidades; era como sellador plástico. No había un canto afilado en ninguna parte, nada cortante u ondulado. Era como si la estética del arquitecto se hubiese formado en homenaje a los espacios de juego infantil. No es que los edificios fuesen en modo alguno infantiles o burdos: tenían una dignidad uniforme pro-

133

pia, y eran a todas luces sólidos como una roca, y los colores cálidos eran... bueno... cálidos. Pero Peter no podía decir que el efecto resultante fuese atractivo. Si Dios lo bendijera con la oportunidad de construir allí una iglesia, tendría que tocar otra tecla, destacar entre tanto edificio achaparrado. Como poco habría de tener... Sí, eso era: había averiguado qué era tan desalentador en aquel lugar. No había ningún intento de alcanzar el cielo. Ninguna torre, ningún torreón, ningún mástil de bandera, ni siquiera un modesto tejado triangular. ¡Ah, lo que daría por un chapitel!

La visión de Peter de una aguja de iglesia resplandeció en su imaginación el tiempo suficiente para que no reparara en el movimiento de la cortina de cuentas del portal más cercano. Para cuando hubo parpadeado y enfocado, la figura estaba ya fuera, delante de Grainger. Sucedió tan de repente, tuvo la impresión, que le faltó el efecto dramático apropiado para su primera visión de un nativo oasiano. Debería haberse producido con una lentitud ceremonial, en un anfiteatro, o en lo alto de una larga escalinata. En cambio, el encuentro estaba ya en marcha, y Peter se había perdido el comienzo.

La criatura –la persona– se mantenía erguida, pero no era alta. Alrededor de un metro sesenta. Él, o ella, era delicado. De huesos pequeños, hombros estrechos, una presencia modesta; nada que ver con la figura temible para la que Peter se había mentalizado. Como le habían dicho, una capucha y una túnica monacal –confeccionadas con una tela azul pastel que se parecía a la de toalla de un modo desconcertante– le cubrían casi todo el cuerpo, con el bajo rozando las puntas de unas botas de cuero blando. No había ninguna turgencia en el pecho, así que Peter –consciente de que ésa era una prueba poco sólida en la que basar su juicio, pero reticente a recargar su cerebro con engorrosas repeticiones de «él o ella»– decidió considerar que la criatura era de sexo masculino.

–Hola –saludó Grainger, tendiéndole la mano.

El oasiano tendió también su mano, pero no estrechó la de Grainger; sólo la tocó con suavidad, rozando su muñeca con la punta de los dedos. Llevaba guantes. Los guantes tenían cinco dedos.

—Ꝺú, aquí, ahora... —dijo—. Una ʂorpreʂa.

Tenía una voz suave, atiplada, con un deje asmático. Donde debieran sonar las eses, había un ruido como el de partir una fruta madura en dos mitades con el pulgar.

—No una mala sorpresa, espero —dijo Grainger.

—Yo eʂpero ẟambién conẟigo.

El oasiano se volvió para mirar a Peter y ladeó la cabeza de tal modo que las sombras de la capucha se retiraron. Peter, al que las formas familiares del oasiano y sus manos de cinco dedos lo habían llevado a esperar una cara más o menos humana, se estremeció.

Allí había una cara que no se parecía en nada a una cara, sino a una nuez enorme de un color rosa blanquecino. O no: se parecía a una placenta con dos fetos —dos gemelos de tres meses, quizás, sin pelo, ciegos— acurrucados cabeza con cabeza, rodilla con rodilla. Sus cabezas abultadas constituían la frente partida del oasiano, por así decirlo; sus espaldas frágiles surcadas de costillas formaban las mejillas; sus brazos delgaduchos y pies palmeados se unían en un embrollo de carne translúcida que tal vez contuviera —en una forma irreconocible para él— una boca, una nariz, unos ojos.

Por descontado, no había ningún feto allí, en realidad: la cara era lo que era, la cara de un oasiano, nada más. Pero por mucho que se esforzara, Peter era incapaz de descifrarla en sus propios términos: sólo podía compararla con algo conocido para él. *Necesitaba* verla como un grotesco par de fetos encaramados a los hombros de alguien, medio encapuchados. Porque si no dejaba que le recordara a eso, estaría siempre mirándola pasmado, reviviendo el impacto inicial, sumido en el vértigo de una caída sin red, en ese momentáneo nudo en el

135

estómago antes de encontrar una comparación sólida a la que agarrarse.

—ᚖú y yo –dijo el oasiano–. Ahora primera vez.

La hendidura vertical que dividía su cara se retorció levemente mientras formaba las palabras. Los fetos rozaron las rodillas, por así decirlo. Peter sonrió, pero no fue capaz de componer una respuesta.

—Quiere decir que no os conocíais –le explicó Grainger–. En otras palabras, está diciendo hola.

—Hola –dijo Peter–. Soy Peter.

El oasiano asintió.

—Peᚖer. Lo recordaré. –Se volvió hacia Grainger–. ¿Traeᴌ medicinaᴌ?

—Unas pocas.

—¿Cómo de pocaᴌ?

—Te lo enseño –le respondió Grainger, rodeando el coche y levantando la puerta trasera. Rebuscó entre un revoltijo de cosas (botellas de agua, papel higiénico, bolsas de tela, herramientas, lona de rafia) y extrajo un recipiente de plástico que no era más grande que una fiambrera de niño. El oasiano estuvo atento a todos sus movimientos, aunque Peter seguía sin poder averiguar dónde tenía los ojos aquello. *Él*, perdón.

—Esto es todo lo que he podido sacar de la farmacia –le dijo Grainger–. Hoy no es día de suministro oficial, ¿comprendes? Estamos aquí por otro motivo. Pero no quería venir sin nada. Así que esto –le tendió el recipiente– es un extra. Un regalo.

—ᴌienᚖo decepcionamienᚖo –dijo el oasiano–. Y a la vez ᴌienᚖo agradecimienᚖo.

Hubo un silencio. El oasiano se quedó allí de pie con el recipiente en las manos; Grainger y Peter se quedaron allí de pie mirando cómo lo sostenía. Un rayo de luz se abrió paso hasta el techo del coche y lo hizo resplandecer.

—Bueno..., eh... ¿Cómo va? –le preguntó Grainger. El sudor brillaba en sus cejas y mejillas.

136

–¿A mí ʕolo? –quiso saber el oasiano–. ¿O a mí y ʔodoʕ junʔoʕ? –Señaló al asentamiento, que quedaba a sus espaldas.

–A todos vosotros.

El oasiano pareció pensarlo mucho. Al final respondió:

–Bien.

Hubo otro silencio.

–¿Va a venir alguien más hoy? –le preguntó Grainger–. A vernos, quiero decir.

De nuevo, el oasiano meditó la pregunta como si fuera enormemente compleja.

–No –concluyó–. Yo hoy ʕólo uno. –Señaló solemnemente a Grainger y a Peter, como muestra, quizás, de que lamentaba el desequilibrio 2:1 entre el número de visitantes y el del comité de bienvenida.

–Peter es un invitado especial de la USIC –le explicó Grainger–. Es... es un misionero cristiano. Quiere... eh... vivir con vosotros. –Echó un vistazo inquieto a Peter, en busca de confirmación–. Si lo he entendido bien.

–Sí –dijo Peter, animado. Había una cosa en forma de champiñón que relucía más o menos en mitad de la hendidura central de la cara del oasiano; Peter había decidido que era el ojo, así que lo miró directamente, esforzándose al máximo por irradiar cordialidad–. Traigo buenas noticias para vosotros. Las mejores noticias que hayáis oído nunca.

El oasiano ladeó la cabeza. Los dos fetos –no, fetos, no, ¡por favor!, la frente y las mejillas– se ruborizaron, revelando una telaraña de capilares justo debajo de la piel. Su voz, cuando habló, sonaba todavía más asmática que antes.

–¿El Evangelio?

Las palabras flotaron un segundo en el aire susurrante antes de que Peter fuese capaz de asimilarlas. No podía creer que hubiese oído bien. Entonces se dio cuenta de que el oasiano había juntado las palmas de las manos.

—¡Sí! —gritó Peter, flotando por la euforia—. ¡Alabado sea Jesucristo!

El oasiano se volvió de nuevo hacia Grainger. Las manos enguantadas temblaban en torno al recipiente.

—Hemoꟷ eꟷperado muᔑo ꟿiempo al hombre Peꟿer —le dijo—. Graciaꟷ, Grainger. —Y, sin más explicaciones, cruzó apresurado el umbral de la puerta. Las cuentas cristalinas se balancearon tras él.

—Qué fuerte —dijo Grainger, tirando del pañuelo y secándose la cara con él—. Nunca me había llamado por mi nombre.

Se quedaron allí esperando unos veinte minutos. El sol siguió subiendo, una rodaja de ardiente naranja, como una gran burbuja de lava en el horizonte. Los muros de los edificios resplandecían como si cada ladrillo contuviera una luz.

Al fin, el oasiano regresó, sosteniendo aún el recipiente de plástico, ahora vacío. Se lo devolvió a Grainger, muy lenta y cuidadosamente, y sólo lo soltó cuando ella lo tuvo bien cogido.

—Medicinaꟷ ꟿodaꟷ acabadaꟷ —le dijo—. Acabadaꟷ en loꟷ agradecidoꟷ.

—Siento que hubiera pocas. Traeré más la próxima vez.

El oasiano asintió.

—Eꟷperaremoꟷ.

Grainger, rígida por la incomodidad, fue a la parte trasera del coche a dejar el recipiente en el maletero. En cuanto se dio la vuelta, el oasiano se acercó sigilosamente a Peter, frente a frente.

—¿ꟿieneꟷ el libro?

—¿El libro?

—El Libro de laꟷ coꟷaꟷ nunca viꟷꟿaꟷ.

Peter parpadeó y trató de respirar con normalidad. De cerca, la carne del oasiano tenía un olor dulzón: no dulzón como algo putrefacto, sino dulzón como la fruta fresca.

—Te refieres a la Biblia.

—Nunca decimoꟷ el nombre. El poder del Libro impide.

La llama da calor... –Con las manos extendidas, imitó el gesto de calentarse junto a un fuego, acercarse demasiado y quemarse.

–Pero te refieres a la Palabra de Dios –le dijo Peter–. Al Evangelio.

–El Evangelio. La Მécnica de Jeⴢúⴢ.

Peter asintió, pero tardó unos segundos en descifrar la última palabra que había atravesado con dificultad la hendidura de la cabeza del oasiano.

–Jesús –repitió maravillado.

El oasiano alargó una mano y, con un movimiento de inconfundible cariño, acarició la mejilla de Peter con la punta del guante.

–Alabamoⴢ a Jeⴢúⴢ por Ⴘu llegada –le dijo.

Para entonces era evidente que Grainger no iba a volver a unirse a ellos. Peter echó un vistazo y la vio apoyada en la parte de atrás del coche, fingiendo examinar el aparato con el que había abierto el maletero. En esa fracción de segundo antes de volverse de nuevo hacia el oasiano, le llegó con toda su intensidad la incomodidad de ella.

–El Libro. ¿Tieneⴢ el Libro? –repitió el oasiano.

–Eh..., no lo llevo encima ahora mismo –le respondió Peter, regañándose a sí mismo por haber dejado la Biblia en la base–. Pero sí, por supuesto. ¡Por supuesto!

El oasiano dio una palmada en gesto de regocijo, o rezando, o ambas cosas.

–Júbilo y conⴢuelo. Día feliz. Vuelve pronႸo, PeႸer, ah, muy pronႸo, lo máⴢ pronႸo que puedaⴢ. Léenoⴢ el Libro de laⴢ coⴢaⴢ nunca viⴢᲛaⴢ, lee y lee y lee hasႸa que enႸendamoⴢ. Y a cambio Ⴊe daremoⴢ... te daremoⴢ... –El oasiano tembló por el esfuerzo de encontrar las palabras adecuadas y luego extendió los brazos, como para señalar absolutamente todo.

–Sí –le dijo Peter, poniéndole la mano en el hombro–. Pronto.

La frente del oasiano –las cabezas de los fetos, por así decirlo– se hinchó ligeramente. Peter decidió que eso, en este pueblo nuevo y milagroso, era una sonrisa.

Querido Peter, escribía Beatrice.

Te quiero y espero que estés bien, pero debo comenzar esta carta con muy malas noticias.

Era como correr hacia una puerta abierta en un estado de exaltado entusiasmo y chocar contra el cristal. Se había pasado todo el camino de vuelta a la base casi levitando de emoción; era increíble que no hubiese salido volando por el techo del vehículo de Grainger. Querida Bea... Alabado sea Dios... Pedimos un pequeño respiro y Dios nos concede un milagro... Éstas eran algunas de las opciones con las que había pensado comenzar su mensaje para Beatrice cuando volviera a su cuarto. Tenía los dedos a punto para escribir a una velocidad delirante, para lanzar su alegría a través del espacio, erratas incluidas.

Ha habido una tragedia terrible en las Maldivas. Un maremoto. En plena temporada turística. Aquello estaba plagado de turistas, y tiene una población de algo más de trescientas mil personas. Tenía. ¿Sabes cuando hay una catástrofe y los medios acostumbran a hablar de cuánta gente se calcula que ha muerto? Pues esta vez de lo que hablan es de cuánta gente podría SEGUIR VIVA. Es un pantano enorme de cadáveres. Lo ves en las imágenes de las noticias, pero no lo asimilas. Toda esa gente con sus manías y sus secretos de familia y su manera de llevar el pelo, etc., reducida a lo que parece una ciénaga inmensa de carne que se extiende a lo largo de kilómetros.

Las Maldivas tienen (TENÍAN...) un montón de islas, la mayoría en riesgo de inundación, por lo que el gobierno llevaba años insistiendo para que la población se trasladara al atolón más grande y mejor fortificado. Casualmente, había un equipo de televisión grabando un documental sobre unos pocos isleños, de uno de los atolones más pequeños, que no querían ser realojados. Las cámaras estaban grabando cuando llegó el tsunami. He visto las imágenes en el móvil. No te puedes creer lo que estás viendo. Se oye la voz de un presentador americano diciendo algo de los cultivos de papaya, y un segundo después tropecientas toneladas de agua cruzan la pantalla destruyéndolo todo. Los equipos de rescate salvaron a algunos americanos, a algunos turistas, a algunos vecinos. Y las cámaras, claro. Parece sarcástico. Creo que hicieron lo que pudieron.

En la iglesia estamos pensando qué podemos hacer para ayudar. Enviar gente allí no es una opción. No conseguiríamos nada. La mayoría de las islas han desaparecido del mapa, no han quedado más que montículos en el océano. Hasta las islas más grandes es posible que no lleguen a recuperarse nunca. Toda el agua potable se ha infectado. No hay un solo edificio totalmente intacto que se pueda utilizar. No hay ningún sitio en el que sea seguro aterrizar, ningún sitio donde levantar un hospital, ninguna manera de enterrar a los muertos. Los helicópteros zumban dando vueltas como gaviotas sobre un derrame de petróleo lleno de peces muertos. En este punto, lo único que podemos hacer es rezar por los parientes de los maldivos, y tal vez, con el tiempo, haya refugiados.

Siento comenzar así. Como puedes imaginar, no puedo dejar de pensar y de sufrir con este tema. Pero no significa que no haya pensado en ti.

Peter se reclinó en la silla y levantó la vista al techo. La luz eléctrica seguía encendida, superflua ahora que los rayos de sol entraban en el cuarto, con un brillo casi insoportable. Tuvo un escalofrío al sentir cómo la humedad de su ropa se enfriaba por el aire acondicionado. Sintió dolor por la gente de las Maldivas, pero, para su vergüenza, ese dolor iba mezclado con una punzada puramente egoísta: la sensación de que Beatrice y él, por primera vez desde que comenzó su relación, no estaban pasando juntos por lo mismo. Antes, cualquier cosa que ocurriera les ocurría a los dos, desde un apagón hasta la visita de un amigo angustiado a altas horas de la noche o una ventana que daba golpes mientras intentaban dormir. O como el sexo.

141

Te echo de menos, escribía Beatrice. Esto de las Maldivas no me habría alterado tanto si estuvieras aquí. Cuéntame más cosas de tu misión. ¿Es terriblemente complicada? Recuerda que los avances inesperados suelen llegar justo después de que todo parezca imposible. Los que insisten en que no quieren o no necesitan a Dios son los que más lo quieren y lo necesitan.

Joshua sigue con sus travesuras. Me estoy planteando seriamente echarle algo en la leche. O darle con un mazo en la cabeza cuando me despierta por enésima vez a las 4 de la mañana. También podría hacer un maniquí a tamaño real igual que tú y tumbarlo a mi lado en la cama. Eso a él a lo mejor lo engañaría. Por desgracia, a mí no.

La situación de Mirah ya está controlada. Me reuní con una asistente social musulmana, Khadija, que trabaja con el imam de la mezquita local de Mirah. Básicamente, estamos tratando de vendérselo al imam como un problema de decencia (la violencia/falta de respeto del marido), y no de una religión contra otra. Es diplomacia dura, como puedes imaginar, como negociar un tratado de paz entre Siria y Estados Unidos. Pero Khadija es brillante.

Recibí un mensaje de la USIC diciéndome que estabas bien. ¿Cómo lo van a saber? Supongo que se referían a que han podido comprobar que no te has evaporado. El mensaje lo enviaba Alex Grainger. ¿Ya lo has conocido? Dile que no sabe escribir «cooperar». ¿O es que los americanos lo escriben con una grafía simplificada, ahora? Bruja, bruja, bruja. Pero he sido tolerante todo el día, ¡te lo prometo! (Hay una paciente nueva muy difícil en mi planta. Se supone que la transfirieron desde Psico por motivos médicos, pero yo creo que se morían de ganas de librarse de ella.) En fin, que tengo ganas de ser terriblemente injusta con alguien sólo tres minutos, para desfogarme. No lo haré, por supuesto. Seré muy amable, incluso con Joshua, cuando me despierte OTRA VEZ de madrugada.

En serio, te echo muchísimo de menos. Querría pasar tan sólo unos minutos en tus brazos. (Vale, puede que una hora.) El tiempo está mejor, hoy ha hecho un sol maravilloso, pero eso no me anima. He ido al supermercado a comprar las chucherías que me reconfor-

142

tan (mousse de chocolate, tiramisú, ya sabes qué clase de cosas). Resulta que un montón de gente ha tenido la misma idea. Todo lo que quería estaba agotado, un espacio vacío en el estante. Me he conformado con uno de esos tronquitos rellenos de crema de mentira.

La cabeza llena con la tragedia de las Maldivas, el estómago lleno de dulce. Qué afortunados somos, en nuestro parque occidental... Vemos imágenes de muertos extranjeros y luego nos damos un paseo hasta el supermercado en busca de nuestros caprichos favoritos. Por supuesto, cuando hablo en primera persona no te incluyo a ti ahora mismo. Tú estás lejos de todo esto. Lejos de mí.

No hagas caso de esta cháchara autocompasiva, mañana se me habrá pasado. Cuéntame cómo te va. Estoy muy orgullosa de ti.

Besos y abrazos (¡ojalá!),

Beatrice

P.D. ¿Quieres un gato?

Mi querida Bea, le respondió él.

No sé ni qué decir. Qué horror lo de las Maldivas. El alcance de una tragedia así, como dices, es imposible de imaginar. Rezaré por todos ellos.

Le costó un buen rato escribir esas frases, pese a lo cortas que eran. Entre tres y cinco minutos cada una. Se devanó los sesos para encontrar una frase adicional que sirviera de transición digna con la que pasar del desastre a sus alegres noticias. No se le ocurrió nada.

He tenido mi primer encuentro con un nativo oasiano, continuó, confiando en que Bea lo entendiera. En contra de mis expectativas más descabelladas, tienen sed de Cristo. Han oído hablar de la Biblia. Yo no llevaba la mía encima... ¡Así aprenderé a no ir a ninguna parte sin ella! No sé por qué no la cogí. Supongo que di por sentado que la primera visita sería básicamente de reconocimiento, y que la respuesta sería negativa. Pero como dice Jesús en Juan 4:35: «¿No decís vosotros: "Aún faltan cuatro meses para que llegue la

143

siega"? He aquí os digo: Alzad vuestros ojos, y mirad los campos, porque ya están blancos para la siega.»

El asentamiento no se parece en nada a lo que me esperaba. No hay ningún signo de industrialización, podría ser Oriente Medio en la Edad Media (con una arquitectura distinta, claro). Y, según parece, ¡no hay electricidad! Además, está en mitad de la nada, muy muy lejos de la base de la USIC. No creo que sea viable que yo viva aquí y me desplace regularmente. Tendré que ir para allá y vivir con los oasianos. Y lo antes posible. No he valorado aún los aspectos prácticos. (Sí, sí, lo sé..., te necesito de verdad. Pero Dios tiene muy presente que yo soy un inepto en ese terreno.) Tendré que confiar en que todo funcione. ¡Parece que hay motivos de sobra para esperar que así sea!

Los oasianos –suponiendo que el que yo he conocido sea un sujeto típico– son de estatura media y tienen un parecido extraordinario con nosotros, sólo que sus caras son una especie de revoltijo espantoso, imposible describirlo, como fetos. No sabes adónde hay que mirar cuando hablas con ellos. Hablan inglés con un acento muy fuerte. Bueno, al menos el que yo he conocido. A lo mejor es el único que habla algo de inglés, y mi idea de partida –que tendría que pasar varios meses aprendiendo el idioma antes de hacer algún progreso– se acaba confirmando. Pero tengo la sensación de que Dios ya ha estado trabajando aquí, más de lo que me atrevía a imaginar.

En fin, volveré allí lo antes que pueda. Iba a decir «mañana», pero como aquí los periodos de luz duran varios «días», la palabra «mañana» es un problema. Tengo que averiguar cómo lo sortea el personal de la USIC. Estoy seguro de que tienen alguna solución. Le preguntaré a Grainger por el camino, si me acuerdo. ¡Tengo la cabeza un poco sobreexcitada, como puedes imaginar! Me muero de ganas de volver a ese asentamiento, instalarme entre esa gente extraordinaria y satisfacer su sed de conocer el Evangelio.

Qué privilegio

Dejó de teclear, en mitad de la frase «Qué privilegio servir al Señor». Se había acordado de las Maldivas, o, para ser más exac-

144

tos, se había dado cuenta de que lo había olvidado por completo llevado por el entusiasmo. El ánimo agitado, casi angustiado, de Bea —¡tan raro en ella!— chocaba con su exaltación, como una marcha fúnebre interrumpida por los alegres bocinazos de un desfile de carnaval. Releyendo la primera frase de su carta, vio que había respondido a su dolor de un modo muy somero. En circunstancias normales, la habría abrazado; la presión de sus brazos contra la espalda de ella, y el roce de la mejilla contra su pelo lo habrían dicho todo. Pero ahora lo único que tenía era la palabra escrita.

Se planteó desarrollar un poco lo que sentía respecto a las Maldivas. Pero no sentía demasiado, al menos no en relación con las Maldivas en sí. Sus sentimientos eran en gran parte de pesar —de decepción, incluso— por que la tragedia hubiese afectado tantísimo a Beatrice, justo cuando él quería que estuviese feliz, y perfecta, y que siguiera con sus cosas como siempre y estuviese receptiva a sus maravillosas noticias sobre los oasianos.

Le rugió el estómago. No había comido nada desde la vuelta en coche; Grainger y él habían estado picando los restos secos del pan de pasas. («A cinco pavos la rebanada», le había comentado apesadumbrada. Peter no le había preguntado quién corría con los gastos.) Como por acuerdo, no habían hablado de la extraordinaria reacción que había mostrado el oasiano hacia Peter. En lugar de eso, Grainger le estuvo explicando diversos procedimientos de rutina en relación con la lavandería, los suministros eléctricos, la disponibilidad de vehículos, las normas de la cantina. Estaba irritable, no dejaba de repetir que le había informado de todo eso antes, cuando lo acompañó al bajar de la nave. Lo de pedir perdón no funcionó una tercera vez.

Peter se levantó y se acercó a la ventana. El sol —amarillo como una yema de huevo y con los contornos borrosos a esa hora del día— se veía perfectamente desde la habitación, justo en el centro del cielo. Era cuatro o cinco veces más grande que el sol con el que había crecido, y proyectaba un destello de luz dorada en los contornos de los tristes edificios del complejo del aeropuerto. Los charcos de agua de lluvia que había dejado el chaparrón de la noche anterior se habían ido secando desde entonces. Los vapores giraban y bailaban elevándose sobre el suelo y cruzando las azoteas hasta perderse, como si los charcos hicieran complicados anillos de humo.

El aire acondicionado de su habitación era innecesariamente frío. Descubrió que si se acercaba aún más a la ventana, casi apretando su cuerpo contra ella, el cristal irradiaba la calidez del exterior e impregnaba su ropa. Tendría que preguntarle a Grainger cómo se reprogramaba el aire acondicionado; era uno de los puntos que no habían tocado.

De vuelta en la pantalla, terminó de escribir servir al Señor y comenzó un párrafo nuevo.

Aun con la alegría que siento por esta maravillosa oportunidad que Dios ha puesto ante mí, siento una punzada de dolor por no poder abrazarte y consolarte. No me he dado cuenta hasta hoy de que ésta es la primera vez que tú y yo nos separamos más de un par de noches. ¿No me podrían haber mandado a una minimisión en Manchester o en Cardiff, primero, como práctica, antes de venir hasta aquí?

Creo que Oasis te parecería tan bonito como a mí. El sol es enorme y amarillo y el aire traza remolinos sin parar y se desliza dentro y fuera de la ropa. Puede que suene desagradable, lo sé, pero te acostumbras. El agua es verde y la orina me sale naranja. Te estoy vendiendo muy bien el sitio, ¿eh? Tendría que haber hecho un curso de escritura creativa antes de presentarme voluntario para esto. Tendría que haberle insistido a la USIC en que o veníamos juntos o no venía.

Si hubiésemos conseguido que dieran su brazo a torcer en eso, quizás les podríamos haber convencido de que Joshua viniera también. No estoy seguro de cómo habría llevado el Salto, de todos modos. Puede que hubiese quedado convertido en un cubreteteras de pelo.

Chistes malos de gatos. Mi equivalente de tus tronquitos de chocolate, supongo.

Cariño, te quiero. Cuídate. Sigue ese sabio consejo que me das tan a menudo: no seas tan dura contigo misma, y no dejes que las cosas malas te impidan ver las buenas. Me sumaré a tus plegarias por los parientes de los muertos de las Maldivas. Súmate tú a las mías por la gente de aquí, que está entusiasmada ante la perspectiva de una nueva vida en el seno de Cristo. Ah, otra cosa: hay una niña de Oskaloosa llamada Coretta que ha perdido a su padre hace poco y cuya madre se ha dado a la bebida. Reza por ella también, si te acuerdas.

Te quiero,

Peter

Releyó el texto del mensaje, pero no tocó nada más; de pronto se sintió desfallecer de hambre y de cansancio. Pulsó un botón. Durante varios minutos, sus torpes 787 palabras se quedaron allí colgadas, con un leve temblor, como si no supieran qué hacer. Era cosa del Shoot, había descubierto: el proceso lo dejaba en suspense cada vez y le hacía temer que algo fallara. Luego sus palabras desaparecieron y la pantalla quedó en blanco, salvo por un mensaje automático que decía: ACEPTADO, TRANSMITIDO.

8. RESPIRAS HONDO Y CUENTAS HASTA UN MILLÓN

Todo se veía distinto a la luz del día. El comedor de la USIC, tan solitario e inquietante durante las largas horas de oscuridad, era ahora un hervidero de alegre actividad. Una feliz congregación. El muro de cristal en el lado este del edificio, aunque era de vidrio tintado, dejaba pasar tanta luz y tanto calor que Peter tuvo que protegerse haciendo visera con la mano. Un resplandor se proyectaba sobre la sala entera, convirtiendo las máquinas de café en esculturas adornadas con joyas, las sillas de aluminio en metales preciosos, los expositores de revistas en zigurates, las calvas en lámparas. Había allí reunidas unas treinta o cuarenta personas, comiendo, charlando, rellenando sus tazas en la barra de la cafetería, repantigándose en los sillones, gesticulando de lado a lado de las mesas, elevando la voz para competir con las voces elevadas de los demás. La mayoría iban vestidos de blanco, igual que Peter, pero sin una gran cruz de tinta en el pecho. Había bastantes caras negras, incluida la de BG. Éste no levantó la vista cuando llegó Peter; estaba inmerso en una animada discusión con una mujer blanca con pinta de marimacho. No había ni rastro de Grainger.

Peter se adentró en la multitud. El sistema de megafonía seguía emitiendo música, pero apenas se oía por encima del clamor de la conversación; Peter no sabía decir si era el mismo documental de Patsy Cline o una canción disco electrónica o una composición de música clásica. Era sólo una voz más entre el barullo.

—¡Eh, padre!

Era el hombre negro que le había lanzado la magdalena de arándanos. Estaba sentado a la misma mesa que la noche anterior, pero con un compañero distinto, un hombre blanco y gordo. De hecho, los dos estaban gordos: exactamente el mismo peso, y con rasgos parecidos. Ese tipo de coincidencias servían como un recordatorio de que, al margen de pigmentaciones, los humanos formaban todos parte de la misma especie.

—Hola, ¿qué hay? —saludó Peter, cogiendo una silla y sumándose a ellos.

Los dos le miraron al pecho para echar un vistazo al dibujo con borrones de tinta, pero, una vez cerciorados de que era una cruz y no algo que les pudiera apetecer comentar, levantaron la cabeza de nuevo.

—¿Cómo van las cosas, tío? —El hombre negro alargó el brazo para estrecharle la mano. Llevaba fórmulas matemáticas anotadas en la manga de la camisa, hasta el codo.

—Muy bien —respondió Peter. No se le había ocurrido nunca que las personas de piel oscura no tenían la posibilidad de anotarse números en la piel. Cada día se aprendía algo nuevo sobre la diversidad humana.

—¿Ya has comido algo?

El hombre negro acababa de ventilarse un plato de algo marrón y caldoso y ahora tenía entre las manos una taza de plástico tamaño extragrande. Su amigo saludó a Peter con un gesto de la cabeza, y retiró la servilleta húmeda que envolvía un enorme bocadillo.

—No, sigo funcionando con media magdalena —le respondió Peter, parpadeando aturdido por la luz—. De hecho, no es del todo cierto: he comido un poco de pan de pasas desde entonces.

—Deja el pan de pasas, tío. Es garrafón.

149

–¿Garrafón? No te sigo.

–Es nuestra bonita manera de decir que está hecho aquí, y no en casa. Seguramente contiene monocicloparafinas o ácido ciclohexil-dodecanoico o alguna mierda de ésas.

El hombre hablaba con una media sonrisa, pero los ojos estaban serios. Había soltado aquellos términos químicos polisílabos con la facilidad de las obscenidades. De nuevo, eso le recordó a Peter que todos y cada uno de los miembros del personal poseían conocimientos que justificaban de sobra el precio de su pasaje a Oasis. Todos menos él.

El hombre negro dio un ruidoso sorbo al café.

–¿Nunca comes nada que hayan preparado aquí? –preguntó Peter.

–Mi cuerpo es mi templo, padre, y hay que mantenerlo puro. Lo dice la Biblia.

–La Biblia dice muchas cosas, Mooney –comentó su amigo, y le pegó un bocado enorme al bocadillo, del que goteó una salsa gris.

Peter echó una mirada a BG, en la otra punta de la sala. La mujer blanca con pinta de marimacho estaba riendo, casi partiéndose de la risa. Tenía una mano apoyada en la rodilla de BG para no perder el equilibrio. El hilo musical asomó por un resquicio entre el ruido y reveló el estribillo de una canción de Broadway de mediados del siglo XX, el tipo de cosa que Peter había asociado siempre con tiendas de beneficencia provincianas o colecciones de discos de viejos solitarios.

–¿Qué tal el bocadillo? –le preguntó–. Parece muy bueno.

–Mmm –asintió el hombre blanco y gordo–. *Está* muy bueno.

–¿Qué lleva?

–Blancaflor.

–No conozco esa marca...

–Blancaflor, padre. No es una marca. Blanca-flor. Blanca-flor asada.

Mooney acudió al rescate:

–Mi amigo Roussos se refiere a una flor. –Hizo un gesto elegante con la mano, desplegando los dedos rollizos como un capullo abriéndose–. Una flor que crece aquí. Prácticamente *lo único* que crece aquí...

–Sabe igual que el mejor pastrami que hayas probado nunca –dijo Roussos.

–Es muy adaptable –reconoció Mooney–. En función de los sabores que le pongas, puedes hacer que sepa igual que cualquier cosa que se te ocurra. Pollo. Dulce de azúcar. Bistec de ternera. Plátano. Maíz. Champiñón. Le añades agua y es sopa. Lo reduces y es gelatina. Lo mueles y lo horneas y es pan. Es el alimento universal.

–Me la estás vendiendo muy bien –le dijo Peter–, para ser alguien que se niega a comerla.

–Claro que se la come –intervino Roussos–. ¡Le encantan los buñuelos de plátano!

–Están bien –dijo Mooney, aspirando por la nariz–. Pero no tengo por costumbre comerla. En general me limito a la mandanga auténtica.

–¿Pero no sale muy caro si sólo comes y bebes... eh... cosas importadas?

–Ya lo creo, padre. Al ritmo que bebo Coca-Cola de verdad, calculo que le debo a la USIC puede que del orden de... cincuenta mil dólares.

–Fácil –confirmó Roussos–. Eso, y los Twinkies.

–¡Joder, y tanto! ¡Al precio que venden los Twinkies estos pájaros! O una tableta de Hershey. Te lo digo de verdad, si yo no tuviera tan buen carácter...

Mooney deslizó su plato vacío hacia Peter.

–Si no me lo hubiese comido todo, podría enseñarte otra cosa –le dijo–. Helado de vainilla con sirope de chocolate. La esencia de vainilla y el chocolate son importados, la salsa debe de llevar algo de blancaflor, pero el helado..., el helado es pura entomofagia, ¿entiendes lo que digo?

Peter reflexionó un momento.

–No, Mooney, no entiendo lo que dices.

–Bichos, tío. Larvas. Por ahí viene el camión de los helados, cargado de... ¡bichos batidos!

–Muy gracioso –farfulló Roussos, y siguió tragando lo que tenía en la boca con algo menos de entusiasmo.

–Y hacen un postre de arroz delicioso con, ¿te lo puedes creer?, con gusanos.

Roussos dejó el bocadillo sobre la mesa.

–Mooney, eres mi colega, te quiero mucho, pero...

–No gusanos sucios, ya me entiendes –le explicó Mooney–. Limpios, frescos, criados expresamente.

Roussos había tenido suficiente.

–Mooney, cállate de una puñetera vez. Hay cosas que es mejor no saber.

Como alertado por los sonidos de una discusión, BG apareció de repente.

–¡Eh, Peter! ¿Cómo va, colega?

La mujer blanca ya no estaba con él.

–Excelente, BG. ¿Y tú?

–A tope, tío, a tope. Hemos puesto los paneles solares a producir el doscientos cincuenta por ciento de nuestra corriente eléctrica. Estamos listos para bombear el excedente a unos sistemas inteligentes de verdad. –Señaló con la barbilla a un punto invisible más allá del comedor, en el lado opuesto al que Peter había explorado–. ¿Has visto el edificio nuevo que hay ahí fuera?

–A mí todos me parecen nuevos, BG.

–Claro, bueno, éste es nuevo *de verdad*. –La cara de BG tenía una expresión de sereno orgullo–. Sal ahí y échale un vistazo en algún momento, cuando tengas ocasión. Es una hermosa obra de ingeniería. Nuestra nueva centrifugadora de recogida de agua.

–También conocida como el Sostén Gigante –apuntó Roussos, rebañando la salsa con un pedacito de costra de pan.

–Eh, aquí no queremos ganar ningún premio de arquitectura –le dijo BG con una sonrisa–. Sólo queremos averiguar cómo pillar esa agua.

–En realidad –comentó Peter–, ahora que lo dices, se me acaba de ocurrir: a pesar de toda esa lluvia..., no he visto ningún río ni ningún lago. Ni siquiera un estanque.

–La tierra es como una esponja. Si entra algo, ya no vuelve. Pero la mayor parte de la lluvia se evapora en cinco minutos. No se ve cómo ocurre, es constante. Vapor invisible. Eso es un oxímoron, ¿verdad?

–Supongo –le respondió Peter.

–En fin, tenemos que pillar la lluvia antes de que desaparezca. Eso es lo que hemos estado diseñando el equipo y yo. Redes de vacío. Concentradores de flujo. Unos buenos cacharros. ¿Y tú qué, colega? ¿Ya tienes iglesia?

Le hizo la pregunta con desenfado, como si las iglesias fueran herramientas o algún otro suministro necesario que pudiera solicitar mediante formulario; lo que, bien pensado, sí eran.

–El edificio físico, no, BG –le respondió Peter–. Pero una iglesia no consiste en eso. Una iglesia está hecha de mentes y corazones.

–Construcción de bajo presupuesto –bromeó Roussos.

–Un poco de respeto, capullo –le reprochó Mooney.

–En realidad, BG, estoy un poco en estado de shock... O de feliz estupefacción, sería una descripción mejor. Anoche... eh... Esta mañana... Hace un rato, Grainger me ha llevado al asentamiento oasiano...

–¿El qué, colega?

–El asentamiento oasiano.

Los tres hombres se echaron a reír.

–Te refieres a Villa Friki –le dijo Roussos.

–C-2 –lo corrigió BG, serio de pronto–. Lo llamamos C-2.

–Como sea –prosiguió Peter–. Me dieron la bienvenida más *alucinante* del mundo. ¡Esa gente está ansiosa por acercarse a Dios!

—La polla en vinagre —soltó BG.

—¡Ya conocen la Biblia!

—Esto se merece una celebración, colega. Deja que te invite.

—Yo no bebo, BG.

—Me refiero a un café, tío —le respondió BG, con la ceja levantada—. Si quieres alcohol, vas a tener que darte *mucha* prisa en montar tu iglesia.

—¿Cómo?...

—Para las donaciones, colega. Un montón de donaciones. Una cerveza te va a costar una fortuna.

BG se dirigió pesadamente a la barra. Peter se quedó con los dos tipos gordos, que dieron sendos sorbos sincronizados a sus tazas de plástico.

—Es increíble que recorras un paisaje en coche durante horas y no te des cuenta de lo más llamativo —reflexionó Peter—. Tanta lluvia, y no se acumula agua en un lago ni en un embalse... Me pregunto cómo se las apañan los oasianos.

—Sin problemas —le explicó Roussos—. Llueve todos los días. Cogen el agua que necesitan cuando la necesitan. Es como el agua del grifo. —Alzó la taza de plástico a un cielo imaginario.

—De hecho —añadió Mooney—, sería un problema que la tierra *no* la absorbiera. Imagínate qué inundaciones, tío.

—¡Ah! —exclamó Peter, recordando de repente—. ¿Os habéis enterado de lo de las Maldivas?

—¿Las Maldivas? —Roussos pareció recelar, como si sospechara que Peter iba a soltarles una parábola evangelizadora.

—Las Maldivas. Un grupo de islas del océano Índico —les explicó Peter—. Un maremoto se las ha llevado por delante. Todos los que vivían allí están muertos.

—No lo sabía —dijo Mooney, impasible, como si Peter acabara de informarle sobre una rama científica ajena a la suya.

—¿Se las ha llevado por delante? —dijo Roussos—. Qué mal.

154

BG volvió a la mesa con una taza de café humeante en cada mano.

–Gracias –dijo Peter, cogiendo la suya.

Llevaba impreso un mensaje chistoso: NO HACE FALTA SER HUMANO PARA TRABAJAR AQUÍ, PERO AYUDA. La de BG decía otra cosa.

–Eh, me acabo de dar cuenta –dijo Peter–. Estos vasos son de plástico de verdad. O sea, eh..., plástico duro. O sea, que no son de poliestireno, desechables...

–Tenemos cosas mejores que transportar por medio universo que tazas desechables, colega –respondió BG.

–Sí, como tabletas Hershey –apuntó Mooney.

–Como misioneros cristianos –dijo BG, sin rastro de burla.

Mi querida Bea, escribía Peter una hora después.

No he recibido aún respuesta tuya, y a lo mejor es un poco pronto para escribirte otra carta, pero no podía esperar a contártelo... Acabo de tener una conversación de lo más REVELADORA con algunos hombres de la USIC. Resulta que no soy el primer misionero cristiano que mandan aquí. Antes de mí hubo uno llamado Marty Kurtzberg. Un bautista, parece ser, a pesar del apellido judío. Su labor fue bienvenida por los nativos, pero luego desapareció. De eso hace un año. Nadie sabe qué ha pasado con él. Por supuesto, los hombres hacen broma con que los oasianos seguramente se lo comieron, como en aquellas historietas antiguas en las que los hambrientos salvajes ataban a los misioneros y los ponían en una olla a hervir. No deberían decir esas cosas, es racismo. De todas formas, tengo la certeza de que esta gente, los oasianos, no son peligrosos. No para mí, al menos. Puede que sea un juicio precipitado, porque de momento sólo los he visto una vez. Pero estoy seguro de que recuerdas esas veces en que, dando testimonio en algún lugar/contexto desconocido, ¡sentíamos de repente que teníamos que batirnos en retirada a toda prisa, si queríamos salir vivos! Bueno, pues aquí no tengo esa sensación.

155

A pesar de los chistes de caníbales, la USIC y los oasianos tienen lo que parece ser una relación comercial bastante buena. No es el modelo de explotación colonial que uno esperaría. Hay un intercambio regular de bienes, sencillo y formal. Los oasianos nos proveen de comestibles básicos. Y, por lo que he entendido, nosotros les damos sobre todo medicinas. Aquí no crece una gran variedad de plantas, lo que llama la atención, dada la cantidad de lluvia. Pero como la mayoría de las medicinas se elaboran a partir de plantas, sospecho que el campo para descubrir/producir analgésicos, antibióticos, etc., ha sido limitado. ¿O será un plan diabólico de la USIC para que los nativos se enganchen? No podré hacer ninguna afirmación sólida hasta que conozca mejor a esta gente.

En fin, ¿estás sentada? Porque tengo una noticia sorprendente con la que a lo mejor te da un pasmo. Los oasianos sólo quieren una cosa (aparte de medicinas): la palabra de Dios. Les han estado pidiendo a los de la USIC que les proporcionaran otro pastor. ¿Pidiendo? ¡Exigiendo! Según me han contado estos hombres con los que acabo de hablar, ellos (los oasianos) han hecho saber, con toda educación, ¡que su cooperación continuada en las actividades de la USIC depende de ello! Y tú y yo pensando que la USIC estaba siendo increíblemente generosa al ofrecerme la oportunidad de venir... Bueno, pues no sólo no me han traído aquí de mala gana, ¡sino que resulta que quizás todo el proyecto dependa de mí! Si lo llego a saber antes, habría INSISTIDO en que vinieras tú también. Pero entonces puede que la USIC me hubiese dejado fuera y escogido a otro, a alguien que no diese tantos problemas. Debía de haber cientos de candidatos. (Sigo sin entender Por Qué Yo, aunque quizás la pregunta correcta sea Por Qué No.)

En fin, está claro que recibiré toda la ayuda que solicite para instalar mi iglesia. Un vehículo, materiales de construcción, hasta albañiles. Por el rumbo que están tomando las cosas, parece que mi carga va a ser más llevadera que la de casi cualquier otro misionero desde los comienzos de la evangelización cristiana. Cuando piensas en San Pablo, recibiendo azotes y pedradas, naufragando y pasando

156

hambre, en la cárcel... ¡Casi tengo ganas de que llegue el primer contratiempo! (CASI.)

Se detuvo. Eso era todo lo que quería contarle, pero sentía que debía hacer alguna alusión a las Maldivas. Y luego se sintió culpable por sentir que debía hacerlo, en lugar de querer hacerlo.

Te quiero,

Peter

Después de vomitar el café se sintió mejor. No era muy cafetero ni en las mejores circunstancias –era un estimulante, a fin de cuentas, y él había dejado los estimulantes artificiales años atrás–, pero lo que le había dado BG era asqueroso. Tal vez estuviera hecho de flores oasianas, o tal vez la combinación de café importado y agua oasiana fuera mal asunto. En cualquier caso, se sintió mejor después de deshacerse de él. De hecho, se sentía casi normal. Los efectos del Salto estaban abandonando su organismo por fin. Dio un buen trago de agua directamente del grifo. Deliciosa. A partir de ahora sólo bebería agua.

La energía volvió a su cuerpo, como si cada una de sus células fuese una esponja microscópica hinchándose de gratitud por recibir alimento. Puede que fuera así. Se abrochó las sandalias y salió del cuarto; en principio para hacerse con el entorno, pero también para celebrar que se sentía con fuerzas de nuevo. Había estado encerrado demasiado tiempo. ¡Al fin libre!

Bueno, libre para recorrer el laberinto de la base de la USIC. Un cambio agradable respecto de su cuarto, pero tampoco una ancha pradera, precisamente. Sólo pasillos vacíos, túneles intensamente iluminados de paredes, suelos y techos. Y cada pocos metros, una puerta.

En cada una de ellas había una etiqueta identificativa –inicial y apellido–, con la descripción del puesto de la persona en letras más grandes. Esto es, W. HEK, CHEF; S. MORTELLARO, CIRUJANO DENTAL; D. ROSEN, TOPÓGRAFO; L. MORO, TECNÓLOGO DE INGENIERÍA; B. GRAHAM, INGENIE-

157

RO DE CENTRÍFUGAS; J. MOONEY, INGENIERO ELÉC-
TRICO, y así sucesivamente.

No salía ningún sonido de aquellas puertas, y los pasillos
estaban igual de silenciosos. Era evidente que el personal de la
USIC estaba trabajando o pasando el rato en la cafetería. No
había nada siniestro en su ausencia, ningún motivo para estar
asustado, y aun así Peter estaba asustado. Su alivio inicial por la
oportunidad de explorar por su cuenta, sin vigilancia, dio paso
a un anhelo de señales de vida. Caminaba cada vez más rápido,
doblaba las esquinas cada vez más decidido, y lo recibían cada
vez los mismos pasillos rectangulares y las hileras de puertas
idénticas. En un lugar como ése, ni siquiera podías estar seguro
de haberte perdido.

Justo cuando estaba empezando a sudar, acuciado por los
recuerdos de sus encierros en reformatorios, el hechizo se rompió: al girar una esquina, estuvo a punto de chocar, pecho contra pecho, con Werner.

–¡Sooo! ¿Dónde está el incendio? –le dijo, dándose una
palmadita sobre el grueso torso como para comprobar que la
sorpresa no le había causado ningún daño.

–Perdona.

–¿Estás bien?

–Sí, gracias.

–Eso es bueno –asintió Werner, cordial pero sin ganas de
charla–. Sigue así, tío.

¿Una frase hecha o una advertencia? Era difícil saberlo.

Segundos después, Peter se había quedado solo una vez
más. El momento de pánico había pasado. Ahora era capaz de
ver la diferencia entre dar vueltas por un edificio desconocido y
estar encerrado en una cárcel. Werner tenía razón: había que
calmarse.

De nuevo en su habitación, Peter rezó. Pidió consejo. No le
llegó ninguna respuesta, al menos no una respuesta inmediata.

El extraterrestre –el oasiano– le había rogado que volviera al asentamiento tan pronto como pudiera. Así que... ¿debería volver ya? La claustrofobia que lo había asediado en los pasillos indicaba que aún no había vuelto del todo a la normalidad; él no solía sentir pánico. Y no hacía mucho andaba desmayándose, vomitando y alucinando. Tal vez debía seguir descansando hasta que estuviera cien por cien seguro de que volvía a ser él. Pero el oasiano le había rogado que volviera, y la USIC no lo había llevado hasta allí para que se quedara tumbado en la cama mirándose los pies. Tenía que ir. Tenía que ir.

El problema era que eso supondría perder el contacto con Bea durante unos días. Iba a ser duro para ambos. Aun así, dadas las circunstancias, no había forma de evitarlo: lo mejor que podía hacer era posponer su partida sólo un poco más, para tener suficiente tiempo de escribirse.

Consultó el Shoot. Nada.

Vuelve pron🙰o, Pe🙰er, ah, muy pron🙰o, lo má🙰 pron🙰o que pueda🙰. Léeno🙰 el Libro de la🙰 co🙰a🙰 nunca vi🙰🙰a🙰. Todavía podía oír la voz del oasiano, sibilante y forzada, como si cada palabra fuese casi imposible de pronunciar, el quejido de un instrumento musical fabricado con materiales absurdamente inapropiados. Un trombón hecho de sandía y sujeto con gomas elásticas.

Pero dejando de lado los aspectos físicos: allí había almas sedientas de Dios, esperando a que volviera, como había prometido.

¿Lo había prometido, explícitamente? No era capaz de recordarlo.

La respuesta de Dios resonaba en su cabeza. *No lo compliques todo tanto. Haz lo que has venido a hacer.*

Sí, Señor, respondió él, *¿pero te importa si espero a que llegue una carta más de Bea?*

Agotado de esperar, salió otra vez a recorrer los pasillos. Estaban tan silenciosos como antes, aún vacíos, y no olían a nada, ni siquiera a friegasuelos, a pesar de que estaban muy limpios. No inmaculados o relucientes, pero sí libres de tierra o polvo perceptible. Razonablemente limpios.

No había motivo para la claustrofobia que había sentido antes. Sólo unos pocos pasillos eran cerrados; los demás tenían ventanas, unas ventanas grandes por las que entraba la luz del sol. ¿Cómo podía ser que no las hubiese visto? ¿Cómo se las había apañado para escoger sólo los pasillos sin ventanas? Ése era el tipo de cosas que hacían los locos: escoger de manera instintiva experiencias que confirmaran sus actitudes negativas. Él había sido un experto en la materia; Dios le había mostrado un camino mejor. Dios y Bea.

Avanzó, releyendo los nombres de las puertas, intentando memorizarlos por si alguna vez necesitaba saber dónde encontrar a alguien. Le sorprendió de nuevo lo raro que era que ninguna puerta dispusiera de cerradura, sino sólo de un simple pomo que cualquiera podía abrir.

–¿Tienes pensado robarme la pasta de dientes? –le había dicho Roussos, bromeando, cuando Peter se lo había comentado antes.

–No, pero podrías tener algo muy personal.

–¿Tienes pensado robarme los zapatos?

Peter le había robado los zapatos a alguien una vez, y se planteó mencionarlo, pero Mooney lo interrumpió:

–¡Quiere tus magdalenas, tío! ¡No pierdas de vista tus magdalenas!

Casualmente, Peter reparó en el letrero de F. ROUSSOS, INGENIERO DE OPERACIONES en una de las puertas y siguió caminando. Segundos más tarde, reparó en otro nombre al pasar, y estuvo a punto de perder el equilibrio cuando su conciencia le hizo caer en la cuenta: M. KURTZBERG, PASTOR.

¿Por qué le sorprendía tanto? Kurtzberg estaba desaparecido en combate, pero nadie había dicho que estuviese muerto. Hasta que se determinara cuál había sido su suerte, no había motivo alguno para reasignar su cuarto o retirar su nombre. Podía volver en cualquier momento.

Llevado por un impulso, Peter llamó a la puerta. No hubo respuesta. Llamó de nuevo, más fuerte. De nuevo, ninguna respuesta. Debería seguir caminando, por supuesto. Pero no lo hizo. Un segundo después estaba dentro de la habitación. Era idéntica a la suya, al menos en el diseño y la decoración. La persiana estaba cerrada.

–¿Hola? –llamó en voz baja, para asegurarse de que estaba solo.

Trató de convencerse a sí mismo de que, *de haber estado allí*, Kurtzberg lo habría animado a entrar, pero aunque fuera así, eso no cambiaba el hecho de que no estaba bien entrar en el hogar de un desconocido sin haber sido invitado.

Pero esto no es un hogar, ¿verdad?, pensó. *La base de la USIC no es un hogar para nadie, no es más que un gran centro de trabajo.* ¿Sofistería para justificarse? Tal vez. Pero no, era un instinto más profundo que eso. Bea lo habría notado también. Había algo extraño en el personal de la USIC, algo que Bea le habría ayudado a articular. Esa gente llevaba años viviendo allí; era obvio que había entre ellos cierto grado de camaradería, y aun así..., aun así.

Se adentró un poco más en el apartamento de Kurtzberg. No había signos de ninguna otra visita ilícita antes de la suya. El aire estaba viciado, y una capa de polvo cubría las superficies planas. No había ningún Shoot sobre la mesa, sólo una botella de agua filtrada (medio vacía y con aspecto limpio) y una taza de plástico. La cama estaba sin hacer, con una almohada colgando del borde, a punto de caer, instalada en ese plácido equilibrio y dispuesta a colgar de ahí para siempre. Extendida sobre la cama, había una de las camisas de Kurtzberg, con las mangas subidas, como en señal de rendición. La zona de las axilas estaba enmohecida.

Por desgracia, no se veía ningún documento por ninguna parte: ningún diario ni ningún cuaderno. Había una Biblia –una cuidada edición de bolsillo de la Versión Estándar Revisada– sobre una silla. Peter la cogió y pasó rápidamente las páginas. Enseguida vio que Kurtzberg no era la clase de persona que subrayaba los versículos que le parecieran especialmente significativos o que hacía anotaciones en los márgenes. No había nada más que las Escrituras impolutas. En sus sermones, Peter contaba de vez en cuando algún chiste o algún aforismo para reforzar un argumento, y una de las máximas que más le gustaba citar siempre que le parecía que la gente de su congregación miraba con fijeza su volumen mugriento, decrépito y manoseado del Nuevo Testamento era «Biblia limpia, cristiano sucio. Biblia sucia, cristiano limpio». Obviamente, Marty Kurtzberg no suscribía esta postura.

Peter abrió el armario. Una americana formal, azul claro, colgaba al lado de unos pantalones blancos con unas manchas grises desvaídas en las rodillas. Kurtzberg era un hombre menudo, no más de metro sesenta y ocho, y tenía los hombros estrechos. Otras dos perchas se enfundaban en camisas del mismo estilo que la de la cama, cargadas de elegantes corbatas de seda en torno al cuello. En el fondo del armario descansaban un par de zapatos de piel, lustrados hasta brillar, y un par de calcetines color crema doblados en una bola y cubiertos de pelusa de moho.

No voy a descubrir nada aquí, se dijo Peter, y se dio la vuelta para marcharse. Pero al hacerlo, sin embargo, reparó en algo al pie de la ventana, un lecho de lo que parecían pétalos de flores. Al examinarlo más de cerca, resultaron ser pedacitos de tira adhesiva. Por docenas. Como si Kurtzberg se hubiera puesto delante de la ventana, mirando Dios sabe qué, y hubiera roto un paquete entero de tiritas, una por una, en trocitos lo más pequeños posible, y los hubiese dejado caer a sus pies.

Tras la visita al apartamento de Kurtzberg, Peter perdió toda la motivación para seguir explorando el complejo de la USIC. Una lástima, porque era su oportunidad de remediar el olvido de toda la información básica que Grainger le había proporcionado a su llegada. Y caminar era un buen ejercicio, además; no había duda de que sus músculos lo necesitaban, pero..., bueno, para ser sinceros, aquel sitio lo deprimía.

No estaba seguro de por qué. El complejo era espacioso, limpio, estaba pintado con colores alegres y había un montón de ventanas. Vale, unos cuantos pasillos eran un poco agobiantes, pero tampoco podían dar *todos* al exterior, ¿no? Y, vale, una maceta con plantas aquí y allá podría haber estado bien, pero ni mucho menos se podía culpar a la USIC si en el suelo de Oasis no crecían helechos y rododendros. Y tampoco era que no hubiesen hecho ningún intento de cuidar la decoración. A intervalos regulares, colgaban de las paredes de los pasillos láminas cuidadosamente enmarcadas con la intención de incitar una sonrisa. Peter vio algunos clásicos eternos, como la foto del gatito con gesto preocupado y colgado boca abajo de una rama, con el texto OH-OH, MIERDA...; la del perro que comparte cesto con dos patos; la del Gordo y el Flaco en un torpe intento de construir una casa; la del elefante haciendo equilibrios sobre una pelota; la de la fila de hombres dando un paso al frente en la viñeta «Keep on Truckin'» de Robert Crumb, y, con un tamaño imponente, desde la altura de los hombros hasta casi tocar el techo, una reproducción de la famosa foto en blanco y negro de Charles Ebbets de aquellos obreros de la construcción almorzando sobre una viga de acero suspendida vertiginosamente sobre las calles de Manhattan. Un poco más adelante, Peter se preguntó si la lámina de propaganda de los años cuarenta titulada «We Can Do It!», en la que aparecía Rosie la Remachadora flexionando su brazo musculado, tenía la intención sincera de motivar al personal, o si la habían colgado allí con un guiño de ironía. En cualquier

163

caso, un pícaro grafitero había añadido, con rotulador, NO GRACIAS ROSIE.

No todas las fotos aludían a proyectos de construcción y retos difíciles; había una cuota de arte por el arte, también. Peter reparó en varias reproducciones clásicas de Mucha y de Toulouse-Lautrec, un collage de Braque o alguien por el estilo y una fotografía gigante con el pie: «Andreas Gursky: Rhine II» que, con sus sencillas franjas de campo verde y río azul, era casi abstracta. Había también facsímiles de antiguos carteles de cine en los que aparecían estrellas de un pasado muy lejano: Bing Crosby, Bob Hope, Marlene Dietrich, hasta Rodolfo Valentino. Para todos los gustos. La selección era impecable, en realidad, aunque resultaba curiosa la ausencia de cualquier imagen que evocara un lugar específico y actual de la Tierra, o cualquier emoción apasionada.

Con un anhelo de aire fresco, Peter se encaminó a la puerta más cercana que llevara afuera.

Si el mar de aire húmedo que se apresuró a recibirlo cuando salió a la luz del sol podía definirse como «fresco» era, por descontado, discutible. Desde luego no era aire estancado. Las volutas levantaban sus mechones de pelo para acariciarle el cuero cabelludo, mientras otras corrientes se deslizaban por debajo de su ropa y buscaban la carne que él trataba de cubrir. Pero esta vez fue mejor. La dishdasha formaba una sola capa entre él y la atmósfera, y una vez se empapó —lo que ocurrió en cuestión de segundos— quedó colgando holgadamente, algo pesada en los hombros pero cómoda en el resto del cuerpo. La tela, aunque lo bastante fina como para no resultar agobiante, era también lo bastante tupida como para esconder el hecho de que no llevaba nada debajo, y lo bastante rígida como para no pegársele a la piel. El aire se llevaba bien con ella.

Avanzó con brío por el asfalto, bordeando el muro exterior del edificio de la USIC y aprovechando la sombra que proyectaba aquella monstruosidad de hormigón. Las sandalias permitían que sus pies respirasen; el sudor de los dedos se evaporaba tan pronto como se formaba. El aire le acariciaba las espinillas y los tobillos, lo que debería haber resultado desagradable pero era en realidad delicioso. Estaba de mucho mejor ánimo, el desasosiego que había sentido dentro ya estaba olvidado.

Al doblar una esquina se encontró junto al exterior acristalado del comedor. El sol brillaba contra el vidrio, por lo que era difícil ver a su través, pero vislumbró las mesas, las sillas y la gente que había allí reunida. Saludó a ciegas en dirección a las sombras por si alguien lo hubiese visto y estuviera saludándolo. No quería que pensaran que les estaba haciendo un desaire.

Al apartar la vista de aquella luz deslumbrante, vio algo inesperado: una gran glorieta situada a unos doscientos metros del edificio principal. El toldo era de un amarillo brillante, hecho de lona y extendido con holgura sobre los soportes. Peter había oficiado una vez una boda bajo una estructura como aquélla; y también las había visto junto al mar y en los jardines públicos. Eran fáciles de desmantelar y proporcionaban resguardo del sol y de la lluvia, aunque ésta parecía más bien permanente. Había movimiento en su sombra, así que se acercó a investigar.

Cuatro, no, cinco personas estaban en la glorieta bailando. No en pareja, sino solas. En realidad, no, puede que no estuviesen bailando: puede que fuese una sesión de taichí.

Cuando se acercó todavía más, Peter vio que en realidad estaban haciendo ejercicio. El lugar era una especie de gimnasio al aire libre, equipado no con cintas de correr y elípticas de alta tecnología sino con sencillas estructuras de madera y metal que recordaban el equipamiento de los parques infantiles. Moro estaba allí, ejercitando las piernas con los pies en las barras laterales acolchadas de una rueda con peso. BG también estaba allí, levantando sacos de arena con una polea. A los otros tres hombres no los conocía. Bañados en sudor, los cinco se aplicaban a sus mecanismos, pintados de colores vivos, estirando, pateando, girando, arqueando.

–¡Eh, Peter! –lo saludó BG, sin interrumpir el ritmo de su entrenamiento. Sus brazos, cuando los flexionaba para subir y bajar las bolsas, eran tan gruesos como las piernas de Peter, y la masa protuberante de músculos parecía hinchada con una bomba de mano. Llevaba unos pantalones cortos y anchos que le llegaban hasta las pantorrillas y una camiseta corta de tirantes en la que los pezones se marcaban como un par de remaches.

–Eso parece un trabajazo, BG –le dijo Peter.

–Trabajar, jugar, para mí todo es lo mismo –respondió BG.

Moro hizo caso omiso a la llegada de Peter, pero la posición en la que estaba –tumbado sobre la espalda con las piernas en alto, pedaleando– quizás lo complicara. Llevaba puestos unos shalwar blancos cuya cinturilla se había resbalado por debajo de los huesos de la cadera y una camiseta sin mangas que le dejaba el vientre al aire. El sudor había saturado la tela y la había vuelto medio transparente; respiraba sonora y rítmicamente. BG tenía una vista despejada.

–A tope, tío, a tope –exclamó.

En un primer momento, Peter lo entendió como un comentario subido de tono; en línea con las bromas sexuales que había oído en la nave y con el talante en general optimista de BG. Pero cuando lo miró a la cara, se dio cuenta de que el hombre estaba abstraído, con la mirada perdida, concentrado en su propio ejercicio. Podía ser, o no, que su conciencia estuviese procesando a Moro en cuanto que borrón en movimiento, pero como mujer era invisible para él.

Había también otra mujer, una caucásica alta y fibrosa con una escasa melena pelirroja recogida en una cola de caballo. Se sostenía sobre unas barras paralelas, y las piernas le colgaban a unos centímetros del suelo. Sonrió a Peter, pero era una sonrisa que decía: «Presentémonos como es debido otro día, cuando no esté tan ocupada.» Los dos hombres desconocidos parecían

166

igualmente ensimismados. Uno estaba de pie sobre un pequeño pedestal de base giratoria, con los ojos fijos en los pies mientras rotaba las caderas. El otro estaba sentado en una estructura en forma de araña, con muchos travesaños, llevándose la cara hacia las rodillas. Tenía las manos entrelazadas detrás de la cabeza, sujetas con tanta firmeza como los travesaños de metal en los que había encajado los pies. Constituía un circuito cerrado de esfuerzo en sí mismo. Flexionó el tronco y una de sus vértebras nudosas pareció saltar de la piel y volar por el aire. En realidad, era un insecto. La glorieta era un refugio para bichos parecidos a saltamontes, que se aposentaban con calma sobre los humanos aquí y allá, pero que se dedicaban sobre todo a subirse por la lona, verde sobre amarillo.

La glorieta contenía equipamiento suficiente para una docena de personas. Peter se preguntó si hacía mal no uniéndose a ellos. A lo mejor debía coger algún aparato y hacer algo de ejercicio, sólo unos minutos; lo justo para poder irse sin que pareciera que sólo había ido a mirar. Pero no era mucho de hacer ejercicio y se sentiría como un idiota fingiendo. De todas formas, era novato, y seguro que la gente entendería que necesitara inspeccionar el lugar.

–Bonito día –comentó Moro. Había dejado de pedalear y se estaba tomando un descanso.

–Más que bonito. Precioso –respondió Peter.

–Desde luego –coincidió ella, y bebió un poco de agua de una botella.

Uno de aquellos insectos verdes se había enganchado a su camiseta, entre los pechos, como un broche. Ella no le hizo ningún caso.

–¿Salió el café? –le preguntó Peter.

Moro lo miró sin comprender.

–¿El café?

–El café que te hice derramar.

–Ah, eso. –Su expresión daba a entender que había estado

167

metida en un sinfín de retos y actividades desde entonces, y que difícilmente se podía esperar que recordara un suceso tan trivial–. No era café.

–¿Blancaflor?

–Achicoria y extracto de centeno. Y sí, un toquecito de blancaflor. Para darle consistencia.

–Tengo que probarlo algún día.

–Merece la pena. No esperes lo más maravilloso del mundo y no te decepcionará.

–Una filosofía razonable como regla general –le respondió Peter.

De nuevo lo miró como si hubiese soltado alguna tontería. Él sonrió, se despidió con la mano y se alejó de allí. Hay gente con la que nunca consigues conectar, no importa cuántas veces lo intentes ni cuántas experiencias compartidas surjan en el camino, y tal vez Moro pertenecía a ese grupo. Pero daba igual. Como le habían ido recordando los entrevistadores de la USIC cada vez que tenían oportunidad, Peter no estaba allí por ella.

Reacio a volver ya adentro, Peter deambuló alejándose más y más de la base de la USIC. Tendría un problema, supuso, si de pronto se sintiera cansado o indispuesto, pero era un riesgo que estaba dispuesto a asumir. De todos modos, pronto iba a poner a prueba los límites de su salud y su resistencia, cuando se entregara al asentamiento oasiano sin más provisiones que una Biblia y la ropa que llevaba puesta.

En el horizonte se alzaban inhóspitos dos silos o dos chimeneas, no estaba seguro. Estaba claro que no era el Sostén Gigante, a juzgar por la forma, pero no podía imaginar de qué se trataba. No salía nada de humo, así que tal vez sí fuesen silos. ¿Sería ésta una de las muchas cosas que Grainger le había explicado cuando lo recibió al bajar de la nave? La conversación que supuestamente habían tenido, y que él había olvidado de manera tan embarazosa, amenazaba con alcanzar dimensiones legendarias: un magnífico tour global, con una locución guionizada que respondía todas las preguntas concebibles. Debía tener presente que había un límite a lo que Grainger podía haberle transmitido en ese primer contacto.

Caminó hacia los silos durante diez, veinte minutos, pero seguían estando igual de lejos. Una trampa de la perspectiva. En las ciudades, los edificios y las calles te daban una noción más ajustada de lo lejos o lo cerca que estaba el horizonte. En los paisajes naturales, vírgenes, no tenías ni idea. Lo que parecía estar a dos o tres kilómetros podía ser que estuviera a varios días de camino.

Debía guardar energías. Debía dar media vuelta y volver a la base. Justo cuando tomaba la decisión, sin embargo, apareció un vehículo que venía de los silos. Era un todoterreno idéntico al de Grainger, pero cuando estuvo más cerca vio que no era ella la que iba al volante. Era la mujer grandota y con pinta de marimacho que estaba charlando con BG en el comedor un rato antes. Fue reduciendo la velocidad hasta detenerse justo a su lado y bajó la ventanilla.

—¿Te escapas de casa?

—Sólo estaba explorando —explicó él sonriendo.

Ella le echó una mirada.

—¿Y ya has terminado?

Peter se echó a reír.

—Sí.

Ella ladeó la cabeza en un gesto que quería decir *sube,* y él obedeció. El interior del vehículo estaba patas arriba —no habría podido sentarse atrás— y húmedo, sin aire acondicionado. A diferencia de Grainger, esta mujer, evidentemente, no sentía ninguna necesidad de dejar fuera el aire oasiano. Tenía la piel brillante por el sudor y las puntas desfiladas del pelo teñido colgaban hacia abajo por la humedad.

—Hora de comer —le dijo la mujer.

—Parece que acabemos de comer. ¿O eso era el desayuno?

169

–Estoy creciendo –respondió ella, en un tono que le dio a entender que era consciente de su corpulencia y que no podía importarle menos. Tenía los brazos musculados, y el pecho, enfundado en un sujetador cuyos aros se clavaban en la tela de la camiseta blanca, era de matrona.

–Me preguntaba qué era eso –dijo Peter, señalando los silos.

Ella echó un vistazo por el retrovisor mientras se ponían en marcha.

–¿Eso? Es aceite.

–¿Petróleo?

–No exactamente. Algo parecido.

–¿Pero se puede convertir en combustible?

La mujer suspiró con pesar.

–Bueno, ésa es una cuestión de la que derivan otras cuestiones. Es decir, ¿qué camino tomamos? ¿Diseñamos motores nuevos que funcionen con el combustible nuevo, o trasteamos con el combustible nuevo para que funcione con los motores viejos? Hemos tenido algunas... *discusiones* al respecto a lo largo de los años.

La forma en que pronunció la palabra «discusiones» daba a entender una implicación personal en la materia, y cierto grado de exasperación.

–¿Y quién ganó?

–Los chicos de química –respondió, poniendo los ojos en blanco–. Encontraron la manera de adaptar el combustible. Es como... cambiar el diseño del culo para que el culo encaje en la silla. Pero, eh, ¿quién soy yo para llevarles la contraria?

Dejaron atrás la glorieta amarilla. Moro se había ido, pero los otros cuatro hombres seguían empleándose a fondo.

–¿Alguna vez vienes aquí a hacer ejercicio? –le preguntó Peter. La mujer aún no le había dicho su nombre, y resultaba incómodo preguntárselo ahora.

–Alguna. Pero mi trabajo es más físico que el de otra gente, así que...

−¿Eres amiga de BG?

Llegarían a la base en cuestión de segundos y aquello sería todo, fin de la conversación.

−Es un tipo gracioso −le respondió la mujer−. Nunca sabes qué va a soltar por esa boca que tiene. Le da animación a esto.

−¿Qué postura tuvo él en el asunto del combustible?

−Ninguna −resopló ella−. ¡Ése es BG! Hace falta mucho músculo para ser tan débil. −Redujo la velocidad y aparcó el coche con destreza a la sombra del edificio principal−. Pero es un gran tipo. Nos llevamos genial. Aquí todo el mundo se lleva genial. Es un gran equipo.

−Excepto cuando no estáis de acuerdo.

La mujer se inclinó hacia delante para sacar la llave del contacto. El brazo, justo debajo del hombro, lucía un tatuaje. Quizás «lucir» no fuese la palabra correcta, ya que el tatuaje incluía los vestigios de un nombre que el dibujo posterior de una serpiente aplastando a una rata había vuelto ilegible.

−Aquí es mejor no pensar en ganar o perder, señor Predicador −le dijo mientras abría la puerta y sacaba el cuerpo del coche con esfuerzo−. Respiras hondo y cuentas hasta un millón.

171

9. EL CORO PROSIGUIÓ

Peter no quería contar hasta un millón. Ya estaba listo. De camino a su cuarto, deseando que llegara el momento del encuentro. La mochila estaba preparada y ya había probado el peso sobre los hombros. En cuanto Grainger estuviese lista para llevarlo, iría.

Su Biblia, llena de notas, manoseada e intercalada de puntos de libro, estaba dentro de la mochila junto con sus calcetines, los cuadernos y todo lo demás. No necesitaba consultarla ahora: los versículos relevantes estaban grabados en lo más profundo de su memoria. Los Salmos eran un recurso obvio, el primer puerto de escala cuando uno necesitaba coraje frente a un desafío inmenso y tal vez peligroso. El valle más sombrío. De algún modo, no creía que fueran a llevarlo allí.

Pero, por otra parte, tenía muy mal olfato para el peligro. Aquella vez en Tottenham en que casi lo apuñalan, él habría continuado hablando con aquella banda callejera mientras seguía llegando gente y se apiñaba cada vez más cerca y con actitud más agresiva en torno a él, si no fuese porque Beatrice lo había metido a toda prisa en un taxi.

–Estás completamente loco –le había dicho ella mientras cerraba de un portazo y las obscenidades rebotaban sobre la carrocería del coche.

172

–Pero mira, algunos nos están diciendo adiós con la mano –había protestado él, mientras se alejaban del tumulto con un acelerón. Ella miró, y era cierto.

Querido Peter, escribía.

Qué noticia tan emocionante, que los oasianos ya hayan oído hablar de Jesús. No me sorprende, sin embargo. ¿Recuerdas cuando pregunté a los de la USIC qué contacto había habido con cristianos hasta el momento? Eran precavidos, querían mantener la postura de «la USIC no es religiosa». Pero tiene que haber habido bastantes cristianos entre el personal a lo largo de los años, y los dos sabemos que allí donde pones un cristiano de verdad, ¡pasan cosas! Hasta la semilla más pequeña puede crecer.

Y ahora estás tú allí, cariño, y puedes plantar más. ¡Muchas más!

Peter advirtió que no hacía ninguna mención a Kurtzberg. Era evidente que Bea no había recibido todavía su mensaje más reciente cuando escribió esto. A lo mejor estaba leyéndolo justo ahora, exactamente en el mismo momento en que él leía el suyo. Era poco probable, pero el pensamiento de semejante intimidad sincronizada era demasiado seductor para resistirse a él.

No te atormentes con el hecho de que no esté ahí contigo. Si Dios hubiese querido que fuésemos juntos a esta misión, lo habría dispuesto para que así fuera. Yo tengo aquí mis pequeñas «misiones»; no son tan revolucionarias o exóticas como la tuya, pero valen la pena de todas formas. Estemos donde estemos, la vida arroja almas perdidas en nuestro camino. Almas enfadadas, asustadas, que ignoran la luz de Cristo al tiempo que maldicen la oscuridad.

Claro que los cristianos también son capaces de ignorar la luz de Cristo. Ha habido un follón ridículo en la iglesia desde que te fuiste, una tormenta en un vaso de agua, pero me ha dejado un poco triste. Algunos miembros de la congregación –los más mayores, sobre todo– se han quejado de que «no pintamos nada» predicando la palabra de Dios a los «extraterrestres». Su argumento es que Jesús murió sólo por los humanos. De hecho, si le insistieras a la señora Shankland con el asunto, seguramente te diría que Jesús murió por los ingleses blancos de clase media de los condados de los alrededores de Londres. Geoff ha venido haciéndolo razonablemente bien como pastor, en general, pero es muy consciente de ser un «reemplazo» y quiere ser popular. Sus sermones son sinceros pero no arriesga, nunca dice las cosas claras, como haces tú. De modo que... siguen las quejas. «¿Por qué no a China? Allí hay millones de personas que lo necesitan, querida.» Gracias, señora Shanks, por sus sabias palabras.

Bueno, cariño, ahora sí que tengo que ir a darme una ducha (suponiendo que las tuberías no estén embozadas otra vez) e improvisar algo de comer. En los estantes del supermercado sigue habiendo una ausencia llamativa de suministros de mis chucherías favoritas (¡hasta esos horribles aunque oportunos tronquitos «bajos en grasas» llevan días agotados!), así que me he visto obligada a lanzarme a los brazos de otro postre, una especie de éclairs de chocolate y pasas que hace el panadero del barrio. Seguramente es mejor así: tendría que apoyar el comercio local, de todos modos.

¡Y con este mensaje edificante, se despide con mucho amor tu ilusionada y admirada esposa!

Bea

Peter trató de visualizar a la señora Shankland. Obviamente, la conocía y había hablado con ella; conocía y había hablado con todos los miembros de la congregación. Pero su mente estaba en blanco. A lo mejor la conocía por otro nombre, en lugar de como señora Shankland. Edith, Millicent, Doris. Tenía pinta de llamarse Doris.

Querida Bea, escribió.

Vamos a preparar a la señora Shankland para que vaya de misión a China. Podría convertir a mil personas por hora con unas pocas palabras bien escogidas.

Ahora en serio, las cosas han empezado a acelerarse y puede que no tenga ocasión de escribirte en un tiempo. Un par de semanas, incluso. (Un par de semanas para ti, unos pocos días para mí, ya me entiendes.) Me asusta la perspectiva, pero siento que estoy en manos de Dios, y al mismo tiempo, irónicamente, tengo la sensación de que la USIC me está utilizando para algún propósito aún por desvelar.

Siento parecer tan misterioso. Es el secretismo de la USIC sobre Kurtzberg y su reserva en torno a los indígenas en general lo que me hace tener esa sensación.

Para mi gran alivio, por fin he superado el jet lag o comoquiera que haya que llamarlo en estas circunstancias. Estoy seguro de que me iría bien dormir algo más, y no estoy seguro de cómo lo voy a conseguir con 72 horas de luz, pero al menos la sensación de desorientación ha desaparecido. Mi orina sigue siendo naranja brillante, pero no creo que sea por deshidratación, creo que tiene que ver con el agua. Me encuentro bastante bien. Descansado, aunque un poco inquieto. De hecho, estoy rebosante de energía. Lo primero que voy a hacer (cuando termine de escribir esta carta) es preparar la bolsa y pedir que me lleven de vuelta al asentamiento (llamado oficialmente C-2, aunque algunos lo llaman «Villa Friki»..., bonito, ¿eh?) y que me dejen allí. Que me dejen tirado allí, si quieres. No sirve de nada que me lleven de aquí para allá en una especie de burbuja protectora, y que sólo me aventure a salir para una presentación rápida mientras un chófer de la USIC espera cerca, aparcado con el motor en marcha. Y si tuviera mi propio coche, igualmente parecería que les estoy diciendo: He venido de visita y me iré cuando tenga suficiente. ¡Es un mensaje negativo! Si Dios tiene planes para mí aquí, entre ellos, entonces tengo que ponerme en manos de esta gente.

Vale, puede que para Pablo ésa no hubiera sido la táctica más sabia a seguir entre los corintios y los efesios, pero yo no puedo decir ni mucho menos que esté en territorio hostil, ¿o sí? Lo más hostil que he tenido que soportar hasta ahora es a Severin un poco borde conmigo de camino aquí. (No lo he visto desde entonces, por cierto.)

Con la emoción por lo que me espera, tengo que esforzarme por recordar qué te he contado y qué no hasta el momento. Cómo me gustaría que estuvieses aquí conmigo y que lo vieras con tus propios ojos. No porque así me ahorraría el problema de intentar describirlo

(¡aunque hay que admitir que mi falta de habilidad en este terreno es más evidente que nunca!), sino porque te echo de menos. Echo de menos vivir contigo los momentos visibles de la vida. Sin ti a mi lado, siento que mis ojos son sólo una cámara, como la cámara de un circuito cerrado sin cinta dentro, grabando lo que hay ahí fuera, segundo a segundo, y dejando que todo se desvanezca al instante para que vengan a reemplazarlo más imágenes, ninguna apreciada como se merece.

¡Si al menos pudiera enviarte una foto o un vídeo! Qué rápido nos acomodamos a lo que se nos ofrece y pedimos MÁS... La tecnología que me permite enviarte estas palabras, a través de distancias inimaginables, es verdaderamente milagrosa (¿¿es una blasfemia decir esto??) y, sin embargo, tan pronto la he usado unas cuantas veces, pienso: ¿por qué no puedo enviar fotos también?

Peter se quedó mirando fijamente la pantalla. Era de un gris nacarado, y su texto flotaba suspendido en el plasma, pero si cambiaba el enfoque podía ver su rostro espectral: el pelo rubio y rebelde, los grandes ojos brillantes, los pómulos marcados. Su cara, extraña y familiar.

Él apenas se miraba al espejo. En su rutina diaria, en casa, obraba con la premisa de que después de ducharse, afeitarse y pasarse el peine por el pelo (recto hacia atrás, sin estilismo alguno) no había manera de que un espejo pudiera ayudarlo a mejorar su apariencia. Durante los años que estuvo permanentemente pasado de alcohol y drogas, comenzaba muchas mañanas examinando su reflejo, evaluando los daños de la noche anterior: cortes, moratones, ojos inyectados en sangre, ictericia, labios morados. Desde que se reformó, ya no hacía falta: podía confiar en que no había ocurrido nada drástico desde la última vez que miró. Se daba cuenta de lo largo que llevaba el pelo sólo cuando empezaba a caerle delante de los ojos, y entonces le pedía a Bea que se lo cortara; y sólo recordaba la profunda cicatriz que tenía entre las cejas cuando Bea la acariciaba con ternura después de hacer el amor, frunciendo el ceño preocupada,

176

como si se diese cuenta por primera vez de que tenía una herida. La forma de su barbilla sólo se le hacía real cuando la escondía en el hueco suave de su hombro. Su cuello se materializaba en la palma de la mano de Bea.

La echaba de menos. Dios, cómo la echaba de menos.

Ahora el tiempo es seco, escribió. Me han dicho que seguirá seco las próximas diez horas, que luego lloverá unas cuantas y después volverá a ser seco durante diez horas, luego lloverá, etc. Todo muy predecible. El sol es muy cálido, pero no abrasador. Hay algunos insectos, pero no pican. Acabo de hacer una comida como es debido. Cocido de lentejas con pan de pita. Llenaba mucho, pero era un poco demasiado pesado. El pan de pita estaba hecho con flores autóctonas. Las lentejas eran importadas, creo. Luego he tomado un pudín de chocolate que no era en verdad chocolate. Me pregunto si habría colado contigo, con lo desarrollado que tienes el paladar para esas cosas. A mí me ha sabido bien. A lo mejor el chocolate era real pero el pudín estaba hecho de otra cosa... Claro, eso era.

Se levantó de la mesa y se acercó a la ventana, dejando que la cálida luz resplandeciera sobre su piel. Era consciente de que aquel rectángulo de cristal tintado, grande como era, mostraba sólo una diminuta fracción del cielo que había allí fuera, pero aun esa porción circunscrita era demasiado grande para abarcarla de una vez, y estaba teñida de una variedad indescriptible de colores sutiles. Bea, cuando recibiera sus misivas, estaría mirando también un recuadro de vidrio. No vería nada de lo que veía él, ni siquiera su reflejo espectral. Sólo sus palabras. Con cada mensaje insuficiente, su visión de él se volvía más débil y difusa. No tenía más opción que imaginarlo en un vacío, con algún que otro detalle flotando a su alrededor como basura espacial: una cubitera de plástico, un vaso de agua verde, un cuenco de lentejas cocidas.

Mi querida Bea, te deseo. Querría que estuvieras aquí, de pie a mi lado, con la luz y el calor del sol sobre tu piel desnuda, y mi brazo rodeando tu cintura, mis dedos envolviendo tus costillas. Estoy

177

listo para ti. ¡Ojalá pudieras comprobar lo listo que estoy! Si cierro los ojos, casi puedo sentir cómo el pecho se asienta sobre tu esternón, cómo tus piernas se cierran en torno a mí, dándome la bienvenida.

Se dice tan poco en el Nuevo Testamento del amor sexual..., y la mayor parte consiste en Pablo soltando un hondo suspiro y tolerándolo como una debilidad. Pero tengo la certeza de que Jesús no lo veía de ese modo. Fue Él quien habló de los dos amantes que se volvían una sola carne. Fue Él quien mostró compasión hacia las prostitutas y los adúlteros. Si tenía esa actitud hacia personas que hacían un mal uso del deseo sexual, ¿cómo iba a sentirse decepcionado cuando, por el contrario, estaban felizmente casadas? Es significativo que el único milagro que llevó a cabo nunca por motivos no urgentes, sino sólo porque quería levantar el ánimo de la gente, fuese en una boda. Sabemos incluso que no le importaba que lo acariciara una mujer, o no habría dejado que la mujer de Lucas 7 le besara los pies y los secara con su pelo. (¡Eso es más sexy que nada de lo que sale en el Cantar de los Cantares!) ¿Qué cara debió de poner Él, me pregunto, mientras ella lo hacía? Una pintura religiosa anticuada lo representaría sin duda con una mirada glacial al frente, ignorando a la mujer como si no pasara nada. Pero Jesús no ignoraba a la gente. Era tierno y solícito con las personas. Él no la habría hecho sentirse como una idiota.

Sé que Juan dice: «No améis al mundo, ni las cosas que están en el mundo. Si alguno ama al mundo, el amor del Padre no está en él. Porque todo lo que hay en el mundo, los deseos de la carne, los deseos de los ojos y la vanagloria de la vida, no proviene del Padre, sino del mundo. Y el mundo pasa, y sus deseos; pero el que hace la voluntad de Dios permanece para siempre.» Pero eso es otro asunto, se refiere a TODAS las cosas mundanas por las que nos preocupamos, todo el bagaje de ser seres físicos. Y creo que Juan es demasiado estricto. Daba por hecho que llegaría a ver la Segunda Venida, que llegaría un día u otro, a lo mejor mañana por la tarde, y desde luego no al cabo de siglos. Todos los primeros cristianos lo creían así, y eso los volvía intolerantes ante cualquier actividad que no estuviera enfocada con urgencia en el Cielo. Pero Jesús comprendía –Dios comprende– que la gente tiene toda una vida por vivir antes de morir. Tienen amigos, familia, un trabajo, hijos que traer al mundo y que criar, y amantes que adorar.

Mi querida, sexy y maravillosa esposa, sé que estás conmigo en espíritu, pero me entristece que tu cuerpo esté tan lejos. Espero que cuando leas esto, sea después de una noche de sueño larga y reconfortante llena de buenos sueños (¡y sin interrupciones de Joshua!). Dentro de unas horas o unos días seguiré sin cumplir mi deseo de abrazarte, pero espero traer noticias felices en otro frente.

Te quiero,

Peter

Grainger salió del coche pestañeando, lista para la cita. No se había cambiado de ropa; vestía la misma camisa y los mismos pantalones de algodón, un poco arrugados ya. Llevaba el pañuelo enrollado al cuello sin rastro de elegancia, salpicado de gotas de agua que caían del pelo, de punta como el pelaje de un gato calado de lluvia. Peter se preguntó si el despertador la habría sacado de un sueño profundo y sólo había tenido tiempo de remojarse la cara con un poco de agua. A lo mejor era poco considerado obligarla a acompañarlo tan pronto. Pero al despedirse, ella había recalcado que estaba a su disposición.

–Siento si esto es inoportuno –le dijo. Peter estaba a la sombra del ala de alojamientos de la USIC, justo delante de la puerta de salida más próxima a su cuarto. Llevaba la mochila a la espalda, ya resbaladiza por el sudor.

–No es inoportuno –le respondió ella. Su pelo mojado, expuesto a aquel aire atento, empezó a emitir volutas de vapor finas y leves–. Y siento haber estado gruñona esta mañana en el camino de vuelta. Las escenas de pasión religiosa siempre me ponen los pelos de punta.

179

–Intentaré no apasionarme esta vez.

–Me refiero al extraterrestre –aclaró ella, pronunciando la palabra sin dar muestra alguna de que el pequeño sermón de Peter hubiera hecho mella.

–Él no tenía intención de alterarte, obviamente.

Grainger se encogió de hombros.

–Me dan escalofríos. Siempre. Hasta cuando se quedan muy quietos y no se acercan demasiado.

Peter salió de la sombra y ella se hizo a un lado, apartándose del coche, para dejarlo llegar al maletero, que había abierto para él. El motor ronroneaba preparado.

–¿Crees que quieren hacerte daño? –le preguntó.

–No, es sólo verlos –le explicó ella, volviéndose hacia el horizonte–. Intentas mirarlos a la cara y es como tener delante un montón de tripas.

–Yo pensé en fetos.

Ella se estremeció.

–Porrrr fa-vor.

–Bueno –dijo él animado y subiendo al coche–, ya estamos otra vez empezando con mal pie.

Vio de reojo cómo Grainger evaluaba su mochila mientras se la soltaba de los hombros. Impostó una ligera sorpresa cuando comprendió que aquél era su único equipaje.

–Parece que vayas a pasear por la montaña, con el morral a la espalda.

Peter sonrió y lanzó la bolsa al interior de maletero.

–¡*Valderíii!* –cantó, con voz de barítono de ópera–. *¡Valderáaa! ¡Valderíii! ¡Valderá-ja-ja-ja-ja!*

–Ahora te ríes de uno de mis ídolos –le dijo, poniendo los brazos en jarras.

–¿Perdón?

–Bing Crosby.

Peter la miró perplejo. El sol seguía estando bastante cerca del horizonte, y la silueta de Grainger se recortaba frente a él, con los ángulos de los brazos enmarcando triángulos de luz rosada.

—Eh... ¿Bing Crosby también cantó «El Valderí»?

—Pensaba que era suya —dijo Grainger.

—Es una antigua canción popular alemana.

—No lo sabía. Pensaba que era un tema de Bing. El año pasado lo ponían a todas horas en el hilo musical.

Peter se rascó el cogote, deleitándose en la extrañeza de todo ese día: el cielo sin fin, con aquel sol desproporcionado; el patio de la glorieta; sus nuevos y desconocidos parroquianos, a la espera de una nueva muestra del Evangelio, y aquella discusión sobre la autoría de «El Valderí». El aire aprovechó la elevación del brazo para detectar varios puntos de entrada en su ropa. Los zarcillos de aire lo lamieron por entre los omóplatos sudorosos, se enroscaron en torno a los pezones, recorrieron una a una sus costillas.

—No sabía que Bing Crosby volviera a estar de moda —dijo.

—Esos artistas están por encima de las modas —afirmó Grainger, con un fervor sin disimulos—. Ya nadie quiere música de baile tonta, ni rock cutre y barato. —Imitó a una arrogante estrella de rock tocando un acorde en su guitarra fálica. Pese a lo desdeñoso del gesto, Peter lo encontró atractivo: el brazo delgado, al golpear contra las cuerdas invisibles, la hizo sacar el pecho fuera, y él recordó lo suave y maleable que era la carne de los senos de una mujer—. La gente ya ha tenido bastante de todo eso. Quieren cosas con clase, cosas que hayan superado la prueba del tiempo.

—Totalmente a favor.

Una vez que estuvieron encerrados herméticamente en el coche y adentrándose en el páramo, Peter sacó de nuevo el asunto de la comunicación.

—Le escribiste a mi mujer.

—Sí, le envié un mensaje de cortesía. Para informarla de que habías llegado bien.

181

–Gracias. Yo también le escribo, siempre que puedo.

–Qué bonito –dijo ella. Tenía los ojos clavados en el anodino horizonte marrón.

–¿Estás segura de que no hay manera de instalar un Shoot para mí en el asentamiento oasiano?

–Ya te lo he dicho, no tienen electricidad.

–¿No podría funcionar a pilas?

–Claro que sí. Puedes escribir con el Shoot en cualquier parte. Puedes escribir un libro entero, si quieres. Pero para enviar un mensaje hace falta algo más que una máquina que se encienda cuando le des al interruptor. Tienes que estar conectado a un sistema de la USIC.

–¿No hay..., no estoy seguro de cómo llamarlo..., un repetidor? ¿Un amplificador de señal? –Las palabras sonaron estúpidas en cuanto las pronunció. El territorio que se extendía en la distancia estaba pelado y vacío.

–No –respondió ella–. No hemos necesitado nunca algo así. Recuerda que el asentamiento original estaba justo al lado de la base.

Peter suspiró, y dejó caer pesadamente la cabeza contra el asiento.

–Voy a echar de menos comunicarme con Bea –dijo, medio para sus adentros.

–Nadie insiste en que vayas allí a vivir con esa... gente –le recordó Grainger–. Es decisión tuya.

Peter guardó silencio, pero su réplica tácita podría haberse escrito ella misma en el parabrisas con grandes letras rojas: DIOS DECIDE ESTAS COSAS.

–*Disfruto* conduciendo –añadió Grainger al cabo de un minuto o dos–. Me relaja. Podría haberte llevado de ida y vuelta cada doce horas, fácilmente. –Peter asintió–. Podrías tener contacto a diario con tu mujer. Podrías darte una ducha, comer...

–Estoy seguro de que esta gente no dejará que pase hambre

o que vaya sucio –le dijo–. El que salió a recibirnos me pareció que iba bastante limpio.

–Como tú quieras –atajó Grainger, pisando el acelerador. Salieron impulsados hacia delante con un suave latigazo, y una cantidad de tierra húmeda saltó por los aires tras ellos.

–No es lo que quiera yo –replicó Peter–. Si se tratara de lo que yo quiero aceptaría tu generosa oferta. Pero tengo que considerar qué es mejor para esta gente.

–Sabe Dios –murmuró ella, y luego, al darse cuenta de lo que acababa de decir, lo honró con una gran y estudiada sonrisa.

El paisaje no era más colorido ni variado ahora que el sol había salido por completo, pero tenía su propia belleza sobria, un tipo de belleza que compartía con todas las vistas sin fin con la misma esencia, ya fueran del mar, del cielo o del desierto. No había montañas ni colinas, pero la topografía tenía desniveles moderados, adornados con ondas parecidas a las de los desiertos barridos por el viento. Las flores en forma de seta –blancaflor, supuso– resplandecían.

–Hace un día precioso –dijo Peter.

–Ajá –respondió Grainger, con parquedad.

El color del cielo era esquivo; las gradaciones eran demasiado sutiles para que el ojo las discerniera. No había ninguna nube, aunque de cuando en cuando una extensión de aire centelleaba y se tornaba levemente borrosa durante unos segundos antes de volver a diluirse con un temblor en la transparencia. Las primeras veces que Peter observó este fenómeno, clavó la mirada, atento, esforzándose por comprenderlo, o tal vez apreciarlo. Pero eso sólo sirvió para que sintiera que tenía una visión defectuosa, así que pronto aprendió a desviar la mirada a cualquier otra parte siempre que empezaba a producirse aquel efecto borroso. El terreno sin carreteras, oscuro y húmedo, salpicado de flores pálidas, era la vista más tranquila. Uno podía relajar los ojos en ella.

En general, sin embargo, tenía que reconocer que el escenario aquí no era tan bonito como el que había visto en, bueno, bastante lugares. Había esperado encontrar paisajes alucinantes, cañones envueltos en remolinos de bruma, pantanos tropicales rebosantes de fauna exótica y desconocida. Se le ocurrió de repente que aquel mundo quizás fuese bastante soso en comparación con el suyo. Y lo conmovedor de ese pensamiento le hizo sentir una oleada de amor hacia la gente que vivía allí y que no conocía nada mejor.

—¡Eh, acabo de darme cuenta! —le dijo a Grainger—. No he visto ningún animal. Sólo unos cuantos bichos.

—Sí, hay... poca diversidad —respondió ella—. No hay mucho margen para un zoo.

—Es un planeta grande. A lo mejor es sólo que estamos en una parte despoblada.

Grainger asintió.

—Siempre que voy a C-2, juraría que allí hay más bichos que en la base. Además, se supone que hay algunos pájaros. Yo nunca los he visto, pero Tartaglione se pasaba el día rondando por C-2 y me dijo que una vez vio uno. Tal vez fue una alucinación. Vivir en la naturaleza tiene unos efectos horrendos en el cerebro.

—Intentaré mantener mi cerebro en condiciones razonables —le prometió Peter—. Pero ahora en serio, ¿qué crees que le pasó de verdad? ¿Y a Kurtzberg?

—Ni idea. No se supo más de ellos, simplemente.

—¿Y cómo sabéis que no están muertos?

—No se esfumaron de un día para otro —explicó ella, encogiéndose de hombros—. Fue algo gradual. Cada vez volvían a la base con menos frecuencia. Se volvieron... distantes. No querían quedarse. Tartaglione era un hombre muy sociable. Algo cotilla, tal vez, pero me caía bien. Kurtzberg también era agradable. Un capellán del ejército. Solía hablarme de su mujer: era uno de esos viudos sentimentales que no vuelven a casarse.

184

Cuarenta años para él eran ayer mismo, como si ella nunca hubiese muerto. Como si sólo se tomara su tiempo para arreglarse, y fuera a reunirse con él en un minuto. Es algo triste, pero muy romántico.

Al ver cómo un destello de melancolía trasfiguraba su rostro, Peter sintió una punzada de celos. Por infantil que pudiera resultar, quería que Grainger lo admirara tanto como había admirado a Kurtzberg. O más.

—¿Qué te parecía como pastor? —le preguntó.

—¿Qué me parecía?

—¿Qué tal era? ¿Como ministro?

—No sabría decirte. Estaba aquí desde el principio, desde antes de que llegara yo. Él... asesoraba al personal que tuviera problemas de adaptación. Al comienzo, había gente que no encajaba aquí de ninguna manera. Supongo que Kurtzberg intentaba hablar con ellos para ayudarles a superarlo. Pero era inútil, se rajaban igualmente. Así que la USIC reforzó el proceso de selección. Redujo las pérdidas. —El destello de melancolía había desaparecido; su cara era neutra de nuevo.

—Debió de sentirse un fracasado.

—No daba esa impresión. Era un tipo alegre. Y para él fue una inyección de energía cuando llegó Tartaglione. Se llevaban muy bien, formaban un equipo. Les caían bien a los extraterrestres, a los nativos, como quieras llamarlos. Estaban haciendo grandes progresos. Los nativos estaban aprendiendo inglés, Tartaglione estaba aprendiendo... lo que fuera. —Un par de insectos chocaron contra el parabrisas y sus cuerpos se desintegraron con el impacto. Un líquido marrón dibujó garabatos sobre el cristal—. Y luego algo les pasó.

—¿Quizás contrajeron algún tipo de enfermedad?

—No lo sé. Soy farmacéutica, no médico.

—Hablando de lo cual... —le dijo Peter—. ¿Tienes más medicamentos para los oasianos?

—No —respondió ella con el ceño fruncido—, no he tenido

185

tiempo de asaltar la farmacia. Hace falta un permiso para ese tipo de cosas.

—¿Cosas como morfina?

Grainger respiró hondo.

—No es lo que piensas.

—No te he dicho lo que pienso.

—Crees que les estamos proporcionando narcóticos. No es eso. Lo que les damos son medicinas. Antibióticos, antiinflamatorios, simples analgésicos. Confío en que los estén usando con el fin correcto.

—No te estaba acusando de nada —insistió Peter—. Sólo intento hacerme una idea de lo que esa gente tiene y de lo que no. ¿No tienen hospitales, entonces?

—Supongo que no. La tecnología no es su *forte*. —Lo pronunció con una exageración casi burlona, a la manera en que los americanos acostumbraban a pronunciar las palabras en francés.

—¿Entonces son primitivos, dirías?

—Supongo que sí —respondió, encogiéndose de hombros.

Peter volvió a apoyar la cabeza en el respaldo y repasó lo que sabía de su rebaño hasta el momento. Sólo había conocido a uno de ellos, lo que representaba una muestra pequeña bajo cualquier criterio. Esa persona llevaba una túnica y una capucha con pinta, probablemente, de estar hechas a mano. ¿Y los guantes y las botas?... De nuevo, probablemente, hechos a mano, si bien de una manera sofisticada. Hacía falta una máquina para coser la piel con tanto esmero, ¿no? O puede que sólo hiciesen falta unos dedos muy fuertes.

Recordó la arquitectura del asentamiento. En términos de complejidad, estaba en una categoría superior a la de las chozas de barro o los dólmenes, pero desde luego no era una construcción de alta tecnología. Podía imaginar cada piedra trabajada a mano, cocida en hornos rudimentarios, colocada en su lugar mediante un esfuerzo meramente humano, o inhumano. Puede que dentro de los edificios, inexplorados para gente como Grainger, hubiera toda clase de maravillas mecánicas. O puede que no. Pero una cosa estaba clara: no había electricidad, y no habría donde enchufar un Shoot.

Se preguntaba qué pensaría Dios de él si anunciara, allí mismo en el coche, que necesitaba de verdad, desesperadamente, saber si Bea le había escrito, y que Grainger, por tanto, debía dar media vuelta y conducir de vuelta a la base. A Grainger le parecería que flaqueaba. O a lo mejor la conmovería el ardor de su amor. O podía ser también que lo que parecía un paso atrás fuera en realidad Dios que lo empujaba adelante, Dios usando aquella demora para colocarlo exactamente en el lugar correcto en el momento correcto. ¿O era sólo que se estaba esforzando por encontrar una justificación teológica para su falta de coraje? Estaba pasando una prueba, hasta ahí estaba claro, ¿pero cuál era la naturaleza de la prueba? ¿Si tenía la humildad necesaria para mostrarse débil a ojos de Grainger, o si tenía la fortaleza de seguir adelante?

Oh, Señor, rogó, *ya sé que es imposible, pero ojalá pudiera saber si Bea me ha respondido ya. Querría cerrar los ojos y ver sus palabras ante mí, aquí mismo en el coche.*

–Vale, Peter, ésta es tu última oportunidad –le dijo Grainger.

–¿Mi última oportunidad?

–De ver si tienes algún mensaje de tu mujer.

–No entiendo.

–Hay un Shoot en el coche. Aún estamos en el radio de recepción de la USIC. Dentro de otros cinco o diez minutos, perderemos la señal.

Sintió cómo le subía la sangre a la cara, y se le dibujaba una sonrisa boba tan amplia que le dolieron las mejillas. Tenía ganas de darle un abrazo.

–¡Sí, por favor!

Grainger detuvo el coche pero no apagó el motor. Abrió un compartimento del salpicadero y extrajo un artilugio delgado de plástico y acero que, al desplegarse, reveló un monitor y un teclado en miniatura. Peter emitió el ruido inarticulado de sorpresa y admiración que requerían las circunstancias. Hubo un momento de confusión sobre cuál de los dos debía encargarse de encender el aparato, y sus dedos se encontraron detrás del monitor.

—Tómate el tiempo que necesites —le dijo Grainger, acomodándose en el asiento y volviendo la cara hacia la ventanilla en señal de respeto a su intimidad.

Durante cerca de un minuto —sesenta agonizantes segundos— no se manifestó en el Shoot nada más que la promesa informatizada de que una búsqueda estaba en proceso. Luego la pantalla se llenó de arriba abajo de palabras que no había leído antes: las palabras de Bea. Dios la bendijera, había respondido.

Querido Peter, decía.

Estoy arriba, en el despacho. Son las seis de la tarde, aún pleno día. De hecho, se está mejor ahora que en toda la mañana. El sol está bajo, templado y de un amarillo de mantequilla, y entra a chorro por la ventana, justo sobre el collage de la pared que me regalaron Rachel, Billy y Keiko. Esos niños deben de ser ya adolescentes, pero su maravilloso retrato del arca y de sus animales sigue siendo tan ingenioso y original como cuando lo hicieron. La manera en que Rachel usó pedacitos de lana naranja para la melena del león siempre me parece encantadora, especialmente cuando la ilumina el sol de la tarde, como ahora. Uno de los cuellos de las jirafas se ha descolgado, sin embargo; tendré que pegarlo en su sitio.

Acabo de volver del trabajo; qué felicidad sentarse por fin. Estoy demasiado cansada aún para darme una ducha. Tu mensaje me estaba esperando cuando he corrido escaleras arriba a consultar el correo.

Entiendo que estés impaciente por ir a vivir con los oasianos lo antes posible. Dios está contigo y no deberías posponerlo innecesariamente. ¡Pero intenta no sacrificar el sentido común! ¿Recuerdas cuando aquel sueco loco de nuestro grupo bíblico se entregó a Jesús? ¡Decía que su fe en el Señor era tan fuerte que podía ignorar la orden de desahucio del ayuntamiento y que Dios organizaría un aplazamiento milagroso en el último minuto! Dos días después lo teníamos llamando a la puerta con sus cosas metidas en una bolsa de basura... No estoy insinuando que estés chalado como él, sólo te recuerdo que los asuntos prácticos no son tu fuerte y que a los cristianos que no se preparan bien les pueden pasar cosas malas igual que a cualquier otro. Tenemos que encontrar el punto medio entre confiar en que Dios proveerá y mostrar el debido respeto por el don de la vida y de este cuerpo que nos han prestado.

Lo que significa que, cuando vayas a vivir con tu nuevo rebaño, por favor asegúrate de que dispones de (1) alguna forma de pedir ayuda si tienes problemas, (2) una provisión de emergencia de agua y comida, (3) MEDICACIÓN PARA LA DIARREA, (4) las coordenadas de la base de la USIC y del asentamiento oasiano, (5) una brújula, obviamente.

Peter le echó un vistazo a Grainger, por si estaba leyendo por encima de su hombro. Pero seguía mirando por la ventanilla, fingiendo un interés enorme por el paisaje. Tenía las manos enlazadas relajadamente sobre la falda. Unas manos pequeñas, bien formadas, con dedos pálidos y uñas cortas y anchas.

Le avergonzó ver que, aparte de una botella de agua verde del grifo, no había tomado ninguna de las precauciones que Bea le instaba a tomar. Ni siquiera las pastillas para la diarrea que había comprado para él. No habrían pesado nada en la mochila, esas pastillas, y sin embargo las había dejado fuera. ¿Por qué lo había hecho? ¿Estaba siendo tan estúpido como el sueco loco? Tal vez se estaba complaciendo en un terco orgullo por lo reducido de su equipaje, su declaración de firmes intenciones: dos Biblias (la del rey Jacobo y la Nueva Traducción Viviente, 4.ª edición), media docena de marcadores permanentes, cuaderno, toalla, tijeras, rollo de cinta adhesiva, peine, linterna, carpeta de plástico con fotos, camiseta, calzoncillos. Cerró los ojos y rezó: *¿Me he emborrachado con mi propia misión?*

La respuesta llegó, como tan a menudo, en forma de una sensación de bienestar, como si una sustancia benigna en su torrente sanguíneo empezara de pronto a surtir efecto.

—¿Te has quedado dormido? —preguntó Grainger.

—No, no, sólo estaba... pensando —respondió.

—Mmm.

Volvió al mensaje de Bea, y Grainger volvió a su estudio de los matorrales desiertos.

Joshua me está ayudando a teclear, como de costumbre: está tumbado entre el teclado y el monitor, con las patas traseras y la cola tapando la fila superior de teclas. La gente cree que me pongo pedante cuando escribo los números con letras, o cuando tecleo «libras» en lugar de «£», pero lo cierto es que tengo que levantar a un gato comatoso cada vez que quiero usar una de esas teclas con símbolos. Lo acabo de hacer ahora mismo y Joshua ha soltado uno de esos sonidos «njurp» suyos. Anoche durmió de un tirón, no dijo ni pío (ronroneó un poco). A lo mejor se está adaptando a tu ausencia por fin. ¡Ojalá yo pudiera! Pero no te preocupes, sigo adelante.

La tragedia de las Maldivas ha desaparecido de los medios. Todavía salen artículos pequeños en las páginas interiores de ciertos periódicos, y las organizaciones benéficas insertan anuncios para recoger donaciones, pero las portadas y la cobertura en horario de máxima audiencia (por lo que veo en los vídeos en el móvil) han pasado a otras cosas. Un congresista norteamericano acaba de ser arrestado por disparar a su mujer. A bocajarro, con una escopeta, en la cabeza, mientras ella se bañaba en la piscina privada de ambos con su amante. Los periodistas deben de estar aliviadísimos: con el asunto de las Maldivas tenían que evocar cosas horripilantes sin parecer morbosos, mientras que con éste pueden ser tan vulgares como quieran. La cabeza de la mujer salió volando de la mandíbula para arriba, y los sesos (¡detalle jugoso!) quedaron flotando a su alrededor. También disparó al amante, en el abdomen («seguramente apuntaba a la entrepierna»). Y un montón de artículos complementarios sobre el congresista, su vida, sus logros, la foto de la graduación, etc. La mujer (cuando todavía tenía la cabeza) era justo como uno esperaría: glamourosa, no del todo real.

Mirah y su marido se llevan mucho mejor. Me la encontré en la parada de autobús y estaba con la risa tonta, casi coqueta. No volvió a sacar el tema de convertirse al cristianismo, se limitó a hablar del tiempo (ha estado lloviendo a cántaros otra vez). Sólo se puso seria cuando hablamos de las Maldivas. La mayoría de los isleños eran musulmanes sunitas; la teoría de Mirah es que debieron de disgustar a Alá haciendo «cosas malas con los turistas». Una jovencita muy confundida, pero me alegra que ya no esté en crisis y seguiré rezando por ella. (Rezaré también por tu Coretta.)

Hablando de musulmanes, sé que consideran un pecado terrible tirar ejemplares viejos o estropeados del Corán. Bueno, pues yo estoy a punto de cometer un pecado similar. ¿Sabes esa caja de cartón enorme llena de Nuevos Testamentos que teníamos en el salón? Pues parece que habrá que tirarlos todos. Imagino que te molestará saberlo, ya que según me cuentas los oasianos están ansiosos por el Evangelio. Pero hubo una inundación. Una lluvia absurda, no paró en cinco horas, a saco. Corrían ríos por las aceras; las alcantarillas no están diseñadas para absorber esos volúmenes de agua. Ahora ya ha pasado todo, de hecho hace un tiempo estupendo, pero la mitad de las casas de nuestra calle han sufrido daños. En nuestro caso, nada más que algunas zonas de alfombra empapada, pero por desgracia los libros estaban justo en una de esas zonas, y pasó un tiempo hasta que me di cuenta de que habían ido chupando el agua. Intenté secarlos delante del radiador. ¡Craso error! Ayer eran Nuevos Testamentos, hoy son bloques de pasta de madera.

En fin, no es problema tuyo. ¡Espero que esto te llegue antes de ponerte en marcha!

Bea

191

Peter respiró hondo, a través del nudo que tenía en la garganta.

—¿Tengo tiempo de escribirle una respuesta? —preguntó.

Grainger le sonrió.

—A lo mejor tendría que haberme traído un libro.

—No tardo nada —le prometió.

Querida Bea, escribió, y se quedó encallado. El corazón le latía con fuerza, Grainger estaba esperando, el motor estaba en marcha. Era imposible.

No hay tiempo para una «epístola» como es debido, tómate esto como una postal. ¡Estoy de camino!

Te quiero,

Peter

—Vale, ya está —dijo después de apretar el botón. Sus palabras flotaron en la pantalla un tiempo más breve de lo normal; la transmisión fue casi instantánea. Quizás el aire libre mejoraba las funciones del Shoot, o quizás tenía que ver con la poca cantidad de texto.

—¿En serio? ¿Ya estás?

—Sí, ya estoy.

Grainger se inclinó hacia él y devolvió el Shoot a su compartimento. Peter olió el sudor dulzón bajo su ropa.

—Vale —dijo—. En marcha.

Hablaron poco en lo que quedaba de viaje. Ya habían discutido los puntos básicos —o habían acordado no discutirlos más— y no querían despedirse enemistados.

El asentamiento oasiano fue visible un largo rato antes de que llegaran a él. En pleno día, relucía como ámbar bajo la luz del sol. No era lo que se dice magnífico, pero tampoco desprovisto de belleza. Un chapitel de iglesia habría marcado por completo la diferencia.

—¿Seguro que estarás bien? —le preguntó Grainger cuando quedaban un par de kilómetros.

–Sí, seguro.

–Podrías ponerte enfermo.

–Sí, podría ser. Pero me sorprendería morirme.

–¿Y qué pasa si de verdad necesitas volver?

–Entonces el Señor hará posible que vuelva de algún modo.

Grainger masticó la respuesta unos segundos, como si fuera un mendrugo de pan.

–La próxima visita oficial de la USIC, nuestro intercambio comercial periódico, es dentro de cinco días –dijo ella con tono eficiente, de una neutralidad profesional–. Eso quiere decir cinco días *reales*, no según tu reloj. Cinco ciclos de salida y puesta de sol. Dentro de trescientas... –consultó el reloj del salpicadero– trescientas sesenta y pico horas.

–Gracias –respondió Peter.

Le pareció descortés no tomar nota, aunque sólo fuera en la palma de la mano, pero sabía perfectamente que sería incapaz de contar trescientas sesenta horas cuando iba a dormir y a despertarse varias veces en su transcurso. Tendría que decidir sobre la marcha.

En el último tramo, el C-2 parecía desierto. Pararon en el edificio más exterior del asentamiento, en el mismo lugar de la otra vez, marcado con una estrella blanca. Sólo que ahora el edificio tenía también otra marca: un enorme mensaje, recién pintado con letras blancas de un metro de alto.

BIEN VENIDO

–Guau –dijo Grainger–. No conocía esta faceta suya.

Detuvo el coche y abrió la puerta trasera. Peter salió y sacó su mochila del maletero. Se la colgó de los hombros para tener las manos libres. Se pregunto cuál sería la forma correcta de despedirse de Grainger: un apretón de manos, un gesto cortés con la cabeza, un adiós casual con la mano, o qué.

La cortina cristalina que cubría el umbral más cercano centelleó cuando las hileras de cuentas se apartaron para dejar pasar a alguien: una figura encapuchada, menuda y solemne. Peter no sabía decir si era la persona que había conocido la vez anterior. Recordaba que la túnica del oasiano era azul, mientras que la de éste era de un amarillo pastel. Apenas puso un pie en la luz de fuera lo siguió otra persona, apartando las cuentas con los delicados guantes. La túnica de este otro era verde pálido.

Uno a uno, los oasianos salieron del edificio. Iban todos encapuchados y enguantados, todos de figura elegante, todos con las mismas botas de piel blanda. Las túnicas tenían todas el mismo corte, pero apenas se repetía algún color. Rosa, malva, naranja, amarillo, castaño, pardo, lila, terracota, salmón, sandía, oliva, cobre, musgo, lavanda, melocotón, azul cielo...

Salían y salían, haciendo sitio a cada nuevo ser que aparecía, pero manteniéndose tan unidos como una familia. Al cabo de pocos minutos, se había reunido una multitud de setenta u ochenta almas, incluidas unas criaturas más pequeñas que eran claramente niños. Sus caras quedaban en general cubiertas, pero alguna protuberancia de carne de un rosa blanquecino asomaba aquí y allá.

Peter los miraba boquiabierto, pletórico de emoción.

El oasiano que estaba al frente se volvió hacia su gente, alzó los brazos al cielo y dio una señal.

—¡ℒℴubliiiiiiiiiiiiiiiiiiii... —cantaron, dulce, alto y puro. La vocal flotó durante cinco, diez segundos, sin pausa, una grandiosa exhalación comunitaria, sostenida tanto tiempo que Peter la interpretó como un sonido abstracto, sin relación alguna con el lenguaje o la melodía. Pero entonces incorporó una consonante y fue subiendo de tono— ...*me graaaaaaaacia deeeeel ℒℴeñooooor! ¡Que a un iiiiiiiiinfeliiiiiiiiiz ℒℴalvóooooooooooo!*

En sincronizada obediencia a un gesto enérgico de la mano por parte del primer oasiano, callaron todos de golpe. Hubo una inhalación inmensa, un suspiro de setenta seres. Peter se dejó caer de rodillas, ahora acababa de reconocer el cántico: el himno del evangelismo carca, el arquetipo del horterismo del

Ejército de Salvación, el epítome de todo cuanto despreciaba cuando era un joven punk que esnifaba rayas de speed en retretes salpicados de meadas, de todo cuanto desdeñaba como una estupidez cuando era fácil que despertara en un charco de vómito coagulado, de todo cuanto consideraba despreciable cuando robaba dinero de los bolsos de las prostitutas, de todo cuanto le parecía ridículamente inútil cuando él mismo era un tóxico desperdicio de espacio. *Fui ciego, mas hoy veo yo.*

El director hizo un gesto de nuevo. El coro prosiguió.

II. Así en la tierra

10. EL DÍA MÁS FELIZ DE MI VIDA

Peter colgaba suspendido entre la tierra y el cielo, en una red, con el cuerpo cubierto de insectos azul oscuro. No se estaban alimentando de él, sólo lo usaban como un lugar en el que posarse. Cada vez que se estiraba, o que tosía, los bichos se quedaban un momento flotando sobre su piel o saltaban a otra parte y luego volvían a aposentarse. No le importaba. Sus patas no hacían cosquillas. Se quedaban quietos.

Llevaba horas despierto, con la mejilla apoyada en el brazo tendido para que los ojos quedaran en línea con el horizonte. Estaba saliendo el sol. Era el final de una larga noche, la quinta que pasaba entre los oasianos.

Tampoco es que estuviera entre los oasianos, propiamente hablando. Estaba solo en una hamaca improvisada, colgada de dos pilares de su iglesia. De su iglesia en construcción. Cuatro paredes, cuatro pilares en el interior, sin tejado. Ningún contenido salvo unas cuantas herramientas, rollos de cuerda, baldes de argamasa y braseros de aceite. Los braseros ahora estaban fríos, brillaban con la luz del amanecer. Lejos de servir a ningún propósito religioso, tenían una función puramente práctica: a lo largo de aquella larga racha de oscuridad, se encendían todos los «días» de trabajo para iluminar las operaciones, y se apagaban otra vez cuando el último oasiano se había ido a casa y el «padre Peßer» estaba listo para retirarse.

Su congregación trabajaba lo más rápido que podía para construir aquel sitio, pero ese día no estaban allí con él; todavía no. Seguían dormidos, suponía, en sus casas. Los oasianos dormían mucho, se cansaban con facilidad. Trabajaban una hora o dos y entonces, tanto si había sido una tarea ardua como si no, se iban a casa y descansaban un rato en la cama.

Peter se estiró en la hamaca, recordando cómo eran esas camas, contento de no estar en una de ellas. Parecían bañeras antiguas, esculpidas en una especie de musgo denso y duro, como una balsa de madera ligera. Las bañeras estaban forradas con múltiples capas de un material parecido al algodón que envolvían al durmiente en un capullo amplio y mullido.

Trescientas horas atrás, cuando había sucumbido por primera vez al cansancio después de la euforia enorme del primer día, le habían ofrecido a Peter una cama de ésas. La había aceptado, en deferencia a la hospitalidad de sus anfitriones, y había tenido lugar un ceremonial despliegue de deseos de un buen y prolongado descanso. Pero no había podido dormir.

Para empezar, era de día, y los oasianos no sentían ninguna necesidad de oscurecer sus dormitorios, así que colocaban sus camas justo bajo los rayos más intensos del sol. Pero se había metido de todas formas, con los ojos entrecerrados por el resplandor, esperando perder la conciencia de puro agotamiento. Por desgracia, la cama en sí era un obstáculo para el sueño; la cama, de hecho, era insufrible. Las mantas mullidas pronto quedaron empapadas de sudor y vapor, desprendían un nauseabundo olor como a coco, y la bañera era un poco demasiado pequeña, a pesar de que era más larga que el modelo estándar. Sospechó que la habían tallado expresamente para él, lo que lo convenció aún más de adaptarse a ella si era capaz.

Pero no sirvió de nada. Además de aquella cama absurda y del exceso de luz, había también un problema de ruido. Aquel primer día, había cuatro oasianos durmiendo con él –los cuatro que se llamaban a sí mismos Amanᴣe de Jeꙅúꙅo Uno, Amanᴣe de Jeꙅúꙅo Cincuenᴣa y Cuaᴣro, Amanᴣe de Jeꙅúꙅo Seᴣenᴣa y Ocho y Amanᴣe de Jeꙅúꙅo Seᴣenᴣa y Nueve–, y los cuatro respiraban muy fuerte, creando una sinfonía repugnante de chuperreteos y borboteos. Sus camas estaban en otro cuarto, pero en las casas oasianas las puertas no se podían cerrar, y Peter oía cada respiración, cada ronquido, cada trago glutinoso. En su cama, en casa, estaba acostumbrado a la respiración casi inaudible de Bea y a algún que otro suspiro de Joshua, el gato, no a este follón. Acostado en casa de los oasianos, reconectó con un episodio largamente olvidado de su vida anterior: el recuerdo de cómo el trabajador de una organización benéfica lo convenció de dejar la calle y lo colocó en un albergue para los sin techo, la mayoría alcohólicos y drogadictos como él. Y el recuerdo, también, de escabullirse de allí en plena noche, de vuelta a la calles heladas, para buscar un rincón tranquilo en el que echarse a dormir.

Así pues: allí estaba, en una hamaca, colgando en su iglesia a medio construir, a cielo abierto, en la quietud absolutamente desierta del amanecer oasiano.

Había dormido bien y con un sueño profundo. Siempre había sabido dormir al raso: una herencia de sus años de indigente, tal vez, cuando se tumbaba comatoso en parques públicos y en portales, tendido tan quieto que la gente lo confundía con un cadáver. Sin alcohol era algo más difícil coger el sueño, pero no mucho. Las intrusiones del vaporoso aire oasiano eran más fáciles de llevar, le parecía, si se rendía a él. Estar a cubierto y, al mismo tiempo, no encerrado por completo era lo peor de ambos mundos. Las casas de los oasianos no estaban selladas ni tenían aire acondicionado como la base de la USIC; se ventilaban con ventanas abiertas por las que el aire insidioso entraba remolineando libremente. Había algo desconcertante en el hecho de tumbarse arropado en la cama y estar todo el rato imaginando que el aire circundante estaba levantando las mantas con dedos invisibles y deslizándose a tu lado. Mucho mejor echarse al descubierto, sin nada más que una prenda de algodón. Al cabo de poco, si tenías bastante sueño, te parecía estar tumbado en un arroyo poco profundo, con el agua corriendo suavemente sobre ti.

Hoy al despertar, había descubierto que tenía la piel de los brazos cruzada de verdugones en forma de rombo que trazaban un intricado dibujo, la postimagen de la red. Le daban un aspecto cocodriliano. Durante un minuto o dos, hasta que las marcas se desvanecieron, disfrutó con la fantasía de haberse convertido en un hombre lagarto.

Sus anfitriones se habían tomado muy bien el rechazo a la cama. Aquel primer día, cuando habían pasado ya varias horas desde el comienzo oficial de aquel sueño comunitario, y Peter llevaba ya un buen rato sentado, rezando, pensando, removiéndose, dando sorbos de agua de la botella de plástico, haciendo tiempo antes de atreverse a ofender a alguien huyendo al exterior, sintió que una presencia entraba en su cuarto. Era Amante de Jesús Uno, el oasiano que le había dado la bienvenida al asentamiento. Peter pensó en fingir que se había despertado sobresaltado de un profundo sueño, pero decidió que ese pueril disimulo no engañaría a nadie. Sonrió y lo saludó con la mano.

Amante de Jesús Uno se acercó a los pies de la cama de Peter y se quedó allí, con la cabeza gacha. Iba vestido de pies a cabeza, con la túnica azul, capucha, botas y guantes, las manos enlazadas y apoyadas en el abdomen. La cabeza inclinada y la capucha escondían su rostro espantoso, lo que permitía a Peter imaginar unos rasgos humanos en aquella oscura oclusión.

La voz de Amante Uno, cuando surgió, lo hizo en un susurro para no despertar a los otros. Un sonido suave, contenido, estremecedor como el chirrido de una puerta en un edificio lejano.

—Es᛫ás᛫ rezando —le dijo.

–Sí –murmuró Peter.

–Yo ʒambién eʊʒoy rezando –dijo Amante Uno–. Rezando con la eʊperanza de oírme Dioʊ.

Ambos se quedaron un momento callados. En la habitación contigua, los otros oasianos seguían roncando. Al fin, Amante Uno añadió:

–ʒemo que miʊ oracioneʊ se ecʊʒravíen.

Peter repitió esa palabra medio disuelta en su cabeza unas cuantas veces.

–¿Se extravíen?

–Ecʊʒravíen –confirmó Amante Uno, desenlazando los dedos. Con una mano, señaló arriba–: Dioʊ mora ahí. –Con la otra señaló abajo–: Laʊ oracioneʊ van ahí.

–Las oraciones no viajan por el espacio, Amante Uno –le dijo Peter–. Las oraciones no *van* a ninguna parte, simplemente *son*. Dios está aquí con nosotros.

–¿ʒú oyeʊ a Dioʊ? ¿Ahora? –El oasiano levantó la cabeza con profunda atención; la hendidura de su cara temblaba.

Peter estiró las extremidades, apretujadas, y fue consciente de pronto de que tenía la vejiga llena.

–Ahora mismo, lo único que oigo es mi cuerpo diciéndome que hay que vaciar el depósito.

El oasiano asintió y le hizo un gesto para que salieran. Peter trepó fuera de la cama y buscó sus sandalias. No había cuarto de baño en las viviendas oasianas, por lo que había podido ver durante aquellas primeras veintitantas horas. Las necesidades se hacían fuera.

Juntos, Peter y Amante Uno salieron del dormitorio. En la habitación contigua, pasaron junto a los otros durmientes, que yacían envueltos en sus capullos, inmóviles como cadáveres salvo por su escandalosa respiración. Peter andaba de puntillas; Amante Uno caminaba con normalidad, la piel aterciopelada de sus botas no hacía ningún ruido contra el suelo. El uno al lado del otro, recorrieron un pasillo abovedado y salieron, cruzando una cortina de cuentas, al aire libre (si es que podía decirse realmente que el aire de Oasis era libre). El sol alumbró los ojos hinchados de Peter, que fue aún más consciente de los sudores y picores que le había causado aquella ropa de cama.

Echó un vistazo atrás, al edificio del que acababa de salir, y descubrió que, en las horas transcurridas desde su llegada, el aire oasiano había estado aplicando sus esfuerzos al BIEN VENIDO del muro exterior, aflojando el agarre de la pintura, transformándola en una espuma sudorosa que goteaba hacia el suelo, las letras disueltas en caracteres cirílicos.

Amante de Jesús Uno lo vio contemplando los restos del mensaje.

–La palabra en la pared deꞇaparece pronꞇo –le dijo–. La palabra mora en la memoria. –Y se tocó el pecho, como para indicar dónde moraba la memoria en su especie, o tal vez estaba sugiriendo una sentida emoción. Peter asintió.

Entonces Amante de Jesús Uno lo condujo por las calles (¿se podía llamar calles a los caminos sin asfaltar, si eran lo bastante anchos?) hacia el interior del asentamiento. No había nadie más por allí, ningún signo de vida, aunque Peter sabía que la multitud de gente que había conocido aquel día debía de estar en alguna parte. Todos los edificios parecían iguales. Oblongo, oblongo, oblongo; ámbar, ámbar, ámbar. Si el asentamiento y la base de la USIC constituían la única arquitectura de Oasis, entonces éste era un mundo en el que las sutilezas estéticas no tenían lugar y gobernaba el utilitarismo. No debería preocuparle, pero le preocupaba. Todo aquel tiempo había dado por hecho que la iglesia que construiría allí debía ser simple y sin pretensiones, para transmitir el mensaje de que no importaba su apariencia exterior, sólo las almas que acogía, pero ahora se inclinaba por convertirla en algo hermoso.

A cada paso crecía su desesperación por mear, y se preguntaba si Amante Uno no estaría yendo más lejos de lo necesario para encontrarle un lugar privado donde hacerlo. A los oasianos no les preocupaba tanto su propia privacidad, al menos no cuando se trataba de asuntos de baño. Peter los había visto haciendo sus necesidades con libertad en la calle, sin prestar ninguna atención a lo que soltaban. Estaban andando, centrados solemnemente en el lugar al que fueran, y entonces, del fondo de sus túnicas, caía un reguero de zurullitos golpeteando el suelo: unas bolitas de un verde grisáceo que no olían a nada y que, si alguien las pisaba por accidente, se desintegraban en una pasta polvorienta, como merengue. Tampoco es que las heces se demoraran mucho en el suelo. O se las llevaba el viento, o se las tragaba la tierra. Peter no había visto a ningún oasiano expulsando excrementos líquidos. A lo mejor no lo necesitaban.

Peter, desde luego, lo necesitaba muchísimo. Estaba a punto de decirle al Amante Uno que tenían que parar ya, *donde fuese,* cuando el oasiano se detuvo frente a una estructura circular, el equivalente arquitectónico de una lata de galletas, pero del tamaño de un almacén. El tejado bajo estaba adornado de chimeneas..., no, embudos –unos embudos grandes, de aspecto cerámico, como jarrones cocidos–, todos apuntando hacia el cielo. Amante Uno le hizo un gesto a Peter indicándole que cruzara la cortina de cuentas. Peter obedeció. Dentro, se encontró con un batiburrillo de cubos, latas y barriles, todos distintos y hechos a mano, todos alimentados por tubos que subían serpenteando hasta el techo. Los contenedores estaban dispuestos en los lados de la sala, dejando libre el centro. Un estanque artificial, del tamaño de una piscina de jardín en las zonas más ricas de Los Ángeles, espejeaba con agua de un tenue color esmeralda.

–Agua –dijo Amante Uno.

–Muy... ingenioso –lo felicitó Peter, tras descartar «industrioso», demasiado difícil. La visión de aquel estanque lleno y de decenas de tubos empañados de humedad lo convenció todavía más de que estaba a punto de mearse encima.

–¿Demasiada? –le preguntó Amante Uno.

–¿Eh...? –vaciló Peter, descolocado.

—¿Demasiada agua? ¿Vaciamos, ahora?

Por fin, Peter comprendió la confusión. «Vaciar el depósito»... ¡Pues claro! Estos choques entre lo literal y lo coloquial... Había leído a menudo sobre ellos en los relatos de otras expediciones misioneras, y se había prometido evitar la ambigüedad en todo momento. Pero la aceptación de Amante Uno a su petición había sido tan natural, tan fluida, que no vio indicio alguno de un fallo en la comunicación.

—Discúlpame —le dijo Peter, y adelantó a Amante Uno dando zancadas hasta que llegó al centro de la calle, donde se levantó la dishdasha y dejó que la orina saliera a chorro.

Después de lo que parecieron varios minutos meando, estuvo listo para darse la vuelta y mirar de frente a Amante Uno. En cuanto lo hizo, el oasiano dejó caer al suelo una bola solitaria de heces. El gesto de respeto de un ritual indescifrable, como el de besar a un europeo el número correcto de veces en los lados correctos de la cara.

—¿Ahora, otra vez, tú duermes? —El oasiano señaló el camino por el que habían llegado: el camino de vuelta a la bañera empapada en sudor y con pestazo a coco en la casa de los roncadores.

Peter le sonrió sin mojarse.

—Primero, llévame al sitio donde estará nuestra iglesia. Quiero verlo otra vez.

Y así, los dos habían dejado el asentamiento y se habían acercado, cruzando los matorrales, hasta el lugar escogido. Todavía no había nada construido. El emplazamiento estaba marcado por cuatro hoyos en el suelo, para señalar las cuatro esquinas de la futura estructura. Y, dentro de esas demarcaciones, Peter había pergeñado el diseño básico del interior, mientras explicaba a las setenta y siete almas reunidas a su alrededor lo que representaban las líneas. Ahora que veía otra vez su plano, sobre la parcela de terreno desierta, después de un salto de muchas horas y con los ojos llorosos de agotamiento, lo vio como

206

debieron de verlo los oasianos: unos surcos toscos y misteriosos en la tierra. No se sentía a la altura de la tarea que tenía por delante: de una manera exagerada. Bea, sin duda, le advertiría de que esto quería decir que estaba confundiendo la realidad objetiva con la cantidad de horas que había dormido, y por supuesto tendría razón.

En el lugar habían quedado otros indicios de la asamblea de los Amantes de Jesús. El pequeño cuajo de vómito que uno de los niños oasianos había devuelto durante el discurso de apertura de Peter. Un par de botas, hechas especialmente como un regalo para Peter, pero que eran unos centímetros demasiado cortas (un error que no pareció despertar ni diversión ni apuro: sólo una muda aceptación). Una jarra de agua hecha de ámbar semitransparente, casi vacía. Un blíster de plástico metalizado (medicamentos cortesía de la USIC) del que habían extraído la última píldora. Un par de cojines tirados por ahí, en los que dos de los niños más pequeños se pusieron a dormitar cuando la discusión de los mayores se perdió demasiado lejos por terrenos invisibles.

Peter dudó unos instantes, luego cogió los cojines y los colocó el uno al lado del otro. Se arrodilló en el suelo y se tumbó apoyando sobre ellos la cabeza y la cadera. El agotamiento comenzó a escurrirse de su cuerpo de inmediato, como absorbido por el suelo. Deseó estar solo.

—Eꞩꞩabaꞩ inꞩaꞩiꞩfecho en ꞩu cama —comentó Amante de Jesús Uno.

El cúmulo sibilante de la segunda palabra la volvió ininteligible para Peter.

—Perdón, no he terminado de oír lo que acabas de...

—Esꞩabaꞩ... inconꞩenꞩo —dijo Amante Uno, cerrando los puños enguantados por el esfuerzo de encontrar una palabra pronunciable—. En la cama. El ꞩueño nunca venía.

—Sí, es verdad —reconoció Peter, con una sonrisa—. El sueño nunca venía. —La sinceridad le parecía la mejor táctica. Ya

207

habría suficientes malentendidos sin crear más por culpa de la diplomacia.

–Aquí, el ᴄᴀueño vendrá por ᴚí –dijo el oasiano, señalando, con un gesto de la mano, el espacio abierto que los rodeaba.

–Sí, aquí el sueño vendrá por mí.

–Bien –concluyó Amante Uno–. Enᴚonceᴄᴀ ᴚodo irá bien.

¿Todo iría bien? Había motivos para esperar que así fuera. Peter tenía buenos presentimientos sobre su ministerio allí. De momento, ya habían ocurrido cosas inexplicablemente afortunadas; cosas pequeñas, cierto, nada milagrosas, en rigor, pero suficientes para indicarle que Dios mostraba un especial interés en la forma en que estaban saliendo las cosas. Por ejemplo, cuando estaba contando la historia de Noé y el Diluvio (a petición de los oasianos) y, en el preciso instante en que los cielos se abrían en las Escrituras, empezó a llover de verdad. Y aquella ocasión sorprendente, cuando ya habían terminado la jornada de trabajo y se habían apagado los braseros, y ellos se habían quedado sentados a oscuras mientras él recitaba los versículos iniciales del Génesis (de nuevo, a petición suya), y en el mismo instante en el que Dios decía: «¡Que haya luz!», uno de los braseros había vuelto a la vida con un chisporroteo y los había bañado a todos en un resplandor dorado. Coincidencias, sin duda. Peter no era una persona supersticiosa. Mucho más cerca de un auténtico milagro estaban, en su opinión, las declaraciones sinceras de fe y de compañerismo de aquella gente tan increíblemente distinta a él.

Pero eso no quitaba que hubiese habido algunas decepciones. O no exactamente decepciones, sólo imposibilidad de comunicarse. Ni siquiera llegaba a entender por qué aquellos encuentros habían terminado en fracaso; no comprendía qué era lo que no había comprendido.

Por ejemplo, las fotografías. Si algo había aprendido a lo

largo de los años, era que la mejor manera –y la más rápida– de forjar la confianza con desconocidos era enseñarles fotos de tu esposa, de tu casa, de ti mismo más joven, ataviado con las modas y peinados de una década atrás, de tus padres, tus hermanos y hermanas, tus mascotas, tus hijos. (Bueno, él no tenía hijos, pero eso era en sí mismo algo de lo que hablar. «¿Hijos?», preguntaba siempre la gente, como esperando que hubiese reservado las mejores fotos para el final.)

Tal vez aquella presentación oral suya había salido mal con los oasianos porque el grupo era demasiado grande. Setenta y pico personas examinando sus fotos y pasándoselas unos a otros, casi todos contemplando una imagen que no tenía ninguna relación con la explicación que estuviese dando él en ese momento. Aunque, para ser sinceros, la respuesta de los Amantes de Jesús que tenía sentados justo al lado, y que habían podido conectar las imágenes con sus explicaciones, era igualmente difícil de descifrar.

–Ésta es mi mujer –les había dicho, mientras extraía la primera de las fotografías de la carpeta de plástico y se la tendía al Amante de Jesús Uno–. Beatrice.

–Beaꞩriꞇ –había repetido éste, con los hombros contraídos por el esfuerzo.

–Bea, para acortar.

–Beaꞩriꞇ –volvió a decir Amante de Jesús Uno. Sostenía la fotografía con delicadeza entre los dedos enguantados, en un ángulo perfectamente horizontal, como si la Beatrice en miniatura posando con unos vaqueros color mora y un jersey de imitación de cachemir que aparecía en ella corriera el peligro de resbalar del papel. Peter se preguntó si aquella gente podía siquiera *ver* en el sentido convencional de la palabra, dado que no había nada en sus caras que él pudiera identificar como un ojo. No eran ciegos, eso estaba claro, pero... ¿quizás no podían descodificar imágenes bidimensionales?

–ꞩu mujer –dijo el oasiano–. Pelo muy largo.

–Sí, en aquella época –le respondió Peter–. Ahora es más corto.

Se preguntó si el cabello largo sería atractivo o repulsivo para los que no tenían nada de pelo.

–¿Su mujer ama a Jesús?

–Desde luego que sí.

–Bien –dijo Amante Uno, pasándole la fotografía a la persona que tenía al lado, que la tomó como si recibiera un sacramento.

–Esta otra –explicó Peter– es de la casa donde vivimos. Está en una ciudad satélite..., eh..., una ciudad no muy lejos de Londres, en Inglaterra. Como podéis ver, nuestra casa es muy parecida a las casas de alrededor. Pero por dentro es distinta. De la misma manera que una persona puede parecer igual a las que la rodean, pero por dentro, debido a su fe en el Señor, es muy distinta.

Peter levantó la mirada para ver qué recepción tenía el símil. Había decenas de oasianos arrodillados en círculos concéntricos en torno a él, esperando solemnemente que les hicieran entrega de un rectángulo de cartulina. Al margen de los colores de sus túnicas, y de algunas pequeñas variaciones en la altura, todos parecían iguales. No había gordos, ni musculosos, ni larguiruchos, ni viejas encorvadas. Ni mujeres ni hombres. Sólo filas de seres menudos y estandarizados, todos en cuclillas con la misma pose, vestidos con ropas de idéntico diseño. Y bajo cada capucha, un estofado cuajado de carne que Peter era incapaz, incapaz, sencillamente incapaz de convertir en una cara.

–Aguja –dijo la criatura llamada Amante de Jesús Cincuenta y Cuatro, con un temblor–. Hilera de aguja. Hilera de... navaja.

Peter no tenía ni idea de a qué se refería. La fotografía, que no mostraba nada más que una casa anodina de obra pública con una endeble valla de metal, fue pasando de mano en mano.

—Y ésta —dijo— es de nuestro gato, Joshua.

Amante de Jesús Uno contempló la foto durante quince o veinte segundos.

—¿Ama a Jesús? —preguntó al fin.

—No puede amar a Jesús —respondió Peter entre risas—. Es un gato. —Esta información fue recibida con silencio—. No es... Es un animal... No puede pensar... —Se le ocurrió decir «con conciencia de sí mismo», pero lo descartó—. Su cerebro es muy pequeño. No puede pensar sobre el bien y el mal, o por qué está vivo. Sólo come y duerme.

Le pareció una deslealtad decir aquello. Joshua hacía muchas más cosas. Pero sí era cierto que se trataba de una criatura amoral, y que nunca se había preocupado por los motivos por los que lo habían puesto allí.

—Pero lo queremos —añadió Peter.

Amante de Jesús Uno asintió.

—Nosotros también queremos a los que no aman a Jesús. Sin embargo, morirán.

Peter sacó otra foto.

—Ésta —les dijo— es de mi iglesia, allí, en casa. —Estuvo a punto de repetir la broma de BG sobre lo de que no ganaría ningún premio de arquitectura, pero consiguió tragarse las palabras. Lo que hacía falta aquí era transparencia y sencillez, al menos hasta que averiguara cómo funcionaba aquella gente.

—Aguja, mucha aguja —dijo uno de los oasianos cuyo número de Amante de Jesús Peter aún no se había aprendido.

Peter se inclinó para mirar la foto boca abajo. No se veían agujas por ninguna parte. Sólo el exterior feo y achaparrado de la iglesia, al que un arco de imitación gótica en la valla de metal que rodeaba el edificio dotaba de un mínimo de estilo. Entonces reparó en las púas en lo alto de la valla.

—Son para evitar que entren los ladrones —explicó.

—Los ladrones morirán —convino uno de los oasianos.

La siguiente era otra foto de Joshua, hecho un ovillo sobre

la colcha, con una pata sobre los ojos. Peter metió la foto en el fondo de la pila y escogió otra.

–Éste es el patio trasero de la iglesia. Antes era un aparcamiento. Cemento y nada más. Hicimos que lo retirasen y lo reemplazaran con tierra. Pensamos que la gente podía ir andando a la iglesia o tal vez encontrar aparcamiento en la calle... –Mientras hablaba, se daba cuenta de que la mitad de lo que decía, puede que todo, debía de ser incomprensible para ellos, pero aun así no podía parar–. Era un riesgo. Pero valió la... fue un... salió bien. Trajo cosas buenas. Creció la hierba. Plantamos arbustos y flores, hasta algunos árboles. Ahora los niños juegan ahí fuera, cuando hace buen tiempo. Tampoco es que haga buen tiempo muy a menudo de donde vengo... –Estaba hablando sin sentido. *Para el carro.*

–¿Dónde ʊú?

–¿Perdón?

El oasiano levantó la fotografía.

–¿Dónde ʊú?

–En ésa no salgo –respondió Peter.

El oasiano asintió y le pasó la foto a su vecino.

Peter sacó la siguiente foto de la carpeta. Aunque el aire oasiano no hubiese sido tan húmedo, a esas alturas estaría sudando de todas formas.

–Éste soy yo de niño –dijo–. La hizo una tía mía, creo. La hermana de mi madre.

Amante de Jesús Uno examinó la instantánea de Peter a los tres años. En ella, Peter parecía minúsculo en relación con lo que le rodeaba, pero era de todos modos el centro de atención, con una parka amarillo brillante y guantes naranjas, saludando a cámara. Era una de las pocas fotos familiares que habían encontrado en casa de la madre de Peter cuando murió. Esperaba que los oasianos no le pidieran ver una foto de su padre, porque su madre las había destruido todas.

–Edificio muy elevado –comentó Amante de Jesús Cincuenta y Cuatro. Se refería al bloque que se veía al fondo de la foto.

–Era un sitio horrible –le dijo Peter–. Deprimente. Y peligroso, además.

–Muy elevado –confirmó Amante de Jesús Cincuenta y Cuatro, pasándole el cuadrado de cartulina al siguiente de la fila.

–Nos mudamos a un lugar mejor poco después –les explicó–. A un lugar más seguro, al menos.

Los oasianos emitieron un murmullo de aprobación. Mudarse a un sitio mejor y más seguro era un concepto que podían comprender.

Las fotos que ya había repartido, mientras tanto, se abrían paso entre la multitud. Uno de los oasianos tenía una pregunta sobre la foto de la iglesia de Peter. En ella, algunos miembros de la congregación estaban reunidos en el exterior del edificio, haciendo cola para entrar por la puerta azul. Uno de ellos era Ian Dewar, un veterano de Afganistán que se desplazaba con muletas, dado que había rechazado la oferta del Ministerio de Defensa de ponerle una pierna artificial porque apreciaba mucho cualquier oportunidad de hablar de la guerra.

–El hombre no tiene pierna –observó el oasiano.

–Así es –dijo Peter–. Hubo una guerra. Su pierna quedó muy herida y los médicos tuvieron que cortársela.

–¿El hombre muerto ahora?

–No, está bien. Está perfectamente.

Se oyó un murmullo colectivo de maravilla, y algunos «Alabado sea el señor».

–Y esto –continuó Peter– es el día de mi boda. Mi esposa, Beatrice, y yo el día que nos casamos. ¿Vosotros tenéis matrimonio?

–Nosotros tenemos matrimonio –respondió Amante de Jesús Uno. ¿Una réplica ligeramente burlona? ¿Exasperada? ¿Hastiada? ¿Tan sólo informativa? Peter no sabía diferenciar el tono. No había ningún tono, que él percibiera. Sólo la tensión de una carne exótica imitando el funcionamiento de las cuerdas vocales.

—Ella me condujo a Jesucristo —añadió Peter—. Ella me llevó hasta Dios.

Eso suscitó una reacción más intensa que las fotos.

—ꙗu mujer encuenꙗra el Libro —dijo Amante de Jesús Setenta y Algo—. Lee, lee, lee, anꙗeꙅ que ꙗú. Aprende la ꙗécnica de Jeꙅúꙅ. Luego ꙗu mujer ꙗe busca y dice: He enconꙗrado el Libro de laꙅ coꙅaꙅ nunca viꙅꙗaꙅ. Lee ꙗú ahora. Nosoꙗroꙅ no pereceremoꙅ, maꙅ ꙗendremoꙅ vida eꙗerna.

Así resumido, se parecía más a las insinuaciones que le había hecho la serpiente a Eva en el Jardín del Edén que a las alusiones al cristianismo que le había hecho Bea sin florituras en el pabellón del hospital en el que lo había conocido. Pero era interesante que el oasiano se sometiese a un esfuerzo tan agotador para citar textualmente a Juan 3:16. Kurtzberg debía de habérselo enseñado.

—¿Te enseñó eso Kurtzberg?

El Amante de Jesús que había hablado no respondió.

—Que todo aquel que en él cree no perezca, mas tenga vida eterna —dijo Peter.

—Amén —añadió Amante de Jesús Uno, y la congregación entera lo repitió en un murmullo. La palabra «amén», en un gesto de misericordia, parecía hecha a medida de sus bocas, o cualquiera que fuese la parte del cuerpo que usaban para hablar. «Amén, amén, amén.»

La foto de boda llegó a las manos de un oasiano con túnica verde oliva. Él —¿o ella?— dio un respingo.

—Cuꙅillo —dijo el oasiano—. Cuꙅillo.

Así era: en la foto, Peter y Bea empuñaban ambos el mango de un cuchillo enorme, listos para cortar el ceremonial pedazo de tarta.

—Es una costumbre —explicó Peter—. Un ritual. Fue un día muy feliz.

–Día feliz –repitieron como un eco los oasianos, con una voz que parecía un helecho húmedo aplastado de un pisotón.

Peter cambió de posición en la hamaca y se puso de espaldas al sol naciente. Aquella luz naranja ardiente se estaba volviendo demasiado intensa. Se tumbó boca arriba, mirando hacia el cielo, y contempló las postimágenes púrpuras de su retina, que bailaban en la extensión sin nubes. Pronto las postimágenes se desvanecieron y el cielo quedó de un dorado uniforme. Los amaneceres en casa ¿eran dorados como aquél, alguna vez? No lo recordaba. Sí recordaba la luz dorada sobre la cama, iluminando el pelo de Joshua y las curvas de las piernas de Bea si era una mañana cálida y se había sacudido de encima las sábanas. Pero eso no era lo mismo que que todo el cielo fuese dorado; el cielo fuera de su cuarto debía de ser azul, ¿verdad? Estaba enfadado consigo mismo por olvidarlo.

Tenía tantas cosas que contarle a Bea, y había escrito tan poco sobre ellas... Cuando llegara la próxima oportunidad de enviarle una carta, seguro que se las arreglaría, con la ayuda de las notas que había garabateado en sus cuadernos, para enumerar las cosas más significativas que hubiesen ocurrido en las últimas trescientas sesenta horas. Pero echaría de menos los matices. Olvidaría los momentos de intimidad, callados, tácitos, entre sus nuevos amigos y él; los inesperados destellos de entendimiento en ámbitos de comunicación que había dado por hecho que serían insondables sin remedio. Quizás se olvidara incluso de mencionar el cielo dorado.

Sus cuadernos estaban en la mochila, por el fondo. Puede que debiera dejarlos ahí arriba, en la hamaca, para tomar nota de sus pensamientos y reflexiones siempre que le viniesen a la cabeza. Pero entonces podría clavarse el lápiz dormido, o podría escurrirse por la red al duro suelo que había debajo. Un lápiz podía aterrizar de manera que la mina de grafito del interior saltara en decenas de pedazos y resultara imposible afilarlo.

Los lápices de Peter eran muy valiosos para él. Si los cuidaba apropiadamente, seguirían sirviéndole cuando a todos los bolígrafos se les hubiese salido la tinta, todos los rotuladores se hubiesen secado y todas las máquinas se hubiesen estropeado.

Además, disfrutaba de las horas que pasaba en la hamaca sin nada que hacer. Cuando estaba en el suelo, trabajando con su rebaño, su cerebro no dejaba de zumbar, atento a los retos y las oportunidades. Cada encuentro podía resultar crucial para su labor como pastor. No podía dar nada por sentado. Los oasianos creían que eran cristianos, pero su comprensión de las enseñanzas de Cristo era extraordinariamente precaria. Sus corazones estaban llenos de una fe amorfa, pero a sus mentes les faltaba comprender, y ellos lo sabían. Su pastor debía concentrarse al máximo cada minuto, escucharlos, observar sus reacciones, buscar un atisbo de luz.

Y, a un nivel más mundano, también tenía que concentrarse en los trabajos físicos por hacer: transportar piedras, repartir la argamasa, cavar hoyos. Cuando terminaba la jornada y los oasianos se iban a casa, era una bendición subirse a la hamaca y saber que no podía hacer nada más. Como si la red lo retirara de la corriente de responsabilidad y lo suspendiera en el limbo. No la noción católica del limbo, claro está. Un limbo benigno entre el trabajo de hoy y el de mañana. La oportunidad de ser un animal perezoso, que no poseía nada más que su piel, tumbado a oscuras o sesteando al sol.

La red con la que se había elaborado su hamaca era una de las tantas que había allí. Redes era lo que usaban los oasianos para transportar los ladrillos. Traían los ladrillos desde... ¿desde dónde? De donde fuera que viniesen los ladrillos. Y luego hasta la iglesia, cruzando los matorrales. Cuatro oasianos, cada uno con una punta de la red atada en torno al hombro, marchaban solemnes, como si cargasen un féretro, con una pila de ladrillos colgando entre ellos. A pesar de que el emplazamiento de la iglesia no estaba muy alejado del núcleo principal de edificios

–lo justo para otorgarle el estatus necesario de lugar al margen de las cosas mundanas–, seguía siendo un buen paseo, creía Peter, si ibas cargando ladrillos. No parecían disponer de ningún medio de transporte con ruedas.

A Peter eso le parecía un poco difícil de creer. La rueda era una invención genial a ojos vistas, ¿no? Uno pensaría que los oasianos, aunque no se les hubiera ocurrido antes, habrían adoptado la rueda tan pronto se la hubiesen visto usar al personal de la USIC. El estilo de vida pretecnológico era de lo más digno, no lo desdeñaba, pero seguro que nadie, si tenía elección, querría cargar con ladrillos por ahí en una red de pesca.

¿Red de pesca? La llamaba así porque eso era lo que parecía, pero debieron de diseñarla con otro propósito, puede que expresamente para transportar ladrillos. Allí no se podía usar una red para nada más. No había océanos en Oasis, ni grandes masas de agua, ni tampoco peces, era de suponer.

Nada de peces. Se preguntó si eso generaría problemas de comprensión en lo tocante a ciertas historias cruciales de la Biblia relacionadas con peces. Había muchas: Jonás y la ballena, el milagro de los panes y los peces, que los discípulos de Galilea sean pescadores, toda la analogía de los «pescadores de hombres»... El fragmento en Mateo 13 que decía que el reino de los cielos era semejante a una red lanzada al mar, que recogía peces de todas las clases... Hasta en el primer capítulo del Génesis, los primeros animales que crea Dios son criaturas marinas. ¿A cuánto de la Biblia tendría que renunciar por intraducible?

Pero no, eso no debía desanimarle demasiado. Sus problemas no eran ni mucho menos únicos; eran de lo más normal. Los misioneros de Papúa Nueva Guinea en el siglo XX se habían visto obligados a sortear el hecho de que los nativos no supieran qué era una oveja, y que el equivalente local –el cerdo– no funcionara demasiado bien en el contexto de las parábolas cristianas, porque los papuanos consideraban a los cerdos animales de matadero. Aquí en Oasis se enfrentaría a retos similares, y tendría que encontrar el mejor término medio que pudiera.

Dadas las circunstancias, los oasianos y él se estaban comunicando muy bien hasta el momento.

Rodó hasta quedar boca abajo y miró el suelo a través de la red. Sus sandalias estaban cuidadosamente colocadas, la una al lado de la otra, justo debajo de él, en el suelo liso de cemento. El cemento oasiano apenas había que allanarlo; se extendía casi por sí mismo y se secaba con un acabado satinado y un tacto que se parecía más al de la madera sin barnizar que al del hormigón. Tenía el punto justo de tracción para que las botas de piel de los oasianos no resbalaran sobre él.

Junto a sus sandalias descansaba una de las pocas herramientas que había en el lugar: un gran cucharón, del tamaño de... ¿Cómo se lo describiría a Bea? ¿Del tamaño de una pala pequeña? ¿De una bomba de bicicleta? ¿De una porra de policía? En cualquier caso, no estaba hecho de madera o de metal, sino de una especie de vidrio, tan duro como el acero. Su función era remover la argamasa en la cubeta, para evitar que se secara demasiado rápido. La noche anterior –es decir, unas cinco o seis horas atrás–, antes de subirse a la hamaca para dormir, había pasado sus buenos veinte minutos limpiando el cucharón de argamasa, rascándolo con los dedos. Los restos yacían desperdigados por todo alrededor. Lo había hecho a conciencia, a pesar del cansancio. El cucharón estaba listo para otro día de trabajo removiendo. El padre Peter era el encargado de esa tarea, ya que era el más fuerte.

Sonrió al pensarlo. Él nunca había sido un hombre particularmente fuerte. En su vida pasada, había recibido palizas de otros alcohólicos, y la policía lo había arrojado a la celda sin esfuerzo. En cierta ocasión, se había dejado la espalda intentando llevar a Bea a la cama. («¡Estoy demasiado gorda! ¡Estoy demasiado gorda!», gritaba ella, lo que acentuó todavía más lo vergonzoso de la situación cuando se vio obligado a dejarla caer.)

Aquí, entre los oasianos, era una criatura poderosa. Aquí se colocaba frente a la cuba de argamasa y removía el contenido con una cuchara gigante, ante la admiración de los seres más débiles que lo rodeaban. Era ridículo, lo sabía, pero sin embargo aquello le inyectaba mucha moral.

Todo el proceso de construir una casa era de una sencillez absurda, pero efectiva. La cuba de argamasa, tan primitiva como un caldero y removida a mano, era muy representativa del nivel de sofisticación. En los muros de la iglesia, a medida que tomaban forma, no había ninguna infraestructura básica: ningún montante de metal, ningún marco de madera. Los ladrillos en forma de losa se pegaban a los cimientos, sin más, y luego se unían uno a otro, una capa sobre otra. Parecía una forma peligrosamente simple de construir un edificio.

–¿Y qué pasa si hay tormenta? –le había preguntado al Amante de Jesús Uno.

–¿𝕋ormen𝕥a? –Las partes superiores de la hendidura de su cara, las frentes de los fetos, por así decirlo, se contrajeron ligeramente.

–¿Qué pasa si viene un vendaval? ¿Echará la iglesia abajo? –Peter sopló alto y fuerte y agitó las manos, imitando con gestos el derrumbe de un edificio.

El rostro grotesco de Amante Uno se contrajo un poco más hasta adoptar una forma que quizás indicara diversión, o sorpresa, o quizás nada.

–La unión nunca rompe –le dijo–. Unión e𝕤 fuer𝕥e, muy fuer𝕥e. Vien𝕥o como... –Alargó la mano y acarició el pelo de Peter, sin apenas despeinarlo, para mostrarle lo poco que podía hacer el viento.

Aquella afirmación no era menos infantil que el método de construcción, pero Peter decidió confiar en que los oasianos supieran lo que estaban haciendo. Su asentamiento, a pesar de que no era precisamente imponente en términos arquitectónicos, parecía bastante estable. Y tenía que admitir que la argamasa que mantenía los ladrillos unidos tenía una fuerza sorprendente. Cuando estaba recién extendida, recordaba a jarabe de arce, pero al cabo de una hora era tan dura como ámbar y la unión era irrompible.

No usaban ningún andamio en la construcción de la iglesia, nada que estuviese hecho de madera o de metal. El acceso a los niveles más altos lo proporcionaba un método que era a un tiempo tremendamente aparatoso y maravillosamente práctico. Unos bloques tallados de musgo endurecido –el mismo material empleado en las camas de los oasianos– se ensamblaban formando escaleras, apiladas en el exterior del edificio. Cada escalera tenía unos dos metros de ancho y era tan alta como fuese necesario; se podían añadir escalones adicionales a medida que la altura de la última capa de ladrillos fuera alejándose del suelo. En los últimos días, estas escaleras habían crecido hasta doblar la altura de Peter, pero, a pesar de su tamaño, resultaba obvio que eran provisionales, una herramienta de construcción que estaba tan fuera del diseño final como lo habría estado una escalerilla de mano. Eran incluso portátiles..., o algo así. Podían desplazarse lateralmente si todo el mundo arrimaba el hombro. Peter había ayudado a moverlas varias veces, y aunque no podía calcular con seguridad cuánto pesaban por la fuerza colectiva empleada para empujarlas, no creía que pesaran más que, pongamos, una nevera.

La pura simplicidad de la tecnología le fascinaba. Cierto, no sería apropiada para levantar un rascacielos o una catedral, a no ser que el área circundante pudiese acoger una escalera del tamaño de un estadio de fútbol. Pero para construir una iglesia pequeña y modesta era indiscutiblemente práctica. Los oasianos subían por los escalones llevando cada uno un solo ladrillo. Se detenían en lo alto de su escalera improvisada y recorrían con los ojos (o con el ojo, o con la hendidura de visión, o con lo que fuese) la capa superior del muro, estudiándola como un concertista de piano contemplaría el teclado. Luego pegaban el siguiente ladrillo en el lugar apropiado y bajaban de nuevo por los escalones.

Se mirara por donde se mirase, aquel método de trabajo era muy laborioso. Había quizás cuarenta oasianos allí en el momento más ajetreado del día, y Peter tenía la impresión de que habría habido más si no fuera por el peligro de entorpecerse los unos a los otros. El trabajo se llevaba a cabo de un modo ordenado, sin prisa pero sin pausa, hasta que cada oasiano alcanzaba el que era su límite evidente y se iba un rato a casa. Trabajaban en silencio la mayor parte del tiempo, y sólo se consultaban entre ellos cuando surgía algún reto que superar, algún riesgo de cometer un error. Peter no sabía decir si eran felices. Tenía la firme intención de llegar a conocerlos lo bastante bien como para saber si eran felices.

¿Eran felices cuando cantaban? Uno pensaría que si cantar fuese una tortura para ellos, no cantarían. Como pastor suyo, no esperaba, desde luego, que lo recibieran con una versión coral de «Sublime Gracia», y podrían haber organizado fácilmente cualquier otro gesto de bienvenida. Puede que necesitasen una forma de canalizar su alegría.

La felicidad era algo tan difícil de localizar... Era como una polilla camuflada que podía o no esconderse en el bosque que tenemos delante, o que tal vez hubiese salido volando. Una mujer joven, recién llegada a Cristo, le había dicho una vez: «Si me hubieras visto hace un año, de borrachera con mis colegas, éramos tan felices, nos partíamos de risa, nunca dejábamos de reír, la gente se daba la vuelta para ver qué era tan gracioso, querían pasárselo tan bien como nosotros, íbamos a tope, yo estaba pletórica, pero, por debajo, pensaba sin parar: Dios, ayúdame, no puedo con esta puta soledad, no puedo con esta puta tristeza, ojalá estuviese muerta, no aguanto esta vida ni un minuto más, ¿entiendes a qué me refiero?» Y luego estaba Ian Dewar, siempre despotricando de sus tiempos en el ejército, quejándose de los tacaños y los contables cicateros que les quitaban a los soldados los suministros básicos, «cómprate tú los prismáticos, colega, aquí tienes un chaleco de fragmentación por cada dos tíos, y si te salta un pie por los aires, tómate dos pastillitas de éstas, porque no tenemos morfina para darte». Después de quince minutos escuchando una de estas diatribas, consciente de que había otra gente esperando pacientemente para hablar con él, Peter lo había interrumpido: «Ian, perdóname, pero no hace falta que sigas dándole vueltas a esas cosas. Dios estaba allí. Estaba allí contigo. Vio lo que pasaba. Lo vio todo.» Ian se había derrumbado sollozando, y le había dicho que lo sabía, que lo sabía, y que era por eso por lo que, por debajo de todo, por debajo de las quejas y la rabia, era feliz, sinceramente feliz.

Y luego estaba Beatrice, el día que le pidió que se casara con él, un día en el que todo lo imaginable había salido mal. Se declaró a las 10.30 de la mañana, con un calor sofocante, delante de un cajero automático de la calle mayor, cuando se disponían a comprar algo de comida en el supermercado. A lo mejor debería haberse arrodillado, porque el «Sí, venga» de ella había sonado vacilante y poco romántico, como si no considerara su proposición de matrimonio nada más que una solución pragmática al inconveniente de los alquileres altos. Entonces el cajero se tragó su tarjeta de débito y ella tuvo que entrar en el banco a solucionarlo, lo que supuso hablar con el director de la oficina y un lamentable episodio en el que la interrogaron durante media hora como si fuese una impostora intentando defraudar a otra Beatrice a la que había robado la tarjeta. Esta humillación terminó con Bea liquidando su relación con el banco con furia justificada. Luego fueron a comprar, pero apenas se podían permitir la mitad de cosas de la lista, y cuando salieron al aparcamiento descubrieron que un gamberro había rascado una tosca esvástica en la pintura del coche. Si hubiese sido cualquier otra cosa en lugar de una esvástica –un pene caricaturesco, una palabrota, *cualquier cosa*– seguramente habrían aprendido a vivir con ello, pero *eso* no había más remedio que arreglarlo, y les iba a costar un dineral.

Y así siguió el día: el teléfono de Bea se quedó sin batería y se apagó, el primer taller al que fueron estaba cerrado; el segundo no tenía ni un solo hueco y no estaban interesados; un plátano que intentaron comer a la hora del almuerzo estaba podrido por dentro; una tira estropeada del zapato de Bea se rompió, por lo que andaba coja; el motor del coche empezó a hacer un ruido misterioso; un tercer taller les dio la mala noticia de lo que iba a costar una nueva capa de esmalte, y les señaló además que tenían el tubo de escape oxidado. Al final, tardaron tanto en volver al piso de Bea que las carísimas chuletas de cordero que habían comprado se estropearon por culpa del calor. Aquello, para Peter, fue la gota que colmó el vaso. La rabia corrió por su sistema nervioso; agarró la bandeja y se dispuso a tirarla al cubo de la basura, tirarla con una fuerza brutalmente excesiva, para castigar a la carne por ser tan vulnerable a la descomposición. Pero no era él quien la había pagado, y consiguió –por poco– controlarse. Guardó la comida en la nevera, se mojó la cara con agua y fue a buscar a Bea.

La encontró en el balcón, mirando abajo, al muro de ladrillos que rodeaba su bloque de pisos, un muro coronado con alambre de espino y púas de cristal roto. Tenía las mejillas mojadas.

–Lo siento –le dijo él.

Ella buscó con torpeza su mano, y sus dedos se entrelazaron.

–Estoy llorando porque soy feliz –explicó ella, y el sol se dejó ocultar por las nubes, el aire se hizo más templado y una brisa suave acarició sus cabellos–. Hoy es el día más feliz de mi vida.

11. REPARÓ POR PRIMERA VEZ EN QUE ELLA ERA HERMOSA TAMBIÉN

—Dios bendiga nuestro encuentro, padre Peter —lo saludó una voz.

Deslumbrado por la luz, se dio la vuelta con torpeza y estuvo a punto de caerse de la hamaca. El oasiano que se acercaba era una silueta recortada contra el sol. Peter sólo sabía que aquella voz no era la de Amante de Jesús Cincuenta y Cuatro, que era la única voz a la que sabía poner nombre sin ninguna pista adicional.

—Buenos días —respondió. Lo de «Dios bendiga nuestro encuentro» no significaba más que eso. Los oasianos invocaban la bendición de Dios para todo, lo cual significaba o bien que entendían la idea de bendición mejor que la mayoría de los cristianos, o bien que no la entendían en absoluto.

—Vengo otra vez a construir nuestra iglesia.

Dos semanas rodeado de aquella gente habían agudizado el oído de Peter; comprendió de inmediato cada palabra. Sopesó la voz, la asoció con la túnica amarillo canario.

—¿Amante de Jesús Cinco?

—Sí.

—Gracias por venir.

—Por Dios haré todo lo que Él quiera, lo que sea, cuando sea.

Mientras escuchaba hablar a Amante Cinco, Peter se preguntaba qué era lo que hacía que su voz fuese distinta a la de, pongamos, Amante Cincuenta y Cuatro. No era su *sonido,* eso seguro. La maravillosa variedad de voces a la que estaba acostumbrado en casa —o incluso en la base de la USIC— era inexistente entre los oasianos. Allí no había sonoros barítonos, sopranos chillonas, contraltos roncas o tenores nerviosos. Ningún toque de entusiasmo o aburrimiento, de timidez o agresividad, de sangre fría o seducción, de arrogancia o humildad, de despreocupación o pesar. Podía ser que, como extranjero inexperto, se estuviese perdiendo esos matices, pero estaba bastante convencido de que no era el caso. Era como esperar que una gaviota, un mirlo o una paloma graznaran de un modo distinto al resto de su especie. No estaban diseñados para hacerlo, simplemente.

Lo que los oasianos *sí* podían hacer era emplear el lenguaje de manera distintiva. Amante de Jesús Cincuenta y Cuatro, por ejemplo, era ingenioso a la hora de evitar palabras que no supiera pronunciar, y siempre se las arreglaba para dar con una alternativa libre de sibilantes. Estas evasiones («encamar» en lugar de «acostarse», «dar educación» en lugar de «enseñar», y demás) hacían que su discurso fuese excéntrico pero fluido, generando la ilusión de que hablaba la lengua extranjera con soltura. Por el contrario, Amante de Jesús Cinco no se preocupaba por evitar nada: ella sólo intentaba hablar inglés convencional, y si había un montón de «t» y «s» en las palabras que necesitaba, bueno, pues mala suerte. Además, no se esforzaba tanto en hablar con claridad como otros oasianos —sus hombros no se retorcían tanto cuando tosía una consonante—, y eso hacía que a veces fuera más difícil entenderla.

Ella, ella, ella. ¿Por qué pensaba en ella como si fuera una mujer? ¿Era por la túnica amarillo canario? ¿O era que realmente percibía algo, en un nivel demasiado instintivo para analizarlo?

—No podemos hacer gran cosa hasta que lleguen los demás —le dijo Peter, bajando de la hamaca—. Podrías haber dormido un poco más.

—Me desperté con miedo. Miedo de que se vayas.

—¿De que me vaya?

—La USIC vendrá hoy —le recordó—. Se llevará a casa.

—La base de la USIC no es mi casa —le dijo él, mientras se abrochaba las sandalias.

Al agacharse para hacerlo, quedó casi cara a cara con Amante de Jesús Cinco. Era pequeña para ser una adulta. Si es que era adulta. A lo mejor era una niña... No, no podía ser. A lo mejor era increíblemente vieja. Peter no tenía ni idea. Sabía que era muy franca, incluso para los niveles oasianos; que sólo podía trabajar unos veinte o treinta minutos seguidos antes de marcharse, y que estaba relacionada con alguien que no era Amante de Jesús, lo que le producía tristeza, o algo que él interpretaba como tristeza. En realidad, Peter no sabía con seguridad si este no creyente era un pariente de la misma sangre, quizás fuese un amigo. Y lo de la tristeza era una especie de corazonada por su parte: los oasianos no lloraban ni suspiraban ni se llevaban las manos a la cara, así que debía de haber dicho algo que le hizo llegar a esa conclusión.

Intentó recordar otras cosas sobre Amante de Jesús Cinco, pero no pudo. El cerebro humano era así, por desgracia: destilaba intimidades y percepciones, dejaba que se filtraran por el tamiz de la memoria, hasta que sólo quedaban unas pocas simbólicas, tal vez ni siquiera las más significativas.

Realmente, debía poner más cosas por escrito la próxima vez.

—La USIC se se llevará —repitió Amante de Jesús Cinco—. Temo que no vuelvas.

Peter fue hasta un hueco en la pared que acabaría siendo una puerta, lo atravesó y salió a la sombra de su iglesia, a aliviarse en el suelo. Su orina era de un naranja más oscuro que antes, se preguntó si acaso estaba bebiendo demasiado poco.

226

Los oasianos bebían con moderación y él había aprendido a hacer lo mismo. Un trago largo de la botella de plástico nada más levantarse, algunos tragos a intervalos calculados durante la jornada de trabajo, y eso era todo. Los oasianos rellenaban su botella sin decir una palabra cada vez que se vaciaba, recorriendo todo el camino hasta el asentamiento con ella y otra vez de vuelta, así que Peter no quería molestarlos en exceso.

Habían cuidado de él de maravilla, en verdad. Aun siendo personas profundamente reservadas, que pasaban el grueso del tiempo conversando en calma con sus familias y con amigos íntimos dentro de sus casas, lo habían recibido con los brazos abiertos. En términos metafóricos. No eran lo que diríamos muy efusivos, pero su buena voluntad hacia él no dejaba lugar a dudas. Cada día, de rato en rato, mientras trabajaba en la iglesia, veía a alguien cruzando los matorrales con algún detalle. Un plato de pegotes fritos parecidos a samosas, un vaso alto con un sabroso mejunje tibio, un pedazo de algo dulce y migajoso. Era raro que sus compañeros de trabajo comieran allí, preferían hacer una comida formal en casa; de vez en cuando, alguien recogía un puñado de flores de blancaflor directamente del suelo, si había brotes recientes y jugosos. Pero los agasajos cocinados, las pequeñas ofrendas, eran sólo para él. Y Peter las aceptaba con gratitud genuina, porque tenía hambre a todas horas.

Ahora menos. Reacio a ganarse fama de glotón, se había ido acostumbrando, a lo largo de las últimas trescientas sesenta y pico horas, a reducir en picado la ingesta de calorías, y a reprender algo que sabía bien en sus años perdidos: que un hombre podía sobrevivir, y hasta mantenerse activo, con muy poco combustible. Si se veía obligado a hacerlo. O si estaba demasiado borracho para importarle. O —como era el caso ahora— felizmente concentrado.

Cuando volvió con Amante de Jesús Cinco, ella estaba sentada en el suelo, con la espalda apoyada en la pared. La postura le arrugaba la túnica, de modo que los muslos delgados y el espacio entre ellos quedaban expuestos con descuido. Echando una mirada fugaz a la desnudez de Amante Cinco, Peter creyó distinguir un ano, pero nada que se pareciera a unos genitales.

—Cuéntame más del Libro de las cosas nunca vistas —le pidió.

Hombre y mujer los creó, fue lo que le vino a la cabeza.

—¿Conoces la historia de Adán y Eva?

—Dios bendiga todas las historias del Libro. Son todas buenas.

—Sí, ¿pero la conoces? ¿Te la han contado ya?

—Hace mucho. No ahora.

—¿Te la contó Kurtzberg?

—Sí.

—¿Por qué no está Kurtzberg aquí para contártela otra vez él mismo?

Peter había formulado esta pregunta de media docena de maneras distintas desde que había llegado al asentamiento. Aún no había obtenido ninguna respuesta satisfactoria.

—El padre Kurtzberg se fue. Nos dejó sin él. Como tú te irás. —Su cara partida en dos, que solía lucir un saludable color rosado, tenía ahora los complicados contornos pálidos y blanquecinos.

—Sólo me voy por un tiempo corto. Volveré pronto.

—Sí, mantén tu profecía, por favor.

No le pareció que lo dijera ni en broma ni implorante. Era práctica y, a pesar de que no hablaba más alto que el resto de los oasianos, enfática. O a lo mejor eran imaginaciones suyas. A lo mejor todo eran imaginaciones suyas y percibía diferencias donde no las había, llevado por sus ganas de entender a aquella gente. Bea y él habían leído una vez un artículo, en alguna revista, que explicaba que los gatos no eran en realidad seres con características individuales, a pesar de lo que les gustaba creer a

228

sus dueños. Todos los ruidos distintivos y los comportamientos excéntricos que manifestaba tu gato no eran más que rasgos genéticos estandarizados que llevaba incorporados esa subvariedad en particular. Un artículo horrible, escrito por un periodista de poca monta, engreído y con entradas en el pelo. A Bea le había indignado por completo. Y no era fácil indignar a Bea.

–Dime, Amante de Jesús Cinco. Esa persona a la que quieres y que te pone triste, la que no cree en Jesús, ¿es tu hijo?

–Mi... hermano.

–¿Y tienes otros hermanos y hermanas?

–Uno vivo. Uno en la Ƨierra.

–¿Y tu madre y tu padre?

–En la Ƨierra.

–¿Y tú, tienes hijos?

–Dioƨ por favor no.

Peter asintió, como si entendiera. Pero sabía que estaba igual que antes, y que seguía sin tener ninguna prueba del sexo de Amante Cinco.

–Por favor, disculpa mi estupidez, Amante de Jesús Cinco, ¿pero eres varón o hembra?

Ella no respondió, sólo ladeó la cabeza. Su hendidura facial no se contraía –Peter había reparado en ello– cuando algo la extrañaba; no como la de Amante de Jesús Uno. Se preguntaba si eso suponía que ella era más lista o sólo más cauta.

–Acabas de referirte... Acabas de hablarme de tu hermano. Lo has llamado tu hermano, no tu hermana. ¿Qué es lo que hace que sea tu hermano y no tu hermana?

Ella reflexionó unos segundos.

–Dioƨ.

Peter lo intentó de nuevo:

–¿Tú eres el hermano de tu hermano o la hermana de tu hermano?

Meditó de nuevo.

–Jeƨúƨ dice que Ƨodoƨ ƨomoƨ hermanoƨ.

—Y así es. Todos somos hermanos. ¿Pero dirías que tú eres mi hermano o mi hermana?

—No diría nada.

—En la historia de Adán y Eva —insistió Peter—, Dios crea al hombre y a la mujer. Varón y hembra. Dos tipos diferentes de persona. ¿Aquí también hay dos tipos diferentes?

—ⴕodoꙅ ꙅomoꙅ diferenⴒeꙅ —respondió ella.

Peter sonrió y apartó la mirada. Sabía reconocer una derrota. A través de un hueco de la pared, que en un futuro muy próximo sería una preciosa vidriera, espió, en la distancia, cómo se acercaba una procesión de oasianos cargados con redes llenas de ladrillos.

Le vino un pensamiento a la mente, y con él, se dio cuenta de que no le había pedido a nadie de la USIC que le enseñara el antiguo asentamiento oasiano, el que habían abandonado misteriosamente. Era uno de esos despistes que Bea, de haber estado allí, jamás habría cometido. La mera mención de un lugar llamado C-2 le habría despertado la curiosidad respecto a C-1. En serio, ¿dónde tenía la cabeza? Beatrice, en las raras ocasiones en que perdía los nervios con este tipo de lapsus, lo acusaba de tener uno de sus «momentos Korsakoff». Era broma, por descontado. Ambos sabían que el alcohol no tenía nada que ver.

—¿Amante Cinco?

Ella no respondió. Los oasianos no desperdiciaban palabras. Podías dar por hecho que te estaban escuchando, esperando a que llegaras a la parte de la pregunta que pudieran responder.

—Cuando Kurtzberg estaba con vosotros, en el otro..., en el asentamiento en el que vivíais antes, el que estaba cerca de la base de la USIC, ¿construisteis una iglesia?

—No.

—¿Por qué no?

—No —respondió de nuevo después de pensarlo un minuto.

—¿Dónde os reuníais?

230

–El padre Kurtzberg venía a nosotros en casa –le explicó ella–. El día entero. Iba de una casa a otra casa a otra casa. Lo esperábamos. Esperábamos mucho tiempo. Entonces venía, leía el Libro, rezábamos, luego se iba.

–Ésa es una manera de hacerlo –dijo Peter con diplomacia–. Una manera muy buena. El propio Jesús dijo: «Donde dos o tres se reúnen en mi nombre, allí estoy yo, en medio de ellos.»

–No vimos nunca a Jesús –dijo Amante de Jesús Cinco–. La iglesia es mejor.

Peter sonrió, sin poder contener un arrebato de orgullo. Esperaba sinceramente que una iglesia física fuese, en efecto, mejor.

–¿Pero dónde vivía Kurtzberg? –insistió–. Es decir, ¿dónde dormía, mientras estuvo con vosotros?

Se imaginó a Kurtzberg metido en un capullo en forma de bañera, sudando toda la noche enfundado en un elegante pijama. Como era bajito, el pastor al menos tendría el tamaño adecuado para caber en una cama oasiana.

–El padre Kurtzberg tenía un coche –respondió Amante de Jesús Cinco.

–¿Un coche?

–Un coche grande. –Dibujó una forma en el aire con las manos: un rectángulo sencillo que no apuntaba a ninguna clase de vehículo en particular.

–¿Quieres decir que por la noche cogía el coche y... eh... se iba a dormir a la base de la USIC?

–No. El coche tenía cama. El coche tenía comida. El coche tenía todo.

Peter asintió. *Pues claro.* Ésa era la manera obvia de afrontar la situación. Y no cabía duda de que un vehículo así –tal vez incluso el mismo que Kurtzberg había usado– habría estado a su disposición también, si lo hubiese pedido. Pero él había decidido deliberadamente no tomar ese camino, y no se arrepentía. Había cierta distancia, lo percibía, entre Kurtzberg y su rebaño, una barrera que ni todo el respeto mutuo y el compañerismo habían logrado eliminar. Los oasianos consideraban a su pastor un extraterrestre, y no sólo en el sentido literal. Acampado en su coche, Kurtzberg transmitía el mensaje de que estaba siempre listo para arrancar, pisar el acelerador y largarse de allí.

—¿Dónde crees que está Kurtzberg ahora?

Amante Cinco se quedó un rato callada. Los otros estaban ya muy cerca, las pisadas de sus botas hacían apenas un leve sonido al tocar el suelo. Los ladrillos eran sin duda pesados, pero los oasianos cargaban con ellos sin quejarse ni inmutarse.

—Aquí —dijo por fin Amante Cinco, haciendo un gesto con la mano hacia delante. Parecía querer señalar el mundo en general.

—¿Crees que está vivo?

—Creo. ᴤi Dioᴤ quiere.

—¿Cuándo... eh...? —Peter hizo una pausa para formular una pregunta lo bastante concreta para que ella la respondiera—. ¿Se despidió? Quiero decir, cuando lo visteis por última vez. Cuando se iba, ¿dijo: «Me marcho y no voy a volver», o dijo: «Nos vemos la semana que viene», o...? ¿Qué dijo?

De nuevo se quedó callada. Y luego respondió:

—No adióᴤ.

—Dioᴤ bendiga nueᴤȣro encuenȣro, padre Peȣer —lo saludó una voz.

Y así se pusieron los oasianos a construir su iglesia, o como decían ellos, su igleᴤia. Peter esperaba ir eliminando algún día esa palabra en favor de otra. Allí estaba esa gente, construyendo una iglesia ladrillo a ladrillo, y sin embargo no eran capaces de pronunciar el nombre de eso en cuya construcción estaban trabajando con tanta devoción. Había algo injusto en ello.

Últimamente, siempre que podía pero sin insistir demasiado, Peter usaba la palabra «hogar» en lugar de «iglesia». «El hogar de Dios», decía, o relacionaba ambas palabras en la misma frase. Y, atento para cortar de raíz cualquier malentendido, se preocupó de explicar que, cuando se usaba la expresión «el hogar de Dios», no había que entenderlo al pie de la letra, sino que era una forma de decir que la presencia de Dios habitaba allí y acogía a aquellos que habían aceptado a Jesús en su seno.

Algunos oasianos habían comenzado a usar la palabra, no muchos. Lo mayoría prefería seguir diciendo «igleⓢia», a pesar de la convulsión de sus cuerpos. Y no estaba seguro de que los que decían «el hogar de Dios» entendieran la metáfora a pesar de asegurarle que sabían ver la diferencia.

«Dioⓢ allí anⓖeⓢ», decía Amante de Jesús Quince, señalando al cielo. Y luego, señalando a la iglesia a medio construir: «Dioⓢ aquí ahora.»

Peter había sonreído. Tal como lo veía él, Dios no estaba en el cielo; no se lo podía encontrar en unas determinadas coordenadas astronómicas; coexistía con todas las cosas, en todas partes. Pero quizás era demasiado pronto para embarcar a los oasianos en tales discusiones metafísicas. Eran capaces de distinguir entre el lugar que estaban construyendo y el Dios del que querían formar parte: eso estaba bien.

–Bien –dijo.

–Alabado ⓢea Jeⓢúⓢ –respondió Amante de Jesús Quince, y sus palabras sonaron como un pie haciendo ventosa al salir del fango.

–Alabado sea Jesús –coincidió Peter, con un deje de tristeza. Era una pena, en cierto modo, que a Jesús lo hubiesen bautizado como «Jesús». Era un nombre bonito, precioso, pero «Daniel», «David» o hasta «Nicodemo» habrían sido más fáciles aquí. En cuanto a «C-2», «Oasis», o la niñita de Oskaloosa que le había puesto el nombre, era mejor no mencionarlos siquiera.

–¿Cómo llamáis vosotros a este lugar? –les había preguntado a varias personas varias veces.

–Aquí –le habían respondido.

–A todo este mundo –especificaba–. No sólo a vuestras casas, sino a toda la tierra que rodea vuestras casas, a todo lo lejos que alcanza la vista, y a los lugares que hay incluso más allá y que no alcanzáis a ver, más allá del horizonte por el que se pone el sol.

–Vida –decían.

–Dio𝕤 –decían.

–¿Pero y en vuestro idioma? –insistía.

–No podría𝕤 pronunciar la palabra –le había dicho Amante de Jesús Uno.

–Podría intentarlo.

–No podría𝕤 pronunciar la palabra.

Era imposible saber si esta reiteración indicaba molestia, terquedad, una fuerza inamovible o si Amante Uno estaba afirmando tranquilamente lo mismo dos veces seguidas.

–¿Kurtzberg podía pronunciar la palabra?

–No.

–¿Cuando estaba con vosotros... Kurtzberg aprendió alguna palabra en vuestro idioma?

–No.

–¿Y *vosotros* hablabais alguna palabra del *nuestro* cuando conocisteis a Kurtzberg?

–Poca𝕤.

–Eso debió de hacerlo todo muy difícil.

–Dio𝕤 no𝕤 ayudó.

Peter tampoco sabía decir si ésta era una exclamación quejosa hecha de buen ánimo –algo así como poner los ojos en blanco, si hubiese habido ojos que poner en blanco– o si el oasiano estaba afirmando literalmente que Dios los había ayudado.

–Habláis muy bien mi idioma –los halagaba–. ¿Quién os enseñó? ¿Kurtzberg? ¿Tartaglione?

–Frank.

234

—¿Frank?

—Frank.

Ése debía de ser el nombre de pila de Tartaglione. Hablando del cual...

—¿Frank era cristiano? ¿Un Amante de Jesús?

—No, Frank era un... amanȣe del lenguaje.

—¿Os enseñó Kurtzberg, también?

—Lenguaje, no. Él ςólo noς enςeñó la palabra de Dioς. Leía el Libro de las coςaς nunca viςȣaς. Al principio no enȣendíamoς nada. Luego, con ayuda de Frank, y con la ayuda de Dioς, palabra a palabra, enȣendimoς.

—¿Y Tart... Frank? ¿Dónde está ahora?

—No con noςȣroς —respondió una voz desde el interior de la capucha de una túnica verde oliva.

—ςe fue —respondió otra voz desde el interior de la capucha de una túnica amarillo canario—. Noς dejó ςin él.

Peter trató de imaginar qué preguntas podría hacer Bea si estuviese allí, qué panorama completo dibujaría. Ella tenía un don para detectar no sólo lo que estaba presente, sino lo que estaba ausente. Peter lanzó una mirada a la congregación, decenas de personas menudas ataviadas con colores pastel, con rostros extraños bajo las capuchas, con las suelas de las botas algo manchadas. Los contempló como si fuera un exótico obelisco que transmitiera mensajes desde muy lejos. Tras ellos, borrosas por la húmeda bruma, las estructuras achaparradas de su ciudad despedían un resplandor ambarino. Había espacio allí para muchos más de los que estaban sentados frente a él.

—¿Frank enseñó sólo a los Amantes de Jesús? —les preguntó—. ¿O enseñó a cualquiera que quisiera aprender?

—Loς que no ȣienen amor por Jeςúς ȣambién no ȣienen deςeo de aprender. Dicen: «¿Por qué deberíamoς hablar un idioma heςo para oȣroς cuerpoς?»

—¿Están...? Los que no quieren aprender inglés, ¿están enfadados por que viniera la USIC?

235

Pero no servía de nada preguntar a los oasianos sobre sentimientos. Especialmente, sobre los sentimientos de los demás.

—¿Es difícil elaborar la comida que le dais a la USIC? —preguntó para cambiar de enfoque.

—Noຣoஐroຣ proveemoຣ.

—Pero la cantidad... ¿Es...? ¿Os resulta difícil proporcionarles tanta comida? ¿Es demasiada?

—Noຣoஐroຣ proveemoຣ.

—¿Pero es...? ¿Si la USIC no estuviese aquí, vuestras vidas serían más fáciles?

—La UຣIC ஐe ஐrajo a noຣoஐroຣ. Esஐamoຣ agradecidoຣ.

—Pero... Eh... —Estaba empeñado en sonsacarles algo sobre qué les parecía la presencia de la USIC a los oasianos que no eran Amantes de Jesús—. Cada uno de vosotros trabaja para elaborar la comida, ¿no es así? Los Amantes de Jesús y... eh... los demás. Trabajáis todos juntos.

—Con muຬaຣ manoຣ se ஐermina anஐeຣ.

—Vale. Claro. ¿Pero no hay ninguno que diga: «¿Por qué tenemos que hacer esto? Que la gente de la USIC cultive su propia comida»?

—ஐodoຣ ຣabemoຣ que neceຣiஐamoຣ medicinaຣ.

Peter lo analizó un momento.

—¿Quiere decir esto que todos... eh... que todos tomáis medicamentos?

—No. ຣólo algunoຣ. Pocoຣ de algunoຣ. ஐodoຣ los Amanஐeຣ de Jeຣúຣ aquí hoy no neceຣiஐamoຣ medicinaຣ, alabado ຣea Jeຣúຣ.

—¿Y qué hay de los que no aman a Jesús? ¿Se ponen enfermos más a menudo?

Esto suscitó cierto desacuerdo, algo inusual entre los oasianos. Algunas voces parecían decir que sí, que los no-Amantes eran más vulnerables a la enfermedad. Otras parecían decir que no, que era lo mismo, sin importar las creencias. Le dieron la última palabra a Amante de Jesús Uno, cuya opinión

236

era que todo el mundo estaba pasando por alto lo más importante.

—Van a morir —dijo—. Con medicina o con no medicina, van a morir para siempre.

Y entonces, demasiado pronto, se acabó el tiempo. Grainger llegó más o menos cuando había prometido hacerlo: trescientas sesenta y ocho horas después de la última vez que se vieron. Al menos, dio por hecho que era Grainger.

Lo había avisado de que llegaría al volante de un vehículo más grande la próxima vez, un camión de suministros, en lugar del todoterreno. Desde luego, un camión fue lo que vio, aproximándose a C-2 desde la brillante vaguedad del horizonte, camuflado en el resplandor de la mañana. Peter supuso que a Grainger el asentamiento le debía de parecer un pueblo fantasma, porque, como de costumbre, no había ningún signo externo de la vida social que bullía dentro. Según la concepción oasiana, las calles no eran nada más que conductos de una casa a otra, no espacios públicos que frecuentar.

El camión se detuvo en el exterior del edificio con la estrella pintada. ¿Camión? Era más bien lo que uno llamaría furgoneta, un vehículo como el que podría recorrer pitando un pueblo inglés repartiendo pan o leche. El logo de la USIC del lateral era pequeño y discreto, más un tatuaje que una vanagloriosa marca comercial. Floristería USIC. Pescadería USIC. Ni mucho menos una exhibición de poder megacorporativo.

Peter estaba trabajando en los terrenos de la iglesia, removiendo la argamasa, cuando llegó el vehículo. Contempló su llegada desde una distancia de varios centenares de metros. Los oasianos, que se concentraban en las tareas asignadas con una intensidad férrea, que eran algo cortos de vista, y cuyo oído resultaba difícil de calibrar, no repararon en él. Se preguntó qué pasaría si fingía que él tampoco lo había visto y seguía trabajando allí con su congregación sin más. ¿Acabaría Grainger por sa-

237

lir del camión y se acercaría hasta ellos? ¿O llevaría el camión hasta los terrenos de la iglesia? ¿O se le agotaría la paciencia y se marcharía?

Sabía que era descortés, incluso pueril por su parte dejarla esperando, pero le gustaría que saliera de su coraza de metal y entablara contacto como es debido con esas personas a las que se negaba a llamar «personas», esa gente que le ponía «los pelos de punta». No había, en realidad, nada espeluznante ni desagradable en ellos, en absoluto. Si los mirabas a la cara el tiempo suficiente, su fisionomía dejaba de parecer horripilante y aquella hendidura sin ojos no resultaba muy distinta de una nariz o una frente humana. Le gustaría que Grainger pudiera entenderlo.

Justo cuando estaba a punto de anunciar a sus compañeros de faena que tenía que dejarlos un rato, detectó un fugaz movimiento en el portal del edificio marcado con la estrella. Había salido un oasiano. No era ninguno conocido, que él supiese. La túnica del oasiano era de un color gris pardusco. La portezuela de la furgoneta se abrió y Grainger salió, una aparición blanca.

Peter se dio la vuelta para hacer su anuncio. Pero no hacía falta: sus compañeros se habían percatado de la llegada y habían hecho un alto en el trabajo. Todo el mundo dejó en el suelo lo que fuera que llevara en las manos, con silencio y cuidado. Amante de Jesús Cincuenta y Dos –una mujer, según el arbitrario juicio de Peter– estaba subida en mitad de la escalera, sosteniendo un ladrillo. Se detuvo, bajó la vista al ladrillo, levantó la vista hacia el muro donde aquella argamasa empalagosa estaba a punto de secarse. Saltaba a la vista que la elección de seguir o no seguir era complicada para ella, pero tras dudar unos segundos más, empezó a descender la escalera. Fue como si hubiera decidido que colocar el ladrillo era una tarea demasiado importante para llevarla a cabo entre distracciones tan sensacionales.

El resto de los oasianos estaban hablando entre ellos, en su idioma. La única palabra que Peter comprendía –la única que era evidente que no existía en su propio vocabulario– era «medicina». Amante de Jesús Uno se acercó a Peter con indecisión.

–Por favor, Peⱦer –le dijo–. Si Dioɕ no ⱦendrá decepcionamienⱦo... Si Jeɕúɕ y el Eɕpíriⱦu ɕanⱦo no ⱦendrán decepcionamienⱦo... Dejaré el edificio de nueɕⱦra igleɕia y ayudaré a enⱦregar la medicina.

–Claro –respondió Peter–. Vamos juntos.

Hubo un alivio palpable de la tensión, que pasó por entre los oasianos como un escalofrío colectivo. Peter se preguntó si Kurtzberg les había inculcado ese miedo a disgustar a Dios, o si era sólo que estaban excesivamente deseosos de agradar a su nuevo pastor. Tomó nota mental de hablar con ellos en cuanto tuviera oportunidad sobre la compasión y la indulgencia de Dios: *Mi yugo es fácil, y ligera mi carga* y ese tipo de cosas. Sólo que tendría que buscar una alternativa a la metáfora de la cría de animales.

Peter y Amante de Jesús Uno se pusieron en camino a través de los matorrales. El resto de los oasianos se quedaron allí, como para no alarmar a la representante de la USIC con su avance en masa, o quizás en señal de respeto a Amante de Jesús Uno como interlocutor oficial.

El oasiano de túnica gris que había salido del asentamiento para recibir a Grainger no se había movido de su posición al lado del vehículo. Le habían entregado una caja de cartón blanco, y él la sostenía con toda la solemnidad de un sacerdote sosteniendo la eucaristía, a pesar de que recordaba a la caja de una pizza familiar. No parecía tener prisa por llevársela. Si Grainger y él habían intercambiado un par de palabras, la conversación ahora, mientras el oasiano los miraba atravesar la distancia entre la zona de obras y el asentamiento, estaba estancada.

Grainger también los miraba. Grainger iba vestida, como la otra vez, con su blusón y sus pantalones de algodón blanco y el pañuelo envolviéndole con holgura el pelo y el cuello. Aun con su complexión muchachil y proporcionada, parecía corpulenta al lado del oasiano.

—¿Quién es ése? —le preguntó Peter a Amante Uno mientras se acercaban.

—ᒼᐱᑲᐱᑐᶻᑕᑐ —respondió.

—¿No es un Amante de Jesús?

—No.

Peter se preguntó si había alguna esperanza de aprender el idioma oasiano. Sin nada de inglés que le diera cohesión, sonaba como un campo de juncos quebradizos y de lechugas empapadas de lluvia por el que alguien se abriese paso con un machete.

—¿Has perdido tu oportunidad de conseguir una parte de las medicinas?

—Hay medicina para ᶻodoᒼ.

Peter era incapaz de decir si su tono de voz indicaba confianza serena, indignación lastimera o firme resolución.

Los cuatro se encontraron a la sombra del edificio con la estrella. El BIEN VENIDO se había emborronado hasta quedar ilegible. Podrían haber sido los restos de una bomba de pintura lanzada contra la pared.

Amante de Jesús Uno inclinó la cabeza ante Grainger en señal de disculpa:

—ᶻengo lamenᶻo porque estéᒼ largo raᶻo aquí —le dijo.

—Intentaré darme prisa, entonces —le respondió. A pesar de la broma, estaba visiblemente tensa. El motor de la furgoneta seguía en marcha, desafiando la pegatina de la USIC de la ventanilla, que decía AHORRA GASOLINA, VENEZUELA QUEDA MUY LEJOS.

—Hola, Grainger —la saludó Peter.

—Eh, ¿cómo va?

Su voz sonaba más americana de lo que recordaba, como una parodia de lo yanqui. De pronto, echó de menos a Bea con un dolor que era como recibir un empujón en el estómago.

Como si después de soportar todo ese tiempo sin ella, se hubiese prometido a sí mismo que Bea estaría allí para recibirlo al terminar. El camión de la USIC debería haber sido un Vauxhall color ciruela, y Bea tendría que haber estado de pie al lado, saludándolo con la mano con ese estilo infantil y espontáneo suyo, y esa voz adorable con acento de Yorkshire.

–¿Has estado durmiendo al raso? –le preguntó Grainger.

–¿Tanto se nota?

Ella entrecerró los ojos como si lo estuviera examinando.

–Alguna gente se pone morena. Otros se queman y punto.

–No tengo la sensación de haberme quemado.

–¿Te has mirado en el espejo últimamente?

–Se me olvidó traer uno.

Grainger asintió, como diciendo *Era de esperar*.

–Enseguida te pondremos algo de pomada. Un poco tarde para los primeros auxilios, pero bueno... –Le echó un vistazo a Amante de Jesús Uno y al otro oasiano–. Hablando del tema, tengo aún pendiente esta entrega de medicinas. Eh..., ¿con quién tengo que cerrarla? ¿A cuál de vosotros le hago el resumen?

–Yo enꝜiendo máꟇ que el oꝜro aquí –dijo Amante de Jesús Uno–. Explícame laꟇ medicinaꟇ de hoy. –Y luego, dirigiéndose a su compatriota–: ꟄꟁꟃꟀꟂꟅꟆꟇꟈ, ꟃꟁꟄ ꟂꟅꟆꟀꟆꟇꟈ.

El otro oasiano se acercó, levantó la tapa de la caja y la inclinó de tal modo que Grainger y Amante de Jesús Uno tuviesen acceso a su contenido. Peter se mantuvo al margen, pero atisbó montones de frascos de plástico y cajitas de cartón, algunos vistosamente comerciales, la mayoría marcados con etiquetas farmacéuticas hechas con impresora.

–Vale –dijo Grainger, señalando cada uno de los artículos por turno–. Tenemos aspirina y paracetamol, como siempre. Éstos de aquí son genéricos.

–Nombre del que vienen ꝜodoꟇ loꟇ oꝜroꟇ nombreꟇ –dijo Amante de Jesús Uno.

241

–Exacto. Y luego hay diez cajas de acetaminofén de marca: Tylenol. Ya os lo he traído otras veces. Y estas cajas azules y amarillas son pastillas para la tos, como caramelos, pero llevan un poco de dextrometorfano y fenilefrina, un antitusivo y descongestionante nasal. Es decir, no sé si vosotros... eh... –Tosió. No quedaba claro si estaba imitando una tos para que el oasiano la entendiera, o si se había atragantado realmente con algo–. Y esto de aquí es diclofenaco. También es un analgésico, y antiinflamatorio. Es bueno para la artritis, el dolor en los músculos y articulaciones. –Flexionó el codo y rotó un hombro, para indicar las molestias de la artritis–. También es bueno para la migraña y para... eh... el dolor menstrual.

La voz de Grainger estaba empañada de desaliento. Era evidente que no tenía mucha fe en que sus palabras tuviesen algún sentido para los destinatarios. Fue hablando cada vez más rápido y con menos claridad a medida que avanzaba, casi farfullando. Peter había presenciado ese tipo de comportamiento antes, en predicadores sin experiencia o incapaces que trataban de ganarse a un público hostil y sentían que estaban perdiendo la batalla. Mascullaban invitaciones a pasar algún día por la iglesia, pronunciadas más para convencer a un Dios vigilante de que habían sido entregadas que con alguna esperanza real de que alguien viniera.

–Además, hay pomada de cortisona, la que os gusta, la del tubo azul y blanco –prosiguió Grainger–. Y un montón de antibióticos. Gentamicina. Neomicina. Flucloxacilina. Tienen gran variedad de aplicaciones, como te he contado otras veces. Depende del individuo. Si en algún momento... eh... Si en algún momento me puedes hablar de vuestra experiencia con algún antibiótico en particular, quizás pueda aconsejaros mejor.

–An𝕏ibió𝕏ico bienvenido –respondió Amante de Jesús Uno–. Pero calman𝕏e má𝕤 bienvenido. ¿𝕏ienes o𝕏ra a𝕤pirina y parace𝕏amol, de o𝕏ro color y nombre?

–No, lo que hay es lo que te he dicho. Pero recuerda que también tienes el diclofenaco. Es muy efectivo, y la mayoría de las... eh... personas lo toleran muy bien. Puede que algún efecto secundario gastrointestinal, igual que con otros analgésicos. –Se frotó la tripa mecánicamente. Peter veía que estaba sufriendo, y no por motivos gastrointestinales–. Además, esta vez tenemos algo totalmente distinto, nada que ver con el dolor. No lo habrás visto antes. Y no sé si te servirá. Es decir, no a ti, personalmente, sino a... eh... todos.

–¿El nombre?

–El nombre que viene en la caja es GlucoRapid. Ésa es la marca comercial. Pero es insulina. Es para la diabetes. ¿Sabéis lo que es la diabetes? ¿Cuando el cuerpo no regula correctamente los niveles de glucosa?

Los oasianos no dijeron nada ni hicieron gesto alguno en respuesta, pero siguieron con la mirada puesta atentamente en Grainger.

–La glucosa es como, eh, azúcar –dijo Grainger, con la voz entrecortada. Se llevó los dedos a la frente sudorosa y presionó con fuerza, como si a ella también pudieran venirle bien un par de calmantes–. Lo siento, supongo que lo que digo no tiene el más mínimo sentido. Pero la insulina no abunda, así que...

–Es🌾amo🍄 agradecido🍄 –dijo Amante de Jesús Uno–. Es🌾amo🍄 agradecido🍄.

Y terminó con el sufrimiento de Grainger haciéndole un gesto a su compatriota para que cerrara la caja.

Después de eso las cosas sucedieron con rapidez. El oasiano de la túnica gris y Amante de Jesús Uno llevaron la caja de medicamentos al interior del edificio de la estrella. Minutos después, regresaron, cada uno con un saco abultado, abrazado contra el pecho como un bebé. Metieron los sacos en la parte posterior de la furgoneta y luego fueron por más. Después de unos cuantos viajes, otros oasianos, ninguno conocido para Peter, se sumaron a ayudar. Además de los sacos –que contenían blancaflor en diversas formas desecadas o en polvo–, había unas grandes cubetas de plástico con aquellos ingeniosos mejunjes procesados cuyo destino, cuando los cocineros de la USIC les añadían agua, era convertirse en sopas, cremas para untar, postres y a saber cuántas cosas más. Los recipientes y bolsas más pequeños contenían condimentos y especias. Cada saco, bolsa y recipiente llevaba una etiqueta escrita con marcador permanente en burdas letras de palo. Era imposible saber si las había escrito un empleado de la USIC o la mano pequeña y enguantada de algún oasiano.

Peter y Grainger se sentaron en el interior de la furgoneta a petición de ella. Se quejó de que la humedad estaba comenzando a afectarle, pero Peter vio en su cara que no esperaba que él la creyera y que la entrega de las medicinas la había dejado hecha polvo, física y psicológicamente. La cabina con aire acondicionado –separada herméticamente de la parte posterior, en la que estaban almacenando la comida– era un refugio en el que podría recuperarse. Apartaba la mirada de las figuras vestidas con túnica que desfilaban por las ventanillas. Cada pocos minutos, el chasis se sacudía sutilmente al depositar otro saco o cubeta en la parte trasera. Era evidente que la experiencia, tras un tiempo, había confirmado que se podía confiar al cien por cien en que los oasianos cumplieran su parte del intercambio. O tal vez Grainger debía supervisar, pero no tenía fuerzas para hacerlo.

–Acabarás teniendo un cáncer si no vas con cuidado –le dijo, destapando un tubo de crema.

–Estoy bien –protestó Peter, mientras ella le untaba aquel potingue en la nariz y en la frente con el dedo corazón. Que lo tocara la mano de una mujer –no la de Bea– le hizo estremecerse de melancolía.

–Tu mujer no estará muy contenta si descubre que tienes la cara frita.

Grainger alargó la mano y giró el retrovisor para que Peter

se mirara en él. El brillo de la crema era horrible pero, por lo que podía ver por debajo, los daños en su cara eran mínimos: alguna mancha, alguna zona pelada.

—Sobreviviré. Pero gracias.

—Para lo que necesites —dijo ella, limpiándose los dedos con un pañuelo de papel—, sólo tienes que decírmelo, cuando volvamos a la civilización.

—Los oasianos son bastante civilizados, he descubierto. Pero debe de ser duro para ti, como farmacéutica, no tener ni idea de qué pasa con ellos en lo que respecta a la salud.

—Peter... —Grainger dejó caer la cabeza contra el asiento y soltó un suspiro—. No entremos en eso.

—Eso es lo que dice siempre la gente sobre el sitio en el que ya está.

Ella volvió a girar el espejo para que fuera su propia cara la que se reflejara. Con una punta del pañuelo de papel trazó una línea bajo el ojo izquierdo, para limpiarse el rímel corrido. Hizo lo mismo en el ojo derecho. Peter estaba bastante seguro de que no llevaba rímel la última vez que se habían visto.

Fuera, un contratiempo. A uno de los oasianos, que trataba de llevar una cubeta en cada mano, se le cayó una al suelo. Se levantó una nube de polvo marrón rojizo que le cubrió las botas, las espinillas y el bajo de la túnica azul claro. Otro oasiano se paró a medir los daños y dijo: «Canela.»

—Canela —confirmó.

Ambos se quedaron quietos unos segundos, pensando. Los remolinos de brisa húmeda se llevaron la canela de blancaflor, que fue absorbida por el aire en general. El polvo de la túnica se oscureció y formó una mancha brillante. Luego, sin más comentario, los dos oasianos retomaron su tarea.

Peter bajó la ventanilla para comprobar si el aire olía a canela. No. Pero el frescor artificial del interior de la furgoneta se echó a perder de inmediato por un gran flujo templado.

—*Por favor* —protestó Grainger.

Volvió a subir la ventanilla y dejó que el aire acondicionado reemprendiera su ofensiva. Las corrientes atrapadas de vapor húmedo flotaron por toda la cabina, como si se supieran perseguidas. En su búsqueda de una salida o de algo que las absorbiera, pasaron por su cara, por sus rodillas, por su nuca. Grainger las sintió también, y le dio un escalofrío.

—¿Has visto cómo se les ha caído la canela? —le preguntó.

—Ajá —respondió ella.

—Está muy bien que no hayan montado ningún drama. El que ha volcado la cubeta no ha montado ninguna escena de culpa o frustración. Y su amigo no lo ha criticado ni ha armado ningún escándalo. Se han limitado a constatar lo que había pasado y han seguido adelante.

—Sí, es realmente inspirador. Podría quedarme aquí sentada el día entero viendo cómo tiran nuestra comida al suelo.

—Aunque debo decir —añadió Peter— que el personal de la USIC también parece bastante sensato y calmado. —Mientras lo decía, tuvo que reconocer que Grainger tal vez fuera la excepción.

—Sí —dijo ella—. Los dramas están prohibidos.

—¿Quieres decir que... hay una regla al respecto? ¿Como una regulación?

—No —respondió entre risas—. Somos libres de comportarnos como nos dé la real gana. Dentro de lo razonable.

El aire se estaba enfriando de nuevo, y Grainger se envolvió el cuello con el pañuelo.

Los oasianos seguían llevando suministros a la furgoneta. Los sacos estaban todos cargados ya, pero no dejaban de llegar cubetas de plástico, todas llenas de ingeniosas creaciones con blancaflor. Había una enorme cantidad de trabajo puesta en esa comida, tanto agrícola como culinaria; parecía una inversión excesiva de mano de obra y de materiales a cambio de unas cajas de medicamentos. Bueno, eran bastantes cajas, pero aun así...

246

–¿Cómo es que a la USIC le sobran tantas medicinas? –preguntó.

–No nos sobran. Recibimos un suministro extra especialmente para este propósito. Cada nave trae un lote nuevo: un montón para nosotros, un montón para ellos.

–Parece muy complejo.

–En realidad no. En términos de gastos y logística, no supone ningún problema. Los medicamentos no ocupan demasiado espacio, y pesan muy poco. En comparación con las revistas, o... eh... las pasas... o la Pepsi. O con seres humanos, claro.

Parecía que habían colocado la última cosa en la furgoneta. Peter echó un vistazo por la ventanilla de cristal tintado para localizar a Amante de Jesús Uno. No lo veía.

–Haré todo lo que pueda para justificar mis gastos de transporte –le dijo.

–Nadie se ha quejado –respondió Grainger–. Esta... gente, los oasianos, como tú los llamas, te querían aquí y ya te tienen. Así que todo el mundo contento, ¿no?

Pero ella no parecía contenta. Colocó el retrovisor en la posición correcta, para lo que hizo falta cierta manipulación, y la manga se le resbaló hasta el codo. Peter vio que tenía cicatrices en el antebrazo: cicatrices antiguas, autoinfligidas, curadas desde hacía mucho tiempo, pero imborrables. Una historia escrita en la piel. Había conocido a mucha gente que se autolesionaba. Eran siempre hermosos. Al ver las cicatrices de Grainger, reparó por primera vez en que ella era hermosa también.

12. PENSÁNDOLO AHORA, CASI SEGURO QUE FUE ENTONCES CUANDO PASÓ

El motor zumbaba mientras lo llevaba de vuelta a lo que Grainger llamaba civilización. Dentro del vehículo, el aire era fresco y filtrado. Fuera, el paisaje se había transformado bruscamente. Durante cientos de horas, todo había sido el suelo que pisaba: un entorno invariable para su rutina diaria, sólido como una roca bajo cielos que mutaban lentamente, familiar hasta el último detalle. Ahora era insustancial: una galería de imágenes parpadeando al pasar por el cristal tintado. El sol había desaparecido de la vista, oculto por el techo. Peter inclinó la cabeza hacia la ventanilla y trató de mirar atrás, de atisbar el asentamiento. Ya no estaba.

Grainger conducía con su descuidada eficiencia habitual, pero parecía preocupada, molesta. Además de mantener estable el volante, iba pulsando teclas en el salpicadero y hacía que números y símbolos bailaran en una pantalla verde esmeralda. Se frotó los ojos, parpadeó con fuerza y después de decidir que le daba demasiado aire en las lentillas, ajustó el aire acondicionado.

¡Qué extraño resultaba volver a estar dentro de una máquina! Se había pasado la vida dentro de máquinas, tanto si era consciente de ello como si no. Las casas modernas eran máquinas. Los centros comerciales eran máquinas. Los colegios. Los

248

coches. Los trenes. Las ciudades. Todos eran construcciones tecnológicas sofisticadas, equipadas con luces y motores. Los encendías y no les prestabas la más mínima atención mientras te mimaban con servicios antinaturales.

–Parece que eres el rey de Villa Friki –dijo Grainger con sorna. Y antes de que él pudiera reconvenirla por esa grosera falta de respeto, prosiguió–: ... como dirían sin duda algunos colegas míos de la USIC.

–Estamos trabajando juntos –le dijo Peter–. Los oasianos y yo.

–Suena agradable. Pero están haciendo exactamente lo que tú quieres, ¿no?

Él se volvió a mirarla. Grainger tenía la vista fija en el camino. Peter había medio esperado que estuviese mascando chicle. Habría encajado con el tono.

–Quieren aprender cosas de Dios. Así que estamos construyendo una iglesia. Por supuesto que no es indispensable tener un lugar físico; puedes rendir culto a Dios en cualquier parte. Pero una iglesia proporciona un centro.

–Una señal de que vas en serio, ¿eh?

De nuevo se volvió a mirarla, esta vez fijamente, hasta que ella le devolvió una mirada de reojo.

–Grainger –le dijo–, ¿por qué tengo la sensación de que los papeles están cambiados? En esta conversación, quiero decir. *Tú* eres empleada de una corporación gigantesca que está estableciendo aquí una colonia. *Yo* soy un pastor de izquierdas, soy yo el que se supone que debe preocuparse por si están explotando a esos hombrecillos.

–Vale, intentaré ser más convencional –dijo ella jovialmente–. Puede que un café ayude.

Cogió un termo que había en el suelo y lo colocó en equilibrio apoyado en el muslo. Manteniendo la mano izquierda sobre el volante, intentó, con la derecha, desenroscar el tapón. Le temblaba la muñeca.

–Déjame a mí.

Grainger le pasó el termo. Él lo abrió y le sirvió un café. El líquido marrón y aceitoso ya no estaba lo bastante caliente para desprender vapor.

–Toma.

–Gracias –dijo ella, y dio un sorbo–. Esto sabe a mierda.

Peter rió. El rostro de Grainger le pareció extraño al verlo de cerca. Hermoso pero irreal, como el molde de una cabeza de muñeca de plástico. Sus labios eran demasiado perfectos, la piel demasiado pálida. O a lo mejor le estaba pasando otra vez como con los amaneceres dorados: a lo mejor se había acostumbrado ya, en las últimas trescientas sesenta y ocho horas, al aspecto de los oasianos y sus caras habían empezado a parecerle la norma. Grainger no encajaba allí.

–Eh, se me acaba de ocurrir una cosa: los medicamentos que les das a los oasianos los solicitáis especialmente para ellos, ¿no es así?

–Sí.

–Pero, por lo que le decías antes, hablando con Amante de Jesús Uno...

–¿Amante *qué*?

–Amante de Jesús Uno. Es su nombre.

–¿El nombre que le has puesto tú?

–No, el nombre que se ha puesto él mismo.

–Ah. Vale.

Tenía una expresión impasible, en la que apuntaba apenas, tal vez, una sonrisa de suficiencia. Peter no sabía decir si Grainger lo desaprobaba por completo o si todo aquello sólo le parecía ridículo.

–En fin –prosiguió–, mientras hablabas de la diabetes, me dio la impresión de que los oasianos ni siquiera saben lo que es. Así que ¿por qué les has ofrecido insulina?

Grainger se terminó el café y volvió a enroscar la taza en el termo.

–Supongo que no quería que se echara a perder –le respondió–. La insulina no era para ellos, era parte de nuestro suministro. Pero ya no la necesitamos. –Hizo una larga pausa–. Ha muerto Severin.

–¿Severin? ¿El hombre con el que vine yo?

–Sip.

–¿Es diabético?

–Lo era.

Peter trató de recordar el viaje que había compartido con Severin. Parecía algo ocurrido en otra etapa de su vida, muchísimo tiempo atrás, mucho más que unas pocas semanas.

–¿Cuándo ha muerto?

–Murió anoche. Eso no significa mucho aquí, ya lo sé. Hacia el final de la noche. –Consultó su reloj–. Hace unas dieciocho horas. –Otra larga pausa–. Tú vas a oficiar el funeral. Si estás dispuesto, claro.

De nuevo, Peter intentó volver a los días que había compartido con Severin. Recordó a BG preguntándole a Severin de qué religión era, y a Severin respondiéndole: *De ninguna, y así se va a quedar la cosa.*

–Puede que Severin no quisiera una ceremonia religiosa. No era creyente.

–Aquí hay mucha gente que no es creyente. Pero el caso es que no podemos meter a una persona muerta en la incineradora sin organizar algún tipo de despedida.

Peter lo meditó un momento.

–¿Puedes darme... eh... una idea aproximada de qué clase de despedida piensa la mayoría que...?

–Eso lo dejamos en tus manos. Tenemos algunos católicos, algunos baptistas, algunos budistas... Lo que se te ocurra. Yo no me preocuparía mucho por eso. Te escogieron a ti porque... Bueno, digamos que si fueras un pentecostalista estricto, un estricto *lo que fuese,* no estarías aquí. Alguien examinó tu currículum y decidió que sabrías manejarlo.

–¿Manejar funerales?

–Manejar... lo que fuera. –Apretó el volante con fuerza, respiró hondo–. Lo que fuera.

Peter se quedó un rato callado. El paisaje siguió parpadeando al pasar. Un aroma denso y fragante a blancaflor en diversas de sus formas empezó a invadir el interior del vehículo, filtrándose desde atrás.

Querido Peter, decía Bea. Tenemos serios problemas.

Estaba sentado en su cuarto, aún sin duchar, desnudo. Se le puso la piel de gallina: *serios problemas.*

Las palabras de su mujer habían sido enviadas hacía un par de semanas, o doce días, para ser exactos. Había guardado silencio las primeras cuarenta y ocho horas de la estancia de Peter con los oasianos, ya que, claramente, debió de decirse a sí misma que lo que escribiera quedaría sin leer hasta la vuelta. Pero pasados dos días había escrito de todos modos. Y también el día siguiente, y el otro. Había escrito once mensajes más, todos ellos almacenados ahora en cápsulas brillantes al pie de la pantalla. Cada cápsula tenía un nombre: la fecha de transmisión. Para su mujer, aquellos mensajes eran ya Historia. Para él, eran un Presente paralizado, aún por experimentar. La cabeza le zumbaba por la necesidad urgente de abrirlos todos, de cascar esas cápsulas con once rapidísimos impactos de su dedos; y le zumbaba también por la certeza de que sólo podría leerlos de uno en uno.

Podría haber empezado a hacerlo una hora antes en la furgoneta, en el camino de vuelta al asentamiento. Pero Grainger estaba de un humor extraño que lo disuadió de pedirle que lo avisara cuando estuviesen lo bastante cerca de la base para usar el Shoot. Aunque no acostumbraba a ser demasiado reservado ni tampoco tímido, se había sentido muy expuesto ante la perspectiva de leer los mensajes personales de su mujer sentado justo al lado de Grainger. ¿Y si Bea hacía alguna referencia íntima espontánea? ¿Un gesto de afecto sexual? No, era mejor contener la impaciencia y esperar a tener privacidad.

Al entrar en su cuarto de la USIC, se había arrancado la ropa, decidido a ducharse antes de abordar ninguna otra cosa. Aquel último par de semanas, trabajando con los oasianos y durmiendo al raso, se había acostumbrado al sudor y al polvo, pero el viaje de vuelta a la base en la furgoneta con aire acondicionado le había hecho cobrar conciencia de la mugre que llevaba pegada al cuerpo. Era una sensación que recordaba bien de sus años de indigente: la de ser invitado a la casa inmaculada de alguien y sentarse en el borde del sofá de terciopelo claro, preocupado todo el tiempo por no mancharlo con el trasero sucio. De modo que, tan pronto entró en el cuarto, decidió que mientras el Shoot se calentaba y llevaba a cabo los exámenes rutinarios de sus entrañas electrónicas, se daría una ducha rápida. Sin embargo, inesperadamente, los mensajes de Bea se cargaron de inmediato. Su llegada repentina era una presencia potente en la habitación, y lo forzó a sentarse, sucio como estaba.

Tenemos serios problemas, decía Bea. No quiero preocuparte ahora que estás tan lejos y no puedes hacer nada. Pero las cosas se están desmoronando muy rápido. No hablo de ti y de mí, por supuesto, cariño. Me refiero a las cosas en general, al país entero (probablemente). En el supermercado del barrio hay carteles de disculpa en la mayoría de los estantes, hay espacios vacíos por todas partes. Ayer no había ni leche fresca ni pan del día. Hoy, había desaparecido toda la leche pasteurizada, la leche con sabores, la leche condensada, hasta los sucedáneos de leche en polvo, igual que todas las magdalenas, los bagels, los scones, los chapatis, etc., etc. He oído a dos personas en la cola de la caja manteniendo una airada discusión sobre cuántos cartones de crema inglesa debería tener permitido comprar cada persona. La expresión «responsabilidad moral» salió a colación.

En las noticias dicen que los problemas de suministro se deben al caos que hay en las autopistas a raíz del terremoto de Bedworth de hace unos días. Esto tiene cierto sentido, a juzgar por las imágenes. (¿Sabes cómo revienta la superficie de un pastel cuando sube espectacularmente en el horno? Bueno, pues así ha quedado un largo tramo de la M6.) Por supuesto, el resto de las carreteras están colapsadas tratando de absorber todo el tráfico desviado.

Pero, por otro lado, tiene que haber montones de lácteos y de panaderías al sur de la zona del terremoto. Es decir, ¡está claro que no dependemos de que un camión baje por la M6 desde Birmingham para traernos una barra de pan! Yo sospecho que lo que tenemos aquí es la pura inflexibilidad con la que trabajan los supermercados; apuesto a que lo único que pasa es que no están equipados para negociar con un grupo distinto de proveedores con tan poco margen de tiempo. Si se permitiera al mercado responder más orgánicamente (no pretendo ser irónica) frente a una situación como ésta, estoy segura de que las panaderías y lecherías de Southampton o de cualquier parte estarían encantadas de llenar el hueco.

De todas formas, lo del terremoto de Bedworth no es lo único, digan lo que digan en las noticias. Los suministros de comida llevan siglos fallando. Y el tiempo está cada vez más y más raro. Aquí hemos tenido sol y temperaturas templadas (las alfombras por fin se han secado, gracias a Dios), pero ha habido granizadas extrañas en otros lugares, tan intensas que han muerto un par de personas. ¡Han muerto por el granizo!

Ha sido una buena semana para los canales de noticias, hay que decirlo. Las imágenes del terremoto, las granizadas y –¡no se vayan, amigos!– unos disturbios espectaculares en el centro de Londres. Todo comenzó como una protesta pacífica contra la intervención militar en China, y terminó con coches incendiados, peleas en masa, cargas con porras, todo el tinglado. Hasta la limpieza de después dio para buenas fotos: había sangre de mentira (pintura roja) goteando de los leones de piedra de Trafalgar Square y sangre de verdad por el suelo. Los cámaras debieron de mearse encima de gusto. Perdona si parezco cínica, pero los medios se emocionan tanto con esta clase de cosas... Nadie parece nunca triste por lo que pasa, no hay ninguna dimensión moral, es sólo el último suceso cargado de acción. Y mientras estas calamidades fotogénicas pasan de largo, fugaces, la

254

gente corriente sigue con sus vidas, intentando llevar lo mejor posible la infelicidad cotidiana.

En fin, no debería esforzarme tanto por entender el Panorama General. Sólo Dios lo comprende, y Él está al mando. Yo tengo una vida, un trabajo. Aquí es muy temprano, hay una luz preciosa, refresca, y tengo a Joshua encaramado al archivador, echando una siesta al sol. Mi turno no empieza hasta las 14.30, de modo que voy a hacer algo por casa y a preparar la cena de esta noche, así cuando vuelva del trabajo podré sentarme a comer, en lugar de hacerme una tostada con mantequilla de cacahuete, como tengo por costumbre. Ahora tendría que desayunar un poco para aumentar mi energía, pero no hay nada en casa que me apetezca. ¡Los apuros de una adicta a los cereales con el mono! Estoy dando sorbos a un té de jazmín rancio (sobró de cuando estuvo con nosotros Ludmila) porque el té normal sin leche me sabe mal. ¡Demasiadas concesiones!

Vale, ya he vuelto. (He ido a la puerta a recoger el correo.) Ha llegado una bonita postal de una gente de Hastings que nos da las gracias por nuestra amabilidad. No sé de qué amabilidad hablan, pero nos invitan a visitarlos. ¡Te sería un poco difícil ahora mismo! También hay una carta de Sheila Frame. ¿Te acuerdas de ella? Es la madre de Rachel y Billy, los niños que hicieron el collage del Arca de Noé que tenemos colgado de la pared. Rachel tiene ahora doce años y «va bien», dice Sheila (sea lo que sea lo que significa «bien»), y Billy tiene catorce y una gran depresión. Por eso nos escribe Sheila. La carta no tiene mucho sentido, debe de haberla escrito en plena agitación. No deja de mencionar «el leopardo de las nieves», dando por sentado que lo sabemos todo sobre «el leopardo de las nieves». He intentado telefonearla, pero está trabajando, y para cuando yo vuelva a casa esta noche serán como poco las 23.30. Podría intentar llamarla desde el hospital en el descanso de la comida.

Basta de hablar de mi rutina y de mi poco interesante vida sin mi querido marido. Por favor, cuéntame qué has estado haciendo. Ojalá pudiera verte la cara. ¡No entiendo por qué no se puede hacer que esta tecnología que nos permite comunicarnos sirva también para enviar alguna foto! Pero supongo que eso es avaricia. Bastante milagroso es ya que podamos leer las palabras del otro a una distancia tan alucinante. Eso si aún te llegan, claro... Por favor, escríbeme pronto para saber que estás bien.

Siento que debería tener preguntas y comentarios más específicos que hacerte sobre la misión, pero, para serte sincera, no me has contado mucho sobre ella. Eres más de hablar que de escribir, ya lo sé. Algunas veces, sentada con la congregación mientras pronuncias el sermón, te veo echar un vistazo a las notas –las mismas notas que te he visto garabatear la noche antes–, y yo sé que en ese trocito de papel no hay más que unas frases inconexas, pero, aun así, sale un discurso maravilloso, elocuente, coherente, una historia magníficamente compuesta que tiene a todo el mundo embelesado durante una hora. Te admiro tanto en esas ocasiones, cariño mío... Ojalá pudiera oír lo que le dices a tu nuevo rebaño. Supongo que luego no lo pones por escrito, ¿verdad? E imagino que tampoco tomas nota de lo que te cuentan ellos. Siento que no CONOZCO a esta gente para nada; es frustrante. ¿Estás aprendiendo un idioma nuevo? Supongo que sí.

Te quiero,

Bea

Peter se frotó la cara, y la suciedad sudorosa y grasienta se acumuló formando partículas oscuras, como semillas, en las palmas de sus manos. Leer la carta de su mujer lo había dejado alterado y confundido. No se había sentido así hasta entonces. Durante su estancia con los oasianos había estado tranquilo y emocionalmente estable, centrado en seguir trabajando. Si en algún momento se había sentido desconcertado, era un feliz desconcierto. Ahora estaba perdido. Sentía opresión en el pecho.

Llevó el cursor del Shoot a la siguiente cápsula en orden cronológico y abrió un mensaje que Beatrice le había enviado apenas veinte horas después del anterior. Debía de haber sido en mitad de la noche para ella.

Te echo de menos, escribía. Ah, cuánto te echo de menos. No sabía que sería así. Pensaba que el tiempo pasaría volando y ya estarías de vuelta. Si pudiera tan sólo abrazarte una vez, sólo abrazarte unos minutos, podría seguir soportando tu ausencia. Hasta diez segundos servirían. Diez segundos abrazada a ti. Entonces podría dormir.

Y al día siguiente:

Cosas horribles, espantosas en las noticias. No soporto leer nada, no soporto ver nada. He estado a punto de cogerme el día libre. Me he sentado a llorar en el lavabo en el descanso. Estás tan lejos, tan increíblemente lejos... Lo más lejos que ha estado nunca un hombre de su mujer; la pura distancia me pone enferma. No sé qué me pasa. Perdóname por contarte mis penas así, ya sé que no te ayuda a hacer lo que estés haciendo. Ah, cómo desearía tenerte al alcance de la mano ahora. Que me tocaras. Me abrazaras. Me besaras.

Estas palabras fueron un mazazo. Eran la clase de cosa que quería recibir de parte de Bea, pero ahora que las tenía allí, le afectaron mucho. Dos semanas antes, Peter la había echado de menos sexualmente, y ansiaba una confirmación de que ella sentía lo mismo. Bea le había asegurado que lo echaba de menos, que quería abrazarlo, sí, pero el tono general de sus cartas era razonable, preocupado, como si la presencia de Peter fuese un lujo y no una necesidad. Parecía tan autosuficiente que se preguntó si no se estaría dejando llevar él por una autocompasión testosterónica, o si era así como lo veía ella.

Pero una vez instalado entre los oasianos, la inseguridad se había desvanecido. No tenía tiempo para esas cosas. Y, confiando en la reciprocidad natural de la que habían disfrutado siempre, había dado por hecho —si es que pensó en ello— que Bea estaría en el mismo estado de ánimo, que seguiría adelante con los asuntos del día a día, que su amor por él era como el color de sus ojos: siempre allí, pero no de una forma que resultase un impedimento para la actividad útil.

Sin embargo, mientras él colocaba las piedras de su iglesia y sesteaba alegremente en la hamaca, ella lo estaba pasando mal.

Sus dedos quedaron suspendidos sobre el teclado, listos para responder. ¿Pero cómo iba a hacerlo, si le había escrito nueve mensajes más, a lo largo de horas y días ya pasados para ella, pero de los que él no sabía nada?

Abrió otra cápsula.

Querido Peter:

Por favor, no te preocupes por mí. Ya me he calmado. No sé por qué perdí así los papeles. ¿La falta de sueño? El ambiente ha sido muy asfixiante las últimas semanas. Sí, ya sé que dije que hacía un tiempo maravilloso, y es verdad, en el sentido de que es cálido y soleado, pero por las noches se vuelve bochornoso y cuesta bastante respirar.

Un trozo enorme de Corea del Norte desapareció del mapa hace unos días. No por un ataque nuclear, ni siquiera por un accidente nuclear, sino por un ciclón llamado Toraji. Se originó sobre el mar de Japón y arrasó tierra adentro «como una espada ceremonial» (el símil no es mío, evidentemente). Hay decenas de miles de muertos, puede que más de un millón de personas sin hogar. El gobierno negó la gravedad de los daños en un principio, así que lo único que había eran imágenes de satélite. Era surrealista. Aquella mujer, con un traje amarillo hecho a medida, el peinado inmaculado y las uñas pintadas, delante de una imagen proyectada enorme, señalando los diversos borrones y manchas, explicando lo que representaban. Entendías que había montones de casas destruidas y de cadáveres allí, en alguna parte, pero lo único que veías eran esas manos de uñas maravillosamente pulidas haciendo gestos sobre lo que parecía un cuadro abstracto.

Luego el gobierno dejó entrar a los cooperantes surcoreanos y chinos y empezaron a llegar imágenes de vídeo de verdad. Peter, he visto cosas que preferiría no haber visto. A lo mejor por eso me puse tan frenética por no tenerte aquí. Por supuesto que te quiero, y te echo de menos y te necesito, pero también necesitaba ver esas cosas CONTIGO, o, si no, ahorrármelas y punto.

Vi un recinto de hormigón inmenso, como un criadero de cerdos, o como se llamen esos sitios. El tejado asomaba apenas por encima de un lago de lodo. Un equipo de hombres estaban rompiéndolo con picos, con pocos resultados. Entonces abrieron un agujero con explosivos. Una mezcla grotesca de algo espeso salió borboteando. Eran personas. Personas y agua. Medio mezcladas, como... No quiero describirlo. No lo olvidaré nunca. ¿Por qué nos enseñan esas cosas? ¿Por qué, cuando no podemos hacer nada? Luego vi a los aldeanos utilizando los cuerpos como sacos de arena. Los empleados de las labores de rescate con velas atadas a la cabeza, y la cera resbalándoles por las mejillas. ¿Cómo pueden ocurrir esas cosas en el siglo XXI? Podemos ver videoclips en alta resolución grabados con una microcámara que llevaba escondida alguien en el ala del sombrero, o donde fuese, ¡y mientras la tecnología de salvamento parece sacada de la Edad de Piedra!

Quiero escribir más, pese a que no quiero recordar. Ojalá pudiera enviarte las imágenes, aunque también querría borrarlas de mi cabeza. ¿Es la forma más baja de egoísmo, querer compartir una carga como ésta? ¿Y qué carga llevo YO exactamente, sentada en el sofá en Inglaterra, comiendo gominolas de regaliz y viendo cadáveres extranjeros dando vueltas en remolinos fangosos, niños extranjeros haciendo cola por un retal de lona?

Esta mañana en el trabajo alguien me ha dicho: «¿Dónde está Dios en todo esto?» No he mordido el anzuelo. Nunca entiendo por qué la gente hace esa pregunta. La auténtica pregunta para los espectadores de una tragedia es: «¿Dónde estamos NOSOTROS en todo esto?» Siempre he intentado dar con respuestas para ese reto. No sé si ahora mismo soy capaz. Reza por mí.

Te quiero,

Bea

Peter juntó las manos. Estaban pegajosas de la mugre: sudor nuevo y sudor viejo. Se puso de pie y fue hasta la ducha. Su erección asentía cómicamente a cada paso. Se colocó bajo la alcachofa de metal, abrió el agua y dejó que le mojara la cara primero. El cuero cabelludo empezó a picarle cuando el chorro penetró bajo el pelo apelmazado, encontrando pequeños rasguños y costras que no sabía que estuviesen allí. Fría como el hielo al principio, el agua se calentó rápidamente, disolviendo y llevándose la suciedad, y lo envolvió en una nube. Mantuvo los ojos cerrados y dejó que le bañara la cara, que se la escaldara casi bajo el rociador a presión. Recogió los testículos en el hueco de sus manos y, con las muñecas, apretó con fuerza el pene contra la tripa hasta que el semen salió. Luego se enjabonó de pies a cabeza y se lavó a conciencia. El agua que giraba en torno al desagüe fue gris más rato de lo que creía posible.

Ya limpio, se quedó debajo del chorro caliente, y se habría quedado allí media hora o más si no se hubiese convertido de pronto en un hilito de agua. En una pantalla LED que había dentro del dial de la ducha parpadeaba un 0.00. No había caído en la cuenta del significado de aquel indicador hasta ahora. ¡Pues claro! Tenía toda la lógica que la duración del uso del agua estuviera limitada por un contador incorporado. Sólo que la USIC era una corporación americana, y la idea de una corporación americana frugal y cuidadosa con los recursos naturales era algo que desafiaba casi toda creencia.

Tan pronto como el desagüe dejó de borbotear, pudo apreciar que un ruido que llevaba un momento oyendo, pero que había atribuido a las tuberías, era en realidad alguien llamando a la puerta.

—Hola —lo saludó Grainger cuando abrió. Los ojos apenas se inmutaron ante la vista de Peter mojado, vestido sólo con una toalla de baño sujeta en torno a la cintura. Llevaba un dossier apretado contra el pecho.

—Perdona, no te oía.

—He llamado muy fuerte.

—Supongo que esperaba que hubiese un timbre, o un interfono o algo.

–La USIC no es muy amiga de tecnología innecesaria.

–Sí, ya me he dado cuenta. Es una de las cosas inesperadamente admirables que tenéis.

–¡Vaya, gracias! Dices unas cosas de lo más bonitas.

Detrás de él, el Shoot emitió un leve sonido, como un suspiro electrónico: el ruido que hacía cuando la pantalla se apagaba para ahorrar energía. Se acordó de Corea del Norte.

–¿Qué sabes de Corea del Norte? –le preguntó a Grainger.

–Es un país de... eh... Asia.

–Ha habido un ciclón terrible. Han muerto decenas de miles de personas.

Grainger parpadeó con fuerza; se estremeció, casi. Pero al cabo de un momento, recuperó la compostura.

–Una tragedia –dijo–. Pero no podemos hacer nada. –Le entregó el dossier–. Todo lo que siempre quiso saber sobre Arthur Severin pero temía preguntar.

–Gracias.

–El funeral es dentro de tres horas.

–De acuerdo. ¿Cuánto tiempo es eso en... eh...? –Gesticuló vagamente, esperando que un movimiento de la mano expresara la diferencia entre el tiempo tal como siempre lo había conocido y el tiempo aquí y ahora.

Ella sonrió, paciente con su estupidez.

–Tres horas –le repitió, y levantó la muñeca para mostrarle el reloj–. Tres horas son tres horas.

–No esperaba tan poca antelación.

–Relájate. Nadie espera que escribas cincuenta páginas de poesía rimada en su honor. Sólo algunas palabras. Todo el mundo tiene presente que no lo conocías demasiado. Eso ayuda algo.

–¿El toque impersonal?

–Es lo que ofrecen las grandes religiones, ¿no? –Levantó de nuevo el reloj–. Vendré a recogerte a las 13.30.

Se fue sin decir nada más y cerró la puerta detrás de ella,

exactamente en el mismo momento en que su toalla cayó al suelo.

–Estamos aquí reunidos –anunció Peter a la silenciosa y solemne asamblea– para honrar a un hombre que, cuando salió el sol por última vez, era una persona con vida y aliento igual que nosotros.

Echó la vista hacia el ataúd, colocado en una vía de rodillos metálicos delante de un incinerador. De manera instintiva, todos los demás lo miraron también. El ataúd estaba hecho de cartón reciclado, con una lustrosa capa de brillo que le daba un efecto de madera maciza. La vía era igual que las que van acopladas a las máquinas de rayos X de los aeropuertos.

–Una persona que llenaba de aire sus pulmones –prosiguió Peter–, unos pulmones algo deteriorados, quizás, pero que seguían funcionando bien, llevando oxígeno a la sangre, la misma sangre que bombea en todos nosotros aquí hoy.

Su voz se oía alta y clara sin amplificación, pero carecía de la resonancia reverberante que garantizaban las iglesias y las salas de reuniones. El espacio del funeral, aunque grande, tenía limitaciones acústicas, y el horno del interior del incinerador generaba un ruido parecido al de un avión a reacción a su paso.

–Escuchad el latido de vuestro corazón –dijo Peter–. Sentid el levísimo temblor dentro del pecho mientras vuestro cuerpo sigue funcionando milagrosamente. Es un temblor tan sutil, un sonido tan leve, que no apreciamos lo mucho que importa. Puede que no reparáramos siempre en él, puede que no le dedicáramos más que un pensamiento de vez en cuando, pero compartíamos el mundo con Art Severin, y él lo compartía con nosotros. Ahora el sol se ha alzado con un nuevo día, y Art Severin ha cambiado. Estamos aquí hoy para afrontar ese cambio.

Había cincuenta y dos asistentes al funeral. Peter no estaba seguro de la proporción del personal de la USIC que representaba eso. Sólo había seis mujeres, incluida Grainger; el resto

262

eran hombres, lo que llevó a Peter a preguntarse si Severin no había logrado ganarse el respeto de sus colegas femeninas, o si esto sólo reflejaba la distribución de género de la base. Todo el mundo iba vestido con la ropa que debía de llevar normalmente para trabajar. No había nadie de negro.

BG y Tuska estaban en primera fila. Tuska, que llevaba una holgada camisa verde, pantalones de camuflaje y zapatillas de marca, estaba sin embargo casi irreconocible, ya que se había afeitado la barba. BG, por su parte, era tan inconfundible como siempre: el cuerpo más grande de toda la sala, el vello facial cuidado con precisión de escalpelo. Vestía con una camiseta blanca que se le pegaba a los músculos como pintura y unos sirwal blancos y arrugados colgando de la cadera, con los bajos rozando unos incongruentes zapatos lustrados. Tenía los brazos cruzados sobre el pecho, y el rostro imperiosamente tolerante y sereno. A algunos de los que estaban detrás de él se los veía más escépticos, algo descolocados por la apertura del encomio.

–Arthur Laurence Severin murió joven, pero vivió muchas vidas. Nació en Bend, Oregón, hace cuarenta y ocho años, hijo de unos padres a los que nunca llegó a conocer, y fue adoptado por Jim y Peggy Severin. Ellos le dieron una infancia feliz y activa, casi siempre al aire libre. Jim se encargaba de las reparaciones y el mantenimiento de campings, refugios de caza y puestos militares. A los diez años, Art ya sabía conducir un tractor, utilizar una sierra eléctrica, cazar ciervos, y todas esas cosas peligrosas que no se les dejan hacer a los niños. Estaba preparado para hacerse cargo del negocio familiar. Entonces sus padres adoptivos se divorciaron y Art empezó a meterse en problemas. Pasó la adolescencia entrando y saliendo de reformatorios juveniles y programas de rehabilitación. Cuando fue lo bastante mayor para entrar en la cárcel, ya tenía un largo historial de adicción al crack y de delitos por conducir bajo los efectos del alcohol.

Los asistentes ahora no parecían tan inexpresivos. Un estremecimiento de incomodidad cruzó la sala, un estremecimiento de interés y ansiedad. Las cabezas ladeadas, los ceños fruncidos, los labios inferiores replegándose bajo los superiores. La respiración más rápida. Niños cautivados por una historia.

–Art Severin consiguió una reducción por buena conducta y pronto volvió a las calles de Oregón. Pero no por mucho tiempo. Frustrado por la falta de oportunidades laborales que hay en Estados Unidos para los jóvenes ex convictos, se trasladó a Sabah, Malasia, donde fundó una empresa de suministro de herramientas con algo de tráfico de drogas como negocio extra. Fue en Sabah donde conoció a Kamelia, una emprendedora local que proporcionaba compañía femenina a la industria maderera. Se enamoraron, se casaron y, a pesar de que Kamelia tenía ya más de cuarenta años, tuvieron dos hijas: Nora y Pao-Pei, a la que llamaron siempre May. Cuando las autoridades cerraron el burdel de Kamelia y la competencia ahogó el negocio de Art, éste encontró trabajó en el comercio de madera, y sólo entonces descubrió su perdurable fascinación por la mecánica y la química de la erosión del suelo.

Con seguridad calculada, Peter empezó a andar hacia el ataúd. La mano con la que tenía cogida la Biblia colgaba a un costado, y todo el mundo podía ver que entre las hojas había un pedazo de papel garabateado que sostenía presionándolo con el pulgar.

–La siguiente vida de Art Severin fue en Australia –dijo, bajando la vista a la superficie lustrosa del féretro–. Financiado por una empresa que vio su potencial, estudió geotécnica y mecánica de suelos en la Universidad de Sidney. Se licenció en un tiempo récord, ese joven que había dejado el instituto sólo nueve años antes, y pronto empezaron a perseguirle las empresas de ingeniería por su profunda comprensión del comportamiento del suelo, así como por su equipamiento personalizado. Podría haber ganado una fortuna en patentes, pero nunca se vio como un inventor, sino sólo como un trabajador al que, como decía él, «le sacaban de quicio las herramientas de mierda».

Hubo un murmullo de reconocimiento entre la multitud. Peter apoyó la mano libre sobre la tapa del ataúd, delicadamente pero con firmeza, como si la estuviese apoyando en el hombro de Art Severin.

–Siempre que se encontraba con que el sistema disponible no suministraba la calidad de datos que él requería, se limitaba a diseñar y construir una tecnología que sí lo hiciera. Entre sus invenciones encontramos... –y aquí consultó el pedacito de papel que guardaba entre las hojas de la Biblia– una nueva herramienta de muestreo para el uso en arenas no cohesivas por debajo del nivel del mar. Entre sus artículos académicos, escritos por un hombre, repito, al que sus profesores del instituto habían considerado un delincuente incorregible, están «Ensayos triaxiales no drenados en arenas saturadas y su importancia para una teoría integral de la resistencia al corte», «Consecución de un control de presión constante en los ensayos triaxiales de compresión», «Incremento de la estabilidad por la disipación de la presión de poros en cimentaciones de arcillas blandas», «Revisión del principio de tensión efectiva de Terzaghi: algunas propuestas de solución de anomalías en gradientes hidráulicos bajos», y muchísimos más.

Peter cerró la Biblia y la abrazó contra el estómago, justo debajo de la mancha con forma de crucifijo. Había lavado y planchado la dishdasha, pero el sudor nuevo ya se estaba extendiendo por todas partes formando manchas. Los asistentes también sudaban.

–Bueno, no voy a fingir que tengo la más mínima idea de lo que significan esos títulos –dijo Peter con una leve sonrisa–. Algunos la tendréis. Otros no. Lo importante es que Art Severin se convirtió a sí mismo en un experto de fama internacional en algo más útil que el consumo de drogas. Aunque... no abandonó por completo sus antiguas habilidades. Antes de trabajar para la USIC, solía fumar cincuenta cigarrillos al día.

Se oyeron unas risitas entre la gente. Había habido una risotada aislada y reprimida algo antes, cuando había hecho referencia a la compañía femenina que proporcionaba la empresa de Kamelia, pero la de ahora era una risa relajada, sin disimulos.

—Pero nos estamos adelantando a la historia —advirtió—. Nos estamos dejando fuera algunas de sus vidas. Porque la *siguiente* vida de Art Severin fue como consultor de proyectos de construcción de grandes presas en una docena de países, desde Zaire hasta Nueva Zelanda. La etapa en Malasia le había enseñado el valor de mantenerse alejado del candelero, así que pocas veces se atribuía el mérito de sus logros, y prefería que fuesen los políticos y los presidentes de las corporaciones los que se regodearan en la gloria. Pero sin duda gloriosas fueron las presas que llevó a término. Estaba especialmente orgulloso de la presa de Aziz, en Pakistán, la cual, si me perdonáis la broma involuntaria, fue en verdad un terremoto: una presa rellena de roca con un núcleo impermeable de arcilla. El proyecto requirió un alto grado de atención a los detalles, dado que estaba en una zona de riesgo sísmico. Sigue en pie hoy día.

Peter levantó la barbilla y miró por la ventana más cercana al vacío desconocido que había al otro lado. La congregación hizo lo mismo. Lo de allí fuera era un símbolo de logro, un logro ganado con esfuerzo en un entorno vastísimo que no cambiaba a no ser que profesionales dedicados se encargasen de ello. Algunos ojos brillaron humedecidos.

—La siguiente vida de Art Severin no fue una vida feliz —continuó Peter, caminando de nuevo, como inspirado por la inquietud que movía al propio Severin—. Kamelia lo dejó, por motivos que él nunca llegó a comprender. A sus hijas les afectó gravemente la ruptura: Nora se volvió en su contra y a May le diagnosticaron esquizofrenia. Meses después de un caro y penoso acuerdo de divorcio, Art fue investigado por las autoridades fiscales y lo multaron por una cantidad que no tenía. En menos de un año, estaba bebiendo en exceso, viviendo de ayudas sociales en una caravana con May, viendo cómo ella empeoraba, y enfermando más y más él mismo por una diabetes sin diagnosticar.

»Pero aquí es donde la historia toma un rumbo inesperado –dijo, dando la vuelta repentinamente y mirando a los ojos a tantos asistentes como pudo–. May dejó la medicación, se suicidó, y todos los que habían ido contemplando el declive de Art Severin dieron por hecho que se hundiría sin remedio y que cualquier día lo encontrarían muerto en el tráiler. Pero, en lugar de eso, solucionó sus problemas de salud, localizó a su verdadero padre, tomó prestado algún dinero, volvió a Oregón y encontró trabajo de guía turístico. A eso se dedicó diez años, rechazando las ofertas de ascenso, rechazando las oportunidades de volver a la industria geotécnica..., hasta que apareció la USIC. La USIC le hizo una oferta que no podía rechazar: la oportunidad de poner a prueba, a gran escala, sus teorías sobre el uso de suelos y rocas blandas como materiales de ingeniería.

»Ese terreno de pruebas a gran escala está aquí. Es esto que tenemos hoy bajo nuestros pies. Las dotes de Art Severin contribuyeron a llevar este experimento de ambiciones fantásticas a donde ha llegado y, gracias a la generosidad con la que Art compartía sus conocimientos, esas dotes seguirán vivas entre sus colegas, entre los que lo conocisteis. He hablado principalmente del pasado de Art, un pasado del que muchos de vosotros apenas debíais de saber nada, ya que Art rara vez hablaba de él. Era, estoy seguro de que algunos estaréis de acuerdo, un hombre difícil de conocer. No voy a fingir que yo mismo lo conociera. Fue amable conmigo en el camino hacia aquí, pero antes de llegar tuvimos alguna conversación tensa. Yo esperaba poder hablarlo con él más adelante, cuando tuviera el trabajo encarrilado; esperaba limar asperezas. Pero así son las cosas con los muertos y los que dejan detrás. Cada uno de vosotros tendrá su último recuerdo de Art Severin, lo último que le dijisteis, lo último que os dijo él. Puede que sea la sonrisa que compartisteis por algún detalle de vuestro trabajo en común, una sonrisa que ahora significará algo más para vosotros: el símbolo de una relación perfectamente en regla, que podía cortarse sin dejar cabos sueltos. O puede que recordéis una mirada que os echó, uno de esos momentos de qué-narices-ha-querido-decir que os lleve a preguntaros si había algo que podríais o deberíais haber hecho para que su ausencia ahora fuese más natural. Pero sea como sea, nos esforzamos por entender que ya no podemos acceder a él, que está en una dimensión distinta a la nuestra, que no respira ya el mismo aire, que no es ya la misma clase de criatura. Sabemos que era algo más que el cuerpo que hay dentro de este ataúd, igual que sabemos que nosotros somos más que nuestros riñones, nuestros intestinos o la cera de nuestros oídos. Pero no tenemos una terminología precisa para esa cosa extra. Algunos la llamamos alma, ¿pero qué es eso, en realidad? ¿Hay algún artículo de investigación que podamos leer y que explique las propiedades del alma de Art Severin, que nos explique en qué se diferencia del Art Severin que conocimos, ese hombre de dientes amarillentos y temperamento irritable, ese hombre al que le costaba confiar en las mujeres, ese hombre que tenía la costumbre de tamborilear sobre las rodillas al son de la música rock que sonaba en su cabeza?

Peter había ido avanzando lentamente, acercándose a la concurrencia, hasta que la primera fila quedó al alcance de la mano. BG tenía la frente contraída y surcada de arrugas; las lágrimas le brillaban en los ojos. La mujer que había a su lado sollozaba. Tuska apretaba la mandíbula, y su sonrisa torcida temblaba levemente. Grainger, en la última fila, estaba pálida como el papel, su expresión suavizada por la tristeza.

—Ya sabéis que yo soy cristiano. Para mí, ese importantísimo artículo de investigación es la Biblia. Para mí, el dato crucial que falta es Jesucristo. Pero sé que algunos profesáis otras fes. Y sé que Art Severin profesaba no tenerla. BG le preguntó de qué religión era y él le respondió: «De ninguna.» No tuve oportunidad de hablar con él sobre lo que quería decir realmente con eso. Y ahora no la tendré nunca. Pero no porque Art Severin esté aquí tendido, muerto. No. Sino porque este cuerpo no es Art Severin: todos lo sabemos, instintivamente. Art Severin ya no está aquí; está en otro lugar, un lugar en el que nosotros no podemos estar. Nosotros estamos aquí, respirando con estas curiosas cámaras de aire esponjosas que llamamos pulmones, con el pecho sacudiéndose sutilmente por el bombeo de ese músculo que llamamos corazón, con las piernas cada vez más incómodas después de tanto rato cambiando el peso de un pie al otro. Somos almas encerradas en una jaula de huesos; almas apretujadas en un paquete de carne. Rondamos por ahí unos cuantos años y luego vamos a donde van las almas. Yo creo que es al seno de Dios. Vosotros tal vez creáis que es a otra parte. Pero una cosa está clara: es a algún lugar, y no es aquí.

Peter volvió junto al ataúd y apoyó la mano sobre él de nuevo.

—No puedo afirmar con seguridad que Art Severin creyera real, verdaderamente, que no era más que el contenido de este ataúd. Si era así, se equivocaba. Quizás no debería meterme en otra discusión con él ahora, quizás sea de mal gusto. Pero, Art, perdóname, perdónanos, tenemos que decírtelo: no era verdad que no fueses nada. No era verdad que no fueses a ninguna parte. Estabas haciendo el gran viaje humano, y ayer atravesaste el último puesto de control y llegaste a tu destino. Fuiste un hombre valiente que vivió muchas vidas, y cada una requirió más coraje que la anterior. Ahora estás en la otra vida, en la que tu cuerpo no volverá a fallarte, y no necesitas insulina ni ansías nicotina, nadie traiciona tu confianza, y cada misterio con el que te comiste la cabeza está ahora claro como el agua, y cada dolor que sufriste está curado, y sientes lástima por nosotros, aquí abajo, que seguimos arrastrando nuestros cuerpos pesados por ahí.

Hubo un gruñido de sorpresa entre los asistentes: BG había levantado su enorme brazo para enjugarse los ojos y le había dado un codazo en la cabeza a alguien sin querer.

–Art Severin –proclamó Peter, y a pesar de la acústica amortiguada de la sala, parecía haber cierta reverberación eclesiástica después de todo–, estamos hoy aquí para deshacernos de tu vieja jaula de huesos, de tu paquete de carne. Ya no te hacen falta esas cosas. Son herramientas de mierda. Pero si te parece bien, por favor, deja que conservemos unos pequeños souvenirs: nuestros recuerdos. Queremos conservarlos, aun cuando te dejemos marchar. Queremos que vivas en nuestras mentes, aun cuando estés viviendo ahora en un lugar más grande y mejor. Un día, también nosotros iremos a donde van las almas, a ese lugar al que has ido antes que nosotros. Hasta entonces: adiós, Arthur Laurence Severin. Adiós.

De vuelta en su cuarto, después de pasar un rato con algunos de los asistentes, que no habían querido marcharse ni siquiera después de que se consumiera el ataúd, Peter se sentó una vez más delante del Shoot. Tenía la ropa empapada en sudor. Se preguntó cuál sería el intervalo entre cargas completas de agua en la ducha. Le zumbaba la cabeza con las intimidades y confidencias que los empleados de la USIC acababan de compartir con él, hechos de sus vidas que debería almacenar en su memoria, nombres que tendría que asegurarse de recordar. Las cápsulas sin abrir de su mujer flotaban en la pantalla. Nueve mensajes más que aún no había tenido tiempo de leer.

Querido Peter:
Disculpa por lo que seguramente será un mensaje corto y confuso. Estoy agotada. Sheila Frame y los niños –Rachel y Billy– estuvieron aquí toda la tarde, hasta que se hizo de noche. Para ellos era fin

de semana, pero yo había tenido turno de mañana, después de un turno de noche el día antes. Rachel es de armas tomar. Sigue siendo dulce, pero está cargada de costumbres obsesivo-compulsivas borderlines, cansa bastante verla. Las hormonas, supongo. No la reconocerías, físicamente. Parece una aspirante a actriz porno, o una estrella del pop, o una de esas niñas ricas siempre de fiesta en fiesta: la mezcla habitual en las chicas pubescentes hoy en día. Billy es tan correcto y tan tímido que da lástima. Es pequeño para su edad, y un poco regordete. Apenas habló en todo el tiempo que estuvo aquí, y era evidente que lo atormentaba la vergüenza cuanto más habladora/crispada se ponía su madre. Sheila olía un poco a alcohol, o a lo mejor era sólo que llevaba una colonia muy fuerte, no lo sé. Rebosa estrés, la casa sigue llena, aunque hace una hora que se han ido. Cómo desearía que pudiésemos haberlos afrontado juntos, el uno calmando a Sheila y el otro hablando con los niños, haciendo turnos, quizás. No sé por qué se han quedado tanto rato; no creo que yo les sirviera de mucho. El único momento de candor de Billy ha sido cuando lo he instalado delante de mi ordenador para que jugara. Ha echado un vistazo al Arca de Noé y toda su cara se ha estremecido como si alguien le hubiese pegado una bofetada. Me ha dicho que el leopardo de las nieves se ha extinguido. Que el último ejemplar murió hace unas semanas en un zoo. «El leopardo de las nieves era mi favorito», ha dicho. Luego se ha sentado delante del ordenador y al cabo de treinta segundos estaba absorto en el interior de una cárcel realista, volándoles la cabeza a los guardas de un tiro, haciendo saltar las puertas por los aires, muriendo.

Tengo que acostarme ahora mismo. Mañana me levanto a las 5.30. He bebido un poco de vino que ha traído Sheila, para que no se preocupara por beber sola. ¡Me arrepentiré cuando suene el despertador!

Por favor, cuéntame más cosas de cómo va la misión. Quiero hablar de cosas concretas contigo. Se hace muy raro no hablar así. Peter, DUELE no hacerlo. Me siento como si fuera tu hermana, o algo, aquí enviándote un rollo quejica, parloteando de cosas que no te pueden interesar de ninguna manera. Sigo siendo la persona que conoces, esa persona de la que siempre puedes esperar que te dé perspectiva y confirmación. Sólo necesito tener una idea más clara de lo que estás viendo y haciendo y experimentando, cariño mío. Dame algunos nombres, algunos detalles. Ya sé que ahora no puedes, porque estás en el asentamiento y no hay manera de que leas este mensaje. Pero cuando vuelvas. Por favor. Tómate algo de tiempo para reflexionar. Déjame estar ahí para ti.

TENGO que irme ya a la cama.

Te quiero,

Bea

Peter se meció en la silla, cargado de adrenalina, pero también cansado. No estaba seguro de si debía o de si podía leer los otros ocho mensajes de Bea sin responder a éste. Le parecía cruel, perverso, no responder. Como si Bea lo estuviese llamando una y otra vez y él ignorara sus gritos.

Querida Bea, escribió en una página en blanco.

Hoy he oficiado un funeral. Art Severin. No sabía que fuese diabético; murió de repente mientras yo estaba en el asentamiento. Me dieron un archivo exhaustivo sobre su vida y unas tres horas para preparar algo. Lo he hecho lo mejor que he podido. Todo el mundo pareció valorarlo.

Te quiero,

Peter

Se quedó mirando las palabras de la pantalla, consciente de que tenía que desarrollarlo. Detalles, detalles. Una mujer llamada Maneely le había confesado que no pensaba en el cristianismo desde que era pequeña, pero que hoy había sentido la presencia de Dios. Pensó en contarle eso a Bea. El corazón le latía con una fuerza extraña. Guardó el mensaje como borrador, sin enviar, y abrió otra cápsula.

Querido Peter:

¿Estás sentado? Espero que sí.

Cariño, estoy embarazada. Sé que pensarás que no es posible, pero dejé de tomar la píldora un mes antes de que te fueras.

Por favor, no te enfades conmigo. Ya sé que decidimos esperar un par de años más. Pero por favor entiende que me daba miedo que no volvieras nunca. Tenía miedo de que hubiese una explosión en el despegue y que tu misión terminara antes de empezar. O que desaparecieras en algún punto del camino, que desaparecieras en el espacio y yo no llegara a saber nunca qué fue de ti. Así que a medida que se acercaba la fecha de salida, fui necesitando cada vez más que una parte de ti se quedara aquí conmigo, sin importar nada más.

Recé y recé por ello, pero no tenía la sensación de fuese a recibir respuesta. Al final dejé en manos de Dios si sería fértil tan poco tiempo después de dejar la píldora. Por supuesto que no deja de ser decisión mía, no pretendo negarlo. Ojalá hubiese sido de los dos. Tal vez lo fue, o podría haberlo sido. Tal vez si lo hubiésemos hablado tú habrías dicho que era exactamente lo que estabas deseando proponer. Pero me aterrorizaba que me dijeras que no. ¿Me habrías dicho que no? Dímelo sin rodeos, no te lo calles.

Sientas lo que sientas, espero que sirva de algo saber que estoy orgullosa y contentísima de llevar dentro a tu hijo. A nuestro hijo. Cuando vuelvas, estaré de 26 semanas y poniéndome enorme. Eso suponiendo que no lo pierda. Espero que no. No sería el fin del mundo, y podríamos volver a intentarlo, pero sería otro niño. Este que llevo dentro, ¡lo quiero tanto ya! ¿Sabes qué pensaba cuando me hiciste el amor de camino al aeropuerto? Pensaba: estoy lista, éste es el momento, éste es exactamente el momento adecuado, lo único que hace falta es una semillita. Y apuesto a que fue entonces cuando pasó. Pensándolo ahora, casi seguro que fue entonces cuando pasó.

13. EL MOTOR COBRÓ VIDA

–Y aquí es donde empezó todo –dijo solemnemente la mujer–. Éste es el aspecto que tenía al principio.

Peter asintió. Mantuvo la mandíbula apretada y no se atrevió a tratar de emitir ningún murmullo de interés por miedo a que se le escapara una sonrisa o incluso una carcajada. La inauguración oficial de la instalación era una ocasión trascendental para todos lo que estaban reunidos allí.

–Pusimos una capa extragruesa de epoxi sobre la superficie de la desembocadura –prosiguió la mujer, señalando las partes relevantes de la maqueta a escala– para controlar la migración de agua a través de la cimentación. Estos tubos en la zona de la desembocadura estaban conectados a transductores de presión.

Si se hubiese mostrado despreocupada, informal, no habría sido tan difícil, pero hablaba totalmente en serio, y eso lo hacía más gracioso; además todo el mundo parecía entender de qué hablaba, lo que lo hacía todavía más gracioso. Y luego estaba la comicidad inherente de una maqueta arquitectónica a escala (tan digna, tan cargada de simbolismo, y sin embargo tan... *mona,* como algo sacado de un parque infantil). Y, sumado a todo *eso,* la forma de la maqueta en sí: dos copas invertidas puestas juntas, lo que justificaba por completo que lo llamasen el «Sostén Gigante».

Los edificios reales, a cierta distancia, no le habían parecido particularmente cómicos. Los había visto, como todos los demás, alzándose en el horizonte aquella tarde, cuando el convoy de vehículos de la USIC cruzaba el páramo, cada uno con doce empleados a bordo. El mero tamaño de las estructuras, y el hecho de que una tapara en parte a la otra mientras se acercaban, las había hecho parecer nada menos que lo que eran: formidables obras arquitectónicas. Cuando el convoy se detuvo por fin frente a la estructura más cercana, los vehículos aparcaron en una zona de sombra tan enorme que era difícil distinguir los contornos. Sólo cuando Peter y el resto del personal de la USIC estuvieron reunidos en el vestíbulo de entrada, contemplando una réplica de apenas un metro de alto, el diseño de aquel lugar se reveló con toda su turgente simetría. La mujer que oficiaba la visita, una ingeniera que había trabajado codo con codo con Severin, movió la mano por encima de las estructuras gemelas, ajena al hecho de que parecía estar acariciando unos pechos del tamaño de un sofá.

–... el nivel g deseado... desplazamientos de peso propio... simulación de rebosamiento... –Hayes siguió como una autómata–... subpresiones con cinco transductores... sonda de proximidad...

A Peter se le habían pasado las ganas de reír. Ahora a duras penas conseguía mantenerse despierto. En el vestíbulo de entrada hacía un calor agobiante y no corría el aire; era como estar encerrado dentro de un motor; que era lo que venía a ser, claro. Se balanceó sutilmente sobre los pies, respiró hondo y se esforzó por ponerse más recto. Las burbujas de sudor atrapado chapotearon en las sandalias; le picaban los ojos, y Hayes se volvió borrosa.

–... grabado en tiempo real...

Parpadeó. Hayes quedó enfocada de nuevo. Era una mujer menuda con un peinado masculino de estilo militar y un gusto para vestir que hacía que todo lo que llevara pareciera un uniforme aun cuando no lo fuese. Peter la había conocido unos

275

días antes en el comedor, mientras ella engullía un plato de puré de blancaflor y salsa de carne. Habían conversado durante diez o quince minutos, y ella había sido correcta e insípidamente agradable. Era de Alaska, le gustaban los perros y montar en trineo, pero ahora se conformaba con leer sobre el tema en las revistas, y no creía en ninguna religión, aunque no era «del todo escéptica con los fenómenos sobrenaturales», ya que a los doce años había tenido una experiencia extraña en casa de un tío suyo. Su voz grave y monótona, pensó Peter, era hasta cierto punto atractiva, y le recordaba un poco al melodioso canturreo de Bea. Pero dando una charla sobre termodinámica y diseño de presas no era tan estimulante.

Aun así, el hecho de que le costara mantenerse despierto lo molestaba. Las experiencias aburridas no acostumbraban a afectarle así. Por lo general, tenía una tolerancia excepcional al tedio; vivir en la calle le había enseñado. Pero vivir en la base de la USIC era peor que vivir en la calle, en cierto modo. Había pasado una semana desde la vuelta, y la piel quemada se había pelado y curado, pero su cabeza no se estaba recuperando tan bien. Estaba inquieto y desvelado cuando debería estar durmiendo, y adormilado cuando debería estar alerta. Y ahí estaba ahora, a punto de caer dormido en lugar de admirando el prodigio de ingeniería que representaba el flamante Centro de Centrifugación y Energía de la USIC.

–... funciones mutuamente excluyentes... no podía hacerse... Severin... red de vacío... la visión de olvidarse de la fotovoltaica...

Y era en verdad impresionante lo que habían obrado allí: una hazaña de la ingeniería que ampliaba los límites de lo posible. En condiciones normales –es decir, las condiciones a las que estaba acostumbrado todo el mundo en casa– la lluvia caía sobre un área extensa y se acumulaba en grandes charcas, o fluía hacia los ríos que cruzaban el paisaje cogiendo velocidad. En un caso u otro, una sustancia que una persona que estuviera

276

bajo un chaparrón percibía como gotas individuales cayendo del cielo, se transformaba por obra del tiempo, el volumen y la inercia en una inmensa fuerza que podía alimentar cien mil motores. Esos principios no se aplicaban en Oasis. Las gotas de lluvia aparecían, caían sobre aquel terreno esponjoso, y desaparecían. Si por casualidad estabas al aire libre mientras llovía y sostenías un vaso, se llenaba, y también podías saciar la sed de un modo más sencillo, echando la cabeza atrás con la boca abierta. Pero cuando se terminaba, se terminaba, hasta la siguiente precipitación.

La grandiosa estructura bipartita del Sostén Gigante desafiaba estas limitaciones. Una de las partes estaba diseñada para succionar la lluvia del cielo, concentrar las gotas difusas en un torbellino ciclónico y arrastrar el agua condensada al interior de un centrifugador gigantesco. Pero ésa era sólo la mitad de la audaz ingeniosidad del proyecto. La cantidad de electricidad requerida para alimentar este centrifugador era, por supuesto, colosal: muy por encima del rendimiento de los paneles solares con los que contaba la USIC. Así pues, el agua recogida no se arrojaba sin más a un depósito; primero se la ponía a trabajar en una caldera gigante, donde unos volúmenes imponentes de vapor hacían girar las turbinas.

Cada edificio alimentaba al otro: uno proporcionaba la energía con la que capturar el agua; el otro proporcionaba el agua con la que generar la energía. No era exactamente una máquina de movimiento perpetuo –doscientos paneles solares posicionados en el páramo que rodeaba toda la instalación recogían sin cesar los rayos del sol–, pero sí increíblemente eficiente. ¡Ah, si pudieran instalarse algunos de estos Sostenes Gigantes en países asolados por el hambre como Angola y Sudán! ¡Menudo cambio supondría! Seguro que la USIC, después de lograr esa maravilla tecnológica y de demostrar lo que podía hacerse, debía de estar negociando proyectos así, ¿no? Tenía que preguntarle a alguien.

Pero ahora no era el momento.

–Y en conclusión... –estaba diciendo Hayes–. Un último aspecto práctico. Somos conscientes de que habido ciertas reticencias a emplear el nombre oficial de la instalación, el Centro de Centrifugación y Energía. Y somos conscientes además de que actualmente se está empleando un apodo que no es el que nos gustaría oír. Alguna gente cree que hace gracia, pero no es precisamente digno, y creo que le debemos a Severin, que trabajó con tanto ahínco en este proyecto junto con el resto de nosotros, ponerle un nombre con el que todos nos sintamos cómodos. Así pues, respondiendo al hecho de que mucha gente prefiere los nombres cortos y con gancho, éste es el trato: oficialmente, estamos aquí hoy para celebrar la inauguración del Centro de Centrifugación y Energía de la USIC; extraoficialmente, os proponemos que lo llaméis... la Madre.

–¡Porque es de puta madre! –gritó alguien.

–Porque la necesidad es la madre de la invención –explicó Hayes pacientemente.

Con eso, el discurso de la ceremonia de inauguración llegó más o menos a su fin. El resto de la visita era, o pretendía ser, un recorrido guiado por las instalaciones, para mostrar cómo los principios establecidos por el modelo a escala se llevaban a la práctica a tamaño real. Sin embargo, había tantos elementos y mecanismos importantes revestidos de hormigón o sumergidos en agua o accesibles sólo por vertiginosas escalerillas de acero que no había demasiado que ver.

Sólo cuando se alejaban en coche, de vuelta a la base de la USIC en su pequeño convoy, Peter sintió al fin la oleada de inspiración que no había logrado reunir durante el discurso de Hayes. Apretujado entre dos desconocidos en el asiento trasero de un vehículo cargado de vapor, tuvo la sensación de que el mundo se oscurecía un poco. Se inclinó hacia atrás y limpió la condensación de la luneta con la manga. La enorme central energética ya se desdibujaba a lo lejos, titilando levemente en la

278

bruma de combustible gastado que despedía el tubo de escape del todoterreno. Pero lo que se veía con más claridad ahora era la multitud de paneles solares –heliostatos– dispuestos formando un amplio semicírculo en el paisaje que rodeaba la Madre. Cada uno de ellos debía capturar la luz del sol y redirigirla a la planta generadora. Pero casualmente algunas nubes de paso tapaban un poco el sol. Los heliostatos rotaban sobre sus soportes, ajustando el ángulo de las superficies reflectantes, ajustando, ajustando, ajustando de nuevo. No eran más que placas rectangulares de vidrio y acero, no tenían la más mínima apariencia humana, pero aun así a Peter le conmovió su insensata confusión. Como todas las criaturas del universo, no hacían otra cosa que esperar la luz esquiva que las dotara de propósito.

De nuevo en su cuarto, Peter comprobó los mensajes en el Shoot. Se sintió culpable por entrar en busca de mensajes nuevos de Bea cuando él había dejado pasar tanto tiempo sin escribirle uno. En su última carta le había asegurado que estaba contentísimo de saber que estaba embarazada, y que no, por supuesto que no estaba enfadado con ella. El resto de la carta era información de relleno sobre la misión que ya no recordaba. En total, puede que tuviese quince líneas, veinte como máximo, y le había llevado varias horas de sudores escribirla.

Era cierto que no sentía ningún enfado, pero tampoco, y eso era preocupante, sentía mucho más, aparte de estrés por su incapacidad para responder. En sus circunstancias actuales, era difícil apresar los sentimientos y ponerles un nombre. Si se esforzaba al máximo, podía más o menos entender qué estaba pasando en Oasis, pero eso era porque él y los hechos con los que tenía que lidiar estaban en el mismo espacio. Su mente y su corazón estaban atrapados en su cuerpo, y su cuerpo estaba aquí.

La noticia del embarazo de Bea era como la noticia de algún suceso trascendental de la actualidad británica: sabía que era importante, pero no tenía idea de qué podía o debía hacer al respecto. Daba por hecho que cualquier otro hombre estaría imaginando la realidad íntima de ser padre: el bebé en brazos, el hijo o la hija corpóreos saltando al caballito en su rodilla, la fiesta de graduación del instituto o lo que fuera. Él sólo era capaz de imaginar esas escenas de la forma más forzada y genérica, como si fueran las viñetas bidimensionales de un cómic escrito y dibujado por algún escritorzuelo sin pudor. Tratar de visualizar a Bea con un bebé dentro era imposible: no había ningún bebé, todavía, y si trataba de invocar una imagen de su barriga, su imaginación le mostraba una vieja secuencia de su vientre liso bajo la camiseta que se ponía para dormir. O, si se esforzaba más, una imagen de rayos X de una pelvis que podría ser la de cualquiera, salpicada de crípticas zonas claras que podrían ser un embrión con forma de larva, o podrían ser gases, o podrían ser un cáncer.

Ahora tienes que ir con más cuidado a la hora de cuidarte, le había escrito Peter. El uso de «cuidado» dos veces en una frase corta no era lo ideal, pero había tardado un buen rato en dar con las palabras y lo decía en serio, así que lo envió. Por sincero que fuera el sentimiento, de todas formas, tenía que admitir que era la clase de cosa que diría una tía o un hermano.

Y desde entonces todavía no había conseguido escribirle otra carta, a pesar de que había recibido varias suyas. Más de una vez, se había obligado a sentarse y comenzar a escribir, pero se había quedado atascado después del Querida Bea y lo había dejado ahí. Hoy intentó convencerse a sí mismo de escribirle unas palabras acerca de la visita al Sostén Gigante, pero no creía que su mujer ardiera en deseos de recibir información sobre ese tema.

No había llegado nada nuevo hoy, algo inusual. Esperaba que no hubiese pasado nada malo. Es decir, a Beatrice. Al mundo en general le pasaban cosas malas sin parar, daba la impresión.

Por supuesto, el mundo siempre había estado lleno de percances y desastres, del mismo modo que había estado favorecido con excelentes logros e iniciativas hermosas que los medios acostumbraban a ignorar, aunque sólo fuera porque el honor y la satisfacción eran difíciles de plasmar en imágenes. Pero, aun admitiendo todo eso, Peter tenía la sensación de que los partes que le llegaban de Beatrice estaban atiborrados de malas noticias de un modo alarmante. Tantas malas noticias que Peter no sabía qué hacer con ellas. Hay un límite en la cantidad de calamidades que podemos asumir, de sucesos que reescriben lo que considerábamos conocimientos generales, antes de que el cerebro deje de asimilar y nos aferremos a lo ya conocido. Asumió que Mirah había vuelto con su marido y que la mujer de un político americano había muerto a tiros en su piscina. Recordaba que había una niñita en Oskaloosa llamada Coretta que había perdido a su padre. Asumió, con ciertas dificultades, que un maremoto había borrado del mapa las Maldivas. Pero cuando pensaba en Corea del Norte, visualizaba un tranquilo paisaje urbano de arquitectura totalitaria, con legiones de ciudadanos montados en bicicletas y ocupados en sus asuntos cotidianos. No había espacio en el cuadro para un ciclón catastrófico.

Hoy no había nuevos desastres, sin embargo. Que no haya noticias es buena noticia, que decían algunos. Pero eso no le reconfortó, así que abrió una de las cartas anteriores de Bea y la releyó.

Querido Peter:

Tu mensaje me llegó anoche. Estoy tan aliviada por que no te hayas enfadado conmigo... A no ser que la brevedad del mensaje que me has enviado indique que SÍ estás enfadado y lo estás reprimiendo. Pero no lo creo. Debes de estar increíblemente concentrado en tu misión, aprendiendo el idioma y afrontando toda clase de retos con los que nadie se ha encontrado antes. (Por favor, cuéntame un poco más al respecto, cuando tengas un momento.)

Por lo que DICES, parece que ya te estás adaptando al clima, al menos. Aquí es imposible, porque se ha vuelto loco otra vez. Más lluvias torrenciales, con algún que otro vendaval de regalo. La casa huele a humedad. Hay moho en los muebles y en las paredes. Si abres las ventanas entra aire fresco pero también la lluvia, así que cuesta decidir qué hacer. Ya sé que allí también es muy húmedo, pero por lo poco que me has contado de cómo viven los oasianos, el lugar parece «diseñado» para ello. Aquí en Inglaterra todo está montado sobre la base de que el tiempo se mantiene en general seco y moderado. No se nos da demasiado bien planificar emergencias. Será no aceptar la realidad, supongo.

He vuelto a tener noticias de Sheila. A Billy le han diagnosticado una depresión, dice. Nada bueno en un chico de catorce años. Hemos quedado en que lo llevaré a alguna parte el día en que la familia tiene previsto mudarse. (¿Te comenté que Sheila y Mark se han separado? Ninguno de los dos podía hacer frente solo a los pagos de la hipoteca, así que han decidido vender y mudarse a sendos pisos. De hecho, Mark se marcha a Rumanía.) Yo no estoy segura de que sea acertado cambiar de casa sin dejar que tus hijos formen parte del proceso, pero Sheila dice que Billy no quiere saber nada y que es mejor que vaya al piso cuando sea un hecho consumado. Me ha dado dinero para llevarlo al cine, pero en realidad voy a llevarlo a la Exposición Felina, que casualmente tiene lugar ese día en el Centro de Deportes y Ocio. Es arriesgado porque (A) puede que sea la clase de niño al que le da un ataque cuando ve a los animales metidos en jaulas, y (B) le recordará al leopardo de las nieves, pero espero que ver a todos esos gatos distintos en un solo lugar lo reconforte de algún modo.

¡Uf! ¡Si hubieras oído el ruido que acaba de resonar por toda la casa! Casi me da un ataque al corazón. La ventana del baño está hecha pedazos, hay cientos de fragmentos de vidrio en la bañera y por el suelo. Al principio pensé que eran unos vándalos, pero ha sido el viento. Una ráfaga ha arrancado una manzana del árbol del patio y la ha lanzado contra la ventana. ¡Pero no temas! Alguien de la iglesia va a venir a repararla enseguida, antes de dos horas, me ha dicho. Graeme Stone. ¿Te acuerdas de él? Su mujer murió de cirrosis.

282

Ayer fui al supermercado, estaba cerrado. Sin explicaciones, sólo un trozo de papel pegado con celo diciendo que no abrirán hasta próximo aviso. Había bastante gente fuera, clientes fisgando a través de los cristales. Dentro tenían las luces encendidas, todo parecía normal, los estantes estaban repletos de existencias. Había un par de guardas de seguridad posicionados cerca de las puertas y algunos empleados (?) caminando por los pasillos y hablando tranquilamente, como si nadie los viera, como si estuvieran en el salón de su casa y no a la vista de la gente en plena calle mayor. Raro. Me quedé allí de pie unos cinco minutos. No sé por qué. Al final un chico caribeño, atrevido, llama a través del cristal a uno de los hombres de seguridad y le dice: «¿Me puedo llevar un paquete de Benson & Hedges, colega?» Éste no le responde, así que añade: «¡Es para mi madre, colega!» Una ola de carcajadas recorrió la multitud. Fue una cosa de esas colectivas, cuando pasa algo trivial y divertido que todos «pillan» y por un instante todo el mundo está unido. Me encantan esos momentos. De todas formas, la cosa iba cuesta abajo, así que fui caminando hasta el súper 24 horas a ver si encontraba algo de leche, pero nada.

¿Qué comes tú, cariño? ¿Algo que pudiera apetecerme?

El comedor de la USIC estaba bañado en una luz anaranjada. Era la tarde. Todavía seguiría siendo de tarde durante siglos.

Pidió una crema de pollo y un bollo de pan en la barra de comidas. Había una mujer atendiendo, una belleza de aspecto griego que aún no había conocido. Ya había entablado conversación con la mayoría del personal de la USIC, para estimar si podía servirle a alguien a nivel espiritual, y le había parecido un grupo inusualmente flemático y reservado. Esta mujer griega era nueva para él, sin embargo, y había una mirada en sus ojos que alimentaba la esperanza de que hubiera en su vida un vacío que Dios podría llenar. Se preguntó si debería aprovechar la oportunidad. Pero tenía hambre, y además no podía pensar en otra cosa que en los oasianos. Su próxima partida era en menos de una hora.

La sopa estaba sabrosa, a pesar de que no contenía ni crema ni pollo. Tenía un suculento sabor a caldo de pollo, sin duda transportado en polvo hasta allí. El bollo de blancaflor estaba crujiente por fuera y esponjoso por dentro, aún ligeramente caliente: justo como debía ser un bollo. Comió y dio gracias a Dios por cada bocado.

El sonido que emitía el hilo musical era algún tipo de jazz Dixieland que no sabía identificar. La música antigua no era su especialidad. Cada pocos minutos, un anuncio grabado recitaba una lista de trombonistas, trompetistas, pianistas y demás.

Se terminó la comida y devolvió el cuenco a la barra.

–Gracias –dijo.

–De nada –le respondió la mujer. Su muñeca, cuando recogió el bol, era huesuda pero delicada, como la de Bea.

Desearía poder enlazar los dedos con los de Bea sólo tres segundos y sentir el hueso de su muñeca contra la piel. La necesidad lo golpeó cuando estaba aún frente a la barra, se le empañaron los ojos; luego se recompuso.

Volvió al asiento para dejar que la comida se le asentara en el estómago. Mientras se alisaba la túnica con la palma de la mano, sintió el aguijón de una chispa de electricidad estática, un fenómeno que había notado a menudo cuando estaba demasiado impaciente. Cerró los ojos y le rogó a Dios que le diese calma. Una dosis de calma le fue concedida.

En megafonía, el jazz Dixieland había dado paso a algo menos ajetreado. Comenzó a hojear las revistas que había en los estantes cercanos a su sillón, dedicándole un par de minutos a cada una antes de devolverla con cuidado a su sitio.

Su impresión inicial había sido que la USIC ofrecía una amplia selección de lo que podría encontrarse a la venta en un quiosco de los de casa. Ahora que examinaba las revistas con más atención, ya no estaba tan seguro. *House & Garden, Coti-*

284

lleos, Aquarium Fish, Men's Health, Acción Lesbiana, El Ingeniero Químico, Classic Jazz, Vogue... Sí, eran todas bastante recientes; habían llegado en la misma nave que lo había traído a él a Oasis. Y sí, cubrían un amplio abanico de intereses, pero... en ninguna había noticias serias. Examinó las palabras de moda y los ganchos estampados en las cubiertas. Eran las mismas palabras de moda y los mismos ganchos que llevaban décadas apareciendo en ese tipo de publicaciones. En los estantes no había ninguna revista que informara de lo que ocurría en primera línea, por así decirlo. Podías leer sobre jazz, sobre cómo fortalecer los músculos abdominales o sobre qué darles de comer a tus peces, ¿pero dónde estaban las crisis políticas, los terremotos, las guerras, los cierres de grandes corporaciones? Cogió el ejemplar de *Cotilleos,* una revista del corazón, y pasó las páginas. Un artículo tras otro sobre famosos de los que no había oído hablar en la vida. Se quedó con dos páginas sueltas en la mano, lo que le advirtió del hecho de que otro par de páginas habían sido arrancadas más adelante. Encontró el punto en cuestión. Sin duda, la numeración saltaba del 32 al 37. Retrocedió pasando páginas hasta el sumario y consultó los titulares en busca de una pista sobre el material desaparecido. *¡Umber Rosaria rumbo a África! Nuestra fiestera favorita cambia la rehabilitación por los campos de refugiados.*

—¡Eh, padre!

Peter levantó la vista. Un hombre de aspecto burlón con barba de tres días lo miraba desde arriba.

—Hola, Tuska —lo saludó Peter—. Me alegro de verte. ¿Te estás dejando barba otra vez?

Tuska se encogió de hombros.

—No es gran cosa. Cambia el display, pero sigue siendo la misma máquina. —Se sentó en el sillón más cercano y señaló con la barbilla la revista que Peter tenía en las manos—. Esa mierda te deja los sesos hechos puré.

—Sólo echaba un vistazo a lo que estaba disponible —explicó

Peter–. Y me he dado cuenta de que han arrancado un par de páginas.

Tuska se reclinó en el asiento y cruzó las piernas.

–¿Sólo un par? Madre mía, tendría que ver *Acción Lesbiana*. En esa falta una tercera parte de las páginas, como poco. –Le guiñó un ojo–. Tendríamos que colarnos en el cuarto de Hayes para recuperarlas.

Peter siguió mirándolo a los ojos, pero no permitió que su mirada expresara aprobación ni desaprobación. Eso actuaba a menudo como un espejo moral, había descubierto, que le devolvía a la persona el reflejo de lo que acababa de decir.

–No pretendía faltarle al respeto, ya sabe –añadió Tuska–. Es un pedazo de ingeniera. Muy cerrada en sí misma. Como todos aquí, supongo.

Peter devolvió *Cotilleos* al estante.

–¿Estás casado, Tuska?

Tuska levantó una ceja bastante poblada.

–Hace mucho tiempo, en una galaxia muy muy lejana –dijo con entonación teatral, ondeando los dedos por el aire para recalcar la anticuada referencia de cultura pop. Y luego, con su voz–: No sé nada de ella desde hace veinte años. Más.

–¿Hay alguien especial ahora mismo?

Tuska entrecerró los ojos, pensativo, escenificando un escrutinio completo de los datos disponibles.

–Nop –respondió al cabo de cuatro o cinco segundos–. No puedo decir que haya nadie especial.

Peter sonrió para indicar que había comprendido la broma, pero en algún rincón de su mirada debía de haber un destello aislado de lástima, porque Tuska se sintió empujado a explicarse.

–¿Sabes, Peter? Me sorprende que pasaras el proceso de selección de la USIC. Me sorprende mucho, de hecho. –Hizo una larga pausa, mientras Peter aguardaba alguna explicación–. Si miras a los tíos y las tías que trabajan aquí, verás que prácti-

286

camente todos vamos... eh... por libre. Nada de esposas o maridos en casa. Nada de novias estables, nada de hijos a cargo, nada de mamás revisando el correo. Sin ataduras.

–¿Por el alto riesgo de morir de camino aquí?

–¿Morir? ¿Quién se muere? Sólo hemos tenido un accidente en todos estos años y no tuvo nada que ver con el Salto, fue una cosa rara que le podría haber pasado a un avión comercial de camino a Los Ángeles. Eso que las compañías de seguros llaman causa mayor... No, el proceso de selección es así... por las condiciones que hay aquí. La vida aquí. ¿Qué puedo decir? «Aislamiento» sería una buena palabra para describirlo. El gran peligro, para todos, es volverse loco. No loco a lo psicópata, a lo asesino del hacha, sólo... loco. Así que... –Respiró hondo, con expresión indulgente–. Así que lo mejor es tener un equipo de gente que sepa lidiar con un... limbo... permanente. No tener otros planes, ningún otro sitio al que ir, nadie en escena a quien le importes un bledo especialmente. ¿Me entiendes? Gente que no se vuelva loca.

–¿Un equipo de solitarios? Parecen términos contradictorios.

–Es la Légion Étrangère, eso es lo que es.

–¿Cómo?

Tuska se inclinó hacia delante, en modo cuentacuentos.

–La Legión Extranjera Francesa. Un cuerpo militar de élite. Combatieron en un montón de guerras en sus tiempos. Un gran equipo. No tenías que ser francés para alistarte. Podías venir de cualquier parte. No tenías que decirles tu verdadero nombre, ni contarles nada de tu pasado, de tus antecedentes delictivos, nada. Así que, como puedes imaginar, muchos de esos tíos eran problemas con patas. No encajaban en ningún sitio. Ni siquiera en el ejército regular. Daba igual. Eran *légionnaires*.

Peter lo pensó unos segundos.

–¿Estás diciendo que todo el mundo aquí es un problema con patas?

Tuska rió.

–Ah, nosotros somos unos cagados. Honrados y distinguidos ciudadanos sin excepción.

–En las entrevistas con la USIC –reflexionó Peter–, no tuve la impresión de que pudiese mentir sobre nada. Habían investigado por su cuenta. Tuve que hacerme exámenes médicos, conseguir certificados...

–Claro, claro. Todos aquí fuimos escogidos. La analogía con la Legión no es porque no haya preguntas. Ni mucho menos. Me refiero a que podemos soportar *estar aquí*, punto. *Legio Patria Nostra* era el lema de los legionarios. La legión es nuestra patria.

–Pero tú has vuelto –observó Peter.

–Bueno, soy el piloto.

–Y BG y Severin; ellos también volvieron un par de veces.

–Sí, pero pasaron años aquí entre viaje y viaje. *Años.* Ya has visto el expediente de Severin. Sabes cuánto tiempo pasó en ese sitio, haciendo su trabajo cada día, bebiendo agua verde, meando de color naranja, dando un paseo hasta el comedor todas las noches y comiendo hongos adaptados o lo que demonios sea, puede que hojeando algunas revistas viejas como las que te encuentras en la sala de espera del dentista, acostándose por la noche y mirando el techo. Eso es lo que hacemos aquí. Y lo llevamos bien. ¿Sabes cuánto tiempo aguantaron en la base los primeros empleados de la USIC que vinieron? ¿El primer par de reemplazos de personal, al principio de todo? Tres semanas, de media. Y estamos hablando de personas ultrapreparadas, entrenadas, centradas, procedentes de familias cariñosas que bla bla bla. Seis semanas, máximo. Algunos seis *días.* Luego se les iba la cabeza, empezaban a llorar, a suplicar y a subirse por las paredes, y la USIC tenía que mandarlos de vuelta. A caaaasa. –Mientras pronunciaba esta última palabra, hizo un barrido grandilocuente con los brazos, para añadirle una sarcástica aura de importancia al concepto–. Vale que la USIC tiene un montón de dinero. Pero no *tanto.*

–¿Y qué hay de Kurtzberg? –preguntó Peter con calma–. ¿Y Tartaglione? Ellos no se volvieron a casa, ¿verdad?

–No –reconoció Tuska–. Ellos se hicieron nativos.

–¿No es ésa otra forma de adaptarse?

–Dímelo tú –le respondió Tuska con un toque travieso–. Acabas de volver de Villa Friki y ya te vas otra vez. ¿Qué prisa tienes? ¿Es que ya no nos quieres?

–Sí que os quiero –dijo Peter, buscando un tono desenfadado y jovial que transmitiera al mismo tiempo que sí que amaba realmente a todos los que estaban allí–. Pero no me trajeron aquí para... eh... La USIC dejó muy claro que no debía esperar...

Flaqueó, consternado. Su tono ahora no era ni gracioso ni sincero, era defensivo.

–No somos tu trabajo –resumió Tuska–. Ya lo sé.

Peter vio de reojo que Grainger había entrado en el comedor, lista para llevarlo de vuelta al asentamiento.

–A mí me importa –dijo, reprimiendo las ganas de sacar a colación el funeral de Severin para recordarle a Tuska cuánto se había esforzado por preparar algo decente con tan poca antelación–. Si tú... si cualquiera, de hecho..., acudiera a mí, yo estaría ahí.

–Claro que sí –dijo el piloto, encogiéndose de hombros.

Al reclinarse de nuevo en el asiento, Peter vio que Grainger se acercaba y la saludó de manera informal.

–Su carruaje le espera –anunció Grainger.

En lugar de coger la salida de la cafetería y rodear el edificio hasta donde estaba aparcado el coche, Grainger guió a Peter por un laberinto de pasillos interiores, posponiendo el momento de internarse en el aire bochornoso. Esta ruta a través de la base los llevó por la farmacia de la USIC, los dominios de Grainger. Estaba cerrada, y Peter habría pasado de largo sin darse cuenta si no hubiera sido por la cruz de plástico verde brillante que había sobre la puerta, por lo demás normal y corriente. Se paró a mirar, y Grainger se detuvo a su lado.

—La serpiente de Esculapio —murmuró, sorprendido de que quien fuese que había hecho aquella cruz se hubiera molestado en adornarla, añadiéndole una incrustación de metal plateado, con el antiguo símbolo de la serpiente enroscada en el báculo.

—¿Sí?

—Simboliza la sabiduría. La inmortalidad. La sanación.

—Y la «Farmacia» —añadió ella.

Se preguntó si la puerta estaría cerrada.

—¿Qué pasa si se presenta alguien aquí cuando no estás, buscándote?

—Es poco probable.

—¿La USIC no te da tanto trabajo?

—Hago muchas otras cosas, aparte de encargarme de las medicinas. Analizo toda la comida, para asegurarme de que no nos envenenemos a nosotros mismos. Trabajo en mi investigación. Echo una mano.

Peter no pretendía obligarla a justificar su sueldo, sólo tenía curiosidad por aquella puerta. Después de robar unas cuantas farmacias en sus tiempos, le costaba creer que un almacén de productos farmacéuticos no fuera una tentación para al menos alguna de las personas que había allí.

—¿Está cerrada con llave?

—Por supuesto que está cerrada.

—¿Es la única puerta en todo este lugar que está cerrada?

Grainger le lanzó una mirada de sospecha. Peter se sintió como si hubiese mirado en lo hondo de su conciencia y hubiese escuchado a escondidas el recuerdo culpable de cuando se metió en la habitación de Kurtzberg. ¿Qué se había apoderado de él para llevarlo a hacer eso?

—No es que piense que nadie vaya a robar algo. Es sólo... protocolo. ¿Nos vamos?

Fueron hasta el final del pasillo, donde Grainger respiró

hondo y abrió la puerta que daba al exterior. El aire frío y neutral que había a sus espaldas fue succionado por la atmósfera frente a ellos, ejerciendo un tirón sobre sus cuerpos al salir del edificio. La riada de humedad gaseosa los envolvió, impactante como siempre, hasta que te acostumbrabas.

–He oído que le decías a Tuska que le querías –dijo Grainger mientras iban hacia el coche.

–Él estaba de guasa, y yo... eh... le he devuelto la broma. –Las corrientes de aire le agitaron el pelo, corrieron por debajo de la ropa, le emborronaron la visión. Distraído, estuvo a punto de chocar con Grainger, ya que la siguió hasta el lado del conductor antes de recordar que él debía ir al del copiloto–. Pero, a un nivel más profundo –le dijo, mientras desandaba el camino–, sí, es cierto. Soy cristiano. Intento amar a todo el mundo.

Se sentaron en los asientos delanteros de la furgoneta y cerraron las portezuelas, aislándose en la cabina con aire acondicionado. El poco tiempo que habían pasado al aire libre había bastado para empaparles toda la piel, así que ambos tuvieron un escalofrío al mismo tiempo, una coincidencia que les hizo sonreír.

–Tuska no se hace querer demasiado –comentó Grainger.

–Tiene buenas intenciones.

–¿Sí? –respondió ella, cortante–. Supongo que es más divertido si eres un hombre. –Se secó la cara con una punta del pañuelo y se peinó mirándose al espejo–. Toda esa cháchara sobre sexo. Tendrías que oírlo hablar a veces. Parece que esté en un vestuario. Cuánta fanfarronada.

–¿Y te gustaría que fuesen algo más que fanfarronadas?

–Dios no lo quiera –se burló ella–. Me puedo imaginar por qué lo dejó su mujer.

–A lo mejor fue él quien la dejó –dijo Peter, preguntándose por qué Grainger lo había llevado hasta aquella peculiar conversación, y por qué no se habían puesto en marcha todavía–. O a lo mejor fue de mutuo acuerdo.

–El final de un matrimonio nunca es de mutuo acuerdo.

Él asintió, como en deferencia a su mayor conocimiento en este aspecto. Pero Grainger no hizo ademán de arrancar el vehículo.

–¿Hay alguna pareja casada aquí? –le preguntó Peter.

Ella negó con la cabeza.

–Ah-ah. Tenemos trabajo que hacer, y tenemos que llevarnos bien todos.

–Yo me llevo bien con mi mujer. Siempre trabajamos juntos. Ojalá estuviera aquí.

–¿Crees que le gustaría esto?

Estuvo a punto de decir, *Eso daría igual, estaría conmigo,* pero entonces se dio cuenta de que sería de una arrogancia increíble.

–Eso espero.

–Yo creo que no estaría como unas castañuelas, precisamente. Éste no es lugar para una mujer de verdad.

Tú eres una mujer de verdad, quiso decirle, pero su intuición profesional le recomendó que no lo hiciera.

–Bueno, aquí hay muchas mujeres trabajando. Y a mí me parecen bastante reales.

–¿Sí? A lo mejor tendrías que mirarlas un poco mejor.

La miró a ella un poco mejor. Le había salido un grano en la sien, en la piel fina y tensa que había justo encima de la ceja derecha. Parecía irritado. Se preguntó si estaría premenstrual. Bea tenía brotes de acné en momentos determinados del mes, y tendía a iniciar conversaciones extrañas llenas de *non sequiturs,* criticar a sus compañeros de trabajo... y a hablar de sexo.

–Cuando comencé a trabajar aquí –continuó Grainger–, ni siquiera me di cuenta de que no había nadie liado. Pensé que debía de pasar a mis espaldas. Por la forma en que habla BG, y Tuska... Pero luego pasa el tiempo, pasan los años, ¿y sabes qué? No pasa nunca. Nadie se coge de la mano. Nadie se da un beso. Nadie desaparece del trabajo una hora y vuelve con el pelo todo revuelto y la falda remetida en las bragas.

292

–¿Te gustaría que lo hicieran? –La decorosa reserva de los oasianos hacía que le impresionasen menos que nunca las rutinas insensatas de los humanos.

Grainger suspiró, exasperada.

–Sólo me gustaría ver algún signo de vida de vez en cuando.

A Peter le faltó poco para decirle que estaba siendo demasiado dura. Al final sólo dijo:

–La gente no tiene por qué ser sexualmente activa para estar viva.

Ella lo miró con recelo.

–Eh, tú no serás... eh... no recuerdo la palabra... Cuando los curas hacen, como, un voto...

–¿Célibe? –Peter sonrió–. No, no, claro que no. Ya sabes que estoy casado.

–Sí, pero no sabía cuál era el trato. Es decir, puede haber toda clase de acuerdos entre un hombre y una mujer.

Peter cerró los ojos y trató de transportarse a la cama de la colcha amarilla, en la que su mujer yacía desnuda, esperándolo. No lograba visualizarla. Ni siquiera conseguía visualizar la colcha amarilla, no recordaba siquiera el tono exacto. En lugar de eso, veía el amarillo de la túnica de Amante de Jesús Cinco, un característico amarillo canario que había aprendido a distinguir de los amarillos que llevaban otros Amantes de Jesús, porque ella era su favorita.

–El nuestro es... completo –le aseguró a Grainger.

–Eso está bien –respondió ella–. Me alegro.

Y dicho esto, con un gesto de su mano, el motor cobró vida.

14. SE PERDIÓ EN EL PODEROSO UNÍSONO

Su cuerpo se irguió con un sobresalto.

–Lo siento, no quería quedarme dormido mientras conduces.

–No pasa nada.

–¿He estado ido mucho rato?

Ella consultó el salpicadero.

–Puede que veinte minutos. Una siestecilla. Al principio creía que estabas sumido en tus pensamientos.

Peter echó un vistazo al paisaje por la ventanilla lateral, y luego miró al frente. Era exactamente el mismo que cuando se había quedado dormido.

–No hay mucho que ver, ya lo sé.

–Es bonito. Es sólo que no he dormido bien últimamente.

–Me alegro de ser útil, adelante, duerme.

Examinó su cara, tratando de decidir si estaba enfadada con él, pero se había puesto unas gafas oscuras en algún punto del trayecto, y toda su cabeza resplandecía por la luz del sol.

–Los labios –le dijo ella–, los tienes muy secos. No bebes lo suficiente.

Manteniendo una mano en el volante, usó la otra para coger una botella de agua que había en el suelo, entre sus pies. Se la pasó a Peter, apartando los ojos del camino sólo un segundo, y cogió otra botella para ella. La suya ya estaba abierta; la de él llevaba el precinto.

—Acuérdate de ir bebiendo. La deshidratación es matadora. Y ten cuidado con el sol. No te quemes como la otra vez.

—Hablas como mi mujer.

—Bueno, a lo mejor entre las dos conseguimos que sobrevivas.

Peter abrió la botella y dio un trago largo. El líquido incoloro estaba helado y tenía un sabor muy fuerte, tan fuerte que casi le hizo toser. Con toda la discreción que pudo, miró la etiqueta, que decía, simplemente: AGUA, 50 $ POR 300 ML. Grainger le había dado un regalo caro de importación.

—Gracias —le dijo, intentando mostrarse contento, aunque en realidad estaba pensando lo extraño que era que alguien que llevaba viviendo en Oasis más tiempo que él no supiera apreciar la superioridad del agua local. Cuando terminara su misión y tuviera que regresar a casa, estaba seguro de que echaría de menos el sabor a melón.

Hacia el final del largo camino en coche, Peter decidió que el asentamiento oasiano merecía un nombre mejor que el de C-2 o Villa Friki. Había intentado averiguar cómo lo llamaban los propios oasianos, para poder referirse a él con ese nombre, pero no parecían comprender la pregunta, y seguían identificando el asentamiento, en inglés, como «aquí». En un primer momento, había supuesto que lo hacían porque el nombre real era impronunciable; pero no, *no había* ningún nombre real. ¡Qué maravillosa humildad! La raza humana se habría ahorrado gran cantidad de dolor y de sangre derramada si la gente no se hubiese aferrado tanto a nombres como Stalingrado, Faluya y Roma, y se hubiese contentado, simplemente, con vivir «aquí», sin importar qué fuera y dónde estuviera ese «aquí».

Aun así, «Villa Friki» era un problema, y había que remediarlo.

—Dime —dijo Peter, cuando el asentamiento estuvo a la vista–, si tuvieras que ponerle un nombre nuevo a este sitio, ¿cómo lo llamarías?

Grainger se volvió hacia él, aún con las gafas puestas.

–¿Qué tiene de malo C-2?

–Parece el tipo de nombre que encontrarías en un bote de gas venenoso.

–A mí me suena neutro.

–Bueno, tal vez algo menos neutro sería mejor.

–¿Como..., déjame adivinar..., Nueva Jerusalén?

–Eso sería una falta de respeto para los que no son cristianos –repuso él–. Y, de todas formas, les cuesta mucho pronunciar los sonidos con «s».

Grainger lo pensó un momento.

–Puede que sea el trabajo perfecto para Coretta. Ya sabes, la niña de Oskaloosa...

–Me acuerdo de ella. La tengo en mis oraciones. –Y adelantándose a la imposible incomodidad de Grainger al respecto, aligeró el tono de inmediato–. Aunque... puede que éste no sea precisamente el trabajo perfecto para ella. O sea, mira «Oasis», tiene dos eses. A lo mejor tiene una fijación con las eses. A lo mejor propone «Oskaloosa».

El chiste no tuvo mucho éxito, y Grainger guardó silencio. Parecía que la alusión a las oraciones había sido un error.

El páramo terminó abruptamente y entraron en el perímetro del pueblo. Grainger condujo el vehículo hacia el mismo edificio de las otras veces. Habían pintado de nuevo en la pared la palabra BIENVENIDO, con letras del tamaño de un hombre, sólo que esta vez decía BIEN BIEN VENIDO como para añadirle énfasis.

–Ve directamente a la iglesia –le dijo Peter.

–¿La iglesia?

Peter dudaba que no hubiese reparado en la construcción la última vez que vino a recogerle, pero, vale, bien, necesitaba jugar a ese juego y él se prestaría. Señaló hacia el horizonte, donde la silueta de la gran estructura, vagamente gótica, aun a falta de un tejado o un chapitel, se dibujaba frente al cielo de la tarde.

–Ese edificio de ahí. Aún no está terminado, pero acampo en él.

–Vale. Pero tengo que hacer la entrega de medicamentos de todas formas –respondió ella, y señaló con la cabeza el edificio embadurnado de pintura que acababan de pasar de largo.

Peter miró atrás y reparó en todo el espacio vacío que había en la parte posterior de la furgoneta, y en la caja de medicamentos en el centro de éste.

–Perdona, lo había olvidado. ¿Quieres un poco de apoyo moral?

–No, gracias.

–De verdad que no me importa quedarme contigo el tiempo que haga falta. Tendría que haberme acordado.

–No es trabajo tuyo.

Ya estaban cruzando los matorrales en dirección a la iglesia. Era inútil tratar de convencerla de que diese la vuelta e hiciese la entrega de medicamentos antes, a pesar de que Peter estaba convencido de que no estaría tan nerviosa si tenía compañía, ni tan asustada si había alguien de su especie con ella. Pero no podía insistir. Grainger era susceptible, y cuanto más la conocía, más susceptible se volvía.

Se detuvieron junto a la pared occidental de la iglesia. Incluso sin tejado, el edificio era lo bastante grande como para proyectar una sombra que los rodeaba por todas partes.

–Bueno, pues. Que lo pases bien –dijo Grainger quitándose las gafas.

–Estoy seguro de que será interesante. Gracias de nuevo por traerme.

–Por traerte hasta la misma... Peterville –soltó bromeando mientras él abría la puerta.

–Ni pensarlo –respondió riendo Peter–. También les cuesta pronunciar las «t».

El aire húmedo, tanto tiempo contenido, entró remolineando alegremente en el vehículo, lamiendo sus caras, empañando la ventana, deslizándose por sus mangas, agitando los mechones de su pelo. El rostro de Grainger, pequeño y pálido, cubierto por el pañuelo, quedó bañado en transpiración en un par de segundos. Había fruncido el ceño, irritada, y el sudor brillaba en el frondoso vello castaño donde las cejas casi se tocaban.

–¿De verdad que rezas por ella? –le preguntó de pronto, justo cuando estaba a punto de apearse.

–¿Te refieres a Coretta?

–Sí.

–Todos los días.

–Pero no la conoces de nada.

–Dios la conoce.

Ella hizo un gesto de dolor.

–¿Puedes rezar por más de una persona?

–Claro. ¿Por quién?

–Por Charlie –dijo vacilando–. Charlie Grainger.

–¿Tu padre? –Era una conjetura, una intuición. Hermano era una posibilidad; hijo no creía que fuese factible.

–Sí –respondió ella, y las mejillas se le encendieron.

–¿Cuál es el problema principal en su vida?

–Va a morir pronto.

–¿Estáis muy unidos?

–No, para nada. Pero... –Se recogió el pañuelo, descubriéndose, y sacudió la cabeza rapada como un animal–. No quiero que sufra.

–Entendido –le dijo Peter–. Gracias. Nos vemos la semana que viene.

Dejó que se marchara en paz, y cruzó la puerta de su iglesia.

Los oasianos le habían construido un púlpito. Dios los bendijera, le habían construido un púlpito, tallado y moldeado con el mismo material ambarino de los ladrillos. Se alzaba orgulloso entre las cuatro paredes de la iglesia como si hubiese brotado del suelo, un árbol en forma de púlpito, creciendo al aire libre. Justo antes de su marcha, Peter había insinuado que habría que colocar el tejado lo antes posible, pero aún no estaba hecho. Y tampoco se había hecho ningún avance en las ventanas, que seguían siendo sólo agujeros en las paredes.

Estar allí le trajo a la memoria las visitas de su infancia a ruinas medievales, con los turistas deambulando por los restos de una, en sus tiempos, próspera abadía abandonada a los elementos. Sólo que esa iglesia no era una ruina, y no había que preocuparse por los efectos de la intemperie. El tejado y las ventanas, cuando por fin llegaran, serían una demostración grandiosa de culminación, pero en realidad aquella iglesia estaba lista para ser utilizada desde el momento en que fue concebida. No sería nunca un búnker herméticamente cerrado como la base de la USIC. El tejado serviría para que no se colasen los aguaceros, pero el aire de dentro sería el mismo aire de fuera, y el suelo seguiría siendo de tierra pisoteada. No contendría chuminadas perecederas o telas delicadas que pudieran estropearse por la humedad; los oasianos consideraban este sitio puramente un lugar de reunión para cuerpos y almas lleno de buenos augurios para su desarrollo en el seno de Cristo.

Y, sin embargo, le habían construido un púlpito. Y habían terminado la entrada. Las dos hojas de la puerta que, la última vez que estuvo allí, yacían tumbadas en el suelo, recién salidas del horno, estaban colocadas en su sitio. Peter las abrió y las cerró, abrió y cerró, admirando la suavidad del movimiento y la línea perfectamente recta entre ambas hojas. No habían usado ni goznes ni tornillos de metal; en lugar de eso, la juntura estaba ingeniosamente ensamblada: unos apéndices como dedos en el canto interno de las puertas encajaban a la perfección en los orificios correspondientes de las jambas. Estaba bastante seguro de que si cogiera las puertas y las levantara, saldrían de las jambas con tanta facilidad como un pie del zapato, y que podría volver a colocarlas en su sitio con la misma sencillez. ¿Era una imprudencia construir un edificio de tal forma que un vándalo con malas intenciones pudiera sacar las puertas? ¿Aun cuando allí no hubiese vándalos que causaran tales daños? Y construir una iglesia sobre esa tierra esponjosa, ¿equivalía a edificar «su casa sobre la arena», como alertaba Mateo 7:24-26? Lo dudaba. Mateo hablaba en clave metafórica, refiriéndose no a la arquitectura sino a la fe.

Los oasianos eran lentos trabajando, meticulosos hasta lo patológico, pero siempre daban lo mejor de sí mismos. Las puertas estaban decoradas con una intricada talla. Cuando las trajeron a través de los matorrales, las dos hojas eran lisas como cristal. Ahora estaban marcadas con decenas de pequeñas cruces, ejecutadas con tal variedad de estilos que Peter sospechaba que cada Amante de Jesús había añadido la suya. Cerca del remate en punta de la puerta, había tres grandes ojos humanos, dispuestos en una pirámide. Parecían unos ojos ciegos, elegantes en términos pictóricos, pero hechos sin la menor comprensión de lo que convierte un ojo en un ojo. Había también algunos surcos que podían confundirse con arabescos abstractos pero que él sabía que pretendían ser bastones pastorales: o baꟷꟷoneꟷ, como se habían esforzado en llamarlos los oasianos cuando habían hablado al respecto.

Él se había ofrecido a aprender su lengua, pero ellos se resistían a enseñársela, y, en el fondo, sabía que tal vez fuera una pérdida de tiempo. Para imitar los sonidos que pronunciaban ellos, puede que tuviera que arrancarse la cabeza y gorgotear por el muñón. Los oasianos, por su parte, gracias a los esfuerzos pioneros de Tartaglione y Kurtzberg, y al celo de su propia fe, habían hecho progresos extraordinarios con el inglés: una lengua para la que estaban tan mal equipados como lo estaba un cordero para subir por una escalera de mano. Sin embargo, subían, y Peter sentía en lo más hondo el patetismo de sus esfuerzos. Y podía ver, por los versículos de la Biblia que habían conseguido memorizar, que Kurtzberg no había hecho concesión alguna a sus impedimentos físicos: lo que apareciese en las Escrituras era lo que debían pronunciar.

Peter estaba dispuesto a mostrar más sensibilidad. A lo largo de la semana sin dormir que había pasado en la base de la USIC, había dedicado muchos esfuerzos a traducir los términos de la Biblia en equivalentes que a su rebaño le resultara fácil pronunciar. Las verdes «pasturas», por ejemplo, serían el «campo de verde hierba». El camino «recto» sería sencillamente el «buen» camino. El «pastor» sería el que «me guarda» (las sutilezas sintácticas no eran tan importantes como el sentido global y, en cualquier caso, la expresión tenía un aire poético). El «bastón» sería la «vara de cuidado». Ésa le había hecho sudar. El juego de palabras era lamentable, y le faltaba fuerza, pero era mejor que «cayado» (demasiada posibilidad de confusión), tenía piedad por la garganta oasiana e incorporaba los componentes adecuados de atención pastoral y de poder divino.

El fruto de este trabajo iba en la mochila. Se la descolgó del hombro, la tiró junto al púlpito y se sentó al lado. Un sentimiento de tranquilidad descendió sobre él, como una cálida inyección de alcohol propagándose por su cuerpo. El incómodo trayecto con Grainger se esfumó de su mente; la conversación de antes con Tuska parecía ya muy lejana; le costaba recordar alguna cosa de la carta más reciente de Bea, salvo que tenía pensado llevar a Billy Frame a una exhibición de gatos. Por extraño que pareciera, el Arca de Noé que habían hecho Billy y Rachel estaba clarísima en su memoria, como si hubiera venido de viaje con él y colgara en algún sitio cercano.

Tenía tantísimas ganas de vivir de nuevo con los oasianos... Era verdaderamente un privilegio. Ser el pastor de su congregación en Inglaterra también era un privilegio, pero a veces resultaba difícil, por el comportamiento perverso e inmaduro que algunas personas podían mostrar. Esa mujer asiática, Mirah, y su violento marido... Ella siempre con risitas y chismorreos; él, gordo e irritable, pavoneándose como un sultán sobrealimentado...

Eran almas valiosas, por supuesto, pero no una compañía lo que se dice tranquila. Los oasianos eran un tónico para el espíritu.

Se quedó un rato sentado, en un estado de oración sin formular palabra alguna, dejando tan sólo que la membrana que había entre el cielo y él se volviese permeable. Un diminuto insecto rojo, como una mariquita pero con las patas más largas, se posó en su mano. Puso las puntas de los dedos formando un triángulo y dejó que la criatura subiera por la pendiente de un dedo y bajara por la del otro. Dejó que mordisqueara el exceso de células de la superficie de su piel. No era avariciosa; él apenas lo notó y ella enseguida se alejó volando.

Ah, el poder del silencio. Lo había experimentado por primera vez de pequeño, sentado al lado de su madre en sus reuniones cuáqueras. Una sala llena de gente que se contentaba con guardar silencio, que no necesitaba defender los límites de su ego. Había tanta energía positiva en aquella sala que no le habría sorprendido si las sillas hubiesen comenzado a elevarse sobre el suelo, haciendo levitar a todo el coro de fieles hacia el techo. Así era, también, como se sentía con los oasianos.

Quizás tendría que haberse hecho cuáquero. Pero no tenían pastores, ni Dios; no en un sentido real, paternal. Desde luego, daba mucha paz sentarse en una comunidad de compañeros y contemplar el juego de luces que creaba el sol en el jersey del viejo que tenías sentado delante, dejarte hipnotizar por las brillantes fibras de lana mientras el sol se desplazaba lentamente de una persona a otra. Un estado similar de paz se te concedía a veces cuando vivías en la calle: un momento por la tarde en el que encontrabas un rincón cómodo, conseguías entrar por fin en calor y no tenías otra cosa que hacer que contemplar el desplazamiento gradual de la luz del sol de un adoquín al siguiente. Meditación, lo llamaban algunos. Pero, al final, él prefería algo menos pasivo.

Ocupó su posición en el púlpito y descansó las puntas de los dedos en la pulida superficie color caramelo sobre la que esparciría sus notas. El púlpito era algo bajo, como si los oasianos lo hubiesen construido para la criatura más alta que podían imaginar pero aun así, en su ausencia, hubiesen subestimado su estatura. El diseño estaba inspirado en los espectaculares púlpitos tallados de las antiguas catedrales europeas, en las que una Biblia enorme y encuadernada en cuero se abría sobre las alas extendidas de un águila de roble.

A decir verdad, los oasianos tenían una fotografía de un púlpito de ésos que les había dado Kurtzberg, arrancada de un artículo de una revista vieja. Se la habían mostrado orgullosos a Peter. Él había intentado convencerlos de que el culto era una comunicación íntima entre Dios y cada persona, que no había nada de ostentoso en ello, y que los accesorios debían reflejar la cultura local de los fieles, pero no era un concepto fácil de transmitir cuando tenías una multitud de cabezas como fetos dando empujones a tu alrededor y murmurando su admiración por un recorte de suplemento dominical como si fuera una santa reliquia.

En cualquier caso, su púlpito no se parecía mucho al águila de intricadas plumas de la foto. La superficie de líneas aerodinámicas, que llevaba grabadas letras del abecedario escogidas al azar, podrían haber sido las alas de un avión.

–¿Eꙅ8á bien?

Una voz suave, que reconoció de inmediato. Amante de Jesús Cinco. Se había dejado abierta la puerta de la iglesia, y ella había entrado, vestida con la túnica amarillo canario, como de costumbre.

–Es precioso. Un recibimiento maravilloso.

–Dioꙅ bendiga nueꙅ8ro encuen8ro, padre Pe8er.

Miró más allá de sus formas menudas, a través del portal, que quedaba a su espalda. Varias decenas de oasianos se acercaban por los matorrales, pero aún estaban muy lejos; Amante Cinco había corrido para adelantarse. Correr era algo inusual entre su pueblo. No parecía haberle afectado.

–Me alegro de verte. En cuanto me fui ya quería volver.

–Dios bendiga nuestro encuentro, padre Peter.

Llevaba al hombro un macuto de malla, con un bulto peludo y amarillo guardado en él: del mismo tono intenso que su túnica. Pensó que tal vez fuese un chal, pero ella lo sacó y lo sostuvo en alto para que lo examinara. Eran un par de botas.

–Para ti –le dijo.

Peter, sonriendo con timidez, las cogió de sus manos enguantadas. A diferencia de aquellas botitas que le habían dado en su primera visita, éstas tenían pinta de ser realmente de su talla. Se quitó las sandalias, que tenían las plantillas deformadas y casi negras por el uso constante, y deslizó los pies en las botas. Le venían perfectas.

Rió. Unas botas amarillo brillante y un camisón islámico que parecía un vestido: si hubiese tenido alguna aspiración de ir de macho man, esta combinación habría acabado con ella. Levantó un pie y luego el otro, para mostrarle a Amante Cinco lo excelente que era su trabajo. Después de ver a los oasianos confeccionando ropa en la visita anterior, sabía cuánto trabajo debía de haberles llevado el proyecto, y cuánta concentración obsesiva. Los oasianos manejaban las agujas de coser con el mismo cuidado y respeto con que los humanos podían manejar una sierra mecánica o un soplete. Cada puntada era un ritual tan elaborado que Peter no soportaba mirarlo.

–Son excelentes –le dijo–. Muchas gracias.

–Para ti –repitió ella.

Se quedaron junto a la puerta abierta, viendo cómo avanzaban hacia ellos el resto de los Amantes de Jesús.

–¿Cómo está tu hermano, Amante de Jesús Cinco? –le preguntó Peter.

–En la tierra.

–Me refiero al otro. El que te causa tristeza porque no ama a Jesús.

–En la tierra –repitió. Y entonces, amablemente, añadió–: también.

304

—¿Ha muerto? ¿Esta semana?

—Eⓢⓧa ⓢemana. ⓢí.

Peter estudió la hendidura de su cabeza, bajo la sombra de la capucha, deseando poder adivinar qué emoción había detrás de sus obstaculizadas palabras. Su experiencia hasta el momento le hacía sospechar que las emociones de los oasianos se expresaban en los susurros, borboteos y chasquidos que pronunciaban cuando no se estaban esforzando por imitar un lenguaje de otro planeta.

—¿De qué ha muerto? ¿Qué ha ocurrido?

Amante Cinco se acarició mecánicamente los brazos, el pecho y la tripa, para señalar el cuerpo entero.

—Denⓧro de él, muchaⓢ coⓢaⓢ fueron mal. Laⓢ coⓢaⓢ limpiaⓢ ⓢe volvieron viciadaⓢ. Laⓢ coⓢaⓢ mal ⓢe volvieron débileⓢ. Laⓢ coⓢaⓢ llenaⓢ ⓢe volvieron vacíaⓢ. Laⓢ coⓢaⓢ cerradaⓢ ⓢe volvieron abierⓧaⓢ. Laⓢ coⓢaⓢ abierⓧaⓢ ⓢe volvieron cerradaⓢ. Laⓢ coⓢaⓢ secaⓢ se volvieron llenaⓢ de agua. Muchaⓢ otraⓢ coⓢaⓢ ⓧambién. No ⓧengo palabraⓢ para ⓧodaⓢ laⓢ coⓢaⓢ.

—Lo siento mucho.

Ella agachó la cabeza, un gesto de pena compartida, quizás.

—Mi hermano eⓢⓧaba enfermo deⓢde muⓒo ⓧiempo ya. La vida ⓢeguía en él, pero con un plan para irⓢe. Yo voy cada día donde mi hermano, y ⓢu vida me hablaba cuando él ⓢe dormía, decía, eⓢⓧoy aquí oⓧro día, pero no me quedaré aquí oⓧro día máⓢ, no ⓢoy bienvenida en eⓢⓧe cuerpo. Mienⓧraⓢ la vida permaneció denⓧro de mi hermano, el dolor permaneció denⓧro de mí. Ahora que eⓢⓧá en la ⓧierra, mi dolor eⓢⓧa en la ⓧierra. Dioⓢ bendiga nueⓢⓧro encuenⓧro, padre Peⓧer. Hoy ⓢerá domingo.

Peter asintió, aunque en realidad no sabía si era domingo. Había perdido la noción de sus medidas habituales del tiempo. Pero daba igual. Los oasianos y él estaban a punto de celebrar su fe. No cabía duda de lo que Amante Cinco quería decir con «domingo». Y tenía razón.

—Yo también tengo algo para ti —le dijo Peter, acercándose a donde había dejado la mochila. La cabeza de Amante Cinco se movió de abajo arriba, siguiendo el movimiento de las manos de él mientras sacaba los cuadernillos que había preparado.

—Biblias. O el comienzo de Biblias, al menos. Para que las guardes.

Había conseguido pasar veinte páginas de las Escrituras a un inglés que los oasianos podrían hablar con mínimo esfuerzo, impresas en columnas al estilo de la Biblia del rey Jacobo, en diez hojas de papel doblado por la mitad y grapado. No era la muestra de encuadernación más atractiva desde los tiempos de Gutenberg, pero sí lo mejor que había podido hacer con las herramientas disponibles en la base de la USIC. En la cubierta de cada cuadernillo había dibujado una cruz a mano y la había pintado de dorado con un rotulador fluorescente.

—El Libro de laȿ coȿaȿ nunca viȿȶaȿ —confirmó Amante de Jesús Cinco, mientras sus conciudadanos conversos empezaban a desfilar hacia el interior de la iglesia. Caminaban despacio, con sus botas acolchadas, y casi no hacían ningún ruido en la tierra blanda, pero Amante Cinco los oyó entrar y se volvió a saludarlos—. El Libro de laȿ coȿaȿ nunca viȿȶaȿ —repitió, señalando los cuadernillos que Peter estaba apilando sobre el púlpito—. Para noȿoȶroȿ.

Hubo murmullos y suspiros entre los recién llegados. Para vergüenza suya, Peter reconocía a cada uno sólo por el color de su ropa. Esperaba que su código de colores no hubiese cambiado desde la semana anterior. Se había esforzado por distinguir entre marrón, bronce, caoba y cobre, escarlata, burdeos y coral, al menos en su cabeza. Cada uno de los tonos lo reconectaba con las conversaciones —por breves o trastabilladas que fueran— que había tenido con esa persona.

—Amigos —anunció cuando todo el mundo estuvo dentro—. Estoy muy contento de veros. Os he traído estos regalos. Unos regalos sin importancia de mi parte, que contienen un regalo mucho mayor de nuestro Salvador.

Calculó que había unas noventa almas reunidas entre aquellas cuatro paredes, un rebaño deslumbrante de distintas tonalidades. Como pastor, tenía bastante práctica echando un vistazo rápido por la congregación para sacar una cuenta aproximada. Si sus cálculos eran correctos, eso indicaba que el número de cristianos había crecido en diez o veinte el tiempo que había estado fuera.

—Como ya os he explicado a algunos, la Biblia que suelo llevar, y que llevaba Kurtzberg, es un libro muy grueso. Demasiado grueso para que la mayoría de la gente lo lea. Pero no se escribió para leerlo seguido. La Biblia es un almacén de mensajes, que creció a lo largo de cientos de años, a medida que nuestro Señor fue compartiendo más y más pensamientos e intenciones con todo aquel que estuviese dispuesto a escuchar.

Mientras hablaba, le entregó los cuadernillos a Amante Cinco, que los repartió entre sus compañeros de fe. Cada uno cogió entre las manos enguantadas aquel cuadernillo salido de la impresora como si fuera un frágil huevo.

—Cuando Jesús anduvo por la tierra —prosiguió Peter—, la gente puso por escrito lo que dijo y lo que hizo, y después, las cosas que les ocurrieron a Sus seguidores. Pero la Biblia se comenzó en una época anterior a la llegada de Jesús, una época más antigua, en la que Dios parecía más lejano y misterioso, y era más difícil saber con seguridad qué quería. En aquellos tiempos, la gente contaba historias sobre Dios, y esas historias aparecen también en la Biblia. Algunas requieren muchos conocimientos sobre costumbres y lugares que existían antes de Jesús. Incluso entre mi propia gente, hay muchos que no tienen esos conocimientos.

Se dio cuenta, mientras hablaba, de que una de cada diez personas, en lugar de coger un cuadernillo de manos de Amante Cinco, decidía compartir el de su vecino. Peter había llevado ochenta copias, ya que había calculado que su congregación estaba algo por debajo de ese número, y no esperaba que hubiese aumentado en su ausencia. Evidentemente, los oasianos habían echado cuentas del número de cuadernillos que había y –sin comentario ni incomodidad alguna– habían ajustado la logística del reparto para asegurarse de que los últimos de la fila no se quedaran sin.

–Me habéis dicho –dijo, y señaló hacia una túnica color azafrán y otra lavanda claro–, vosotros, Amante de Jesús Doce y Amante de Jesús Dieciocho, que Kurtzberg os contó una vez la historia de Nabucodonosor, y la historia de Balaam y el ángel, y la de la destrucción de Jerusalén, y otras que os esforzasteis mucho en comprender y no lograbais comprender. Animaos, por favor, amigos. Ya habrá tiempo de entender esas historias más adelante, cuando hayáis crecido en el seno de Cristo. Por ahora, Nabucodonosor puede esperar. Cuando Dios decidió convertirse en Jesús, lo hizo porque quería difundir Su palabra entre extraños, entre aquellos que nunca habían oído hablar de Él, entre aquellos a los que les daba igual la religión o no la entendían. Las historias que les contaba eran sencillas. He intentado poner algunas de las mejores, de las más útiles, en vuestras Biblias. –Cogió uno de los cuadernillos y lo abrió–. Vuestros libros son pequeños y finos, no porque yo dude de vuestra sed de la Biblia, o de vuestra capacidad de pensar, sino porque he intentado utilizar sólo palabras con las que vosotros y yo podamos hablar en esta iglesia, y con las que podáis hablar entre vosotros con facilidad. He trabajado lo más rápido que he podido, pero, como podéis ver por la pequeñez de los libros, he sido lento. Prometo que en el futuro iré más rápido. A medida que crezcáis con Cristo, vuestras Biblias crecerán. Pero tenemos que empezar por algún sitio. Y en este domingo maravilloso, aquí, lleno de felicidad por teneros a todos aquí conmigo, vamos a comenzar con... esto.

Y leyó el Salmo 23 de la primera página: «El Señor es mi

pastor, nada me falta...», y siguió, hasta llegar a «y en la casa del Señor moraré por largos días».

Luego lo leyó otra vez.

Y otra vez.

Y cada vez que lo leía, más oasianos leían en voz alta con él. ¿Estaban leyendo o recitando? Daba igual. Su voz colectiva iba creciendo, y sonaba melodiosa y clara, libre casi por entero de estorbos vocales.

—En lugares de verdes pastos me hace descansar; junto a aguas de reposo me conduce. Él restaura mi alma; me guía por senderos de justicia por amor de su Nombre.

En la quinta repetición, su propia voz se perdió en el poderoso unísono.

15. EL HÉROE DEL MOMENTO, EL REY DEL DÍA

Un hombre sabio le preguntó una vez:

–¿Sabes lo que eres?

–¿Lo que soy?

–Sí.

Era una pregunta que podía querer decir muchas cosas dependiendo de quién la formulara. Se la habían espetado varias veces, por ejemplo, matones cabreados que habían proporcionado ellos mismos la respuesta –«Un gilipollas» o algún insulto similar– y luego le habían pegado una paliza. Se la habían hecho funcionarios y burócratas que lo consideraban, por un motivo u otro, una espina clavada. Se la habían hecho con cariño y con admiración, también, personas que habían añadido que era «un encanto», «un tesoro» o incluso «mi puntal». Grandes cosas para las que había que estar a la altura.

–Intento no pensar demasiado en mí mismo. Espero no ser más que un hombre que ama a Dios.

–Eres alguien que *sabe tratar* a las personas –le dijo el hombre sabio, asintiendo con decisión–. Eso te llevará muy lejos.

El hombre sabio era el pastor de la iglesia que Peter heredaría poco después. Era un alma anciana, y poseía una combinación especial de benévola tolerancia y de estoica decepción, típica de un párroco que llevaba demasiado tiempo en el cargo.

Conocía en toda su complejidad las maneras en que sus feligreses se resistían al cambio, las maneras en que podían ser un grano en el culo; aunque él nunca empleaba ese lenguaje, por supuesto.

–A ti te gusta la gente. Eso en realidad es bastante inusual.

–¿No está en la naturaleza humana básica el ser sociable?

–No hablo de eso –dijo el viejo–. No creo que tú seas necesariamente tan sociable. Eres algo solitario, incluso. A lo que me refiero es a que no te repugna ni te enerva el animal humano. Lo aceptas tal como es. Algunas personas no se cansan nunca de los perros; los perros son lo suyo. Da igual qué clase de perro sea, grande o pequeño, tranquilo o escandaloso, obediente o travieso: todos son adorables a su manera, son perros y los perros son algo *bueno*. Un pastor debería sentir eso hacia los seres humanos. ¿Pero sabes qué? No hay muchos así. Para nada. Llegarás lejos, Peter.

Le resultó raro que le dijera aquello, con esa certidumbre, un sabio veterano al que no era fácil engañar. La convivencia de Peter con sus compañeros humanos no había sido siempre feliz, al fin y al cabo. ¿Se podía decir, de alguien que se había comportado tan mal como él en la adolescencia y la juventud –que había mentido y roto promesas y le había robado a cualquier idiota altruista que le hubiese concedido el beneficio de la duda–, que amaba a las personas? Pero el viejo párroco conocía bien su historia. No había secretos entre pastores.

Ahora Peter estaba sentado con las piernas cruzadas, deslumbrado por la luz, medio delirante. Justo delante, también con las piernas cruzadas, había sentado un niño. Él mismo, cuando tenía ocho o nueve años. Era un explorador, un lobato. Estaba orgulloso y feliz de ser un lobato, poseedor de una camisa verde y de insignias cosidas y de conocimientos arcanos sobre nudos, acampadas y la manera correcta de encender una fogata. Estaba deseando convertirse pronto en un explorador de pleno derecho, y no sólo un lobato, para aprender tiro con arco, y salir de caminata por las montañas y salvar las vidas de desconocidos enterrados bajo avalanchas o con mordeduras de serpiente. Al final no llegó nunca a ser explorador. Sus circunstancias familiares pronto se volvieron demasiado difíciles, lo sacaron de los lobatos y su uniforme se quedó cuidadosamente doblado en el armario, hasta que los pececillos de plata acabaron por destrozarlo. Pero a los ocho años, él aún no lo sabía, y allí estaba, sentado con las piernas cruzadas, con los pantalones cortos y la pañoleta, levitando casi de alegría por estar entre su manada.

El sudor le resbaló por la frente y le entró en los ojos. Pestañeó y el mundo borroso volvió a enfocarse. El niño que tenía sentado delante no era él a los ocho años. Ni siquiera era un niño. Era Amante de Jesús Diecisiete, una criatura distinta a él en casi todo lo imaginable, salvo que podía sentarse con las piernas cruzadas y juntar las manos para rezar. Su túnica era verde espinaca, igual que las botas, salpicadas de tierra marrón. El sol, casi directamente sobre sus cabezas, proyectaba una sombra bajo la capucha, sumiendo su rostro en la oscuridad.

–¿Qué estás pensando, Amante de Jesús Diecisiete? –le preguntó.

Hubo, como siempre, una pausa. Los oasianos no estaban acostumbrados a pensar en lo que pensaban, o a lo mejor era sólo que les costaba trasladar sus pensamientos al inglés.

–Anꜩeꞩ de que llegaraꞩ, cada uno eꞩꜩaba abandonado y débil. Ahora, junꜩoꞩ, ꞩomoꞩ fuerꜩeꞩ.

Había algo conmovedor en el hecho de que su lengua, o sus cuerdas vocales, o con lo que fuera que hablara, pudiese manejar sin demasiado problema las palabras «abandonado» y «débil», pero que «juntos» y «fuertes» fueran para ella, o él, casi imposibles de pronunciar. Su figura menuda la hacía parecer de lo más vulnerable, pero, por otra parte, todos los que estaban sentados a su alrededor eran menudos y tenían un aspecto vulnerable, con los brazos delgados, los hombros estrechos, los guantes y los patucos sucios. Parecía el pastor de una tribu de niños y de viejos encogidos, una tribu de la que hubiesen desaparecido todos los hombres y mujeres de tamaño normal.

Ésa no era una visión justa, por descontado; era la incapacidad de percibir sus cuerpos como la norma y el suyo propio como la aberración. Se esforzó tanto como pudo por ajustar su visión, hasta que aquel centenar y pico de seres en cuclillas frente a él alcanzaron una escala adulta y él se convirtió en un monstruo descomunal.

–El Libro –propuso Amante de Jesús Uno desde su lugar preferido, cerca del centro de la congregación–. Da la palabra del Libro.

–El Libro –se sumaron otras voces, aliviadas, tal vez, de pronunciar dos palabras que no les hicieran sentirse humillados.

Peter asintió, accediendo. Siempre tenía la Biblia a mano, guardada en la mochila y envuelta en papel film para alejar la humedad, y los oasianos emitían murmullos de gratitud siempre que la sacaba a la luz. Pero a menudo ni siquiera la necesitaba, porque tenía una memoria excepcional para las Escrituras. Buscó en su cabeza, y encontró algo apropiado casi al instante en la carta de Pablo a los Efesios. Su cerebro era un órgano extraño, estaba claro: a veces se lo imaginaba como una sucia coliflor cubierta de cicatrices y quemaduras por la vida que había llevado, pero otras le parecía más bien un almacén espacioso en el que cualquier versículo que necesitara en un momento dado aparecía a la vista, ya subrayado.

–*Así que ya no sois extranjeros ni advenedizos* –citó–, *sino conciudadanos de los santos y miembros de la familia de Dios, edificados sobre el fundamento de los apóstoles y profetas, cuya principal piedra angular es Jesucristo mismo, en quien todo el edificio, bien coordinado, va creciendo para llegar a ser un templo santo en el Señor; en quien vosotros también sois edificados en unión con él, para que allí habite Dios en el Espíritu.*

313

Un rumor de aprobación –de satisfacción, incluso– brotó de aquellas criaturas vestidas de colores brillantes y sentadas ante él. Los versículos de la Biblia eran como un licor especialmente dulce que hubiesen pasado de mano en mano. Era el licor del rey Jacobo, el auténtico. Ah, desde luego, los oasianos estaban agradecidos por los cuadernillos parafraseados que Peter les había preparado. Las páginas estaban ya muy manoseadas, arrugadas por la humedad, y habían cantado y recitado las palabras a menudo en esos días largos y cálidos que él y su rebaño habían pasado juntos. Pero, aun así, Peter notó que los cuadernillos no habían sido la solución que esperaba. Se referían a ellos como «la Palabra en mano», una expresión que al principio le encantó, hasta que se dio cuenta de que servía para diferenciar los cuadernillos del verdadero Libro de las cosas nunca vistas. Aquellos cuadernillos que había hecho a mano tenían la misma consideración que una cerveza casera del lugar, un licor clandestino para salir del paso, mientras que el gran rey Jacobo, con su encuadernación mecánica de piel de imitación y su lomo con relieves dorados, se consideraba la pura y definitiva: la Auténtica Fuente.

Ahora, bebiendo aquellos versículos de los Efesios, los oasianos estaban realmente satisfechos. Tenían la cabeza inclinada bajo la capucha, lo que cubría su rostro con una sombra aún más cerrada. Las manos entrelazadas se movían con suavidad en el regazo, como resiguiendo, paladeando el ritmo de la retórica. Esos sutiles movimientos eran el equivalente al resonante «¡Aleluya!» de una congregación baptista del Sur.

Aun con el aprecio que le tenía a la Biblia del rey Jacobo, a Peter le inquietaba el respeto que infundía en su rebaño. No era más que una traducción, a fin de cuentas, a la que se podía atribuir la misma autenticidad que a muchas otras. Jesús no se había expresado en inglés jacobino, ni tampoco Pablo ni los profetas del Antiguo Testamento. ¿Entendían eso los oasianos? Lo dudaba. Y era una lástima, porque tan pronto caías en la cuenta de que todo aquel que no fuese hablante nativo de hebreo cananeo, griego koiné o arameo galileo, estaba en la misma desventaja que tú, podías relajarte y sentir que las Escrituras en tu propia lengua eran tan buenas como en cualquier otra. Sin embargo, le parecía detectar en los oasianos un sentimiento de inferioridad que le preocupaba. Él no quería ser como uno de esos misioneros imperialistas antiguos, pavoneándose por ahí como Moisés vestido de safari y aprovechándose de la idea errónea de que él provenía de la misma tribu que Jesús y que Dios era inglés.

Se había planteado sacar delicadamente a los oasianos de su error, de esa veneración por «el Libro», con una charla informativa sobre los diversos idiomas que había tras ese texto del siglo XVII, pero decidió que un sermón como ése sólo serviría para complicar más las cosas, en especial porque los oasianos le tenían mucho apego a pasajes clave que habían aprendido en época de Kurtzberg, y éste era, estaba claro, un fan de la Biblia del rey Jacobo. Y no era de extrañar. Cualquier predicador cristiano que amara la lengua tenía que amar la edición del rey Jacobo: esas cadencias eran sencillamente imbatibles. Así que tal vez un jacobino de 50 grados seguido de un chupito de inglés común fuera el mejor camino para tratar con esa gente.

–Lo que San Pablo le está diciendo a sus nuevos amigos –explicó Peter– es que una vez que te ha llegado la palabra de Dios, no importa lo extranjero que seas, lo lejos que vivas. Te vuelves parte de la comunidad de cristianos, de todos los cristianos que han existido, incluidos los que estaban vivos cuando Cristo anduvo por la tierra. Luego Pablo pasa a compararnos con una casa. Una casa está hecha de muchos ladrillos y piedras que encajan unos con otros para construir una gran estructura, y todos nosotros somos piedras de la casa que está construyendo Dios.

Decenas de cabezas encapuchadas asintieron:

–ꙅodoꙅ ꙅomoꙅ piedraꙅ.

–Nosotros construimos juntos nuestra iglesia –continuó Peter–, y eso es algo precioso.

Casi en formación coreografiada, los oasianos volvieron la cabeza para contemplar la iglesia, un edificio que consideraban tan sagrado que sólo lo pisaban para los servicios formales, a pesar de que Peter los instaba a considerarlo su hogar.

—Pero vosotros, todos vosotros, reunidos aquí hoy, sentados bajo el sol, sois la verdadera Iglesia que ha construido Dios.

Amante de Jesús Cinco, como siempre en primera fila, se balanceó de lado a lado en desacuerdo:

—La igleʦia eʦ la igleʦia. Noʦoʏroʦ ʦomoʦ noʦoʏroʦ. Dioʦ eʦ Dioʦ.

—Cuando estamos llenos del Espíritu Santo —le respondió Peter— podemos ser algo *más* que nosotros mismos: podemos ser Dios en acción.

—Dioʦ nunca muere —repuso Amante de Jesús Cinco, poco convencida—. Noʦoʏroʦ morimoʦ.

—Nuestros cuerpos mueren. Nuestras almas viven para siempre.

Amante de Jesús Cinco señaló con un dedo enguantado al pecho de Peter.

—ʏu cuerpo no muere —le dijo.

—Por supuesto que morirá. Yo soy sólo carne y huesos, como todo el mundo.

Desde luego en ese momento era muy consciente de su corporeidad. El sol le estaba dando dolor de cabeza, se le estaba quedando el trasero dormido y necesitaba mear. Tras ciertas dudas, relajó la vejiga y dejó que la orina fluyera al suelo. Así era como se hacía allí; no tenía sentido andarse con remilgos.

Amante de Jesús Cinco se había quedado callada. Peter no sabía decir si estaba convencida, reafirmada, enfurruñada o qué. ¿Qué había querido decir, de todos modos? ¿Era Kurtzberg uno de esos fundamentalistas con un toque luterano que creían que los cristianos fallecidos resucitarían algún día con sus antiguos cuerpos —regenerados por arte de magia e incorruptibles, sin ninguna capacidad para sentir dolor, hambre o placer– y seguirían usándolos por el resto de la eternidad? Peter no tenía tiempo para esa doctrina. La muerte era la muerte, la corrupción era la corrupción, sólo el espíritu perduraba.

—Decidme, ¿qué os han contado de la vida después de la muerte?

Amante de Jesús Uno, como custodio autoproclamado de la historia de los oasianos en la fe, respondió:

—Corinℷioℓ.

Peter tardó un poco en reconocer la palabra, tan familiar para él, y sin embargo tan inesperada allí y entonces.

—Los corintios, sí.

Hubo un silencio.

—Corinℷioℓ —dijo de nuevo Amante de Jesús Uno—. Da la palabra del Libro.

Peter consultó la Biblia en su cabeza y localizó los Corintios 15:54, pero no era un pasaje que se hubiera sentido nunca movido a citar en sus sermones, así que las palabras exactas estaban borrosas... *nosequé corruptible nosequé, algo de incorrupción...* El versículo siguiente era bastante memorable, una de esas perlas de la Biblia que conocía todo el mundo, aun cuando se la atribuyeran a Shakespeare, pero supuso que Amante de Jesús Uno quería algo más que una frase ingeniosa.

Con un gruñido de esfuerzo, se puso de pie. Un rumor de expectación recorrió la multitud mientras se acercaba a la mochila y sacaba el Libro de su envoltura de plástico. Las letras en relieve dorado relampaguearon al sol. Se quedó de pie mientras pasaba las páginas para dar a los músculos un cambio de tensión.

—*Y cuando esto, que es corruptible, se haya vestido de incorrupción, y esto, que es mortal, se haya vestido de inmortalidad, entonces se cumplirá la palabra escrita: «Devorada será la muerte por la victoria.» ¿Dónde está, oh muerte, tu aguijón? ¿Dónde, oh sepulcro, tu victoria?*

Al leer estas palabras en voz alta, Peter reconectó con el

317

motivo por el que nunca las había utilizado en sus sermones. Los sentimientos eran más que válidos, pero él no se sentía cómodo con aquella retórica tan rimbombante. Para hacerles justicia a aquellas palabras, había que pronunciarlas con mucha teatralidad, con un toque de pompa trágica, y él no era esa clase de orador. La sinceridad discreta era más su estilo.

–Lo que está diciendo Pablo aquí –les explicó– es que cuando entregamos nuestras almas a Cristo, la parte de nosotros que muere y se corrompe, el cuerpo, se viste con algo que no puede morir ni corromperse: el espíritu eterno. Así que no hay razón para temer a la muerte.

–No hay –repitieron algunos oasianos–. Temer.

La segunda estancia de Peter en ese lugar que la USIC llamaba Villa Friki fue tan desconcertante y emocionante como la primera. Logró conocer mejor a los oasianos –eso era de esperar–, pero vio, además, cambios en sí mismo; cambios que no sabía cómo expresar, pero que sentía profundos e importantes. Del mismo modo que el aire penetraba bajo su ropa y parecía atravesarle la piel, algo desconocido para él estaba permeando su cabeza, filtrándose en su mente. No era en absoluto siniestro. Era lo más benigno del mundo.

No todo resultó agradable, sin embargo. Hacia la mitad de la estancia, Peter atravesó una fase extraña que, al recordarla después, sólo se le ocurría llamar La Llorera. Sucedió durante una de las larguísimas noches. Se despertó en algún momento en mitad de ella con lágrimas en los ojos, sin saber qué había soñado para hacerlo llorar. Luego, durante horas y horas, siguió llorando. Los repuntes de pena no dejaban de bombear a través de su torrente sanguíneo, como si un dispositivo dentro de su cuerpo los administrara a intervalos según indicación médica. Lloró por las cosas más absurdas, cosas que había olvidado hacía mucho tiempo, cosas que no habría imaginado que figuraran tan arriba en su lista de aflicciones.

Lloró por los renacuajos que había metido en un frasco cuando era pequeño, renacuajos que podrían haber llegado a ser ranas si él los hubiese dejado a salvo en su charca en lugar de contemplar cómo se convertían en un lodo gris. Lloró por Cleo, la gata, rígida en el suelo de la cocina, con la barbilla apelmazada y pegada a salsa seca en el borde de su plato. Lloró por el dinero de la comida que había perdido camino de la escuela; lloró por una bicicleta robada, y recordó el tacto exacto del manillar de goma en las palmas de sus manos. Lloró por la compañera de clase acosada que se suicidó después de que sus acosadores le echaran ketchup en el pelo; lloró por la golondrina que se estrelló contra la ventana de su dormitorio y cayó sin vida al lejano cemento; lloró por las revistas que seguían llegando para su padre todos los meses, retractiladas, mucho después de que su padre se hubiese marchado de casa; lloró por el quiosco licorería del señor Ali, que cerró; lloró por los desafortunados manifestantes contra la guerra, que siguieron avanzando mientras llovía a mares, las pancartas caídas, sus hijos ceñudos.

Lloró por las «Colchas por la Paz» que su madre cosía para las subastas benéficas. Aunque sus compañeros cuáqueros se compadecían y entraban a pujar, esas colchas nunca recaudaban mucho dinero porque eran patchworks chillones que chocaban con cualquier decoración conocida por el hombre civilizado. Lloró por las colchas que se habían quedado sin vender y lloró por las colchas que habían encontrado un hogar y lloró por la forma en que su madre explicaba, con aquel solitario entusiasmo, que todos los colores simbolizaban banderas nacionales, y que el azul y el blanco podían ser Israel o Argentina, que los topos rojos eran Japón, y que las franjas verdes, amarillas y rojas con estrellas podían ser Etiopía, Senegal, Ghana o Camerún dependiendo de cómo durmieras.

Lloró por el uniforme de los lobatos, comido por los pececillos de plata. Ay, cómo lloró por eso. Cada hilo de fibra desaparecido, cada agujerillo patético en aquella prenda inútil man-

319

daba una oleada a su pecho y hacía que le escocieran los ojos de nuevo. Lloró porque no supo que la última vez que asistió al salón de los exploradores era la última. Alguien se lo tendría que haber dicho.

Lloró también por cosas que le habían pasado a Bea. Esa fotografía suya cuando tenía seis años, con una irritación rectangular y amoratada en la boca y las mejillas, causada por la cinta adhesiva. ¿Cómo le podían hacer eso a una niña? Lloró por ella, haciendo los deberes en el lavabo, con la cocina llena de extraños y la entrada prohibida en su dormitorio. Lloró por otros incidentes de la infancia de Bea, también; todos de antes de conocerla. Era como si distintas cosechas de tristeza estuviesen almacenadas en espacios distintos de su cabeza, colocadas cronológicamente, y sus conductos lagrimales estuviesen conectados a cables eléctricos que no tocaban ninguna década reciente, sino que iban directamente al pasado lejano. La Bea por la que lloró era un bonito y pequeño fantasma conjurado a partir de la provisión de fotos y anécdotas de su mujer, pero no por eso menos digno de lástima.

Hacia el final de su ataque de llanto, lloró por la colección de monedas que le había dado su padre. Era comprada pero seria, una selección para principiantes, con un estuche espléndido, que incluía un franco francés, una lira italiana, una moneda de diez dracmas, una alemana de cincuenta pfennigs con una mujer plantando una semilla, y otros tesoros comunes y corrientes que, para un chico con poca idea, parecían reliquias de una época antigua, el imperio prehistórico de la numismática. Ah, feliz inocencia... Pero poco después, un amigo del colegio le murmuró al oído, como una serpiente, que esa coleccioncita repipi no tenía *el más mínimo valor,* y lo convenció para que se la cambiara por una sola moneda acuñada, le dijo él, en el año 333 d. C. Estaba deformada y corroída, pero llevaba grabado un guerrero con casco y Peter quedó encandilado. Su padre se puso furioso cuando se enteró. No dejaba de decir *«Si es que es* auténtica...», «*Si es que es* auténtica...», en un tono fastidiosamente desconfiado, y de sermonear a Peter sobre lo fácil que era encontrar monedas de cobre de Constantino, y lo dañada que estaba ésa, y lo infestado de fraudes que estaba todo el maldito negocio del coleccionismo. Peter protestaba con vehemencia, «¡*Tú* no estabas allí!», refiriéndose no sólo al reinado de Constantino sino también al momento en el que un niño, pequeño e impresionable, había caído derrotado por uno mayor y más listo. Durante años, esa repetición perniciosa de «*Si es que es* auténtica...» se enconó en su mente, la muestra de todo lo que había de repulsivo y de frío en su padre. Para cuando Peter comprendió que aquella discusión era una fanfarronada y que lo único que pasaba es que su padre se sentía herido, el viejo ya estaba en la tumba.

Por todas estas cosas y más, Peter lloró. Y luego se sintió mejor, como si se hubiese purgado. Los párpados en carne viva, que habrían necesitado atentos cuidados en cualquier otra parte, allí se calmaron con la humedad oleosa del aire cálido. Y la cabeza, que había empezado a palpitarle hacia el final de la llorera, parecía ligera y agradablemente anestesiada.

–Una canción muy larga –dijo Amante de Jesús Cinco, sentada con la espalda apoyada en el púlpito.

No la había visto llegar. No era la primera vez que iba a la iglesia a visitarlo, a una hora en que la mayoría de los de su especie estaban durmiendo.

–¿Cómo es que no estás en la cama? –le preguntó, apoyándose en el codo para incorporarse. Apenas la veía; la iglesia entera estaba iluminada con nada más que un par de llamas de aceite flotando en cuencos de sopa de cerámica: braseros de juguete.

–Desperté –respondió ella, como si eso lo explicara todo. Puede que fuera así.

Reprodujo el comentario para sus adentros. *Una canción muy larga.* Era obvio que, para ella, su llanto no sonaba distinto a una canción. La aflicción de su voz se perdía en la traducción; ella sólo había oído la música como de trompeta de sus quejidos, el ritmo de los sollozos. Quizás le habría gustado unírsele, pero no entendía ninguna palabra.

—Estaba recordando cosas de hace tiempo —le explicó.

—Hace ꚍiempo —repitió—. Hace ꚍiempo el ꙅeñor le dijo a Iꙅrael: «Yo ꚍe he amado, pueblo mío, con un amor eꚍerno.»

La cita de Jeremías lo sorprendió, no porque Amante Cinco hubiese logrado memorizarla, sino porque era de una traducción mucho más moderna que la del rey Jacobo: la Nueva Traducción Viviente, si no se equivocaba. ¿Es que Kurtzberg buscaba y escogía entre diferentes Biblias? En la del rey Jacobo, ese «hace tiempo» era «mucho tiempo ha», mientras que la expresión hebrea original significaba algo más como «desde lejos».

Tiempo ha y desde lejos... Puede que fueran lo mismo, al fin y al cabo. Saliendo de su ofuscación académica, abrió la boca para preguntarle a Amante de Jesús Cinco por qué había citado ese fragmento de las Escrituras, qué significaba para ella.

Pero Amante de Jesús Cinco tenía la cabeza caída sobre el pecho. Cualquiera que hubiese sido el motivo de su insomnio acostada en su cama, en casa, había encontrado el sueño aquí, con él.

Fue también durante su segunda estancia con los oasianos cuando Peter experimentó su primera muerte. Su primera muerte oasiana, claro está.

Todavía no tenía una idea muy clara del tamaño de la población del asentamiento, pero se inclinaba a pensar que debían de ser algunos miles, y que los Amantes de Jesús representaban sólo una pequeña minoría de las almas que habitaban en aquella enorme colmena de viviendas. Seguro que el nacimiento y la muerte se seguían sucediendo como siempre entre aquellas paredes de ámbar, igual que en cualquier otro pueblo grande, pero él no tenía acceso a ellos; hasta que un día, Amante de Jesús Uno llegó y le dijo que su madre había muerto.

—Mi madre —anunció—. Muer𝔰a.

—¡Oh! ¡Cuánto lo siento! —dijo Peter, abrazando por acto reflejo a Amante Uno.

Vio de inmediato que aquello era lo que no había que hacer, que era como abrazar a una mujer que no quiere para nada que la toque alguien que no sea su marido. Los hombros de Amante Uno se encogieron, el cuerpo se puso rígido, los brazos temblaron, y giró la cara para que no rozara contra el pecho de Peter. Éste lo soltó y dio un paso atrás avergonzado.

—Tu madre —espetó—. Una terrible pérdida.

Amante Uno consideró esta idea antes de responder.

—Madre me hizo —dijo al fin—. 𝔰i madre no fuera, yo nunca fuera 𝔰ambién. A𝔰í que madre hombre muy impor𝔰an𝔰e.

—Mujer.

—Mujer, 𝔰í.

Pasaron unos segundos más.

—¿Cuándo ha muerto? —le preguntó Peter.

De nuevo un silencio. A los oasianos les costaba escoger las casillas lingüísticas en las que se sentían obligados, por otros, a meter sus concepciones del tiempo.

—An𝔰e𝔰 de que viniera𝔰.

—Antes de que yo viniera... ¿a Oasis?

—An𝔰e𝔰 de que viniera𝔰 con la Palabra en Mano.

En los últimos días, entonces. Ayer mismo, incluso.

—¿Y ella...? ¿Ha habido un funeral?

—¿Un fun...?

—¿La habéis puesto en la tierra?

—Pron𝔰o —respondió Amante de Jesús Uno, con un movimiento tranquilizador de la mano, como dando su solemne palabra de que el procedimiento se llevaría a cabo tan pronto como fuera posible—. De𝔰pué𝔰 de la co𝔰e𝔰a.

–¿Después de ...?

Amante Uno buscó una alternativa pronunciable en su vocabulario.

–La recogida.

Peter asintió, aunque en realidad no entendía nada. Supuso que esta recogida sería la cosecha de alguno de los cultivos alimentarios de los oasianos, un trabajo tan urgente y laborioso que para la comunidad era sencillamente imposible encajar un funeral en el calendario. La anciana tendría que esperar. Se imaginó una versión arrugada y algo más pequeña de Amante Uno acurrucada inmóvil en una de esas camas que ya de por sí recordaban tanto a un ataúd. Imaginó cómo la envolvían con las mullidas fibras de la ropa de cama, preparándola para su entierro.

Pero resultó que no hacía falta que supusiera o imaginase nada. Amante Uno, en el mismo tono que habría empleado para invitar a alguien a ver un monumento o un árbol destacado (si hubiera allí cosas como monumentos o árboles), lo invitó a que pasara a ver el cuerpo de su madre.

Peter lo intentó, pero no consiguió dar con una respuesta apropiada. «Buena idea», «Gracias» o «Me encantaría» parecían todas fuera de lugar de un modo u otro. En lugar de eso, en silencio, se puso las botas amarillas. Era una mañana radiante, y la sombra que había dentro de la iglesia no lo había preparado para la luz deslumbrante del sol.

Acompañó a Amante de Jesús Uno a través de los matorrales, camino del complejo, dando dos pasos por cada tres o cuatro del oasiano. Estaba aprendiendo muchas cosas en esta visita, y andar sin prisas era una de ellas. Caminar más despacio de lo que dictaba tu instinto, seguir el ritmo de una persona mucho más pequeña sin parecer exasperado o torpe, era un arte. El truco estaba en hacer como si estuvieses vadeando una corriente de agua por la cintura mientras te observaba un juez que te daría puntos por tu compostura.

Caminando el uno al lado del otro, llegaron a la casa de Amante de Jesús Uno. Parecía idéntica a todas las demás, y no la habían adornado con ninguna bandera, adornos o mensajes pintados que proclamaran el fallecimiento de uno de sus habitantes. Había unas cuantas personas rondando por allí, no más de lo normal, y, por lo visto, seguían con sus asuntos como de costumbre. Amante Uno le hizo rodear el edificio, y llegaron a un pedazo de tierra donde se lavaba y tendía la ropa, y donde los niños jugaban a menudo a ᴧᴑᴕᴆᴑ, el equivalente oasiano de la petanca, con unas bolas blandas y oscuras hechas de musgo compactado.

Hoy, no había ni niños ni ᴧᴑᴕᴆᴑ, y la cuerda de tender que colgaba entre dos casas estaba vacía. Habían cedido el patio a la madre de Amante de Jesús Uno.

Peter miró el pequeño cuerpo que había allí tendido sin cubrir, directamente sobre el suelo. Le habían quitado la túnica. Sólo por eso, Peter ya habría sido incapaz de decir si conocía o no a esa persona, pues dependía todavía, hasta extremos vergonzantes, del color de la tela. Pero aunque hubiese logrado recordar algún rasgo distintivo de la fisionomía de la criatura —alguna variación en la textura de la piel o en la forma de las protuberancias faciales—, no habría sido de ninguna ayuda, ya que el cuerpo estaba cubierto por una capa brillante y temblorosa de insectos.

Giró la cara hacia Amante de Jesús Uno, para calcular cuán alarmado estaba frente a ese espectáculo pesadillesco. Tal vez cuando Amante de Jesús Uno había salido esa mañana, el cuerpo estaba libre de parásitos y éstos se habían aprovechado de su ausencia. Si era así, a Amante Uno no parecía perturbarle aquel enjambre. Contempló los insectos con la misma calma que si fueran las flores de un arbusto. Había que reconocer que los bichos eran tan hermosos como flores: tenían alas iridiscentes y caparazones brillantes de color lavanda y amarillo. Su zumbido era musical. Cubrían casi cada centímetro de carne, y le daban al cadáver la apariencia de una efigie trémula y resollante.

–Tu madre... –comenzó a decir Peter, pero se quedó sin palabras.

–Mi madre se ha ido. Sólo queda su cuerpo.

Peter asintió, luchando por esconder la fascinación nauseabunda que generaba en él la horda de insectos. La postura filosófica de Amante Uno ante la situación era perfectamente sensata: era lo que Peter habría tratado de hacerle ver si Amante Uno hubiese estado terriblemente consternado. Pero el hecho de que *no estuviese* terriblemente consternado, o no diera la impresión de estarlo, le había descolocado. Una cosa era dar un discurso fúnebre frente a una panda de empleados no creyentes de la USIC, instándolos a considerar el cuerpo un mero vehículo para el alma inmortal, y otra muy distinta estar al lado de alguien que había incorporado a tal punto ese principio que era capaz de ver cómo los insectos infestaban el cadáver de su madre. Uno de los pies de la mujer atrajo la mirada de Peter: los bichos, en su incansable ajetreo, habían dejado los dedos al descubierto. Había ocho, muy pequeños y delgados. Había dado por hecho que, dado que los oasianos tenían cinco dedos en cada mano, tendrían también cinco dedos en cada pie. La equivocación le hizo ver lo lejos que estaba de entender de verdad a aquella gente.

–Perdóname por no recordarlo, Amante Uno, ¿pero llegué a conocer a tu madre? ¿Antes de hoy?

–Nunca –respondió Amante Uno–. Andar de aquí a la iglesia... Muy lejos.

Peter se preguntó si era un comentario irónico, dando a entender que la anciana no reunió nunca la motivación suficiente para visitar la iglesia, o si quería decir literalmente que estaba demasiado débil o enferma para recorrer esa distancia. Lo más probable es que fuera literal.

–Mi madre empieza, sólo empieza, a conocer a Jesús –le

explicó Amante Uno. Hizo un gesto en el aire, rotando suavemente la mano para indicar un avance lento e inseguro–. Cada día, nos llevamos de la iglesia sus palabras en las manos y se las traemos a ella. Cada día, las palabras entran en ella como comida. Cada día, ella más cerca del señor. –Y volvió la mirada hacia la iglesia de Peter, como si viera a su madre yendo hacia allí por fin.

En los días siguientes, Peter descubrió qué significaba realmente lo de «la cosecha». Comprendió que el motivo por el que Amante de Jesús Uno lo había llevado a ver el cuerpo no tenía nada que ver con las emociones. Era didáctico.

Que los bichos se posaran sobre la carne era sólo el primer paso de un laborioso proceso de cría que los oasianos controlaban hasta el último detalle. El cuerpo, supo Peter, estaba pintado con un veneno que intoxicaba a los bichos, de modo que cuando terminaban de poner los huevos estaban semiinconscientes, incapaces de volar. Entonces los oasianos los recogían y, con gran cuidado, los rompían en trocitos. Las patas y las alas, una vez desmenuzadas y secas, servían como un aderezo tremendamente potente: una pizca podía dar sabor a una cubeta entera de comida. El tronco producía un sabroso néctar que se mezclaba con agua y blancaflor para hacer miel, o se procesaba para obtener un tinte de color amarillo vivo. Y mientras diversos miembros de la comunidad oasiana se afanaban transformando los restos de los insectos en materiales útiles, los huevos de éstos iban eclosionando. Llevaron a Peter a intervalos regulares para que viera cómo marchaban las cosas.

Como a la mayoría de la gente que había conocido, excepto un profesor de biología francamente chalado que tuvo en el colegio, a Peter no le hacían mucha gracia los gusanos. Por sabio y práctico que fuese aceptar la naturalidad de la muerte y la putrefacción, la visión de aquellas pequeñas larvas oportunistas siempre le repugnaba. Pero los gusanos que había en el cuerpo de la madre de Amante de Jesús Uno no se parecían a nada que hubiese visto antes. Eran tranquilos y rechonchos, blancos como el arroz, cada uno del tamaño de una pepita grande. Había miles, apretujados e iridiscentes, y si los mirabas el tiempo suficiente, no parecían en absoluto gusanos, sino una profusión de frambuesas albinas.

Los oasianos los cosechaban también.

Cuando, por fin, el cuerpo de la madre de Amante de Jesús Uno hubo dado todo el fruto que iba a dar, quedó tendida exhausta en el suelo, a la sombra de un par de prendas que se mecían con suavidad de la cuerda de tender que había junto a ella. Dado que era el único oasiano que había visto desnudo del todo, no tenía manera de saber qué parte del espectáculo grotesco que tenía ante él se debía a la descomposición y qué parte era lo mismo que habría encontrado bajo la túnica de cualquier oasiano vivito y coleando. Su carne, que olía a fermento pero no a putrefacción, se había vuelto gris como la arcilla, y estaba plagada de hoyos y cavidades. No tenía pechos ni nada que recordase a la feminidad –o la masculinidad– humana. El paradigma que tenía en la cabeza, basado en fotografías de cadáveres humanos en hambrunas y campos de concentración, era el de la carne reducida a una piel de pergamino que mantenía unidos los huesos. Pero no era eso lo que tenía delante. La madre de Amante Uno carecía a simple vista de costillas, y de esqueleto, toda ella era sólo carne en licuefacción. Los agujeros roídos en sus brazos y piernas dejaban al descubierto una sustancia negra y rugosa parecida a regaliz.

Monstruo fue la palabra que le vino a la mente mientras reprimía un escalofrío. Pero luego se recordó a sí mismo: *Creatura: cosa creada.*

–Ahora la ponemos en la ꓭierra –le dijo Amante de Jesús Uno al tercer día.

No había signo alguno de urgencia o de ceremonia en su

voz, y tampoco quedaba claro a qué se refería con «ahora». Por lo que sabía Peter, no habían cavado ninguna tumba y no había indicio alguno de que la comunidad se estuviese preparando para un ritual solemne.

—¿Quieres que... diga algo? —propuso Peter—. En el funeral.

—¿Funeral?

—Es la costumbre de nuestro... —comenzó a decir, y luego—: Cuando los cristianos... —comenzó de nuevo, y luego—: De donde yo vengo, cuando una persona muere y la entierran, alguien suele dar un discurso antes de que pongan el cuerpo bajo tierra. Hablan de la persona que ha muerto, y tratan de recordar a sus amigos y a su familia las cosas que hacían especial a esa persona.

Amante Uno inclinó la cabeza con cortesía.

—ȝú no conoceς nunca a mi madre —señaló, con un tino aplastantemente obvio.

—Es verdad —reconoció Peter—. Pero podrías contarme algunas cosas de ella y yo podría convertir esas cosas en un... discurso.

El ofrecimiento le pareció absurdo en cuanto lo pronunció.

—La palabra no puede cambiar nada en mi madre ahora.

—Las palabras pueden consolar a los amigos y a la familia que deja. ¿Quieres que lea del Libro?

Amante de Jesús Uno alisó con las manos un montículo de tierra invisible para mostrar que aquello no sería necesario.

—Kurȝςberg noς dio laς palabraς del Libro, hace ȝiempo.

Y las recitó para que Peter las aprobara.

Le llevó unos segundos recomponer las sílabas sin sentido e identificar el versículo de la Biblia:

—Polvo ςomoς y en polvo noς converȝiremoς.

Después de esto, y a lo largo de varias horas, Peter vivió con miedo a que alguna alma generosa le llevara, como aperitivo especial, un plato hecho de gusanos. Los oasianos siempre le

329

estaban llevando tentempiés y –¿quién sabe?– a lo mejor pensaban que ya debía de estar harto de blancaflor. *¡Postre sorpresa para el padre Peter!*

Sabía que su repugnancia era irracional, porque sin duda la comida estaría deliciosa y le haría mucho bien. Además, era consciente de que todos los países tenían desafíos culinarios que generaban asco en los extranjeros tiquismiquis: los japoneses, los enormes ojos de atún, el semen de bacalao y los pulpos aún retorciéndose; los africanos, las cabezas de cabra; los chinos, la sopa de nido de pájaro, que es en realidad saliva, y así muchos más. Si estuviese ejerciendo de pastor en alguno de estos lugares, tendría muchos números de que lo honraran con estas especialidades. ¿No había incluso un queso italiano que estaba podrido e infestado de larvas? Casu marzu, se llamaba. (Increíble que se acordara de ese nombre, que debía de haber leído una sola vez en una revista, años atrás, cuando ayer mismo se había quedado en blanco al tratar de recordar el nombre de la calle en que vivía.)

Por descontado, él nunca había tenido que comer ninguna de esas cosas estrambóticas. Hasta ahora, siempre había hecho de pastor en Inglaterra. La cosa más exótica que le habían servido jamás, en una convención de servicios comunitarios en Bradford, era caviar, y el problema no lo había tenido con las huevas en sí, sino con el dinero que los organizadores habían destinado al catering cuando se suponía que estaban recogiendo fondos para la gente sin hogar.

En fin: no era por los gusanos *per se*. Era por el vívido recuerdo de la madre de Amante de Jesús Uno, y por la conexión imborrable y cargada de emoción entre ésta y las larvas que se habían alimentado de ella. Lo dejaba pasmado que su propio hijo fuese capaz de comer algo producido de aquel modo.

Para esta pregunta, como para tantas otras, Dios dispuso una respuesta muy concreta e ilustradora. Amante de Jesús Uno se presentó en la iglesia una tarde con un cesto de comida.

Sin decir palabra, la sacó toda delante de Peter y se sentaron juntos en la cama que había detrás del púlpito. La comida tenía un olor saludable y aún estaba caliente. Era sopa de blancaflor en forma de hongo, acompañada de varios pedazos de pan de blancaflor, con la corteza tostada y blanco por dentro, recién salido del horno.

—Me alegro de que sea blancaflor —dijo Peter, decidido a ser totalmente sincero—. Me preocupaba que me trajeras algo hecho con... las criaturas que recogisteis del cuerpo de tu madre. No creo que pudiera comérmelo.

Amante Uno asintió.

—Yo ᛏambién. Algunoꙅ pueden. Yo no.

Peter incorporó las palabras, pero no supo interpretar su significado. Puede que le estuviese informando del protocolo que regía ese ritual particular. ¿O era una honesta confesión? *Cuéntame más cosas,* pensó, pero sabía por experiencia que quedarse callado con la esperanza de que un oasiano llenara el silencio nunca funcionaba.

—Es una buena idea y... algo admirable lo que... hacéis. Con alguien que acaba de morir.

No estaba seguro de cómo continuar. La cuestión de fondo era que ni toda la admiración del mundo podía evitar su repugnancia. Pero si ponía eso en palabras, sería como darle a Amante Uno una lección sobre las diferencias irreconciliables entre sus especies.

Amante Uno asintió de nuevo.

—Hacemoꙅ ᛏodo para hacer comida. Hacemoꙅ comida para muchoꙅ.

Un cuenco de sopa descansaba en equilibrio en la falda de su túnica. Aún no había probado bocado.

—He tenido sueños con tu madre —confesó Peter—. No la conocí como persona, no quiero decir que... —Respiró hondo—. Verla cubierta de insectos, y luego de gusanos, y todo el mundo... —Bajó la vista hacia las botas de Amante Uno, a pesar de que no había ninguna posibilidad de que se miraran directamente a los ojos–. No estoy acostumbrado. Me alteró.

Amante Uno estaba sentado, inmóvil. Tenía una mano apoyada en la barriga, y con la otra sostenía un trozo de pan.

–Yo ⲧambién.

–Creía que... Tenía la impresión de que vosotros..., todos vosotros..., teníais miedo de la muerte. Y sin embargo...

–ⲧenemoꙅ miedo de la muerⲧe –afirmó Amante Uno–. Pero. El miedo no reⲧiene la vida en un cuerpo cuando la vida ꙅe acaba. Nada reⲧiene la vida en un cuerpo. ꙅólo Dioꙅ Nueꙅⲧro ꙅeñor.

Peter miró fijamente el rostro indescifrable de su amigo.

–Puede haber momentos en la vida de una persona en los que el dolor por la pérdida de un ser querido sea más fuerte que la fe.

Amante Uno esperó largo rato antes de responder. Había tomado unas pocas cucharadas de sopa, que ahora estaba fría, espesa y cuajada. Comió algo de pan, desmenuzándolo en trocitos e insertándolos suavemente en el orificio sin labios ni dientes que tenía en la cabeza.

–Mi madre una mujer muy imporⲧanⲧe –dijo al fin–. Para mí.

En su segunda estancia entre los oasianos, Dios se preocupó de que las experiencias de Peter estuvieran equilibradas. A su primera muerte le siguió, poco después, su primer nacimiento. Una mujer llamada ꙅⲟꙅⲟꙅⲟꙅ –no era una Amante de Jesús, evidentemente– iba a tener un bebé, y Peter fue invitado al parto. Amante de Jesús Uno, su acompañante, le dio a entender que se trataba de un gran honor; desde luego fue una sorpresa, ya que los no creyentes del asentamiento nunca lo habían admitido de manera formal. Pero era un acontecimiento tan feliz que dejaron a un lado las reticencias habituales y toda la comunidad oasiana se unió en su hospitalidad.

El contraste entre la muerte y el nacimiento era chocante. Mientras que el cuerpo de la madre de Amante Uno había estado tendido a su suerte en un patio trasero, únicamente llorado por su hijo, en soledad para que atrajera los insectos, y lo habían tratado como si fuera una parcela de huerto, la mujer que estaba a punto de dar a luz era el centro de un enorme alboroto. En las calles que llevaban a la casa había un ajetreo considerable, y daba la sensación de que todo el mundo iba al mismo sitio. Cuando Peter vio la casa, pensó que estaba ardiendo, pero el vapor que salía ondulando por las ventanas era de incienso.

Dentro, la futura madre no estaba tumbada en la cama y rodeada de equipamiento médico, o padeciendo los dolores del parto bajo la supervisión de una comadrona, sino paseando libremente, socializando. Vestida con una variante blanca como la nieve del atuendo oasiano habitual –más holgada y fina, más parecida a un camisón–, atendía a todos y recibía una a una las felicitaciones de los visitantes. Peter no sabía decir si estaba alegre o nerviosa, pero era evidente que no tenía ningún dolor, y tampoco veía ninguna protuberancia en su esbelto cuerpecillo. Sus gestos eran elegantes y formales, como en una danza medieval con un sinfín de parejas de baile. Era el Gran Día de 𐤎𐤋𐤀𐤔𐤀𐤍𐤀.

Peter sabía que los oasianos no celebraban el matrimonio. Sus emparejamientos sexuales eran acuerdos privados, tan discretos que rara vez se aludía a ellos. Pero el día del parto era un evento destacado y notoriamente público en la vida de una mujer, una exhibición ritual tan extravagante en todos los aspectos como un convite de boda. La casa de 𐤎𐤋𐤀𐤔𐤀𐤍𐤀 era un hervidero de gente dándole sus buenos deseos, decenas de cuerpos que iban de aquí para allá vestidos con colores brillantes. *Todos los colores de la paleta,* pensó Peter, esforzándose por apreciar la diferencia entre una túnica y otra. Bermellón, coral, albaricoque, cobre, cereza, salmón: ésos eran sólo algunos de los rosas a los que supo poner nombre; otros estaban más allá de su vocabulario. Al otro lado de la sala, una persona vestida de violeta claro se abrió paso entre la multitud para reunirse con un viejo conocido vestido de color ciruela casi madura, y sólo cuando se tocaron el uno al otro, el guante sobre el brazo, vio Peter que esas dos túnicas que de otro modo habría percibido de idéntico color eran, en realidad, únicas. Y así siguió todo, por toda la casa: gente saludándose los unos a los otros, sin que les hiciera falta más que un vistazo para reconocer y ser reconocidos. En mitad de ese alboroto íntimo y relajado, Peter comprendió que tendría que desarrollar toda una nueva relación con el color si quería reconocer algún día a más de una veintena de individuos entre la multitud de aquella ciudad.

Fue una fiesta maravillosa, habría dicho Peter si le hubiesen pedido que se lo describiera a alguien que no había estado presente. El único problema fue que sintió que él estaba de más. Amante de Jesús Uno lo había llevado hasta allí, pero no dejaba de encontrarse con amigos que lo introducían en conversaciones que, a oídos de Peter, no eran más que gorgoteos y resuellos. Pedir que le tradujeran parecía grosero y, en cualquier caso, no había motivo para suponer que un extranjero fuese a entender mucho de lo que se estaba hablando.

Durante un rato, se sintió un patán fuera de lugar, descollando por encima de todo el mundo, proyectando literalmente una sombra sobre ellos, y sin embargo... irrelevante. Pero entonces se relajó y empezó a pasarlo bien. Aquella reunión no giraba en torno *a él:* eso era lo bonito, en realidad. Tenía el privilegio de observar, pero no estaba de servicio, no se esperaba nada de él; era, por primera vez desde su llegada a Oasis, un turista. Así que se sentó en cuclillas en un rincón de la sala, dejó que la niebla azulada del incienso le subiera a la cabeza y contempló cómo coronaban de afecto a la futura madre.

Después de lo que parecieron horas de encuentros y salutaciones, ܐܡܗܕܘܐ señaló de pronto que ya había tenido bastante. El agotamiento la había invadido de manera visible, y se sentó en el suelo, rodeada de pliegues del camisón de tela blanca. Sus amigos se echaron atrás mientras ella se quitaba la capucha y dejaba al descubierto la carne lívida, reluciendo por el sudor. Se inclinó y puso la cabeza entre las rodillas, como si estuviera a punto de desmayarse o de vomitar.

Entonces la fontanela se abrió de par en par, y una gran masa rosada sobresalió de ella, recubierta de un líquido espumoso y brillante. Peter dio un respingo, sobresaltado, convencido de que estaba presenciando una muerte violenta. Una convulsión más y se terminó. El bebé salió expulsado con un espasmo resbaladizo y se deslizó hacia los brazos de su madre, que lo aguardaban. ⲭⲟⲛⲟⲁⲃⲛⲋ levantó la cabeza al tiempo que la fontanela se fruncía y cerraba de nuevo, con las zonas carnosas de la cara aún lívidas. La sala entera estalló en aplausos, y un coro de voces unió fuerzas para crear un arrullo sobrecogedor, tan alto como un acorde que brotara del órgano de una catedral.

El bebé estaba vivo y bien, y se retorcía ya para liberarse de los brazos de su madre. No tenía cordón umbilical, y resultaba sorprendente lo poco que se parecía a un feto: era una perfecta persona en miniatura; los brazos, las piernas y la cabeza tenían todos ellos proporciones adultas. Al igual que un potro o un ternero recién nacido, intentó de inmediato tenerse sobre sus piernas, arreglándoselas para cogerle el truco al equilibrio a pesar de que aún tenía los pies resbaladizos por el pringue fetal. La multitud aplaudió y vitoreó un poco más. ⲭⲟⲛⲟⲁⲃⲛⲋ agradeció ceremoniosamente la ovación, y luego se puso a limpiar aquella mucosidad de la piel de su bebé con un trapo húmedo.

—ⲁⲁⲭⲟⳙⲃⳙ —anunció. Sonó otra gran ovación.

—¿Qué ha dicho? —preguntó Peter a Amante Uno.

—ⲁⲁⲭⲟⳙⲃⳙ.

—¿Es el nombre del bebé?

—El nombre, ⲥⲟⳙí.

335

–¿Tiene algún significado, o es sólo un nombre?

–El nombre ᴚiene ꙅignificado –respondió Amante Uno. Y luego, tras unos segundos–: Eꙅperanza.

El bebé estaba ahora en firme equilibrio, con los brazos estirados como unas alas extendidas. ꙅꙮꙏꙮꙭꙮ le limpió el último resto de porquería de la piel, tras lo cual alguien salió de la multitud con los brazos llenos de suaves regalos. Una túnica, patucos, guantes, todo en malva oscuro, todo exactamente a la medida. ꙅꙮꙏꙮꙭꙮ y la persona que le había entregado los regalos, que quizás fuera una abuela o una tía, empezaron a vestir al bebé, que se tambaleaba y balanceaba, pero no se resistió. Cuando estuvo listo, el bebé estaba adorable y elegante de un modo exquisito, tranquilamente satisfecho de estar a la vista de todos. Un niño, decidió Peter. ¡Era increíble, la destreza puesta en aquellos guantes minúsculos, cada dedo ajustado y aterciopelado! ¡Y extraordinaria, la manera en que el niño había aceptado aquella segunda piel!

Para entonces, Peter ya no estaba en cuclillas. Las piernas habían empezado a dolerle y se había puesto de pie para estirarlas. El niño, asombrosamente alerta, dio un repaso a todas las criaturas de la sala, casi una colección de réplicas de sí mismo. Sólo había una criatura que no encajaba en el cuadro, sólo una criatura que no tenía sentido en su visión recién configurada del universo. El niño, con la cabeza inclinada hacia atrás, estaba paralizado, fascinado por el extraterrestre.

ꙅꙮꙏꙮꙭꙮ, reparando en la indecisión de su hijo, dirigió también su atención hacia Peter.

–ꙮꙭꙡꙭꙮ ꙡꙭꙅꙭꙮ –dijo desde el otro lado de la sala.

–¿Qué ha dicho? –le preguntó Peter a Amante Uno.

–Palabra. Palabra ᴚuya.

–¿Quieres decir... un discurso?

Amante Uno inclinó la cabeza con diplomacia.

–Poca palabra, mucha palabra, cualquier palabra. Cualquier palabra que puedaꙅ.

—Pero ella... ella no es una Amante de Jesús, ¿verdad?

—No —reconoció Amante Uno, mientras ⲭⲟⲛⲟⲟⲛⲟ hacía un gesto de urgencia apremiando a Peter a aceptar—. En eⲟⲭe día, ⲭoda palabra eⲟ buena. —Y tocó el codo de Peter, lo cual, para los estándares de Amante Uno, equivalía a un empujón.

Así que era eso: Peter estaba allí como un accesorio. Una actuación extra para redondear el Gran Día de la madre. Vale, no había nada de malo en ello. El cristianismo se usaba para esas cosas continuamente. ¿Y quién sabía? Quizás no fuera su estatus como pastor lo que quería explotar la mujer, sino su estatus como visitante. Dio un paso al frente. Había citas y temas dándole vueltas por la cabeza, pero una cosa estaba clara: quería que el discurso fuese tanto para Amante Uno, tan digno en su duelo, como para la madre y su hijo. A menudo, en sus experiencias pasadas como pastor, había tenido una visión repentina de lo que encerraba un miembro incondicional de su congregación, un miembro que no dejaba de afirmar la alegría de conocer a Cristo, la generosa bendición de la fe, pero que estaba —comprendía Peter en un destello— dolorosa e inconsolablemente triste. Amante de Jesús Uno quizás fuera una de esas almas.

—Me han pedido que hable. Para algunos de vosotros, lo que diré tendrá sentido. Para la mayoría, puede que no. Un día, tengo la esperanza de hablar vuestra lengua. Pero, un momento, ¿habéis oído? Acabo de pronunciar esa palabra maravillosa: *esperanza.* El nombre de un sentimiento, y también el nombre de este niño que ha empezado a vivir con nosotros hoy.

El niño levantó una bota, luego la otra, y cayó hacia atrás. Su madre lo atrapó con cuidado y lo dejó en el suelo, donde se quedó sentado con aspecto pensativo.

—La esperanza es frágil —prosiguió Peter—, tan frágil como una flor. Esta fragilidad hace que sea fácil desdeñarla, que la desdeñe gente que ve la vida como un suplicio oscuro y difícil, gente a la que le enfada que algo en lo que no cree dé consuelo a otros. Prefieren pisotear la flor, como para decir: *Mira lo débil que es esta cosa, mira lo fácil que es destruirla.* Pero, en realidad, la esperanza es una de las cosas más sólidas que hay en el universo. Los imperios caen, las civilizaciones se convierten en polvo, pero la esperanza siempre vuelve, abriéndose paso entre las cenizas, creciendo de semillas invisibles e invencibles.

La congregación –si fuera tan atrevido como para llamarla así– estaba en silencio, como si reflexionara sobre la trascendencia de cada palabra, aunque lo más seguro es que anduvieran bastante perdidos. Sabía que debían de ver su discurso como una especie de música, el breve estallido de melodía de un invitado extranjero que les mostrara cómo sonaba un instrumento exótico.

–La más querida de las esperanzas, como sabemos todos, es un nuevo hijo. La Biblia, ese libro que algunos amáis tanto como yo, contiene muchas historias bonitas sobre el nacimiento de los niños, incluido el nacimiento de Jesús, Nuestro Señor. Pero éste no es el momento ni el lugar para que os cuente historias de la Biblia. Sólo diré que las antiguas palabras del Eclesiastés me han ayudado a darle un sentido a lo que he visto en los últimos días. El Eclesiastés dice: Todo tiene su tiempo. Hay un tiempo de nacer, y hay un tiempo de morir; un tiempo de llorar, y un tiempo de reír; un tiempo de plantar, y un tiempo de recoger. Una persona anciana, la madre de Amante de Jesús Uno, ha muerto. Fue algo muy triste. Una persona nueva, ᴀᴀᴧᴆᴧᴆ⅄, ha nacido hoy. Eso es algo muy feliz. Honremos la idéntica importancia de cada uno: cuando celebramos una nueva vida, recordamos la pérdida de los que nos han dejado, y en mitad de la tristeza, nuestro ánimo se eleva al dar la bienvenida a una nueva vida. Así pues, al pequeño ᴀᴀᴧᴆᴧᴆ⅄, el regalo más bello y valioso para nuestra comunidad, yo le digo: ¡bienvenido!

Esperaba haber dotado a esta última palabra de suficiente resonancia para indicar que se trataba del final del discurso. Evidentemente, así fue: el público emitió un murmullo coral, aplaudió y agitó los brazos. Hasta el niño, captando el ánimo imperante, extendió las manitas enguantadas. La sala, tan silenciosa en los minutos anteriores, se llenó de nuevo de arrullos y conversaciones; esa gente, que se había transformado brevemente en público, volvió a convertirse en multitud. Peter hizo una reverencia y se retiró a su posición anterior contra la pared.

Por un instante, en mitad de las renovadas celebraciones que siguieron, acarició su mente el pensamiento de su propio hijo, que crecía en el cuerpo de su mujer muy lejos de allí. Pero fue sólo un pensamiento, y ni siquiera uno verdaderamente definido: sólo el reflejo medio atisbado de un pensamiento, incapaz de competir con toda la conmoción que tenía justo delante de él: la multitud vestida de colores brillantes, los gestos de excitación, los gritos de otro mundo, el recién nacido, atento, con sus miembros larguiruchos, el héroe del momento, el rey del día.

16. SALIENDO DE SU EJE Y CAYENDO POR EL ESPACIO

Al quinto día, un día lluvioso de una belleza casi insoportable, Peter cayó en la cuenta de que Grainger iba a ir a recogerlo.

No era que no quisiera que fuese, y tampoco que ella hubiese dejado de ser real para él. De vez en cuando, a lo largo de las trescientas sesenta y tantas horas hasta su cita programada, había pensado en ella. Se preguntaba, por ejemplo, si le dejaría ayudarla con la siguiente entrega de medicamentos; recordó las cicatrices que tenía en los antebrazos y especuló sobre el sufrimiento que la habría llevado, cuando era más joven, a autolesionarse; y a veces, por las noches, antes de quedarse dormido, le venía a la cabeza una visión fugaz de su cara, pálida y preocupada. Sin embargo, su vida aquí entre los oasianos era muy plena, y había demasiadas cosas que debía tratar de retener en la cabeza. *Contempla la oportunidad,* lo instaba el Eclesiastés. *No ignores nada, sea grande o pequeño.*

Ah, no se olvidaba de rezar por Charlie Grainger y por Coretta, y pensaba en Grainger todas las veces. Pero cuando se despertó la mañana del quinto día, la larga noche había terminado, el sol despuntaba, y las lluvias se iban acercando: eso era todo. La cita con la farmacéutica malhumorada de la USIC se había borrado de su cerebro.

Ajustarse a un calendario no había sido nunca su fuerte.

Cuanto más tiempo pasaba entre los oasianos, menos sentido tenía para él aferrarse a maneras de medir el tiempo que eran, francamente, irrelevantes. Para él los días ya no tenían veinticuatro horas, y desde luego no constaban de 1.440 minutos. Un día era un periodo de luz solar, separado del siguiente por una racha de oscuridad. Cuando el sol brillaba, podía estar despierto durante veinte, o puede que veinticinco horas de un tirón. No sabía exactamente cuántas, porque el reloj de su padre había dejado de funcionar a causa de la humedad. Era triste, pero no tenía sentido lamentarse.

En fin, la vida no consistía en mediciones, consistía en sacar lo máximo de cada minuto que Dios nos daba. Había tanto que hacer, tanto que asimilar, tanta gente con la que comulgar... Cuando caía la noche, Peter se deslizaba en un sueño comatoso, y su conciencia se hundía rápida e irreparablemente como un coche arrojado a un lago. Después de un siglo en el fondo, flotaba hacia capas más superficiales en las que dormitaba y soñaba, se levantaba a mear, y luego dormitaba y soñaba un poco más. Era como si hubiese descubierto el secreto de Joshua; Joshua el gato, claro está. El secreto para dormitar durante horas y días sin fin, sin aburrirse, almacenando energía para la siguiente ocasión.

Y cuando había dormido todo lo que era capaz de dormir, se quedaba tumbado, despierto, mirando al cielo, familiarizándose con las ochenta y siete estrellas y poniéndoles nombre: Zimram, Jocsán, Medán, Madián, Isbac, Súa, Seba, etc. Todas aquellas genealogías del Génesis y del Éxodo habían acabado siendo útiles. Habían alumbrado una nueva constelación.

La mayor parte del tiempo se quedaba sentado en la cama, trabajando en sus versiones parafraseadas de las Escrituras a la luz de unas duraderas velas de resina. La Biblia del rey Jacobo abierta sobre el regazo, un cuaderno apoyado en el antebrazo, y una almohada para la cabeza siempre que necesitaba meditar sobre las alternativas. *A cada provincia se le escribió según su es-*

critura, y a cada pueblo conforme a su lengua; el edicto de Mardoqueo, en algún momento del exilio babilónico de los israelitas. Si los oasianos no podían tener un Evangelio en su propia lengua, merecían la siguiente mejor opción: una versión que pudiesen pronunciar y cantar.

Más de una vez, había salido a la oscuridad que rodeaba la iglesia, se había arrodillado en la zona de matojos en la que enterraba sus excrementos y le había pedido a Dios que le dijera, honestamente, si había caído en el pecado del Orgullo. Esas traducciones en las que estaba poniendo tanta energía, ¿realmente hacían falta? Los oasianos nunca habían pedido que los libraran de las consonantes. Parecían resignados a su humillación. Kurtzberg les había enseñado a cantar «Sublime Gracia», y qué dulce había sido el sonido; y qué penoso también. ¿Y no era ésa la clave? Hubo gracia en su ardua aproximación. Más gracia, desde luego, que la que uno encontraría en la congregación pagada de sí misma de algún pueblo británico, cantando himnos facilones con la cabeza en el fútbol o en un culebrón. Los oasianos querían su Libro de las cosas nunca vistas; a lo mejor no debía diluir su extrañeza.

Rogó pidiendo consejo. Dios no lo amonestó. En la calma de la cálida noche oasiana, con las estrellas brillando, verdosas, en el cielo azul, el mensaje abrumador que percibió en el aire que lo rodeaba fue: *Todo irá bien. La compasión y la buena voluntad nunca yerran. Sigue como empezaste.* Nada podía empañar el recuerdo de aquel día en que los oasianos cantaron «Sublime Gracia» para él: el regalo que les hizo Kurtzberg, y que ellos pasaron al siguiente pastor. Pero él, Peter, les haría otros regalos. Él les daría unas Escrituras que brotarían de ellos tan fluidas como la propia respiración.

Había ya en la congregación cerca de ciento veinte Amantes de Jesús, y Peter estaba decidido a conocerlos a todos uno a uno, lo que requería mucho más esfuerzo que el de limitarse a llevar un registro mental de los colores de las túnicas y la numeración. Estaba haciendo progresos (por así decirlo) a la hora de distinguir las caras. El truco estaba en dejar de esperar a que los rasgos se definieran en una nariz, labios, orejas, ojos, etcétera. Eso no iba a pasar. Lo que había que hacer era descodificar una cara como uno descodificaba un árbol o una formación rocosa: abstracta, única, pero (después de vivir un tiempo con ella) familiar.

Aun así, *reconocer* no era lo mismo que *conocer*. Uno podía aprender a identificar cierto patrón de protuberancias y colores y saber: éste es Amante de Jesús Trece. ¿Pero quién era en realidad Amante de Jesús Trece? Peter tenía que admitir que le estaba costando conocer a los oasianos en un sentido más profundo. Los amaba. De momento tendría que bastar con eso.

Pero a veces se preguntaba si bastaría siempre. Era difícil recordar a las personas cuando no se comportaban como humanos, con sus exhibiciones circenses de ego, sus esfuerzos compulsivos de grabarse a fuego en tu cabeza. Los oasianos no funcionaban así. Nadie abrazaba actitudes que dijeran a gritos *¡Miradme!* o *¿Por qué no puedo ser yo mismo?* Nadie, que él supiera, se angustiaba preguntándose *¿Quién soy?* Se limitaban a seguir con su vida. Al principio le había resultado imposible creérselo, y dio por hecho que esa ecuanimidad tenía que ser una fachada y que cualquier día descubriría que los oasianos estaban tan jodidos como todo el mundo. Pero no. Eran lo que aparentaban ser.

En cierto modo, era realmente una especie de... *descanso* ahorrarse los melodramas que lo hacían todo tan difícil cuando uno trataba con otros humanos. Pero significaba también que, aquí, su método testado para ganarse la confianza de los nuevos conocidos era de todo punto inservible. A Bea y a él les había funcionado muchísimas veces, en todos los sitios en los que había servido como pastor, tanto en los vestíbulos de hoteles opulentos como en los intercambios de jeringuillas, siempre el mismo mensaje para que la gente se abriera: *No te preocupes, me doy cuenta de que tú no eres como los demás. No te preocupes, me doy cuenta de que eres especial.*

Pero los oasianos no necesitaban que Peter les dijera lo que eran. Llevaban su individualidad con una modesta confianza en sí mismos, sin celebrar ni defender las excentricidades y los defectos que los distinguían de otros de su especie. Eran como los budistas más budistas que uno podía imaginar; lo que hacía que su anhelo de religión cristiana fuera de lo más milagroso.

–Supongo que estáis enterados de que entre mi gente los hay que creen en otras religiones que no son la cristiana –le había dicho hacía un tiempo a Amante de Jesús Uno.

–Lo hemo🜄 oído.

–¿Os gustaría que os contara algo sobre esas religiones?

Le parecía honesto ofrecérselo. Amante Uno hizo eso de juguetear con las mangas de la túnica que hacía siempre que no quería que la conversación fuese más lejos.

–No queremo🜄 má🜄 Dio🜄 que Dio🜄 nue🜄🜃ro 🜄alvador. 🜄ólo en Él 🜃enemo🜄 la e🜄peranza de la vida.

Era lo que cualquier pastor cristiano habría ansiado escuchar de un nuevo converso; sin embargo, que alguien lo afirmara de un modo tan rotundo, tan calmado, era algo perturbador. Ser el pastor de los oasianos era una alegría, pero Peter no podía evitar pensar que resultaba demasiado fácil.

¿O no? ¿Por qué no *debería* ser fácil? Cuando la ventana del alma estaba limpia, no manchada ni empañada con la porquería acumulada de la artería, el egocentrismo y el autodesprecio, nada impedía que la luz brillara a través de ella. Sí, puede que fuera sólo eso. O puede que los oasianos fueran demasiado ingenuos, demasiado impresionables, y que él tuviera la responsabilidad de darle a su fe cierto rigor intelectual. No lo sabía todavía. Seguía rogando por saberlo.

Y luego estaban los que no eran Amantes de Jesús, esos cuyos nombres ni siquiera sabía pronunciar. ¿Qué iba a hacer respecto a ellos? No eran menos valiosos a ojos de Dios, y seguro que tenían necesidades y pesares tan serios como los de cualquiera. Debería llegar a ellos, pero le ignoraban. No de un modo agresivo: sólo se comportaban como si no estuviera allí. No, eso no era del todo exacto: respondían a su presencia como alguien respetaría un frágil obstáculo –una planta que no hay que pisar, una silla que no hay que volcar–, pero no tenían nada que decirle. Porque, por supuesto, no tenían *literalmente* nada que decirle, ni él a ellos.

Decidido a hacer algo más que limitarse a predicar a los conversos, Peter se esforzó por llegar a conocer a esos desconocidos, fijándose en los matices de sus gestos, en la forma en que se relacionaban unos con otros, en el papel que parecían tener en la comunidad. Algo que, en una comunidad tan igualitaria como la de los oasianos, no era fácil. Había días en que sentía que lo máximo que obtendría jamás de ellos sería una especie de tolerancia animal: el tipo de relación que desarrolla un visitante ocasional con un gato cuando éste, pasado un rato, deja de bufar y esconderse.

En total había más o menos una docena de no cristianos a los que reconocía nada más verlos y cuyas peculiaridades creía que empezaba a tener controladas. En cuanto a los Amantes de Jesús, los conocía a todos. Conservaba notas sobre ellos, apuntes indescifrables que a veces garabateaba a oscuras, emborronados por el sudor y la humedad, matizados con signos de interrogación al margen. Daba igual. El conocimiento real y práctico era intuitivo, y estaba almacenado en el que le gustaba considerar el hemisferio oasiano de su cerebro.

Seguía sin tener una idea clara de cómo vivía mucha gente en C-2. Las casas tenían muchas habitaciones, como colmenas, y no podía adivinar cuántas estaban habitadas. Lo que significaba también que sólo podía hacer un cálculo estimado de lo pequeña, o no tan pequeña, que era la proporción de cristianos. Puede que un uno por ciento. Puede que la centésima parte de un uno por ciento. No lo sabía, sencillamente.

Aun así, un centenar de cristianos era un logro increíble en un lugar como ése, más que suficiente para conseguir grandes cosas. La iglesia iba adelante. Es decir, el edificio. Ahora ya tenía tejado, convenientemente inclinado, estanco y práctico. Sus peticiones educadas de un capitel había sido esquivadas («hacemo𝖘 𝖙odo lo demá𝖘, por favor, ante𝖘»); tenía la sensación de que esquivarían el tema para siempre.

Como compensación, los oasianos habían prometido decorar el techo. Kurtzberg les había enseñado una vez una fotografía de un sitio que llamaban, de un modo casi ininteligible, la Capilla 𝖘i𝖘𝖝ina. Inspirados por el trabajo de Miguel Ángel, los oasianos tenían muchas ganas de crear algo parecido, sólo que proponían que todos los episodios debían ser de la vida de Jesús, y no del Viejo Testamento. Peter estaba totalmente de acuerdo. Aparte de que daría a la iglesia algo de color, muy necesario, le proporcionaría a él un atisbo de la naturaleza única de la percepción de aquella gente.

Amante Cinco, como siempre, fue la más rápida, y mostró un esbozo de la escena que proponía pintar. Era el exterior de la tumba de Jesús, donde Salomé y las dos Marías encontraron la roca movida. Evidentemente, ya estaba familiarizada con esta historia. Peter no tenía ni idea de cuál de los cuatro evangelios habría usado Kurtzberg, si sería la historia de los «dos hombres con vestiduras resplandecientes» de Lucas, la del ángel de Mateo bajando de los cielos acompañado de un terremoto, la del joven solitario sentado en el sepulcro de Marco, o los dos ángeles de Juan. Fuera cual fuese, Amante Cinco había desechado a todos estos personajes y los había sustituido por Cristo crucificado. Las mujeres, de proporciones elegantes y vestidas con túnicas con capucha como la suya, estaban frente a una figura delgada como un espantapájaros y cubierta con un taparrabos. Este Jesús estaba erguido y con los brazos extendidos a los lados, mostrando sendos agujeros en forma de ojo en las

346

palmas de Sus manos, desplegadas como estrellas de mar. Sobre el cuello, donde debería estar Su cabeza, Amante Cinco había dejado un espacio en blanco del que salía una profusión de líneas como púas de puercoespín que representaban el resplandor procedente de una fuente de luz incandescente. En el suelo, entre las mujeres y Él, había una especie de bagel que Peter comprendió pasado un minuto que debía de ser la corona de espinas.

–Ya no e⳽á muer⳽o –le explicó Amante Cinco, o puede que fuera el título del dibujo.

Puede que Amante Cinco fuese la primera con un esbozo, pero no fue la primera en ver su pintura en el techo de la iglesia. Esa distinción correspondió a Amante de Jesús Sesenta y Tres, un individuo extremadamente tímido que se comunicaba sobre todo por señas, hasta con los suyos. Los oasianos eran muy escrupulosos en su respeto a los demás, y el chismorreo no era su estilo, pero Peter fue captando poco a poco el mensaje de que Amante Sesenta y Tres tenía algún tipo de deformidad o malformación. No se decía nada específico, sólo había la noción general de que Amante Sesenta y Tres era un personaje lastimoso que seguía adelante como si nada, como si fuera normal, cuando todo el mundo sabía que no lo era. Peter se esforzó al máximo, sin mirar fijamente, por ver cuál podría ser el problema. Notó que la carne de la cara de Amante Sesenta y Tres parecía menos viva, menos brillante, que la de otra gente. Daba la impresión de que la hubieran espolvoreado con talco, o que estuviera escaldada, como el pollo fresco, que pierde el color rosado y se vuelve blanco tras sólo unos segundos en agua hirviendo. A ojos de Peter, eso, si acaso, le hacía más fácil mirarlo. Pero para sus vecinos, era la prueba de una triste discapacidad.

Cualquiera que fuese la incapacidad de Amante Sesenta y Tres, ésta no afectaba a sus dotes artísticas. Su panel pintado, que estaba ya colocado en el techo de la iglesia, justo encima

347

del púlpito, era su única aportación terminada hasta el momento, y sus próximas creaciones tendrían que ser realmente impresionantes para igualarla en calidad. Resplandecía como la vidriera de una claraboya y tenía la asombrosa habilidad de seguir siendo visible aun cuando el sol declinaba y el interior de la iglesia iba quedando en penumbra, como si los pigmentos fueran de por sí luminiscentes. Combinaba unos atrevidos colores expresionistas con la composición compleja y exquisitamente equilibrada de un retablo medieval. Las figuras tenían más o menos la mitad del tamaño real, y se aglomeraban en un rectángulo de tela aterciopelada más grande que Amante de Jesús Sesenta y Tres.

El pasaje bíblico escogido era el de la duda de Santo Tomás, cuando sus condiscípulos le dicen que han visto a Jesús. Un tema de lo más inusual: Peter estaba casi seguro de que ningún pintor cristiano lo había abordado antes. En comparación con el encuentro, más sensacionalista, con Jesús resucitado y el dedo en la herida, este episodio previo estaba desprovisto de drama visual: un hombre corriente, en una sala corriente, expresa su escepticismo sobre lo que acaba de decirle un grupo de hombres corrientes. Pero con la concepción de Amante Sesenta y Tres, resultaba espectacular. Las túnicas de los discípulos –todas de diferentes colores, por supuesto– tenían marcas de quemaduras de pequeños crucifijos negros, como si un aluvión de rayos láser del radiante Cristo se hubiese grabado a fuego en sus ropas. De sus bocas como rajas salían bocadillos de diálogo que parecían estelas de vapor. Dentro de cada bocadillo había dos manos, con el mismo estilo a lo estrella de mar que había empleado Amante Cinco. Y en el centro de cada estrella de mar, el agujero en forma de ojo, adornado con un pegote de pintura de bermellón puro que bien podía ser una pupila o un goterón de sangre. La túnica de Tomás era monocroma, sin marcas, y su bocadillo de diálogo de un marrón sobrio. No contenía ninguna mano, ni imágenes de ningún tipo, sólo un ladrillo de texto de caligrafía incomprensible pero elegante, como árabe.

—Es precioso —le había dicho Peter a Amante de Jesús Sesenta y Tres cuando entregó formalmente el cuadro.

Amante Sesenta y Tres bajó la cabeza. Asentimiento, vergüenza, reconocimiento, abstracción, placer, dolor, quién sabía.

—Nos recuerda además una verdad muy importante sobre nuestra fe —dijo Peter—. Una verdad que es especialmente importante en un lugar como éste, tan lejos del lugar donde comenzó el cristianismo.

Amante Sesenta y Tres se encorvó un poco más. Puede que la cabeza le pesara demasiado sobre el cuello.

—Jesús permitió que Tomás metiera el dedo en Sus heridas porque comprendía que algunas personas no son capaces de creer sin pruebas. Es una respuesta humana natural. —Peter dudó, preguntándose si el término «humano» precisaba algún matiz, pero luego decidió que a esas alturas debía de estar claro que consideraba a los oasianos tan humanos como a sí mismo—. Pero Jesús era consciente de que no sería posible para todo el mundo, en todas partes, para siempre en adelante, verlo y tocarlo como lo había hecho Tomás. Así que dijo: «Bienaventurados los que no vieron y creyeron.» Y ésos somos nosotros, amigo mío. —Puso la mano con cuidado sobre el hombro de Amante Sesenta y Tres—. Tú y yo, y todos los que estamos aquí.

—ſí —respondió Amante Sesenta y Tres. Para él, aquello constituía una conversación excesiva.

Un grupo de Amantes de Jesús que lo habían acompañado hasta la iglesia para entregar la pintura movieron los hombros con un temblor. Peter se dio cuenta de que eso era, probablemente, su equivalente a la risa. ¡Risa! ¡Así que tenían sentido del humor, al fin y al cabo! No dejaba de aprender cosas importantes de ese tipo, cosas que le hacían sentir que la distancia entre aquella gente y él se hacía más corta con cada amanecer.

Levantaron con solemnidad el cuadro de Amante Sesenta y Tres y lo colocaron en el techo, con lo que quedó inaugurada la obra devota de la iglesia. Al día siguiente se le sumó la interpretación que Amante Veinte hizo de Jesús purgando a María Magdalena de los siete pecados capitales. Los demonios –vapores ectoplasmáticos con perfiles vagamente felinos– estallaban en su pecho como fuegos artificiales, prendidos por Jesús, que estaba de pie tras ella con los brazos desplegados. Era una obra más burda que la de Amante Sesenta y Tres, pero no menos potente, y también ella resplandecía con una luminiscencia imposible.

Al día siguiente, nadie llevó ningún cuadro, pero sí le llevaron a Peter una cama con la que reemplazar el montón de trapos y redes en el que había estado durmiendo desde que descolgaron su hamaca. Los oasianos habían aceptado la hamaca sin más, y estaban bien dispuestos a rendir culto con ella colgando en medio, pero Peter la descolgó cuando juzgó que la iglesia estaba tan cerca de quedar terminada que la hamaca empañaba su dignidad. Los oasianos, que se habían fijado en que su pastor no tenía por qué estar colgado para encontrarse cómodo, le habían construido discretamente una cama, siguiendo el patrón habitual de su bañera/ataúd, pero más grande, menos profunda y menos atiborrada de envolturas de algodón. La llevaron hasta la iglesia cruzando los matorrales, la entraron por la puerta con mucho cuidado y la instalaron justo detrás del púlpito, sin pretensión alguna de que fuera nada más que una cama. Durante la primera oración desde la llegada de la cama, Peter les había dicho, en broma, que si se cansaba demasiado hablando siempre podía dejarse caer hacia atrás y echar una cabezada. Su congregación asintió con indulgencia. Para ellos, la idea tenía lógica.

La mañana que Grainger fue a recogerlo, Peter se despertó anticipándose. Anticipándose a la lluvia. Para los nativos, eso no era raro; la lluvia se producía a intervalos predecibles, y llevaban toda la vida acostumbrándose a sus ritmos. Pero Peter no estaba tan sincronizado, y la lluvia lo pillaba siempre por sorpresa. Hasta ahora. Se removió en la cama, resbaladizo por el sudor, con la cabeza embotada, con los ojos entrecerrados para que no le deslumbrara el rectángulo de luz con forma de ventana que le calentaba el pecho. Aun así, aturdido como estaba, supo al instante que no debía perder tiempo emergiendo a la superficie o tratando de recordar sus sueños o devanándose los sesos para encontrar una alternativa pronunciable de «baptista», sino que tenía que levantarse y salir.

Las lluvias estaban a unos cuatrocientos metros de distancia, y acortaban terreno rápidamente. Eran de verdad *lluvias,* en plural. Tres redes colosales de agua que avanzaban de manera independiente, separadas por espacios considerables de aire despejado. Cada una tenía su propia lógica interna, y duplicaba y reacoplaba sus patrones titilantes una y otra vez, al tiempo que se desplazaba lenta y grácilmente como uno de esos gráficos de ordenador tan complejos que pretenden mostrar una ciudad o una telaraña en tres dimensiones desde todos los ángulos. Sólo que allí la pantalla era el cielo, y lo que se mostraba era una vista imponente a la altura de una aurora boreal o de un hongo nuclear.

Ojalá Bea pudiera ver esto, pensó. Todos los días, a raíz de un suceso u otro, lamentaba su ausencia. No era un anhelo físico –*eso* iba y venía, y ahora mismo estaba en retirada–, sino más bien la conciencia incómoda de que una fase enorme y complicada de su vida estaba pasando, plagada de experiencias relevantes y con una profunda carga emocional, y que Bea no estaba viendo ninguna, no estaba ni lo más remotamente involucrada en ninguna. De nuevo ahora: esos tres grandes velos de lluvia reluciente, remolineando majestuosos a través de la llanura, hacia él: eran indescriptibles, y no los describiría, pero verlo le dejaría una marca, una marca que no dejaría en ella.

Las lluvias cubrieron la distancia restante en minutos. Para cuando el asentamiento quedó suavemente envuelto, Peter ya no podía percibirlas como tres entidades separadas. El aire a su alrededor estaba pletórico de agua, estallando de agua. Los lazos plateados de gotas de lluvia restallaban contra el suelo, restallaban contra él. Recordó cuando, de niño, jugaba con la niña del final de la calle y ella lo rociaba con la manguera del jardín, y él saltaba para esquivarla pero lo pillaba de todas formas, que era todo el sentido y el placer de aquello. Saber que te cogería, pero que no te harías daño y que en realidad te encantaba.

Pronto estaba empapado y goteando, y algo mareado de contemplar aquellas formas girando ante él. Así que, para descansar la vista, hizo lo que hacían los oasianos: se quedó allí con la cabeza echada hacia atrás, la boca abierta, y dejó que la lluvia cayera dentro. Beberse el chaparrón directo de la fuente. Era una sensación a la que, allí en casa, se entregaban todos los niños una o dos veces antes de comprender que no tenía sentido quedarse con la boca abierta como un idiota, esforzándose por pillar gotas de lluvia que estaban demasiado separadas y eran demasiado pequeñas. Pero allí los arcos ondulantes de lluvia hacían que no te llegara nada en un momento dado y acto seguido te alcanzara una generosa rociada, un chapoteo en la lengua. Además, el sabor a melón era más fuerte cuando llegaba directamente del cielo. O a lo mejor sólo eran imaginaciones suyas.

Se quedó un buen rato empapándose, bebiendo lluvia. El agua llenó sus oídos, y el mundo auditivo dentro de su cabeza quedó silenciado. Pocas veces había sentido esa absurda satisfacción.

Pero la lluvia, en el asentamiento oasiano, no era una experiencia egoísta. Era algo comunitario y ponía en marcha la acción comunitaria. Igual que los cantos del almuecín llamaban a los musulmanes a la oración, las lluvias llamaban a los oasianos al trabajo. Un trabajo duro. Ahora que Peter sabía lo duro que era, insistía en trabajar en el campo codo con codo, empleando su fuerza para ayudarles.

La blancaflor no era el único cultivo de los oasianos. Había también una sustancia algodonosa llamada ܫܐܙܫ que brotaba del suelo como una espuma blanca y pegajosa y se endurecía rápidamente para formar una hierba fibrosa. Era de esta hierba de la que salían las redes, los zapatos y la ropa de los oasianos. Y luego estaba el ܠܕܐܬܫܠܐ, una especie de musgo que crecía a una velocidad pasmosa y completaba su metamorfosis de motas de moho a una verde pelusa en una sola tarde. ¿Para qué servía? No tenía ni idea, pero aprendió a recolectarlo.

En cuanto a la blancaflor, descubrió que existía un truco para su formidable versatilidad: había que evaluar individual y frecuentemente cada planta para determinar en qué estadio de su ciclo de crecimiento se encontraba, porque se podían hacer cosas distintas con ella en función de cuándo se arrancara del suelo. Un día determinado, las raíces de una planta podían ser buenas para hacer sopa de «champiñones», la fibra buena para el «regaliz», las flores buenas para el pan y el néctar bueno para la «miel», mientras que otro día, las raíces podían ser buenas para el «pollo», la fibra buena para hacer cuerda, las flores buenas para la «crema inglesa», la savia seca buena para la «canela», y así sucesivamente. Acertar con los tiempos era especialmente crucial justo después de las lluvias, porque era entonces cuando las plantas más maduras daban sus mejores frutos. Mórbidamente porosas, se hinchaban de agua, perdían la poca rigidez que les quedara, se desplomaban sobre el suelo y empezaban a pudrirse con rapidez si no las arrancaban. Cuando las encontraban a tiempo, eran el producto agrícola más útil de todos, ya que proporcionaban levadura.

Consciente de que los oasianos estarían ya camino del campo, Peter dejó de tragar agua y volvió a entrar en la iglesia. El agua le resbalaba por las piernas mientras cruzaba la sala, y cada paso dejaba un charco en forma de pala. Se abrochó las sandalias (las botas amarillas eran demasiado preciadas para el trabajo sucio), se peinó con el pelo aplastado, dio algunos bocados a una sustancia marrón oscuro parecida a pan de centeno que los Amantes de Jesús llamaban El-pan-nuestro-de-cada-día y se puso en marcha.

La lluvia fue aflojando mientras avanzaba. Los remolinos de agua trazaban todavía formas características en el aire, pero algunos arcos se difuminaban convertidos en vapor, y sentía menos fuerza, menos impacto sobre la piel. Sabía que el chaparrón sólo duraría unos minutos más, y que luego el cielo estaría despejado un buen rato; si es que «despejado» era la palabra adecuada para un cielo que estaba siempre saturado de humedad. Después de eso, las lluvias volverían una vez más, luego escamparían durante veinte horas o así, y después volvería a llover dos veces. Sí, ya le iba cogiendo el tranquillo. Era casi un nativo.

Tres horas más tarde, si las hubiese contado, algo que desde luego no había hecho, Peter volvió de los campos de blancaflor. Tenía las manos y los antebrazos manchados de un gris blanquecino por el fangal polvoriento de la cosecha. La parte delantera de la dishdasha, desde el pecho hasta la tripa, estaba tan sucia de las brazadas de blancaflor que había cargado en las hamacas de transporte que el crucifijo de tinta apenas se veía. Más abajo, donde las rodillas se habían apoyado en el suelo, la tela estaba pringosa de tierra y savia. Iba dejando caer motas de polen al caminar.

Salió de las afueras del asentamiento y comenzó a cruzar el tramo de campo que iba del pueblo a la iglesia. Más consciente a cada paso de su aspecto ridículamente mugriento, levantó la vista al cielo en busca de signos del siguiente estallido de lluvia, que debía llegar muy pronto. La lluvia se llevaría la suciedad. Sólo tenía que ponerse desnudo bajo el diluvio y frotarse el cuerpo con las manos, puede que con la ayuda de la pastilla de

354

jabón que había traído de casa. Saldría justo al lado de la iglesia y la lluvia lo lavaría, y cuando estuviese limpio sostendría en alto su ropa y la lluvia la lavaría también. Y después de eso vendría una larga racha de sol, un tiempo excelente para secarse.

Mientras caminaba por el páramo tenía la mirada fija en la silueta del edificio de la iglesia y, anticipándose a su llegada, se quitó la ropa y la sacudió un par de veces para eliminar el exceso de tierra.

–¡Hala! –gritó una voz.

Peter miró a su alrededor. A unos veinte metros a la izquierda, aparcada junto al muro en el que se había borrado hacía mucho la pintada de bienvenida, estaba la furgoneta de la USIC. Y apoyada en la carrocería gris metalizada del vehículo, con una botella grande de agua aferrada contra el pecho, estaba Grainger.

–Perdón por la interrupción –le comentó. Los ojos miraban a la altura de su cara.

Peter se tapó los genitales con la ropa.

–He... He estado trabajando –le dijo, acercándose a ella con pasos algo torpes–. En el campo.

–Ésa es la impresión que da –respondió ella, y tomó otro trago de la botella. Estaba casi vacía.

–Eh... Espera un momento –le pidió él, señalando con la mano libre hacia la iglesia–. Sólo necesito lavarme, terminar unas cosas. Puedo hacerlo mientras tú entregas los medicamentos.

–La entrega de medicamentos ya está hecha. Hace dos horas.

–¿Y la comida?

–También. Hace dos horas.

Se acabó lo que quedaba de agua, inclinando la botella casi en vertical contra sus labios. Su garganta blanca latió al tragar. El sudor titiló en sus párpados.

–Ay, santo... cielo –dijo, cuando comprendió lo que significaba eso–. ¡Lo siento mucho!

–Es culpa mía por no haber traído una revista, supongo.

–He perdido... –Habría desplegado los brazos en un gesto de impotencia si no estuviese cubriendo su desnudez con uno de ellos.

–La noción del tiempo –confirmó ella, como si aún valiera la pena ahorrar unos segundos preciosos terminando la frase por él.

En el trayecto de vuelta a la USIC, Grainger estuvo menos crispada de lo que Peter esperaba. Quizás había pasado ya por todas las fases –irritación, impaciencia, rabia, preocupación, aburrimiento, indiferencia– en las dos horas que había tenido que esperar y ahora estaba más allá de todo eso. Fuera cual fuese la razón, estaba de razonable buen humor. Puede que el hecho de que lo hubiese encontrado en un estado tan lamentable, y de que hubiese alcanzado a ver su pene encogido colgando de su vello púbico como una babosa en un jardín albino, contribuyera a esa actitud de benévola condescendencia.

–Estás más delgado –le comentó ella, mientras cruzaban a gran velocidad el terreno plano y monótono–. ¿Nadie te ha dado de comer?

Él abrió la boca para asegurarle que había comido como un rey, pero se dio cuenta de que no era cierto.

–No he comido mucho, lo reconozco –respondió, llevándose la mano al estómago, justo por debajo de las costillas–. Sólo... tentempiés, supongo que los llamarías.

–Le sienta muy bien a tus pómulos.

Como acto reflejo, evaluó los rasgos faciales de Grainger. No tenía unos pómulos particularmente agraciados. Tenía el tipo de cara que sólo era bonita si controlaba su dieta y no se hacía mucho mayor de lo que era ahora. En cuanto la edad o la autoindulgencia rellenasen sus mejillas y ensancharan su cuello, siquiera un poco, cruzaría la línea que separaba el atractivo élfico de la insipidez hombruna. Lo lamentaba por ella, lamentaba la facilidad con la que podía leer su destino físico cualquiera que se molestase en echarle un vistazo, lamentaba la impasibilidad con la que sus genes marcaban los límites de lo que estaban dispuestos a hacer por ella en los años venideros, lamentaba comprender que estaba en su punto más alto y aun así, insatisfecha. Pensó en Beatrice, cuyos pómulos eran dignos de una cantante francesa. Al menos eso era lo que le había dicho algunas veces; ahora mismo no era capaz de visualizar los pómulos de Bea. Una imagen más vaga, más impresionista de su mujer parpadeó en su cerebro, medio borrada por los rayos de sol que entraban por el parabrisas de la furgoneta y por el torbellino de recuerdos recientes de varios Amantes de Jesús. Preocupado, se esforzó por verla con más nitidez. Un collar de perlas en la penumbra de otro tiempo y otro espacio, un sujetador blanco lleno de carne conocida. Amante de Jesús Nueve pidiéndole que lo bautizara. La (¿La?) desconocida que, en el campo, le había tendido un pedazo de tela que llevaba inscrita la palabra ⟨◌⟩, y se había dado un golpe en el pecho diciendo: «Mi nombre.» «Repítemelo», le había respondido él, y cuando ella lo repitió, Peter retorció la boca, la lengua, la mandíbula, cada uno de los músculos de la cara, y dijo: «⟨◌⟩», o algo lo bastante parecido como para que ella aplaudiera con las manos enguantadas en gesto de aprobación. ⟨◌⟩. ⟨◌⟩. Debía de dar por sentado que Peter lo olvidaría en cuanto desapareciera de su vista. Le demostraría que estaba equivocada. ⟨◌⟩.

—¿Hola? ¿Sigues con nosotros? —La voz de Grainger.

—Perdón.

Un olor delicioso le subía por la nariz. Pan de pasas. Grainger había desprecintado una barra y se estaba comiendo una rebanada.

—Sírvete tú mismo.

Peter cogió un poco, demasiado consciente de la mugre de sus uñas al tocar la comida. El pan estaba cortado a gruesas rebanadas —tres veces más gruesas de como las cortaría cualquier oasiano— y eran suntuosamente esponjosas, como si hubiesen salido del horno hacía quince minutos. Se llenó la boca de pan, hambriento de repente.

Grainger soltó una risita.

—¿No podrías haber presentado una solicitud de panes y peces?

—Los oasianos han cuidado mucho de mí —protestó Peter, tragando con fuerza—. Pero ellos no comen mucho, y yo pues he... he adoptado su rutina. —Cogió un poco más de pan de pasas—. Y he estado ocupado.

—No cabe duda.

Delante de ellos, dos masas de lluvia se iban haciendo visibles. Por casualidad, el sol estaba perfectamente situado en el espacio despejado que quedaba entre ambas. La periferia de cada una brillaba con tenues colores del arcoíris, como un lanzamiento inagotable de fuegos artificiales insonoros.

—¿Eres consciente de que tienes las puntas de las orejas achicharradas?

—¿Las orejas? —Se las palpó con las puntas de los dedos. La textura de los lóbulos era rugosa. Como beicon frito, reseco tras pasar la noche olvidado en el plato.

—Te va a quedar cicatriz —profetizó Grainger—. No me puedo *creer* que no te doliera a rabiar mientras te quemabas.

—Puede que sí me doliera.

Las dos masas de lluvia estaban ahora mucho más cerca, y el rápido avance del vehículo en dirección a ellas creaba la ilusión de que se movían con una aceleración mayor. Un leve giro del volante, dictado por el sistema de navegación, hizo que el sol se deslizara tras un velo acuoso.

—¿Estás bien?

—Sí, sí —le respondió Peter. Le gustaría que Grainger no interrumpiera tan a menudo la maravilla de la naturaleza, le ponía nervioso. Luego, en un esfuerzo por comunicarse con ella de un modo sincero, reflexionó—: En realidad no pienso si estoy bien o mal. Sólo... estoy.

–Bueno, eso está genial –le dijo ella–. Pero te recomiendo que te pongas algo de protector solar la próxima vez. Y mírate en el espejo de vez en cuando. Ya sabes, sólo para comprobar que tienes todas tus partes intactas.

–A lo mejor tendría que dejar eso en tus manos.

Ninguno de los dos había tenido intención de que aquello fuera un juego de palabras subido de tono, pero una vez pronunciado se quedó flotando en el aire, y ambos sonrieron.

–No pensaba que te pusieran a hacer trabajos pesados –le dijo Grainger–. Creía que te querían para estudiar la Biblia y cosas de ésas.

–No fue idea suya que trabajara en el campo, sino mía.

–Bueno, supongo que te pondrás moreno. Cuando se asienten las quemaduras.

–La cuestión es que me di cuenta de que la comida que cargan en esta furgoneta cada semana no sale de la nada –insistió–, aunque a la USIC se lo parezca.

–A decir verdad, yo crecí en una granja –le respondió Grainger–. Así que si me tenías etiquetada como una de esas personas que creen que el maíz se hace en la fábrica de nachos, te equivocas. Pero cuéntame: esos campos en los que estabas trabajando, *¿dónde están?* No los he visto nunca.

–Están justo en el centro.

–¿En el centro?

–Del asentamiento. Por eso no los has visto nunca. Los ocultan los edificios.

–Vaya, mira por dónde –dijo negando con la cabeza.

–El pueblo está construido en círculo alrededor de la tierra cultivable –le explicó Peter–. Lo que significa que siempre que hay trabajo, la gente llega desde todas las direcciones y converge en el centro, y todos tienen más o menos la misma distancia que recorrer. Es una idea maravillosamente lógica, ¿no te parece? No entiendo cómo no se le ha ocurrido nunca a ninguna generación de la humanidad.

Ella le clavó una mirada a lo *anda ya*.

–¿En serio no lo entiendes? Pues es porque el campo es un trabajo duro y aburrido, y la mayoría de la gente prefiere que otro lo haga por ella. A poder ser, en algún sitio lejano. Porque en la ciudad necesitan el espacio para un centro comercial.

–¿Es lo que tiene planeado la USIC aquí?

Era la clase de comentario que antes podría haberla ofendido, pero ahora no pareció importarle.

–No –respondió con un suspiro–. No en un futuro próximo. Las instrucciones son construir primero un entorno sostenible. Agua potable. Energía renovable. Un equipo que se lleve bien. Una población nativa que no nos odie a muerte.

–Unos nobles objetivos –dijo Peter, reclinándose en el asiento, invadido por una ola de cansancio–. Qué curioso que no se le ocurrieran antes a nadie.

Se adentraron en la lluvia. El parabrisas estaba seco un segundo y se inundaba al siguiente. Las gotas creaban elaborados dibujos que se entrecruzaban por el cristal hasta que los barrían los limpiaparabrisas. Él estaba dentro de un caparazón de vidrio y metal, en una atmósfera de aire frío mantenida artificialmente, separado de la lluvia que podría dejarlo limpio. Debería estar allí fuera, desnudo bajo la lluvia, dejando que le resbalara por la cabeza, que le emborronara la vista, que acribillara las zonas huesudas de sus pies.

–¿En serio estás bien?

–Sí, estoy bien –le respondió con esfuerzo–. Es sólo que se hace un poco... extraño... estar encerrado en un espacio tan pequeño.

Ella asintió, poco convencida. Peter veía que estaba preocupada por él. Se arrepentía de no haber insistido en que lo esperara un poco más en el asentamiento, y así prepararse un poco mejor para su regreso a la base. Estaría en mucho mejor estado si hubiese tenido diez o quince minutos a solas antes de subirse a la furgoneta.

–Ya estamos en el radio de alcance del Shoot –le dijo ella, después de un largo silencio.

Peter la miró sin comprender, como si le acabara de decir que a lo mejor los mataban unos francotiradores.

–El Shoot. El sistema de mensajería –explicó–. Puedes mirar si tienes algún mensaje de tu mujer.

Todavía no, pensó. *Todavía no.*

Se planteó responder: «Gracias, pero preferiría esperar hasta que me haya dado una ducha, me haya cambiado de ropa, me haya relajado un poco...» Y sería la verdad. Pero esa verdad le haría parecer, a los ojos de Grainger, poco impaciente por saber cómo le iba a su mujer. No quería que dudara de su amor por Bea. Y, además, ahí estaba Grainger, mostrando sensibilidad hacia sus necesidades, o las que suponía que podrían ser sus necesidades. Había que recompensarla por ello.

–Sí, por favor.

Los limpiaparabrisas chirriaban rozando el cristal: el cielo estaba despejado. Peter giró sobre el asiento para contemplar la vista que se alejaba tras el vehículo. Las lluvias iban camino de C-2. Pronto soltarían su dulce susurro sobre el tejado de la iglesia.

–Vale, estamos conectados –le avisó Grainger.

Manteniendo una mano sobre el volante, con la otra giró la pantalla del Shoot hasta colocarla sobre el regazo de Peter, lista para usar.

Él tecleó su contraseña y siguió las instrucciones como de costumbre. Había al menos una docena de mensajes de Bea, puede que incluso veinte. Iban fechados, pero esas fechas no tenían ningún sentido para él. Abrió el más antiguo. Una enorme cantidad de texto abarrotó la pantalla. Su mujer le decía que lo quería. Peter, te quiero, decía. Releyó su saludo varias veces, no para paladearlo, sino para hacer tiempo hasta que las palabras fuesen algo más que píxeles configurados en una pantalla de plástico, hasta que oyera la voz de Bea.

Acabo de descubrir por qué está cerrado el supermercado. ¡Ha quebrado! Increíble. Estamos hablando de Tesco, ¡una de las multinacionales más importantes del mundo! Tenían unas fortunas enormes entre manos: que es lo que los ha llevado a la quiebra, al parecer. Hubo un reportaje completo en uno de los canales de noticias, una especie de autopsia, que me hizo ver que tenía que pasar. Totalmente inevitable. Es sólo que lo inevitable puede venir de sorpresa de todos modos, ¿verdad? Una cantidad inmensa de dinero de Tesco estaba ligada a ExxonMobil, que ha ido mal desde que los chinos se quedaron con los yacimientos de petróleo de Irak, Irán y Kazakstán (¿se escribe así?). También tenían muchos intereses en compañías de transporte, que se han visto afectadas por el repunte de la piratería, y además gran parte de su imperio estaba en Tailandia, hasta el golpe militar. Y encima resultaron muy perjudicadas cuando Barclays se fue al garete hace unos años y se llevó con él Tesco Stakeholder y Tesco Swipe. Ésas son las cosas que recuerdo del programa, había mucho más. La multinacional estaba metida en todos los fregados, en todo tipo de negocios que ni se te pasan por la cabeza cuando vas por el pasillo de comida para mascotas buscando los bocaditos de Joshua, y de pronto un número crítico de esos negocios se va a pique y, hala, Tesco a tomar viento. «El fin de una era», como dijo un presentador de las noticias; muy pomposo, me pareció.

¿Te has dado cuenta de que los presentadores de las noticias siempre rematan los reportajes con alguna frase resonante? Hasta modulan la voz cuando leen el último par de líneas del guión. Es un tipo especial de música vocal que señala el «Fin».

Lo siento, estoy divagando. Normalmente soy yo la que se ríe de ti por meditaciones así, y ahora aquí estoy yo dejándome llevar. ¡A lo mejor es que intento llenar el silencio con mi imitación de tu voz! O a lo mejor es verdad lo que dicen, que las identidades de las personas casadas se acaban diluyendo, que acabas completando las frases del otro.

362

Hoy era el día en que se mudaban los Frame. Sheila ha dejado a Billy conmigo, como acordamos. Lo he llevado a la exhibición de gatos. Ha sido divertidísimo, y él parecía estar disfrutando enormemente, a pesar de que me iba murmurando lo tonto que era todo eso, y la pinta tan ridícula que tenían los cuidadores. Pero como esperaba, ¡el encanto de los animales ha podido con él! Y tengo que reconocer que yo también he estado mirando boquiabierta a todos esos mininos tan distintos. Dios se lo debió de pasar de fábula diseñando todas esas variedades de mamíferos peludos. (Aunque puede que aquí esté mostrando mis prejuicios. Puede que se divirtiera aún más con los peces, los insectos y demás.)

En fin, Billy y yo pasamos la mayor parte del día hablando de cosas sin importancia, pero justo antes de que su madre viniera a recogerlo, se abrió. Le pregunté cómo le hacía sentir que su padre se fuese a otro país. Me dijo: «Mi padre dice que ya no hay países. Ya no existen. Inglaterra y Rumanía son sólo partes diferentes de la misma cosa.» Por un momento pensé: qué bien, Mark le está explicando a su hijo que todos formamos una comunidad universal para tranquilizarlo. Pero no. Billy me contó que Mark le había pedido que visualizara el mapa del mundo como una enorme y gruesa placa de plástico flotando en el mar, como una balsa, con una multitud de gente colocada en equilibrio sobre ella. A veces hay demasiada gente junta en un lado y empieza a hundirse. Y tú te vas corriendo a otro lado donde se esté mejor, le dijo. Luego, cuando ESE lado comience a hundirse, te cambias otra vez. Siempre hay sitios en los que las cosas no están tan mal: vivienda más barata, comida más barata, gasolina más barata. Vas ahí, y va bien por un tiempo. Luego deja de estar bien y sales pitando. Es lo que hacen los animales, le dijo. «Los animales no viven en países, sólo habitan un territorio. ¿Qué más les da, a los animales, que ese lugar tenga nombre? Los nombres no significan una mierda.» Ésa es la palabra que usó Billy, así que doy por hecho que es la palabra que usó su padre. ¡Menuda lección de geopolítica más pesada para que la asimile un niño! Y, por supuesto, lo que Mark no mencionó en su análisis fue lo de largarse con una organizadora de conciertos de 27 años llamada Nicole. Que casualmente es rumana. Bueno, dejemos el tema.

Te escribo esto con una manta sobre las rodillas. Tú debes de estar muriéndote de calor, pero aquí hace frío y llevo una semana sin gas. No por ningún accidente o por una avería en el suministro, sino por una simple chaladura burocrática. La compañía de gas con la que estamos –con la que estábamos, debería decir– tenía el cobro domiciliado en nuestra cuenta del Barclays. Pero cuando el Barclays se fue a pique y nos cambiamos al Banco de Escocia, hubo algún problema con la domiciliación. Un fallo informático. Y de repente me llegó un último aviso de pago. Intenté pagar, pero aquí es donde entra la chaladura: no quieren hablar conmigo por no soy la «titular de la cuenta». Seguí insistiendo en pagarles, y ellos siguieron respondiendo: «Lo sentimos, señora, pero tenemos que hablar con el titular de la cuenta», esto es: tú, Peter. Debo de haber pasado horas al teléfono con este tema. Me planteé pedirle al vecino que viniera a casa un momento y hablara con la compañía por teléfono, lo que no habría sido moralmente correcto, claro, pero seguro que le habrían preguntado el apellido de soltera de tu madre. Al final, tuve que asumir que no había manera de solucionarlo. Esperaré a que nos lleven a juicio y a ver si entonces se puede arreglar. Mientras tanto, he contratado el suministro con otra compañía de gas, pero pasarán unos días antes de que puedan venir y conectarlo. Dicen que este tiempo tan extraño en diversas partes de Inglaterra está haciendo estragos en las instalaciones y (citando al ingeniero con el que hablé) «hay ingenieros corriendo de aquí para allá como pollos sin cabeza». ¡Dadle a ese hombre un puesto en relaciones públicas!

¿Te acuerdas de Archie Hartley? Me encontré con él en la cafetería del hospital el otro día y me

Volvió a descansar la cabeza en el asiento y respiró hondo. A pesar del frío seco del aire acondicionado, estaba sudando. Las gotas le hicieron cosquillas por la frente y resbalaron hasta las cejas.

—¿Ya has terminado? –le preguntó Grainger.

–Eh... sólo un minuto... –Se sentía como si estuviera a punto de desmayarse.

–¿Malas noticias?

–No, no..., no diría eso. Es sólo... Ya sabes, hay que ponerse al día en muchas cosas...

–Peter, escúchame –le dijo Grainger, pronunciando cada palabra con un énfasis rotundo–. Eso pasa. Eso nos pasa a todos.

–¿A qué te refieres?

–Tú estás aquí. Ella está allí. Es natural.

–¿Natural?

–La brecha... Crece y crece, y al final... hay demasiada distancia que cruzar. Es como...

No encontró las palabras y recurrió a un gesto en su lugar. Soltó el volante unos segundos –un riesgo bastante pequeño, dado que el terreno era plano y no se veía nada con lo que pudieran chocar en ninguna dirección–, levantó las manos, con las palmas mirándose, a unos centímetros de distancia, como si fuera a unirlas en una plegaria medieval. Pero en lugar de eso, las apartó una de otra dejando que los dedos se desplegaran lánguidamente, como si cada mano se estuviese saliendo de su eje y cayendo por el espacio.

17. SEGUÍA PARPADEANDO BAJO LA PALABRA «AQUÍ»

Sin Peter dentro, la dishdasha colgaba del techo como un fantasma. Los bordes deshilachados fueron llenándose de agua y empezaron a gotear por las mangas y el bajo, despacio, como lágrimas melancólicas, a pesar de que Peter había escurrido la tela con tanta fuerza como había podido. Daba igual: se secaría enseguida. Ajustó el aire acondicionado de su cuarto para dejar que la temperatura subiera al nivel del aire de fuera. Eso era lo que quería, aunque no hubiese tenido ropa húmeda por secar. Ya estaba lo bastante descolocado, otra vez en el entorno de la USIC, sin la confusión adicional de sentirse atrapado en una burbuja artificial de oxígeno refrigerado.

La dishdasha –ahora limpia, salvo por la mancha de tinta, que se había aclarado hasta quedar de un lila borroso– colgaba de un tendedero de interior que funcionaba con una sencilla polea mecánica. De nuevo, a Peter le llamó la atención la aparente preferencia de la USIC por las soluciones rudimentarias. Se habría esperado una secadora eléctrica con un menú de opciones informatizadas: un millón de megavatios a su disposición sólo para lavar el sudor de un par de calcetines. Hasta la lavadora –que aún no había utilizado– tenía un letrero pegado en la tapa que decía AHORREMOS AGUA – ¿SE PUEDE LAVAR A MANO ESTA COLADA? A lo que un antiguo ocupante de la habitación había respondido, en rotulador: ¿ES UN OFRECIMIENTO, SEÑORA?

¿Quién escribiría eso? ¿Uno de aquellos empleados anónimos que apenas había tardado un par de semanas en volverse loco? Aunque, bueno, por la forma en que lo había mirado Grainger cuando lo recogió, estaba claro que se preguntaba si también él se estaba volviendo loco. O si estaba a punto de esfumarse por el mismo horizonte que Tartaglione y Kurtzberg.

Todavía desnudo tras la ducha, Peter estaba de pie delante del espejo, examinando los cambios que había obrado su estancia entre los oasianos. Era verdad que tenía las puntas de las orejas quemadas. Y también había una cadena de costras de piel quemada que recorría las arrugas de su frente. Nada espectacular. En general, la piel se veía bronceada y saludable. Se había adelgazado y se le marcaban las costillas. Acababa de afeitarse la barba, y se dio cuenta de que la ligera protuberancia de grasa que tenía bajo la barbilla había desaparecido, lo que le daba a su cara un aspecto más afilado, un aire menos afable. Ese aire siempre había sido engañoso, de todas formas. En sus años de indigente, había sacado partido de sus rasgos suaves. Irradiaba un aura de decencia burguesa que llevaba a la gente a creer que era seguro dejarlo solo en la cocina, o en el asiento trasero del coche durante diez minutos. Tiempo en el cual les robaba las cámaras, los móviles, las joyas y cualquier cosa que estuviera a su alcance. Una hora después ya estaba vendiéndolo, y media hora después de venderlo, estaba esnifando o tragando las ganancias.

Todos pecaron y están destituidos de la gloria de Dios. Ése era uno de los principales versículos que lo habían salvado, al final: una de esas citas pegadizas de la Biblia que todo el mundo conoce pero que nadie comprende de verdad hasta que se hunde definitivamente y muere asfixiada en su propia suciedad.

Se espolvoreó talco en los pliegues de las ingles, que tenía algo escocidos. Tenía algunas costras en la piel delicada del es-

367

croto; de rascarse, saltaba a la vista, aunque no recordaba haberse abierto la piel. Eran oscuras y de bordes limpios. En un día o dos habrían desaparecido. Las puntas de las orejas y los surcos de la frente soltarían jirones vaporosos de blanca epidermis y dejarían al descubierto la piel rosada, firme y nueva, que había debajo. El estómago cóncavo se llenaría si hacía algunas comidas abundantes. El brote de hongos que tenía entre los dedos de los pies desaparecería con unas pocas aplicaciones de la loción que le había dado Grainger. La hinchazón del edema en las rodillas y los tobillos se reduciría.

Si Bea lo viese ahora mismo, se alarmaría por el estado en el que se encontraba. No soportaba verle heridas en la piel; armaba un escándalo ante el más mínimo rasguño en la mano, insistía en ponerle tiritas en cortes que estarían medio curados esa misma tarde. Le encantaba besarle las puntas de los dedos siempre que se mordía las uñas hasta la carne. Tendría mucho que besar ahora mismo.

Aún no le había escrito. Había por lo menos veinticinco mensajes acumulados. Tres o cuatro habían llegado en las últimas horas, porque Bea debía de haber calculado que ya estaría de vuelta. Peter no estaba listo para enfrentarse a ella, ni siquiera a través del velo de la palabra escrita. Necesitaba reaclimatarse a la vida fuera del asentamiento oasiano. Necesitaba ajustarse a las enrevesadas banalidades del trato humano.

—¿Y qué, qué tal la gente de Villa Friki?

Tuska sonreía de oreja a oreja, para mostrar que no era su intención ofender. Tenía la barba bastante espesa ya, casi toda gris, por lo que parecía mayor, y el cuello rojo de rascarse allí donde los pelos tiesos le hacían cosquillas en la piel. Peter supo nada más verlo que aquella barba tenía los días contados: Tuska se la afeitaría muy pronto. ¿Por qué tenían los humanos esa obsesión por cambiar su apariencia externa, sólo para acabar volviendo a lo que les quedaba bien? ¿Qué sentido tenía?

–Eh... Estaban bien –respondió, unos segundos demasiado tarde–. Son buena gente.

–¿Sí? ¿Cómo lo sabes?

Estaban sentados a una mesa del comedor de la USIC. Tuska estaba engullendo unos espaguetis boloñesa (espaguetis de blancaflor, carne picada de blancaflor, salsa de tomate importada, hierbas importadas) y Peter estaba comiendo tortitas (producto local 100 %). El aire estaba llenos de ruidos: el sonido de la lluvia aporreando rítmicamente los cristales, las conversaciones entremezcladas de otros empleados, el repiqueteo de las bandejas metálicas, sillas arrastrándose, puertas abriéndose y cerrándose, y Frank Sinatra cantando «My Funny Valentine». A Peter aquello le parecía una cantidad extremadamente excesiva de bullicio y parloteo, pero sabía que el problema era su percepción, y que debía intentar cogerle el ritmo. El ritmo metafórico, claro está: ni el mayor de sus esfuerzos podía reconciliarlo con Frank Sinatra.

Unos dedos chasquearon al lado de su cara.

–Peter, ¿estás ahí? –le preguntó Tuska.

–Lo siento. No me gusta nada este tipo de música.

Era una respuesta evasiva, pero también cierta. El gorgoteo autosatisfecho de Sinatra, amplificado para que se oyese por encima del barullo, lo estaba llevando a empujoncitos más allá del umbral de tolerancia, como los repetidos codazos de un bromista en las costillas.

–Puedo vivir con ello. Son sólo perturbaciones en las ondas sonoras, Peter. Moléculas que se excitan unos segundos y luego se calman otra vez. Nada por lo que irritarse.

«Each day is Valentine's day», cantaba Sinatra, zalamero, mientras Tuska reunía un nuevo cargamento de espaguetis en el tenedor.

–¿Quién le está faltando al respeto a La Voz? –Una mujer que había estado sentada en una mesa cercana se les acercó furtivamente, llevando el cuenco del postre. Era una colega de BG:

369

tenían un físico similar, aunque la mujer era blanca y rubia. Le clavó a Peter una mirada burlona de censura–: ¿Estabas blasfemando contra el divino Frank?

–Lo siento –respondió Peter–. No sé cómo se me ha ocurrido.

–La consumación del cancionero americano –lo informó ella, inexpresiva–. Sin parangón. Uno de los grandes logros de la humanidad.

Peter asintió con humildad.

–Puede que no tenga edad para apreciarlo.

–¿Cuántos años tienes?

–Treinta y tres.

–¡Yo tengo treinta y dos!

–Bueno, soy inglés, ésa es otra...

–¿Al Bowlly, Noël Coward, Shirley Bassey? –Pronunció los nombres como si cualquier persona de origen británico tuviera que henchirse de orgullo al escucharlos.

–Ay, madre –dijo Peter, suspirando–. Yo... eh... ahí estoy perdido.

Hubo un silencio, durante el cual Frank Sinatra se embarcó en una cancioncilla sobre una vieja hormiga y un árbol del caucho.

–No pasa nada –le dijo la mujer con indulgencia–. No pasa nada. No a todo el mundo le gustan las mismas cosas. Está permitido.

Ahora recordó su nombre: Iris. Iris Berns. Venía de una familia pentecostal y era atea. Le gustaba jugar a las cartas, una hermana suya se había ahogado en la piscina del jardín, tenía una broma recurrente con BG sobre la fuerza centrífuga y era heterosexual pese a su aspecto de marimacho. Ninguno de estos datos acababa de encajar en ningún comentario sensato que a Peter se le ocurriera en ese momento. Hasta llamarla Iris podía parecer un intento de alardear de algo que había recordado demasiado tarde, y, además, puede que quisiera que la llamara Berns, como todo el mundo.

¿Por qué hasta la conversación humana más superficial estaba tan plagada de peligros y de cálculos delicados? ¿Por qué no se podían quedar callados hasta que hubiera algo esencial que decir, como los oasianos?

—Dale un respiro —le dijo Tuska—. Acaba de volver de una larga temporada en Villa Friki.

—¿Sí? —dijo ella, poniendo el cuenco sobre la mesa de un golpe y sentándose con ellos—. Tendrías que llevarte bronceador la próxima vez.

—Lo haré —respondió Peter.

Era consciente de que estaba más rojo de lo que querría, porque había cometido la estupidez de ponerse un jersey encima de la camiseta. En el momento le había parecido buena idea: una señal de que era un tipo de ciudad normal y corriente, no un habitante friki del desierto.

—Me sorprende que te diera tanto el sol —le dijo Berns, mezclando un pegote de sirope rojo oscuro con la sustancia con pinta de yogur que tenía en el cuenco hasta que ésta se volvió rosa—. No son muy de aire libre, precisamente, ¿no?

Peter se tiró del cuello del jersey, para que entrara el aire.

—Trabajan fuera casi todos los días.

—¿Sí?

—Sí.

—¿Haciendo qué?

—Cultivando y recolectando comida para nosotros.

Berns tomó algunas cucharadas de postre.

—Bueno, yo he rodeado todo el asentamiento en coche y no he visto nunca una plantación, ni invernaderos, ni nada.

—Eso es porque está justo en el centro.

—¿En el centro?

—Del asentamiento. —Peter respiró hondo. La frente le escocía por el sudor—. ¿No hemos hablado ya de esto?

—Debió de ser con otra, cariño.

—No le llames cariño —le dijo Tuska—. Es predicador.

–Los campos están dentro del asentamiento –explicó Peter–. Los edificios están construidos en círculos alrededor.

–Era de suponer –dijo Berns.

–¿Que era de suponer? ¿Por qué?

–Son muy reservados.

Peter se secó la frente con la manga.

–No es por...

Hablaba demasiado bajo. Había llegado una flotilla de niños para echarle una mano a Sinatra en el estribillo de «High Hopes». La motivación de Peter para explicar la relación de los oasianos con la agricultura vaciló frente al asalto.

Berns se puso de pie y gritó hacia el otro lado de la sala:

–¡Eh, Stanko! ¿Podemos poner algo instrumental? ¡Aquí, nuestro pastor lo está pasando mal!

–No, en serio –protestó Peter, mientras los ojos de todos los que estaban en el comedor se volvían hacia él–. Mejor que no...

Pero se sintió aliviado cuando las voces de Frank y el coro de colegiales desaparecieron a media palabra y fueron reemplazadas por el tintineo de un piano y unas lánguidas maracas.

Berns se reclinó en el asiento y rebañó el cuenco. Tuska se terminó los espaguetis boloñesa. Peter sólo había comido unos bocados de tortita, pero estaba lleno. Se echó hacia atrás, y la conversación amistosa de varias decenas de personas pasó susurrando junto a sus oídos, un suave barullo de argot de ingenieros, charloteo sobre comida, educados desacuerdos sobre la resolución de problemas prácticos y un batiburrillo galimatiesco de palabras y frases entrecortadas, todo ello entrelazado con una samba brasileña.

–¿Qué música te gusta, Peter? –le preguntó Berns.

–Eh... –Se quedó en blanco. Los nombres que acostumbraría a decir de carrerilla habían desaparecido–. Para serte sincero –dijo, después de coger aire–, no soy muy aficionado a la música grabada. Cuando más me gusta es en directo y yo estoy ahí. De ese modo, no se trata tanto de admirar *algo,* sino más bien de una celebración del momento, de gente haciendo algo junta en público. Algo que *podría salir* horriblemente mal, pero que por medio de una combinación de talento, confianza y entusiasmo, acaba resultando sublime.

—Bueno, tendrías que unirte al coro —le dijo Berns.

—¿El coro?

—Nuestro grupo de canto. Nos reunimos cada ciento ochenta horas y cantamos juntos. Es muy informal. Te encantaría. ¿Eres tenor?

—Eh... eso creo.

—BG es el bajo más grave que hayas oído nunca. Tienes que escucharlo en acción.

—Me gustaría.

—No cantamos nada de Sinatra.

—Eso es tranquilizador.

—Bueno, espero que sí.

Su tono era sincero. Peter comprendió de pronto que Berns estaba tratando de evitar que se alejara del seno de la comunidad, de impedir que se volviera nativo.

—¿Cómo de grande es el grupo? —le preguntó.

—Depende del volumen de trabajo. Nunca menos de seis. A veces hasta diez. Todo el mundo es bienvenido, Peter. Es bueno para el alma. Si no te molesta que diga eso.

—¿Tuska canta con vosotros?

Tuska soltó una risotada.

—Ni de coña. Mi voz parece una campana extractora. Una campana extractora *averiada*.

—Todo el mundo puede cantar —insistió Berns—. Es sólo cuestión de práctica. Y de confianza.

—Ah, yo tengo muchísima confianza —replicó Tuska—. Y la voz como un extractor.

Berns lo miró con lástima.

—Tienes salsa en la barba, cariño.

—¡Hostia!... Perdón por el lenguaje. —Tuska se palpó la barba con los dedos–. Está decidido: esta barba tiene que desaparecer.

–Ir afeitado te queda bien, Tuska –le dijo Berns, limpiándose los labios con una servilleta. (Una servilleta de tela: a la USIC no le iban las servilletas de papel.) Y luego, dirigiéndose a Peter–: La *tuya,* sin embargo, estaba bien. Te vi cuando te trajo Grainger. Tenía su estilo.

–Gracias, pero... Es sólo que no tuve oportunidad de afeitarme durante el tiempo que pasé fuera. Yo uso maquinilla eléctrica, ¿sabes?, y no había... eh... –*¿Qué chorradas estoy diciendo?,* pensó. *¿Esto es lo mejor que se nos puede ocurrir?*

–Entonces, ¿las condiciones en C-2 son realmente tan primitivas como dicen? –preguntó Berns.

–¿Quién dice que son primitivas?

–Todos los que han estado allí.

–¿Quién ha estado allí?

–Grainger...

–Grainger no se atreve a ir más allá del perímetro. –En cuanto pronunció estas palabras, le alarmó su incapacidad de evitar el tono sentencioso de su voz–. No creo que haya puesto jamás un pie en una casa oasiana.

Berns levantó una ceja al oír la palabra «oasiana», pero comprendió de inmediato.

–¿Y cómo es? ¿Cómo viven?

–Bueno, sus viviendas son algo... minimalistas. Yo no emplearía el término «primitivas». Creo que así es como prefieren las cosas.

–O sea, que no tienen electricidad.

–No les hace falta.

–¿Qué hacen todo el día?

Tuvo que concentrarse al máximo para ocultarle a Berns cuánto lo exasperaba esta pregunta.

–Trabajar. Dormir. Comer. Hablar entre ellos. Lo mismo que nosotros.

–¿Y *de qué* hablan entre ellos?

Peter abrió la boca para responder, pero entonces descubrió que la parte del cerebro a la que había ido a buscar las respuestas estaba llena de un murmullo incomprensible, susurros abstractos en un idioma extranjero. ¡Qué curioso! Cuando estaba con los oasianos y los oía conversar, estaba tan acostumbrado al sonido de sus voces, y tan familiarizado con su lenguaje corporal, que casi creía entender lo que estuvieran diciendo.

–No lo sé.

–¿Sabes decir «Hola, encantado de conocerte» en su idioma?

–No, lo siento.

–Tartaglione ensayaba ésa con nosotros a todas horas...

Tuska rió por la nariz.

–Eso es lo que él *creía* que significaba. Pero sólo estaba repitiendo lo que le habían dicho esos tíos cuando lo conocieron, ¿no? Joder, a lo mejor era: «¡Ven p'acá colega, que hace mucho que no comemos italiano!»

–Ostras, Tuska –le dijo Berns–, ¿por qué no te olvidas ya de los chistes de caníbales? Esos tíos son totalmente inofensivos.

Tuska se inclinó sobre la mesa, clavándole la mirada a Peter.

–Lo cual me recuerda que no has respondido a mi pregunta. Ya sabes, antes de que Frank Sinatra nos interrumpiera tan groseramente.

–Eh... ¿Podrías refrescarme la memoria...?

–¿Cómo puedes saber que estos tíos son «buena gente»? Es decir, ¿qué es lo que hacen, tan bueno?

Peter lo meditó un momento. El sudor le corría por la nuca haciéndole cosquillas.

–Es más bien que no hacen nada malo.

–¿Ah, sí? ¿Entonces cuál es tu papel?

–¿Mi papel?

–Sí. Un pastor está para conectar a la gente con Dios, ¿no? O con Cristo, Jesús, lo que sea. Porque la gente comete pecados y necesita ser perdonada, ¿no? Así que... ¿qué pecados comete esta gente?

–Ninguno, que yo sepa.

–Entonces..., no me malinterpretes, Peter, pero... ¿de qué va el rollo exactamente?

Peter se enjugó la frente de nuevo.

–El cristianismo no consiste sólo en ser perdonado. Consiste en llevar una vida plena y feliz. La cuestión es que ser cristiano es un subidón enorme. Eso es lo que mucha gente no entiende. Es una profunda satisfacción. Es levantarse por la mañana lleno de ilusión por cada minuto que tienes por delante.

–Sí –dijo Tuska, inexpresivo–. Eso es lo que irradian los de Villa Friki, ya se ve.

Berns, preocupada por que los dos hombres fueran a meterse en una discusión seria, le dio un toque a Peter en el antebrazo y dirigió su atención hacia el plato de la cena.

–Se te está enfriando la tortita.

Él bajó la vista hacia la torta enrollada. Se había quedado algo seca y parecía un hueso de goma para perros.

–Creo que me voy a dejar lo que queda –dijo. Se puso de pie, y mientras lo hacía se dio cuenta de que tenía un sueño insoportable y que se había equivocado al pensar que estaba en condiciones de socializar. Tuvo que concentrar todos sus esfuerzos para moverse con fluidez, en lugar de dando tumbos como un borracho–. Creo que necesito acostarme un rato. Disculpadme, por favor.

–Descompresión –respondió Tuska con un guiño.

–Descansa –le dijo Berns, y mientras arrastraba los pies hacia la salida añadió–: Y veámonos pronto.

De vuelta en su cuarto, Peter se desplomó en la cama y durmió una media hora. Entonces se despertó con la necesidad urgente de vomitar. Arrojó la tortita sin digerir a la taza del váter, bebió un poco de agua y se sintió mejor. Le hubiera gustado tener un tallo de ܩܫܫܐ para mascar, y así mantener la boca fresca sin necesidad de beber. En el asentamiento, se había acostumbrado a beber muy poco, puede que menos de un litro al día, a pesar del calor. Tomar más que eso resultaba excesivo, como tratar de verter un cubo de agua en un botellín. Tu cuerpo no era lo bastante grande para retenerla toda; tu organismo se esforzaba por encontrar un modo de deshacerse de ella.

La dishdasha seguía húmeda pero se secaba con rapidez. Anticipándose al momento de poder ponérsela de nuevo, se quedó en calzoncillos. Luego, pocos minutos después, también se los quitó. Le irritaban.

Peter, ¿por qué no me escribes?, decía Bea en su último mensaje, recién llegado. Sé que debes de estar muy ocupado, pero las cosas aquí están difíciles y me está costando afrontarlo sin tu apoyo. No estoy acostumbrada a pasar un día tras otro sin ningún contacto. No niego que estar embarazada seguramente me esté haciendo sentir extravulnerable, y no quiero quedar como una hembra hormonal y necesitada, pero por otro lado el silencio por tu parte es muy elocuente.

Sintió como le subía la sangre a la cara, hasta la punta de las orejas. Le estaba fallando a su mujer, le estaba fallando a su mujer. Había prometido escribirle todos los días. Había estado ocupado y confuso y Bea lo comprendía, pero... había roto su promesa y seguía rompiéndola, una y otra vez. Y ahora, bajo la presión de la angustia que él había generado, se lo estaba diciendo sin rodeos.

Si Bea le hubiera enviado solamente aquel primer párrafo –un mensaje de cinco líneas– quizás Peter le podría haber devuelto una respuesta de cinco líneas, al instante. Un chute rápido de confianza. Pero había más. Muchísimo más.

Estoy de baja, continuaba. Tengo la mano derecha vendada, y, aparte de la cuestión higiénica, no puedo trabajar de enfermera con una sola mano. No es grave, pero tardará un tiempo en curarse. Fue por mi estúpida culpa. La ventana del baño está rota, como sabes, y Graeme Stone me dijo que vendría a arreglarla, pero como pasaron los días y no apareció, lo llamé por teléfono y estaba avergonzado, se había mudado. A Birmingham. «Qué repentino», le dije. Resulta que la semana pasada una panda de brutos desvalijó la casa de su madre y la dejaron, dándola por muerta. Así que se ha mudado con ella. La cuidará mientras arregla la casa, dice. Total, luego llamé a una empresa de reparación de ventanas, pero me dijeron que llevan un retraso enorme por culpa de todas las tormentas y el vandalismo que ha habido últimamente, y que la espera podía ser larga. El baño está hecho un desastre, hay porquería por todas partes, y hace demasiado frío para lavarse. He estado lavándome en el fregadero de la cocina, y el viento no deja de golpear las puertas de toda la casa. Además, no es seguro, cualquiera podría entrar. Así que pensé en sustituir el cristal roto con una lámina de plástico y algo de cinta americana, y antes de darme cuenta tenía un tajo en la mano. Un montón de sangre, cinco puntos. Esta mañana me he lavado con la zurda en el fregadero de la cocina mientras el viento cruzaba aullando la casa y las ventanas que siguen intactas vibraban y la puerta del lavabo se cerraba de golpe sin parar. He llorado un poco, tengo que reconocerlo. Pero luego me he recordado a mí misma el sufrimiento extremo y las desgracias que hay en todo el mundo.

No te habrás enterado, pero una erupción volcánica ha destruido una de las ciudades más pobladas de Guatemala; no voy a intentar escribir el nombre del lugar, pero suena como a dios azteca. En fin, un volcán llamado Santa María se enfureció y escupió cenizas y lava a cientos de kilómetros a la redonda. La gente recibió una alerta de 24 horas, lo que sólo empeoró las cosas. Había tropecientos vehículos atascados en las carreteras, todo el mundo intentaba escapar con tantas posesiones como pudiera cargar. Bacas con media casa bamboleándose encima, bicicletas con cunas montadas en equilibrio, locuras así. Coches tratando de coger atajos por las tiendas, coches tratando de pasar por el techo de otros coches, conductores atrapados rompiendo las ventanillas para salir porque no podían abrir las puertas. El ejército quería derribar algunos edificios para ensanchar los embotellamientos, pero había demasiada gente por medio. No había ningún sitio en el que los aviones pudiesen aterrizar o despegar, la región entera se convirtió en una enorme fosa común. La gente con apenas unos segundos de vida estuvo grabando la lava con el teléfono y enviando las imágenes a sus parientes en el extranjero. Y atención a esto: NO HAY LABORES DE RESCATE. ¿Te lo puedes imaginar? No hay nada ni nadie a quien rescatar. La ciudad ya no existe, ahora es sólo parte del volcán, un elemento geológico. Toda esa gente con tantos motivos para vivir, ¿y ahora qué son? Nada más que vestigios químicos.

La nube de ceniza es colosal, y ha impedido que vuelen los aviones, no sólo sobre Centroamérica, sino en todo el mundo. Los vuelos acababan de reanudarse tras el atentado en el aeropuerto de Lahore y otra vez están paralizados. La aerolínea que te llevó a Estados Unidos ha cerrado. Sentí una oleada de angustia cuando me enteré, una sacudida en el estómago. Me recordé en Heathrow viendo los aviones despegar y preguntándome cuál era el tuyo y deseando que volvieras. Que la aerolínea se haya ido a pique parece simbólico. Es como una señal de que no podrás volver a casa.

Por todas partes, las cosas se desmoronan. Instituciones que llevaban allí toda la vida se van al garete. Hace años que lo vemos, ya lo sé, pero ahora se está acelerando de repente. Y por una vez, no son sólo los de abajo los que lo padecen mientras las élites siguen adelante como siempre. Las élites están recibiendo golpes igual de duros. Y no hablo sólo de bancarrotas. Algunas de las personas más ricas de América fueron asesinadas la semana pasada, las arrastraron fuera de sus casas y las golpearon hasta la muerte. Nadie sabe exactamente por qué, pero sucedió durante un apagón en Seattle que duró cuatro días. Todos los sistemas que mantienen la ciudad en funcionamiento fueron quedando paralizados. Nada de pagas, nada de cajeros automáticos, nada de cajas registradoras, nada de cierres electrónicos de seguridad, nada de tele, nada de controles de tráfico, nada de gasolina (no sabía que los surtidores de gasolina

379

funcionaban con electricidad, pero parece ser que sí). A las 48 horas hubo un saqueo generalizado y luego empezaron a matarse los unos a los otros.

La situación aquí en Gran Bretaña tampoco es estable. Ha empeorado muy rápido desde que te fuiste. ¡A veces tengo la sensación de que tu marcha hizo que las cosas se viniesen abajo!

Y había más. Y en los mensajes atrasados, más todavía. Un inventario de las cosas que iban mal en casa. Quejas por lo absurdamente difícil que era hablar con las compañías de suministros. La imposibilidad repentina de conseguir huevos frescos. Disturbios en Madagascar. Que Joshua se había meado en la cama; que la lavadora era demasiado pequeña para una colcha de matrimonio; que la lavandería del barrio había cerrado. La cancelación del servicio de guardería de la iglesia los sábados por la mañana. La ley marcial en Georgia. (¿La Georgia de la Federación de Rusia, o la Georgia de Estados Unidos? No recordaba si Bea lo dejaba claro, y no tenía ganas de rastrear otra vez correos y correos para comprobarlo.) Que Mirah y su marido habían emigrado a Irán, y Mirah le había dejado a Bea una deuda de 300 libras sin pagar. Una sobrecarga de corriente que hizo estallar todas las bombillas de la casa. «Expertos nutricionistas» a sueldo del gobierno que defendían las subidas desmesuradas en el precio de la leche entera. Cristales rotos y carteles de «En venta» en el restaurante indio de enfrente. Las náuseas matutinas de Bea y lo que tomaba para contenerlas. Cómo habían largado a un destacado ministro británico que, en una entrevista en un periódico, había dicho que Reino Unido estaba «completamente jodido». Los anhelos insatisfechos de Bea de pastel de queso con caramelo y de acostarse con su marido. Las últimas noticias de conocidos mutuos cuyas caras Peter era incapaz de recordar.

Pero, por entre todo eso, el dolor desconcertado de que no le escribiera.

Esta mañana, estaba tan desquiciada por ti, que me he convencido de que debías de haber muerto. Había contado las horas que faltaban para que regresaras del asentamiento, y en cuanto supuse que habías vuelto, comprobé los mensajes cada dos minutos. Pero... nada. Tuve visiones de ti muriendo de una enfermedad exótica por comer algo venenoso, o asesinado por la gente a la que estás predicando. Así es como mueren la mayoría de los misioneros, ¿no? No se me ocurría otra razón por la que estuvieras tanto tiempo sin decirme una palabra. Al final me derrumbé y le escribí a ese hombre de la USIC, Alex Grainger, y me respondió casi de inmediato. Dice que estás bien, que te has dejado barba. ¿Te puedes imaginar cómo me sentí, rogándole a un desconocido que me diera algún indicio de cómo le iba a mi propio marido? He tomado muchas cucharadas de humildad en la vida, pero ésa fue difícil de tragar. ¿Estás seguro de que no estás enfadado conmigo, en el fondo, por quedarme embarazada? Estuvo mal por mi parte dejar de tomar la píldora sin decírtelo, lo sé. Por favor, por favor, perdóname. Lo hice por el amor que te tengo y por miedo a que murieras y que no quedara nada de ti. No fue algo egoísta, tienes que creerme. Recé y recé por ello, tratando de decidir si no era más que una mujer ansiosa de descendencia. Pero en mi corazón, no veo eso. Lo único que veo es amor por ti y por el bebé que llevará algo de ti al futuro. Vale, rompí nuestro acuerdo de esperar, y eso estuvo mal, pero recuerda que también acordamos que no volverías a beber jamás y luego desapareciste sin dejar rastro del Centro Pentecostal de Salford y yo tuve que recoger los pedazos. Entiendo por qué te saliste del camino, lo superamos y es cosa del pasado, y estoy enormemente orgullosa de ti, pero la clave es que me hiciste una promesa solemne y la rompiste, y que la vida siguió y así tendría que ser. Y aunque detesto que parezca que quiero colocarme en un nivel moral superior, que tú te fueras de juerga en Salford no fue por amor, mientras que que yo me quedara embarazada, sí.

En fin, ya es suficiente. Me retumba la mano de escribir esto y a ti seguramente te retumba la cabeza por tener que leerlo. Lo siento. Debería animarme. Un obrero del taller de ventanas está dando golpes abajo, arreglando el baño. Había perdido la esperanza, me aver-

381

güenza decir que había renunciado incluso a rezar por ello. Al fin y al cabo, me habían dicho que la lista de espera se alargaba semanas. Pero mira por dónde: está mañana temprano, el tipo se ha presentado y me ha dicho que el jefe le había hecho cambiar el calendario y arreglar nuestra casa primero. ¡Dios está en todo!

Mi querido Peter, por favor, escríbeme. No tiene que ser la versión definitiva de todas las cosas. Unas pocas líneas me harían muy feliz. Una línea siquiera. Tan sólo dime hola.

Tu esposa que te quiere,

Bea

Se sentía enfebrecido y deshidratado. Fue hasta la nevera y dio un trago de agua, y luego se quedó de pie un minuto con la frente caliente apretada contra la carcasa fría de la máquina.

Se sentó en el borde de la cama. A sus pies descansaban las páginas sueltas de un capítulo de la Biblia que estaba adaptando para su rebaño. Lucas 3. Juan Bautista anunciaba que llegaría pronto alguien «de quien no soy digno de desatar la correa de su calzado». Ah, ese molesto «desatar», y sus aún más molestas alternativas: «desanudar» o «soltar». Y había el problema adicional de que el calzado de los oasianos no llevaba ni correas ni cordones, y el concepto completo precisaría de explicación, lo que supondría más trabajo del que merecía la pena, teológicamente hablando. Si consiguiera dar con un detalle equivalente con el que sustituir el tema del calzado... «de quien no soy digno de (algo) su (algo)»... Obviamente, meter mano en las metáforas y los símiles de Jesús era inaceptable, pero éste era Juan, un simple mortal, tan divino como cualquier otro misionero, sus palabras tan sagradas como pudieran serlo las de Peter. ¿O no? Los oasianos habían dejado claro que preferían las Escrituras tan literales como fuera posible, y su torpe intento de traducir «maná» como «blancaflor» había suscitado murmullos de...

«¿QUÉ COÑO ESTÁS HACIENDO?»

382

Dio un respingo. La voz –grave, masculina, fuerte– había hablado al lado de su oído. Se dio la vuelta. No había entrado nadie en el cuarto. Y Dios, por descontado, no recurría a palabras malsonantes.

Querida Bea, escribió.

Siento mucho mi silencio. He estado ocupado, es cierto, pero ése no es el motivo por el que no te he escrito. El auténtico motivo es difícil de explicar, pero desde luego no es porque esté enfadado contigo y DESDE LUEGO no es porque no te quiera.

La misión ha resultado ser muy distinta de lo que esperaba. Las cosas que pensaba que me iban a dar un montón de problemas han sido asombrosamente sencillas, pero me siento perdido en otros aspectos que no había imaginado. Di por hecho que lo tendría todo en contra para convertirme en el pastor de los oasianos, y que me llevaría semanas, tal vez incluso meses, construir el puente más débil, el más provisional, entre esas mentes/corazones extranjeros y el amor de Dios que los aguardaba al otro lado. Pero lo que me ha puesto a prueba más allá de mis capacidades es la brecha que se ha abierto entre tú y yo. No me refiero a una brecha emocional, en eso mis sentimientos por ti no han cambiado en modo alguno. Me refiero a la barrera que las circunstancias han colocado entre nosotros. Por supuesto, físicamente, estamos a una distancia enorme. Eso no ayuda. Pero lo más importante que tengo que afrontar es que nuestra relación, hasta ahora, ha dependido por entero de que estuviésemos juntos. Siempre hemos visto y hecho las cosas como un equipo y lo hemos hablado todo a medida que surgía, día a día, minuto a minuto..., hasta segundo a segundo. De pronto estamos en caminos distintos. Y tu camino ha tomado una dirección aterradoramente extraña.

Todos esos desastres que están asolando el mundo –los tsunamis, los terremotos, las debacles financieras o lo que sea– son tan ajenos a mi vida aquí... No parecen reales. Me avergüenza reconocerlo, porque es obvio que para la gente que los está padeciendo son muy reales, pero me cuesta horrores hacer que me entren en la cabeza. Y enseguida llego a un punto en el que pienso: «Si me cuenta un desastre más, se me va a bloquear el cerebro.» Por supuesto, me horroriza esta falta de compasión, pero cuanto más me esfuerzo por superarla, peor.

Otro problema es que me resulta casi imposible hablarle de los oasianos a alguien que no los conoce. No sólo a ti, también a la gente de la USIC. Mi comunión con mis nuevos hermanos y hermanas en el seno de Cristo parece tener lugar en un plano distinto, como si hablara su idioma, aunque no sea así. Tratar de describirlo después es como tratar de explicar qué aspecto tiene un olor o a qué sabe un sonido.

Pero debo intentarlo.

Lo básico: la iglesia está construida. Nos reunimos en ella regularmente. He enseñado a los oasianos versiones adaptadas de los himnos que pueden cantar sin demasiados problemas. (Sus caras, por dentro, no son como las nuestras; tienen garganta, pero no estoy seguro de que tengan lengua.) Les leo la Biblia, que insisten en llamar el Libro de las cosas nunca vistas. Tienen una marcada preferencia por el Nuevo Testamento frente al Antiguo. Los emocionantes relatos de aventuras del AT, como el de Daniel en el foso de los leones, Sansón y Dalila, David y Goliat, etc., no conectan con ellos. Hacen preguntas de comprensión, pero salta a la vista que, ni siquiera a nivel de la «acción», lo pillan realmente. A ellos lo que les va es Jesús y el perdón. El sueño de un evangelista.

Son gente buena, amable, humilde, trabajadora. Es un privilegio vivir entre ellos. Se llaman a sí mismos Amante de Jesús Uno, Amante de Jesús Dos, etc. Amante de Jesús Uno fue el primerísimo converso, allá en los comienzos del sacerdocio de Kurtzberg. Ojalá pudiera enseñarte fotos, porque soy un desastre describiéndolos. Su forma de ser no es tan característica en comparación con la nuestra, es decir, no puedo decir que unos son extrovertidos y otros introvertidos, que unos tienen buen carácter y otros mal genio, que unos son equilibrados y otros están locos, etc. Todos son bastante discretos, y las diferencias entre ellos son muy sutiles. Harían falta las dotes de un novelista para plasmar esos matices en palabras y, como he descubierto, para vergüenza mía, carezco por completo de esas dotes. Además, físicamente son muy parecidos. Una estirpe genética pura y sin adulterar. No había pensado nunca en ello antes de venir aquí, pero cuando necesitamos ver la diferencia entre personas, nos ayudan mucho todo los cruzamientos y las migraciones que ha habido en la historia humana. Nos han dejado una galería enorme de estereotipos físicos distintos, casi caricaturas. Con ese «nos» me refiero a la gente del Occidente cosmopolita, claro. Si fuésemos chinos del campo, y nos pidieran que describiéramos a alguien, no diríamos «Tiene el pelo negro y liso, ojos marrón oscuro, mide más o menos un metro sesenta» y cosas así. Tendríamos que entrar más en los matices. Mientras que en Occidente hay tanta diversidad que podemos decir «Mide metro noventa y tiene el pelo rubio y crespo y los ojos azul claro» y eso lo diferencia inmediatamente de la multitud. Bea, estoy divagando, pero a donde quiero llegar es a que los Amantes de Jesús te parecerían todos iguales salvo por los colores de sus túnicas. «Por sus frutos los conoceréis», supongo. En otra carta te contaré las aportaciones que han hecho a la iglesia algunos Amantes de Jesús concretos.

Hizo una pausa; comprendió que Bea tendría motivos para dudar de que mantuviera su promesa. Se devanó los sesos.

Por ejemplo, prosiguió, Amante de Jesús Cinco entregó por fin su cuadro para colgarlo en el techo con los otros. (Ah, cómo me gustaría que los vieras.) En su cuadro aparecen Salomé y las dos Marías a las puertas de la tumba de Jesús, con Jesús resucitado apareciéndose ante ellas. Tiene los brazos extendidos y parece que esté hecho de luz. Es deslumbrante, no sé cómo se las arregló para conseguirlo sólo con pigmento y un lienzo; te golpea en los ojos como los faros de un coche en una noche oscura. Levantas la vista al techo mientras cantas o predicas y ves a esa criatura en forma de crucifijo ahí arriba, surgiendo resplandeciente de la penumbra. Y ésa es Amante de Jesús Cinco. Una dama con mucho talento (o puede que un caballero... aún no estoy 100 % seguro).

385

¿Qué más debería contarte? Me esfuerzo por pensar, lo cual es increíble, porque han pasado muchas cosas significativas, cosas valiosas, en esta misión, y veo muchas evidencias de la gracia de Dios cada hora que paso en compañía de esta gente. Muchos momentos en los que, si hubieras estado a mi lado, estoy seguro de que habríamos intercambiado una mirada y dicho: «¡Sí! La mano de Dios está aquí.»

Se detuvo y se estiró. Estaba recubierto de sudor, desde la frente grasienta hasta las puntas de los dedos. Las nalgas desnudas chapoteaban en el asiento de vinilo. A lo mejor había sido un error apagar el aire acondicionado y dejar que aquel estancamiento se instalara. Se puso de pie y fue hacia la ventana. Otra planta rodadora hecha de lluvia venía de camino, girando a través de los matorrales en dirección a la base. En cinco minutos estaría allí, chorreando por las ventanas. La esperaba con ganas. Aunque había algo triste en el hecho de disfrutar de la lluvia desde el otro lado de una barrera de vidrio. Debería estar allí fuera.

Cansado, se echó en la cama un minuto. La dishdasha colgaba entre él y la ventana, dibujando su silueta frente al resplandor de la luz del día. Hizo visera con las manos, cerrando su visión periférica para ver la dishdasha sin ese resplandor a ambos lados; la prenda cambiaba de color, de gris oscuro a blanco. Ilusiones ópticas. La subjetividad de la realidad.

Pensó en el vestido de boda de Bea. Ella había insistido en casarse de blanco, en una iglesia, y en que él llevara un traje blanco. Una decisión extraña tratándose de dos personas que acostumbraban a evitar la ostentación y la formalidad. Además, habría alcohol en la recepción. Peter se había planteado si no sería mejor en todos los sentidos que se fueran al registro civil vestidos de calle. Ni hablar, dijo Bea. Una boda civil sería ceder a la vergüenza por su pasado. Como decir: un tío que solía arrastrarse por urinarios públicos llenos de mierda no tiene derecho a reinventarse con un traje impoluto; una mujer con el historial familiar de Bea tendría que quitarse de la cabeza eso de plantarse en una iglesia vestida de blanco. Jesús murió en la cruz precisamente para acabar con ese tipo de vergüenza. Era como el ángel en Zacarías 3:2-4, quitándole al sacerdote las ropas sucias. *Mira que te he quitado de ti tu pecado, y te he hecho vestir de ropas de gala.* Un comienzo de cero. Y no hubo celebración más contundente de un comienzo de cero que la boda de Peter y Beatrice.

Al final, unos cuantos invitados acabaron como una cuba, pero Peter no probó una gota de alcohol. Y todo el mundo leyó sus discursos con guiones preparados y él no había preparado nada, pero cuando llegó el momento Dios le dio la inspiración y Peter habló de su amor por Beatrice con frases elegantes y fluidas que hicieron llorar a la gente.

Luego su esposa y él fueron a casa, y Beatrice se tumbó en la cama con el vestido blanco todavía puesto, y él pensó que estaba descansando un momento antes de cambiarse, pero pronto resultó obvio que lo estaba invitando a tumbarse a su lado.

—Podríamos ensuciarlo —le dijo Peter—, y era tan caro...

—Razón de más para no meterlo en una caja con un montón de bolas de naftalina después de sólo un día. De hecho, es un vestido muy bonito. Da gusto tocarlo. —Y guió su mano.

Debió de ponerse aquel vestido unas veinte o treinta veces después de eso. Siempre dentro de casa, siempre sin ninguna ceremonia ni ninguna alusión explícita a su importancia simbólica: simplemente como si hubiese decidido, por un capricho trivial, ponerse un vestido blanco esa noche en lugar de uno verde; un corpiño bordado en lugar de un jersey de cuello de pico. Él no volvió a ponerse su traje de boda, sin embargo.

La lluvia golpeó la ventana al fin. Peter se echó en la cama mientras el semen se enfriaba sobre su tripa. Luego se levantó, se duchó de nuevo y volvió al Shoot. El cursor de la pantalla seguía parpadeando bajo la palabra aquí.

18. NECESITO HABLAR CONTIGO, LE DIJO

La noticia de que había muerto el doctor Matthew Everett no significó nada para Peter. No había llegado a conocerlo. Iba al médico lo menos posible y, hasta que tuvo que pasar los análisis obligatorios que le proporcionaron el certificado de salud para la misión en Oasis, hacía siglos que no ponía un pie en ningún tipo de clínica. Un doctor lo había amenazado una vez diciéndole que si seguía bebiendo estaría muerto en tres meses. Siguió bebiendo durante años. Otro, asociado de algún modo con la policía, lo había catalogado como sujeto psicopático y estaba deseoso de encerrarlo en un psiquiátrico. Y luego hubo aquel interno del hospital de Bea que la metió en líos por «desarrollar un apego poco profesional por un paciente con un historial de consumo de alcohol y drogas y comportamiento manipulador».

No, Peter y los médicos nunca se habían llevado bien. Ni siquiera después de hacerse cristiano. Cuando les decías que eras creyente no reaccionaban como la mayoría de la gente, con perplejidad o con un desdén combativo, listos para meterse en una discusión sobre por-qué-Dios-permite-este-sufrimiento. En lugar de eso, no mostraban ninguna expresión en la cara, ni decían nada que los comprometiera, y tenías la sensación de que tomaban nota mental en alguna clase de archivo sobre tus problemas de salud: *Creencias religiosas irracionales,* justo debajo de *Blefaritis* y *Rosácea.*

«Tendrías que ir a ver al doctor Everett», le habían dicho varias personas de la USIC desde su llegada. Se referían a: para comprobar que te has recuperado bien después del Salto, o para que te trate de las quemaduras del sol. Él había respondido educadamente y había seguido sin hacer caso. Y ahora el doctor Everett estaba muerto.

La fatalidad había llegado de forma inesperada y había reducido el equipo médico de la USIC de seis miembros a cinco: dos ATS, una enfermera llamada Flores, un doctor y cirujano llamado Austin y Grainger.

—Es un desastre que haya pasado esto —le dijo Grainger cuando Peter se reunió con ella frente a la farmacia—. Un desastre.

No llevaba el pañuelo esa mañana, y el pelo mojado brillaba, recién lavado. Afilaba sus rasgos, acentuaba la cicatriz de la frente. Se imaginó a una Alexandra Grainger más joven, borracha como una cuba, cayendo de bruces, abriéndose la cabeza contra el grifo de metal, sangre en el lavamanos, sangre en el suelo, un montón de sangre que fregar cuando se la llevaran en volandas. *Tú has estado ahí,* pensó. *Yo también he estado ahí.* Beatrice, a pesar de lo mucho que la quería, nunca había estado ahí.

—¿Estabais muy unidos? —le preguntó.

—Era un buen tipo.

El ceño fruncido y el tono de su voz indicaban que su relación personal con Everett no tenía ninguna relevancia en lo desastrosa que era su muerte. Sin mediar más palabra, Grainger condujo a Peter por un pasillo que llevaba a la clínica.

La clínica era sorprendentemente grande para el número de empleados al que atendía. Estaba distribuida en dos plantas y tenía muchas habitaciones, algunas amuebladas sólo a medias y a la espera de equipamiento. Dos de las tres mesas del anfiteatro quirúrgico estaban cubiertas con un envoltorio de plástico. Un espacio particularmente amplio al que Peter echó un vistazo al pasar estaba pintado de alegre amarillo e inundado por la luz casi cegadora del sol que llegaba por los miradores acristalados. Estaba vacío salvo por algunas cajas apiladas y etiquetadas como NEONATAL.

La morgue parecía tan poco frecuentada y tan desmesurada como la mayor parte del centro, a pesar de que tal vez estuviese más concurrida que nunca: tres de los cinco miembros restantes del equipo médico estaban allí reunidos cuando entró Grainger y presentó a Peter –firme apretón de manos, saludo con la cabeza– al doctor Austin y a la enfermera Flores.

–Me alegro de conocerlo –dijo sin atisbo de alegría Flores, que parecía un chimpancé, y se sentó muy recta en la silla, con los brazos cruzados sobre el anticuado uniforme.

Peter se preguntó de qué país sería. Medía metro y medio, máximo, y parecía que tuviese la cabeza encogida. Cualquiera que fuese el código genético que la había generado, era muy distinto del que lo había generado a él. Parecía casi tan de otro mundo como los oasianos.

–Yo soy de Inglaterra –le dijo Peter, sin importarle lo torpe que había sonado–. ¿De dónde eres tú?

Ella vaciló.

–De El Salvador.

–¿Eso no está en Guatemala?

–No, pero somos... vecinos, podría decirse.

–He sabido lo del volcán de Guatemala.

La cabeza empezó a funcionarle a toda máquina mientras trataba de recopilar suficientes detalles de la carta de Bea para sostener una conversación con Flores. Pero ella levantó una mano arrugada y le dijo:

–Ahórramelo.

–Es tan terrible pensar... –comenzó a decir.

–No, en serio: ahórramelo –repitió ella, y ahí terminó la cosa.

Durante unos segundos, el depósito quedó en silencio, al margen de un sonido rítmico y quejumbroso que no tenía un origen humano. El doctor Austin explicó que aquel sonido provenía de los refrigeradores, ya que no los habían conectado hasta hacía muy poco.

—No tenía sentido tener una sala llena de refrigeradores funcionando sin nada dentro, año tras año –añadió–. En especial, antes de que tuviéramos garantizado nuestro consumo energético.

Austin parecía australiano, por su forma de hablar, o puede que neozelandés; atlético, musculado, con aspecto de estrella de cine, salvo por una fea cicatriz que le surcaba la mandíbula. Flores y él no habían asistido al funeral de Severin, que Peter recordara.

—Está muy bien que hayáis durado todo este tiempo –le dijo Peter.

—¿Durado?

—Que no hayáis tenido que encender los refrigeradores. Hasta ahora.

Austin se encogió de hombros.

—En el futuro, a medida que esta comunidad crezca, está claro que necesitaremos un depósito. En el futuro, seguramente habrá asesinatos, envenenamientos, todas esas emociones que tienes cuando la población supera cierto punto. Pero aún es el comienzo. O lo era. –Los refrigeradores siguieron quejándose–. En fin... –suspiró, y descorrió el cerrojo de la cámara que contenía al fallecido, como si Peter hubiera solicitado por fin ver al doctor Everett y no hubiera que hacerlo esperar.

Austin asió los tiradores; la camilla de plástico se deslizó hacia fuera y dejó expuesto hasta el ombligo el cuerpo desnudo. La cabeza de Matthew Everett descansaba en una almohada impermeable, y los brazos estaban apoyados sobre cojines en forma de plátano. Era un hombre presentable de mediana edad, con el pelo canoso, el ceño permanentemente fruncido formando una arruga vertical en la frente y mejillas con hoyuelos. Tenía los ojos casi pero no del todo cerrados, y la boca le colgaba abierta. Se veían unos copos claros de escarcha en la lengua, y un sutil centelleo de hielo sobre la piel pálida. Aparte de esto, tenía buen aspecto.

—Claro que hemos tenido algunas muertes a lo largo de los años —reconoció Austin—. No muchas, muy por debajo de la media para una comunidad de este tamaño, pero... ocurre. La gente tiene diabetes, afecciones cardiacas... Sus patologías previas empiezan a hacer mella. Pero Matt estaba sano como un caballo.

—Mi caballo se murió —dijo Grainger.

—¿Disculpa?

—Yo tenía un caballo, cuando era pequeña. Era maravilloso. Se murió.

No había nada que responder a eso, de modo que Austin encajó de nuevo la puerta de la cámara y echó los cerrojos. Una vez más, a Peter le llamó la atención la simplicidad de la tecnología: no había ningún sistema de cierre informatizado que hubiera que aplacar con un teclado numérico o una tarjeta magnética codificada, sólo una cámara con un par de tiradores. Se dio cuenta de repente de que ese diseño simplificado no era el resultado de un tacaño remiendo, una extraña disparidad entre la riqueza colosal de la USIC y cierta inclinación por los desechos anticuados. No, esos refrigeradores eran nuevos. Y no sólo nuevos, sino hechos por encargo. Algún diseñador obstinado había pagado un extra por la practicidad del siglo XIX, había sobornado a un fabricante para que dejara fuera los sensores informatizados, los programas con microchip, las luces parpadeantes y las opciones inteligentes que contendría un refrigerador mortuorio moderno.

El doctor Austin se lavó las manos en una pila, con una pastilla de jabón de olor astringente. Se secó con una toalla limpia normal y corriente y luego le quitó el envoltorio a una tira de chicle y se la metió en la boca. Le tendió el paquete a Peter, un gesto generoso, dado que el chicle era un artículo de importación.

–No, gracias.

–Sabe Dios por qué lo como yo –reflexionó Austin–. Valor nutricional cero, un chute de azúcar de diez segundos. Las glándulas salivales le envían al estómago el mensaje de que hay comida en camino, y no es así. Una completa pérdida de tiempo. Y caro de la hostia, aquí. Pero estoy enganchado.

–Deberías probar el ﻙﺏﺏﺏ –le dijo Peter, recordando la agradable sensación de la planta entre sus dedos, el estallido de jugo dulce en la lengua cuando los dientes atravesaban la dura piel, la pulpa deliciosa, que desprendía toques de sabor fresco aun después de media hora masticando–. No querrías un chicle nunca más.

–¿Disculpa?

–ﻙﺏﺏﺏ.

Austin asintió con tolerancia. Seguramente añadiendo *Defectos del habla* a su archivo mental de problemas de salud del pastor.

Se hizo el silencio, o lo que se consideraba silencio en la morgue de la USIC. A Peter le pareció que los refrigeradores se quejaban un poco menos ruidosamente que antes, pero quizás sólo fuese que se estaba acostumbrando al sonido.

–¿Tenía familia el doctor Everett? –preguntó.

–No sabría decirte –respondió Austin–. Nunca habló de ello.

–Tenía una hija –dijo Grainger quedamente, casi como para sí.

–No lo sabía –dijo Austin.

–Estaban distanciados –explicó Grainger.

–Suele pasar.

Peter se preguntó –dado que el encuentro no bullía de alegre conversación– por qué nadie se limitaba a entregarle un dossier sobre Everett y fijaba una fecha tope para el funeral.

–Bueno –dijo–, supongo que celebraré la misa del funeral...

Austin parpadeó. La idea lo había pillado por sorpresa.

–Eh... Puede ser... –respondió–. No de momento, sin embargo. Lo tenemos a temperatura negativa. Congelado, en otras palabras. Hasta que llegue otro patólogo. –Echó un vistazo a las cámaras, y luego miró por la ventana–. La principal preocupación, claro, es si hay algo en este entorno que pueda enfermar a la gente. Eso nos preocupa desde el principio. Estamos respirando un aire que no habíamos respirado nunca, comiendo una comida que es totalmente nueva para nuestros aparatos digestivos. Hasta ahora, todas las evidencias apuntan a que no hay problema. Pero sólo el tiempo lo dirá. Mucho tiempo. Y podría ser muy mala noticia que se nos haya muerto un hombre sin problemas de salud de ningún tipo, sin motivo alguno para morir.

Peter empezó a temblar. Se había puesto toda la ropa que era capaz de soportar de un tiempo para acá, incluso dentro de la base de la USIC: la dishdasha, un jersey ancho, pantalones de chándal y zapatillas de deporte, pero no bastaba para soportar el frío del depósito de cadáveres. Deseaba poder abrir de golpe la ventana, dejar que entrasen las volutas de reconfortante aire templado.

–¿Habéis hecho una...? Eh... –La palabra había desaparecido de su vocabulario. Sin pretenderlo siquiera, cortó el aire con un escalpelo invisible.

–¿Una autopsia? –Austin negó con pesar–. Matt era el que tenía conocimientos en ese campo. Por eso tenemos que esperar. Es decir, *yo puedo* hacer una autopsia si es sencilla. Podría haber determinado la causa de la muerte de Severin; no era ningún misterio. Pero si no hay ninguna pista, mejor contar con un experto. Y nuestro experto era Matt.

Nadie dijo nada durante un minuto. Austin parecía perdido en sus pensamientos. Grainger se miraba los zapatos, que golpeaban el aire sin descanso. Flores, que no había dicho ni pío desde que se había presentado, tenía la mirada perdida en la ventana. A lo mejor el dolor la había dejado muda.

394

–Bueno... –dijo Peter–. ¿Hay algo que yo pueda hacer para ayudar?

–No se me ocurre nada así de pronto –respondió Austin–. En realidad, nos preguntábamos si hay algo que *nosotros* podamos hacer para ayudarte a *ti*.

–¿Para ayudarme?

–No con tu... eh... evangelización, obviamente –dijo el doctor sonriendo–, sino desde el punto de vista médico.

Peter se llevó los dedos a la frente y se tocó la piel escamada.

–Tendré más cuidado la próxima vez, lo prometo. Grainger me dio un bronceador excelente.

–Un protector –lo corrigió Grainger, irritada–. Factor cincuenta.

–En realidad, me refería a los nativos –explicó Austin–. A los oasianos, como tú los llamas. Les hemos estado suministrando medicamentos básicos prácticamente desde que llegamos. Es lo único que parecen querer de nosotros. –Sonrió en deferencia a la misión de Peter–. Bueno, *casi* lo único. Pero ni uno solo se ha presentado nunca aquí para recibir tratamiento, ¿sabes? ¡Ni uno! Lo que significa que nunca ninguno ha sido examinado o diagnosticado como es debido. Nos encantaría saber qué pasa con ellos.

–¿Qué pasa? –repitió Peter.

–Qué los aqueja. De qué mueren.

Peter vio una vívida imagen mental de su congregación, con todos sus colores, cantando himnos y balanceándose hombro con hombro.

–Los que he tratado yo parecen muy sanos –respondió.

–¿Sabes qué medicinas están tomando? –insistió Austin.

La pregunta le molestó, pero intentó que no se notara.

–No tengo noticia de que estén tomando nada. Uno de mis Amantes de Jesús, uno de mi congregación, tenía un familiar cercano que murió no hace mucho. No llegué a conocerlo. Otro tiene un hermano, o puede que una hermana, que sufre un dolor constante, al parecer. Supongo que para eso utilizan parte de los analgésicos.

–Sí, supongo.

El tono de Austin era neutral; despreocupado, incluso. No había un solo miligramo de sarcasmo detectable en él. Pero una vez más, Peter tuvo la sensación de que su camaradería con los oasianos se veía con malos ojos. La intimidad que compartía con los Amantes de Jesús era profunda, se asentaba sobre la base de mil problemas resueltos, malentendidos despejados, historia compartida. Pero por lo que respectaba al personal de la USIC, su intimidad con los habitantes de Villa Friki no había echado a andar siquiera. Ese cristiano pintoresco no traía ninguna muestra de su trabajo que una persona racional pudiese tomar en cuenta. La gente como Austin tenía una lista de preguntas que precisaban respuesta antes de que pudiera hablarse de «progresos».

Pero eso era lo que se les daba siempre tan bien a los ateos, ¿verdad? Hacer las preguntas equivocadas, buscar el progreso en los lugares equivocados.

–Entiendo que quieras saber –le respondió Peter–. Es sólo que los oasianos que veo a diario no están enfermos. Y los que están enfermos no vienen a nuestra iglesia.

–¿Pero tú no... eh...? –Austin hizo un gesto vago con la mano, para referirse al evangelismo puerta a puerta.

–Eso es lo que pensaba hacer –explicó Peter–. Es decir, cuando llegué, di por hecho que visitaría las casas, buscando formas de establecer contacto. Pero han ido viniendo ellos a mí. Ciento seis, la última vez que nos reunimos. Es una congregación muy grande para un solo pastor sin ninguna ayuda, y sigue creciendo. Les doy toda mi atención, toda mi energía, y aún quedan cosas que podría hacer si tuviese más tiempo, y eso sin *pensar* siquiera en llamar a la puerta de los que se han mantenido alejados. Aunque no es que *tengan* puerta...

—Bueno —dijo Austin—, si encuentras a alguno enfermo que esté dispuesto a venir hasta aquí y, ya sabes, dejar que lo examinemos para que él... o ella...

—O lo que sea —apuntó Flores.

—Haré lo que esté en mi mano —aseguró Peter—. El problema es que yo no tengo conocimientos médicos. Ni siquiera estoy seguro de saber identificar una enfermedad concreta... en uno de *nosotros*, no digamos ya en un oasiano. Los signos y los síntomas, quiero decir.

—No, por supuesto que no —dijo Austin con un suspiro.

La enfermera Flores habló de nuevo, con su cara simiesca iluminada inesperadamente por una aguda inteligencia.

—Así pues, los que tratas podrían estar enfermos y tú no lo sabrías. Hasta el último de ellos podría estar enfermo.

—No lo creo —respondió Peter—. Hemos cogido mucha confianza. Me cuentan lo que piensan. Y trabajo a su lado, veo cómo se mueven. Son lentos y cuidadosos, pero es su forma de ser. Creo que sería capaz de verlo, si pasase algo.

Flores asintió, poco convencida.

—Mi mujer es enfermera. Ojalá estuviese aquí conmigo.

—¿Tienes mujer? —le preguntó Austin, levantando una ceja.

—Sí, Beatrice.

La mención de su nombre pareció desesperada de algún modo, un intento de otorgarle la categoría individual que jamás tendría verdaderamente para aquellos desconocidos.

—¿Y ella...? —Austin vaciló—. ¿Ella está comprometida en esto?

Peter pensó por un momento; recordó su conversación con Tuska: *¿Hay alguien especial ahora mismo? Nop. No puedo decir que haya nadie especial.*

—Sí.

Austin inclinó la cabeza, intrigado.

—No pasa a menudo que nos llegue aquí alguien con... ya sabes... un compañero esperando en casa. O sea, un compañero que esté...

397

–Comprometido.

–Sí.

–A ella también le habría encantado venir –dijo Peter.

Por primera vez en siglos, su mente recuperó un recuerdo reciente de Beatrice vívido y completo, sentada a su lado en la oficina de la USIC, vestida todavía con el uniforme de enfermera, con la cara contraída en una mueca de asco por el té horriblemente fuerte que le habían servido. En un microsegundo, ajustó su expresión para dar a entender que el té sólo estaba demasiado caliente, y se volvió hacia los examinadores de la USIC con una sonrisa.

–Habría supuesto una diferencia enorme –continuó Peter–. Para mí y para todo el proyecto. La USIC no accedió.

–Bueno, debió de fallar las pruebas de aptitud –le dijo Austin, con aire de conmiseración.

–No le hicieron ninguna prueba. La USIC nos entrevistó juntos un par de veces, y luego dejaron claro que el resto de las entrevistas me las harían sólo a mí.

–Te lo digo yo. Falló las pruebas de ESST. ¿Estaba Ella Reinman en las entrevistas? ¿Una mujer menuda, delgada, con el pelo gris y muy corto?

–Sí.

–Ella hace los ESST. De eso tratan sus preguntas. A tu mujer la analizaron en el acto y la descalificaron, te lo digo yo. Lo increíble es que no te descalificaran a ti. Debisteis de dar respuestas muy distintas.

Peter sintió cómo se sonrojaba. La ropa de repente calentaba de sobra.

–Bea y yo lo hacemos todo juntos. Todo. Formamos un equipo.

–Siento oír eso. Es decir, siento que no pudiera venir contigo.

Austin se puso de pie. Flores y Grainger se pusieron de pie también. Era hora de salir del depósito.

Después de eso, no había otro sitio al que ir más que a su cuarto, y su cuarto lo deprimía. Él no era, por naturaleza, una persona depresiva. Autodestructivo, sí; lo había sido a veces. Pero triste, no. Había algo en su habitación de la base de la USIC que le chupaba la energía y lo hacía sentir encajonado. A lo mejor era simple claustrofobia, aunque él nunca había sido claustrofóbico, y una vez hasta había dormido dentro de un contenedor de residuos industriales con la tapa cerrada, y dio gracias por el refugio. Todavía podía recordar su asombro cuando, en cierto momento de la noche, el montón de basura sobre el que estaba echado comenzó a calentarse y envolvió en calor su cuerpo medio congelado. Esa generosidad insólita e imprevista de origen no humano fue un temprano anticipo de cómo se sentiría en el seno de Cristo.

Pero su cuarto en la USIC no le generaba esa sensación. Puede que la habitación fuese limpia y espaciosa, pero a él le parecía hortera y deprimente, hasta cuando subía las persianas y la luz hacía que las paredes y los muebles brillaran tanto que casi había que apartar la vista. ¿Cómo era posible que un sitio estuviese iluminado por el sol y aun así resultase deprimente?

Tampoco era capaz de ajustar bien la temperatura. Había apagado el aire acondicionado, porque le daba literalmente escalofríos, pero, desde entonces, hacía demasiado calor. El calor de Oasis no servía de nada sin la caricia compensatoria de las corrientes de aire. El Señor sabía bien lo que hacía cuando creó este mundo, tan seguro como que sabía bien lo que hacía cuando creó todos los demás. El clima era un sistema de un ingenio exquisito, perfecto y autorregulado. Luchar contra él era estúpido. Más de una vez, Peter se había colocado frente a la ventana de su cuarto, con las palmas presionando el cristal, fantaseando con empujar tan fuerte que éste se hiciese añicos y una ola de aire puro y cálido entrara por el orificio.

La persiana le permitía simular unas cuantas horas de noche siempre que lo necesitara, algo que no era posible en el asentamiento, donde el sol brillaba setenta y tantas horas seguidas. En teoría, esto debería hacer que durmiera mejor en la base, pero, no, dormía peor. Al despertar, tenía un dolor de cabeza resacoso y estaba irritable una hora o más. Cuando repelía el abatimiento, trabajaba en sus traducciones de las Escrituras y recopilaba los cuadernillos para los Amantes de Jesús, pero notaba que tenía menos energía que en el asentamiento. Allí podía cruzar los límites del cansancio y seguir siendo productivo durante dieciocho, diecinueve, incluso veinte horas, pero en su cuarto de la USIC al cabo de doce o trece ya estaba rendido. Aunque tampoco es que le resultara fácil conciliar el sueño. Se tumbaba en el colchón, firme y flexible, y se quedaba mirando el techo gris y monótono, contando los desconchados, y cada vez que empezaba a caer en la inconsciencia un relámpago de confusión lo empujaba otra vez al desvelo: ¿por qué estaba el techo vacío? ¿Dónde estaban los cuadros bonitos?

La única cosa para la que resultaba esencial la base de la USIC era para tener la oportunidad de leer los mensajes de Bea. Aun cuando no los respondía tan a menudo como debiera, quería recibirlos. En cuanto a su descuido, bueno, en parte se debía a lo decaído que se sentía en ese cuarto. Era evidente que tendría que estar escribiendo a Bea sobre el terreno, donde estaba la acción. ¿Cuántas veces había deseado poder enviarle un mensaje rápido justo después de alguna experiencia significativa con los oasianos, cuando estaba fresca en su mente? ¡Decenas de veces! ¡Puede que cientos! Y, sin embargo, tenía la sospecha de que la USIC había dispuesto deliberadamente las cosas para que no pudiera contactar con ella más que allí. ¿Pero por qué? ¡Tenía que haber una manera de instalar algún tipo de generador eléctrico o de repetidor en el asentamiento oasiano! Esa gente era capaz de construir centrifugadoras de lluvia, por el amor de Dios: deberían ser capaces de resolver un reto modesto como ése. Tendría que hablar de los aspectos prácticos con Grainger. No dejaba de decirle que estaba allí para ayudar. Bueno, pues le ayudaría.

Si pudiera comunicarse con Bea sobre el terreno, tendría lo mejor de ambos mundos. Allí fuera pensaba con más claridad, estaba más relajado. Además, a nivel práctico, emplearía mejor el tiempo del que disponía. En la misión, había intervalos regulares en los que debía asumir que se había acabado el día (por radiante que brillara el sol) y sentarse en la cama, detrás del púlpito, repasando los progresos recientes y preparándose para dormir. A veces se pasaba horas sentado sin hacer nada, cuando la cabeza se negaba a desconectar pero tenía el cuerpo cansado y todos los oasianos se habían marchado a casa. Ésos serían los momentos ideales para escribirle a Bea. Si pudiera hacer que instalaran un Shoot en su iglesia, al lado de la cama, podría escribirle largo y tendido todos los días: es decir, cada periodo de veinticuatro horas. O incluso más a menudo. Su comunión sería más como una conversación y menos como... como lo que quiera con lo que amenazaba en transformarse.

Querido Peter:
Recibir tu carta fue un alivio y un placer enorme. Te he echado tanto de menos... Aún más porque me doy cuenta de lo increíblemente difícil –y sin embargo, lo increíblemente NECESARIO– que es tener contacto con al menos una persona en la vida a la que podamos entregar nuestro amor y nuestra confianza. Bueno, claro que hablamos con los compañeros de trabajo y hacemos cosas para la gente necesitada y conversamos con desconocidos y dependientes y «amigos» que conocemos hace años pero a los que no nos sentimos para nada unidos. Todo eso está bien dentro de lo que cabe, pero a veces siento que me falta la mitad del alma.

Por favor, no te obsesiones con lo que DEBERÍAS escribir: ESCRIBE y punto. ¡No te reprimas! Cada vez que decides no mencionar un incidente, se hace invisible y yo sigo a ciegas. Todo pequeño detalle que me describes alumbra un valioso atisbo de ti.

Suena todo fascinante y emocionante. Y desconcertante. ¿Es posible que los oasianos sean tan benévolos como apuntas? ¿Sin ningún lado oscuro? Yo diría que están ansiosos por darte buena impresión, pero quién sabe lo que saldrá cuando se relajen y «se suelten el pelo». Estoy segura de que verás que son más individuales y excéntricos de lo que parecen. Todas las criaturas lo son. Hasta los gatos de la misma camada y que parecen por completo idénticos revelan todo tipo de peculiaridades cuando los llegas a conocer.

Hablando de lo cual... Joshua se está volviendo MUY neurótico. La época con la ventana del baño rota y todas las puertas dando golpes por el viento no le hizo ningún bien. Da un respingo ante cualquier ruido desconocido y ha cogido la costumbre de dormir debajo de la cama. Lo oigo roncar y revolver entre zapatos, pañuelos, despertadores viejos y cualquier otra cosa que haya ahí debajo. He intentado arrastrarlo fuera, pero se mete otra vez enseguida. También está asustadizo mientras come, y mira a su espalda cada pocos bocados. Lo tengo instalado en la falda mientras te escribo esto y necesito hacer pis urgentemente, pero no quiero moverlo por si desaparece el resto de la noche. Ayer me senté en la cocina a leer una carta incomprensible de los del gas y Joshua me saltó a la falda. Me quedé quieta una eternidad, sin nada que hacer y con los pies helados. Entonces pasó una ambulancia con la sirena aullando y se bajó de un brinco. Me pregunto si tengo que llevarlo a un psiquiatra de gatos. Ahora mismo está ronroneando. Ojalá pudieras oírlo. Ojalá ÉL pudiera oírte a TI y comprender que no te has ido para siempre.

Más sobre tu carta... Intentaré no hablar tanto sobre las calamidades que están ocurriendo en el mundo ahora mismo. Entiendo que estás en una órbita muy distinta, ahí arriba, y debe de ser complicado asimilar todos los detalles y repercusiones de lo que está pasando aquí. Siempre y cuando comprendas que tampoco es fácil para mí asimilar todo esto. Es igual de abrumador y de inconcebible para mí. Y aterrador.

Pero hoy es un buen día. Tengo la mano mejor, se está curando bien. Espero volver al trabajo la semana que viene. La casa está más o menos seca y el baño ha vuelto a la normalidad. Y me ha llegado una carta de la aseguradora que da a entender, si he interpretado bien ese lenguaje arcano, que cubrirán los daños. Lo cual es una gran sorpresa, tengo que reconocerlo. ¡Gracias a Dios! Los tabloides han montado una campaña de «señalar con el dedo» a las aseguradoras que están rechazando las reclamaciones de daños: montones de reportajes con fotos sobre gente de la clase trabajadora, decente y obesa, que ha estado toda la vida pagando primas y a la que han dejado colgada cuando unos vándalos o lo que fuera les han destrozado la casa. PANDEMIA DE TRAICIONES, dice aquí. ¡Son palabras muy difíciles para un titular del Daily Express! Me pregunto si es la primera vez que sacan un titular con dos palabras trisílabas. ¡Adónde vamos a ir a parar! (Perdona, te había prometido no pasarme con el tema, ¿verdad?)

Como sabes, yo no suelo leer los tabloides, pero el Daily Express prometía una barrita Bounty gratis para cada lector, y hace muchísimo tiempo que no me como una. El chocolate (o la falta de) ocupa un lugar imperante en mi vida ahora mismo, y me he convertido en una experta consiguiendo mi dosis. Las barritas con base de galleta como el Twix o los Kit Kats son relativamente fáciles de conseguir, y hay un montón de imitaciones de los Snickers, con textos en árabe por todo el envoltorio. Pero el relleno del Bounty tiene algo, ese regusto casi de alcanfor que te sube directo por la nariz, que nada más te puede dar. Al menos no si estás embarazada. Pero resultó que la oferta de «para cada lector» era en cierto modo una estafa. Te daban un vale que tenías que cambiar en tiendas concretas que no existen por aquí.

Pero, dejando de lado el Bounty, hoy estoy bastante contenta con la situación de la comida. Me acabo de comer un opíparo desayuno completo, con huevos, champiñones de lata y beicon. Los huevos y el beicon son de un puesto callejero, una especie de mercado agrícola que montaron en el aparcamiento del sitio donde estaba antes Tesco. Los huevos no llevan ningún sello ni fecha ni nada, son de tamaños distintos y tienen pegotes de plumas y mierda de pollo. Son frescos y deliciosos, y dudo mucho que estos granjeros tengan legalmente permitido venderlos directamente al público. Y el beicon estaba envuelto en papel y cortado a lonchas bastante burdas, ¡las cortaba el granjero a mano, con un cuchillo! Seguramente en contra de las normas, también. El mercado estaba vendiendo a toda máquina, a pesar de que no lo habían anunciado. Los granjeros iban reponiendo las mesas montadas en caballetes con lo que llevaban en la trasera de la furgoneta, y ya no les quedaba mucha cosa. Que tengan suerte, digo yo. A lo mejor el hundimiento de las grandes corporaciones no es tan desastroso como dice todo el mundo. A lo mejor la gente normal comercia y vende cosas a nivel local, como TENDRÍAMOS que haber hecho desde el comienzo. De todos modos, siempre he pensado que comprar beicon que venía de Dinamarca era una locura.

No debería estar comiendo nada de beicon, supongo. Billy me dio un sermón sobre comer carne cuando íbamos de camino a la exhibición de gatos. Él es vegetariano. Y Rachel también lo era, pero recayó. Ésa fue la palabra que usó Billy. Discute mucho con su hermana, puede que ése sea uno de los motivos de su depresión. Sheila dice que vive a base de alubias guisadas, pan tostado y plátanos, porque tampoco es que le gusten tanto las verduras. ¡Un vegetariano muy inglés, pues! Pero tiene razón sobre el sufrimiento de los animales criados en granjas.

Es tan complicado, ¿verdad? Los animales sufren, pero Jesús comía carne y se juntaba con pescadores. He tenido antojo de pescado, últimamente (debo de necesitar vitamina D), y no siento ninguna culpabilidad cuando aplasto unas cuantas sardinas en una rebanada de pan tostado, aunque vea sus ojitos mirándome. Le están dando de comer a tu bebé, así es como lo racionalizo yo.

No me has contado gran cosa del personal de la USIC. ¿Sigues sirviéndoles como pastor también a ellos, o te estás centrando en los oasianos? Recuerda que los reticentes e indiferentes son tan valiosos como los que ya han entregado sus corazones a Cristo. Imagino que debe de haber problemas importantes en la comunidad de la USIC, trabajando tan lejos de casa en condiciones que supongo que serán muy exigentes. ¿Hay mucho alcoholismo? ¿Consumo de drogas? ¿Adicción al juego? ¿Acoso sexual? Imagino que sí.

404

Llamé a Rebeca para hablar de mi vuelta al trabajo y me comentó que ha estado sobre todo en Urgencias y que ha habido un aumento espantoso de la violencia y las heridas relacionadas con el alcohol. Perdona, ¿esto cuenta como que te estoy hablando de las calamidades que asolan el mundo? No está ni mucho menos a la altura de los terremotos, o de las corporaciones que se van a pique. Pero salta a la vista en las calles de nuestro pueblo cuando salgo a dar un paseo por la mañana. Estoy segura de que antes no había vómito en TODAS las esquinas. Me gustaría que los niños y la gente mayor no tuviesen que ver eso. Me he planteado seriamente ir yo misma con un cubo y una fregona por todo el vecindario. Ayer llegué incluso a llenar un cubo con agua y jabón, pero cuando intenté levantarlo, me di cuenta de que era mala idea. Así que me limité a fregar el vómito que había en nuestro porche. Cada cual debe llevar su carga antes de llevar la de otros, como dice en los Gálatas, o algo por el estilo. Tú recordarás el versículo textualmente, sin duda.

Se sentó en el Shoot y flexionó los dedos. Activó de nuevo el aire acondicionado y el cuarto se enfrió. Llevaba puesta la dishdasha, calcetines y un jersey, y se sentía razonablemente cómodo, si bien algo ridículo. Había rezado. Dios le había confirmado que no había nada más urgente o importante en ese momento que establecer contacto con su mujer. La misión iba bien; podría ir mejor todavía si se entregara a ella cada minuto de cada día, pero Dios no esperaba esa dedicación sobrehumana. En otro lugar, muy lejos de éste, Dios había unido a un hombre y a una mujer, y el hombre se había permitido descuidar a su esposa. Era hora de enmendarse.

Querida Bea, escribió.
Te he escrito demasiado poco y demasiado tarde. Te quiero mucho. Ojalá estuvieses aquí conmigo. Hoy he descubierto que Ella Reinman, aquella mujer delgada de las reuniones de la USIC que parecía

un suricato, era una especie de psicóloga que te estaba evaluando, y que te descalificó para venir aquí. La noticia me ha afectado muchísimo. Estoy indignado por ti. ¿Quién era ella para juzgar tu aptitud para una misión basándose en unos cuantos fragmentos de conversación? Sólo te vio un par de veces, y tú venías directa del trabajo y tenías todavía la cabeza llena de otras cosas. No tuviste tiempo de despejarte. Aún puedo ver a esa Reinman con toda claridad, con esa cabeza extraña asomando del cuello de cisne del jersey de cachemira. Juzgándote.

Aquí el sol se está poniendo. Por fin. Es un momento precioso del día y dura muchas horas.

Voy a esforzarme un poco más en pintarte el panorama. Me ha dejado estupefacto ver lo mal que se me da describir las cosas por carta. Es un defecto que no habíamos tenido que afrontar, estábamos juntos todos los días de nuestra vida. Me ha hecho leer las Epístolas bajo otra luz. Pablo, Santiago, Pedro y Juan no contaron mucho de su entorno, ¿verdad? Los estudiosos tienen que hurgar entre líneas para obtener la más leve pista sobre el lugar en el que pudieron vivir los apóstoles en su época. Si Pablo hubiese dedicado sólo unas palabras a describir su prisión...

Hablando de lo cual, este cuarto me está volviendo

Hizo una pausa, y luego borró la frase inacabada. Quejársele a Bea de las condiciones en que vivía, con las molestias e incomodidades que ella había sufrido últimamente, sería de mal gusto.

Hablando de Pablo, probó de nuevo, el versículo al que te refieres es un poco distinto en su forma literal, pero no acabo de estar de acuerdo en que eso de «llevar su carga antes» sea a donde quiera llegar Gálatas 6:5. Es un capítulo retorcido, y el foco cambia de un versículo a otro pero, en términos generales, creo que de lo que habla Pablo es de encontrar un equilibrio entre alejar a los demás del pecado y tener en mente que nosotros mismos somos también pecadores. No es el pasaje más cristalino que escribió nunca (¡y éste lo escribió a mano, además, no lo dictó, como otras epístolas!) y tengo que reconocer que si estuviera intentando parafrasearlo para los oasianos, me costaría lo mío. Por suerte, hay un montón de pasajes de la Biblia con un significado mucho más transparente y que confío en que serán lo bastante gráficos y significativos para mis nuevos amigos en el seno de Cristo.

Hizo una nueva pausa. Imágenes. Bea necesitaba imágenes. ¿Dónde estaban las imágenes?

Estoy sentado en el Shoot con la dishdasha, el jersey verde aceituna y unos calcetines negros. Parezco un completo idiota, supongo. El pelo no deja de crecerme. He pensado en cortármelo a tijeretazos, o incluso en establecer una relación con el peluquero de la USIC, pero he decidido dejármelo crecer hasta que vuelva contigo. Tú me cortas el pelo mejor que nadie. Además, es como un símbolo de lo que hacemos el uno por el otro. No quiero perder esos pequeños rituales.

Pensó un poco más.

Me alegro mucho de saber que se te está curando la mano. La necesitas, ¡y no sólo para trabajar! Me gustaría sentirla apoyada en mi espalda. Cálida, y siempre tan seca. No lo digo en un sentido negativo. Es sólo que nunca está fría y pegajosa, sino suave y seca, como el mejor cuero. Como un guante increíblemente caro y sin costuras. Ay, madre, eso suena fatal. No tengo ningún futuro como escritor de versos de amor metafísico, ¿verdad?

Siento lo que me cuentas de Joshua. Pobrecito, cómo está. Lo único que puedo decir para darnos esperanza es que aunque los gatos son criaturas de costumbres, esas costumbres no tienen por qué ser siempre las mismas. ¿Te acuerdas de cuando Joshua pasó por aquella fase de atacar/comerse tus zuecos de enfermera, y cómo de pronto pasó a otra cosa? ¿Y te acuerdas de cuando teníamos al pobre Titus, que pensábamos que habría que devolverlo a la protectora porque tuvo una fase en la que se pasaba la noche maullando y estábamos completamente agotados? Y luego un día dejó de hacerlo, sin más. Así que no pierdas la esperanza con Joshua. Es evidente que la ventana rota y el viento lo han asustado, pero ahora que la casa está caliente y tranquila de nuevo, seguro que se calma. Creo que

407

haces bien en no sacarlo de debajo de la cama. Ya saldrá por sí mismo cuando esté preparado. Y tampoco creo que haya ninguna necesidad de que entres en un estado de tensión nerviosa cuando se te sienta en el regazo, con miedo a moverte por si se baja de un salto. Él notará que estás ansiosa y eso reafirmará su propia ansiedad. Mi consejo es que le hagas muchos mimos cuando te salte a la falda. Que disfrutes mientras esté ahí. Y luego, cuando tengas que ir al baño o a coger algo de otro cuarto, dile con cariño que necesitas levantarte, cógelo con cuidado y ponlo rápido en el suelo. Acaríciale la cabeza una vez o dos, y luego aléjate. Enséñale a comprender que esas interrupciones son pasajeras y que no pasa nada.

Mi papel como pastor aquí en la base de la USIC ha sido bastante limitado, tengo que admitir. Celebré un funeral, como sabes, y después tuve una buena charla con algunos asistentes que se quedaron al final, en particular con una mujer llamada Maneely, que dijo que había sentido la presencia de Dios y parecía interesada en llevarla más allá. Pero no la he vuelto a ver desde entonces, salvo una vez por el pasillo, saliendo del comedor, y me dijo «Hola» en un tono como de me-alegro-de-verte-pero-no-me-pares-que-estoy-ocupada. Aquí todo el mundo está ocupado. No de un modo frenético, sólo van haciendo lo que sea que hagan. No son tan tranquilos como los oasianos, pero desde luego hay menos estrés del que uno esperaría.

De hecho, tengo que decir que el personal de la USIC es un grupo sorprendentemente educado y tolerante. No discuten demasiado. Sólo alguna broma y alguna riña sin importancia de vez en cuando, como es de esperar en cualquier contexto en el que un montón de personas tan distintas traten de llevarse bien. Que yo sepa (y no me he dado cuenta hasta ahora mismo, hablando contigo), aquí no hay policía. Y lo raro es que no parece raro, no sé si me explico. Toda la vida, siempre que he ido por la calle o que he estado en un trabajo o en el colegio, he notado de inmediato la forma, tan instintiva, tan INTENSA, en que las personas se aborrecen las unas a las otras. Todo el mundo está continuamente al límite de su paciencia, o a punto de perder la calma. La violencia está latente. De modo que el concepto de policía parece lógico y necesario. Pero en un contexto en el que todo el mundo es maduro, y se limita a sacar adelante las tareas encomendadas, ¿quién necesita a una panda de tíos uniformados dando vueltas por ahí? Resulta absurdo.

Por descontado, parte del mérito lo tiene el entorno sin alcohol. En teoría, hay alcohol disponible (cuesta un disparate, un buen pedazo del salario semanal del personal de la USIC), pero nadie lo compra. Alguna que otra vez se hacen bromas diciendo que tienen intención de comprarlo, se toman el pelo unos a otros con lo de conseguir alcohol, igual que se toma el pelo la gente con lo de acostarse con alguien con quien nunca se ha acostado en realidad. Pero a la hora de la verdad, no parece que les haga falta. Algunos hacen alusiones a tomar drogas, también. He visto que no son más que fanfarronadas de macho, o tal vez una afirmación de la persona que eran antes, años ha. Yo soy capaz de oler drogas a un kilómetro de distancia (es un decir) y estoy dispuesto a apostar que no hay ni una aquí. No es que los de la USIC sean locos de gimnasio o fanáticos de la salud: son una panda bastante dispar de ejemplares físicos, con algunos que bordean la obesidad, otros escuálidos, y unos cuantos que tienen pinta de haberse castigado mucho. Pero ahora están en otra fase. (Como lo estará pronto Joshua, ¡si Dios quiere!)

¿Qué más decías? Ah, sí, el juego. No he visto indicios de eso, tampoco. Le he preguntado a mucha gente cómo ocupa su tiempo. «Trabajamos», dicen. Y cuando especifico «¿Pero qué hacéis en el tiempo libre?», mencionan actividades inofensivas: leen libros sobre su área de especialización, hojean revistas viejas, van al gimnasio, nadan, juegan a las cartas (sin dinero), lavan la ropa, tejen elaboradas fundas para los cojines o pasan el rato en el comedor y hablan de trabajo con sus colegas. He oído las discusiones más extraordinarias. Un nigeriano negro como el carbón y un sueco rubio sentados hombro con hombro, bebiendo café e intercambiando ideas sobre termodinámica una hora entera sin parar, en un vocabulario del que entendía unas tres palabras de cada diez. (¡Principalmente «y», «si» y «bueno»!) Al final de la hora, el sueco dice: «Bueno, mi idea no va a ninguna parte, ¿no?», y el otro se encoge de hombros y le lanza una sonrisa de oreja a oreja. ¡Eso es lo normal aquí un martes por la tarde! (Digo «martes» como una figura retórica, claro. Yo ya no tengo la más difusa idea de qué día es hoy.)

Ah, y otra actividad de ocio. Algunos también tienen un grupo de canto, el coro, lo llaman. Canciones de toda la vida, fáciles, populares. (Nada de Frank Sinatra, me ha asegurado una mujer que me animó a unirme, pero tampoco nada serio ni complicado.) No he visto ningún indicio de que alguno escriba o pinte o haga esculturas. Son gente corriente, sin dotes artísticas ni mucho menos. Bueno, cuando digo que son corrientes no me refiero al intelecto, porque es obvio que están altamente cualificados y son muy inteligentes. Quiero decir que sólo les interesan los asuntos prácticos.

En cuanto al acoso sexual

Llamaron a la puerta. Guardó como borrador todo lo que había escrito y fue a abrir al visitante. Era Grainger. Tenía los ojos rojos e hinchados de llorar, y verlo en camisón, jersey y calcetines no fue lo bastante cómico para despertar una sonrisa en sus labios. Parecía necesitar desesperadamente un abrazo.

–Necesito hablar contigo –le dijo.

19. LA APRENDERÍA AUNQUE SE DEJARA LA VIDA EN ELLO

En la cama de Peter había una pila de cosas que Grainger no acababa de identificar. O al menos, era evidente que le estaba costando trabajo imaginar qué demonios hacían allí.

–Deja que te ayude –le dijo Peter con una sonrisa–. Son ovillos de lana.

Ella no hizo ningún comentario ni dijo siquiera «Ajá», sino que se quedó inmóvil, mirando fijamente la cama. En el cuarto de Peter, un visitante sólo tenía tres posibles sitios en los que sentarse: dos sillas y la cama. Una de las sillas estaba colocada frente al Shoot, cuya pantalla mostraba la correspondencia privada con su esposa; en la otra había una enorme pila de papeles, y la cama estaba cubierta de un montón de ovillos de lana multicolor. Morado, amarillo, blanco, azul celeste, escarlata, gris, verde lima y muchos más. Cada uno tenía clavada una gran aguja de coser, de la que colgaba el hilo lanudo.

–Estoy preparando cuadernillos –explicó, señalando la pila de papeles.

Cogió uno terminado y lo sostuvo abierto contra el pecho para mostrarle las costuras de lana de la encuadernación en el pliegue central.

Ella parpadeó, perpleja.

411

–Te podríamos haber dado una grapadora.

–Ya lo intenté. Y descubrí que a los oasianos les preocupa pincharse con grapas. «Aguja-aguja escondida», como dicen ellos.

–¿Pegamento?

–El pegamento se disolvería en la atmósfera húmeda. Ella siguió con la mirada fija. Peter supuso que estaría pensando que había demasiados colores, demasiada lana, para la tarea.

–De esta manera, cada Amante de Jesús tiene su propio ejemplar personal de las Escrituras –le explicó–. El hilo de diferente color hace que cada una sea única. Eso y mi... eh... errática técnica de costura.

Grainger se peinó el pelo con los dedos, en un gesto de *esto-es-todo-muy-raro*.

Peter lanzó el cuadernillo sobre el montón de lana y se apresuró a retirar la pila de impresiones de las Escrituras de la silla. Le hizo un gesto a Grainger de que se sentara. Ella se sentó. Apoyó los codos en las rodillas, juntó las manos y se quedó mirando el suelo. Siguieron treinta segundos de silencio, los cuales, dadas las circunstancias, se hicieron bastante largos. Cuando por fin habló, lo hizo con un tono apagado y uniforme, como si reflexionara para sí.

–Siento que Austin te enseñara ese cuerpo. No sabía que iba a hacerlo.

–No es la primera vez que veo un cuerpo sin vida.

–Es horrible la forma en que se sigue pareciendo a la persona aunque la persona se haya ido.

–La persona nunca se va. Pero sí, es triste.

Grainger se llevó una mano a la boca y, con abrupta vehemencia, como un gato, se mordió la uña del meñique. Igual de abruptamente, desistió.

–¿De dónde has sacado la lana?

–Me la dio un empleado de la USIC.

—¿Springer?

—Por supuesto.

—Menuda pluma tiene ese tío.

—Pero eso aquí no es un problema, ¿verdad?

Grainger suspiró y dejó caer la cabeza.

—Aquí nada es un problema. ¿No te has dado cuenta?

Peter le dio otro medio minuto, pero era como si estuviera hipnotizada por la alfombra. El pecho le subía y le bajaba. Llevaba una camiseta blanca de algodón con unas mangas que no llegaban a cubrirle las cicatrices de los antebrazos. Cada vez que cogía aire, sus pechos presionaban contra la fina tela de la camiseta.

—Has estado llorando —le dijo.

—No.

—Has estado llorando.

Grainger levantó la cabeza y lo miró a los ojos.

—Vale.

—¿Qué te causa este dolor?

—Dígamelo usted, doctor.

Peter se arrodilló a sus pies y se puso cómodo.

—Grainger, a mí no se me da bien esto de jugar al gato y al ratón. Has venido a hablar conmigo. Aquí estoy. Tu corazón está sufriendo. Por favor, cuéntame por qué.

—Supongo que es lo que llamaríamos... un problema familiar.

Jugueteó con las puntas de los dedos. Peter comprendió que había sido fumadora y que añoraba el consuelo de un cigarrillo. Lo cual le hizo caer en la cuenta, por otro lado, de lo raro que era que ningún otro empleado de la USIC mostrara esas peculiaridades, a pesar de la alta probabilidad de que algunos de ellos hubiesen sido fumadores empedernidos en su vida anterior.

—La gente no deja de decirme que aquí nadie tiene familia de la que hablar —le dijo Peter—. La Légion Étrangère, que dice

413

Tuska. Pero sí, no me había olvidado. Rezo todos los días por Charlie Grainger. ¿Cómo está?

Grainger rió por la nariz y, como acababa de llorar, le cayó algo de moquillo sobre los labios. Con un gruñido de irritación, se limpió la cara con la manga.

—¿No te lo dice Dios?

—¿Decirme qué?

—Si la gente por la que rezas está bien.

—Dios no... trabaja para mí. No está obligado a enviarme ningún informe de progreso. Además, Él tiene muy presente que no conozco a tu padre. Seamos sinceros: Charlie Grainger no es más que un nombre para mí, hasta que me cuentes más sobre él.

—¿Estás diciendo que Dios necesita más datos antes de...?

—No, no. Lo que quiero decir es que Dios no necesita que *yo* le diga a *Él* quién es Charlie Grainger. Dios conoce y comprende a tu padre, hasta la... hasta la última molécula de sus pestañas. El propósito de mis plegarias no es hacer que repare en tu padre. Es expresarle... —Peter buscó vacilante la palabra correcta, pese a que había tenido esa misma conversación, más o menos, con mucha gente en el pasado. Cada vez era única—. Es transmitirle a Dios mi amor por otra persona. Es mi oportunidad de manifestar solemnemente mi preocupación por la gente que me importa.

—Pero acabas de decir que mi padre es sólo un nombre para ti.

—Me refiero a *ti*. Me importas *tú*.

Grainger se sentó rígida, con la mandíbula apretada y sin pestañear. Las lágrimas brotaron, titilaron y cayeron. Por un momento pareció que fuera a echarse a sollozar abiertamente, pero luego se recompuso... y se enfadó. La irritación, comprendió Peter, era su mecanismo de defensa, una susceptibilidad que protegía su interior vulnerable como las púas de un puercoespín.

—Si las plegarias son sólo una forma de *manifestar preocupación*, ¿qué sentido tiene? Es como cuando los políticos mani-

414

fiestan su *preocupación* por las guerras y las violaciones de los derechos humanos y todas esas otras cosas que van a dejar que sucedan de todos modos, recostados en sus butacas. Son palabras vacías, no cambian una mierda.

Peter negó con la cabeza. Daba la sensación de que hacía años que nadie lo desafiaba así. Pero allí en casa era un enfrentamiento casi diario.

–Entiendo cómo te sientes –le dijo–. Pero Dios no es un político. Ni un policía. Es el creador del universo. Es una fuerza inmensa hasta lo inimaginable, un trillón de veces más grande que el sistema solar. Y por supuesto, cuando las cosas nos van mal en la vida, es natural que nos enfademos y que queramos responsabilizar a alguien. Alguien que no seamos nosotros. Pero culpar a Dios... es como culpar a los principios de la física por permitir el sufrimiento, o culpar a la ley de la gravedad por las guerras.

–Yo no he usado en ningún momento la palabra «culpa». Y estás distorsionando el asunto. Yo no me pondría de rodillas a rezarles a las leyes de la física, porque las leyes de la física no pueden oírme. Dios se supone que está en ello.

–Haces que Dios parezca...

–Sólo querría –lo interrumpió ella– que a este *Dios* tuyo, magnífico y estupendo, no se la *sudara*.

Y, con un jadeo entrecortado de dolor, se vino abajo y empezó a llorar ruidosamente. Peter se inclinó hacia ella, todavía arrodillado, y la rodeó con el brazo mientras ella se sacudía. Estaban en una posición muy incómoda, pero ella se echó adelante y apoyó la frente sobre su hombro. El pelo de Grainger le hacía cosquillas en las mejillas, incitándolo y confundiéndolo con su suavidad cercana y su aroma extraño. Echó de menos a Bea con una ráfaga de dolor.

–Yo no he dicho que no le importe –murmuró–. Le importamos mucho. Tanto que se convirtió en uno de nosotros. Adoptó forma humana. ¿Te lo imaginas? El creador de todo, el forjador de galaxias, se hizo nacer como un niño humano, y se crió con una familia de clase baja en un pueblecito de Oriente Medio.

Aún sollozando, Grainger se rió apoyada en su jersey y dejándoselo moqueado, seguramente.

—Tú no te crees eso de verdad.

—Créeme: sí.

Volvió a reír.

—Qué chalado estás.

—No más que el resto del equipo, seguramente.

Siguieron quietos un minuto más, sin hablar. Grainger estaba relajada, ahora que había purgado su rabia. A Peter le reconfortaba su cuerpo cálido; más de lo que esperaba cuando se acercó a ella. Nadie, desde que BG y Severin lo sacaron en volandas de la cápsula después del vuelo, había entrado en contacto con su piel más que para estrecharle la mano al saludar. Los oasianos no eran muy de toquetearse, ni siquiera entre ellos. Alguna que otra vez se acariciaban el hombro con las manos enguantadas, pero eso era todo, y no tenían labios con los que besar. Había pasado mucho tiempo —demasiado tiempo— desde que había tenido ese contacto con un semejante.

Pero la espalda empezaba a dolerle por la postura desacostumbrada, estaba forzando músculos que apenas usaba. Si no deshacía pronto el abrazo, perdería el equilibrio. El brazo que tenía ahora apoyado afectuosamente en torno a su cintura comenzaría a aplastarla con el peso de su cuerpo.

—Háblame un poco de tu padre —le pidió.

Ella se echó hacia atrás, lo que permitió que Peter se apartara sin que pareciera deliberado, justo como esperaba. Una ojeada confirmó que la llorera no le había hecho ningún bien: tenía la cara abotagada, llena de rojeces y poco femenina, y lo sabía. La miró galantemente de reojo mientras ella se secaba los ojos con toquecitos de la manga, se peinaba con movimientos rápidos de los dedos y trataba de recomponerse.

–No sé mucho de mi padre. No lo he visto desde que murió mi madre. Eso fue hace veinticinco años. Yo tenía quince.

Peter hizo cálculos. No era el momento adecuado para un cumplido, pero Grainger no aparentaba para nada los cuarenta. Ni siquiera después de aquel ataque de llorera.

–¿Pero sabes que está enfermo? –apuntó él–. Me dijiste que iba a morir pronto.

–Supongo. Es mayor. No debería importarme. Ya ha vivido su vida. –Jugueteó de nuevo con un paquete de tabaco fantasma–. Pero es mi padre.

–Si hace tanto tiempo que no tienes contacto con él, ¿no es posible que ya haya fallecido? O puede que se haya retirado a alguna parte, y que esté disfrutando de una vejez feliz y saludable.

–No.

–¿No?

–No. –Le lanzó una mirada recelosa, y luego se relajó, como si estuviese dispuesta a darle otra oportunidad–. ¿No tienes nunca intuiciones?

–¿Intuiciones?

–Cuando tienes una sensación sobre algo, algo que estás seguro de que está sucediendo en ese mismo instante, y técnicamente no hay manera posible de que puedas saberlo, pero *lo sabes*. Y luego, poco después, lo averiguas..., te llega la prueba irrefutable, de otra persona, tal vez, algún testigo, de que lo que creías que estaba sucediendo *sucedió* realmente, justo cuando lo pensaste, justo como lo imaginaste. Como si hubiese sido transmitido directamente a tu cerebro.

Peter le sostuvo la mirada, resistiendo al acto reflejo de asentir. No parecía haber otra respuesta aceptable a su pregunta que coincidir con ella y empezar a intercambiar anécdotas sobre corazonadas asombrosas que habían demostrado ser ciertas. La cosa era que nunca había tenido mucho interés por los fenómenos psíquicos, y Bea y él habían observado a menudo que la clase de gente que sentía una fascinación más intensa por las

417

ciencias sobrenaturales era también la más negada a la hora de percibir los motivos flagrantemente obvios por los que su vida estaba sumida en el caos. No le podía decir eso a Grainger, por descontado. Estaba a punto de hacer un comentario diplomático sobre cómo la fe era algo así como una intuición que no dependía de extrañas coincidencias, cuando ella prosiguió.

–Sea como sea, hace unos meses tuve una intuición sobre mi padre. Lo *vi* en mi cabeza. Lo llevaban por el pasillo de un hospital, en camilla, muy rápido, unos cuantos médicos en plan: «¡Abran paso!» Era tan vívido, era como si estuviese corriendo tras ellos. Él estaba consciente pero confundido. Tenía el brazo conectado a un gotero, pero se buscaba a tientas el bolsillo del pantalón para sacar la cartera. «¡Puedo pagar, puedo pagar!» Sabía que estaba jodidísimo y le aterrorizaba que le denegaran el tratamiento. La cara... no era como la recordaba, era irreconocible, parecía un viejo vagabundo que hubiesen recogido de la calle. Pero yo sabía que era mi padre.

–¿Y has tenido alguna otra... intuición sobre él desde entonces?

Ella cerró los ojos, agotada por el recuerdo de su visión, o por la intimidad con Peter.

–Creo que está aguantando. –No parecía para nada segura.

–Bueno, yo estoy rezando por él.

–Aunque eso no suponga ninguna diferencia para el forjador de galaxias, ¿eh?

–Grainger... –empezó a decir, pero la formalidad del apellido lo irritó de repente–. ¿No puedo llamarte Alex? O Alexandra, ¿viene de ahí el diminutivo?

Ella se puso rígida, como si le acabara de poner la mano en la entrepierna.

–¿Cómo lo...?

–Le escribiste a mi mujer, ¿recuerdas?

Lo pensó un momento.

–Sigamos con Grainger –respondió ella, pero sin frialdad.

Y luego, cuando vio que él parecía perplejo, se explicó–: Aquí funcionan mejor los apellidos. Supongo que nos recuerdan que todos tenemos trabajo que hacer.

Notó que el encuentro había terminado para ella. Ya había sacado de él, o no había conseguido sacar, lo que fuera que viniese buscando. Peter desearía haber tenido la oportunidad de explicarle mejor cómo funcionaban las plegarias. Que no se trataba de pedir cosas y de que fuesen aceptadas o denegadas, se trataba de sumar la energía de uno –insignificante en sí misma– a la energía inmensamente mayor que era el amor de Dios. De hecho, era una afirmación de ser *parte* de Dios, un aspecto de Su espíritu que habitaba de manera temporal en un cuerpo. Un milagro similar, en principio, al que había otorgado a Jesús forma humana.

–Así habla un soldado –le dijo–. Pero dime, Grainger, ¿cuál crees que es *mi* trabajo?

Pensaba que tal vez aún podía retomar el rumbo de la conversación y devolverla a las aguas de la fe.

–Tener contentos a los oasianos para que sigan ayudándonos a montar este sitio. O al menos que no nos estorben.

–¿Y ya está?

Grainger se encogió de hombros.

–Alegrarle el día a Springer interesándote por su horrenda colección de fundas de cojín tejidas por él.

–Es un tío adorable –protestó Peter–. Muy amable.

Grainger se puso de pie para marcharse.

–Pues claro que lo es, claro que lo es. Amableamableamable. Todos somos amables, ¿a que sí? Unos cagados, como dice Tuska. –Hizo una pausa dramática y luego, con una voz clara, serena y desdeñosa que le heló el alma–: Cagados hechos mierda. Sin pelotas.

Minutos después, solo e inquieto, Peter retomó la carta para Bea.

En cuanto al acoso sexual, tampoco parece haber nada de eso. Se quedó un rato mirando la pantalla, tratando de decidir hacia dónde tirar. Sentía compasión por Grainger, desde luego, y quería ayudarla, pero tenía que reconocer que lidiar con su espíritu atribulado le había dejado sin energías. Era raro, porque allí en casa, como pastor, estaba expuesto a espíritus atribulados todos los días, y eso nunca le fatigaba en absoluto: de hecho, siempre le motivaba pensar que ese enfrentamiento con un alma rabiosamente a la defensiva quizás condujera a un avance. Podía pasar en cualquier momento. Nunca se sabía cuándo una persona sería por fin capaz de ver que había estado rechazando a su propio Creador, peleando contra el Amor en sí. Habían pasado años dando tumbos y traspiés por la vida con una engorrosa armadura que se suponía que debía protegerlos, y de repente un día la veían como el lastre inútil, fastidioso y opresivo que era y se la quitaban de encima, dejando que Jesús entrara en ellos. Esos momentos hacían que todo valiese la pena.

Acabo de pasar un rato con Grainger, escribió pensando que debería compartir la experiencia con Bea mientras aún la tuviera fresca. Que, al contrario de lo que dabas por hecho en uno de tus mensajes, es una mujer. No deja que la llame por su nombre de pila, sin embargo. Aquí nadie lo hace. Incluso los que son muy amables prefieren limitarse al apellido.

De todas formas, Grainger es de lejos la persona más vulnerable que he conocido en la base de la USIC. Puede estar de buen humor y de repente es como si hubieras presionado el botón equivocado y se transforma en un instante. No es desagradable, sólo irritable o retraída. Pero hoy se ha abierto más que en otras ocasiones. Esconde heridas profundas y sin resolver, y llevaría muchísimo tiempo ir hasta el fondo, no cabe duda. Es un milagro que la seleccionaran para este equipo, de hecho. Debió de mostrarse más equilibrada y relajada en las entrevistas de lo que se muestra ahora. O a lo mejor realmente ESTABA más equilibrada por aquel entonces. Hay momentos en la vida en los que nos sentimos indestructibles aunque un montón de cosas vayan mal, y otros momentos en los que todo va bien y sin embargo nos sentimos angustiados y frágiles desde que nos levantamos. Ni el cristiano más férreo es inmune a los misterios del equilibrio. En fin, la principal fuente de dolor de Grainger parece ser una relación difícil con su padre, al que no ha visto en 25 años. ¡Estoy seguro de que puedes identificarte con eso! De hecho, estoy seguro de que serías la persona ideal para hablar de estas cosas con ella, si estuvieses aquí.

Por cierto, he descubierto la verdadera razón por la que NO estás aquí. Hace unas horas me he encontrado

En la pausa durante la que rebuscó en su cerebro el nombre del doctor Austin, recordó que ya le había escrito al respecto al comienzo del mensaje, antes de que Grainger lo interrumpiera. Borró las palabras redundantes, más cansado cada segundo.

Voy a despedirme y a enviar esta carta ya. Se ha quedado colgada sin terminar todo el rato que ha estado aquí Grainger, y me da vergüenza haberte tenido esperando tanto tiempo entre respuestas. Tienes razón al reprenderme por mi perfeccionismo. ¡Lo haré mejor a partir de ahora! (Chiste) Me daré prisa con las respuestas. Envío ésta volando hacia ti mientras me pongo con la siguiente.

Te quiero,

Peter

Fiel a su palabra, envió el mensaje y luego abrió otra carta de Bea y se familiarizó de nuevo con el contenido. Esta vez desechó la idea de que debía abordar puntualmente todos y cada uno de los temas que hubiese sacado. Bea no necesitaba eso. Lo que necesitaba eran dos sencillas cosas: una confirmación de que había leído sus cartas y algún tipo de mensaje a cambio. Los ojos se le iluminaron en la parte en que describía la herida casi curada de su mano: «Pálida y rosada, y un poco cerosa por la venda, ¡pero tiene buena pinta!» Comenzó de inmediato a redactar su carta.

Querida Bea:

Me alegro mucho de saber que se te está curando tan bien la mano. Me aterró enterarme de que te habías hecho daño, y esto es un alivio enorme. Por favor, no tengas prisa por volver al trabajo. Tienes que estar totalmente recuperada para cuidar de otros. Además, hay muchos bichos merodeando por el hospital, como sabes, y no me refiero sólo a

Pensó durante uno o dos minutos, para recordar otro nombre que lo eludía, pero era irrecuperable, a pesar de que Bea y él habían mencionado a esa persona todos los días a lo largo de, tal vez, el último par de años.

tu colega paranoica del pelo rizado.

Aunque estoy haciendo muchos progresos, te echo de menos y desearía que estuvieses aquí conmigo. Me molesta que te descalificaran. Por mi propio interés, claro, pero también considerando la situación general. Fueran cuales fueran los criterios de la USIC, han cometido un error enorme. Alguien como tú es exactamente lo que falta aquí. Todo el sistema es... ¿cómo lo diría? Apabullante (¿o arrogantemente?) masculino. O sea, hay un montón de mujeres, pero no influyen demasiado en la atmósfera dominante, en el esprit de corps, si prefieres. Hay una especie de camaradería que uno asociaría con las fuerzas armadas o tal vez con un gran proyecto de construcción (que supongo que es lo que es). Las mujeres no enredan, no tratan de feminizar el sitio, simplemente modifican su naturaleza para encajar en él.

Puede que sea una generalización injusta. Al fin y al cabo, las mujeres no tienen por qué ajustarse a las ideas preconcebidas de feminidad que tengo yo en la cabeza. Pero, aun así, debo reconocer que esta base no es un entorno en el que yo me sienta cómodo, y no puedo evitar pensar que mejoraría muchísimo si se pudieran añadir a la mezcla algunas mujeres como tú.

¡Con eso no quiero decir que haya montones de mujeres como tú en el mundo! Por supuesto que sólo hay una.

En cuanto a las políticas de género entre los oasianos, es un asunto complicado. Todavía no he llegado al fondo de sus sexos, sin embargo: ¡ellos no entienden mis preguntas y yo no entiendo sus respuestas! Por lo que he podido observar, no tienen genitales donde uno esperaría. Sí que tienen hijos, no muy a menudo, deduzco, pero sí que ocurre, así que algunos de mis Amantes de Jesús son madres. No diría que las que son madres se comporten de un modo más maternal que las que no lo son. TODOS se cuidan y están conectados. A su manera. Les he cogido mucho cariño. Creo que tú también se lo cogerías, si pudieras compartir esta aventura conmigo.

Otra cosa que debo decir de ellos es que son muy amables. Muy atentos. Al principio no es muy evidente, pero luego te das cuenta. En nuestra última reunión en la iglesia, estábamos todos cantando y de repente se cayó uno de los cuadros del techo (no estaba bien sujeto, ¡es difícil cuando no puedes usar clavos, ni tornillos ni ningún objeto afilado!). El cuadro cayó justo encima de la mano de la Amante de Jesús Cinco. Nos llevamos todos un buen susto. Por suerte, el cuadro no pesa mucho y la Amante de Jesús Cinco está bien: nada roto, sólo un moratón. Pero la forma en que los otros se arremolinaron en torno a ella fue extraordinaria. Se turnaron para abrazarla y acariciarla con toda la ternura del mundo. No he visto nunca una efusión de preocupación y amor comunitario semejante. Ella se sintió cohibida, ¡y eso que acostumbra a hablar mucho! Es mi favorita.

Hizo una pausa de nuevo. Elogiar a otras mujeres –humanas o no– a lo mejor no era muy diplomático, cuando su propia esposa se sentía insegura. Bea y él habían tenido siempre el tipo de relación en el que uno y otro se sentían libres de mencionar las cualidades admirables de cualquiera, sin importar su género, confiando en que su propia relación era sólida e inviolable. Pero aun así... Borró el «mi favorita» y escribió:

con la que me comunico mejor.

Seguía habiendo algo allí que no estaba del todo bien.

Pero, por supuesto, nada de esto me importa tanto como la relación única y valiosísima que tenemos tú y yo, añadió. Tuve un recuerdo muy vívido de nuestra boda no hace mucho. Y de tu vestido de novia, y de las veces que te lo pusiste en los años siguientes.

Por favor, escríbeme pronto. Sé que ya me has escrito mucho y que he sido muy descuidado con las respuestas, pero eso no significa que no valore el contacto contigo. Te echo terriblemente de menos. Y siento haberte dado la impresión de que ciertos temas estaban vedados. Escribe lo que te apetezca, cariño, soy tu marido. Tenemos que estar ahí el uno para el otro.

Te quiero,

Peter

Las palabras eran sinceras, pero sonaban algo forzadas. Es decir, las habría pronunciado espontáneamente si tuviera a Bea entre sus brazos, con la cabeza acurrucada en su hombro, pero... teclearlo en una pantalla y enviarlo por el espacio era otra cosa. Eso cambiaba el color y el tono de los sentimientos, igual que la fotocopia barata de una fotografía pierde calidez y detalle. El amor por su mujer quedaba caricaturizado, y él no tenía lo que hacía falta para mostrarlo como el vívido cuadro figurativo que debería ser.

Abrió una tercera carta de Bea, con la intención de lanzar una tercera respuesta, pero en cuanto leyó el «Querido Peter» y se vio escribiendo «Querida Bea», le preocupó que ella pudiera pensar que estaba intentando hacer méritos. Le preocupó, también, que tal vez fuera cierto. Echó un vistazo al mensaje, un mensaje largo. Había algo en el segundo párrafo sobre una pila de correo que había llegado hacía poco, incluida una carta del ayuntamiento que lo instaba a registrarse de nuevo en el censo electoral. Un formulario que debía rellenar porque «su situación ha cambiado». ¿Cómo lo sabían? Bea no tenía ni idea de si se trataba de una forma más agresiva de inspección rutinaria o una verdadera amenaza con consecuencias reales. ¿Pero qué se suponía que tenía que hacer él? ¿Y qué más daba? ¿Acaso Bea pensaba que le daba miedo perder el voto en las próximas elecciones? ¿Por si salía elegido el burócrata anónimo equivocado? ¿Por qué le contaba eso?

Escribe lo que te apetezca, cariño, le acababa de escribir. Podría haber añadido: Menos de las cosas en las que no quiero pensar.

Se levantó de la silla, se arrodilló en el suelo, juntó las manos entre las rodillas y comenzó a rezar.

—Dios, por favor, ayúdame. Estoy cansado y confuso, y ahora mismo me parece que los retos a los que me enfrento me quedan grandes. No dejes que pierda de vista mi propósito, dame fuerza y... aplomo. Mi maravillosa Bea se siente sola y agobiada: dale también a ella energía y concentración. Gracias, Señor, por curarle la mano. Gracias, también, por revelarte a Amante de Jesús Catorce en un momento de necesidad. Ahora le irá bien, espero. Ruego por Amante de Jesús Treinta y Siete, a quien su hermano sigue rechazando por su fe en Ti. Dale consuelo. Ruego por que con el tiempo también su hermano acuda a nosotros. Por favor, agudiza mis pensamientos y percepciones la próxima vez que trate con Amante de Jesús Ocho. Quiere algo de mí que no me dice por timidez y yo no adivino por estúpido. Ruego por Sheila, Rachel y Billy Frame. En especial por Billy, que sigue debatiéndose con el divorcio de sus padres. Ruego por Ray Sherwood, ya que su Parkinson ha empeorado.

Titubeó. Puede que Ray ya estuviera muerto a esas alturas. Había pasado mucho tiempo sin tener noticias de él. Ray y su Parkinson habían sido un tema recurrente en sus plegarias durante años, por la sencilla razón de que parecía insensible dejar de rogar por él sólo porque hubieran perdido el contacto. Además, a Peter le seguía importando. La cara de Ray, sonriente pero teñida de miedo por el futuro desalentador al que se encaminaban él y su cuerpo traicionero, se manifestó claramente en su memoria.

—Ruego por Charlie Grainger —continuó—. Ruego por que algún día pueda volver a ver a su hija. Ruego por Grainger.

Siento que corre peligro de envenenarse de amargura. Y por Tuska: una vida de desilusiones le ha dejado una piel muy dura. Ablándalo, Señor, si es tu voluntad. Ruego por Maneely. Ruego por que ese momento en que vislumbró la necesidad que tiene de Ti sea más que un impulso pasajero. Por favor, que crezca hasta convertirse en una seria búsqueda de Cristo. Ruego por Coretta, que le puso nombre a este lugar y tenía la esperanza de que su vida fuese a mejor, y no a peor. Haz que su vida sea mejor, Señor.

Le sonaban las tripas. Pero sabía que aún no le había dado a Dios la sinceridad desnuda que Él merecía. Si dejaba la plegaria en este punto, tendría algo de ensayado, incluso de leve palabrería.

–Ruego por la gente de las Maldivas y de Corea del Norte y de... eh... Guatemala. No son reales para mí como individuos, y me avergüenzo de ello. Pero sí son reales para Ti. Perdóname, Señor, por la pequeñez y el egoísmo de mi mente. Amén.

Todavía insatisfecho, cogió su Biblia y la abrió al azar, dejando que Dios decidiera qué página aparecería ante sus ojos. Lo había hecho miles de veces, y debía de haber desgastado así los lomos de varias Biblias. Hoy, la página escogida por el Todopoderoso era la 1267, y las primeras palabras que vio Peter fueron: *«Haz la obra de evangelista, cumple plenamente tu ministerio.»* Era la exhortación de Pablo a Timoteo en el año 68 d. C., pero también era el consejo de Dios para Peter en ese momento. ¿Cumple tu ministerio? ¿Qué quería decir plenamente? ¿No estaba haciendo ya todo lo que podía? Estaba claro que no, o Dios no habría guiado su mirada hacia esos versículos. ¿Pero qué más debía o podía hacer? Examinó el resto de la página en busca de pistas. La palabra «aprender» reaparecía varias veces. Echó un vistazo al otro lado, a la página 1266. Otro versículo le saltó a la vista: *«Aplícate al estudio para poder presentarte ante Dios aprobado.»* ¿Al estudio? ¿El estudio de la Biblia? Había dedicado incontables horas a eso. Así que... ¿por qué le decía Dios que estudiara?

Se acercó a la ventana y miró por el cristal. El sol ya había salido, pero estaba aún muy bajo, medio cegándolo con su resplandor. Hizo visera con la mano. Fuera, sobre el asfalto desierto, tuvo la ilusión óptica de una legión de cuerpos humanos asomando desde detrás de un ala lejana de la base. Parpadeó para que la ilusión se desvaneciera. No lo hizo.

Pocos minutos después, se sumó a la multitud de empleados de la USIC reunidos fuera. Parecía que la población entera de la base había abandonado el edificio y se dirigía en masa a los matorrales que había más allá del asfalto. El primer pensamiento de Peter era que debía de ser un simulacro de incendio, o que había habido alguna clase de accidente que había llenado la base de gases tóxicos. Pero todos parecían relajados y de buen humor. Algunos llevaban todavía la taza de café. Un hombre negro le sonrió y lo saludó con la cabeza; era el tipo que le había lanzado una magdalena el primer día, y cuyo nombre no acababa de recordar (¿Rude? ¿Rooney?). Dos mujeres que nunca le habían presentado lo saludaron también. Un murmullo animado recorría la multitud. Era como la cola de la feria o de un concierto.

Peter se colocó a la altura de la persona más cercana que conocía por el nombre, que resultó ser Hayes, la ingeniera cuadriculada que pronunció el discurso en la inauguración oficial del Centro de Centrifugación y Energía. Había entablado conversación con ella en varias ocasiones desde entonces, y había acabado disfrutando de lo tediosa que era. Un tedio tan perfecto que había trascendido a sí mismo para convertirse en una especie de excentricidad, y que Hayes no fuese consciente de ella resultaba gracioso y en cierto modo conmovedor. Otros empleados de la USIC pensaban lo mismo de ella, había observado. Había un brillo de malicia en sus ojos cuando les daba la lata.

–¿Qué hacemos aquí fuera? –le preguntó.

–No sé qué haces *tú* aquí fuera –le respondió–. Sólo puedo decir qué hacemos *nosotros* aquí fuera.

En cualquier otro, esto sería irritabilidad o sarcasmo. En ella, era la firme determinación de ceñirse a los límites del asunto del que podía hablar con autoridad.

–Vale –dijo cogiéndole el paso–. ¿Qué hacéis aquí fuera?

–Nos ha llamado el equipo de la Madre.

–¿Ah, sí? –Le llevó un par de segundos comprender que se refería al Sostén Gigante. Nadie más lo llamaba la Madre, pero aun así ella repetía el término siempre que tenía oportunidad, esperando que calara.

–Nos han dicho que unos animales venían hacia aquí. Una oleada. O a lo mejor han dicho manada. –Arrugó el ceño ante la duda–. Muchos, en todo caso.

–¿Animales? ¿Qué clase de animales?

Hayes tomó una conciencia más amplia de los parámetros de su conocimiento.

–Animales nativos.

–¡Pensaba que no había!

Ella confundió su emoción con escepticismo.

–Estoy segura de que nuestros colegas de la Madre son testigos fiables –le dijo–. No creo que nos estén gastando una broma. Hemos hablado sobre las bromas en las reuniones de la USIC y acordamos que son contraproducentes y un peligro potencial.

Peter asintió mientras su atención se desviaba hacia el terreno que tenían delante. Había poca visibilidad, no sólo por el resplandor intenso, sino por la abundante cantidad de bruma que remolineaba por el suelo y que se extendía a lo ancho de cientos de metros como un mar de espectrales plantas rodadoras. Los ojos engañaban: algo oscuro parecía avanzar, surgiendo de la niebla, y un momento después resultaba ser un matojo, arraigado con modestia a la tierra.

La tropa de humanos alcanzó el fin del asfalto, y los pies pisaron suelo blando. Peter examinó las primeras filas de empleados de la USIC y vio quién iba el primero. Era Stanko, el tipo del comedor. Su cuerpo desgarbado resultaba grácil en movimiento; los largos brazos le colgaban relajada y despreocupadamente. De pronto Peter cayó en la cuenta de lo raro que era, dadas las circunstancias, que Stanko no llevara ningún arma. De hecho..., nadie llevaba ningún arma. De hecho... De hecho, ¿había visto siquiera alguna desde que llegó a Oasis? ¿Era ésta, de verdad, una comunidad sin armas? ¿Podía existir algo semejante? Qué asombroso, si así era... Pero por otro lado, ¿no era temerario mostrarse tan indiferente al peligro? ¿No había momentos en los que era una locura salir sin un rifle en las manos? ¿Quién había autorizado esta incursión colectiva, armados tan sólo con su curiosidad? ¿No estarían todos caminando hacia la muerte, condenados a acabar aplastados o despedazados por animales salvajes?

La respuesta no tardó mucho en llegar. Un soplo de brisa se llevó la bruma y despejó una amplia área de matorrales sobre la que apareció de repente la manada de criaturas en marcha, puede que ochenta o un centenar. Los empleados de la USIC soltaron gritos ahogados, chillaron o murmuraron, cada uno de acuerdo con su naturaleza. Y luego, inevitablemente, hubo risas. Los animales eran del tamaño de pollos. Pollos pequeños.

–Vaaaya, mira eso –dijo Stanko arrastrando las palabras y con una sonrisa.

Las criaturas parecía ser mitad ave mitad mamífero. No tenían plumas, y la piel era rosada y curtida, con motas grises. Las cabezas de pato se balanceaban al ritmo de sus andares. Unas alas esmirriadas y vestigiales colgaban a cada lado, agitándose levemente por el movimiento de la marcha, pero por lo demás fláccidas, como la tela arrugada de unos bolsillos vueltos del revés. Tenían el torso bastante gordo, corpulentos como teteras, y su porte era solemne e hilarante.

–¡No-me-lo-pue-do-cre-er!

Era la voz de BG. Peter lo buscó entre la multitud, pero había muchas personas entre ellos y sería de mala educación pasar por en medio.

De mutuo y tácito acuerdo, dejaron todos de caminar, para no espantar a los animales. La manada no dejaba de acercarse con sus andares de pato, impasible, al parecer, a las miradas extraterrestres. Sus cuerpos rollizos seguían el ritmo, avanzando con paso lento pero inexorable. De lejos, no quedaba muy claro cuántas extremidades tenía cada criatura bajo la tripa, si dos o cuatro. Más de cerca, resultaron ser cuatro: unas patitas achaparradas, con unos músculos robustos impropios de un pájaro. Las zarpas palmeadas y mullidas de un gris mucho más oscuro que el resto del cuerpo hacían que diesen la impresión de llevar zapatos.

–Son monos a la décima potencia –dijo alguien.

–Monos a la centésima potencia –dijo otro.

Vistos de cerca, no tenían la cabeza tan parecida a la de un pato. El pico era más carnoso, y colgaba un poco, como el hocico de un perro. Tenían los ojos, minúsculos e inexpresivos, muy juntos, lo que transmitía una impresión de absoluta estupidez. No miraban arriba, a su alrededor o al resto, sólo de frente. Iban a pasar justo al lado de la base de la USIC, de camino a alguna parte. No emitían ruido alguno, salvo el *zu-zu-zu-zu* leve y rítmico de sus pies sobre el suelo.

–¿Qué nombre les ponemos a estos bichos? –preguntó alguien.

–Gallinoto.

–Patosón.

–¿Qué tal panzudo?

–Morenito.

–Xenomamífero.

–Conejo volador.

–¡Almuerzo!

430

Hubo una ráfaga de carcajadas, pero alguien gritó de inmediato:

—Ni se te ocurra, Powell.

—¿No podríamos probar sólo uno? —protestó Powell.

—Podrían ser muy inteligentes.

—Me tomas el pelo.

—Puede que los consideren sagrados. Los nativos.

—¿Quién dice que sean comestibles? —dijo una voz de mujer—. Podrían ser venenosos del carajo.

—Se dirigen a Villa Friki —señaló Stanko—. Si son comestibles y está bien comérselos, es probable que nos acaben llegando. O sea, que nos darán. Y será kosher.

—¿A qué te refieres con kosher?

—No quería decir... Me refería a que no habría nada furtivo en ello. Sería el trato habitual.

—Sois todos repugnantes —comentó otra voz de mujer—. ¿Cómo se le puede ocurrir a alguien comérselos? Son adorables.

—Adorables como una lechuga. Mira esos ojos. Tres neuronas máximo.

—Puede que muerdan.

Y así se quedaron, bromeando, felices como niños, mientras la exótica procesión pasaba arrastrando los pies.

—¡Eh, Peter! ¿Cómo va eso, colega?

Era BG. Estaba muy animado, y le hacía falta una servilleta. La salida lo había pillado obviamente en plena tarea de comerse o beberse algo blanco y espumoso, a juzgar por el bigote blanco que coronaba su labio superior.

—Bien, BG. Un poco cansado. ¿Y tú?

—A tope, colega, a tope. Estos colegas son geniales, ¿eh? —Señaló la multitud de animales, cuyos lomos corpulentos oscilaban en formación con el avance.

—Es un verdadero placer verlos —coincidió Peter—. Me alegro de no habérmelos perdido. Nadie me avisó.

—Lo dijeron por megafonía, tío. Alto y claro.

–No en mi cuarto.

–Ah, deben de haberlo apagado en el tuyo. Por respeto. Tú tienes tus rollos privados y espirituales en los que concentrarte. Mejor que no haya alguien dándote la lata cincuenta veces al día: «¿Pueden Éste y Aquél venir a la Habitación 25, por favor?», «Que todo el personal disponible se presente en la zona de carga», «Peluquería disponible dentro de una hora en la Habitación 9», «¡Eh, gente, moved el culo hasta la salida del Ala Este, que hay un pelotón de cabroncetes graciosos viniendo para acá!».

Peter sonrió, pero enterarse de que estaba excluido del sistema de megafonía lo molestó. Ya estaba lo bastante desconectado de las vidas del personal de la USIC de por sí.

–Bueno –dijo con un suspiro–. Me habría dado rabia perderme esto.

–Pero no te lo has perdido, colega –respondió sonriendo BG–. No te lo has perdido. –Levantó las cejas señalando al cielo–. Te han debido de dar un soplo, ¿eh?

–Puede que sí.

Peter estaba de pronto agotado, aplastado por el peso de la ropa empapada en sudor y de un sentimiento de ineptitud aún persistente. La enigmática instrucción de Dios sobre la necesidad de estudiar más y de cumplir plenamente su ministerio se materializó de nuevo en su mente.

BG fue al grano: el motivo por el que se había abierto paso entre sus colegas para llegar hasta él.

–Bueno, ¿y tú cómo los llamarías?

–¿Cómo los llamaría?

–A estos amiguitos nuestros –dijo BG señalando con la mano al ejército en retirada.

Peter lo pensó un momento.

–Los oasianos deben de tener un nombre para ellos.

–Eso no nos sirve, colega. –BG torció el gesto y aleteó la lengua como un tonto, sacándola y metiéndola ruidosamente.

Al cabo de un segundo, con el aplomo de un cómico profesional, dispuso sus rasgos formando una máscara de dignidad–. Desde que se fue Tartaglione, aquí no hay nadie que entienda los ruidos que hace esa gente. ¿Te han contado la historia del canguro, Peter?

–No, BG: cuéntame la historia del canguro.

La horda animal ya había pasado por completo, avanzando hacia su destino. Algunos empleados de la USIC se quedaron allí contemplando la manada menguante de cuerpos, pero la mayoría emprendieron con calma el camino de vuelta a la base. BG rodeó con un brazo los hombros de Peter, para indicarle que caminaran juntos.

–Había un explorador, hace mucho tiempo, que se llamaba capitán Cook. Su especialidad era desembarcar en parcelas nuevecitas de terreno al otro lado del océano y soplárselas a los tipos negros que vivieran en ellas. Total, que se fue para Australia. ¿Sabes dónde está eso?

Peter asintió.

–Aquí muchos no tienen demasiada idea de geografía –le explicó BG–. Sobre todo si no has estado nunca. Total, que el capitán Cook desembarcó en Australia y vio esos animales alucinannnntes dando saltos por ahí. Unos cabrones enormes y peludos con patas gigantes de conejo y una bolsa en la tripa, que se ponían de pie y toda esa mierda. Y pregunta a los negros: «¿Vosotros cómo llamáis a esta criatura?», y los negros le dicen: «Kangaroo.»

–Ajá –dijo Peter, notando que se avecinaba alguna clase de remate.

–Años después, un tipo se puso a estudiar el idioma de los negros, y adivina qué. «Kangaroo» significaba «¿Qué dices, colega?».

BG soltó una carcajada atronadora, su cuerpo enorme temblaba de risa mientras escoltaba al pastor de vuelta a la civilización. Peter se rió también, pero en el mismo momento en que su boca adoptó la forma correcta y su garganta emitió los sonidos apropiados, supo lo que Dios quería que hiciera. Aprendería la lengua de los oasianos. La aprendería aunque se dejara la vida en ello.

20. TODO IRÍA BIEN SI REZABA

Empezaron. Apretados con fuerza, Peter y Beatrice ya no podían verse el uno al otro. Tenían las bocas unidas, los ojos cerrados, sus cuerpos podrían haber sido los cuerpos de cualquiera desde que el mundo era mundo.

A los pocos minutos, Peter se desveló por completo. Bea estaba a un billón de kilómetros de distancia, y él se dirigía a la lavadora arrastrando los pies, con un fardo de sábanas manchadas en los brazos. Al otro lado de la ventana, seguía haciendo la misma tarde soleada que cuando se había dormido. La luz dorada bañaba el cuarto igual que antes, como si el tiempo mismo se estuviese cociendo al sol, mientras que en algún lugar lejano los días y las noches de su mujer se sucedían en un parpadeo sin que él pudiera verlo.

Peter metió las sábanas en el tambor de metal. El letrero de AHORREMOS AGUA – ¿SE PUEDE LAVAR A MANO ESTA COLADA? le carcomió la conciencia, pero no recordaba que su semen hubiese tenido nunca un olor tan acre, y tenía miedo de que si trataba de lavar las sábanas a mano el olor invadiera su cuarto y fuera de inmediato perceptible si entraba un visitante. Grainger, por ejemplo.

Echó en la lavadora unos copos de jabón del tarro de plástico que le habían proporcionado. Tenían un tacto ceroso, como si los hubiesen rallado de un bloque de jabón del de toda la vida. Sin duda, no era ningún tipo de detergente químico. ¿Sería blancaflor en una de sus innumerables formas? Acercó la nariz al tarro y olió, pero el olor de su propio cuerpo lo distraía. Cerró la máquina y la puso en marcha.

Era curioso: cuando estaba con los oasianos no se masturbaba nunca ni tenía sueños húmedos. Era como si su naturaleza sexual se pusiera a hibernar. Era un hombre, y el equipamiento de hombre le colgaba de la pelvis, pero estaba allí sin más, irrelevante como el lóbulo de la oreja. Su sexualidad sólo revivía cuando regresaba a la base de la USIC. Y, del mismo modo, sólo cuando estaba en la base de la USIC sentía todo el peso de la soledad.

Se acercó desnudo hasta el Shoot. La pantalla estaba fría y apagada, aunque no recordaba haberlo desconectado. Debía de haberse desconectado solo mientras dormía, para ahorrar energía. Esperaba haber enviado, antes de que lo invadiera el agotamiento, los mensajes que le hubiese escrito a Bea. Estaba todo algo borroso. Lo que había dicho él; lo que había dicho ella. Recordaba vagamente algo sobre que había tenido que sacar y tirar las alfombras del salón. O puede que fuesen las cortinas. Y ratas. Algo sobre ratas. Ah, sí: Bea se había acercado al bordillo para añadir una bolsa de basura al ya rebosante contenedor (últimamente, las recogidas eran irregulares) y se llevó el susto de su vida cuando una rata pegó un salto y por poco no le dio en la cara.

La rata seguramente estaba tan asustada como tú, la había consolado él. O algo por el estilo.

Encerrado en el cubículo de la ducha, se enjabonó mientras las sábanas daban vueltas a su lado. Las semillas escaldadas de su ADN se iban por el desagüe borboteando suavemente.

Sentado frente al Shoot, limpio y seco, se inclinó hacia delante para ver si tenía más mensajes de Bea cuando reparó en

436

una gota de sangre que le resbalaba por el brazo. Se había lavado el pelo y, mientras masajeaba el cuero cabelludo, se había arrancado una costra de la punta de la oreja. Las quemaduras se estaban curando bien, pero la piel de las orejas era rica en vasos sanguíneos y había que dejarla tranquila mientras las células de la epidermis hacían su trabajo. Miró a su alrededor en busca de papel higiénico; recordó que la USIC no lo proporcionaba. Tenía tiritas en alguna parte, pero una nueva gota le cayó por el hombro y no le apetecía ponerse a rebuscar en la bolsa. En su lugar, cogió unos calzoncillos y se los puso en la cabeza de modo que la tela le recogiera la oreja que sangraba.

Señor, no dejes que Grainger entre ahora sin avisar...

Una vez más, se sentó frente al Shoot. Se había cargado un mensaje nuevo. Lo abrió, visualizando ya la palabra «querido» antes de que apareciera en pantalla.

Peter:
Estoy muy muy enfadada contugo. Eres mi marido y te quiero pero estoy dolida y furiosa.

En todo el tiempo que llevamos separado no has ddicho NI UNA SOLA PALABRA sobre nuestro bebé. ¿Estás intentando darme una lección o es sólo que te da igual? He dejado caer algunas indirectas para recordarte qeu estoy embarazada pero no he insistido mucho porque en realidad depende de ti decidir si te implicas o no.

Cuando hablabamos de tener hijos, siempre encontrabas motivos para no tenerlos. «Todavía no.» Siempre me asegurabas que algún día te ENCANTARÍA y que era sólo cuestión de encontrar el momento. Bueno, lo siento si no era el momento adecuado pero me aterrorizaba que no volveiras nunca y eres el único hombre con el que quiero tener hijosd. Ya sé que parezco confusa pero no creo que lo esté tanto como tú. Ahora me doy cuenta de que has estado eviutando evitando evitando la paternidad todos estos años. Da miedo dar el paso, todo el mundo lo sabe pero la gente da el saltoa ciegas y así es como avanza la raza humana. Pero tus misiones siem,pre

437

eran más urgentes , no? Muchos retos. Cada día um reto. Retos que en realidad no son tan difñiciles para nada. Porque podemos intentar hacer todo lo que podamos para ayudar a los desconocidos, pero en último término esos desconocidos son responsables de su propio destino, verdad? Si no conseguimos ayudarles, da pena pero seguimos adelante y ayudamos a orta persona. Pero con un niño no es así, No cuando es tu hijo. El destino de tu propio hijo importa más que ninguna otra cosa. No te puede PERMITIR fallar aunque segurmente lo harás, y eso es lo que da miedo. Pero sabes qué? Durante millones de años la gente ha sido lo bastante estupifa o lo bastante valiente como para intentarlo de todas maneras. Yo siento esa presión ahora mismo llevando a ese niño dentro de mí.

Y tu está claro que no estás interesado.

Peter lo siento si da la impresión de que no comprendo las dicicultades que sin duda estas afrotndo en tu misión. Pero tampoco me has contado nada sonre esas dificultades. Así que sólo puedo imaginármelo. O mejor dicho NO imaginármelo. Lo único que veo de lo poco que me has enviado es que estás iviendo una gran aventura ahí. Has recibido el trato más fácil que haya recbido jamás un misionero cristiano en toda la historia de la evangelización. A otros los han metido en la cárcel, les han escupido, los han atravesado con una lanza, lapidado, amenzado con cuchillos y pistolas, apuñalado hasta la muerte con machetes, crucificado boca abajo. Y como mínimo les han hecho el vacía y los han frustrado de todas las maneras posibles. Por lo que yo se, te han recibido como a un héroe. La USIC te lleva en coche con los oasianos y te recoge cuando estás listo para un descanso. Toda tu congregación ama ya a Jesús y creen que eres el no va más y lo único que quieren es que les enseñes la Biblia. Supervisas los trabajos de construcción mientras tomas el sol, y de vez en cuando alguien te trae un cuadro para que lo cuelgues del techo. Parece que estás montando tu propa Capilla Sixtina ahí arriba! y la última noticia que recibí de ti es que acababas de ver un desfile de animalitos adorables.

Peter ya sé que no quieres oír esto pero TENGO PROBLEMAS. Las cosas se están desmoroandno a un ritmo aterrador. Algunas te las he contado y muchas no. Cualquier otro marido, en cuanto se enrerara de lo que está pasando aquí, ya se habría ofrecido a volver a casa. O al menos habría hecho el gesto.

Teescribo esto a las 5 de la mañana después de una noche en vela y tengo casi alucionaciones del estrés y seguramente me arrepentiré de haberte enviado esto cuando por fin pueda dormir algo. Pero tu siempre has estado a mi lado y ahora me estás ahciendo daño y no sé adonde acudir. SE TE HA OCURRIDO PENSAR cómo me iba a hacer sentir que me informaras de que Grainger, la persona con la que pareces tener más relación ahí, es una mujer y que acabas de «pasar un rato con ella» y que es muy «vulnerable» pero que te alegras de poder decir que hoy se ha «abierto» a ti más de lo que se había abierto nunca? Estoy segura de que será un maravilloso avance para vosotros dos cuando te deje llarmala por su nombre de pila y consigas llegar por fin al fondo de su dolor (a lo mejor coincide con el feliz día en que esa otra mucjer a la que le haces de pastor, Maneater ocomo se llame, esté preparada para «llevarlo más alla»), pero Peter se te ha pasado por la cabeza que a lo mejor yo también estoy un poquito «vulnerable»?

Sé que me quieres u esyto segura de que no has hecho nada malo con Grainger, pero ojala tuvieras un poco más de cuidado con el lenguaje que usas cuando hablas de ella y de ti. Dedicas muchísimos tiempo y energía a sopesar exactamente las palabras correctas en las paráfrasis de la Biblia para tus Amantes de Jesús, pero cuando se trata de comunicarte conmido tu infinita atención por los detalles desparece.

Es bonito que hayas tenido recuerdos tan vivos de nuestra boda, pero sería mucho mejor para mí que tuvieras algunos recuerdos vivos de la mujer a la que dejaste aquí hace unos meses y de lo que podría necesitar ahora mismo.

Llorando,

Bea

Había otro mensaje, enviado apenas dos minutos después. Lo abrió, con la esperanza de que fuera algún tipo de retractación o de atenuante del golpe. No una disculpa, propiamente, sino un paso atrás, una reconsideración, que admitiera tal vez que estaba borracha. Por el contrario, ni siquiera lo llamaba por su nombre.

En cuanto a la rata, POR FAVOR, no finjamos: NO ESTABA tan asustada como yo. Estoy segura de que se lo estasba pasando maravillosamente bien siendo una rata y que est a encantada de que nuestro vecindario se esté ahogando en su propia bsura. Yo no sé que hacer. Un montónd e gente coge su basura y la lleva en coche a otras partes del pueblo y la tira en cualquier partw donde crea que nadie los pillará. No me extrañaría que gran parte de la porquería que hay esparcida por nuestra calle la hubieran tirado desdde un coche. La policía parece incpaz de pararlo. Paracen incapaces de parar nada. Dan vueltas por ahí en el coche patrulla, hablando por sus aparatos. De que sirve eso? Para que les pagamos? Ven como nos hundimos sin hacer nada.

La lavadora borboteó ruidosamente mientras desalojaba una carga de agua para dar paso a la siguiente. Había espuma densa y blanca pegada al interior del frontal de vidrio. Demasiado jabón. Culpa suya.

Se levantó de la silla y vagó sin rumbo por la sala. El corazón le latía con fuerza y los intestinos le pesaban como fango en la tripa. Había una pila de cuadernillos de la Biblia justo al lado de la cama, con los lomos cosidos con meticulosas puntadas de lana colorida, un trabajo de muchas horas durante las cuales había sido felizmente ajeno a cualquier cosa negativa.

Querida Bea, escribió.

Tu carta me ha dejado devastado, y siento haberte hecho sentir tan dolida. Espero por tu bien, por el bien de los dos, que el extremo nivel de angustia cuando me escribiste se deba en parte al esta-

440

do en el que te encontrabas. Todas esas erratas (muy impropio de ti) me hicieron preguntarme si habrías estado bebiendo. Lo que no quiere decir que tu dolor no sea válido, sólo que espero que no te sientas tan dolida y tan furiosa todo el tiempo.

Pero, por supuesto, la culpa es mía. No puedo explicar ni justificar la forma en que te he tratado. Lo más cerca que puedo estar de hacerlo es decirte que este viaje, la primera vez que nos hemos separado más de unos días seguidos, ha revelado una carencia espantosa en mí. No me refiero a una mala actitud (aunque es obvio que así es como lo ves tú), me refiero a un problema en la forma en que funciona mi cerebro. Me resulta casi imposible mantener la atención en las cosas que no están en mi órbita inmediata. Siempre hemos afrontado la vida de la mano, y supongo que el estar juntos enmascaraba esta deficiencia. Cuando me conociste, yo estaba bombardeando mi organismo con todas las sustancias tóxicas que pudiera meterle, y cuando estuve limpio, di por hecho alegremente que el alcohol y las drogas no habían infligido ningún daño permanente, pero ahora me veo obligado a considerar que tal vez sí lo hicieran. O puede que haya sido siempre así. Puede que fuera eso lo que hizo que me descarriara de buen principio. No lo sé.

¿Cómo puedo tranquilizarte con respecto a nuestro hijo? Es cierto que en su día me preocupó no estar hecho para ser padre. Es cierto que la responsabilidad es abrumadora. Pero no es cierto que no quisiera tener hijos contigo. Lo quiero de verdad. Supongo que cuando llegue a casa el embarazo estará muy avanzado, y espero que accedas a tomarte un descanso del trabajo. No tendrías que estar levantando peso y pasando por todo el estrés del hospital mientras gestas un niño. ¿Qué tal si coges el permiso de maternidad en cuanto yo vuelva? Podríamos relajarnos y preparar bien las cosas.

Una cosa que ninguno de los dos ha mencionado desde hace un tiempo es el dinero. No es el factor en el que nos centramos cuando apareció esta misión. A los dos nos ilusionaba el proyecto por sí mismo. Pero, por otro lado, me van a pagar mucho dinero, más del que hayamos ganado nunca por nada. Hasta ahora, una vez cubiertos nuestros gastos, siempre hemos invertido cualquier ingreso extra en obras del Señor. Hemos fundado un montón de cosas que valen la pena. Pero nuestro hijo también es algo que vale la pena, y estoy seguro de que Dios comprenderá que dejemos parados otros proyectos. Lo que propongo es esto: usemos el dinero de esta misión en cambiar de casa. A juzgar por lo que me cuentas, se está volviendo muy desagradable, incluso peligroso, vivir en la ciudad. Así que marchémonos al campo. Será un entorno mucho más adecuado para que nuestro hijo pase sus años formativos. En cuanto a nuestra iglesia, para cuando vuelva llevarán ya seis meses arreglándoselas sin mí, y estoy seguro de que Geoff estará encantado de seguir como pastor, y si no es así, algún otro dará un paso adelante. Las iglesias no deberían quedarse ancladas a un pastor concreto.

Mientras escribo esto, todo se vuelve más claro en mi mente. Al principio pensaba que deberías coger el permiso de maternidad, pero ahora que lo pienso mejor, creo que tendría más sentido que dejaras el trabajo. Una decisión que seguramente deberíamos haber tomado hace mucho tiempo. La gente que dirige ese hospital te ha dado muchos disgustos a lo largo de los años y la cosa nunca mejora. Puedes luchar contra ellos hasta agotar tus energías y seguirán como si nada. Bueno, pues allá ellos. Dediquémonos los dos a ser padres, y comencemos una nueva fase de nuestras vidas.

Con todo mi amor,

Peter

—Hola —lo saludó Maneely—. Tienes la oreja irritada.

—No pasa nada. Me ha salido costra.

Maneely se le había unido en el comedor, donde Peter estaba dando sorbos al té y tratando de convencerse de pedir algo de comer. Saludó en señal de bienvenida, pero sabía que las náuseas y la amargura debían de ser evidentes en su rostro. A ella, por el contrario, se la veía animada y tranquila. Se había hecho un corte de pelo que le sentaba bien. Puede que se lo hubiese teñido incluso, porque la recordaba de un castaño apagado y ahora llevaba un rubio miel. Por otro lado, la luz del comedor tenía un tono ambarino. Su té resplandecía de un naranja brillante como una cerveza bien destilada.

—He estado evitándote un poco —le dijo Maneely—. Perdona.

—Di por hecho que andabas ocupada —respondió él con diplomacia.

¿Iba a ser éste el día en que dejaría entrar a Jesús en su corazón? No se sentía con fuerzas.

Maneely bebió leche de soja con sabor a fresa con una pajita antes de atacar una ración enorme de sucedáneo de salchicha y puré de patatas.

—Te queda bien el pelo.

—Gracias. ¿Tú no comes?

—Me... Me estoy tomando las cosas con calma, hoy.

Ella asintió, comprensiva, como tolerando a un hombre con resaca. Varias lonchas generosas de salchicha desaparecieron en su boca, y tomó un poco más de soja para tragarlas.

—He estado pensando en la conversación que tuvimos tras el funeral de Severin.

Ahí viene, pensó Peter. *Señor, por favor, concédeme gracia.*

—Bueno, ya sabes que estoy aquí para lo que necesites.

Ella soltó una sonrisita.

—Menos cuando estás en Villa Friki friéndote las orejas.

—No es tan grave. Sólo tengo que ir con más cuidado.

Maneely lo miró a los ojos, seria de nuevo.

—Mira, siento lo que dije.

—¿Cómo?

—Creo que hice que te ilusionaras.

—¿Que me ilusionara?

—Severin era una especie de compañero mío. No de un modo romántico, pero... resolvimos muchos problemas juntos. En varios proyectos. Cuando murió, me afectó mucho. Me dejó en un estado muy vulnerable. En el funeral, diste un gran discurso, y yo acabé medio convencida de..., ya sabes..., de todo este rollo de Dios y Jesús. Pero yo no soy así. Lo he estado pensando, y no soy así. Lo siento.

—No hace falta que te disculpes. Es como disculparse ante la fuerza de la gravedad, o la luz. Dios está *ahí*, tanto si lo reconocemos como si no.

Ella negó con la cabeza.

—Por un segundo he pensado que te estabas comparando a ti mismo con la fuerza de la gravedad o con la luz.

—A veces no me expreso demasiado bien. Estoy... Estoy pasando por... —El recuerdo de la furia de Bea invadió su organismo como una infección. Creyó que iba a desmayarse—. Tengo problemas, como todo el mundo.

—Espero que se resuelvan. Eres un buen tipo.

—Yo no me siento tan buena persona ahora mismo.

Ella lo bendijo con una sonrisa fraternal.

—Eh, pronto te sentirás mejor. Es todo cuestión de percepción. De química, incluso. Estar decaído, animado, es un ciclo. Un día te levantas y todo parece distinto. Créeme.

—Aprecio tu aliento —le respondió Peter—. Pero abordar los problemas que hay que abordar no es una cuestión de... No puedes ser tan pasivo. Tenemos responsabilidades. Tengo que intentar hacer las cosas mejor.

Maneely sorbió lo que quedaba de soja y apartó el vaso a un lado.

—Esto es algo de casa, ¿verdad?

—¿De casa? —Peter tragó con fuerza.

—Cuando me estreso por temas que no están en mis manos, a menudo recuerdo un antiguo poema —le aconsejó Maneely—. Tiene miles de años. Dice: *Dame serenidad para aceptar las cosas que no puedo cambiar, valentía para cambiar las que sí puedo y sabiduría para saber distinguirlas.*

—Escrito por un hombre llamado Reinhold Niebuhr —replicó Peter—. Sólo que en realidad él decía «*Dios,* dame».

—Bueno, puede, pero funciona igual de bien sin. —Su mirada era penetrante, podía ver a través de su pedantería–. No te fustigues con las cosas de casa, Peter. *Esto* es casa, ahora.

–Voy a volver pronto –protestó él.

Maneely se encogió de hombros.

–Vale.

Pasó las dos horas siguientes paseando por fuera, rodeando el complejo. Se planteó ir caminando hasta el asentamiento. ¿Cuánto tardaría? Semanas, seguramente. Era una idea de locos, de locos. Tenía que quedarse allí para recibir el próximo mensaje de Bea. Ahora estaría dormida. Seguiría durmiendo unas horas. Deberían estar durmiendo juntos. Estar separados era un error. Tumbarse el uno al lado del otro hacía más por una relación que las palabras. Una cama caliente, un nido de intimidad animal. Las palabras podían malinterpretarse, mientras que la compañía amorosa alimentaba la confianza.

Regresó a su cuarto, trabajó en las paráfrasis de la Biblia y se deprimió. Lo asolaban oleadas de hambre, intercaladas con ganas de vomitar. Pasaron más horas. Al fin, después de haber revisado el Shoot en vano al menos cien veces, se terminó su sufrimiento.

Querido Peter:

No tengo tiempo de escribir una carta larga porque estoy a punto de ir a un funeral, pero sigo muy abatida e irritada contigo. Me estoy esforzando especialmente, no obstante, en revisar mi ortografía para que no me acuses de estar borracha. De hecho, me estaba casi recuperando de ésa cuando, ¡toma, vas y propones que me convierta en un ama de casa rural y desempleada!

Lo siento, sé que el sarcasmo no sirve de nada.

Te volveré a escribir cuando vuelva del funeral. Aunque puede que tenga que quedarme un rato con Sheila primero. Está viviendo un infierno.

Sí te quiero, loco como estás,

Bea

Respondió de inmediato:

Querida Bea:

Me ha levantado muchísimo el ánimo oírte (leerte) decir que me quieres. Apenas he sido capaz de hacer nada en todo el día, abatido por los problemas entre nosotros. Tú eres mucho más importante para mí que mi misión.

Aunque no lo dices explícitamente, es obvio, por tu mensaje, que Billy Frame ha terminado suicidándose, a pesar de lo que nos preocupamos todos por él y de tus esfuerzos por prestarle ayuda. Aún puedo recordarlo tal y como era de pequeño, irradiando orgullo por el collage que él y otros niños habían hecho para nosotros. Qué horror para Sheila. No me puedo ni imaginar lo alterada que debes de estar por todo esto. El hecho de que hayas usado la palabra «infierno» para hablar de algo distinto a la separación eterna de Dios lo dice todo.

Siento mucho que interpretaras mi propuesta de mudarnos al campo como una estratagema para convertirte en un ama de casa rural y desempleada. Estoy seguro de que habrá trabajo allí, puede que incluso trabajo de enfermera, menos horrible (seguramente) que el que tienes ahora. Tampoco estoy diciendo que yo me vaya a pasar todo el día cortando leña o cuidando del huerto (aunque aquí me he convertido en un feliz labrador). Puede que haya alguna iglesia que necesite pastor. Pero cualesquiera que sean las oportunidades de trabajo que haya (o que no haya), deberíamos dejarlo en manos del Señor.

Lamento en lo más profundo la desconsideración con la que he hablado de Grainger y de Maneely. Sí, son mujeres, pero mi papel en sus vidas es estrictamente pastoral. O lo sería si se abrieran a la gracia de Dios, que no parece ser el caso. Maneely acaba de decirme sin rastro de ambigüedad que no está interesada.

Las palabras son mi profesión, pero no siempre las utilizo con tino, y no siempre son la mejor manera de transmitir las cosas. Ojalá pudiera tan sólo abrazarte y reconfortarte. Te he fallado otras veces, de maneras mucho peores que ahora, y lo hemos superado juntos porque nos amamos el uno al otro. Ese amor se basa en la comunicación, pero también en algo que es casi imposible de describir, un sentimiento de encaje cuando estamos en compañía del otro, un sentimiento con el que sólo conectamos cuando estamos con otras personas que no son para nosotros. Te echo tanto de menos, cariño.

Con todo mi amor,

Peter

—Lo que quieres no será fácil de organizar —le dijo Grainger poco después.

—¿Pero sí posible?

La simpleza de la pregunta la molestó.

—Todo es posible si le destinas el trabajo y los recursos suficientes.

—No quiero sembrar el caos en la USIC, pero es muy importante para mí.

—¿Por qué no vuelves a la base a intervalos más cortos, y ya está? Estarías en mejor forma si lo hicieras.

—No funcionaría. Los oasianos viven a su ritmo. Necesito estar entre ellos, compartir sus rutinas. No puedo estar siempre dejándome caer por allí y que luego me recojan. Pero si tuviera un Shoot...

—... a lo mejor no volvíamos a verte.

—Por favor. Mi mujer necesita mi apoyo. La echo de menos. Y tal vez lo que sea que tuvierais que construir para que el Shoot funcionara vendría bien para otro propósito. Una vez allí.

Grainger entrecerró los ojos. Peter se dio cuenta de que no le había preguntado cómo estaba ni le había hecho ningún comentario cortés antes de asaltarla con esa demanda.

—Veré qué se puede hacer —le dijo ella.

Querido Peter, leyó nada más volver.

Ojalá te hubieses ofrecido a volver a casa en lugar de recordarme cuánto dinero podemos ganar si te quedas. Sí, ya sé que para la USIC fue tremendamente trabajoso y caro invitarte. Si te hubieses

447

ofrecido a dejarlo casi seguro te habría convencido de que no lo hicieras. Pero habría sido bonito pensar que estabas lo bastante preocupado para contemplar la posibilidad, algo que es obvio que no has hecho. Está claro que estás 100 % decidido a cumplir hasta el final. Lo entiendo: es una oportunidad única.

Tus deseos de que nos mudemos al campo han agitado mis emociones porque es normal que alguien en mi situación desee con todas sus fuerzas poder escapar de todos estos desastres y comenzar de nuevo en un entorno idílico. Pero luego mi sentido común entra en acción y me sacas de quicio. ¿Tienes idea de cómo es el campo, realmente? ¿Lees el periódico alguna vez? (Pregunta retórica: ya sé que soy yo la que tiene esa sórdida costumbre.) El campo es un erial de fábricas ruinosas, granjas en quiebra, parados de larga duración, supermercados feos y tiendas de beneficencia. (Eh, me pregunto si los supermercados tendrán reservas de postres de chocolate por vender. Eso sí que es un incentivo...) El dinero que te pagarán por el encargo de la USIC es considerable pero no una fortuna, y una fortuna es lo que necesitaríamos para asentarnos. Todavía quedan rincones pintorescos, seguros y de clase media en la Gran Bretaña rural en los que estoy segura de que nuestro hijo comenzaría con mejor pie que aquí en la ciudad, pero a unos precios altísimos. Si nuestro hijo cae en un pueblo dejado de la mano de Dios donde la mitad de la población es alcohólica o drogadicta, y los colegios están llenos de repetidores y de casos dignos de los servicios sociales, no estaremos mucho mejor. Dices: dejémoslo en manos de Dios, ¿pero de quién sería la decisión de mudarnos, para comenzar? Tuya.

En cualquier caso, por mucho que lamente la forma en que se hacen las cosas en mi hospital, sigo sintiéndome vinculada al lugar, y creo que todavía me quedan cosas por hacer para ayudar. También me asusta dejar este trabajo y no encontrar ningún otro, porque los niveles de desempleo se están disparando a medida que la economía implosiona.

A propósito: sólo quedan unos días para volver al trabajo y, toma, recibo una carta de Goodman. Una vez más, debo decir que nadie en la historia del mundo ha tenido jamás un nombre menos adecuado, y es un crimen que una persona como ésa se encargue de decidir a qué destina los recursos nuestro hospital. En fin, la carta es básicamente una amenaza. Hace referencia a algunos de mis episodios más destacados en la defensa del paciente y viene a insinuar que en las «circunstancias actuales» nuestro hospital no puede permitirse dedicar una cantidad «desproporcionada» de fondos y de energía del personal en los «clientes con las menores posibilidades de responder óptimamente a nuestros cuidados». Que es la forma goodmaniana de decir: no deberíamos malgastar nuestro tiempo en alguien con una enfermedad mental, inmanejable, viejo o tan herido o enfermo de cáncer que es incapaz de estrechar la mano del médico y decir Ta-Ta y Gracias Por Todo. Lo que quiere Goodman son más reparaciones de paladar hendido, más tíos robustos con fracturas, chicos con quemaduras de segundo grado, mujeres jóvenes que se extirpen bultos, etc. Y quiere que le prometa que no daré problemas. Insinúa que si no le garantizo un cambio de actitud, ¡puede que incluso «reevalúe» si se me permite volver!

Peter, me alegro de haberte levantado el ánimo diciéndote que te quiero, pero estás actuando como un niñito que siente que el universo entero se viene abajo cuando su madre se enfada con él y al que luego le parece que todo está arreglado cuando ella le dice que le quiere. Por supuesto que te quiero, los dos hemos invertido años de compromiso y de confianza en nuestra relación y eso es parte integral de nuestra mente y nuestro corazón. Nuestro amor no puede borrarlo un poco de infelicidad. Pero eso tampoco significa que nuestro amor pueda curarla. Todo se reduce a eso: están pasando cosas aterradoras y desalentadoras en mi vida ahora mismo, y les estoy haciendo frente yo sola, en parte porque no estás físicamente aquí, pero en parte también porque no puedes o no quieres darme apoyo emocional. Veo lo que dices sobre las drogas, los daños cerebrales, etc., y puede que tengas razón (en cuyo caso, las implicaciones que tiene para nuestra relación no me animan demasiado, que digamos), pero otra posibilidad es que sea una excusa que te viene

449

muy bien, ¿no crees? Te gustaría mostrar interés por lo que está pasando en mi vida, o en el mundo en general, para el caso, pero no puedes porque tienes el cerebro dañado. Muy bien entonces.

Lo siento si parezco resentida. Es sólo que estoy muy muy sobrepasada. ¿Qué tal si los dos le echamos la culpa a los factores físicos? Tú alegas daños cerebrales y yo alego saturación hormonal. Desde que estoy embarazada, me siento más vulnerable. Pero, por descontado, están pasando un montón de cosas horribles que no tienen nada que ver con mis hormonas.

Lo que me lleva al funeral al que acabo de ir. La conclusión que has sacado como si fuera «obvia», que Billy se ha suicidado, es errónea, pero comprensible. Yo llegué a la misma cuando Sheila me telefoneó. Pero la verdad es peor. Fue Rachel. La hija que se suponía que estaba bien. No hubo ninguna señal clara de alarma, o si la hubo, a Sheila se le pasó por alto. Tal vez estaba demasiado preocupada por la depresión de Billy para darse cuenta. Por supuesto, ahora se está flagelando por ello, intentando recordar cada mínima cosa que Rachel hiciera o dijera. Pero, por lo que yo vi, Rachel se comportaba de un modo bastante normal para ser una chica adolescente: iba al colegio, reñía con su hermano, escuchaba pop del malo, estaba obsesionada con su pelo y seguía las dietas de moda, un día decía que era vegana y al otro se zampaba una buena ración de pollo asado. Por supuesto, ahora Sheila considera todo eso señales de sufrimiento, pero teniendo en cuenta lo difíciles que pueden llegar a ser las niñas de doce años, creo que es demasiado dura con ella misma. Lo que le pasaba por la cabeza a Rachel no lo sabremos nunca. Lo único que sabemos es que una mañana se marchó hasta un desguace cerca de su casa, se coló por un hueco de la malla metálica (el sitio estaba abandonado) y se escondió en una pila enorme de neumáticos. Se tomó un montón de pastillas, los somníferos de su madre, analgésicos, cosas de las que hay por casa, pero a decenas. Las tragó con leche saborizada, se acurrucó en los neumáticos y murió y no la encontraron hasta tres días después. No dejó ninguna nota.

450

Billy lo lleva bien, creo. Está cuidando de Sheila, más o menos. Te podría escribir sobre lo que está pasando en Pakistán, pero es un tema larguísimo y dudo mucho que te interese oírlo, de todas formas.

Joshua está encogido debajo de la mesa, como si pensara que voy a darle un puntapié. Ojalá se hiciera un ovillo en la cesta y se durmiera. Es decir, seamos sinceros, la vida no es tan dura para un gato. Pero él se pasa el día escondido. Y ya no duerme conmigo, así que ni siquiera tengo el consuelo de su presencia física.

Tengo que descansar. Ha sido un día duro. Te escribiré otra vez mañana. ¿Y tú?

Te quiero,

Bea

Peter vomitó y luego rezó. Tenía la mente despejada, las tripas calmadas con un adormecimiento difuso, y la fiebre —lo que sólo ahora identificaba como fiebre— remitía. Dios estaba con él. Lo que Bea estaba afrontando ahora lo habían afrontado juntos muchas veces antes. No las circunstancias concretas, pero sí la sensación de que la vida se había vuelto insoportablemente complicada, una red enmarañada de problemas irresolubles, cada uno de los cuales exigía que todos los demás se resolvieran para hacer algún avance. Estaba en la naturaleza de un alma atribulada considerar esto una realidad objetiva, una mirada fría a la crudeza que se revelaba cuando nos quitábamos las gafas de cristales color de rosa. Pero era una distorsión, un malentendido trágico. Era el frenesí de la polilla dándose de cabezazos contra la bombilla cuando había una ventana abierta cerca. Dios era esa ventana abierta.

Las cosas que preocupaban a Bea eran genuinas y terribles, pero no estaban fuera del poder de Dios. En su vida juntos, Peter y Bea se habían enfrentado al acoso policial, la ruina económica, el desahucio, una campaña de odio impulsada por el padre de Bea, la oposición coordinada de administraciones locales,

451

demandas maliciosas, escaladas de vandalismo, amenazas de gángsters con un cuchillo en la mano, el hurto de su coche (en dos ocasiones) y un robo tan brutal que les dejaron con poco más que sus libros y una cama pelada. En cada una de esas ocasiones, habían apelado a la piedad de Dios. En cada una de esas ocasiones, Él había desembrollado el alambre de espino de sus problemas con mano firme e invisible. La policía les había pedido disculpas de repente, un donante anónimo los salvó de la bancarrota, el casero cambió de idea, el padre de Bea murió, un abogado cristiano se plantó ante la administración en su nombre y ganó, las demandas con las que los habían amenazado se esfumaron, Peter pilló a los vándalos con las manos en la masa y acabaron uniéndose a la iglesia, los gángsters acabaron en la cárcel por violación, uno de los coches robados fue encontrado intacto y el otro lo reemplazó un parroquiano, y cuando los ladrones les limpiaron la casa, la congregación mostró tal bondad y generosidad que la fe de Peter y Bea en la humanidad se disparó a niveles apoteósicos.

Querida Bea, le escribió.

Por favor, no uses la expresión «dejado de la mano de Dios». Ya sé que estás disgustada, y con razón, pero debemos honrar con nuestras palabras el hecho de que nadie está verdaderamente dejado de Su mano. Con toda la angustia que sientes, tengo la impresión de que no te estás apoyando en Él con tanta confianza como podrías. Recuerda los cientos de veces que hemos caído en la desesperación y Él ha estado ahí. Recurre a Él ahora. Él proveerá. Los Filipenses 4:6 nos reconfortan: «Por nada estéis afanosos (esto es, no estéis ansiosos por nada) sino sean conocidas vuestras peticiones delante de Dios en toda oración y ruego, con acción de gracias.»

Siento no haberme ofrecido antes a volver a casa. Sí que me lo planteé, y me sentí muy tentado por la idea, pero en lugar de desahogarme contigo, me debatí con ello en mi mente antes de escribir. Además, no quería crear falsas esperanzas en caso de que la USIC me dijese que no era posible. Hay ya una nave en camino, tengo entendido, que contiene (entre otras cosas, sin duda) a un médico para sustituir al que murió.

No estoy tan apegado a la idea de quedarme aquí como tú crees. Si bien es cierto que la misión es una oportunidad extraordinaria, difundir la palabra de Dios tiene su propio impulso y sus propios tiempos, y estoy seguro de que los oasianos podrían hacer maravillas por su cuenta, por lo que me han transmitido hasta ahora. La realidad es que tendré que dejarlos igualmente dentro de unos meses, y seguirá quedando mucho por hacer. La vida cristiana es un viaje, no un proyecto en sí mismo. Le estoy dando todo a esta gente, pero cuando tenga que irme, me iré, y entonces mis miras estarán puestas en la vida que tenemos en casa.

Por favor, intenta reconectar con el amor y la protección que Dios nos ha mostrado en el pasado y que está ahí esperando para protegerte ahora. Rézale. No tendrás que esperar mucho para ver señales de Su intervención. Y si dentro de unos días sigues estando abatida, haré todo lo que pueda para volver a casa contigo, aunque eso signifique perder parte de mi sueldo. Pase lo que pase, tengo confianza en que me tratarán justamente. Son gente afable y bienintencionada. Mis intuiciones sobre ellos son buenas.

En cuanto al campo, sí, reconozco mi ignorancia. Pero como cristianos y, de nuevo, con la ayuda de Dios, tenemos el poder de influir en la clase de valores que tiene un lugar. No digo que no hubiera problemas, pero también hemos tenido grandes problemas en la ciudad y ahora mismo lo estás pasando muy mal, así que ¿de verdad podría ser peor? Aquí estoy pasando la mayor parte del tiempo de puertas afuera y es algo muy relajante. Me encantaría ir a pasear contigo al sol y el aire puro. ¡Y piensa cuánto le gustaría a Joshua!

Será de mañana para ti cuando leas esto. Espero que hayas dormido bien.

Te quiero,

Peter

453

Después de enviar este mensaje, Peter estaba pegajoso de sudor. Y famélico. Se dio una ducha y se puso unos pantalones limpios y una camiseta. Luego fue al comedor y pidió las salchichas con puré.

A la vuelta, retomó el trabajo con los cuadernillos de la Biblia. Varios Amantes de Jesús le habían preguntado por la parábola del Buen Pastor, el Asalariado y la Oveja. Él los había animado con sutileza a abordar un episodio distinto, porque éste incluía ovejas y lobos, dos criaturas que no habían visto nunca y, además, estaba lleno de letras sibilantes. Pero insistieron, como preocupados por que sus limitaciones naturales pudiesen impedirles comprender algo absolutamente crucial. Así que estaba enredando con ella. La oveja podía sustituirla por blancaflor. Dios podía ser el Buen Labrador que se aseguraba de que los cultivos estuviesen bien cuidados y la cosecha se recogiera en el momento correcto; y el Asalariado podía ser... ¿Qué podía ser el Asalariado? Los oasianos no sabían nada de dinero, y no veían ninguna diferencia entre vocación y trabajo. ¿Y el final de la historia, cuando el Pastor da su vida por la oveja? Un granjero no podría dar su vida por la cosecha. La parábola era intraducible. Pero los Amantes de Jesús no se dejarían disuadir. Tendría que enseñarles qué eran las ovejas, los lobos, los pastores, los asalariados. Era un reto absurdo, aunque quizás mereciera la pena si permitía a los oasianos acceder al concepto del Cordero de Dios.

Lo intentó dibujando una oveja en una hoja de papel. El arte no era uno de sus fuertes. El animal que garabateó tenía un cuerpo ovino creíble, pero la cabeza parecía más bien la de un gato. Se esforzó por recordar si había visto alguna vez una oveja al natural, o al menos en foto. Más allá de una vaga impresión de lanosa rotundidad, no era capaz de invocar ningún detalle de las orejas, el morro, los ojos y demás. ¿Se veía la mandíbula inferior? A lo mejor había algo en la biblioteca de la USIC.

Cierto que muchos de los libros tenían páginas arrancadas, pero supuso que si había alguna imagen de una oveja, estaría intacta.

Distraídamente, por rutina, miró si había mensajes nuevos en el Shoot. Se cargó de inmediato uno de Bea. Al final no se había acostado.

Peter, POR FAVOR POR FAVOR DEJA DE MACHACAR CON ESTA FANTA-SÍA CAMPESTRE, hace que me sienta peor. No parece que te des cuen-ta de lo rápido y lo espantosamente y lo MUCHO que han cambiado las cosas. El mercado inmobiliario se ha DESPLOMADO. Igual que más o menos todos lo desmás ESTÁ KAPUT. ¿No te lo podías imaginar? ¿No sería evidente con todas las cosas que te he ido contando? ¿De verdad te crees que una pareijta agradable vaa venir a inpescccionar nuestra casa con un cheque en la mano? Todas esas parejitas agra-dables en toda Gran Bretaña están paralizadas de TERROR. Esta todo el mundo quuieto, esperando contra toda esperanza que las cosas mejoren. Yo misma tambben, esperando que por fin llegue algún ca-mión y se acabe llevando las montañas apestosas de basura que hay delante de nuestra casa.

En cuando a lo de dejado de la mano de Dios, estoy segura de que Dios puede perdonarme pero la pregunta es: ¿puedes tú?

La contundencia del golpe lo cogió por sorpresa. En los mi-nutos siguientes, su cerebro dio vueltas dolido, indignado, aver-gonzado y asustado. Ella estaba equivocada, lo había entendido mal, ella estaba equivocada, lo había entendido mal, ella tenía problemas, él no podía ayudarla, ella tenía problemas, él no po-día ayudarla, ella no hacía caso a sus reafirmaciones de amor y de apoyo, ella hablaba en un tono que no conseguía reconocer. ¿Esto era lo que el embarazo le había hecho a su mente? ¿O lle-vaba años albergando esos resentimientos y frustraciones? Se le aparecían frases a medio formular, esbozos de defensas y análi-sis, formas de demostrarle que no ayudaba a nadie comportán-

455

dose así, formas de aludir a los efectos desquiciantes de las hormonas y del embarazo sin hacer que se enfadara todavía más.

Cuanto más reflexionaba, sin embargo, más menguaban sus ganas de discutir y, al final, lo único que quedó fue amor. Daba igual, de momento, que ella lo hubiese malinterpretado. Estaba sobrepasada, estaba sufriendo, necesitaba ayuda. Tener razón o no tenerla no era lo importante. Darle fuerzas era lo importante. Tenía que quitarse de encima la tristeza por lo lejos que estaba de él. El mayor problema era que parecía también lejos de Dios. Un aluvión de sufrimiento, soportado en una desacostumbrada soledad, había debilitado su fe. Su mente y su corazón estaban cerrados como el puño de un niño dolido. La retórica y los argumentos eran inútiles y, dadas las circunstancias, crueles. Tenía que recordar que cuando él había tocado fondo, un solo versículo de la Biblia lo había sacado de la sima. Dios no malgastaba palabras.

Bea, te quiero. Por favor, reza. Lo que está pasando a tu alrededor es terrorífico, lo sé. Pero, por favor, reza y Dios te ayudará. Salmos 91: Declaro lo siguiente acerca del Señor: Sólo Él es mi refugio, mi lugar seguro. Con Sus plumas te cubrirá y bajo Sus alas te dará refugio.

Listo, ya estaba enviado. Juntó las manos y rezó por que ella rezara. Todo iría bien si rezaba.

III. Como en

21. NO HAY NINGÚN DIOS, DECÍA

–Sᴧᴚᗘᑌᴛᗘᔓᗘ –dijo él.

–ᔓᴧᴚᗘᑌᗘᔓᗘ –lo corrigió ella.

–Sᴧᴚᗘᑌᴛᗘᔓᗘ –intentó otra vez.

–ᔓᴧᴚᗘᑌᴚᗘᔓᗘ –lo corrigió de nuevo.

–ᔓᴧᴚᗘᑌᴚᗘᔓᗘ.

A todo su alrededor se alzó un ruido como el de una bandada de pájaros azotando las alas. No eran pájaros. Era el sonido de los aplausos de decenas de manos enguantadas. Los oasianos –ahora ya no oasianos para él, sino ᔓᗘᔓᗘ– le estaban felicitando por sus excelentes avances en la lengua.

Era una tarde perfecta, sencillamente perfecta. El aire estaba menos pegajoso que nunca, o puede que se hubiera acostumbrado por fin a la humedad. Sentía su cuerpo libre y sin trabas, casi parte de la atmósfera, sin separación alguna entre la piel y el cielo circundante. (Qué curioso que siempre lo hubiesen inducido a concebir el cielo como algo que comenzaba en un punto muy alto, mientras que la palabra ᔓᗘᔓᗘ para describirlo –ᔓ– reconocía que éste se prolongaba hasta el mismo suelo.)

Los ᔓᗘᔓᗘ y él estaban sentados en el exterior de la iglesia, como era su costumbre cuando se ocupaban de asuntos no estrictamente relacionados con la fe. La iglesia era para cantar,

459

para los sermones (pese a que Peter no se refería con ese nombre a sus charlas sobre la Biblia) y para contemplar los cuadros que sus amigos habían dedicado a la gloria de Dios. Fuera, podían hablar de otras cosas. Fuera, ellos podían ser sus maestros.

Hoy eran treinta. No porque el total de Amantes de Jesús se hubiese reducido, sino porque sólo ciertos miembros de la congregación se sentían lo bastante seguros para instruir a su pastor. Algunas de las personas a las que tenía más cariño no estaban, y había estrechado lazos con otras que hasta ese momento eran un libro cerrado para él. Por ejemplo, Amante de Jesús Sesenta y Tres –tan tímido e incómodo en la mayoría de las situaciones– tenía un don para la resolución de problemas lingüísticos: guardaba silencio largo rato y luego, cuando todo el mundo se quedaba encallado, pronunciaba la palabra que estaban buscando. Por el contrario, Amante de Jesús Uno –el cristiano converso original, y en consecuencia una persona de cierta eminencia entre los creyentes– había declinado la invitación de Peter para participar en las lecciones. ¿Declinado? «Desechado» o «rechazado» serían más acertadas. Amante de Jesús Uno estaba en contra de cualquier empeño de Peter que pudiese diluir la extrañeza del Libro de las cosas nunca vistas.

–Olvida el Libro por un momento... –le había dicho Peter, pero Amante de Jesús estaba tan alterado que, por primera vez, lo interrumpió.

–Nunca olvido el Libro. Nunca, nunca. El Libro, la roca, el refugio, la redención.

Las palabras eran del propio Peter, escogidas especialmente para que les fuese fácil decirlas, pero cuanto más oía a los ᏚᏒᎪᏕ pronunciando palabras como «redención», más se preguntaba si sabían qué significaban realmente.

–No me refería a... No quería decir... –vaciló Peter–. Sólo quiero conoceros mejor.

–Ya conoceᏕ ᏕuficienᏚe –le respondió Amante de Jesús Uno–. ᏕomoᏕ noᏕᏒroᏕ que neceᏕiᏚamoᏕ máᏕ Ꮥaber, má✆ palabra de Je✆ú✆. Palabra de Je✆ú✆ buena. Palabra nue✆☙ra no buena.

Y ni todas las reafirmaciones del mundo pudieron convencerlo de lo contrario.

De modo que ahí estaban, una congregación dentro de otra congregación, enfrascados en una actividad que tenía un estatus ligeramente contencioso, lo que hacía que pareciese más importante, por supuesto. Estaban sentados en un pedazo de tierra que estaba a la sombra cuando se instalaron en él, pero ya no. ¿Cuántas horas llevaban allí sentados? No lo sabía. Las suficientes para que el sol hubiese avanzado una distancia significativa en el cielo. El nombre del sol, había aprendido, era ᴧ. Allí en la base de la USIC, metido en un cajón del cuarto de Peter, había una copia impresa que le había preparado algún cerebrito bienintencionado y que describía gráficamente la salida y la puesta del sol en el ciclo diurno de 72 horas. Los cielos quedaban reducidos a una cuadrícula geométrica con la USIC en el centro; las horas del día se representaban con incomprensibles números de múltiples dígitos, y al sol no se le había honrado con un nombre. Típico.

Ahora, bajo ese sol, estaba sentado él, con sus hermanos, en el día más templado y más hermoso desde que llegó. Imaginó la escena desde arriba; no desde muy arriba, sino como desde la torre de vigilancia de un salvavidas en la playa. Un hombre bronceado, larguirucho y rubio, vestido de blanco, sentado en cuclillas sobre la tierra parda, rodeado por figuras menudas vestidas con túnicas de todos los colores del arco iris. Todos algo inclinados hacia delante, atentos, pasándose cada tanto una botella de agua de mano en mano. Una comunión de lo más sencilla.

No se sentía así desde que sus padres lo llevaron a las dunas de Snowdonia cuando tenía seis años. Aquel verano había sido el más feliz de su vida, ya que no sólo se había deleitado en el tiempo cálido sino en la reconciliación de sus padres, y todo eran arrumacos, abrazos y palabras dulces. Hasta el nombre de «Snowdonia» parecía mágico, como el de un reino encantado en lugar de un parque nacional de Gales. Había pasado una hora tras otra sentado en las dunas, empapándose del calor y de la afinidad de sus padres, escuchando su parloteo sin sentido y el chapoteo de las olas, contemplando el mar bajo su enorme sombrero de paja. La infelicidad era una prueba que había que pasar, y él la había pasado, y todo iría bien a partir de entonces. O eso había pensado él, hasta el divorcio de sus padres.

El idioma de los ᴌᴑᴧᴗˁ era endiabladamente difícil de pronunciar pero fácil de aprender. Algo le decía que el vocabulario debía de tener sólo unos cuantos miles de palabras: muchas menos, desde luego, que el cuarto de millón del inglés. La gramática era lógica y transparente. Sin excentricidades, sin trampas. No había casos, ni distinciones entre singular y plural, ni géneros, y sólo tres tiempos verbales: pasado, presente y futuro. Hasta llamarlos «tiempos» era apurar mucho: los ᴌᴑᴧᴗˁ no pensaban de ese modo. Ellos clasificaban una cosa según si había desaparecido, si estaba allí en ese momento o si se esperaba que llegara.

—¿Por qué abandonasteis el asentamiento original? —preguntó, en cierto punto—. El sitio en el que vivíais cuando llegó la USIC. Os fuisteis. ¿Pasó algo entre vosotros y la USIC?

—Aquí ahora —le respondieron—. Aquí bien.

—¿Pero hubo algún problema?

—Ningún problema. Aquí ahora.

—Debió de ser complicado construirlo todo de nuevo, de cero.

—Conᴌᴗruir ningún problema. Cada día un poco máᴌ de ᴗrabajo. Un poco y oᴗro poco, un día y oᴗro día, y al final el ᴗrabajo heᴑo.

Probó con otro enfoque.

—Si la USIC no hubiese venido nunca, ¿seguiríais viviendo en el asentamiento original?

462

–Aquí bien.

¿Eran evasivas? No estaba seguro. El lenguaje ᴄᴅᴀᴄ no parecía incluir condicionales. No existía ningún «si».

El hogar de mi Padre tiene una alcoba encima de una alcoba encima de una alcoba, decía una de sus paráfrasis de la Biblia, reformulada con esmero para evitar palabras problemáticas como «casa» o «aposento». En cuanto al fragmento siguiente de Juan, «de no ser así, os lo habría dicho», se lo había saltado y había pasado directamente al *voy a preparar una alcoba,* lo que era, en retrospectiva, una decisión más sabia de lo que era consciente entonces, porque los ᴄᴅᴀᴄ no habrían entendido qué se suponía que significaba ese «de no ser así» de Juan. Uno de los apartes más francos y directos de toda la Biblia era aquí un arcano sinsentido.

Y sin embargo, por muchos problemas que los ᴄᴅᴀᴄ pudieran tener con el inglés, se aceptaba que Peter seguiría hablando de Dios y de Jesús en su propia lengua. Su rebaño no lo querría de otro modo. El Libro de las cosas nunca vistas no era traducible, ellos lo sabían. En esas frases de otro mundo se escondía un poder exótico.

Pero en la vida había más cosas aparte de Dios y de Jesús, y Peter quería compartir la realidad cotidiana de esa gente. Pocos días después de empezar a aprender el idioma, oyó a dos Amantes de Jesús hablando, y le encantó captar, entre susurros sin sentido, la referencia a un niño que se negaba a desayunar, o a lo mejor no se negaba, pero hacía algo con o durante el desayuno que los adultos desaprobaban. Era una trivialidad, y que él lo hubiese comprendido no cambiaba nada, pero aun así marcó una enorme diferencia en cómo se sentía. En ese modesto momento de comprensión, se sintió algo menos un extraterrestre.

«Desayuno» era «ᴅᴌᴄᴅᴌᴌ ᴊᴄᴅ ᴅᴅᴌᴅ»: literalmente, «primera comida después de dormir». Muchísimas palabras ᴄᴅᴀᴄ eran compuestas. O quizás fueran frases, era difícil de decir. Los ᴄᴅᴀᴄ no hacían ninguna distinción. ¿Significaba eso que eran ambiguos? Bueno, sí y no. Tenía la impresión de que había una palabra para cada cosa, pero sólo una. Los poetas lo pasarían mal aquí. Y una única palabra podía referirse a una actividad, una idea y un lugar, todo en uno; como con ⟨ᗡᏋᏀᏕᏔ⟩, que se usaba para los campos de blancaflor, la blancaflor en general y el cultivo de ésta. No existían los pronombres, tan sólo se repetía el nombre. Se repetían un montón de cosas.

–¿ᏕᏔᏗᏋᏀᏕᏒ? –le preguntó un día a Amante de Jesús Veintiocho, orgulloso de haber conseguido decir «¿Tu hijo?» en lengua ᏕᏀᏕᏔ. Una personita, aún inmadura, era evidente, se paseaba despacio cerca de la iglesia, esperando a que su madre terminara y volviera a casa.

–ᏒᏕ –confirmó ella.

Mirándolo, a Peter le entristeció que no hubiera niños en su congregación. Los Amantes de Jesús eran todos adultos.

–¿Por qué no lo traes contigo? –le preguntó–. Aquí es bienvenido.

Diez, veinte, treinta segundos pasaron con ellos allí plantados, mirando al niño mientras él los miraba a ellos. Una brisa le voló la capucha, y el niño levantó sus manitas para colocársela.

–Él no ama a JeᏕúᏕ –le dijo Amante de Jesús Veintiocho.

–No tiene por qué –respondió Peter–. Puede sentarse aquí a tu lado, nada más, y escuchar los cantos. O dormir.

Pasó otro rato. El niño se miraba las botas, cambiando el paso de un pie al otro.

–Él no ama a JeᏕúᏕ –le dijo Amante de Jesús Veintiocho.

–Puede que más adelante.

–Puede. EᏕpero.

Y salió de la iglesia al calor reluciente. Madre e hijo ajustaron el paso sin mediar palabra. No se cogieron de la mano, pero los ᏕᏀᏕᏔ rara vez lo hacían.

¿Cuánto le dolía la falta de hermandad cristiana de su hijo? ¿Cómo de desdeñoso o de tolerante era el chico hacia la fe de su madre? Peter no tenía ni idea. Y preguntarle a Amante de Je-

464

sús Veintiocho al respecto seguramente no arrojaría mucha luz. La falta de abstracción que había percibido en esa gente desde el comienzo iba hasta las raíces del propio idioma: no había palabras para la mayoría de las emociones que los humanos se esforzaban en describir dedicando a ello una energía inagotable. El tipo de conversación íntima a la que se entregaban un par de amigas de toda la vida, analizando si un sentimiento era Amor Verdadero o simple lujuria, afecto, encaprichamiento, costumbre o disfunción, bla bla bla, era inconcebible aquí. Ni siquiera podía estar seguro de que hubiera una palabra para el enojo, o si «ᕼᗯᑕᗞ» denotaba simplemente decepción, o una aceptación neutra de que la vida no estaba yendo como uno había planeado. En cuando a «ᑕᗷᑕᗞ», la palabra para fe..., su significado no era lo que diríamos preciso. Fe, esperanza, propósito, objetivo, deseo, plan, afán, el futuro, el camino por delante... eran todos la misma cosa, al parecer.

Aprendiendo la lengua, Peter comprendió mejor cómo funcionaba el alma de sus nuevos amigos. Vivían casi por entero en el presente, centrados en las tareas inmediatas. No había ninguna palabra para ayer salvo «ayer». Eso no quería decir que los ᒪᗷᗞᗗᒃ tuvieran mala memoria, sino solamente que tenían una relación distinta con ella. Si a alguien se le caía un plato y éste se rompía, al día siguiente recordaban que el plato estaba roto, pero en lugar de revivir el incidente de cómo había caído el plato, lo que les preocupaba era la necesidad de fabricar uno nuevo. Ubicar un hecho pasado con medidas de tiempo era algo que podían hacer solo con gran esfuerzo, a modo de favor especial, pero Peter notaba que no le veían el sentido. ¿Qué importaba exactamente cuántos días, semanas, meses o años hacía que había muerto un pariente? Las personas, o estaban vivas, entre ellos, o en la tierra.

–¿Echas de menos a tu hermano? –le preguntó Peter a Amante de Jesús Cinco.

—Hermano aquí.

—Me refiero al que murió. El que está... en la tierra.

Amante de Jesús Cinco se quedó completamente callada. Si tuviera unos ojos que él pudiera identificar, sospechaba que estarían mirándolo sin comprender.

—¿Te hace sentir dolor que esté en la tierra?

—Él no tiene dolor en la tierra —respondió ella—. Antes de ir a la tierra, él tenía dolor. Dolor muy muy grande.

—¿Pero y tú? ¿Sientes dolor? No en el cuerpo, sino en el espíritu. Cuando piensas en él, en que está muerto.

Ella se estremeció sutilmente.

—Siento dolor —admitió al cabo de medio minuto más o menos—. Siento dolor.

Fue como un triunfo culpable, arrancarle esa confesión. Sabía que los ⱡⱤⱥⱪ sentían emociones profundas, incluido el dolor; lo percibía. No sólo eran organismos prácticos. No podían serlo, o no tendrían una necesidad tan intensa de Dios.

—¿Has deseado alguna vez estar muerta, Amante de Jesús Cinco?

Ahora ya sabía su verdadero nombre, y hasta era capaz de pronunciarlo airosamente, pero ella le había hecho saber que prefería que la llamara por su título cristiano.

—Yo sí —continuó, aspirando a avanzar en su relación—. En varios momentos malos de mi vida. A veces el dolor es tan grande que sentimos que sería mejor no estar vivos.

Ella guardó silencio un buen rato.

—Mejor vivo —dijo al fin, mirando fijamente su mano enguantada, como si contuviera un profundo secreto—. Muerto no es bueno. Vivo es bueno.

Manejarse con el idioma no le ayudaba a comprender los orígenes de la civilización ⱡⱤⱥⱪ. Los ⱡⱤⱥⱪ nunca hablaban de lo que había ocurrido en su pasado colectivo, y no parecía que tuviesen ninguna concepción de la historia antigua: ni de la suya ni de la de nadie. Por ejemplo, no acababan de comprender, o bien consideraban irrelevante, el hecho de que Jesús hubiese caminado sobre la tierra miles de años atrás; podría haber sido perfectamente la semana pasada.

En ese aspecto eran, por supuesto, excelentes cristianos.

—Habladme de Kurtzberg —les pidió.

—Kurℽ𝖼berg 𝖼e fue.

—Algunos empleados de la USIC dicen cosas crueles al respecto. Creo que no las dicen en serio, pero no puedo estar seguro. Dicen que lo matasteis.

—¿Maℽa𝖼...?

—Que hicisteis que muriera. Igual que los romanos hicieron que Jesús muriera.

—Je𝖼ú𝖼 no muerℽo. Je𝖼ú𝖼a vivo.

—Sí, pero lo mataron. Los romanos lo golpearon y lo clavaron a la cruz y murió.

—Dio𝖼 e𝖼 milagro. Je𝖼ú𝖼a ya no muerℽo.

—Sí —coincidió Peter—. Dios es milagro. Jesús ya no muerto. ¿Pero qué le pasó a Kurtzberg? ¿Está vivo también?

—Kurℽ𝖼berg vivo. —Una mano exquisitamente enguantada señaló hacia el paisaje desierto—. Caminando. Caminando, caminando, caminando.

—No𝖼 dejó nece𝖼iℽado𝖼 de él —dijo una voz.

—ℽú no no𝖼 deje𝖼 —dijo otra.

—Yo tendré que volver a casa algún día —les respondió—. Lo entendéis.

—Hogar aquí.

—Mi mujer me está esperando.

—ℽu mujer Bea.

—Sí.

—ℽu mujer Bea: una. No𝖼oℽro𝖼 muᘓo𝖼.

—Es una observación muy propia de John Stuart Mill.

Al oír esto, sacudieron los hombros con una incomprensión llena de inquietud. Tendría que haberlo imaginado. Los

467

ﻼﻬﺼﻛ «pasaban» de las ocurrencias y las ironías. ¿Así que para qué molestarse?

Tal vez se lo estaba diciendo a Bea, como si ella estuviese allí para escucharlo.

La pura verdad: si Bea no hubiera estado bien, él no habría venido. Habría pospuesto la visita, permanecido en la base. La decepción de su rebaño no era de lejos tan grave como el sufrimiento de la mujer a la que amaba. Pero, para su enorme alivio, Bea había atendido a sus ruegos y había rezado.

Y, por supuesto, Dios había acudido.

Me fui a la cama asustada, furiosa y sintiéndome sola, debo confesarlo, le había escrito ella. Esperaba despertarme en un estado de pánico contenido, como de costumbre, con la cara envuelta en los brazos para protegerme de cualquier sorpresa desagradable que me tuviese reservada el día. Pero a la mañana siguiente, el mundo entero era distinto.

Sí, Dios era capaz de eso. Bea siempre lo había sabido, pero lo había olvidado, y ahora de nuevo lo sabía.

Puede que haya mencionado (pero seguramente no), continuaba su carta la mañana siguiente de rezar, que la calefacción ha estado borboteando/traqueteando/retumbando todo el día y toda la noche durante semanas, pero de pronto la casa estaba en calma. Supuse que la caldera había pasado a mejor vida, pero no, estaba bien. Iba todo como la seda. Como si Dios la hubiese tocado con un dedo y le hubiese dicho «Pórtate bien». Joshua parecía más tranquilo, refregándose contra mis espinillas como solía hacer. Me hice una taza de té y me di cuenta de que no tenía náuseas matutinas. Entonces llamaron a la puerta. Pensé que sería el cartero, hasta que recordé que todas las entregas habían ido llegando por las tardes, cuando llegaban. Pero eran cuatro hombres jóvenes y lozanos, puede que de veintitantos, muy machotes. Por un momento tuve miedo de que me violaran y me robaran. Han pasado muchas cosas últimamente. ¿Pero a que no sabes qué? ¡Querían recoger las pilas de basura apestosa!

Llevaban un todoterreno y un tráiler. Tenían acento de Europa del Este, creo. Han recorrido toda la zona haciendo lo mismo.

«El sistema se ha ido al carajo», ha dicho uno, con una sonrisa enorme en la cara. «¡Nosotros somos el nuevo sistema!»

Les he preguntado cuánto cobraban. Esperaba que me dijesen que 200 o algo así.

«¡Danos 20 libras!»

«¡Y una botella de algo bueno!»

Les he dicho que no tenía alcohol en casa.

«¡Pues entonces danos... 30 libras!»

«¡Y piensa en cuenta que somos unos tíos increíbles, buenos y fuertes!»

Despejaron el terreno en dos minutos justos. Iban alardeando, tirando bolsas pesadas al tráiler con una sola mano, saltando al potro los cubos de basura, cosas así. Hacía mal tiempo, yo estaba tiritando con la parka, y estos tipos iban con sudaderas finas, ajustadas a la piel para que se les marcasen bien los músculos.

«Hemos venido a rescatarte, ¿eh?»

«Cada día tú piensas, Cuándo va a venir alguien, y hoy... ¡venimos nosotros!»

«No te fíes del gobierno, son chorradas. Dice: Queréis que limpien la porquería pero es demasiado problema. ¡Chorradas! ¡No es problema! ¡Trabajo de cinco minutos! ¡Buenos tíos fuertes! ¡Terminado!» Estaba radiante, sudando, parecía no tener ni pizca de frío.

Les di un billete de 50. Me dieron el cambio de 20 y se marcharon con la basura, diciendo adiós con la mano. La calle tenía un aspecto y un olor civilizado por primera vez en semanas.

Quería contarle a alguien lo que acababa de pasar, así que llamé a Claire. Estuve a punto de no hacerlo. Llevo siglos sin usar apenas el teléfono, había un chisporroteo espantoso en la línea, casi ni se oía a la otra persona. Pero esta vez no había un solo ruido. De nuevo, pensé que debía de estar averiada, pero funcionaba como es debido. A Claire no le sorprendieron mis noticias, había oído hablar de esos tipos. Están ganando una fortuna, dice, porque visitan cerca de cuarenta casas al día a 20 libras cada una. Es gracioso que un servicio por el que estás acostumbrado a pagar unos peniques (en impuestos) parezca barato de repente a cien veces su precio.

Total, la historia mejora. Claire me ha dicho que llevaba desde anoche al acostarse con una potente imagen mental mía, «como si alguien la emitiera en mi cabeza». Keith y ella se mudan a Escocia (han sacado una tercera parte de lo que pagaron en su día por la casa, y aun así se sienten afortunados de haberla podido vender), a un sitio mucho más pequeño y cochambroso (palabras de Claire) porque allí al menos tienen una red de apoyo. En fin, que han embalado sus posesiones y Claire ha decidido que ya no necesita la mitad de la ropa que ha ido acumulando a lo largo de los años. Así que, en lugar de tirarlo todo a un contenedor de la beneficencia, algo arriesgado últimamente, porque la gente los utiliza para los desperdicios, me ha traído tres enormes bolsas de basura llenas. «Quédate tú lo que quieras, Bee Bee; lo demás puede ir para la iglesia», me ha dicho. Casi me echo a llorar al abrir las bolsas. Claire usa exactamente la misma talla que yo, si recuerdas (seguramente no), y siempre me ha encantado su gusto para la ropa. No soy una persona codiciosa, pero en esas bolsas había cosas que había deseado tener después de vérselas puestas a Claire. Bueno, ¡ahora llevo una de ellas!, un jersey lila de cachemira tan suave que no dejas de tocarlo para asegurarte de que es real. Debió de costar diez veces más que cualquier cosa que haya llevado jamás encima quitando el vestido de novia. Y también hay leggings bonitos, con bordados maravillosos, obras de arte. Si estuvieras aquí te haría un desfile de moda. ¿Te acuerdas siquiera de cómo soy? No, no me respondas a eso.

Vuelvo al trabajo mañana. ¡Rebecca me ha dicho que Goodman está de vacaciones! ¿No son buenas noticias? Y la mano se me ha curado muy bien. Me quedaba todavía un hormigueo en los nervios, pero ya ha desaparecido por completo.

Hoy he ido al supermercado y había más mercancía en los estantes de la que ha habido en siglos. Se lo he comentado al jefe y me ha sonreído de una manera... De pronto me he dado cuenta de la

470

pesadilla que ha vivido; no es más que un supermercado cutre, pero es su criatura. Por cierto, ¿he mencionado ya que no tengo Nada De Náuseas? Sólo antojos, antojos, antojos. Pero en el supermercado he conseguido, espera y verás (¡yo desde luego he esperado mucho!): ¡un postre de chocolate! Supongo que es un poco frívolo decir que Dios te da chocolate cuando lo deseas de verdad, de verdad. Pero a lo mejor es así.

Chocolate y jerséis de cachemira. Cosas extrañamente exóticas, le parecieron a él, bajo el vasto cielo de Oasis, contemplando el avance progresivo de ⚊ de horizonte a horizonte. Y desde luego que se había acordado de Mateo 6:25 al leer la carta de Bea. Pero sabía que estaba susceptible últimamente y que tal vez no apreciara que le recordasen las advertencias de Jesús sobre lo de preocuparse en exceso por la comida y la ropa. Lo principal era que ella se sintiera animada y recuperada. Había corrido el peligro de caer fuera de la protección de Dios y ahora estaba de nuevo bajo ella. *Gracias, gracias, gracias, Señor,* rezó Peter. Confiaba en que ella estuviese haciendo lo mismo.

La USIC le había prometido que construiría un transmisor para acceder al Shoot justo al lado de su iglesia muy pronto, puede que antes de su siguiente visita a C-2. De modo que ésta sería la última vez que estaría sobre el terreno sin posibilidad de compartir sus impresiones día a día con Bea. Cuando el Shoot estuviese colocado, dejarían de ser ilocalizables.

La alusión de Bea a Claire y Keith lo perturbó ligeramente. No recordaba haberlos conocido jamás. ¿Eran miembros de la iglesia, o conocidos de otra parte? ¿Gente del hospital de Bea? Hablaba como si su identidad no precisara explicación. Claire, al parecer, tenía un cuerpo casi idéntico al de Bea. Se esforzó por recordar haber visto a su mujer al lado de otra mujer que se pareciera mucho a ella. Una mujer con un jersey lila de cachemira. No le vino nada a la cabeza.

471

Amante de Jesús Nueve se acercó sin hacer ruido, abrazando un tarrito de dulces de blancaflor. Lo inclinó hacia delante, para indicarle: *coge algunos*. Probó uno. Estaba delicioso, pero marinado en una pasta caldosa que dejaba manchas marrones en los dedos. Amante de Jesús Nueve tenía los guantes sucios; les haría falta un lavado cuando llegara a casa. La túnica estaba mugrienta, también. Hoy unos cuantos ᏎᏯᎠᎦ iban algo sucios, porque antes de la lección de lengua habían estado cavando un agujero para el transmisor.

Ni Salomón en toda su gloria iba engalanado como uno de ellos, pensó.

La comunión tocó a su fin y los ᏎᏯᎠᎦ volvieron a sus casas. Peter entró en la iglesia y se echó a dormir. ¿Cuánto tiempo? Un rato, un rato. Había perdido la noción de lo que era técnicamente día o noche o «2200 plus» o cualquier fórmula estúpida que la USIC quisiera hacerle usar, pero a estas alturas ya estaba amoldado a los ritmos de los ᏎᏯᎠᎦ, y cuando se despertó tuvo la sensación de que debían ser las primeras horas de la mañana, como seguramente era. Un rayo de luz iluminaba la parte inferior de su cuerpo, recalcando los afilados contornos de la pelvis y el valle cóncavo bajo las costillas. Era todo huesos y nervios, como un bailarín o un preso de un campo de concentración. La carne tirante palpitaba con el latido del corazón. No tenía hambre, sin embargo. Sólo sed. La luz titilaba sobre su tripa. ¿Por qué titilaba? Debía de avecinarse lluvia. Decidió dejar la botella de agua cerrada junto a la almohada y esperar a que el cielo se abriera en su lugar.

Fuera, desnudo, se paró a contemplar, con el pelo ondeando por la fuerza de lo que se aproximaba. Sería un chaparrón especialmente abundante, era evidente. Cuatro masas gigantescas de agua, dispuestas en una vasta formación piramidal, avanzaban girando, amenazando constantemente con fusionarse en una sola, pero manteniéndose separadas de algún modo. Tres de ellas remolineaban de un modo lento y majestuoso, y la cuarta giraba con frenesí centrífugo. Mejor que se agarrara a algo. Se acurrucó contra la pared.

Cuando el diluvió azotó, fue vivificante pero también pavoroso. El viento se precipitó por su lado y cruzó la iglesia. Oyó el golpeteo y el estrépito de objetos sueltos que salían despedidos. Una ráfaga casi le levantó los pies del suelo. Pero la lluvia era fresca, limpia y lujuriosa. Abrió la boca y dejó que entrara a raudales. Se sentía como si estuviera buceando y nadando —y emergiendo, emergiendo constantemente— sin tener que mover un solo músculo.

Cuando terminó, estaba mareado, entumecido y se tambaleaba sobre sus pies. Una somera inspección del interior de la iglesia mostró daños sin importancia. El cuadro de Amante de Jesús Diecisiete, una incorporación reciente que aún no había tenido tiempo de colgar del techo, había sido arrojado al suelo y los bordes de la tela se habían deshilachado, pero el cuadro estaba intacto. Una naturaleza muerta floral de estilo expresionista, había pensado en un primer momento, pero no: lo que le habían parecido pétalos de flor era un corro de figuras vestidas con túnica e inclinadas hacia atrás con asombro, y lo que le había parecido el tallo era un hombre creciendo del suelo: Lázaro.

Guardó de nuevo el cuadro detrás del púlpito, listo para ser colgado. La descarga de lluvia lo había dejado agradablemente saciado, y su inclinación natural era tumbarse y dejar que la piel le hormigueara un rato. Pero sabía que había trabajo que hacer. No la obra de Dios, sino trabajo manual. Los campos de blancaflor estarían encharcados, y en un par de horas muchas de las plantas se habrían hinchado hasta alcanzar la madurez, mientras que otras corrían el peligro de hundirse en el fango. Era el momento de actuar.

—Dios bendiga nuestra reunión, padre Pe3er.

Saludó con la mano, pero no perdió tiempo diciendo hola

a todos los que conocía. Muchos de los ܠܘܩܐ reunidos aquí para la cosecha no eran Amantes de Jesús, y aún no lo habían aceptado plenamente entre ellos. Era más diplomático dejar la charla para luego. Se puso de rodillas y segundos más tarde tenía los brazos cubiertos de barro hasta los codos.

La plantación se había convertido en una gran ciénaga, como una cochiquera. El suelo aquí retenía más la humedad que en los matorrales, y además había mucha blancaflor en descomposición esparcida por todas partes, restos de las plantas que habían arrancado la última vez. Una bruma fina, casi imperceptible, comenzó a alzarse desde el suelo y lo volvió todo indefinido. Daba igual. La planta que tenías delante: eso era lo único que necesitabas ver.

Peter disfrutaba trabajando en el campo. Lo transportaba a sus días de juventud, cuando recogía fresas a cambio de dinero contante y sonante, sólo que éste era un esfuerzo honesto, y no lo hacía porque estuviese huyendo de colegas de drogas a los que había robado. Y tampoco era una tarea monótona que uno hiciera sin pensar, porque había que evaluar cada planta para decidir si dejarla, si separar ciertos pedazos, si estrujarla o arrancarla.

Los ܠܘܩܐ recolectaban con paciencia y silenciosa parsimonia, más como jardineros que como siervos bajo las órdenes de un negrero. Llevaban guantes como de costumbre. Cuando éstos se embarraban demasiado, paraban un momento a limpiarse el exceso de tierra o a colocárselos bien. A veces se recostaban y descansaban unos minutos. Cuando habían acumulado un cesto lleno de plantas, lo llevaban hasta el margen del campo, donde había extendidas media docena de redes. Sobre ellas se distribuían las distintas partes de la planta, de acuerdo con su destino. A Peter le había costado un tiempo pillar qué partes iban en qué pila, pero ahora creía tenerlo claro. Había dejado de ser una carga, ahora era un compañero de trabajo. Y trabajaba más duro y más rápido que cualquiera de ellos.

Después de una o dos horas, pese a que debían de quedar montones de plantas moribundas ocultas entre las que resistían, los cosechadores —conscientes de sus energías limitadas— pasaron a la siguiente fase. Ésta era la parte que más le gustaba a Peter, porque requería de auténtico vigor y resistencia: dos cualidades de las que los ﻼﺟﺄﺱ no estaban muy dotados. No tenían problemas para llevar el producto de los campos al asentamiento, puesto que cada red podía llevarse tan despacio, y con tantas pausas, y por tanta gente como demandara el peso de su contenido. Pero había una tarea que no daba tregua: la elaboración de la carne. El bistec, el cordero, el beicon, la ternera: los simulacros ingeniosos de éstos eran los favoritos entre los empleados en su mayoría carnívoros de la USIC, pero no eran fáciles de crear. Requerían de un violento esfuerzo: no matar a un animal, sino machacar sin descanso plantas de blancaflor que estaban al borde de la muerte. Sólo se escogían los ejemplares más hinchados y seniles. Cuando la carne rebosante de agua se aporreaba con una piedra, los capilares debilitados de la planta segregaban un sabor característico a través del amasijo pulposo. Con cada golpe, la mezcla se volvía más elástica y homogénea, hasta que se podía dejar solidificar en pedazos densos que tenían un aspecto y un sabor asombrosamente parecidos a la carne. Los ﻼﺟﺄﺱ machacaban con cuidado, uno o dos golpes seguidos. Peter machacaba como una máquina.

Tan absortos estaban Peter y los ﻼﺟﺄﺱ en su trabajo que no se percataron, hasta que ya era demasiado tarde, de la llegaba del tropel.

Uno de los ﻼﺟﺄﺱ gritó algo que Peter entendió a medias porque contenía la misma raíz de «foráneo/extraterrestre/inesperado/nunca visto» que había en «El Libro de las cosas nunca vistas». Sonriendo complacido por esta nueva prueba de sus avances con el idioma, miró hacia donde apuntaba la persona. En el perímetro de la plantación, apenas distinguible como algo más que una neblina baja de color gris y rosado, estaba la horda de criaturas aviformes que Peter había visto desfilar junto a la base de la USIC.

Su primer impulso fue soltar un grito de alegría y animar a sus amigos a disfrutar del espectáculo. Pero los ഛᏮᎪᏕ estaban visiblemente alarmados, y con razón. Las criaturas avanzaron con sus andares de pato y se internaron sin hacer ruido alguno en la blancaflor. En unos segundos, una amplia ringlera había quedado cubierta por sus cuerpos temblones. Peter atravesó corriendo el campo para verlos más de cerca, pero lo sabía, ya lo sabía. Esos animales, esas adorables criaturitas, esos gallinotos, patosones, panzudos o cualquier otro nombre ocurrente que se les quisiera dar, eran unas alimañas voraces, y estaban allí para comerse la cosecha.

Autómatas como gusanos, se atrincheraron entre la jugosa blancaflor, sin hacer distinciones entre plantas maduras y jóvenes, brotes fuertes y hojas mustias, flores o tallos. Los músculos de sus cabezas grises y vellosas palpitaban mientras mordían y masticaban. Sus cuerpos esféricos temblaban y se hinchaban sin quedar satisfechos.

De forma instintiva, Peter se agachó, agarró al que tenía más cerca y lo dejó sin comilona de un tirón. Al instante, recibió en el antebrazo una sacudida eléctrica. O eso fue lo que sintió cuando la frenética criatura se volvió arremetiendo contra él y clavó los colmillos en su carne. Lo arrojó trazando un arco con su propia sangre. Intentó darles patadas, pero llevaba las piernas descubiertas, salvo por las sandalias, y una brutal mordedura en la pantorrilla lo hizo tambalearse hacia atrás. Había demasiados, de todas formas. Si tuviera una porra, o una pistola..., una ametralladora, ¡o un puto lanzallamas! La adrenalina lo conectó con un Peter más joven y furioso, un Peter precristiano capaz de golpearle la nariz a un hombre hasta hacerla astillas, capaz de romper la luna de un coche, capaz de arrollar una larga hilera de chismes frágiles y hacerlos salir despedidos del mantel en un acto convulsivo de odio, sólo que ahora no era capaz de nada, y su adrenalina era inútil, porque lo único que podía hacer era dar un paso atrás y ver cómo esa horda se comía el fruto del trabajo de su gente.

Los ᏚᏬᏌ que no eran Amantes de Jesús tenían mejores cosas que hacer que quedarse allí mirando. El destino de su plantación era obvio. Corrieron hacia las pilas de blancaflor cosechada y se cargaron al hombro las redes, levantándolas del suelo. Sabían que aquellas alimañas se comerían sistemáticamente todo el campo de una punta a otra, así que aún había tiempo para llevarse lo que tenían en el bolsillo, por así decirlo. Los Amantes de Jesús vacilaban ansiosos adelante y atrás, divididos entre su necesidad de salvar la cosecha y su preocupación por Peter. Él se les acercó, con la intención de ayudarles con la carga, pero se encogieron y titubearon todavía más. Un sonido extraño y perturbador surgió de sus cabezas, un sonido que Peter no había oído antes. La intuición le dijo que se trataba de un lamento.

Su brazo, tendido hacia ellos, goteaba sangre al suelo. La mordedura no era un simple aguijonazo, sino que había levantado una capa de carne. La pierna tenía también un aspecto horrible.

—¡VaᏫ a morir! ¡VaᏫ a morir! —gimoteó Amante de Jesús Cinco.

—¿Por qué? ¿Son venenosos esos bichos?

—¡VaᏫ a morir, vaᏫ a morir! ¡VaᏫ a morir, vaᏫ a morir! ¡VaᏫ a morir, vaᏫ a morir! —Varios Amantes de Jesús se habían unido al gimoteo. Sus gritos, entremezclados, tan diferentes de las palabras suaves de siempre, nunca fuera de lugar, lo enervaron.

—¿Veneno? —preguntó alto y claro, señalando al hervidero de alimañas. Ojalá supiera la palabra ᏚᏬᏌ para «veneno»—. ¿Medicina mala?

Pero no respondieron. En lugar de eso se alejaron apresurados. Sólo Amante de Jesús Cinco dudó. Había estado muy rara durante toda la cosecha, sin apenas trabajar, dedicándose sobre todo a mirar, y empleando de vez en cuando una sola mano –la izquierda– para alguna tarea sencilla. Ahora se le acercó, caminando como si estuviese borracha o aturdida. Apoyó las manos –un guante sucio, el otro limpio– sobre las caderas de Peter y luego hundió la cara con fuerza en su regazo. No había ninguna intención sexual en su gesto; Peter dudaba incluso que supiera dónde estaban sus genitales, o lo que eran. Supuso que se estaba despidiendo de él. Luego corrió tras los demás.

Al cabo de unos minutos estaba solo en el campo de blancaflor, con el brazo y la pierna heridos, picando y escociéndole, y los oídos llenos del ruido espantoso de centenares de bocas de roedor mascando la pulpa fangosa que unos minutos antes estaba destinada a transformarse en pan, cordero, tofu, raviolis, cebolla, champiñón, mantequilla de cacahuete, chocolate, sopa, sardina, canela y un sinfín de cosas.

Cuando Peter llegó renqueando a la iglesia, se encontró un todoterreno aparcado fuera y a un empleado de la USIC llamado Conway dando sorbos a una botella de refresco de 50 dólares. El hombre, bajo y calvo, vestido con un mono de un verde lima inmaculado y unas lustrosas botas negras, marcaba un increíble contraste con el aspecto sucio y ensangrentado de Peter.

–¿Estás bien? –le preguntó Conway, y luego se rió por lo absurdo de la pregunta.

–Me han mordido –le respondió Peter.

–¿Qué te ha mordido?

–Eh... No sé por qué nombre os decidisteis al final. ¿Conejo volador? ¿Gallinoto? Lo que sea.

Conway se peinó con los dedos su pelo inexistente. Él era ingeniero eléctrico, no médico. Señaló al otro lado de la iglesia, a una estructura recién instalada que parecía una lavadora con una Torre Eiffel en miniatura puesta encima.

–Tu repetidor de Shoot –le dijo.

En circunstancias normales, abundantes expresiones de agradecimiento y admiración habrían sido lo procedente, y saltaba a la vista que a Conway le estaba costando renunciar a su merecido momento de elogio.

–Creo que será mejor que me curen esto –dijo Peter, levantando el brazo ensangrentado.

–Sí, será mejor –coincidió Conway.

Para cuando llegó a la base de la USIC horas después, la hemorragia se había detenido, pero la carne en torno a las heridas se estaba poniendo azul oscura. ¿Necrosis? Seguramente sólo estaba amoratada. Los colmillos de aquella alimaña se le habían clavado con la fuerza de un taladro eléctrico. Durante el trayecto en coche, tuvo ocasión de sobra para examinarse el brazo y no vio asomar ningún hueso, así que supuso que la herida podía clasificarse de superficial. Colocó la capa de carne colgando en su sitio, pero seguramente harían falta puntos para sujetarla allí.

–Tenemos médico nuevo –le informó Conway–. Acaba de llegar.

–¿Ah, sí? –dijo Peter. Estaba perdiendo la sensibilidad en la pierna destrozada.

–Un tío majo. Y bueno en lo suyo, también. –Parecía un comentario tonto: todos los escogidos por la USIC eran majos y buenos en lo suyo.

–Me alegro.

–Bueno, vamos a verlo. Ahora.

Pero Peter se negó a ir directo a la enfermería, e insistió en que debía pasar primero por su cuarto. A Conway no le gustó la idea.

–Al doctor le da igual cómo vayas vestido –le señaló–. Y te van a lavar con desinfectante y eso.

–Ya lo sé –respondió Peter–. Quiero ver si tengo algún mensaje de mi mujer.

Conway parpadeó con asombro.

—¿No puede esperar?

—No, no puede esperar.

—Vale —aceptó Conway, girando suavemente el volante. A diferencia de Peter, que era incapaz de distinguir una fachada de cemento de otra, él sabía perfectamente adónde ir.

Tan pronto entró en el edificio de la USIC, a Peter lo invadió un ataque de escalofríos. Le castañeaban los dientes mientras Conway lo llevaba a su cuarto.

—No te irás a desmayar, ¿eh?

—Estoy bien.

El aire dentro del complejo era glacial, un vacío aderezado con oxígeno estéril y refrigerado y desprovisto de cualquiera de los ingredientes naturales que lo convertirían en aire. Los pulmones le dolían con cada respiración. La luz parecía tenue como la de un búnker, espectral. ¿Pero no se sentía siempre así, cuando había pasado un tiempo en el campo? Siempre necesitaba aclimatarse.

Cuando llegaron a su habitación, Conway estaba realmente nervioso.

—Te espero aquí fuera. Intenta darte prisa. No quiero acabar con un cura muerto entre manos.

—Haré todo lo posible —respondió Peter, y le cerró la puerta en las narices.

La fiebre, o algún otro desorden, le estaba hinchando las venas de la cabeza, y los dientes seguían castañeando tan fuerte que le dolían las mejillas y las mandíbulas. El mareo y la somnolencia venían en oleadas, intentando hacerle caer.

Mientras conectaba el Shoot, se preguntó si no estaría desperdiciando unos segundos preciosos en los que su vida podría salvarse. Pero lo dudaba. Si la mordedura era venenosa, era poco probable que tuvieran un antídoto en la clínica de la USIC. El veneno haría lo que fuese que hiciera el veneno, y eso ocurriría igual con un puñado de caras preocupadas suspendidas sobre su cabeza o en la intimidad de su propio espacio. Tal vez sólo le quedaban unas horas de vida. Tal vez se convertiría en el primer reto del patólogo nuevo, un cadáver lleno de veneno alienígena.

Si era así, quería, antes de perder la conciencia, leer sólo una vez más que Bea lo amaba y que estaba bien. El Shoot se iluminó volviendo a la vida y una lucecita verde en la parte inferior de la pantalla parpadeó, indicando que una red invisible estaba barriendo el universo en busca de cualquier palabra que pudiera ser de su mujer.

Su mensaje, cuando llegó, era breve.

No hay ningún Dios, decía.

22. SOLA CONTIGO A MI LADO

–Carpintero –dijo una voz flotando sobre él.

–¿Hmm? –respondió.

–Cuando era niño, la gente daba por hecho que me haría carpintero. Tenía un don. Pero luego..., esto es un timo, ya sabes.

–¿Un timo?

–Este aire de sofisticación que envuelve a la medicina. El mago doctor, el gran maestro cirujano. Chorradas. Para arreglar el cuerpo humano no hace falta tanta finura. Las habilidades que necesitas... Te lo digo yo, esto es sólo carpintería, fontanería, costura.

El doctor Adkins demostró su argumento introduciendo una aguja de coser en la carne de Peter y añadiendo otra puntada de fino hilo negro a la hilera. Ya casi estaba. Los puntos formaban un motivo elegante, como el tatuaje de una golondrina volando. Peter no sentía nada. Le habían puesto una generosa dosis de analgésicos y le habían inyectado además dos chutes de anestesia local, lo cual, combinado con su agotamiento, lo colocaba fuera del alcance del dolor.

–¿Crees que me he envenenado? –preguntó.

El anfiteatro quirúrgico parecía expandirse y contraerse ligeramente, al ritmo de su pulso.

—No hay nada en tu sangre que haga pensar eso —respondió Adkins, haciendo el nudo final.

—¿Y qué hay de... eh...? He olvidado su nombre. El doctor que has venido a... eh... el que murió...

—Everett.

—Everett. ¿Has descubierto qué lo mató?

—Sip. —Adkins tiró la aguja en la bandeja de sutura, que fue inmediatamente retirada por la enfermera Flores—. La muerte.

Peter descansó el brazo bordado sobre el pañuelo de tela blanca que le cubría el pecho. Tenía ganas de dormir.

—¿Pero la causa?

El doctor Adkins frunció los labios.

—Un accidente cardiovascular, con el énfasis en «accidente». Su abuelo murió de la misma forma, al parecer. Estas cosas pasan. Puedes comer sano, hacer ejercicio, tomar vitaminas..., pero a veces, te mueres y punto. Ha llegado tu hora. —Levantó una ceja—. Supongo que tú lo llamarías una cita con Dios.

Peter flexionó los dedos y evaluó de nuevo su tatuaje de puntos.

—Por un momento, pensé que había llegado *mi* hora.

Adkins soltó una risita.

—Vivirás para predicar un día más. Y cuando vuelvas, por si te cruzas otra vez con esos bicharracos, éste es mi consejo —Juntó las manos y simuló un potente swing—: Llévate un palo de golf.

Peter iba demasiado drogado para caminar, así que alguien lo sacó del quirófano en una silla de ruedas. Dos manos pálidas aparecieron por detrás de él y extendieron una manta de algodón sobre sus rodillas, envolviéndole las caderas, y depositaron sobre su regazo una bolsa de plástico que contenía sus sandalias.

—Gracias, quienquiera que seas —dijo Peter.

—De nada, desde luego —respondió Grainger.

–Caramba, lo siento. No te he visto en el quirófano.

Grainger empujó la silla de ruedas, recta y a paso firme, a lo largo del pasillo iluminado por el sol, en dirección a las enormes puertas dobles.

–Estaba en la sala de espera. No me gusta la sangre.

Peter alzó el brazo, mostrándole la venda de un blanco puro.

–Todo arreglado.

Antes incluso de que respondiera, notó que no estaba impresionada. Sus muñecas, aferradas a los mangos de la silla, estaban tensas: mucho más de lo necesario.

–No te cuidas nada cuando estás allí –le dijo–. Por el amor de Dios, estás en los huesos. Y sí, ya sé que estoy blasfemando. Pero mírate.

Peter se miró las muñecas, que siempre había tenido huesudas, pensó. Bueno, puede que no *tan* huesudas. El grueso vendaje hacía que el brazo pareciese más demacrado. ¿Cómo de enfadada estaba Grainger? ¿Sólo un poco irritada? ¿Furiosa? Tardarían varios minutos en cubrir la distancia entre la clínica y su cuarto, y eso era mucho rato cuando estabas en manos de alguien molesto contigo. Debilitado por los analgésicos y por la conmoción que le había causado el mensaje de Bea –que volvía a su mente una y otra vez como una náusea–, se sintió invadido de repente por una convicción que otros hombres a los que había dado asesoramiento pastoral le habían descrito con frecuencia: la profunda y desolada certeza de que no importaba lo que hiciesen, no importaba lo buenas que fuesen sus intenciones, estaban condenados a decepcionar amargamente a las mujeres.

–Eh, he hecho un esfuerzo para que no se me quemaran tanto las orejas esta vez –le dijo–. Dame algún punto por intentarlo.

–No me seas condescendiente.

Grainger lo empujó a través de la doble puerta y dio un giro brusco a la derecha.

–Kurtzberg era igual. Y Tartaglione. Parecían esqueletos, al final.

Peter suspiró.

–Todos parecemos esqueletos al final.

Grainger soltó un gruñido de irritación. Aún no había terminado de regañarlo.

–¿Qué es lo que pasa en Villa Friki? ¿Eres tú o son ellos? No te dan de comer, ¿es eso? ¿O es que ellos no comen y punto?

–Son muy generosos –protestó Peter–. Ellos nunca... Yo nunca he sentido que me estén matando de hambre. Es sólo que ellos no comen mucho. Creo que la mayor parte de lo que cultivan y... eh... procesan... es para el personal de la USIC.

–¡Ah, genial! O sea que ahora resulta que los estamos explotando, ¿no? –Grainger le hizo girar otra esquina–. Te digo una cosa, nos hemos roto los cuernos para hacer las cosas bien. Nos hemos roto los cuernos. Aquí hay demasiado en juego para joderlo con un desastre imperialista.

Peter deseaba que hubiesen tenido esa conversación mucho antes, o que pudiesen dejarla para más tarde: cualquier momento menos entonces.

–Eh... ¿Qué hay en juego aquí? –preguntó, esforzándose por sostenerse erguido en la silla.

–Oh, por el amor de Dios. ¿No es evidente? ¿Tan en la higuera estás, de verdad?

Yo sólo hago la obra de Dios; mi mujer se encarga de las preguntas incisivas, estuvo a punto de decir. Era cierto. Bea era siempre la que necesitaba saber *por qué,* la que rascaba bajo la superficie de lo que le decían, la que se negaba a entrar en el juego al que jugaba todo el mundo. Era ella la que leía la letra pequeña de los contratos, era ella la que le explicaba por qué una oportunidad en apariencia maravillosa estaba llena de escollos, era ella la que podía detectar un timo aunque viniera disfrazado con un envoltorio cristiano. Grainger tenía razón: él estaba en la higuera.

No había sido siempre así, eso estaba claro. Había cambiado, con fuerza de voluntad. Había muchas formas de convertirse en cristiano, pero la que le había funcionado a él había sido desconectar su aptitud para el cinismo, apagarla como una luz. No, no era una buena comparación... Había... había *encendido* la luz de la confianza. Después de tantos años jugando con la gente, explotando a todo el que conocía, robando y mintiendo y cosas peores, se había reconvertido a sí mismo en un inocente. Dios había hecho borrón y cuenta nueva. Aquel hombre que plagaba su conversación de improperios como «me cago en Dios», se había convertido en el hombre que decía «me cago en diez». No había otra manera. O eras un alcohólico furibundo o no probabas gota. Y lo mismo con el cinismo. Bea sabía manejarlo, con moderación. Él no.

Y sin embargo: No hay ningún Dios. De Bea. Por favor, Dios, no. De Bea, no.

Bea también lo había llevado en silla de ruedas en su día, en el hospital en el que se conocieron. Exactamente igual que lo llevaba Grainger ahora. Se había roto los dos tobillos al saltar de la ventana de un almacén y había pasado varios días en la unidad de Bea con las piernas colgando de una cuerda. Y entonces una tarde lo había desatado, colocado en una silla de ruedas y llevado al departamento de rayos X para una valoración posoperatoria.

«¿No puedes sacarme corriendo por una de estas salidas laterales un minuto para que pueda fumarme un cigarro?», le había pedido. «No te hace falta nicotina, guapo», le había respondido ella, desde un fragante punto a sus espaldas. «Tu vida tiene que cambiar.»

—Bueno, aquí estás —le dijo Grainger—. Tu hogar lejos del hogar.

Llegaron a la puerta con el letrero de P. LEIGH, PASTOR. Mientras Grainger lo ayudaba a ponerse de pie, uno de los electricistas de la USIC, Springer, pasó casualmente por allí.

—¡Bienvenido, padre! —gritó—. ¡Si quieres más lana, ya sabes dónde encontrarme! —Y siguió por el pasillo a paso tranquilo.

Los labios de Grainger estaban cerca de su oído cuando dijo en voz baja:

—Dios, odio este sitio. Y a todos los que trabajan aquí.

Pero no me odies a mí, por favor, pensó Peter al tiempo que empujaba la puerta y entraban juntos en el cuarto. El ambiente que los recibió estaba viciado y ligeramente acre después de dos semanas sin aire acondicionado. Motas de polvo perturbadas por la intrusión giraban en un haz de luz. La puerta se cerró.

Grainger, que tenía una mano en la espalda de Peter por si perdía el equilibrio, lo rodeó también con la otra. Sumido en la confusión, tardó en comprender que lo estaba abrazando. Y no sólo eso: era un abrazo distinto al que se habían dado la primera vez. Había pasión y necesidad femenina en él.

—Me importas —le dijo, enterrando la frente en su hombro—. No te mueras.

—No tengo intención de morirme —respondió él acariciándola con torpeza.

—Vas a morir, vas a morir, te perderé. Te volverás raro y distante y luego un día desaparecerás. —Estaba llorando.

—No, te lo prometo.

—Desgraciado —le dijo llorando suavemente y abrazándolo aún más fuerte—. Cabrón, mentiroso...

Grainger deshizo el abrazo. La tela clara de su ropa estaba manchada de polvo de los campos de cultivo de los ᴥᴦᴧᴧ.

—No te voy a llevar otra vez a ver a esos bichos raros —le dijo—. Que lo haga otro.

—Lo siento. Como tú quieras.

Pero ya se había ido.

No había más mensajes de Bea. Siguiendo sus órdenes, una ingeniosa red tecnológica rastreó el cosmos en busca de sus pensamientos y no encontró nada. Sólo ese mismo grito de desolación, brillando aún en la pantalla; sólo esas cuatro palabras terribles, colgando en un vacío gris y sin contexto. Ningún nombre, ni el de ella ni el de él. Sólo esa frase desnuda.

Se sentó frente al Shoot y le pidió fuerzas a Dios. Sabía que si no respondía enseguida, y escuetamente, era probable que se cayera de narices y quedara inconsciente allí mismo.

Sus dedos torpes estaban ya listos para teclear las palabras de los Salmos 14:1: *Dijo el necio en su corazón: No hay Dios.* Pero entonces Dios entró en su corazón y le advirtió que eso sería una estupidez. Fuera lo que fuese lo que le había pasado a Bea, no necesitaba críticas.

¿Tal vez había habido otro desastre natural? ¿Algún suceso horrendo en un país extranjero que había desbordado la mente de Bea con el dolor de una empatía inútil? ¿O quizás había pasado más cerca de casa, en Gran Bretaña? ¿Una catástrofe que había dejado a miles de personas sin hogar, desposeídas?

Los Salmos vinieron de nuevo al rescate: *No tengas miedo de los terrores de la noche ni de la flecha que se lanza en el día. No temas a la enfermedad que acecha en la oscuridad, ni a la catástrofe que estalla al mediodía. Aunque caigan mil a tu lado, aunque mueran diez mil a tu alrededor, esos males no te tocarán.*

¿Pero y si... y si *habían tocado* a Bea? ¿Y si había sufrido un terremoto o una inundación? ¿Y si, justo en ese instante, estaba desamparada y aturdida, acampada en las ruinas de su casa? Pero no, no, seamos lógicos: la casa tenía que estar intacta, o no habría podido escribirle. La USIC les había dado un Shoot y estaba instalado en el despacho del piso de arriba, conectado a un ordenador central del tamaño de un archivador. La existencia del mensaje de Bea demostraba que estaba a salvo. Sólo que una persona que se había alejado de Dios nunca podía estar a salvo.

A medida que la dihidromorfina, la cloroprocaína y el agotamiento lo arrastraban con más y más insistencia hacia el sue-

488

ño, empezó a sentir pánico. Tenía que escribirle, pero era incapaz. Tenía que decir algo, romper el silencio, pero si escogía mal las palabras se arrepentiría para siempre.

Al final, desechó cualquier intención de citar versículos de la Biblia o de dar consejos. Era su marido, ella era su mujer: eso era lo único de lo que podía estar seguro.

Bea, no sé qué te ha llevado hasta este punto, pero te amo y quiero ayudarte si puedo. Por favor, dime qué pasa y, por favor, perdóname si es algo que ya debería saber. Acabo de salir del quirófano. Unos cuantos puntos, nada grave. Me han mordido en el campo. Te lo contaré más adelante. Voy a dormir un rato pero, por favor, estoy preocupado por ti, te quiero, sé que esto suena absurdo pero estoy aquí para ti, lo estoy de verdad.

Echó el mensaje a volar y se desplomó en la cama.

Poco después, sin decir palabra, llegó Grainger y se echó a su lado. Descansó la cabeza sobre su torso desnudo, y su hombro quedó colocado de tal manera que habría parecido forzado no recogerlo en el hueco de la mano. Así que lo recogió en el hueco de la mano. Ella se apretó más contra él, y Peter sintió el calor de su cuerpo. Sus dedos finos le acariciaron el estómago, buscó con la palma de la mano el hueco en el que comenzaban las costillas. Entonces le cogió el pene, que ya estaba erecto. Antes de que Peter pudiera decir nada, Bea apareció allí, con ellos, y le aseguró con la mirada que estaba todo bien. Grainger se levantó el blusón. Sus pechos blancos estaban salpicados de pecas. Peter le besó uno mientras Bea terminaba de desvestirse y se acercaba a la cama. Grainger sostuvo su pene erguido, para que Bea descendiese sobre él. Peter eyaculó tan pronto estuvo dentro.

En cuanto se despertó, percibió el olor de la traición. Había cometido adulterio en su corazón y, lo que era peor, había arrastrado a su mujer a esa fantasía desleal y la había convertido

489

en su cómplice. Bea y él siempre habían sido fieles el uno al otro; Peter no se había aprovechado jamás de las mujeres vulnerables que pasaban por su iglesia. Él era hombre de una sola mujer, y su mujer era Bea, ¿o no?

Se quedó un rato tumbado, protegiéndose los ojos del sol con el brazo bueno. Un dolor de cabeza resacoso le palpitaba en las sienes. Tenía la lengua y los labios resecos. El brazo herido parecía estar bien –bueno, dormido–, pero la espinilla dolía como una quemadura. No tenía ni idea de cuánto rato había dormido: si quince minutos o quince horas. El recuerdo del sueño persistía, tentándolo con su ensoñación de amor, con ese espejismo encantado en el que toda la tristeza, todo el dolor y el distanciamiento quedaban desplazados por el deseo.

La sed lo hizo ponerse de pie. Bebió con avidez directamente del grifo, tan ruidoso como un perro, hasta que el agua empezó a chapotearle en el estómago. El doctor le había dicho que se diera duchas, que se lavara las heridas con agua y con jabón, pero que no se rascase los puntos si comenzaban a picarle; se desharían ellos mismos cuando hubiesen hecho su trabajo. Peter aflojó y desenrolló el vendaje y dejó la carne remendada al descubierto. El suave algodón blanco apenas estaba manchado, las heridas estaban bien cerradas. Se duchó, se secó con la toalla y volvió a colocarse el vendaje cuidadosamente. Se puso unos vaqueros y una camiseta naranja descolorida que llevaba estampado el texto VOLUNTARIADO SOCIAL DE BASILDON. Las dos prendas le quedaban grandes. Revolvió en la mochila en busca de unos calcetines, y sacó una bolsita de plástico con un contenido blando y semilíquido que no supo identificar a la primera. Eran los restos de una comida que le habían dado los ﺳﺭﺍﺳ hacía mucho tiempo, antes de que se acostumbrara a sus hábitos alimentarios: una tajada de algo grasiento que sabía a vinagre. Como no quería ofenderlos, les dijo que no tenía hambre y que se lo comería más tarde. La bolsa era ahora un peso frío y húmedo en la palma de su mano, como un órgano extraído de un animal muerto. Buscó a su alrededor un sitio en el que llamara la atención para no volver a olvidarse. En la mesa que había junto a la nevera, divisó algo extraño. Un frasco de plástico con medicinas y una nota escrita a mano: TÓMATE 2 CADA 4 HORAS SI LO NECESITAS. G. ¿Había estado Grainger allí mientras él dormía? ¿O las había dejado cuando lo había traído del quirófano? Peter no recordaba que hubiese hecho nada en el cuarto aparte de abrazarlo. Pero a lo mejor ya le había dejado la medicación allí antes, mientras lo examinaba el doctor Adkins. Pensamiento previsor. Cogió el frasco, leyó los contenidos. Esas pastillas eran más fuertes que cualquier cosa que uno pudiese conseguir sin receta en una farmacia inglesa. Pero el dolor que sentía no estaba en su carne.

Miró si tenía mensaje de Bea. No había ninguno.

El fantasma de Bing Crosby estaba hablando cuando Peter entró en el comedor. Las membranas mucosas de una laringe alojada en su día en una garganta humana, dispersas tiempo ha en la tierra del cementerio de Holy Cross de Los Ángeles, habían emitido unos sonidos que fueron capturados en cinta magnética en 1945, y esa cinta, digitalizada y remasterizada primorosamente, se estaba emitiendo por la megafonía de la cafetería. La docena de empleados de la USIC que había desperdigados por los sillones y las mesas la ignoraban y seguían con sus charlas, concentrados en la comida y la bebida. La voz incorpórea de Judy Garland —membranas mucosas más pequeñas, vibrando con más excitación— se unió a la de Crosby en una ensayada improvisación en la que se probaban sombreros con el propósito de representar la brecha entre hombres y mujeres. Stanko, tras la barra, encendió la máquina de smoothies, ahogando las voces antiguas bajo el runrún de hielo picado con sabor a café.

—¿Qué recomiendas hoy, Stanko? —le preguntó Peter cuando llegó su turno.

—Las tortitas.

Bing Crosby, después de interrumpir el parloteo de Garland, había empezado a cantar: *When I've got my arms around you and we're going for a walk, must you yah-ta-ta, yah-ta-ta, yah-ta-ta, yah-ta-ta, talk, talk, talk...*

—¿Algo salado?

Stanko levantó la tapa de una cuba de metal, liberando un olor sustancioso.

—Filete Strógonoff.

—Tomaré eso. Y una taza de té.

Aristotle, mathematics, economics, Antique chairs, cantaba Bing. *The classics, the comics, darling, who cares?*

Stanko le tendió a Peter una bandeja de plástico con comida humeante y colorida, un vaso de plástico con agua caliente, un sobre de papel con leche en polvo y una bolsita de té con un dibujo minúsculo del palacio de Buckingham en la etiqueta.

—Gracias —dijo Peter.

—Que lo disfrutes, colega.

—Tiene buena pinta.

—El mejor Strógonoff que puedas encontrar —afirmó Stanko, inexpresivo. ¿Humor sarcástico? A lo mejor era sincero. Ahora mismo, Peter dudaba de su capacidad de juicio.

Se dirigió a una mesa libre —sólo quedaba una— y se sentó con la comida. Mientras Bing Crosby fingía fastidiar a Judy Garland con su cháchara sobre golf, Peter empezó a comerse el filete, que sabía que era blancaflor que habían machacado con una piedra y luego secado y frito. No habían dado con el sabor de la salsa: demasiado dulce, demasiado empalagosa. Habían teñido de intenso color naranja fragmentos de tallo de blancaflor joven para que parecieran zanahoria, y había también rodajas blanqueadas de hoja de blancaflor medio madura que se suponía que eran cebolla. Desearía que la USIC cortase ya con esos platos impostados y comieran la blancaflor como la comían los ራᏊᏭ. Había muchas recetas buenas y saludables por hacer.

When there's music softly playing, canturreó Judy Garland, *and I'm sitting on your lap, must you yah-ta-ta, yah-ta-ta, yah-ta-ta, yah-ta-ta, yap, yap, yap...*

—¿Te importa si me siento?

Una voz de mujer real y viva compitiendo con una voz muerta del pasado.

Levantó la vista. Era Hayes. Le hizo un gesto para que se sentara, temiendo que le preguntara qué tal estaba, una pregunta que no estaba seguro de poder responder sin derrumbarse y contarle toda la historia. Pero en cuanto Hayes se sentó, quedó claro que no le interesaba más que la superficie de la mesa, para apoyar sobre ella un grueso libro. Echando un vistazo a las páginas mientras comía, Peter identificó los diseños de sudoku, kakuro, hitori, fillomino y otros pasatiempos matemáticos, completados a lápiz con esmero. Hayes se inclinó sobre el libro con una goma de borrar entre el pulgar y el índice. Con escrupuloso cuidado, empezó a eliminar las marcas de lápiz.

It's so nice to close your lips with mine, decían entre gorgoritos Bing y Judy en armonía.

Cinco minutos después, el plato de Peter estaba vacío y el café helado de Hayes, intacto, olvidado. Estaba encorvada, absorta en su tarea. Tenía la boca ligeramente abierta, y los ojos, que miraban abajo, lucían unas pestañas suaves y exuberantes. A Peter le dio la impresión de que era más guapa y tierna de lo que había pensado. Estaba emocionado, muy emocionado, profundamente *conmovido* de repente por su labor altruista.

—Eso es muy considerado —se oyó decir.

—¿Perdón?

—Pensar en la comunidad.

Ella se lo quedó mirando sin entender.

—Borrar las marcas de lápiz —explicó Peter, deseando no haber dicho nada—. Así otros pueden hacer los pasatiempos.

—No lo hago por los demás —respondió ella con el ceño fruncido—. Voy a hacerlos otra vez. —Y volvió a su tarea.

493

Peter se reclinó y se bebió el té. La serena concentración de Hayes ya no le parecía atractiva. Por el contrario, había algo escalofriante en ella. Vale, él no era muy de pasatiempos, así que el atractivo de rellenar esos recuadros era de por sí un misterio para él, pero comprendía que supusiera un agradable desafío para otras mentes. Pero hacer el mismo rompecabezas una y otra vez...

Se produjo un estallido de carcajadas en la otra punta del comedor que no perturbó la concentración de Hayes. Provenía de Tuska, Maneely y el hombre que había traído a Peter de vuelta, cómo se llamaba... Conway. Parecían estar jugando a un juego de magia rudimentaria con tres vasos de plástico y un remache. «¿Pero cómo lo haces? ¿Cómo lo haces?», decía Conway sin parar, para deleite de Tuska. En el resto del comedor, empleados de la USIC recostados en sillones, hojeando *Fly Fishing, Clásicos de los dibujos animados, Vogue* y *El Ingeniero Químico*. Peter recordó el sermón de Tuska de la «Légion Étrangère»: *Lo mejor es tener un equipo de gente que sepa lidiar con un limbo permanente. Gente que no se vuelva loca.* A lo mejor Hayes era un ejemplo perfecto de persona que no se volvía loca. Alguien que hacía su trabajo, no daba problemas más allá de arrancar algunas páginas de una revista porno lésbica y que, cuando se retiraba a su cuarto, podía pasar las horas, los días y los meses resolviendo una y otra vez los mismos rompecabezas.

–... de la modestia legendaria de Crosby, que podía describir una obra tan sublime como «facilona» y «una bagatela» –entonaba el locutor–. Vamos a escuchar ahora una toma alternativa inédita. Presten atención a cómo se le traba la lengua al decir «anualidad» y demás signos de la falta de ensayo. Merece la pena, sin embargo, por la cercanía de Garland al micrófono, que nos permite imaginar que está ahí mismo con nosotros...

–Perdona que te interrumpa de nuevo –le dijo Peter.

—No pasa nada —respondió Hayes, borrando un solo número más antes de mirarlo.

—Estaba pensando en esas emisiones de música. ¿Son antiguas?

Ella parpadeó, y luego aguzó el oído para captar el sonido.

—Muy antiguas —le respondió—. Esos cantantes, no creo que estén vivos siquiera.

—No, me refiero a si estos programas, con los anuncios y todo, los prepara alguien aquí en la USIC o ya existían de antes.

Hayes echó un vistazo a su alrededor.

—Los hace Rosen —le explicó—. Ahora no está. Es topógrafo y delineante. Es posible que hayas visto sus dibujos del Centro de Centrifugación y Energía que hay expuestos en la Sala de Proyectos. Un trabajo de una precisión impresionante. Aún me paro a mirarlos a veces. —Se encogió de hombros—: Su música, tanto me da. Para mí es ruido de fondo. Me alegro de que le guste tanto. A todo el mundo tiene que gustarle algo, supongo. —No parecía convencida.

A Peter lo recorrió una nueva ráfaga de dolor: otra vez el recuerdo del mensaje de Bea.

—La Madre —dijo, tratando de calmarse.

—¿Cómo?

—El apodo que propusiste para el Servicio de Centrifugación y Energía.

—El Centro —lo corrigió con una sonrisa. Cerró el libro de pasatiempos y se metió la goma de borrar en un bolsillo de la camisa—. Nadie lo llama la Madre, ya lo sé. Lo siguen llamando el Sostén Gigante. O el SG, en realidad. —Abrazó el libro contra el pecho, disponiéndose a marcharse—. No tiene sentido enfadarse. Como decía mi madre: No te ahogues en un vaso de agua.

Cuando sufras, no te cierres, tiende la mano. El lema de Bea. Su lema como pareja, de hecho.

—¿Echas de menos a tu madre?

Hayes estrechó el libro con más fuerza, pensativa.

–Supongo. Murió hace mucho. Se habría sentido muy orgullosa de mí, estoy segura, de que me escogieran para esta misión. Pero cuando murió yo tenía un buen trabajo, así que ya estaba orgullosa. No es que yo fuera una perdida.

–Yo fui un perdido en mis tiempos –le dijo Peter, sin apartar la vista–. Alcohólico. Drogadicto.

Hayes no era la persona adecuada con la que compartir esas intimidades, lo sabía, pero no podía evitarlo. Comprendió demasiado tarde que no estaba para nada en condiciones de estar entre esa gente. Necesitaba estar inconsciente, o entre los ⲥ⳨ⲇ⳽.

–No es ningún delito –repuso Hayes con apagada monotonía–. Yo no juzgo a nadie.

–Cometí delitos –dijo Peter–. Delitos menores.

–Algunas personas pasan por eso, antes de enderezarse. Eso no las convierte en malas personas.

–Mi padre estaba terriblemente decepcionado conmigo –siguió Peter–. Era un hombre devastado, cuando murió.

–Esas cosas pasan. Cuando llevas un tiempo trabajando aquí, descubres que muchos de tus colegas tienen historias muy tristes. Y algunos no. No hay dos historias iguales. Pero eso da lo mismo. Todos llegamos al mismo punto.

–¿Y qué punto es ése?

Hayes levantó el puño en gesto de triunfo, si es que se podía usar «triunfo» para un puño tan flojo, tan afablemente alzado, con tan pocas posibilidades de llamar la atención en el contexto de la animada cafetería.

–Trabajar hacia el futuro.

Querido Peter, le escribió al fin Bea, después de pasar lo que le pareció una eternidad rezando y preocupándose.

Siento haber tardado tanto en responderte. No quiero hablar de lo que ha ocurrido pero te debo una explicación. Gracias por tender-

496

me la mano. Eso no cambia nada, y no creo que puedas entender el punto en el que estoy, pero lo agradezco mucho.

Muchas cosas han llevado a esto. Nuestra iglesia ha sufrido un revés, por decirlo de una manera delicada. Geoff se ha fugado con todos los fondos. La tesorera y él tenían una aventura y se han largado juntos, nadie sabe adónde. Pero las cuentas están vacías. Se han llevado hasta el cepillo. ¿Recuerdas cómo le rogamos a Dios que nos guiase para escoger un pastor que te sustituyera? Bueno, Geoff fue el elegido. Saca la conclusión que quieras.

Las opiniones sobre qué hacer ahora están divididas. Algunos quieren poner orden en este desastre y seguir adelante, y otros sienten que deberíamos comenzar de nuevo en otra iglesia. ¡Hasta me han preguntado si sería yo el pastor! De lo más oportuno.

Dos días antes de la catástrofe, volví al trabajo. Pensé que sería una bendición, sin Goodman. Pero el sitio ha cambiado. Está asqueroso, para empezar. Los suelos, las paredes, los lavabos. No hay personal de limpieza ni perspectiva de que lo haya. Cogí una fregona y me lié con uno de los baños, pero Moira casi me arranca la cabeza. «Nosotras somos enfermeras, no estamos aquí para fregar suelos», me dijo. «¿Y qué pasa con el estafilococo? ¿Y con las heridas abiertas?» Me sostuvo la mirada hasta que me rendí. Puede que tenga razón, ya vamos bastante cargadas de trabajo tal y como están las cosas. Urgencias es un pandemonio. Gente dando vueltas sin supervisión, gritando, enzarzándose con los celadores, intentando llevarse en silla de ruedas a sus madres, padres e hijos enfermos y subirlos a planta antes de que hayamos podido clasificarlos.

Ahora todos los pacientes son pobres. No hay un solo ejemplar instruido y de clase media entre ellos. Moira dice que todos los que tienen dinero han abandonado por completo la sanidad pública. Los ricos desertan a Francia y a Catar, y la gente corriente se busca una clínica privada sin cita previa (han brotado montones por todas partes, y comunidades enteras se están formando a su alrededor). Y a nuestro hospital le llega la escoria. Así es como los llama Moira, pero, para serte sincera, eso es lo que son. Estúpidos, groseros, escandalosos, feos y muy muy asustados. Olvídate de la caridad; es muy duro mantener la calma cuando tienes a un gamberro borracho con tatuajes descoloridos gritándote directamente a la cara y clavándote en el hombro un dedo manchado de nicotina. Es un desfile sin fin de ojos inyectados en sangre, acné, narices partidas, mejillas con cuchilladas, costillas rotas, bebés escaldados, suicidas chapuceros. Ya sé que solía quejarme de que Goodman intentara llenar el hospital de casos fáciles, pero hay una diferencia entre ofrecer atención sanitaria a todos los niveles de la sociedad y dejar que una turba de brutos invada un hospital entero.

Se me ha acabado el tiempo, son las 18.30, tengo que ir a trabajar. Ni siquiera te he contado qué pasó que acabó por derrumbarme, pero me cuesta mucho afrontarlo, y escribirlo lleva mucho tiempo y no sabía que escribiría tanto de otras cosas. Pensaba que te lo contaría sin rodeos, pero te va a hacer mucho daño, y querría poder evitarte ese dolor para siempre. Tengo que irme.

Te quiero,

Bea

Peter respondió enseguida:

Querida Bea:

Estoy muy preocupado por ti, pero aliviado de escuchar tu «voz». Es cierto que todos nos malinterpretamos los unos a los otros (sólo Dios tiene una comprensión perfecta), pero no deberíamos permitir que el dolor de esa frustración nos impida intentarlo. Mi trabajo con los oasianos me lo confirma una vez tras otra.

Las noticias sobre Geoff y nuestra iglesia son deplorables, pero la iglesia no consiste en Geoff ni en la tesorera ni en un edificio en particular. Puede que este revés acabe trayendo cosas buenas. Si debemos dinero, podemos devolverlo, y aunque no podamos, no es más que dinero. Lo que ocurre en los corazones y en las almas de los seres humanos es lo importante. Es alentador que nuestra congregación quiera empezar de cero en una nueva iglesia. Por lo común, a la gente le aterran los cambios, así que es un ejemplo asombroso de valentía y positividad. ¿Por qué no fundar una sencilla hermandad en el salón de alguien? Como los primeros cristianos. La infraestructura compleja es un lujo, la verdadera esencia son el amor y la oración. Y es genial que quieran que seas su pastor. No te enfades, creo que harías un trabajo magnífico.

Tus comentarios sobre los cambios en el hospital son perfectamente naturales dado el aumento de estrés, pero confirman mi impresión de que tal vez no es momento de que estés trabajando. Hay un bebé creciendo dentro de ti. O al menos eso espero. ¿Has tenido un aborto? ¿Es eso lo que ha hecho tambalearse tu fe en Dios? Estoy muerto de preocupación. Por favor, dime qué ha pasado.

Sea lo que sea, te ha dejado en un pésimo estado espiritual. Esos «brutos» que se apiñan en tu hospital son todos ellos almas valiosas. A Dios le da igual si una persona tiene acné, o los dientes en mal estado o mala educación. Recuerda, por favor, que cuando me conociste yo era un desecho alcohólico. Un perdido. Si me hubieses tratado con el desprecio que merecía nunca habría sido rescatado, habría ido de mal en peor y me habría convertido en la «prueba» de que para los tíos como yo no hay redención posible. Y, quién sabe, alguna de las mujeres que atiendes en planta quizás tengan traumas familiares que no están a años luz de lo que te sucedió a ti. Así que, por favor, por duro que sea, intenta aferrarte a tu compasión. Dios puede hacer que ocurran milagros en ese hospital tuyo. Tú misma dices que esa gente está asustada. En el fondo, saben que necesitan desesperadamente algo que la medicina no puede darles.

Escríbeme tan pronto como puedas. Te quiero,

Peter

El estaba poniéndose por fin, y había vuelto el horizonte de color caramelo dorado. Habría un larguísimo crepúsculo de una belleza casi insoportable, y luego sería de noche durante mucho mucho tiempo. Peter metió la comida oasiana podrida en su bolsa y salió del complejo.

Caminó algo más de un kilómetro, con la esperanza de

perder de vista la base de la USIC, o, mejor dicho, de que lo perdiera de vista a él cualquiera que lo hubiese visto marchar. Pero el terreno plano y monótono hacía que los edificios permanecieran obstinadamente visibles, y por una trampa de la perspectiva, no parecían estar tan alejados como en realidad estaban. Racionalmente, sabía que era en extremo improbable que lo estuviesen vigilando, pero él se sentía, por instinto, bajo una vigilancia constante. Siguió caminando.

La dirección que había escogido era hacia el oeste, tierra virgen. Es decir, ni hacia el asentamiento oasiano ni hacia el Sostén Gigante. Tenía la fantasía de que si iba lo bastante lejos, acabaría encontrando montañas, arroyos, o al menos algún otero rocoso o alguna ciénaga que le harían ver que había llegado a otra parte. Pero la tundra se prolongaba sin fin. Tierra parda y llana, animada aquí y allá por una mata de blancaflor luminiscente al atardecer, y, siempre que se volvía a mirar, el inquietante espejismo de hormigón de la base de la USIC. Cansado, se sentó y espero a que ☀ se hundiera bajo la tierra.

Cuánto esperó, no sabría decirlo. Puede que un par de horas. Puede que seis. Su conciencia se escindió de su cuerpo, planeó sobre él, en algún lugar del ☀. Se olvidó del propósito que lo había llevado a salir. ¿Había decidido que no podía pasar la noche en su cuarto y optado por dormir al raso? La mochila le serviría de almohada.

Cuando estaba casi oscuro, tuvo la sensación de que ya no estaba solo. Miró de reojo en la penumbra y distinguió una criatura clara y pequeña a unos cinco metros de distancia. Era una de las alimañas aviformes que se habían comido la blancaflor y le habían mordido. Sólo una, separada del resto de su especie. Andaba como un pato, trazando cautelosamente un amplio círculo en torno a Peter, asintiendo con la cabeza. Al rato, Peter comprendió que no estaba asintiendo, sino olfateando: su hocico olía comida.

Peter recordó el momento en el que la carne de su brazo

500

chorreó sangre, recordó el dolor nauseabundo de la mordedura en la pierna. Una convulsión de furia perturbó el entumecimiento de su dolor. Se planteó matar a aquella criatura sanguinaria, pisotearla, machacar bajo la suela del zapato su pequeño cráneo de colmillos afilados, no en venganza sino en su propia defensa, o eso podría aparentar. Pero no. El bicho era cómico y patético, vacilante en la oscuridad, vulnerable en su soledad. Y la comida que olfateaba no era la carne de Peter.

Despacio y con cautela, Peter extrajo el premio de su mochila. La criatura se paró en seco. Peter dejó la bolsa de plástico en el suelo y retrocedió arrastrando los pies. La criatura se acercó y perforó la bolsa con los dientes. Ésta liberó un hedor dulzón. Luego engulló el bulto entero, jirones de plástico incluidos. Peter se preguntó si, como resultado, la criatura acabaría sucumbiendo a una muerte más horrible que si le hubiese pateado la cabeza. Puede que eso fuera lo que los hinduistas llamaban karma.

Cuando el satisfecho animal se hubo ido, Peter se sentó a contemplar las luces distantes de la base, su «hogar lejos del hogar», como lo había llamado Grainger. Miró fijamente hasta que las luces se volvieron abstractas en su cerebro, hasta que consiguió imaginar el sol saliendo en Inglaterra, y a Bea cruzando apresurada el aparcamiento de su hospital en dirección a la parada de autobús. Luego imaginó a Bea cogiendo ese autobús y sentándose entre una variedad heterogénea de humanos: algunos marrón chocolate, algunos amarillentos, otros beige o rosa pálido. Imaginó el autobús circulando por una carretera atestada de vehículos, hasta que se detuvo enfrente de una tienda que vendía chismes para la casa, juguetes baratos y otras gangas por 99 peniques, girando una calle con una lavandería en la esquina, a ciento cincuenta metros de una casa semiadosada, sin cortinas en las ventanas, en la que había una escalera cubierta de raída moqueta granate que llevaba hasta una habitación en la que había una máquina en la que Bea, cuando

501

estuviese preparada, podría teclear las palabras «Querido Peter».
Se puso de pie y emprendió el camino de vuelta.

Querido Peter:

No, no he sufrido un aborto y por favor no me des lecciones de
compasión. De verdad que no comprendes lo imposibles que se han
puesto las cosas. Todo consiste en la escala del problema y la energía disponible para lidiar con él. Si una bomba le vuela la pierna a
alguien, lo metes corriendo en quirófano, curas el muñón, le colocas
una prótesis, le haces fisioterapia, le das asistencia psicológica, lo
que haga falta, y un año después puede que esté corriendo una ma-
ratón. Si una bomba le vuela los brazos, las piernas, los genitales,
las tripas, la vejiga, el hígado y los riñones, ES OTRA COSA. Necesitamos que cierta proporción de cosas estén bien para ser capaces de
afrontar otras que van mal. Tanto si se trata de un cuerpo humano,
como de una labor cristiana o de la vida en general, no podemos seguir avanzando si nos quitan una parte demasiado grande de lo que
necesitamos.

No te voy a contar el resto de las cosas que me han dejado helada en las últimas dos semanas. Son historias de actualidad que sólo
te aburrirían. Nuevas guerras en África, matanza sistemática de mujeres y niños, hambruna masiva en la China rural, carga contra manifestantes en Alemania, el escándalo del BCE, mi pensión esfumada,
rollos así. Nada de esto te parecerá real ahí arriba. Tú estás dándoles
versículos de la Biblia en cucharita a los oasianos, lo tengo presente.

En fin, lo que necesitas saber es que la semana pasada, por diversos motivos, yo andaba muy estresada y, como de costumbre
cuando estoy muy estresada, Joshua capta mis vibraciones. Iba encogiéndose debajo de los muebles, corriendo de un cuarto a otro,
llorando, dando vueltas y vueltas alrededor de mis espinillas pero
sin dejar que lo cogiera o lo acariciase. Era lo último que necesitaba,
y me estaba sacando de quicio. Intenté no hacerle caso, seguir con
las tareas de casa. Me planché el uniforme. La tabla de planchar estaba en un ángulo raro y no tenía bastante cable, pero yo estaba de-

masiado cansada e irritada para colocarlo de otra manera, así que me las arreglé así. En un momento dado, apoyé la plancha y se cayó del borde de la tabla. Por instinto, di un salto atrás. Mi talón se clavó con fuerza en algo, se oyó un crujido tremendo y Joshua gritó, te juro que fue un grito. Y desapareció.

Lo encontré debajo de la cama, temblando e hiperventilando. Los ojos como platos llenos de dolor y terror. Le había roto una pata trasera. Estaba claro. No había ni una pizca de confianza en sus ojos, dio un respingo cuando le hablé. Yo era el enemigo. Cogí los guantes de jardinero para que no me arañara ni me mordiera, lo agarré de la cola y lo arrastré afuera. Era la única manera. Lo llevé a la cocina, lo coloqué encima de la mesa y le enganché la correa al collar. Estaba más tranquilo. Pensaba que estaba en shock, que tal vez le dolía demasiado para hacer nada más que quedarse allí echado jadeando. Cogí el teléfono para llamar al veterinario. La ventana de la cocina estaba abierta. Joshua saltó por ella como si alguien lo hubiese disparado con un cañón.

Estuve horas buscándolo. Cubrí la misma zona una y otra vez hasta que ya no pude caminar más y se hizo oscuro. Luego tuve que ir a trabajar (turno de noche). Fue el infierno. No digas nada, fue el infierno. A las 4 de la mañana llevaba puestas dos batas de hospital porque tenía el uniforme cubierto de heces. Un tío loco y obeso las había estado lanzando desde la cama, untándolas en la baranda, derribando las paredes a gritos. Los celadores habían terminado el turno, estábamos sólo yo, la pequeña Oyama y una chica nueva que era dulce pero no dejaba de desaparecer. La madre del tío de las heces estuvo acampada en la sala de espera toda la noche, nadie fue capaz de echarla. Se metió allí con un pack de latas de Pepsi y comida para llevar (¡se supone que esto es un hospital!) y de vez en cuando asomaba la cabeza para ver si estábamos cuidando bien de su hijo. «¡Zorra!», me gritaba. «¡Eres cruel! ¡Yo llamo policía! ¡Tú no enfermera de verdad! ¿Dónde enfermeras de verdad?» Y así dale, dale y dale.

Por la mañana, vuelvo a casa, todavía con las dos batas y un cárdigan por encima. Debía de parecer que me había escapado de un manicomio. Me bajo del autobús dos paradas antes para pasar por el parque, por si encuentro a Joshua allí. Está muy lejos de casa, y en realidad no tengo ninguna de esperanza de verlo. Pero lo veo.

Está colgado de un árbol por la cola. Vivo. Dos chicos de unos doce años lo suben y lo bajan con una cuerda a modo de polea, haciéndolo girar, sacudiéndolo para crisparlo. Una bruma roja me cae sobre los ojos. No sé lo que pasó después, qué les hice a aquellos chicos, mi memoria está en blanco. Sólo sé que no los maté porque cuando volví en mí ya no estaban. Tenía sangre en los puños, debajo de las uñas. Ojalá los hubiese matado. Sí, sí, sí, ya lo sé. Chicos desfavorecidos, criados en un entorno corrompido, con una necesidad extrema de amor y paciencia, porque no vienes a nuestro programa de ayuda, bla bla bla. ¡ESOS CABRONES ESTABAN TORTURANDO A JOSHUA!

Lo recojo del suelo. Aún respira, pero débilmente. Tiene la base de la cola hecha trizas y parece que le hayan sacado un ojo, pero está vivo y creo que me reconoce. Diez minutos más tarde estoy en el veterinario. Aún no habían abierto, pero debí de gritar y dar patadas, porque abrieron para mí. El veterinario me coge a Joshua de los brazos y le pone una inyección.

«Vale, ya está», me dice. «¿Se lo quiere llevar a casa o lo deja aquí?»

«¿Qué quiere decir, llevármelo a casa?», le pregunto. «¿Es que no va a hacer nada por él?»

«Lo acabo de hacer», me dice.

Después me dice que él no tenía manera de suponer que yo estaba dispuesta a pagar por operarlo. «Nadie se preocupa por ese tipo de cosas hoy en día», me dice. «Pueden pasar cinco, seis horas sin que entre nadie, y luego, cuando por fin alguien cruza la puerta con una mascota enferma, lo único que quiere es que lo sacrifique.» Mete a Joshua en una bolsa de plástico y me lo da. «No le cobro nada», me dice.

Peter, sólo voy a decir esto una vez. Esta experiencia no contiene ninguna enseñanza. No es instructiva. No es Dios obrando por caminos inescrutables, no es Dios, que ha determinado exactamente a

504

qué sublime propósito último puede servir que yo le pisara la pata a Joshua y todo lo que vino después. El Salvador en el que yo creía se interesaba por lo que yo hacía y por cómo me comportaba. El Salvador en el que yo creía hacía que pasaran unas cosas e impedía que pasaran otras. Me estaba engañando a mí misma. Estoy sola, asustada y casada con un misionero que me dirá dijo el necio en su corazón no hay Dios, y si no me lo dices será sólo porque quieres ser diplomático, porque en el fondo estás convencido de que yo he hecho que pasara todo esto con mis dudas de fe, y eso hace que me sienta todavía más sola. Porque no vas a volver conmigo, ¿verdad? A ti te gusta aquello. Estás en el Planeta Dios. Así que aunque volvieras conmigo, no estaríamos juntos. Porque en el fondo tú seguirías estando en el Planeta Dios y yo estaría a billones de kilómetros de ti, sola contigo a mi lado.

IV. En el cielo

23. UNA COPA CONTIGO

Las mordeduras sí que eran venenosas. Estaba seguro. Bajo las vendas, las heridas parecían limpias, pero el daño estaba hecho. La red de venas y arterias que cruzaban su carne estaba contaminando con diligencia todos sus órganos con sangre infectada, alimentando con veneno su cerebro. Era sólo cuestión de tiempo. Primero, comenzaría a delirar –ya empezaba a notarlo–, y luego su organismo dejaría de funcionar, riñones, hígado, corazón, tripas, pulmones, todos esos pegotes de carne misteriosamente interdependientes que necesitaban combustible sin veneno para seguir funcionando. Su cuerpo desahuciaría a su alma.

Todavía sentado frente al Shoot, alzó la vista al techo. Había estado tanto rato con la mirada fija en las palabras de Bea que se le habían grabado a fuego en las retinas, y ahora reaparecieron sobre él, ilegibles como manchas de moho. La bombilla que colgaba sobre su cabeza era una de esas de bajo consumo, parecía más una bobina que una bombilla, como un segmento de intestino radiactivo colgando de un cable. Encima de eso, una fina tapa de techo y azotea, y encima de eso... ¿qué? ¿Dónde estaba Bea en ese universo? ¿Estaba encima de él, debajo, a su izquierda o a su derecha? Si pudiera volar, si pudiese lanzarse a través del espacio más rápido que la velocidad de la luz, ¿de qué le serviría? No tenía ni idea de adónde ir.

No podía morir en ese cuarto. No, no, no en ese cubículo estéril, encerrado herméticamente en un almacén con pretensiones hecho de vidrio y hormigón. En cualquier sitio menos allí. Iría... afuera. Con los ᴌᴐᴀᴋ. A lo mejor ellos tenían una cura. Alguna clase de remedio tradicional. Era posible que no, dada la forma en que se habían lamentado al ver que lo mordían. Pero tenía que morir en su compañía, no aquí. Y no debía ver a Grainger, tenía que evitarla a toda costa. Ella malgastaría el poco tiempo que le quedaba tratando de retenerlo en la base, tratando de arrastrarlo a la enfermería, donde moriría en observación para nada y quedaría reducido a un problema de almacenaje, encajado en la balda de un refrigerador mortuorio. *¿Cuánto me queda, Señor?*, rogó. *¿Minutos? ¿Horas? ¿Días?* Pero había preguntas que uno no debía hacerle a Dios. Había incertidumbres que uno debía afrontar sólo.

–Hola –saludó a la mujer gordinflona con el tatuaje de la serpiente, la guardiana de la puerta que conducía a su huida–. No creo que llegaras a decirme tu nombre, pero es Craig, ¿verdad? «B. Craig», como dice en el letrero de tu puerta. Me alegro de volver a verte, B.

Ella lo miró como si estuviera cubierto de llagas repugnantes.

–¿Estás bien?

–Sólo estoy un poco... falto de sueño –respondió, mirando a los coches que había estacionados detrás de ella en el aparcamiento.

Había media docena, incluido el que Grainger utilizaba para las entregas de medicinas. Esperaba que estuviera profundamente dormida, babeando la almohada, con esos brazos bonitos y llenos de cicatrices resguardados bajo las sábanas. No querría que se sintiera responsable de lo que estaba a punto de hacer. Mejor poner la presión sobre Craig, a la que, como a todos los demás, le sería indiferente su muerte.

–¿Qué significa la B? –le preguntó.

–¿Puedo ayudarte en algo? –le dijo la mujer frunciendo el ceño.

–Me gustaría... eh... solicitar un vehículo.

Dentro de su cabeza, apilado sobre la lengua, tenía un aluvión de argumentos con los que desechar sus objeciones, aplastar sus reticencias. *Haz lo que quiero. Haz lo que quiero. Te dijeron desde el principio que iba a necesitar un vehículo; ahora está pasando justo lo que te avisaron de que pasaría, así que no te pongas difícil, no te resistas, di sólo sí.*

–Sólo una hora o dos –añadió, mientras el sudor le hormigueaba en las cejas–. Por favor.

–Claro. –Señaló una ranchera negra que a Peter le recordó un coche fúnebre–. ¿Qué tal ése? Kurtzberg lo usaba siempre.

Peter se tambaleó. La victoria estaba siendo demasiado fácil; tenía que haber alguna trampa.

–Por mí bien.

Craig le abrió la puerta y lo invitó a entrar. La llave ya estaba puesta en el contacto. Peter había pensado que tendría que firmar papeles, enseñar su permiso de conducir, o al menos ejercer una importante presión psicológica. Quizás Dios le estaba allanando el camino. O a lo mejor era sólo la forma en que funcionaban aquí las cosas.

–Si estás falto de sueño, tal vez no deberías coger el coche.

Peter echó un vistazo atrás. La cama de Kurtzberg –en realidad, un pequeño colchón con una colcha de flores y almohada a juego– estaba allí mismo.

–Dormiré todo lo que necesito, pronto –le aseguró.

Condujo por el páramo en dirección a... Villa Friki. Se le había ido de la cabeza el nombre oficial. Peterville. Nueva Sión. Oskaloosa. Por favor, salva a Coretta de sus problemas, Señor. Haz sentir tu presencia en las Maldivas.

Notaba el cerebro hinchado, presionando contra los globos oculares. Cerró los párpados con fuerza, para que no se le salieran los ojos. No pasaba nada por hacer eso mientras conducía. No había nada con lo que chocar, ninguna carretera de la que salirse o por la que continuar. Lo único que importaba era la dirección general. Y, de hecho, no estaba seguro de ir por el camino correcto. El vehículo tenía el mismo sistema de navegación que el de Grainger, pero no tenía ni idea de cómo funcionaba, ni idea de qué botones tenía que apretar. Bea sabría entender cómo iba, si la hubiesen...

Pisó el acelerador. Veamos cuánto corre este trasto. A veces había que tomarse las cosas con calma y otras había que ponerse en marcha.

¿Pero estaba realmente en marcha? Era difícil saberlo a oscuras. Los faros no iluminaban más que una franja abstracta de terreno, y no había ningún punto de referencia. Tanto podía estar circulando a una velocidad peligrosa como encallado en el suelo, con los neumáticos girando incesantemente, sin ir a ninguna parte. Pero no: veía matas de blancaflor destellando al pasar, como las bandas reflectantes de la autopista. Sí que avanzaba. En dirección contraria a la base de la USIC, al menos, aunque no estaba seguro de estar acercándose al asentamiento .

Si ese vehículo fuese una criatura viva, como un caballo o un perro, olfatearía infalible el camino de vuelta al lugar que Kurtzberg había visitado tantas veces antes. Igual que Joshua cuando...

Un sonido espantoso lo sobresaltó. Era un grito humano, allí mismo, dentro del coche con él. Era su propia voz. Su propio grito. Aporreó el volante con los puños, se dio de cabezazos contra el asiento. Una pared de ladrillos habría sido mejor.

Se enjugó los ojos y miró por el parabrisas. A lo lejos, podía ver vagamente algo que se alzaba sobre la tundra. Algún tipo de construcción. Llevaba sólo unos minutos conduciendo, así que no podía ser el asentamiento. A no ser que, en su delirio, el tiempo se hubiera compactado, de modo que hubiese conducido durante horas en lo que parecían segundos, o a no ser que se hubiese quedado dormido al volante. Pero no. Eso que se alzaba ante él eran dos enormes estructuras esféricas: el Sostén Gigante. Iba en la dirección equivocada.

—¡La virgen! —Era de nuevo su voz. Había tenido un lapsus y se había olvidado de decir «bizca». Tenía que tranquilizarse. Dios estaba al mando.

Pulsó un botón en la pantalla de navegación. Ésta brilló con más intensidad, como encantada de que la tocasen. Las palabras C CENT ENER aparecieron en la parte de arriba, con una flecha que representaba su vehículo parpadeando debajo. Apretó algunos botones más. No aparecieron más destinos; en lugar de eso, el aparato le dio datos diversos sobre temperatura, nivel de agua, aceite, velocidad, consumo de combustible. Con un gruñido de frustración, dio un volantazo de noventa grados que hizo que saliera despedida una ráfaga de tierra húmeda. El Sostén Gigante, la Centrifugadora, la Madre, comoquiera que se llamase aquella condenada cosa, se perdió en la oscuridad mientras aceleraba hacia territorio desconocido.

Al cabo de otros pocos minutos, vio las formas y los colores del asentamiento oasiano. Era imposible, era del todo imposible, aún debía de faltar una hora para llegar, y sin embargo... las construcciones achaparradas y uniformes, los tejados planos, la falta de agujas o mástiles de ningún tipo, el resplandor ambarino... A medida que se fue acercando, los faros del coche iluminaron los ladrillos en forma de losa. Inconfundible. El veneno debía de haber trastornado su noción del tiempo.

Se estaba aproximando desde un ángulo desacostumbrado y era incapaz de ubicarse. El punto de llegada habitual de Grainger era el edificio con la estrella blanca y los restos ilegibles del BIEN BIEN VENIDO colgando del muro exterior como una cagarruta de pájaro. Pero ahora no iba con Grainger. Daba igual: su iglesia era la auténtica referencia. Apartada del pueblo, destacaría en la llanura pelada, como un holograma animado por los faros del coche.

Rodeó el perímetro, en busca de la iglesia. Avanzó y avanzó. El haz de luz no iluminaba nada más sustancial que matas desvaídas de blancaflor. Al final, vio marcas de neumático en el suelo: las de su propio vehículo. Había dado la vuelta entera y no había ninguna iglesia. Había desaparecido; la habían destruido y habían eliminado cualquier resto, como si nunca hubiera existido. Aquella gente lo había rechazado, lo habían desechado en uno de esos incomprensibles arrebatos de antipatía que tanto abundaban en la historia misionera: rupturas crueles que salían de la nada y que revelaban que toda la confianza que uno creía haber forjado no era más que una ilusión, una iglesia construida sobre arenas movedizas, una semilla plantada en una tierra barrida por el viento.

Detuvo el coche y apagó el motor. Entraría caminando en el asentamiento, perdido y ofuscado, y trataría de encontrar a algún conocido. Gritaría: «Amante de Jesús...» No, eso sería ridículo. Gritaría: «ᴧᴐᕙᴧᴧᴤᕙᴑ.» Sí, gritaría «ᴧᴐᕙᴧᴧᴤᕙᴑ», gritaría «ᕙᴧᴐᴧᴧᴑᕙᴑ», gritaría todos los nombres ᴌᴐᴐᴧ que pudiera recordar. Y al final alguien –un Amante de Jesús, o, más probablemente, un no Amante de Jesús– sentiría curiosidad por sus gritos y se acercaría.

Abrió la puerta del coche y salió dando traspiés a la humedad de la noche. No había ninguna luz en el asentamiento, ningún signo de vida. Tambaleándose, dio un bandazo y estuvo a punto de golpearse el hombro contra el muro del edificio más cercano. Recuperó el equilibrio apoyando la palma de la mano en los pulidos ladrillos. Como siempre, le parecieron cálidos y vivos de algún modo. No vivos como un animal, sino vivos como un árbol, como si cada ladrillo fuese un grumo de savia solidificada.

Había caminado apenas unos cuantos metros cuando su mano se hundió de pronto en un espacio vacío. Un portal. No había ninguna cortina de cuentas colgando enfrente, algo raro. Tan sólo un gran agujero rectangular en la pared del edificio, y nada visible dentro salvo oscuridad. Se aventuró a entrar, sabiendo que al otro extremo de la estancia habría otra puerta que daría a una red de caminos. Atravesó con cautela ese claustrofóbico espacio oscuro, a pasos cortos, por si acaso se daba de bruces con una pared interior, o lo detenían unas manos enguantadas, o tropezaba con algún otro obstáculo. Pero llegó al otro lado sin topar con nada: la habitación parecía estar por completo vacía. Encontró la puerta trasera —de nuevo un simple agujero sin cortina— y salió al camino.

Incluso de día, todos los caminos ܠܐܕܐ܊ eran muy similares; nunca se había enfrentado a ellos sin un guía. A oscuras, parecían más bien túneles, y fue avanzando con extrema lentitud y las manos extendidas, como un hombre que acabara de quedarse ciego. Puede que los ܠܐܕܐ܊ no tuviesen ojos, pero tenían otras cosas que les permitían moverse con seguridad por ese laberinto.

Se aclaró la garganta, dispuesto a gritar algunos nombres en una lengua alienígena que creía haber aprendido bastante bien, pero de la que sólo tenía, se daba cuenta ahora, nociones muy pobres. Así que, en su lugar, recordó el Salmo 23, su paráfrasis, ideada cuidadosamente para minimizar las consonantes. Había sudado sangre con ella, y ahora, por algún motivo, le vino a la mente.

—El Señor me guarda —recitó mientras arrastraba los pies a través de la oscuridad—. No carezco de nada.

La voz era la misma que empleaba para predicar: no estridente, pero sí bastante alta y con cada palabra vocalizada claramente. La humedad del aire se tragó los sonidos antes de que tuvieran oportunidad de llegar muy lejos.

—En el campo de verde hierba me deja yacer, me conduce al arroyo en calma. Hace que mi alma vuelva a nacer. Me lleva por el buen camino y honra Su nombre. Aun cuando yo reco-

515

rra un negro valle, no temeré, porque Él va a mi lado. Su vara me protege y me consuela. Me ofrece comida aunque lo vea mi enemigo. Me honra ungiendo mi cabeza con aceite y llena mi copa de bendición. Su amor y bondad irán conmigo cada día de mi vida, y en el hogar del Señor viviré por siempre.

—¡Eh! ¡Es bueno! —gritó una voz desconocida—. ¡Muy bueno!

Peter dio media vuelta, a punto de perder el equilibrio. A pesar de que las palabras eran amistosas, un miedo instintivo, huir o luchar, le disparó la adrenalina. La presencia de otro hombre (la voz era sin duda masculina), un hombre de su misma especie, en algún lugar cercano pero invisible, le pareció tan amenazadora como una pistola apuntándole a la sien o un cuchillo en el costado.

—¡Me quito el sombrero! ¡Sólo que no tengo sombrero! —añadió el desconocido—. Eres un maestro, qué puedo decir, ¡pura clase! *El Señor es mi pastor* sin un puto pastor. ¡Sólo alguna que otra «s» y alguna «t» en todo el asunto, joder! —Palabrotas al margen, la sinceridad de su admiración era evidente—. Eso lo has escrito para los oasianos, ¿verdad? En plan, Abríos a Jesús, no os dolerá. Un festín con todo deshuesado, una comida completa en un batido, sémola de sinónimos. *Bravo!*

Peter vaciló. Una forma viviente se había materializado detrás de él surgiendo de la oscuridad. Por lo que podía distinguir, era humano, peludo e iba desnudo.

—¿Tartaglione?

—¡A la primera! ¡Venga esa mano, *palomino! Come va?*

Una mano huesuda agarró la de Peter. Una mano muy huesuda. Los dedos, aunque fuertes, eran esqueléticos, y clavaron unas falanges como radios en la carne más blanda de Peter.

—¿Qué estás haciendo aquí? —le preguntó Peter.

—Ah, ya sabes —respondió arrastrando las palabras—. Pasar el rato, de charla. Ver cómo no crece la hierba. De vacaciones en el campo. ¿Qué estás haciendo *tú* aquí?

—Yo... Yo soy el pastor —respondió Peter, liberando su

mano de la del desconocido–. El pastor para los ⵁⵡⴰⵚ...
Construimos una iglesia... Estaba justo aquí.

Tartaglione se rió, y luego tuvo un acceso de tos enfisémica.

–Siento disentir, *amigo*. Aquí sólo quedamos las cucarachas. Ni gasolina, ni comida, ni putitas, ni cabarets. *Nada.*

La palabra salió volando como un murciélago y se perdió en la noche húmeda. De pronto, una bombilla se encendió en el cerebro de Peter. No estaba en C-2: estaba en el asentamiento que los ⵁⵡⴰⵚ habían abandonado. Allí no había nada más que aire y muros de ladrillo. Y un chiflado desnudo que se había escurrido por un agujero de la red de la civilización humana.

–Me he perdido –explicó Peter, débil–. Estoy enfermo. Creo que me he envenenado. Creo... creo que puede que me esté muriendo.

–No me jodas –dijo Tartaglione–. Entonces vamos a emborracharnos.

El lingüista lo condujo de la oscuridad a una oscuridad aún mayor, y luego al interior de una casa donde lo hizo arrodillarse y le pidió que se pusiera cómodo. Había cojines en el suelo, unos cojines grandes y gordos que debían de ser reciclados de un sofá o un sillón. Tenían un tacto mohoso, como la piel de una naranja o de un limón en descomposición. Cuando Peter se sentó sobre ellos, soltaron un suspiro.

–Mi humilde morada –dijo Tartaglione–. *Après* del éxodo, *moi*.

Peter soltó un gruñido de agradecimiento y trató de respirar por la boca en lugar de por la nariz. Los espacios interiores oasianos normalmente no olían mucho a nada salvo a comida y al melón de las corrientes de aire que entraban sin cesar por las ventanas y se enroscaban por las paredes, pero ese cuarto apestaba a suciedad humana y fermento alcohólico. En el centro había un objeto grande que al principio creyó que era una bañera para dormir pero que ahora identificó como la fuente del hedor a licor. Tal vez sí era una cama y él la usaba para almacenar el alcohol.

—¿Hay alguna luz? —preguntó Peter.

—¿Has traído linterna, *padre*?

—No.

—Entonces no hay ninguna luz.

Los ojos de Peter no se adaptaban de ninguna manera a la oscuridad. Veía el blanco —o más bien el amarillo— de los ojos del hombre, algo de vello facial, una noción de carne demacrada y genitales fláccidos. Se preguntó si Tartaglione habría desarrollado, a lo largo de los meses y años que llevaba viviendo en aquellas ruinas, una especie de visión nocturna, como un gato.

—¿Qué pasa? ¿Se te ha atragantado algo? —le preguntó Tartaglione.

Peter se abrazó a sí mismo para bloquear el ruido que salía de su pecho.

—Mi... mi gato se ha muerto.

—¿Trajiste un gato aquí? —preguntó el hombre maravillado—. ¿Ahora la USIC admite mascotas?

—No, fue... Pasó en casa.

Tartaglione le dio unas palmaditas en la rodilla.

—Venga, venga. Sé un buen campista, no pierdas esos puntos extra. No digas la palabra que empieza con C. ¡La palabra con C está *verboten! È finito! Distrutto! Non esiste!*

El lingüista hacía movimientos teatrales con las manos, empujando la palabra *casa* de nuevo a su madriguera cada vez que asomaba. Peter lo odió de repente, a ese pobre desgraciado loco; sí, lo odiaba. Cerró los ojos con fuerza y los abrió de nuevo, y quedó tremendamente decepcionado de que Tartaglione siguiera allí, de que la oscuridad y el tufo a alcohol siguieran allí, cuando lo que *tendría* que haber allí cuando abriese los ojos era el lugar del que nunca debería haberse ido, su espacio, sus cosas, Bea. Gimió de dolor.

—Echo de menos a mi mujer.

—¡Nada de eso! ¡Nada de eso!

Tartaglione se levantó de un brinco, haciendo aspavientos. Los pies descalzos marcaban un ritmo enloquecido en el suelo, y él emitía un extraño «¡sh-sh-sh-sh!» mientras bailaba. El esfuerzo desató un largo acceso de tos. Peter imaginó fragmentos de pulmón revoloteando en el aire como confeti nupcial.

—Por supuesto que echas de menos a tu mujer —murmuró Tartaglione cuando se hubo calmado un poco—. Echas de menos cada puta cosa. Podrías llenar un libro con todo lo que echas de menos. Echas de menos los dientes de león, echas de menos los plátanos, echas de menos las montañas y las libélulas, los trenes, las rosas y... y... el puto correo basura, por el amor de Dios, echas de menos el óxido de las bocas de incendios, la mierda de perro en la acera, las puestas de sol, al idiota de tu tío, con su gusto de mierda para las camisas y sus dientes amarillos. Te gustaría abrazar a ese viejo indeseable y decirle: «Tío, llevas una camisa genial, me encanta tu aftershave, enséñame tu colección de ranas de porcelana y demos un paseo por el barrio viejo, tú y yo solos, ¿qué me dices?» Echas de menos la nieve. Echas de menos el mar, *non importa* que esté contaminado, venga, dale, derrames de petróleo, ácido, condones, botellas rotas, qué más da, sigue siendo el mar, sigue siendo el océano. Sueñas... Sueñas con céspedes recién cortados, con el olor de la hierba, y juras que darías diez mil dólares o un riñón por oler esa hierba una última vez.

Para recalcarlo, Tartaglione cogió aire por la nariz con fuerza, un olfateo teatral, un olfateo tan agresivo que pareció que podría provocarle daños en la cabeza.

—Todos en la USIC están... preocupados por ti —le dijo Peter con cautela—. Podrían llevarte a casa.

Tartaglione rió por la nariz.

—*Lungi da me, satana! ¡Quítate de delante de mí!* ¿No has leído el contrato de la USIC? ¿Es que necesitas ayuda para traducir la jerga? Bueno, aquí estoy yo. Querido desecho altamente cualificado: esperamos que disfrutes de tu estancia en Oasis. ¡Esta noche hay pollo! O algo que se le parece mucho. Así que instálate, no cuentes los días, piensa a largo plazo. Cada cinco años, o tal vez antes, si logras demostrar que estás como una puta cabra, puedes hacer el viaje de vuelta al agujero apestoso del que saliste. Pero preferiríamos que no. ¿Para qué quieres volver allí? ¿Qué sentido tiene? Tu tío y su maldita colección de ranas pronto serán historia. Pronto todo será historia. La *Historia* será historia. –El hombre daba pasos adelante y atrás frente a Peter, arrastrando los pies por el suelo–. ¿Que la USIC está preocupada por mí? Sí, seguro. Ese chinarro gordo, he olvidado su nombre, me lo imagino tumbado en vela por las noches, pensando *Me pregunto si Tartaglione está bien. ¿Es feliz? ¿Está tomando suficientes vitaminas? ¿Oigo una campana, el mar se ha llevado un terrón, ha desaparecido un pedazo de continente, soy un puto disminuido?* Sí, siento ese amor. ¿Quién hace el turno de amor hoy?

Peter emergió de la conciencia un segundo o dos. La piel de la frente se contraía con fuerza contra el cráneo, presionando el hueso. Recordó una vez que tuvo fiebre, una especie de gripe de cuarenta y ocho horas, tumbado sin fuerzas en la cama mientras Bea estaba en el trabajo. Despertó en mitad del día medio desquiciado y muerto de sed, y le sorprendió notar una mano cogiéndole la cabeza por detrás y levantándola de la almohada y un vaso de agua helada cerca de los labios. Mucho después, cuando estuvo mejor, descubrió que Bea había hecho todo el camino a casa para darle de beber, y luego todo el camino de vuelta al hospital, en lo que se suponía que era su pausa de la comida. «Habría sobrevivido», había protestado él. «Lo sé. Pero te quiero.»

Cuando Tartaglione retomó la palabra, su tono era filosófico, casi pesaroso.

–No sirve de nada lamentarse, amigo mío. Deja que se ponga rancio y vive para el *mañana*. El lema no reconocido de

520

la USIC, sabias palabras, sabias palabras, dignas de tatuarlas en la frente de todo el mundo. –Una pausa–. Demonios, este sitio no está tan mal. Me refiero a este que tengo montado: *casa mia*. Es más alegre de día. Y si hubiera sabido que venías, me habría dado un baño, ya sabes. A lo mejor me habría recortado esta vieja *barba*. –Suspiró–. Antes aquí tenía de todo. *Tutte le comodità moderne. Todo confort.* Linternas, pilas, una máquina de afeitar para mi preciosa cara, papel para limpiarme el culo. Bolígrafos, también. Y gafas graduadas, de 3,5 aumentos. El mundo era mi molusco.

–¿Qué pasó?

–La humedad –respondió Tartaglione–. El tiempo. El uso y el desgaste. La ausencia notoria de una multitud de gente trabajando las veinticuatro horas del día para mantener mi suministro. ¡Pero! –Revolvió a su alrededor y se oyó el repiqueteo del plástico seguido de un chasquido de inmersión en la bañera llena de líquido–. Pero antes de largarse, esos mariquitas de los albornoces me mostraron uno de sus secretos. El secreto más importante de todos, ¿verdad? Alquimia. Convertir plantas insípidas en alcohol.

Se oyó otro chasquido del líquido. Tartaglione le alargó una taza a Peter, dio un sorbo de la suya y siguió despotricando.

–¿Sabes qué es lo más disparatado de la base de la USIC? ¿Lo más siniestro de todo? Yo te lo digo: no hay destilería. Y no hay casa de putas.

–Eso son dos cosas.

Tartaglione lo ignoró, ahora ya exaltado.

–Yo no soy ningún genio, pero comprendo unas cuantas verdades. Entiendo los sustantivos y los verbos, entiendo las fricativas bilabiales, entiendo la naturaleza humana. ¿Y sabes qué es lo que la gente busca enseguida, cinco minutos después de llegar a un sitio nuevo? ¿Sabes qué es lo que tienen en la cabeza? Yo te lo digo: cómo tirarse a alguien y dónde encontrar sustancias psicotrópicas. Eso si son gente normal. Así que ¿qué

521

hace la USIC, con su infinita sabiduría? ¿Qué hace la USIC? Rastrea el mundo entero para encontrar a gente que no necesite esas cosas. Que puede que las necesitara *en un tiempo muy lejano,* pero que ya no las necesita. Por supuesto, sueltan muchos chistes sobre cocaína y coñitos... Has conocido a BG, supongo.

–He conocido a BG.

–Ciento cincuenta kilos de faroles. Ese tío ha matado cualquier necesidad natural y cualquier deseo que haya conocido la humanidad. Lo único que quiere es un trabajo y media hora bajo el toldo amarillo para flexionar los bíceps. Y los otros, Mortellaro, Mooney, Hayes, Severin, ya se me han olvidado todos sus malditos nombres, pero qué más da, son todos iguales. ¿Crees que yo soy raro? ¿Crees que yo estoy loco? ¡Mira a esos zombis, tío!

–No son zombis –dijo Peter con calma–. Son buena gente, honrada. Lo están haciendo lo mejor que pueden.

Tartaglione escupió jugo de blancaflor fermentada en el espacio que había entre ellos.

–¿Lo mejor? ¿Lo mejor? Llévate los pompones de animadora de aquí, *padre,* y mira lo que tiene montado la USIC. ¿Cómo va el marcador de vitalidad? ¿Dos y medio sobre diez? ¿Dos? ¿Alguien se ha ofrecido a enseñarte a bailar tango o te ha enviado una carta de amor? ¿Y cómo marcha el pabellón de maternidad de la USIC? ¿Hay mucho correteo de pasitos de *piccoli piedi?*

–Mi mujer está embarazada –se oyó decir Peter–. No la dejaron venir.

–¡Pues claro que no! ¡Si no eres un zombi no hace falta ni que te presentes!

–No son...

–¡*Cáscaras,* recipientes vacíos, del primero al último! –declaró Tartaglione, encabritándose tanto que se le escapó una ventosidad–. Todo este proyecto es... *nefasto.* ¡No puedes crear una comunidad floreciente, no digamos ya una nueva civilización, juntando a un puñado de gente que no dé un puto problema! *Scuzi*, perdona, *mama*, pero no se puede. Si quieres el Paraíso, tienes que construirlo sobre guerras, sangre, envidia y pura avaricia. Y los que lo construyan tienen que ser ególatras y locos, tienen que quererlo con tanta desesperación que te pisoteen para llegar, tienen que ser carismáticos y encantadores y robarte a tu mujer delante de las narices, y luego clavarte por un préstamo de diez pavos. La USIC cree que puede reunir un equipo de ensueño. Bueno, sí, es un ensueño, y tienen que despertarse y olerse el pijama meado. La USIC cree que puede pasar por el filtro a mil solicitantes y escoger a ese único hombre y a esa única mujer que se llevarán bien con todo el mundo, que harán su trabajo sin ser un grano en el culo, que no tendrán berrinches ni caerán en una depresión ni se acojonarán y echarán a perder todo el asunto. La USIC busca personas que sean capaces de sentirse como en casa en cualquier parte, hasta en mitad de ninguna parte, como aquí, a la gente le da igual, pasa, sin preocupaciones, calma, aibó, aibó, vamos a trabajar, quién necesita un hogar, además, a quién le importa si la casa en la que creciste está ardiendo, a quién le importa si tu viejo barrio está inundado, a quién le importa si han matado a tus padres, a quién le importa si una panda de cabronazos violan a tu hija, todo el mundo tiene que morirse algún día, ¿no?

Tartaglione estaba jadeando. Sus cuerdas vocales no estaban preparadas para un uso tan intenso.

–¿De verdad crees que el mundo se acaba? –le preguntó Peter.

–Me cago en Dios, *padre,* ¿pero qué clase de cristiano eres tú? ¿No es ésa la puta clave de todo para vosotros? ¿No es lo que lleváis esperando miles de años?

Peter se recostó y dejó que su cuerpo agotado se hundiera en los cojines podridos.

–No llevo vivo tanto tiempo.

–Ooooh, ¿eso ha sido un desprecio? ¿He detectado un desprecio? ¿Es un monaguillo irritado lo que veo ante mí?

–Por favor..., no me llames monaguillo.

–¿Eres uno de esos cristianos descafeinados, *padre?* ¿Una hostia para diabéticos? Sin doctrinas, desculpabilizada, bajo contenido en Juicio Final, un cien por cien menos de Segunda Venida, sin Armagedones añadidos. Puede contener trazas de judío crucificado. –La voz de Tartaglione rezumaba desprecio–. Marty Kurtzberg, ése sí que era un hombre de fe. De los de bendecir la mesa, «Castillo fuerte es nuestro Dios», no esas gilipolleces de *Krishna-también-es-sabio,* llevaba siempre chaqueta, los pantalones planchados y los zapatos lustrados. Y si lo rascabas lo bastante, te lo decía: Éstos son los últimos días.

Peter tragó con fuerza lo que parecía bilis. Aun cuando él se estuviera muriendo, no creía que aquéllos fueran los últimos días. Dios no soltaría tan fácilmente el planeta que amaba. Había entregado a Su único hijo para salvarlo, al fin y al cabo.

–Yo sólo intento... Sólo intento tratar a las personas como Jesús las habría tratado. Eso es el cristianismo para mí.

–Bueno, eso está muy bien y es muy bonito. *Molto ammirevole!* Me quito el sombrero, si tuviera sombrero. Venga, monaguillo, echa un trago, es bueno.

Peter asintió, cerró los ojos. La diatriba de Tartaglione contra la USIC estaba empezando a calar.

–¿Entonces... el motivo por el que estáis todos aquí... la misión de la USIC... no es tratar de extraer... no es... eh... encontrar nuevas fuente de... eh...?

Tartaglione se rió lanzando más fragmentos de pulmón al aire.

–¡Todo eso se acabó, *palomino!* ¡Se acabó! Tenemos los camiones pero no hay almacén, *capisce?* Tenemos los barcos pero no hay puerto. Vamos empalmados y cargados de leche, pero la mujer está muerta. Dentro de muy poco, todas las mujeres estarán muertas. La Tierra está acabada. Hemos minado todas las minas, hemos explotado todas las explotaciones, hemos comido toda la comida. *È finito!*

–Pero ¿y qué pasa con Oasis? ¿Qué se supone que va a ocurrir aquí?

–¿Aquí? ¿No te dieron la camiseta del Feliz Explorador? Tendríamos que estar creando un nido, un vivero, un lugar en el que pueda comenzar de nuevo todo el tinglado. ¿Has oído hablar del Rapto? ¿Eres un monaguillo de esos del Rapto?

Peter volvió a llevarse el vaso a la cara. Estaba luchando por mantenerse despierto.

–No mucho –dijo con un suspiro–. Creo que se basa en una malinterpretación de las Escrituras.

–Bueno, pues este proyecto –declaró Tartaglione, apremiado por el desprecio– es una especie de Rapto en comité. Rapto, S. A. El Departamento de Rapto. ¿Le preocupa el estado de su mundo? ¿Su ciudad natal acaba de ser arrasada por un huracán? ¿La escuela de sus hijos está llena de camellos y pandilleros? ¿Su mamá acaba de morir en su propia *merda* mientras las enfermeras estaban ocupadas repartiéndose la morfina? ¿No hay gasolina para su coche y las tiendas se han pasado a lo zen? ¿Se ha ido la luz y la cisterna del váter ha dejado de funcionar? ¿El futuro parece claramente *caca? Eh, non dispera!* Hay una salida. Venga al precioso Oasis. Sin crímenes, sin locuras, ni malos rollos de ningún tipo, un hogar nuevo, un hogar en el campo, no hay ciervos ni antílopes, pero, eh, vayamos a lo positivo, no se oye nunca una palabra desalentadora, nadie te viola ni te recuerda aquella primavera en París, no tiene sentido oler ese vómito antiguo, ¿verdad? Corta los lazos, haz borrón y cuenta nueva, deja atrás Auschwitz y El Álamo y... los putos egipcios, por el amor de Dios, quién necesita eso, a quién le importa, centrémonos en el mañana. Arriba y adelante. Venga al precioso Oasis. Todo es sostenible, todo funciona. Todo está dispuesto y a punto. Lo único que falta es usted.

–¿Pero... para quién es? ¿Quién va a venir?

–¡Ajá! –Tartaglione estaba ya en un éxtasis de mofa–. Ésa es la pregunta de los cinco billones de rublos, ¿verdad? Quién va a venir... Quién va a venir. *¡Muy interesante!* No puede haber víboras en el nido, ¿verdad? No puede haber locos, ni parásitos, ni saboteadores. Sólo gente agradable y equilibrada. Sólo que, entiéndelo, tienes que pagar la tarifa. Es decir, hay un tiempo para sembrar y un tiempo para recoger, ¿no? La USIC no puede estar siempre invirtiendo; es hora de recuperar la inversión. Así que ¿quién va a venir? ¿El pobre pringado que trabaja en el 7-Eleven? No creo. La USIC va a tener que quedarse con tipos asquerosamente ricos, pero no con los gilipollas y las prima donnas, no, no, no; con los agradables, con los valores de la sal de la tierra. Multimillonarios que ceden su asiento en el autobús. Magnates encantados con tener que lavar a mano sus camisetas porque, ya sabes, no les gusta malgastar electricidad. Sí, ya puedo verlo. Acérquense, hagan ya su reserva anticipada en la puta Raptolandia.

El cerebro de Peter se estaba apagando, pero mientras se dejaba arrastrar hacia el olvido recordó los pasillos limpios de la clínica de la USIC, el equipo quirúrgico envuelto aún en plástico, la sala pintada de amarillo llena de cajas con la etiqueta NEONATAL.

—¿Pero cuándo... cuándo se supone que va a pasar esto?

—¡Cualquier día de éstos! ¡Nunca! ¿Quién cojones lo sabe? —gritó Tartaglione—. ¿En cuanto construyan un estadio de béisbol? ¿En cuanto encuentren la manera de hacer helado de pistacho con restos de uñas de los pies? ¿En cuanto planten un narciso? ¿En cuanto Los Ángeles se hunda en el Pacífico? Yo, ni idea. ¿Tú querrías vivir aquí?

Peter se imaginó sentado con las piernas cruzadas al lado de su iglesia, con los Amantes de Jesús congregados en torno a él, todos ellos sosteniendo sus cuadernillos cosidos de la Biblia, abiertos por una parábola. La tarde se alargaba y se alargaba indefinidamente, todo el mundo iluminado por los rayos de sol, y Amante de Jesús Cinco traía una ofrenda de comida en honor a la última incorporación de la comunidad: Bea, la mujer del padre Peter, sentada a su lado.

–Yo... Depende... –respondió–. Es un lugar precioso.

La habitación quedó en silencio. Rato después, la respiración de Tartaglione se hizo más rítmica y ruidosa, hasta que Peter se dio cuenta de que estaba diciendo «Ajá. Ajá. Ajá», una y otra vez. Luego, con una voz cargada de desdén, añadió:

–Precioso. Ya veo.

Peter estaba demasiado cansado para discutir. Ya sabía que allí no había selvas tropicales, ni montañas, ni cascadas, ni jardines exquisitamente esculpidos, ni paisajes urbanos imponentes, catedrales góticas, castillos medievales, bandadas de gansos, jirafas, leopardos de las nieves, en fin, todos esos animales cuyos nombres no podía recordar, todos esos destinos turísticos que había visto a otra gente tan deseosa de visitar, todos los encantos de la vida mundana que él, con toda franqueza, no había vivido nunca. La gloria de Praga no era para él nada más que el vago recuerdo de una fotografía; los flamencos eran sólo imágenes grabadas; él no había estado en ninguna parte; él no había visto nada; Oasis era el primer lugar con el que se había permitido establecer lazos. El primer lugar que había amado nunca.

–Sí, precioso –suspiró.

–Tú te has vuelto loco, padre –le dijo Tartaglione–. Deeeesquiciado. *Loco-loco-loco.* Este sitio es tan precioso como una tumba, precioso como los gusanos. El aire está lleno de voces, ¿te has dado cuenta? Gusanos en los oídos, cavan su madriguera, fingen que son sólo oxígeno y humedad pero son más que eso. Cuando se calla el motor del coche, cuando se calla la conversación, cuando se calla el puto Bing Crosby, ¿qué es lo que oyes, en lugar de silencio? Las voces, tío. No paran nunca, son un líquido, un lenguaje líquido, entran *susurro-susurro-susurro* por tus conductos auditivos, bajan por la garganta, te suben por el culo. ¡Eh! ¿Te estás quedando dormido? No te me quedes dormido, *amigo,* la noche es muy larga y me iría bien tener compañía.

El olor penetrante de la soledad de Tartaglione dispersó parte de la bruma que cubría el cerebro de Peter. Le vino a la cabeza una pregunta que debería haber hecho antes, una pregunta que, sin duda, a Bea se le habría ocurrido de inmediato.

—¿Kurtzberg está aquí?

—¿Qué? —El lingüista perdió el rumbo sobresaltado, arrancado de un tirón de la estela de su diatriba.

—Kurtzberg. ¿También vive aquí? ¿Contigo?

Siguió todo un minuto de silencio.

—Tuvimos una riña —respondió al fin Tartaglione—. Podríamos decir que fue... un desacuerdo filosófico.

Peter era incapaz de decir una palabra más, pero emitió un sonido de incomprensión.

—Fue por los ﺱﺭﺽﺱ —explicó el hombre—. Esas alimañas escalofriantes, insípidas, lameculos y sin polla vestidas de colores pastel. —Un sorbo del vaso, un trago en la garganta—. Los adoraba.

Pasó otro rato. El aire susurraba suavemente mientras llevaba a cabo su interminable reconocimiento de los límites y los vacíos de la habitación, revisando el techo, presionando las junturas de las paredes, barriendo el suelo, midiendo los cuerpos, peinando el pelo, lamiendo la piel. Dos hombres respiraban, uno de ellos enérgicamente, el otro apenas un poco. Parecía que el lingüista había dicho todo lo que iba a decir, y ahora andaba perdido en su estoica desesperanza.

—Además —añadió justo antes de que Peter perdiera la conciencia—, no soporto a un tío que no se toma nunca una copa contigo.

24. LA TÉCNICA DE JESÚS

La noche tenía que durar mucho más. Mucho mucho más.
La oscuridad debía tenerlo cautivo durante cientos, puede que
miles de años, hasta que llegara la Resurrección y Dios arrancara de la tierra a todos los muertos.

Eso fue lo que lo desconcertó cuando abrió los ojos. Se suponía que tendría que estar bajo tierra, o escondido debajo de
una manta en una casa sin luz en una ciudad abandonada, todavía no en descomposición, sólo un pedazo de material inerte
que no sentía ni veía nada. No se suponía que fuera a haber
luz. Especialmente, una luz tan blanca y deslumbrante, más
brillante que el cielo.

No era la luz del Más Allá; era la luz de un hospital. Sí,
ahora lo recordaba. Se había roto los tobillos, huyendo de la
ley, y lo habían llevado al hospital e hinchado de anestésicos
para que figuras misteriosas con máscaras pudieran arreglar sus
huesos astillados. Se había acabado el correr; tendría que adaptarse. La cara de una mujer flotó por encima de la suya. La cara
de una mujer hermosa. Inclinándose sobre él como si fuera un
bebé en una cuna. En su pecho, una etiqueta decía Beatrice.
Era enfermera. A Peter le gustó por instinto, como si llevara
toda la vida esperando a que apareciera. Puede que hasta se casara con ella algún día, si aceptaba.

—Bea —llamó con voz ronca.

—Vuelve a probar —le respondió la mujer.

Su cara se hizo más redonda, los ojos cambiaron de color, el cuello se acortó, el pelo se recolocó formando un corte masculino.

—Grainger.

—Premio —dijo ella, cansada.

—¿Dónde estoy? —La luz le hacía daño en los ojos. Puso la cabeza de lado y la hundió en una almohada de algodón verde claro.

—En la enfermería. Eh, no muevas ese brazo, tienes una vía puesta.

Hizo lo que le decía. Un tubo delgado colgaba contra su mejilla.

—¿Cómo he llegado aquí?

—Te dije que siempre cuidaría de ti, ¿no es así? —dijo ella. Y luego, tras una pausa—: Que es más de lo que puedes decir de Dios.

Peter dejó que el brazo inmovilizado cayera de nuevo sobre el cobertor y sonrió.

—A lo mejor Dios está obrando a través de ti.

—¿Ah, sí? Bueno, a decir verdad hay medicación para ese tipo de pensamientos. Lurasidona. Asenapina. Te puedo recetar alguno cuando estés preparado.

Aún con los ojos entrecerrados por la luz, estiró el cuello para mirar la bolsa que alimentaba la vía intravenosa. El líquido que contenía era transparente. Glucosa o suero, no sangre.

—El veneno, ¿qué pasó?

—No estabas envenenado —le dijo Grainger, con un toque de exasperación—. Estabas deshidratado, eso es todo. No bebiste lo suficiente. Podrías haber muerto.

Peter se rió, y la risa se transformó en sollozos. Descansó los dedos en el pecho, más o menos donde estaba o solía estar su crucifijo de tinta. La tela estaba fría y pegajosa. Se había echado encima el licor de Tartaglione fingiendo beberlo, y le había resbalado por la barbilla hasta el pecho. Aquí, en el estéril aire acondicionado, el hedor dulzón del fermento era lo bastante fuerte para impedirle respirar.

–¿Has traído a Tartaglione? –le preguntó.

–¿A Tartaglione? –La voz de Grainger se vio potenciada por las mudas exclamaciones de sorpresa desde otro punto de la habitación: no estaban solos.

–¿No lo viste?

–¿Estaba allí?

–Sí, estaba allí. Vive allí –le explicó Peter–. En las ruinas. No está bien. Puede que necesite volver a casa.

–¿A casa? Vaya, fíjate –dijo Grainger en tono resentido–. Quién lo iba a pensar.

Salió de su campo de visión para hacer algo que Peter no supo identificar, alguna acción física enfática o incluso violenta que provocó un estrépito.

–¿Estás bien, Grainger? –Una voz de hombre, mitad comprensión, mitad advertencia. El doctor de Nueva Zelanda. Austin.

–No me toques. Estoy bien. Bienbienbien.

Peter comprendió de repente que ese tufo que percibía no emanaba únicamente de su ropa. Había un olor adicional en el aire, un olor a alcohol que bien podía ser el resultado de abrir unas decenas de toallitas médicas desechables, pero que podía provenir igual de fácilmente de unos cuantos tragos de whisky. Whisky consumido por Alex Grainger.

–A lo mejor Tartaglione es feliz donde está. –Una voz de mujer esta vez. Flores, la enfermera. Lo dijo con calma, como si le hablara a un niño, como si hubieran visto a un gato subido a un árbol y un joven ingenuo insistiera en que alguien debía trepar y rescatarlo.

–Ah, sí, seguro que está feliz como una perdiz –replicó Grainger, y su sarcasmo escaló tan rápido que a Peter no le quedó ya ninguna duda de que estaba desinhibida por el alco-

531

hol–. Feliz como largo es el día. Eh, ¿te gusta? «Como largo es el día.» Eso es un juego de palabras, ¿no? Tal vez no es un juego de palabras... ¿Ironía, puede? ¿Cómo lo llamarías tú, Peter?

–Quizás sería mejor dejar que nuestro paciente se recuperara un poco más –sugirió Austin.

–Tartaglione era italiano de verdad, ¿lo sabías? –continuó ella, ignorándolo–. O sea, auténtico. Se crió en Ontario, pero había nacido en... He olvidado el nombre del lugar... Me lo dijo una vez.

–Puede que no sea relevante para nuestro trabajo aquí ahora mismo –sugirió Austin. Su voz, masculina como era, había adquirido un tono levemente quejica. No estaba habituado a tratar con colegas irracionales.

–Claro, claro –respondió Grainger–. Ninguno de nosotros viene de ninguna parte, lo había olvidado, perdona. Somos la puta Legión Extranjera, como no deja de decir Tuska. Y, además, ¿quién querría volver a casa? ¿Quién querría volver a casa cuando allí todo está tan jodido y aquí todo es tan fantástico? Habría que estar loco, ¿verdad?

–Por favor, Grainger –advirtió Flores.

–No te hagas esto –le dijo Austin.

Grainger empezó a llorar.

–Vosotros no sois humanos. No sois humanos, joder.

–No hay necesidad de esto –le dijo Flores.

–¿Qué sabrás tú de necesitar? –gritó Grainger, ya histérica–. ¡Quítame las putas manos de encima!

–No te estamos tocando, no te estamos tocando –le decía Austin.

Hubo otro estruendo de equipamiento volcándose: un soporte metálico de gotero, tal vez.

–¿Dónde está mi papá? –gimoteó Grainger, mientras salía dando traspiés–. ¡Quiero a mi papá!

La puerta se cerró de un portazo y la enfermería quedó en silencio. Peter ni siquiera estaba seguro de si Austin seguía dentro, pero le pareció oír a Flores yendo de aquí para allá, fuera de su campo de visión. Tenía el cuello agarrotado y un dolor de cabeza palpitante. El líquido del gotero se vaciaba sin prisas en su vena. Cuando se hubo terminado y la bolsa colgaba laxa y arrugada como un condón, pidió que lo dejaran irse.

–El doctor Austin quiere comentarte algo –le dijo Flores, mientras le retiraba la vía–. Seguro que vuelve enseguida.

–Luego, quizás. Tengo que irme ahora mismo.

–Sería mejor que no.

Flexionó el puño. Goteó sangre brillante de la herida del pinchazo del que acababan de retirarle la cánula.

–¿Me darías una tirita para esto?

–Desde luego –respondió Flores, rebuscando en un cajón–. El doctor Austin ha dicho que estaba seguro de que tendrías mucho... eh... interés en hablar con él. Sobre otro paciente que tenemos aquí.

–¿Quién?

Peter estaba deseando salir de allí; tenía que escribir a Bea lo antes posible. Debería haberle escrito hacía muchas horas, en lugar de largarse en un coche ofuscado por el melodrama.

–No sabría decir –respondió Flores, arrugando su frente de mono–. Si haces el favor de esperar...

–Lo siento. Volveré. Lo prometo.

En cuando pronunció estas palabras supo que tal vez estaba mintiendo, pero surtieron el efecto deseado: la enfermera Flores dio un paso atrás y salió de allí.

Sin otro testimonio de su terrible experiencia que una bolita de algodón pegada a la muñeca, volvió a su cuarto, tambaleándose pero obstinadamente vivo. Se cruzó con varios empleados de la USIC en el pasillo, con gesto de desconfianza ante su lamentable aspecto. A sólo unos metros de su cuarto, se encontró a Werner.

—Hola —dijo éste levantando dos dedos rechonchos al pasar por su lado.

Era un gesto que podía significar muchas cosas: un saludo demasiado perezoso para emplear la mano entera, una aproximación despreocupada al símbolo de la paz, un eco involuntario de una bendición cristiana. Lo más probable es que no significara nada más que la determinación de Werner de seguir con la ingeniería o la hidráulica o lo que fuera sin tener que preocuparse por bichos raros con pinta desesperada. Bueno, bendito seas *tú, también,* tuvo ganas de gritarle al chino mientras se esfumaba. Pero eso habría sido sarcasmo. Tenía que evitarlo, era un pecado haberlo considerado siquiera, un lapsus, una desgracia. Tenía que aferrarse a su sinceridad. Era lo único que le quedaba. No debía haber bilis en su alma, ni filos cortantes en sus palabras. Amar sin distinciones, querer el bien de todas las criaturas, hasta de un perro rabioso como Tartaglione, hasta de un desecho espacial como Werner: ése era su deber sagrado como cristiano, y su única salvación como persona. Mientras abría la puerta de su cuarto, se aconsejó eliminar de su corazón toda antipatía hacia Werner. Werner era un pobre cordero, precioso a los ojos de Dios, un rarito sin encanto que no podía evitar ser un rarito sin encanto; un huérfano obseso de la tecnología que se había convertido en una forma especializada de supervivencia. Todos somos formas especializadas de supervivencia, se recordó Peter. Carecemos de cosas fundamentales para nosotros y avanzamos de todos modos, escondiendo apresurados nuestras heridas, escondiendo nuestra ineptitud, echándonos faroles para superar nuestras debilidades. Nadie —en especial un pastor— debería perder de vista esa verdad. Hiciera lo que hiciese, por hondo que se hundiera, no debía dejar de creer jamás que todos los hombres eran sus hermanos.

Y todas las mujeres.

Y todos los ܠܘܩܐ.

Querida Bea, escribió.

No puedo decir nada que haga que lo que le ha pasado a Joshua parezca nada más que una injusticia obscena. Era una criatura maravillosa y encantadora, y me duele muchísimo pensar que ha muerto y la forma en que lo hizo. Es terrible que nos recuerden de un modo tan brutal que los cristianos no tenemos inmunidad mágica frente a las vilezas de la gente malintencionada. La fe en Cristo nos trae bendiciones asombrosas y golpes de buena fortuna, como hemos visto juntos muchas veces, pero el mundo sigue siendo un lugar peligroso y nosotros seguimos siendo –por el mero hecho de ser humanos– vulnerables a los horrores que pueden causar los humanos.

Yo también estoy enfadado. No con Dios, sino con los cabrones enfermos que torturaron a Joshua. Debería amarlos, pero querría matarlos, aunque hacerlo no nos devolvería a Joshua. Necesito tiempo para trabajar en mi reacción visceral, y estoy seguro de que tú también. No te voy a decir que perdones a esos chicos porque yo mismo no puedo perdonarlos todavía. Sólo Jesús era capaz de ese nivel de gracia. Lo único que diré es que yo he causado un gran dolor a otros y he sido perdonado. Una vez robé en una casa en la que había fármacos contra el cáncer, pilas de cajas en el dormitorio. Sé que eran contra el cáncer porque estuve rebuscando por si había algo que me pudiera servir. Cogí una caja de analgésicos y dejé el resto tirado por el suelo. En los años que han pasado desde entonces, he pensado a menudo en el efecto que debió de tener eso en aquella gente cuando volvió del hospital o de donde fuera que hubiesen ido aquel día. No me refiero a los analgésicos, podían reemplazarlos muy rápido, espero. Me refiero al hecho de que les robasen, además de todo lo que estaban pasando, que no hubiese misericordia, ninguna concesión por sus circunstancias, ya imposibles. Los chicos que torturaron a Joshua nos hicieron eso a nosotros. ¿Qué más puedo decir? Yo no soy Jesús.

Pero sigo siendo tu marido. Hemos pasado por muchas cosas juntos. No sólo como un equipo formado por mujer y marido cristianos, sino como dos animales que confían el uno en el otro. Siempre que pienso en el abismo que se ha abierto entre nosotros me muero de dolor. Por favor, acepta mi amor. A veces en los sermones le contaba a la gente que lo que me hechizó, en aquella planta de hospital en la que nos conocimos, fue la luz de Cristo que irradiabas. Lo creía al decirlo, pero ahora no estoy tan seguro. A lo mejor te subestimé para marcarme un tanto evangelizador. Hay una luz en ti que es intrínseca a lo que eres, un espíritu maravilloso que habitaría en ti aunque no fueras cristiana, un espíritu que seguirá haciéndote alguien especial aunque tu rechazo a Dios resulte ser permanente. Te quiero y te deseo más allá de tu fe religiosa. Te echo de menos. No abandones.

Lo siento si te he dado la impresión de que no me interesa lo que está pasando en el mundo, en nuestro mundo, eso es. Por favor, cuéntame más cosas. Todo lo que se te ocurra, todo lo que se te pase por la cabeza. Aquí no llegan noticias de ningún tipo: no hay periódicos, ni siquiera antiguos, ni acceso a ninguna información de actualidad, ni tampoco libros de historia ni, de hecho, libros de ninguna clase, sólo cuadernos de pasatiempos y revistas de papel satinado sobre hobbies y actividades profesionales. Y hasta ésas están censuradas. Sí, ¡hay un censor muy diligente en la USIC que examina todas las revistas y arranca cualquier página que les parezca poco apropiada!

Por fin he conocido a Tartaglione, el lingüista que desapareció. Es una persona muy perturbada, pero me ha contado la verdad sobre los planes de la USIC. En contra de nuestras sospechas, no están aquí por motivos imperialistas o comerciales. Él cree que el mundo se está acabando y que quieren comenzar de cero en Oasis. Que están preparando el sitio. Para quién, no lo sé. No para la gente como tú, según parece.

Hizo una pausa, releyó lo que había escrito y se planeó eliminar todo lo que venía después de No abandones. Al final borró lo de No para la gente como tú, según parece, añadió Te quiero, Peter y pulsó el botón de transmitir.

Durante los minutos de costumbre, sus palabras temblaron en la pantalla, esperando a ser liberadas. Y entonces, superpuesta al texto como la marca de un hierro al rojo, una escueta advertencia en letras moradas:

NO ACEPTADO – SOLICITE ASISTENCIA.

Se plantó frente a la puerta de Grainger y llamó.

–¡Grainger! –gritó–. ¡Grainger! ¡Abre, soy yo, Peter!

No hubo respuesta.

Sin echar siquiera un vistazo a ambos extremos del pasillo para ver si había alguien mirando, abrió la puerta e irrumpió en el cuarto de Grainger. La sacaría a rastras de la cama si estaba dormida. No de un modo violento, claro está. Pero tenía que ayudarlo.

La disposición del cuarto era idéntica a la del suyo; su espacio igualmente espartano. No había nadie. La cama estaba hecha, más o menos. Un chal blanco colgaba de una cuerda de tender atada al techo. Una constelación de gotas de agua titilaban en el interior del cubículo de la ducha. Sobre la mesa, una botella de bourbon medio vacía, etiquetada sin más como BOURBON con mayúsculas rojas en una pegatina blanca, y con un precio de 650 dólares. También sobre la mesa, había una fotografía enmarcada de un hombre de mediana edad y rasgos duros con pesada ropa de invierno y una escopeta en los brazos. A sus espaldas, bajo un cielo gris y amenazador, aparecía la granja familiar de los Grainger cubierta de nieve.

Diez minutos más tarde, encontró a la hija de Charlie Grainger en la farmacia, algo que no debería sorprenderle, dado que ella era, al fin y al cabo, la farmacéutica de la USIC. Estaba sentada en el mostrador, vestida como de costumbre, con el pelo bien peinado y todavía algo húmedo. Cuando entró, ella estaba escribiendo en una anticuada carpeta de anillas, con un lápiz aferrado torpemente entre los cortos dedos. Un panal de estantes modulares, en su mayoría vacíos, pero salpicados aquí y allá con botellitas de plástico y cajas de cartón, se erigía a sus espaldas. Estaba tranquila, pero tenía los parpados irritados de llorar.

–Eh, lo de la medicación para los delirios no iba en serio –bromeó al verlo. *No menciones lo que he dicho en la enfermería,* rogaban sus ojos.

–Necesito tu ayuda.

–No vas a ir a ninguna parte –le dijo ella–. Al menos, no conmigo.

Tardó un momento en comprender que se refería a conducir, a llevarlo en coche a algún sitio que no fuera bueno para su salud.

–Acabo de intentar enviarle un mensaje a mi mujer –le explicó–, y lo han bloqueado. Tengo que mandarlo. Por favor.

Grainger dejó el lápiz, cerró la carpeta.

–No te preocupes, Peter. Yo puedo arreglarlo. Seguramente. Depende de lo mal que te hayas portado.

Se puso de pie, y Peter reparó de nuevo en que no era demasiado alta. Sin embargo, en ese momento, él se sentía aún más pequeño; era el niñito que había dejado que le robaran la bicicleta nueva, era esa lamentable desgracia humana desplomada en un sofá con manchas de vómito en el Centro Pentecostal de Salford, era el torpe misionero que no podía más. Y cada uno de esos Peters no podía hacer otra cosa que ponerse a merced de una mujer sufridora, una madre que le dijera que él era más valioso que cualquier regalo caro, una esposa que le asegurara que podía romper una promesa sagrada y que lo siguieran amando, una amiga que fuera capaz de sacarlo de la última de sus crisis. A la hora de la verdad, no era a Jesús, sino a estas mujeres a las que recurría, y eran ellas las que debían decidir si había ido finalmente demasiado lejos.

Su cuarto, cuando entraron juntos en él, era un desastre. La mochila, sucísima de sus viajes al campo, estaba tirada en medio del suelo, rodeada de ovillos de lana que habían caído de la silla. Había píldoras sueltas esparcidas por la mesa, al lado del frasco volcado y de la nota de Grainger donde le indicaba qué tomar si lo necesitaba, lo cual era raro porque no recordaba haberlo abierto. Su cama estaba en un estado vergonzoso: las sábanas tan enredadas que parecía que se hubiera peleado con ellas.

Grainger ignoró el caos, se sentó en la silla y leyó la carta que le había escrito a Bea. Su cara no delató ninguna emoción, aunque los labios le temblaron un par de veces. Puede que no fuera buena lectora, y tuviera la tentación de articular las palabras. Peter se quedó de pie a su lado y esperó.

—Voy a necesitar tu permiso para cambiar esto —le dijo Grainger al terminar.

—¿Cambiarlo?

—Eliminar algunas... afirmaciones problemáticas. Para que Springer le dé el visto bueno.

¿Springer? Peter había dado por sentado que lo que fuera que hubiese bloqueado su mensaje era automatizado, algún tipo de programa informático que filtraba el lenguaje como un robot.

—¿Quieres decir que Springer ha estado leyendo todas mis cartas?

—Es su trabajo —explicó Grainger—. Uno de sus trabajos. Aquí estamos pluriempleados, como puede que hayas notado. Hay varios empleados que revisan los Shoots. Estoy bastante segura de que ahora mismo le toca a Springer.

Peter le sostuvo la mirada. No había ninguna vergüenza ni culpa ni actitud defensiva en su rostro cansado. Se limitaba a informarle de un detalle de la rotación de turnos de la USIC.

—¿Os encargáis de leer mis cartas privadas *por turnos?*

Sólo entonces Grainger pareció caer en la cuenta de que tal

vez, en el universo de cierta gente, hubiese algo extraño en esa forma de funcionar.

—¿Es para tanto? —replicó con descaro—. ¿Acaso no lee Dios tus pensamientos?

Peter abrió la boca para protestar, pero fue incapaz de decir nada.

—En fin —retomó ella, con tono de ir al grano—. Tú quieres que se envíe el mensaje. Vamos a ello. —Bajó por la pantalla—. Todo eso de que la USIC censura las revistas tiene que ir fuera —le dijo, repiqueteando el teclado con las uñas cortas y anchas.

Letra por letra, las palabras «Y hasta ésas están censuradas», y las veinte que venían después, desaparecieron de la pantalla.

—Y lo mismo con lo de que el mundo se acaba.

Más repiqueteo. Se quedó mirando el texto luminoso, evaluando sus correcciones. Un par más de palabras llamaron su atención, y las eliminó. Tenía los ojos inyectados en sangre y su tristeza parecía la de alguien mucho mayor que ella.

—Fuera eso del fin del mundo —murmuró, con tono de leve reprimenda—. Ajá.

Satisfecha con lo que había hecho, pulsó el botón de transmisión. El texto tembló en la pantalla mientras, en algún otro punto del complejo, otro par de ojos cansados lo revisaba. Luego se desvaneció.

—Otros cinco mil dólares por la escotilla —dijo Grainger, encogiéndose de hombros.

—¿Cómo?

—Enviar cada Shoot tuyo cuesta unos cinco mil dólares —le explicó—. Y también recibir cada uno de los de tu mujer, claro. —Se frotó la cara, respirando profundamente, intentando absorber de las palmas de su mano la energía que tanto necesitaba—. Otro motivo por el que los empleados aquí no se escriben a diario con un montón de amigos de casa.

Peter trató de hacer un cálculo mental. Las matemáticas no eran su fuerte, pero sabía que la cifra era espantosamente alta.

—Nadie me lo dijo.

—Nos mandaron que no te lo dijésemos. Sin reparar en gastos con el misionero.

—¿Pero por qué?

—La USIC te quería aquí a cualquier precio —le explicó Grainger—. Eras como nuestro primer VIP.

—Yo no pedí nunca...

—No hacía falta. Mis... directrices eran darte todo lo que quisieras. Dentro de lo razonable. Porque las cosas, ¿sabes?, estaban un poco... tensas, antes de que llegaras.

—¿Las cosas? —No podía imaginar qué cosas. ¿Una crisis espiritual entre el personal de la USIC?

—Nos cortaron el suministro de comida durante un tiempo. Nada de blancaflor de parte de nuestros amiguitos. —Grainger sonrió con amargura—. Dan una impresión tan dócil y moderada, ¿verdad? Pero pueden ser muy decididos cuando quieren. Les prometimos un sustituto para Kurtzberg, pero les pareció que tardaba demasiado en llegar. Supongo que Ella Reinman tuvo que vérselas con un millón de sacerdotes y de pastores, pincharlos para ver qué había dentro, y luego catearlos. ¡Que pase el siguiente pastor, por favor! ¿Cuál es su fruta favorita? ¿Echa mucho de menos Filadelfia? Freír patitos vivos, ¿bien o mal? ¿Qué haría falta para conseguir que perdiera la paciencia con mis preguntas estúpidas y me retorciera este cuello escuálido que tengo? —Grainger simuló la acción con las manos, sus pulgares estrujando la tráquea de la entrevistadora—. Mientras tanto, en Villa Friki, nuestros amiguitos no podían esperar. Sacaron músculo, el único músculo que podían sacar, para que la USIC se diese prisa y te encontrara.

Al ver la perplejidad en su cara, Grainger asintió, para señalarle que debía dejar de gastar energía en incredulidad y creerla sin más.

—¿Cómo de mal se puso la cosa? —preguntó Peter—. Es decir, ¿pasasteis hambre?

A Grainger le molestó la pregunta.

—Pues claro que no pasamos hambre. Sólo se puso... muy caro por un tiempo. Más caro de lo que querrías imaginar.

Intentó imaginarlo y descubrió que ella tenía razón.

—Ese punto muerto no habría supuesto tanto problema si pudiéramos cultivar cosas nosotros mismos. Dios sabe que lo hemos intentado. Trigo. Maíz. Cáñamo. Toda semilla conocida por el hombre ha sido plantada en esta tierra. Pero los resultados no han sido demasiado impresionantes. Ha sido como jugar a ser granjeros, más que otra cosa. Y, por supuesto, también hemos intentado cultivar blancaflor, pero la misma historia: unos cuantos bulbos por aquí, unos cuantos bulbos por allá. Como plantar orquídeas. Somos incapaces de entender cómo esos tíos consiguen cultivar grandes cantidades. ¿Con qué narices lo fertilizan? Con polvo de hadas, supongo.

Se quedó callada, todavía sentada frente al Shoot. Había hablado con tono aburrido y cansado, como si fuera un tema pasado, una humillación demasiado patética y tediosa para volver sobre ella. Mirándola a la cara, Peter se preguntó cuánto tiempo hacía, cuántos años, desde la última vez que había sido real y profundamente feliz.

—Quiero darte las gracias —le dijo—. Por ayudarme. Estaba... muy mal. No sé qué habría hecho sin ti.

Ella no apartó los ojos de la pantalla.

—Le habrías pedido a algún otro que te ayudara, supongo.

—No me refiero sólo al mensaje. Me refiero a que vinieras a buscarme. Como dijiste, podría haber muerto.

—En realidad hace falta mucho para que alguien muera. El cuerpo humano está diseñado para no rendirse. Pero sí, estaba preocupada por ti, largarte así en coche estando enfermo...

—¿Cómo me encontraste?

—Esa parte no fue difícil. Todos nuestros vehículos llevan un collar de cascabeles, si entiendes por dónde voy. La parte complicada fue meterte en el coche, porque era imposible despertarte. Tuve que envolverte en una manta y arrastrarte por el suelo. Yo no tengo tanta fuerza.

La visión de lo que había hecho por él se encendió en su mente, pese a que no tenía ningún recuerdo de ello. Ojalá lo tuviera.

–Oh, Grainger...

Ella se levantó bruscamente.

–La quieres de verdad, ¿no? A tu mujer.

–Sí, la quiero de verdad.

–Eso pensaba –asintió ella.

Peter quiso abrazarla, vaciló. Ella dio media vuelta.

–Escríbele tanto como quieras –le dijo–. No te preocupes por lo que cueste. La USIC se lo puede permitir. Y, de todas formas, salvaste nuestro beicon. Y nuestro pollo, y nuestro pan, y nuestra crema inglesa, y nuestra canela, etcétera, etcétera, etcétera.

Desde atrás, Peter puso las manos sobre sus hombros, ansioso por hacerle saber lo que sentía. Sin darse la vuelta, ella le tomó las manos y las apretó con fuerza contra su pecho, no a la altura de los senos, sino cerca del esternón, donde latía su corazón.

–Y recuerda, cuando menciones a la USIC, no digas nada feo. Nada de acusaciones, nada sobre el fin del mundo.

Volveré, le había dicho a Flores, sólo para hacerla callar, sólo para allanar el camino de su huida, pero ahora que tenía oportunidad de pensarlo mejor, una promesa era una promesa. Grainger ya se había ido, el mensaje para Bea estaba enviado. Debería ver qué tenía en mente el doctor Austin.

Se dio una ducha, se lavó el pelo, se masajeó el cuero cabelludo lleno de costras. El agua que giraba en remolino a sus pies era marrón, y se escurría borboteando como té por el desagüe. En sus dos ingresos en la enfermería de la USIC debía de haber introducido más bacterias en su entorno estéril que en todos los años previos. Era un milagro que no lo hubiesen remojado en una cuba de desinfectante del tamaño de la bañera de garrafón de Tartaglione antes de acceder a atenderlo. Terminada la ducha, se secó con cuidado. El pinchazo de la cánula ya se había curado. Algunos arañazos de antes estaban cubiertos de costra. La herida de la mordedura del brazo evolucionaba bien; la de la pierna escocía un poco y se veía algo hinchada, pero si empeoraba, un tratamiento con antibióticos lo solucionaría enseguida. Se cambió los vendajes y se puso unos vaqueros y una camiseta. La dishdasha olía tan mal al licor casero de Tartaglione que se planteó darla por perdida, pero al final la metió en la lavadora. El letrero de AHORREMOS AGUA – ¿SE PUEDE LAVAR A MANO ESTA COLADA? seguía en su sitio, junto con el añadido de ¿ES UN OFRECIMIENTO, SEÑORA? Había medio esperado que hubiese borrado la pintada algún intruso de rutina, algún ingeniero pluriempleado o algún electricista que tuviese el encargo de inspeccionar los cuartos de todo el mundo en busca de cosas que pudieran ofender el espíritu de la USIC. Ya nada le sorprendería.

–Me alegro de verte –lo saludó Austin, evaluando el atuendo de Peter con obvia aprobación–. Tienes mucho mejor aspecto.

–Estoy seguro de que huelo mejor –respondió–. Siento haber apestado tu quirófano.

–No se podía evitar –dijo con despreocupación el doctor–. El alcohol es muy malo. –Eso era todo lo cerca que iba a estar de mencionar la embriaguez poco profesional de Grainger–. Caminas un poco rígido –comentó, mientras se apartaban de la puerta y entraban en la consulta–. ¿Qué tal van las heridas?

–Bien. Es sólo que ya no estoy acostumbrado a llevar ropa, esta clase de ropa.

Austin sonrió con falsedad, sin duda ajustando su valoración profesional del progreso de Peter.

–Sí, hay días en que yo mismo tengo ganas de venir desnudo al trabajo –bromeó–, pero luego se me pasa.

Peter sonrió en respuesta. Uno de sus fogonazos de instinto pastoral, como el que tuvo sobre la tristeza inconsolable de Amante de Jesús Uno, le llegó en ese momento: ese doctor, ese neozelandés guapo y de rasgos duros, no había tenido nunca relaciones sexuales con nadie.

–Quiero darte las gracias por tomarte en serio nuestra conversación –le dijo Austin.

–¿Nuestra conversación?

–Sobre la salud de los nativos. Sobre lo de hacer que vinieran a vernos para que pudiéramos examinarlos, diagnosticar de qué mueren. Es evidente que has estado difundiendo la palabra. –Y le sonrió de nuevo, para señalar el significado evangelizador involuntario de la expresión–. Por fin, uno de ellos ha venido.

Por fin. Peter pensó en la distancia que había entre la base de la USIC y el asentamiento ⲥⲣⲁⲕ, el tiempo que se tardaba en llegar en coche, el tiempo que se tardaría a pie.

–Oh, la madre de... Está *muy* lejos.

–No, no lo tranquilizó Austin–. ¿Te acuerdas de Conway? ¿El buen samaritano? Al parecer no estaba satisfecho con la intensidad de la señal de un cacharro que había instalado en tu iglesia. Así que fue otra vez, y he aquí que volvió con un pasajero. Un... amigo tuyo, deduzco.

–¿Un amigo?

Austin extendió la mano, señalando hacia el pasillo.

–Ven conmigo. Está en cuidados intensivos.

El término se le clavó como una estaca en el estómago. Siguió a Austin fuera de la consulta, dieron unos pasos por el pasillo y entraron en otra sala con el letrero UCI.

Había un solo paciente tendido en la inmaculada instalación de doce camas. Unos altos soportes de gotero, nuevos y relucientes y con el pie de aluminio envuelto todavía en plástico, hacían guardia junto a cada cama vacía. Ese único paciente no tenía puesta ninguna vía, ni estaba conectado a ningún otro tentáculo de tecnología médica. Estaba sentado con la espalda erguida y apoyada en almohadas, tapado hasta la cintura con puro algodón blanco; el meollo de carne sin rostro y sin cabellos de la cabeza desprovisto del resguardo de la capucha. En el gran rectángulo del colchón, diseñado para acomodar cuerpos americanos del tamaño del de BG, se lo veía patéticamente pequeño. La túnica y los guantes habían sido reemplazados por una bata de hospital de algodón fino y verde grisáceo, como el de brócoli pasado, un color que Peter asociaba al Amante de Jesús Veintitrés, aunque eso no significaba que fuese Amante de Jesús Veintitrés, claro está. Con una vergüenza tan intensa que bordeaba el pánico, Peter comprendió que no tenía manera de saber quién era. Lo único que sabía era que la mano derecha del ⲥⲟⲣⲁⲕ estaba envuelta en un mitón abultado de gasa blanca. En la mano izquierda tenía agarrado un neceser andrajoso... No, no era un neceser, era... un cuadernillo de la Biblia, una de las compilaciones cosidas a mano de Peter. El papel se había mojado y secado tantas veces que tenía la textura del cuero; los hilos de lana sueltos eran amarillos y rosas.

Al ver a Peter, el ⲥⲟⲣⲁⲕ ladeó la cabeza, como si le desconcertara la vestimenta extraña y poco habitual del pastor.

—Dioⲝ bendiga nueⲥⲟⲝra reunión, padre Peⲝer.

—¿Amante Cinco?

—ⲥⲟí.

Peter se volvió a Austin.

—¿Qué le pasa? ¿Está enferma? ¿Qué hace aquí?

—¿Enferma? —El doctor pestañeó—. Perdona.

Alcanzó una carpeta sujetapapeles con una sola hoja y, con un garabato del bolígrafo, corrigió el sexo del paciente.

—Bueno, como puedes ver por el vendaje —prosiguió, acompañando a Peter junto a la cama de Amante de Jesús Cinco—, ha sufrido una herida en la mano. Una herida muy grave, debo decir. —Señaló el mitón de gasa—. ¿Me permites? —Esta última pregunta iba dirigida a la paciente.

—Sí —respondió—. Enseña.

Mientras Austin desenvolvía el vendaje, Peter recordó el día de la herida de Amante de Jesús Cinco: el cuadro cayendo del techo, el moratón en la mano, la compasión ferviente que mostraron sus hermanos ᴄᴏᴄᴀs. Y cómo, desde entonces, se había protegido esa mano, como si el recuerdo de la herida rechazara desvanecerse.

El vendaje fue menguando en tamaño hasta que Austin retiró la última gasa. Un olor dulzón y fermentado se extendió por la sala. La mano de Amante de Jesús Cinco ya no era una mano. Los dedos se habían fundido en una masa putrefacta de un color gris azulado. Parecía una manzana que se hubiera dado un golpe y hubieran dejado semanas así.

—Oh, Dios mío —susurró Peter.

—¿Tú hablas su idioma? —preguntó Austin—. Porque no estoy seguro de cómo obtener el consentimiento adecuado. Es decir, no hay alternativa a la amputación, pero hasta explicar en qué consiste una anestesia general es...

—Oh... Dios... mío.

Amante Cinco ignoró la conversación de los hombres, ignoró el amasijo pútrido al final de su muñeca. Con la mano sana, abrió el cuadernillo de la Biblia y empleó tres hábiles dedos para pasar las páginas hasta llegar a la que buscaba. Con voz clara y sin apenas estorbos de consonantes imposibles (gracias al pastor), recitó:

—*El ᴄeñor da fuerza en la enfermedad y cura al impedido.*

—Y, de la misma página de citas inspiradoras tomadas de los Salmos y de Lucas—: *Pero la genᴙe averiguó adónde iba y fue con Él. Y Él la recibió y le habló del reino de Dioᴄ y curó al enfermo.*

Amante Cinco levantó la vista para clavar su atención en Peter. Las protuberancias de la cara que recordaban a las rodillas de los fetos parecían resplandecer.

–Necesito curarme. O moriré. –Y luego, tras un breve silencio, por si había alguna ambigüedad que necesitara aclaración–: Quiero, por favor, vivir.

–Dios mío... Dios mío... –seguía repitiendo Peter, a diez metros de allí, con Austin apoyado en el borde del escritorio de su consulta y los brazos cruzados con torpeza.

El doctor toleraba la incontinencia emocional del pastor; ni se le pasaba por la cabeza decirle que no servía de nada todo ese refunfuñar, y apretar los puños, y enjugarse la cara alterado. Aun así, a medida que pasaban los minutos, fue mostrándose más interesado en hablar del camino a seguir.

–Estará en las mejores manos –le aseguró a Peter–. Tenemos de todo. No es por darme aires, pero soy bastante buen cirujano. Y el doctor Adkins es todavía mejor. ¿Recuerdas qué gran trabajo hizo contigo? Si eso hace que estés más tranquilo, puede ocuparse él. De hecho, sí, me aseguraré de que se ocupe él.

–¿Pero es que no entiendes lo que supone esto? –gritó Peter–. ¿Es que no tienes ni puta idea de lo que supone?

El doctor dio un respingo ante aquella grosería inesperada de un hombre que era, al menos por lo que le habían dado a entender, un pastor cristiano *de verdad*.

–Bueno, soy consciente de que estás alterado –comentó con cuidado–. Pero no creo que debamos sacar ninguna conclusión pesimista.

Peter pestañeó para despejar los ojos de lágrimas, y al hacerlo pudo enfocar la cara del doctor. La cicatriz accidentada de la mandíbula era tan llamativa como siempre, pero ahora, en lugar de preguntarse cómo se la habría hecho, a Peter le sorprendió la naturaleza esencial de la cicatriz: no era una desfiguración, era un milagro. Todas las cicatrices que había sufrido alguien en toda la historia de la humanidad no eran sufrimiento sino triunfo: triunfo frente a la descomposición, triunfo frente a la muerte. Las heridas de Peter en el brazo y en la pier-

548

na (aún curándose), las costras de las orejas (que ya habían desaparecido), cada insignificante arañazo, quemadura, sarpullido y moratón, los miles de heridas a lo largo de los años: los tobillos, que se rompió una semana antes de conocer a Bea; o las rodillas desolladas cuando se cayó de la bici siendo niño; la irritación del pañal que seguramente experimentó de bebé..., nada de eso le había impedido estar allí hoy. Austin y él compartían una suerte magnífica. La brecha que tenía Austin en la barbilla, que debía de ser una masa sanguinolenta cuando se la hizo, no había reducido su cabeza a un bulto viscoso: se había transformado a sí misma por arte de magia en carne nueva y rosada.

Nada te hará daño, decía Lucas. *Cuando pases por el fuego, no te quemarás*, decía Isaías. *Él sana todas tus enfermedades*, decían los Salmos. Allí estaba: allí estaba, claro como la cicatriz en la cara de ese doctor pagado de sí mismo: el indulto perpetuo que los oasianos llamaban la Técnica de Jesús.

25. ALGUNOS TENEMOS TRABAJO QUE HACER

Fuera, el cielo se oscureció, a pesar de que era de día. Se habían formado amenazantes masas de nubes, por decenas, de una redondez casi perfecta, como lunas gigantescas de vapor. Peter las miraba fijamente por la ventana de su cuarto. Amante Uno le había asegurado una vez que en Oasis no había tormentas. Daba la impresión de que eso estaba a punto de cambiar. Los enormes globos de humedad se fueron volviendo, a medida que avanzaban, más reconocibles y más alarmantes. Eran remolinos de lluvia, sólo lluvia, para nada distintos de los remolinos de lluvia que había visto muchas veces antes. Pero su relación con el cielo que los rodeaba no era tan sutil ni tan cambiante como de costumbre: por el contrario, era como si cada vasta congregación de gotas de agua estuviese refrenada por una fuerza gravitatoria interna, como si se mantuviera unida a la manera de un planeta o de un cuerpo celeste gaseoso. Y las esferas eran tan densas que habían perdido parte de su transparencia y proyectaban un manto opresivo sobre lo que había sido una mañana resplandeciente.

Vienen nubes de lluvia de camino, pensó en escribirle a Bea, y lo sacudió una doble aflicción: el recuerdo del estado en el que estaba Bea, y la profunda vergüenza que sentía por lo torpes que eran sus cartas para ella, por lo torpes que habían sido desde el comienzo. Si hubiera sido capaz de explicar mejor lo que había experimentado, tal vez ella no se habría sentido tan lejos de él. Si la lengua que Dios le había concedido cuando fue llamado a hablar en público ante desconocidos hubiera acudido en su ayuda cuando le escribía en privado a su mujer...

Se sentó frente al Shoot y comprobó si había llegado algún mensaje. Nada.

La verdad era tan clara como esa pantalla opaca y en blanco en la que habían brillado las palabras en su momento: Bea no veía ningún sentido a responderle. O no podía hacerlo: demasiado ocupada, o demasiado enfadada, o metida en problemas. A lo mejor tenía que escribirle de nuevo a pesar de todo, sin esperar una respuesta, seguir enviándole mensajes sin más. Como había hecho *ella* por él cuando llegó, mensajes y mensajes que había dejado sin responder. Buscó en su mente palabras que pudieran darle esperanza, puede que algo al estilo de «La esperanza es una de las cosas más fuertes del universo. Los imperios se hunden, las civilizaciones se convierten en polvo...». Pero no: la retórica de un sermón era una cosa y la dura realidad de su mujer era otra. Las civilizaciones no desaparecían con naturalidad y fluidez; los imperios no se ponían como soles: los imperios se desplomaban en medio de caos y violencia. La gente real recibía empujones y golpes, les robaban y acababan en la miseria. Las vidas reales se iban por el retrete. Bea estaba asustada y dolida, y no necesitaba sus sermones.

Bea, te quiero, escribió. Esttoy muy preocupado por ti.

¿Estaba bien gastar cinco mil dólares del dinero de la USIC para mandar esas ocho palabritas imponentes a través del espacio? Sin apenas un instante de duda, pulsó el botón de transmisión. Las letras temblaron en la pantalla durante dos, tres, cuatro minutos, lo que le llevó a temer que algún empleado hastiado hubiera decidido desde otro punto del edificio que sus sentimientos no pasaban la prueba, que habían pecado contra el espíritu de la USIC y trataban de socavar la gran misión.

Con la mirada clavada en la pantalla, el sudor formándose en la frente, reparó con retraso en la errata: esas dos t en «estoy». Levantó la mano para corregirla, pero las palabras se esfumaron. ACEPTADO. TRANSMITIDO, dijo la pantalla en un pestañeo.

Gracias a Dios.

Fuera del complejo, retumbó un trueno.

Peter rezó.

En la vida de todo cristiano llega un momento en el que necesita saber cuáles son las circunstancias precisas en las que Dios se muestra dispuesto a sanar al enfermo. Peter había llegado ahora a ese punto. Hasta hoy, había ido tirando con el mismo popurrí de fe, medicina y sentido común en el que confiaba seguramente todo el mundo en su iglesia de Inglaterra: conduce con precaución, tómate las pastillas tal como indica el prospecto, echa agua fría en las escaldaduras, que un cirujano te extirpe el quiste, ten presente que un diabético cristiano necesita insulina tanto como un diabético ateo, considera un ataque al corazón una advertencia, recuerda que todos los seres humanos tienen que morir, pero recuerda también que Dios es misericordioso y que puede rescatar tu vida de las fauces de la muerte si... ¿si qué? ¿Si qué?

A unos centenares de metros de allí, confinada en una cama de metal, estaba la Amante Cinco, pequeña e indefensa en ese gran espacio vacío con el cartel de Cuidados Intensivos. Nada de lo que podían ofrecerle los médicos de la USIC solucionaría la podredumbre de su carne. Amputarle la mano sería como cortar la parte podrida de una manzana, no era más que sanear el fruto mientras éste moría.

Pero Dios... Dios podía... Dios podía ¿qué? Dios podía curar el cáncer, eso había quedado demostrado muchas veces. Un tumor inoperable podía, por medio del poder de la plegaria, reducirse milagrosamente. Las sentencias de muerte podían quedar en suspenso durante años y, aunque Peter no veía con buenos ojos a los curanderos charlatanes, había visto a gente despertar de comas que se suponían fatales, había visto sobrevivir a bebés prematuros fuera de toda esperanza, había visto a una mujer ciega recobrar la vista. ¿Pero por qué Dios hacía eso por algunos cristianos y no por otros? Una pregunta básica, demasiado simple para que los teólogos se molestaran en debatirla en sus sínodos. ¿Pero cuál era la respuesta? ¿Hasta qué punto se sentía Dios obligado a respetar las leyes de la biología y dejar que los huesos calcificados se desmenuzaran, los hígados envenenados sucumbieran a la cirrosis, las arterias seccionadas vertieran sangre? Y si las leyes de la biología en Oasis eran tales que los ܠܘܦܐ no podían curarse, que el mecanismo de la sanación ni siquiera existía, ¿qué sentido tenía rogarle a Dios que ayudara?

Querido Dios, por favor, no dejes que Amante Cinco muera.

Era una plegaria infantil, el tipo de plegaria que rezaría un niño de cinco años.

Pero puede que ésas fuesen las mejores.

Con aquellos truenos en el cielo y el estruendo de la preocupación en su cabeza, le costó reconocer los golpes en la puerta como lo que eran. Al final, fue a abrir.

—¿Qué tal estás? —le preguntó Grainger, vestida para salir.

En un infierno, estuvo a punto de decir.

—Estoy muy nervioso y preocupado por mi amiga.

—¿Pero físicamente?

—¿Físicamente?

—¿Te apetece venir conmigo?

Su voz era firme y digna; había vuelto por completo a la normalidad. Tenía los ojos despejados, ya no inyectados en sangre, y no olía a alcohol. De hecho, estaba hermosa, más hermosa de lo que la había visto hasta entonces. Además del pañuelo de siempre para conducir, llevaba una túnica blanca de mangas anchas que apenas llegaban a los codos y dejaban a la vista de todos la red de cicatrices de sus pálidos antebrazos. *Acéptame como soy,* era el mensaje.

—No podemos dejar que Tartaglione se pudra allí –le dijo–. Tenemos que traerlo de vuelta.

—No quiere volver –le dijo Peter–. Siente un desprecio absoluto por toda la gente de aquí.

—Eso es lo que dice –respondió ella, crispándose de impaciencia–. Lo conozco. Hablábamos a menudo. Es un hombre muy interesante, muy inteligente y encantador. Y sociable. Se va a volver loco ahí fuera.

Un hombre del saco desnudo sacado de las representaciones medievales de los condenados apareció dando saltos por el recuerdo de Peter.

—Ya está loco.

Grainger entrecerró los ojos.

—Eso es un poco... sentencioso, ¿no te parece?

Peter apartó la mirada, demasiado desbordado de preocupación para discutir. Toscamente, fingió distraerse con las exigencias de vaciar la lavadora.

—En fin –dijo Grainger–. *Yo* hablaré con él, *tú* no tienes que hablar con él. Sólo haz que salga de su escondite. Lo que hicieras la última vez, vuelve a hacerlo.

—Bueno, iba dando tropezones a oscuras, delirando, convencido de que me estaba muriendo y recitando en voz alta una paráfrasis del Salmo 23. Si eso es lo que hace falta, no estoy seguro de que pueda... eh... reproducir las condiciones.

Ella se puso las manos en las caderas, en actitud provocadora.

—Entonces, ¿eso significa que no estás dispuesto a intentarlo?

Así que se pusieron en marcha. No en el todoterreno de reparto que Grainger prefería para la ruta de medicinas y comida, sino en la ranchera a lo coche fúnebre que había conducido Peter, la que tenía una cama en la parte trasera. A Grainger le llevó un rato adaptarse a ella, olfateó todos los olores a los que no estaba habituada, enredó con los controles a los que no estaba habituada, removió el trasero en la forma del asiento, al que no estaba habituada. Era una criatura de costumbres. Todos los empleados de la USIC eran criaturas de costumbres, comprendía ahora. No había ni un solo aventurero temerario entre ellos: el proceso examinador de Ella Reinman se cercioraba de ello. Puede que él, Peter, fuera lo más parecido a un aventurero que habían permitido que viniera nunca. O puede que lo fuera Tartaglione. Y por eso se había vuelto loco.

–Supongo que es más probable que aparezca si el coche es el mismo. Seguramente te vio venir a leguas.

–Era de noche.

–El coche debía de estar iluminado. Podría verlo a más de un kilómetro de distancia.

A Peter le pareció poco probable. Estaba más inclinado a pensar que Tartaglione había estado contemplando cómo espejeaba su bañera de licor casero, cómo los recuerdos mohosos se corrompían lentamente dentro de su cráneo.

–¿Y si no lo encontramos?

–Lo encontraremos –aseguró Grainger, enfocando los ojos en el monótono paisaje.

–¿Pero y si no?

Ella sonrió.

–Hay que tener fe.

El cielo retumbó.

–¿Puedo echar un vistazo al Shoot? –pidió Peter minutos después.

Grainger buscó a tientas en el salpicadero, no estaba segura de dónde se encontraba el Shoot en ese coche. Un cajón se abrió deslizándose como una lengua y mostró dos objetos repulsivos que parecían un par de enormes babosas momificadas pero que eran, al segundo vistazo, puros enmohecidos. Otro cajón reveló algunas hojas impresas teñidas de los colores del arco iris y apergaminadas hasta quedar convertidas en un papel frágil como hojas secas. Era evidente que el personal de la USIC había hecho poco o ningún uso del coche fúnebre de Kurtzberg tras su desaparición. A lo mejor consideraban que traía mala suerte, o a lo mejor habían tomado la decisión consciente de dejarlo tal como estaba, por si el pastor regresaba algún día.

Los dedos de Grainger encontraron por fin el Shoot y le dieron la vuelta para colocarlo en el regazo de Peter. Lo encendió: todo parecía estar y funcionar bien. Comprobó si tenía mensaje de Bea. Nada. Quizás ese aparato en particular no estaba configurado como el resto. Quizás su promesa de conexión era ilusoria. Lo comprobó de nuevo, razonando que si Bea hubiese enviado un mensaje en ese mismo momento, unos segundos adicionales podían marcar la diferencia entre su no-llegada y su llegada.

Nada.

El cielo siguió oscureciéndose a medida que se alejaban. No tan negro como si se vistiera de luto, exactamente, pero desde luego sí amenazante. Los truenos resonaron de nuevo.

–Nunca había visto el cielo así –comentó Peter.

Grainger echó una rápida ojeada por la ventanilla.

–Yo sí –dijo ella, y luego, percibiendo su escepticismo, añadió–: Llevo aquí más tiempo que tú. –Cerró los ojos y respiró hondo–. Demasiado.

–¿Y qué pasa?

–¿Qué pasa?

–Cuando se pone así de oscuro.

–Que llueve –respondió con un suspiro–. Sólo llueve. ¿Qué esperabas? Este sitio es un enorme anticlímax.

Peter abrió la boca para decir algo. Para defender las maravillas asombrosas de ese planeta, o para hacer algún comentario sobre el proyecto de la USIC, no lo sabría nunca, porque en cuanto separó los labios, un rayo partió el cielo en dos, las ventanillas se iluminaron con un fogonazo cegador y algo golpeó el techo del vehículo como un puño colosal.

Dando sacudidas por la explosión, el coche avanzó hasta detenerse.

—¡Je-sús! —gritó Grainger.

Estaba viva. Los dos estaban vivos. Y no sólo eso: estaban cogidos del brazo, con fuerza. Instinto animal. Se soltaron avergonzados.

No habían sufrido ningún daño, no se les había chamuscado ni un pelo de la cabeza. El Shoot que Peter tenía en el regazo se había apagado, la pantalla sólo reflejaba su cara, blanca como el papel. En el salpicadero, todas las palabras y símbolos brillantes habían desaparecido. Grainger se inclinó adelante para darle al contacto y se desesperó al descubrir que el motor no revivía.

—Esto no tendría que pasar —dijo. Tenía la mirada algo perturbada; era posible que estuviese en shock—. Debería seguir funcionando todo perfectamente.

Siguió intentando arrancar, sin éxito. Unas gruesas gotas de lluvia empezaron a salpicar los cristales.

—El rayo debe de haber estropeado algo —dijo Peter.

—Imposible. De ninguna manera.

—Grainger, ya es bastante increíble que hayamos sobrevivido.

Ella no aceptaba ningún argumento.

—Un coche es el lugar más seguro en una tormenta —insistió—. La carrocería de metal actúa como una jaula de Faraday. —Al ver la incomprensión en la cara de Peter, añadió—: Ciencias de primaria.

—Debí de faltar al colegio aquel día —le dijo, mientras ella examinaba, presionaba y accionaba controles e indicadores que estaban a todas luces muertos. El olor a circuitos chamuscados empezó a invadir el interior del vehículo. El chaparrón repiqueteaba en los cristales, que se empañaron hasta dejarlos confinados en un opaco ataúd.

–No me lo puedo *creer*. Todos nuestros coches están diseñados para aguantar condiciones extremas. Están construidos como los coches de *antes,* cuando no los cargaban de tecnología estúpida que se estropea cada dos por tres. –Se quitó el pañuelo. Tenía la cara roja, el cuello empapado en sudor.

–Tenemos que pensar qué hacer –le dijo Peter con tacto.

Grainger recostó la cabeza en el asiento y se quedó mirando el techo. El tamborileo de la lluvia marcaba una marcha militar, como soldados de un milenio muy lejano encaminándose a la batalla con los tambores colgados a la cadera.

–Sólo llevábamos unos minutos conduciendo –dijo Grainger–. Puede que aún se vea la base.

Reacia a salir del coche y mojarse, giró en el asiento y trató de mirar por la luneta. No había nada que ver salvo vidrio empañado y la cama. Abrió la puerta, que dejó entrar un alegre tropel de aire húmedo, se levantó pesadamente y se adentró en la lluvia. Estuvo plantada junto al coche unos veinte segundos o más, con la ropa temblando y ondeando mientras se empapaba. Luego volvió a sentarse y cerró la puerta.

–Ni rastro. –La túnica estaba calada, transparente. Peter veía los bordes del sujetador, los puntos de los pezones–. Y ni rastro del C-1, tampoco. Debemos estar justo a mitad de camino. –Dio un golpe al volante, frustrada.

La lluvia pasó. El cielo se iluminó y proyectó una luz nacarada sobre sus cuerpos. Los zarcillos de aire se abrieron paso entre las mangas de Grainger, levantando visiblemente la tela mojada, recorriéndola por debajo como venas hinchadas. Y penetraron también en la ropa de Peter, se deslizaron bajo la camiseta, subieron por los bajos del pantalón, acariciaron sus corvas. Parecían deseosos de abrirse paso por el ajustado pliegue de vaquero que envolvía sus genitales.

–Tardaremos una hora en volver caminando –dijo Grainger–. Dos horas máximo.

–¿Los neumáticos han dejado marca?

558

Salió de nuevo a comprobarlo.

—Sí —respondió cuando volvió a entrar—. Recta y clara. —Le dio al contacto una última vez, despreocupada y sin mirar, como si esperara engañar al motor y hacer que funcionara aun a su pesar—. Parece que Tartaglione ha hecho un trato con Dios.

Se avituallaron para la caminata. Grainger llenó una bolsa con provisiones de primera necesidad. Peter encontró una vieja maleta de Kurtzberg llena de moho, sacó de ella un Nuevo Testamento convertido en un bloque sólido y lo reemplazó con un par de botellas de plástico de dos litros llenas de agua.

—Ojalá hubiera alguna correa para colgármela del hombro —dijo, probando el agarre de la maleta—. Estas botellas pesan bastante.

—Pesarán menos a medida que bebamos.

—Lloverá de nuevo, dos veces, antes de que lleguemos a la base —profetizó él.

—¿Y eso de qué nos sirve?

—Sólo hay que levantar la cabeza al cielo y abrir la boca. Eso es lo que hacen los ᘔᑎᐊ..., los nativos.

—Si no te importa —respondió Grainger—, prefiero no hacerlo como los nativos.

El exterior del coche, descubrieron, estaba desfigurado por las marcas de chamusquina. Los tapacubos tenían tatuado un entramado de desperfectos, y los cuatro neumáticos habían pinchado. El coche había dejado de ser un coche y había iniciado su metamorfosis hacia otra cosa.

Peter y Grainger siguieron las huellas de las ruedas de vuelta al complejo de la USIC. Grainger era andarina: tenía las piernas más cortas que su acompañante, pero un paso lo bastante ágil para que éste no tuviera que controlar la velocidad. Cubrieron una distancia decente en poco tiempo, y, a pesar de la llanura del terreno, el coche no tardó en empequeñecerse y desaparecer por completo. A medida que avanzaban, las marcas se iban haciendo más difíciles de distinguir en la tierra alisada por la lluvia; había cierta ambigüedad entre los dibujos hechos por el hombre y los de origen natural. El manto amenazador del cielo se evaporó y el sol empezó a brillar intenso y constante. Grainger dio algunos sorbos de una de las botellas de agua; Peter podía esperar. Tenía más hambre que sed. De hecho, la comezón del apetito lo distraía mientras andaba.

Aquél no era el mejor terreno para caminar, pero debían de haber cubierto por lo menos tres kilómetros en la primera hora. Y tal vez los mismos la segunda hora. La base de la USIC se negaba tercamente a manifestarse en el horizonte. Todo rastro del camino de ida había quedado para entonces borrado del suelo. Estaban, por supuesto, perdidos sin remedio.

–Si desandamos el camino hasta el coche, puede que la USIC envíe a alguien –propuso Peter–, al final.

–Sí... Al final. Cuando estemos muertos.

A los dos les desconcertó oír esa palabra pronunciada tan prematuramente. Aun cuando el error que habían cometido flotaba de manera evidente en el aire, había que observar cierta etiqueta de optimismo.

–Tú viniste a buscarme –le recordó Peter.

Ella soltó una carcajada ante su ingenuidad.

–Eso fue por propia iniciativa, no tuvo nada que ver con la USIC. Esos tíos no rescatarían ni a su propia madre. Es decir, literalmente. ¿Por qué te crees que están aquí, para empezar? Son gente fría, sólo les falta llevar ES LO QUE HAY tatuado en la frente.

–Pero se darán cuenta de que no estás.

–Ah, claro que sí. Alguien irá a la farmacia por un tubo de quitaverrugas, y no estaré allí y pensarán: bueno, da igual, no pasa nada por unas verrugas. Y cuando no aparezca para analizar la comida del día siguiente, eh, es sólo una formalidad, nos la comeremos igualmente. A lo mejor lo comento en la próxima reunión.

—No puedo creer que se preocupen tan poco —dijo Peter, pero su voz flaqueó por la incertidumbre.

—Conozco a esa gente. Sé cómo funcionan. Sólo Dios sabe lo que tardaron en darse cuenta de que Kurtzberg y Tartaglione no estaban... ¿Y qué hicieron? ¿Enviaron coches en todas las direcciones, condujeron día y noche hasta que cubrieron cada centímetro en un radio de ochenta kilómetros? Ni lo pienses, cariño. Relájate y hojea una revista. Haz bíceps. El puto mundo se está cayendo a trozos y no se considera una emergencia. ¿De verdad crees que se van a angustiar por nosotros?

—Eso esperaría —respondió Peter.

—Bueno, la esperanza es muy bonita —suspiró ella.

Siguieron andando, empezaban a estar cansados.

—A lo mejor tendríamos que dejar de caminar —dijo Peter.

—¿Y qué hacemos entonces?

—Descansar un rato.

Se sentaron en el suelo y descansaron un poco. Dos mamíferos rosados, envueltos en algodón, aislados en un océano oscuro de tierra. Aquí y allá, crecía alguna mata pequeña de blancaflor, sudando al sol. Peter alargó la mano hasta una, cerca del pie, arrancó un pedazo y se lo llevó a la boca. Tenía mal sabor. Qué curioso que una sustancia que —procesada, cocinada y sazonada con ingenio— podía resultar deliciosa de tantas maneras distintas, fuera tan desagradable en su forma pura.

—¿Está bueno? —preguntó Grainger.

—No mucho.

—Yo me espero a volver a la base —dijo con desenfado—. Hoy el menú está bien. Curri de pollo y helado.

Sonrió, deseando que Peter perdonara su anterior lapsus de moral.

No demasiado recuperados, siguieron caminando. Y caminando. Grainger llevaba ya bebida media botella de agua, y Peter bebió su parte directamente del cielo cuando, justo como había vaticinado, los empapó otro chaparrón.

–¡Eh! –gritó Grainger al verlo balancearse erguido en aquella incómoda postura, con la cabeza hacia atrás, la nuez sobresaliendo, la boca abierta de par en par hacia la lluvia–. ¡Pareces un pavo!

Peter le sonrió, ya que estaba claro que el comentario de Grainger iba en broma, pero sintió que su sonrisa flaqueaba cuando se dio cuenta de que había olvidado cómo era un pavo. Lo había sabido toda la vida, desde la primera vez que sus padres le habían enseñado un dibujo en un libro. Ahora, en el almacén de su cerebro, donde guardaba tantos pasajes de la Biblia destacados y listos para citar, buscó una imagen que se correspondiera con «pavo» y no había nada.

Grainger lo notó. Lo notó y no le gustó.

–No te acuerdas, ¿verdad? –le preguntó cuando se sentaron juntos una vez más–. Ya no te acuerdas de cómo es un pavo.

Peter asintió, confesando, pillado como un niño travieso. Hasta ahora, sólo Bea había sido capaz de adivinar lo que estaba pensando.

–Vacío mental.

–Eso es lo que pasa –explicó Grainger, solemne y profunda–. En eso consiste este sitio, así es como funciona. Es como una dosis enorme de propanolol, borra todo cuanto supieras. No dejes que pueda contigo.

Su repentina vehemencia lo desconcertó.

–Yo... sólo debo de estar... despistado.

–Ahí es donde tienes que vigilar –dijo, abrazándose las rodillas y contemplando la tundra desierta que se extendía ante ellos–. El desinterés. Ese lento, insidioso... *desprendimiento* de todo. Mira: ¿quieres saber de qué se habló en la última reunión de personal de la USIC? ¿Aparte de cosas técnicas y del mal olor que hay en la zona de carga, detrás del ala H? Yo te lo digo: de si de verdad hacen falta todas esas fotos que hay colgadas en los pasillos. No dan más que problemas de polvo y limpieza, ¿verdad? Una foto antigua de una ciudad de la tierra, hace siglos, con unos tíos comiendo sentados en una viga de acero. Es bonita, pero cuando la has visto un millón de veces al pasar por al lado, se hace vieja, y de todos modos, todos esos tíos están muertos, es como que te hagan mirar a un montón de gente muerta, así que basta. Paredes despejadas: limpio y fácil, fin de la historia. –Grainger se peinó el pelo mojado con los dedos: un gesto irritable–. Así que... Peter..., déjame que te recuerde cómo es un pavo. Es un pájaro. Tiene una especie de colgajo de carne debajo del pico, parece una vela enorme de mocos o... eh... un condón. La cabeza es roja y con bultitos, como la piel de lagarto, y forma una ese con el cuello, y hacen así... –Imitó el movimiento desgarbado del pavo con la cabeza y el cuello–. Y luego, esa cabeza y ese cuello descarnados, como de serpiente, están pegados a un cuerpo gris y gordo, desproporcionado, lleno de plumas. –Miró a Peter a los ojos–. ¿Te va sonando?

–Sí, lo has... eh... devuelto a la vida para mí.

Satisfecha, Grainger se permitió relajarse.

–Eso es. Eso es lo que tenemos que hacer. Mantener vivos los recuerdos.

Se acomodó mejor en el suelo, tumbada como si estuviera tomando el sol y con la bolsa de almohada. Un insecto de color verde brillante se posó en su hombro y empezó a flexionar las patas traseras. Ella no pareció darse cuenta. Peter pensó en sacudírselo, pero lo dejó correr.

Una voz en su cabeza decía: *Vas a morir aquí, en este páramo. Nunca volverás a ver a Beatrice. Esta llanura, estas matas dispersas de blancaflor, el cielo de otro mundo, los insectos aguardando para poner huevos en tu carne, esta mujer que hay a tu lado: éstos son los contenidos de tu vida en sus últimos días y ho-*

ras. La voz hablaba con claridad, sin ningún género ni acento: la había oído muchas veces antes, y siempre había estado seguro de que no era la suya. De niño, creía que era la voz de la conciencia; como cristiano, había confiado en que era la voz de Dios. Fuera lo que fuese, siempre le había dicho justo lo que necesitaba oír.

—¿Cuál es tu primer recuerdo? —le preguntó Grainger.

—No lo sé —le respondió él, después de pensarlo—. Mi madre abrochándome la correa de una trona de plástico en un restaurante turco, puede ser. Es difícil saber qué es un recuerdo real y qué has construido tú después a partir de fotos antiguas y relatos de familia.

—Ah, no seas así —le dijo con el mismo tono que habría empleado si él hubiese afirmado que el amor no era más que la unión de un espermatozoide y un óvulo—. Tuska es un fanático de esa idea. Los recuerdos de infancia no existen, dice. Sólo jugamos con nuestras neuronas, todos los días, les damos vueltas en el hipocampo y construimos cuentecillos de hadas en los que aparecen personajes con los nombres de la gente con la que vivíamos. «Tu padre no es más que un frenesí de actividad molecular en tu lóbulo frontal», dice, con esa sonrisa engreída suya. Gilipollas.

Grainger alargó la manó. Peter no estaba seguro de qué quería que hiciera. Entonces le acercó la botella de agua. Ella bebió un poco. No quedaba mucha.

—Mi padre olía a pólvora —continuó ella—. Vivíamos en una granja, en Illinois. Estaba siempre disparando a los conejos. Para él eran sólo bichos, bichos grandes y peludos. Yo salía a dar una vuelta en bicicleta y estaba lleno de conejos muertos. Luego me cogía en brazos y yo olía la pólvora en su camisa.

—Es un recuerdo de... eh... emociones muy encontradas —dijo Peter con delicadeza.

—Es un recuerdo *real,* eso es lo importante. La granja era real, los conejos muertos eran reales, la camisa de mi padre olía a pólvora, y no a tabaco ni a pintura ni a aftershave. Lo sé, estaba allí.

Hablaba con tono desafiante, como si alguien hubiese puesto en duda que ella estuviese allí, como si hubiera una conspiración entre los empleados de la USIC para reinventarla como una chica de ciudad criada en Los Ángeles, hija de un dentista ucraniano, un chino alemán. Se habían posado sobre ella dos insectos más, uno en el pelo, el otro en el pecho. No les hizo ningún caso.

—¿Qué pasó con tu granja? —le preguntó Peter por educación cuando se hizo evidente que la conversación se había estancado.

—¡Vete a la *mierda!* —exclamó ella, llevándose las manos a los ojos.

Peter dio un respingo y se dispuso a deshacerse en disculpas por lo que fuera que la hubiese hecho enfurecer, pero Grainger no se dirigía a él. Ni siquiera se dirigía a los insectos. Con un grito de asco, se sacó una cosa brillante del ojo y la tiró, y luego se sacó otra del otro. Eran sus lentillas.

—El maldito *aire* —dijo—. Estaba intentando meterse por debajo de las lentillas, estaba levantando los bordes. Me ha puesto los pelos de punta. —Parpadeó. Uno de los pétalos de hidrogel desechados estaba pegado a su zapato, el otro en el suelo—. No debería haber hecho eso, no tengo muy buena vista. Puede que tengas que acabar guiándome. ¿Qué decíamos?

Con esfuerzo, Peter retomó el hilo.

—Ibas a contarme qué pasó con la granja.

Grainger se frotó los ojos, probó a mirar con ellos.

—Nos arruinamos. Vendimos la granja y nos mudamos a Decatur. Antes vivíamos en Bethany, no muy lejos, pero nos compramos un dúplex en la ciudad, cerca del río Sangamon. Bueno, no es que se pudiera ir a pie, claro. Pero estaba a poco rato en coche.

—Ajá —respondió Peter.

Se dio cuenta, con una intensa punzada de melancolía, de que no estaba interesado en lo más mínimo. Se acabó lo de tener don de gentes... Si sobrevivía, su carrera de pastor estaba acabada.

Las minucias de las vidas de los seres humanos: los lugares en los que habían vivido, los nombres de sus parientes, los nombres de los ríos junto a los que habían vivido, las complejidades prosaicas de los trabajos que habían desempeñado y las peleas domésticas que habían soportado, todo eso había dejado de tener sentido para él.

—Decatur es un sitio algo aburrido ahora, pero tiene una historia bastante increíble. La llamaban la capital mundial de la soja. ¿Has oído hablar de Abraham Lincoln?

—Claro. Es el presidente norteamericano más famoso.

Grainger exhaló agradecida, como si hubiesen lanzado juntos un golpe contra la ignorancia, como si fueran las dos únicas personas cultas en una colonia de filisteos.

—Lincoln vivió en Decatur, allá por el 1700 o cuando fuese. En aquel entonces era abogado. Luego se convirtió en presidente. Hay una estatua suya, con un pie descalzo apoyado en un tocón. Me senté en ese tocón de pequeña. No pensé que fuese una falta de respeto ni nada; sólo estaba cansada.

—Ajá —respondió Peter.

Ahora los insectos se posaban sobre él también. Dentro de más o menos una semana —puede que sólo unos días— los dos serían semilleros. Tal vez, cuando llegara el momento de exhalar el último suspiro, deberían tumbarse el uno en brazos del otro.

—Me encantó lo que dijiste en el funeral.

—¿El funeral?

—El funeral de Severin. Lo volviste tan real... Y a mí ni siquiera me caía bien.

Peter se esforzó por recordar lo que había dicho de Severin; se esforzó, de hecho, por recordar a Severin.

—No tenía ni idea de que estuvieses impresionada.

–Fue muy bonito. –Se deleitó unos segundos en la remembranza de la compasión de Peter. Luego frunció el ceño–: Demasiado bonito para esos... subnormales, eso desde luego. Hubo una reunión al respecto más tarde y todo el mundo estuvo de acuerdo en que te habías pasado de la raya, y que si había más muertes de empleados de la USIC en el futuro, sería mejor que te dejásemos al margen. –Los insectos se aventuraron a volver hacia ella. Uno de lustroso verde jade se le posó justo en la frente. Ella lo ignoró–. Yo te defendí –le dijo, mirando al cielo.

–Gracias.

La contempló, apoyado en un codo. Sus pechos subían y bajaban con la respiración, nada más que dos protuberancias de tejido graso sobre las costillas, dos bolsas de leche diseñadas para alimentar a los niños que nunca tendría. Y sin embargo, sus pechos le resultaban embriagadoramente bellos, una maravilla estética, y su turgencia rítmica le hizo desearla. Todo en ella era milagroso: el vello detrás de la oreja, la simetría de las clavículas, los labios rojos y suaves, hasta las cicatrices arrugadas de los brazos. No era su alma gemela: no se hacía ilusiones al respecto. La intimidad que había compartido con Bea era imposible; ella enseguida lo encontraría ridículo, y él la encontraría demasiado problemática. De hecho, como la mayoría de los hombres y de las mujeres que habían hecho el amor desde el principio de los tiempos, no tenían prácticamente nada en común. Salvo que eran un hombre y una mujer, unidos por las circunstancias, y al menos por el momento, vivos. Levantó la mano y la sostuvo en el aire, preparado para colocar la palma, suavemente, sobre su pecho.

–Háblame de tu mujer. –Grainger tenía ahora los ojos cerrados. Estaba cansada, aletargada por el calor y un poco ebria por el licor de los recuerdos.

–Se ha vuelto contra mí –dijo Peter, retirando la mano–. Nos hemos distanciado. –Aunque sólo pretendía presentar los hechos, sus palabras sonaron irritadas, cobardes, la tópica queja de un adúltero de manual. Podía hacerlo mejor–. Ha sufrido muchísimo, en casa, todo se está desmoronando, todo tipo de desastres, y ella... ha perdido la fe en Dios. Mataron a nuestro gato, Joshua, lo torturaron, y creo que eso le hizo cruzar el límite. Está sola y asustada. Y yo no le he dado todo el apoyo que necesita.

Grainger cambió la orientación del cuerpo, para ponerse cómoda. Un brazo acunando la cabeza, el otro abrazado al pecho. No abrió los ojos.

–No me estás hablando de Bea –le dijo–. Eso es lo que está pasando entre vosotros. Háblame de ella. Cómo es. De qué color tiene los ojos. Su infancia y esas cosas.

Peter se tumbó a su lado, con la cabeza descansando sobre los brazos.

–Se llama Beatrice. Es unos años mayor que yo, treinta y seis. No le importa que la gente sepa su edad. Es la mujer más... poco vanidosa que he conocido nunca. No me refiero a su aspecto. Es hermosa y viste con estilo. Pero le da igual lo que piensen los demás. Está orgullosa de sí misma. No es un orgullo engreído, sólo... autoestima. Eso es muy inusual. Increíblemente inusual. La mayoría de la gente son heridos que se tienen en pie, ya sabes. Y Bea debería haberlo sido, con la infancia que tuvo. Su padre era un maltratador, un controlador absoluto. Quemó varias veces todo lo que ella tenía, todas las posesiones de Bea, y quiero decir todo, no sólo los juguetes, los libros y las cosas especiales, sino todo. Recuerda haber ido a Tesco, un supermercado en un polígono industrial que estaba abierto toda la noche, con su madre. Eran como las dos de la mañana. Bea tenía unos nueve años, iba en pijama, descalza, y tenía los pies morados, porque era el mes de enero, estaba nevando y tuvo que ir andando desde el coche hasta la tienda. Y su madre la llevó a la sección de ropa de niñas y le compró braguitas, calcetines, camisetas, zapatos, pantalones, de todo. Eso pasó más de una vez.

–Guau –dijo Bea, sin ningún asombro perceptible.

Peter se preguntó si estaría comparando los sufrimientos formativos de Bea con los suyos y considerando que no eran para tanto. Eso era lo que las personas, salvo que fuesen ᴌᴆᴀᴋᵌ, tendían a hacer.

–¿Cómo es físicamente? –preguntó Grainger–. Descríbemela.

–Tiene el pelo castaño. Cobrizo. –Le costaba muchísimo evocar una imagen del pelo de Bea tal como era realmente; quizás sólo estaba recordando haber mencionado el color en otras conversaciones–. Es alta, casi tan alta como yo. Los ojos marrones, delgada. –Ésos eran detalles genéricos, nada evocadores; encajarían en un millón de mujeres. ¿Pero qué iba a hacer? ¿Describir el lunar que tenía debajo del pezón izquierdo? ¿La forma exacta de su ombligo?–. Está en forma, es enfermera. Nos conocimos en el hospital en el que trabajaba. Yo me había roto los tobillos saltando de una ventana.

–Oh. ¿Intentabas suicidarte?

–No, intentaba huir de la policía. Era drogadicto, cometí un montón de robos. Ese día, se me acabó la suerte. O, mejor dicho, tuve suerte.

Grainger emitió un murmullo de asentimiento.

–¿Perdió su trabajo por ti?

–¿Cómo lo sabes? –Peter nunca se lo había contado, estaba bastante seguro.

–Sólo era una suposición. Una enfermera se lía con un paciente. Que es drogadicto. Y delincuente. No pinta bien. ¿Estuviste alguna vez en la cárcel?

–No, en realidad, no. Detenciones en comisaría, quince días una vez, mientras esperaba el juicio, y nadie me pagó la fianza, eso fue más o menos todo. –Sólo entonces cayó en la cuenta de la extraordinaria indulgencia que habían mostrado con él.

–Era de esperar –dijo Grainger, con un tono extraño y filosófico.

–¿Cómo que era de esperar?

–Eres un tipo con suerte, Peter. Una de esas criaturas tocadas por una varita mágica.

Por algún motivo, aquello le hirió. Quería que Grainger supiera que había sufrido como el que más.

–Viví en la calle unos años. Me pegaron palizas. –Esperaba estar hablando con serena dignidad, y no lamentándose, pero sospechaba que no era así.

–Todo forma parte de la aventura de vivir, ¿no? –respondió ella. No había sarcasmo en su voz, sólo una tristeza cansada, tolerante.

–¿Qué quieres decir?

Grainger soltó un suspiro.

–Algunas personas pasan por cosas muy duras. Combaten en guerras. Pasan por la cárcel. Montan una empresa y se la cierran unos gángsters. Acaban dejándose el culo en un país extranjero. La lista de reveses y humillaciones es bastante larga. Pero eso no les afecta, en realidad. Es una aventura. En plan: ¿qué viene ahora? Y luego hay otra gente que sólo intenta vivir tranquila, que no se mete en problemas, tienen a lo mejor diez años, o catorce, y un viernes por la mañana, a las 9.35, les ocurre algo, algo íntimo, algo que les rompe el corazón. Para siempre.

Peter estaba tumbado, en silencio, absorbiendo sus palabras.

–Yo me sentí así –dijo al fin– cuando Bea me dijo que se había terminado.

Comenzó a llover otra vez. No tenían dónde refugiarse, así que la única opción era quedarse donde estaban y empaparse. Grainger cerró los ojos. Peter se quedó mirando cómo se materializaba el sujetador bajo la túnica, cómo tomaban forma los contornos de sus pechos. Se arremangó y dejó que las viejas heridas respirasen. Todas las veces que había estado con Grainger se había preguntado si se presentaría naturalmente la ocasión de preguntarle por las lesiones autoinfligidas. Nunca habría mejor momento que ése. Intentó formular la pregunta, pero ninguna de las palabras obvias –los *por qué* y los *cuándo*– viajaban del cerebro a la boca. Se dio cuenta de que ya no quería saber qué había causado aquellas cicatrices. El dolor de Grainger estaba en el pasado y no tenía sentido volver sobre él. Aquí, hoy, tendida a su lado, era una mujer con tenues cicatrices en los brazos: si acariciara su piel suavemente, las notaría. Eso era todo.

–¿Os casasteis en una iglesia o en el registro? –le preguntó Grainger cuando hubo pasado el aguacero y el sol los calentaba de nuevo.

–En una iglesia.

–¿Fue una boda grande, lujosa?

–No mucho. No vinieron los padres ni familiares de ninguna de las dos partes, por diversos motivos. Sólo algunas personas de la iglesia de Bea, que acabó siendo la mía. –En realidad, no recordaba mucho del evento, pero sí se acordaba del sol entrando por las ventanas, de cómo aquella tarde gris de noviembre se transformó de súbito por un estallido de luz–. Fue bonito. Creo que todo el mundo se lo pasó bien. Y hubo un montón de alcohol y yo no bebí nada, ni siquiera me sentí tentado. Fue un gran logro para mí porque, en fin... soy alcohólico.

–Yo también.

–Eso nunca te abandona.

–Como Dios, ¿eh? –dijo ella, sonriendo–. Más leal que Dios.

Se quedaron un rato en silencio. Dos pequeños insectos de la misma especie se encontraron sobre la tripa de Grainger y empezaron a aparearse.

–Apuesto a que Ella Reinman trinca a escondidas.

–¿Cómo?

–Que trinca. Que bebe, que es alcohólica. Pensaba que te sabrías ésa.

–Nunca es tarde para aprender vocabulario.

–Se cree que es muy lista –renegó–. Se cree que puede mirar dentro de ti y decir si vas a volver a beber. Bueno, se equivocaba con nosotros, ¿eh?

Peter se quedó callado. No se ganaba nada diciéndole que la bebida que olió en él cuando lo sacó a rastras del antro de Tartaglione la había derramado. Que pensara que se habían caído del carro juntos. Que pensara que también él había roto su sagrada promesa, que pensara que había perdido la última pizca de dignidad. Era más amable así.

–Yo era otra persona cuando hice aquella entrevista –dijo Grainger–. Fue hace un millón de años. La gente cambia.

–Sí, la gente cambia.

Los insectos habían terminado y se fueron volando.

–Háblame del vestido de novia de tu mujer –le pidió Grainger.

–Era blanco. Era justo como esperarías que fuera un vestido de novia, convencional, no tenía nada fuera de lo común. Sólo que era una afirmación simbólica enorme. Su blancura. Bea tenía un pasado terrible, sexualmente. La..., digamos que la utilizaron y abusaron de ella. Y ella no dejó que eso la destruyera.

Grainger se rascó los brazos. Empaparse tantas veces había activado una alergia en sus cicatrices.

–No tanto del simbolismo. Háblame del vestido.

Peter echó la vista atrás. La echó al otro extremo de la galaxia, buscando el dormitorio de su casa en Inglaterra.

–No..., no tenía una enorme cola de volantes. Era un vestido-vestido, para moverse con él. Tenía los hombros abullonados, no muy abombados, algo elegante, y las mangas ceñidas, con una textura como de brocado, largas hasta las muñecas. Tenía brocado en... eh... en la cintura, también, y en el cuello, pero el pecho era liso y sedoso. La falda llegaba por los tobillos, no rozaba el suelo.

Grainger asentía, murmurando aprobación. Eso era lo que quería.

–Una de las cosas increíbles de Bea –siguió Peter– es que se puso ese vestido muchas veces después. En casa. Sólo para nosotros dos.

–Qué romántico. –Grainger tenía lágrimas en los ojos.

Peter se sintió de pronto desconsolado. El recuerdo de la amarga decepción de Bea con él era más reciente que esos recuerdos bonitos que estaba compartiendo con Grainger.

–Supongo que es sólo una historia que me cuento a mí mismo, como dice Tuska. Una vieja historia. La vida ha seguido adelante. Bea es una persona distinta. ¿Sabes?, hace poco le escribí sobre ese vestido, le dije lo mucho que me gustaba cuando se lo ponía, y ella... me respondió que me estaba poniendo sentimental, centrándome en un recuerdo de la que era ella antes, no de quien era ahora.

Grainger negó con la cabeza.

–Tonterías –dijo con suavidad. Con ternura, incluso–. Hazme caso, Peter, se le hincha el corazón cuando le hablas de ese vestido. Se quedaría destrozada si pensara que lo has olvidado. ¿No lo ves? Todo el mundo es sentimental, todo el mundo. Sólo hay unas cincuenta personas en todo el puto mundo que no lo sean. Y están todas trabajando aquí.

Se echaron a reír.

–Deberíamos ponernos en marcha –propuso Peter.

–Vale –respondió ella, y se puso de pie con esfuerzo.

Sus movimientos eran más rígidos que antes. Y también los de Peter. Eran formas de vida basadas en el carbono y se les estaba acabando el combustible.

Más o menos una hora después, mientras la base de la USIC los eludía aún, se toparon con una estructura de otra clase. Llevaba muchísimo rato reluciendo en su campo de visión, y mientras se aproximaban a ella habían considerado la posibilidad de que fuera un espejismo. Pero resultó ser muy real: los restos óseos de una gran tienda de campaña. Los puntales de metal estaban intactos, delineando la forma de una casa, el tipo de casa que dibujaría un niño. La tela colgaba hecha jirones. Dentro de la tienda, nada. Ni provisiones, ni cama, ni herramientas. Un rectángulo de tierra, un panel en blanco para que lo llenara la imaginación.

Detrás de la tienda, clavada en la tierra y sólo ligeramente inclinada, una cruz. Una de madera, a una escala muy modesta, como a la altura de la rodilla.

¿De dónde había salido esa madera? No de este mundo, eso seguro. Tenían que haberla transportado hasta allí almacenada en la nave junto con las medicinas y las revistas de ingeniería y las pasas y los humanos, a billones de kilómetros de su punto de origen. Nada más que dos listones de pino que en ningún momento fueron pensados para acabar clavados de esa manera, dos sólidos pedazos de árbol barnizados para hacerlos parecer roble antiguo. La cruz estaba atravesada por dos clavos: uno que unía las dos piezas de madera, y otro, clavado y doblado toscamente, que servía para fijar dos pequeños aros de metal. Oro. La alianza de Kurtzberg, y la alianza de la mujer que había perdido en otra galaxia hacía mucho mucho tiempo.

En el listón horizontal de la cruz, el pastor había grabado un mensaje, y luego había tiznado laboriosamente cada letra con la llama de un encendedor o de una herramienta similar. Peter esperaba un lema en latín o una alusión a la fe o a Cristo o al otro mundo.

POR TODO LO QUE HE TENIDO Y HE VISTO, ESTOY SINCE-RAMENTE AGRADECIDO, decía la inscripción.

Se quedaron allí mirando la cruz varios minutos, mientras los restos harapientos de la tienda aleteaban con la brisa.

—Me vuelvo a casa —anunció Grainger, con la voz temblando por las lágrimas—. A buscar a mi padre.

Peter le pasó un brazo por los hombros. Éste era el momento en el que se requería que dijera las palabras correctas: no

574

servían otras. Como hombre y como pastor, el reto era el mismo: reconciliarlos a ambos con su destino. No volverían a casa; no había ningún padre con el que reencontrarse; estaban perdidos y pronto morirían. Les había alcanzado un rayo, y no habían sabido entender el mensaje.

–Grainger... –comenzó a decir, con la mente en blanco, confiando en que la inspiración le prestara las palabras.

Pero antes de que pudiera continuar, el aleteo repetitivo que ambos habían creído que era el viento agitando los jirones de tela de la tienda se hizo de pronto más intenso y un todoterreno militar de color verde oliva pasó por su lado, redujo la velocidad hasta detenerse y dio marcha atrás.

Una cara morena con ojos y dientes blancos asomó por la ventanilla.

–¿Habéis terminado por aquí? –gritó BG, revolucionando el motor–. Porque algunos tenemos trabajo que hacer.

26. LO ÚNICO QUE SABÍA ERA QUE TENÍA QUE DAR LAS GRACIAS

Todo el camino de vuelta, Peter oyó –sólo oyó, no vio– los sollozos y la respiración trabajosa, los estallidos de ansiedad y de rabia, a veces incoherentes, otras lúcidos. Iba en el asiento del copiloto, al lado de BG, casi hombro con hombro con el hombretón, aunque el suyo se veía demacrado en comparación con la masa de carne y músculo de BG. Invisible en el espacio que había tras ellos, Alexandra Grainger estaba en pleno calvario.

BG conducía en silencio. Su cara, por lo general benévola, era una máscara adusta, petrificada bajo el brillo del sudor, mientras él se concentraba, o fingía concentrarse, en la carretera... Esa carretera que no tenía nada de carretera. Sólo sus ojos delataban algún nerviosismo.

–Más les vale que no intenten detenerme –iba diciendo Grainger–. No me pueden retener aquí. Me da igual cuánto cueste. ¿Qué van a hacer? ¿Demandarme? ¿Matarme? Tengo que ir a casa. Se pueden quedar con mi sueldo. Cuatro años gratis. Estamos en paz, ¿no? Tienen que dejar que me vaya. Mi padre sigue vivo. Sé que sí. Lo siento.

BG echó un vistazo por el retrovisor. Puede que desde su ángulo viera más que Peter. Lo único que veía él era un rectángulo estrecho de tapicería negra que, a través del velo distorsionado de corrientes de aire atrapadas en el interior del todoterreno, parecía latir y palpitar.

—Cuatro años de farmacéutica —siguió despotricando—, dándoles medicamentos a esos bichos raros repulsivos: ¿merecía la pena, BG? ¿Merecía la pena el viaje en la nave?

BG sonrió. No estaba acostumbrado a lidiar con crisis de confianza.

—Cálmate, Grainger, ése es mi consejo —dijo con aire pensativo—. El coste no es problema. Yo he vuelto, Severin volvió un par de veces, otros también se han tomado algún descanso. Nadie les pasó la factura por la cara. Si necesitas irte, te vas. No es para tanto.

—¿De verdad lo crees? —A Grainger le temblaba la voz; era la voz de una chica de campo de Illinois a la que le daba una vergüenza tremenda malgastar millones de dólares del dinero de otro para rendirse a su dolor.

—El dinero no vale una mierda —le dijo BG—. Es un jueguecito: diez pavos por una chocolatina, cincuenta pavos por una botella de Pepsi, descontado del sueldo, bla bla bla. No es más que una partida de cartas del viernes noche, Grainger, es el Monopoly, es la canasta, niños jugando con garbanzos. El sueldo es un juego también. ¿Dónde nos vamos a gastar ese dinero? No nos moveremos de aquí.

—Pero tú *sí* que fuiste a casa —le dijo Grainger—. No hace mucho. ¿Por qué?

BG apretó la mandíbula. Estaba claro que no quería hablar del tema.

—Asuntos por resolver.

—¿La familia?

BG negó con la cabeza.

—Digamos que... unos cabos sueltos. En mi área, hay que tener la mente despejada. Así que hice unas cosas y la despejé. Volví al trabajo como un hombre nuevo.

Esto dejó a Grainger callada varios segundos. Luego se puso nerviosa de nuevo.

–Pero eso es, ésa es la clave, que volviste, que no lo dejaste. Yo tengo que dejarlo, ¿lo entiendes? Tengo que irme y no volver nunca más. De ninguna manera, nunca.

BG hizo un gesto con la barbilla.

–Nunca digas nunca jamás, Grainger. Nunca digas nunca jamás. Eso está en la Biblia, en alguna parte, ¿no, Peter?

–No estoy seguro –murmuró Peter. Sabía perfectamente que la Biblia no decía nada parecido.

–Tiene que estar ahí mismo en el primer capítulo –afirmó BG–. El consejo de Dios a Moisés y a toda la tropa: ¡aprovechad el momento! ¡Cogedlo por los cuernos, tíos!

Peter vio como BG levantaba la mano derecha del volante y la alzaba en un puño triunfal. Mucho tiempo atrás, en una vida anterior, BG habría estado sin duda rodeado de otras criaturas de piel oscura en su hermandad de la Nación del Islam, todas ellas con el puño en alto del mismo modo. Ahora, los eslóganes se habían mezclado en su cabeza con un millar de hojas llevadas por el viento, del Corán, de la Biblia, de una variedad de libros de autoayuda, revistas y programas de televisión, hasta formar un mantillo. Un mantillo en el que su autoestima crecía fuerte y sana.

La Biblia almacenada dentro de Peter era pura, sin adulterar, ni una sola palabra confundida con otra cosa. Y, sin embargo, por primera vez, se avergonzó de ello. El libro sagrado con el que tanto tiempo de su vida había predicado tenía un defecto cruel: no se le daba demasiado bien infundir ánimos o esperanza en los que no eran creyentes. *Pues nada es imposible con Dios,* proclamaba Lucas, y ese mensaje, que Peter había considerado siempre la forma más dichosamente positiva de consuelo que uno pudiera desear, se dio la vuelta como un insecto moribundo, y se convirtió en *Pues nada es posible sin Dios.* ¿De qué le servía eso a Grainger? ¿De qué le servía a Bea? Por cómo habían ido las cosas, puede que tuvieran que arreglárselas sin un salvador; puede que tuvieran que buscar y rebuscar alguna clase de futuro que proporcionarse ellos mismos. Y el problema con la Biblia era que, si le preguntabas por un futuro sin fe, las Escrituras se lavaban las manos contigo. *Vanidad de vanidades, todo es vanidad.*

–¿Cómo estaba aquello, BG? –preguntó Grainger–. Vamos, cuéntame, ¿qué está pasando en casa?

–*Esto* es mi casa ahora –le advirtió BG, dándose unos golpecitos en el pecho con los dedos. Tal vez, en lugar de referirse a Oasis, la casa a la que aludía era su propio cuerpo, donde quiera que éste se encontrara.

–Vale, vale, muy bien –replicó Grainger, controlando apenas la irritación–. Pero cuéntame de todas formas, maldita sea. Ha pasado mucho tiempo desde que me fui. Tiene que haber cambios enormes. No me ahorres nada, BG, sáltate la arenga y dímelo sin rodeos. ¿Cómo está aquello?

BG vaciló, valorando si era sabio responder.

–Igual que siempre –respondió.

–¡No es verdad! –gritó ella, histérica de pronto–. ¡No me engañes! ¡No seas condescendiente conmigo! ¡Sé que todo se está yendo a pique!

¿Por qué no preguntarme a mí?, pensó Peter. Grainger lo trataba como si no existiera.

–Todo está *siempre* yéndose a pique –afirmó BG con calma. No había ninguna actitud defensiva en su tono: los hechos eran demasiado evidentes para discutirlos–. El planeta Tierra se fue a tomar por culo hace muuuucho tiempo, perdón por el lenguaje.

–No me refiero a *eso* –se quejó Grainger–. Me refiero a... cómo estaba tu antiguo barrio, donde creciste, tu familia, tu casa...

BG entrecerró los ojos y miró por el parabrisas la extensión de nada. Luego echó un vistazo al dispositivo de navegación del salpicadero.

–Grainger, tengo otro dicho muy sabio para ti. Escucha: no puedes volver a casa.

579

Thomas Wolfe, alrededor de 1940, pensó Peter sin poder evitarlo.

—¿Ah, sí? Bueno, pues ya lo veremos —dijo Grainger, beligerante ante el miedo—. Ya lo veremos.

BG estaba callado, sin duda considerando que Grainger estaba a punto de estallar y era preferible no seguir discutiendo. Pero el silencio la provocó en la misma medida.

—¿Sabes lo que eres? —dijo resollando, con voz amenazante, como bañada en alcohol—. Eres un crío. Que se escapa de casa. Un tío grande y duro, pero no eres capaz de afrontar la realidad. Lo único que puedes hacer es fingir que no está pasando.

BG pestañeó con parsimonia. No perdió los nervios. No le quedaban nervios que perder. Ésa era su tragedia, y también su rasgo de dignidad.

—Yo he afrontado toda la realidad que tenía que afrontar, Grainger —le dijo, sin levantar la voz—. Tú no sabes lo que he hecho y lo que no, no sabes de dónde vengo y por qué me fui, no sabes a quién le he hecho daño y quién me ha hecho daño a mí, no has visto mi cartilla de puntos y no te la voy a enseñar. ¿Quieres un dato jugoso sobre mi padre? Murió cuando tenía exactamente la misma edad que tengo yo ahora. Un vaso sanguíneo del corazón se le quedó bloqueado: bye bye, Billy Graham Sénior. Y lo único que te hace falta saber de mí es que, si he heredado ese vaso sanguíneo y me muero la semana que viene, bueno... pues de acuerdo. —BG cambió de marcha y redujo la velocidad. Se estaban acercando a la base—. Mientras tanto, Grainger, siempre que necesites que te recojan del desierto, aquí me tienes.

Ella guardó silencio después de eso. Las ruedas del vehículo hicieron la transición de tierra a asfalto, creando la ilusión de que iban en avión. BG aparcó a la sombra del complejo, justo delante de la entrada más cercana al cuarto de Grainger, y luego rodeó el todoterreno y le abrió la puerta: un perfecto caballero.

—Gracias —dijo ella.

Había ignorado la presencia de Peter a lo largo de todo el viaje. Él se volvió en el asiento y pudo atisbarla mientras maniobraba para sacar del vehículo su cuerpo rígido y cansado. BG le ofreció el brazo como asidero, ella lo cogió y se impulsó hacia arriba. La puerta se cerró dando un portazo, y Peter siguió mirando por la ventanilla empañada: dos empleados de la USIC vestidos de blanco, entrando y saliendo de la identificabilidad con un brillo trémulo, como imágenes de vídeo deterioradas. Se preguntó si entrarían en el edificio el uno al lado del otro, cogidos del brazo, pero en cuanto Grainger se puso de pie, se soltó y se esfumó.

—Supongo que es por el rayo —le dijo BG cuando volvió al vehículo—. No puede ser bueno para una persona, que te caiga así encima. Dale tiempo, lo superará.

Peter asintió. No estaba seguro de si él mismo lo superaría.

Fue el doctor Adkins quien encontró a Peter en la entrada de la unidad de cuidados intensivos, de rodillas. «Encontró» no es la palabra adecuada, quizás: casi tropezó con él. Sin inmutarse, el doctor echó una ojeada al cuerpo de Peter y valoró en un par de segundos si había alguna parte de éste que necesitara intervención médica urgente.

—¿Estás bien?

—Estoy intentando rezar.

—Ah..., vale —dijo Adkins, mirando por encima del hombro de Peter a un punto más apartado del pasillo, como diciendo *¿Y no podrías intentarlo en un sitio en el que la gente no tropiece contigo y se rompa el cuello?*

—He venido a ver a Amante de Jesús Cinco —explicó Peter, poniéndose de pie con esfuerzo—. ¿Sabes algo de ella?

—Pues claro. Es mi paciente. —El doctor sonrió—. Está bien tener un paciente de verdad para variar. En lugar de una visita de cinco minutos aquí te pillo aquí te mato por una conjuntivitis o por un golpe en el dedo con un martillo.

Peter lo miró a los ojos, buscando signos de empatía.

—Me dio la impresión de que el doctor Austin no entendía realmente lo que le está pasando a Amante Cinco. Que creía que tú la atenderías mejor.

—Hacemos lo que podemos —respondió Adkins, inescrutable.

—Se va a morir.

—No nos pongamos en ésas todavía.

Peter apretó una mano entre la otra y descubrió que sus arduos intentos de rezar le habían dejado amoratada la piel de entre los nudillos.

—Esta gente no se cura, ¿lo entiendes? —le dijo—. No se *pueden* curar. Nuestros cuerpos..., tu cuerpo, mi cuerpo..., nosotros vivimos en un milagro. Olvídate de la religión, nosotros somos un milagro de la naturaleza. Podemos darnos un golpe con un martillo, hacernos un agujero en la piel, quemarnos, rompernos, hincharnos de pus, y, al cabo de poco, ¡todo arreglado! ¡Como nuevo! ¡Increíble! ¡Imposible! Pero cierto. Ése es el regalo que se nos ha concedido. Pero los ⴰⵄⴰⵙ, los oasianos, no lo han recibido nunca. Tienen una oportunidad..., sólo una..., el cuerpo con el que nacen. Hacen todo lo que pueden por cuidar de él, pero cuando se daña, eso es... eso es todo.

El doctor Adkins asintió. Era un hombre bondadoso, y no poco inteligente. Puso la palma de la mano en el hombro de Peter.

—Veamos día a día cómo va con esta... señora. Perderá la mano. Eso es obvio. Más allá de eso... Nos esforzaremos al máximo por encontrar solución.

Las lágrimas le ardían en los ojos. Estaba ansioso por creer.

—Mira, ¿recuerdas cuando te estaba cosiendo? Te dije que la medicina no es más que carpintería, fontanería y costura. Lo cual no es aplicable en el caso de esta señora, lo tengo presente. Pero se me olvidó mencionar que también está la química. Esta gente toma analgésicos, toma cortisona, toma un montón de medicinas que nosotros les damos. No las tomarían, año tras año, si no les hicieran ningún efecto.

Peter asintió, o intentó hacerlo; fue más bien un temblor facial, un escalofrío de la barbilla. El cinismo que creía haber desterrado para siempre invadió todo su organismo. *Placebo, es todo placebo.* Te tragas las pastillas y te sientes revigorizado mientras las células se mueren dentro de ti. Aleluya, puedo caminar con estos pies infectados, ya no hay dolor, apenas un poco, bastante llevadero, alabado sea el Señor.

Adkins miró la mano que había depositado un minuto antes sobre el hombro de Peter, estudiándola brevemente como si tuviera en ella una ampolla de suero mágico.

—Esta... Amante Cinco tuya: ella es nuestra vía de entrada. Nunca habíamos podido examinar a uno de ellos. Aprenderemos mucho y aprenderemos rápido. ¿Quién sabe? Puede que consigamos salvarla. O si no podemos salvarla a ella, puede que consigamos salvar a sus hijos. —Hizo una pausa—. Porque tienen hijos, ¿verdad?

La mente de Peter reprodujo de nuevo la visión de aquel recién nacido que parecía un ternerito, la multitud aplaudiendo, la ceremonia del vestido, la belleza inquietante del pequeño ᴧᴧᴧᴖᴃᴃ, bailando torpemente en el día inaugural de su vida, agitando sus manitas enguantadas.

—Sí, sí que tienen hijos.

—Bueno, ahí lo tienes —respondió Adkins.

Amante Cinco, confinada en una cama en su habitación, llena de luz, parecía tan pequeña y tan sola como antes. Si al menos hubiera un empleado de la USIC tumbado con la pierna rota en otra de las camas, o algunos ᴌᴦᴖᴧᴃ sanos sentados a su lado, hablando con ella en su lengua nativa, no habría sido tan terrible. ¿Terrible para quién, sin embargo? Peter sabía que deseaba por su propio bien tanto como por el de ella que el patetismo no fuese tan intenso. En su carrera como pastor había

583

visitado muchos pabellones de hospital, pero nunca, hasta ese momento, para encontrarse con una persona de cuya muerte inminente se sintiera responsable.

–Dios bendiga nuestra reunión, padre Peter –le dijo ella cuando entró.

Desde la última vez que la había visto, Amante Cinco se había hecho con una toalla de baño de la USIC y se había cubierto diestramente la cabeza con ella, como una capucha improvisada. Le daba un aspecto más femenino, como un *hiyab* o una peluca. Había metido las puntas sueltas por debajo del cuello de la bata de hospital, y se había tapado con las sábanas hasta las axilas. La mano izquierda seguía descubierta; la derecha estaba perfectamente envuelta en su funda de algodón.

–Amante Cinco, lo siento, lo siento muchísimo –le dijo, con la voz quebrándosele ya.

–No es necesario sentirlo –lo confortó ella. Pronunciar esa absolución le exigió una absurda cantidad de energía. Un insulto a sus heridas.

–El cuadro que se te cayó en la mano... –siguió Peter, sentándose en el borde de la cama, cerca del pequeño montículo de sus rodillas–. Si no hubiese pedido...

Con la mano libre, Amante Cinco hizo algo sorprendente, algo que Peter nunca habría imaginado que hiciera alguien de su especie: lo hizo callar poniéndole los dedos en los labios. Era la primera vez que lo tocaba la piel desnuda de un ⲟⲥⲁⲥ, sin la fina tela de los guantes de por medio. Las yemas de sus dedos eran suaves y cálidas y olían a fruta.

–Nada cae si Dios no tiene un plan para que caiga.

–No debería decir esto –le confesó, tomándola con cuidado de la mano–, pero de entre todos los tuyos... tú eres la que más me importa.

–Lo sé –respondió ella, sin dudar apenas un segundo–. Pero Dios no tiene favoritos. Dios se preocupa por todos igual.

Sus alusiones constantes a Dios se le clavaban en el alma. Él tenía confesiones muy importantes que hacer, confesiones sobre su fe, confesiones sobre lo que pretendía hacer.

–Amante Cinco... Yo... Yo no quiero engañarte. Yo...

Ella asintió, lenta y comprensivamente, para indicarle que no hacía falta que terminara de explicarse.

–Crees que... te falta fe en Dios. Que ya no puedes ser pastor. –Volvió la cabeza y miró hacia la puerta por la que había entrado, la puerta que llevaba al mundo exterior. En algún punto en aquella dirección estaba el asentamiento en el que Amante Cinco había aceptado a Jesús en su seno, ese asentamiento que ahora estaba vacío y abandonado–. El padre Kurtsberg también llegó a creer eso. El padre Kurtsberg se enfadó, habló con voz muy alta, dijo: ya no soy pastor, buscad otro pastor.

Peter tragó saliva. El cuadernillo de la Biblia que había encuadernado descansaba enrollado sobre la manta, al lado de ese culo inútil suyo. En el cuarto, tenía todavía un montón de ovillos de vivos colores esperando ser usados.

–Tú eres... –Amante Cinco hizo una pausa para encontrar la palabra correcta– un hombre. sólo hombre. Dios es más grande que tú. Llevas la palabra de Dios un tiempo, y luego la palabra pesa demasiado, demasiado para llevarla, y tienes que reposar. –Le puso la mano sobre el muslo–. Lo entiendo.

–Mi mujer...

–Lo entiendo –repitió ella–. Dios os unió. Y ahora no estáis unidos.

Peter recordó de pronto el día de su boda, la luz que entraba por los cristales de la iglesia, el pastel, el cuchillo, el vestido de Bea. Ensoñaciones sentimentales, perdidas de modo tan irremediable como el uniforme apolillado de los exploradores, que tiraron a un contenedor y recogieron los basureros. Se obligó a pensar en su propia casa tal como era ahora, rodeada de

585

suciedad y escombros, con el interior sumido en la oscuridad y, medio escondida en esas sombras fantasmales, la figura de una mujer que era incapaz de reconocer.

—No es sólo que estemos separados —le explicó—. Bea está en apuros. Necesita ayuda.

Amante Cinco asintió. Su venda clamaba con más fuerza que ninguna palabra recriminatoria que no podía haber apuro más grave que el apuro en que estaba ella.

—Así cumplirás con la palabra de Jesús. Lucas: dejarás a noventa y nueve en el desierto para ir a buscar a la que se ha perdido.

Peter se puso rojo cuando la parábola dio en el blanco. Debía de haberla aprendido de Kurtzberg.

—He hablado con los médicos —le dijo desconsolado—. Van a hacer todo lo posible, por ti y por... los demás. No podrán salvarte la mano, pero puede que consigan salvarte la vida.

—Estoy feliz si me salvo.

Peter se removió incómodo en el borde de la cama. La nalga izquierda se le estaba quedando dormida y empezaba a dolerle la espalda. Dentro de unos minutos, estaría fuera de esa habitación y su cuerpo volvería a la normalidad, restauraría la circulación sanguínea normal, pacificaría la actividad neurológica alterada, relajaría los músculos tensionados, mientras que ella se quedaría allí viendo cómo se pudría su carne.

—¿Puedo hacer algo por ti ahora mismo? —le preguntó.

Ella lo pensó unos segundos.

—Cantar —le dijo—. Cantar sólo conmigo.

—¿Cantar qué?

—La canción de bienvenida para el padre Peter. Se vas, lo sé. Luego espero que vuelvas, en mejor vida. Y cuando vuelvas, cantaremos de nuevo la misma canción. —Sin más preámbulos, se puso a cantar—: Subliiiiiiime Graaaaacia...

Peter se sumó de inmediato. Su voz, ronca y apagada al hablar, encontró las fuerzas cuando fue llamada a cantar. La acústica de la unidad de cuidados intensivos era mejor, de hecho, que la de su iglesia, donde el ambiente húmedo y la multitud de cuerpos siempre empañaban el sonido; allí, en esa fría cavidad de hormigón, con camas vacías, maquinaria durmiente y pies metálicos de gotero como única compañía, «Sublime Gracia» resonaba profunda y clara.

–Fui cieeeeeego maaaaaaꙅ –cantó– hoy veeeeeo yooooooo...

La duración de las respiraciones de Amante Cinco, a pesar de que las acortó por deferencia a Peter, hicieron que la canción se alargara bastante. Él terminó exhausto.

–Graciaꙅ –le dijo ella–. Ahora veꙅe. Yo ꙅeguiré ꙅiendo ꙅiempre... ꙅu hermano.

No había ningún mensaje de Bea.

No quería saber nada de él. Se había rendido.

O tal vez... tal vez se había suicidado. La situación del mundo, la pérdida de Joshua, la pérdida de fe, la brecha en su matrimonio... eran penas terribles con las que cargar, y puede que no hubiese sido capaz. De adolescente, había tenido tendencia al suicidio. Casi la había perdido entonces, sin saber siquiera que estaba allí y podía perderla.

Abrió una página en blanco en el Shoot. Debía confiar en que seguía viva, que aún le llegaban sus mensajes. La pantalla en blanco se alzaba imponente: demasiado espacio en blanco para envolver cualquier significado que intentara poner allí. Se planteó citar o parafrasear ese fragmento de los 2 Corintios 5 sobre la casa que «no fue hecha por manos humanas» y que nos aguarda si nuestro hogar terrenal es destruido. Claro que era una cita de la Biblia, pero tal vez fuese relevante en un contexto no religioso, como BG dándose palmaditas en el pecho para indicar que una casa no son ladrillos y argamasa, que el hogar puede estar en cualquier parte.

Una voz vino a él y le dijo *No seas idiota.*

587

Vuelvo a casa, escribió, y eso fue todo.

Ahora que había prometido que volvería, se dio cuenta de que no tenía ni idea de cómo conseguirlo. Hizo clic sobre el icono del escarabajo verde y el Shoot mostró tres miserables opciones en el menú: *Mantenimiento (reparaciones)*, *Admin* y *Grainger*. Ninguna parecía encajar del todo. Hizo clic sobre *Admin* y escribió:

Lo siento, pero necesito volver a casa. Lo antes posible. No sé si podré volver aquí más adelante, pero si es así, tendría que ser con mi mujer. No es ningún chantaje, sólo quiero decir que sería la única manera de que pudiera volver. Por favor, respondedme y confirmadme cuándo puedo irme. Saludos, Peter Leigh (pastor).

Releyó lo que había escrito y borró todo desde *No sé si hasta pudiera volver*. Demasiada letra, demasiada explicación. El mensaje fundamental, el que requería una respuesta, era más sencillo.

Se puso de pie y se estiró. Un pinchazo intenso le recordó la herida de la pierna. Se estaba curando bien, pero la piel estaba tirante a lo largo de la sutura. Le quedaría cicatriz para siempre, y de vez en cuando dolería. Había límites en lo que el milagroso organismo humano podía sanar.

La dishdasha, colgada de la cuerda de tender, ya estaba seca. Las marcas borrosas de la cruz de tinta habían desaparecido casi por completo, desteñidas hasta quedar de un lila de lo más pálido. Los bajos estaban tan arrugados que parecía que estuviesen hechos así a propósito, como vaporosos volantes. «No te parece demasiado femenino, ¿verdad?», recordaba que había dicho Bea cuando sacaron la prenda del envoltorio de plástico. No sólo recordaba las palabras, sino también el sonido de la voz de Bea, la expresión en sus ojos, la luz que daba en un lado de su nariz: todo. Y le había dicho: «Puedes ir desnudo debajo. Si quieres.» Era su mujer. La amaba. En algún punto del universo, dentro de las leyes del tiempo, el espacio y la relatividad, tenía que haber un lugar en el que eso siguiera siendo posible.

–Imagina que eres un pequeño bote hinchable, perdido en el mar –le había sugerido Ella Reinman, en el curso de aquellas entrevistas interminables en la décima planta de un hotel de lujo–. A lo lejos, hay un barco. No sabes decir si está acercándose a ti o alejándose. Sabes que si intentas ponerte de pie y agitar los brazos, el bote se volcará. Pero si te quedas sentado, nadie te verá y no te rescatarán. ¿Qué haces?

–Me quedo sentado.

–¿Estás seguro? ¿Y si resulta que el barco se está alejando?

–Tendré que vivir con ello.

–¿Y te quedas sentado viendo como se marcha?

–Le rogaría a Dios.

–¿Y si no hay respuesta?

–Siempre hay respuesta.

Su templanza los había impresionado. Su rechazo a entregarse a gestos alocados, impulsivos, lo había ayudado a dar la talla. Era la templanza de los que vivían en la calle, la templanza de los ᴌᴂᴀᴋ. Sin saberlo, había sido siempre un extraterrestre honorífico.

Ahora, iba de un lado a otro del cuarto frenético, como un animal enjaulado. Necesitaba estar en casa. En marcha, en marcha, en marcha. La aguja en la vena, la mujer diciendo *Esto va a escocer un poco,* y luego la negrura. ¡Sí! ¡Venga! Cada minuto de retraso era un suplicio. Dando vueltas, estuvo a punto de tropezar con un zapato tirado por el suelo, lo agarró y lo lanzó a la otra punta del cuarto. A lo mejor Grainger, en su habitación, estaba haciendo lo mismo. A lo mejor deberían perder los nervios juntos, compartir el bourbon. Necesitaba un trago de verdad.

Echó un vistazo al Shoot. Nada. ¿Quién se suponía que tenía que leer el mensaje, de todas formas? ¿Algún ingeniero o pinche de cocina fuera de servicio? ¿Qué mierda de sistema era ése, en el que no había nadie al mando, nadie con un despacho en el que poder irrumpir, nadie a quien pudiera agarrar por la camisa? Fue de un lado a otro del cuarto un rato más, respirando demasiado fuerte. El suelo, el techo, la ventana, los muebles, la cama: estaba todo mal, mal, mal. Pensó en Tuska, soltando su discurso de la Légion Étrangère, todo ese rollo sobre los debiluchos que se habían vuelto locos, subiéndose por las paredes, rogando volver «a caaasa». Aún podía sentir el sarcasmo de Tuska. ¡Cabrón engreído!

Dieciocho minutos después, en su Shoot, había una respuesta de la Admin.

Qué tal. He reenviado tu petición a las oficinas de la USIC. El plazo de respuesta habitual es de 24 h (hasta los peces gordos tienen que dormir de vez en cuando), pero pronostico que dirán que sí. Por diplomacia, habría estado bien dejar caer algo sobre volver para terminar la misión, pero, eh, no es cosa mía decirte cómo ganar amigos e influir sobre las personas. Yo no tenía previsto el próximo vuelo hasta dentro de un mes, pero qué narices, le sacaré provecho. A lo mejor me pillo unas zapatillas nuevas, me compro un helado, voy a un asador. ¡O de putas! Es broma. Yo soy un peregrino respetable, ya me conoces. Estate al tanto, y yo te avisaré cuando sea el momento de irse. Au reviore, Tuska.

En cuanto terminó de leer estas palabras, Peter pegó un brinco que volcó la silla y saltó exultante por los aires, apretando los puños como un deportista que hubiese conseguido la victoria contra todo pronóstico. Habría gritado *Aleluya* también de no ser por el espasmo punzante que le recorrió la pierna herida. Llorando de dolor, riendo de alivio, cayó al suelo, enroscado como un bicho, o un ladrón que se hubiese roto los tobillos, o un marido aferrando el cuerpo de su mujer en lugar del suyo propio.

Gracias, susurró, *gracias...* ¿Pero a quién? No lo sabía. Lo único que sabía era que tenía que dar las gracias.

590

27. QUÉDATE DONDE ESTÁS

Su nombre era Peter Leigh, hijo de James Leigh y de Kate Leigh (apellido de soltera: Woolfolk), nieto de George y de June. Nació en Horns Mill, Hertford, Hertfordshire. Los nombres de sus gatos, en el orden en que fue su dueño, fueron Mokkie, Silky, Cleo, Sam, Titus y Joshua. Cuando volviera a casa, tendría otro, de una protectora de animales, si es que seguían existiendo las protectoras de animales cuando volviera. En cuanto a su hijo, o hija, le pondrían el nombre que Bea quisiera. O puede que Kate. Lo hablarían cuando llegara el momento. Quizás esperaran a que el bebé naciera, y ver qué personalidad tenía. Las personas eran únicas desde el Día Uno.

Se puso tan recto como pudo en su desolador cuarto de la USIC y se examinó en el espejo. Era un hombre inglés de treinta y tres años, con un bronceado intenso, como si hubiera pasado unas largas vacaciones en Alicante o en algún otro lugar de vacaciones en el Mediterráneo. Pero no estaba en forma. La barbilla y las clavículas despuntaban de manera preocupante, esculpidas por una dieta insuficiente. Estaba demasiado delgado para ponerse la dishdasha, pero la ropa occidental le quedaba todavía peor. Tenía algunas cicatrices pequeñas en la cara, alguna de sus tiempos alcohólicos, otras más recientes y delineadas con costras nítidas. Los ojos estaban inyectados en sangre, y había miedo y dolor en ellos. «¿Sabes qué te pondría recto a ti?», le había dicho una vez un compañero de la calle mientras esperaban bajo la lluvia a que abriera un refugio para indigentes. «Una esposa.» Cuando Peter le preguntó si hablaba por experiencia propia, el borrachuzo sólo sonrió y negó con la cabeza canosa.

Aquellos pasillos de la USIC que en su día le parecieron un laberinto le eran ahora familiares, demasiado familiares. La familiaridad de una cárcel. Los pósters enmarcados colgaban en los lugares designados, marcando su avance a través de la base. Camino del parque de vehículos, las imágenes satinadas lo miraban sin verlo: Rodolfo Valentino, Rosie la Remachadora, el perro en el cesto con los patitos, los excursionistas sonrientes de Renoir. El Gordo y el Flaco petrificados, estoicos, interrumpidos para siempre en su vano intento de construir una casa. Y aquellos obreros de la construcción de los años 1930, suspendidos en las alturas de Nueva York..., se quedarían allí colgados eternamente, no se terminarían nunca el almuerzo, nunca se caerían de la viga, nunca envejecerían.

Cruzó la última puerta y lo recibió el olor de la grasa de motor. Para su visita de despedida a los ᏞᏆᏗᏦᎨ quería ir hasta C-2 en coche, él solo, no como pasajero de nadie. Recorrió el aparcamiento con la mirada en busca de la persona que atendía, esperando que fuera alguien a quien no conociera, alguien que no supiera nada de él salvo que era el misionero VIP al que había que darle todo lo que pidiese, dentro de lo razonable. Pero la persona inclinada sobre el motor de un todoterreno, resguardada bajo el capó, tenía un trasero que reconocía. Era Craig otra vez.

—Hola —la saludó, sabiendo en cuanto abrió la boca que la oratoria no lo llevaría a ninguna parte.

—Hola —dijo ella, prestándole atención sólo a medias mientras continuaba untando las tripas del motor con lubricante.

La negociación fue breve y cordial. Poco podía culparla de no querer entregarle un vehículo, teniendo en cuenta lo que había pasado la última vez. Puede que sus compañeros de la USIC la hubieran criticado por permitirle —a él, que saltaba a la vista que estaba mal de la cabeza— que se fuera de noche con el coche fúnebre de Kurtzberg, para luego tener que ir por él en un rescate de emergencia y remolcar el coche hasta la base en otro viaje. Craig fue todo sonrisas y lenguaje corporal despreocupado, pero el subtexto era: *Eres un grano en el culo.*

—Hay programada una entrega de medicamentos y comida dentro de sólo unas horas —le dijo mientras se limpiaba las manos con un trapo—. ¿Por qué no aprovechas el viaje?

—Porque es una despedida. Voy a despedirme de los ܐ*ܤ܇ܩ*.

—¿De los qué?

—De los oasianos. Los nativos. *—Los frikis de Villa Friki, gorda idiota*, pensó.

Craig rumió lo que le había dicho.

—¿Necesitas un coche para ir a despedirte?

Peter dejó caer la cabeza, frustrado.

—Si voy de la mano del personal de la USIC podría parecer que os utilizo como... eh... guardaespaldas. Guardaespaldas emocionales, si entiendes a qué me refiero. —La mirada directa y sin embargo desenfocada de Craig le hizo saber que no, no entendía—. Podría parecer que no quiero enfrentarme a ellos yo solo.

—Vale —le respondió Craig, rascándose distraídamente el tatuaje de la serpiente.

Pasaron algunos segundos más, y empezó a resultar evidente que su «Vale» no significaba «En ese caso, te dejo un coche»; no significaba siquiera «Entiendo que pueda preocuparte eso»; significaba «Allá tú».

—Además, no estoy seguro de que Grainger vaya a querer ir al asentamiento hoy.

—No será Grainger —dijo Craig con despreocupación, y

consultó el listado de turnos–. Grainger estará fuera de servicio... –Fue pasando páginas, buscando el nombre–... por el momento –resumió al fin, y volvió a la página del día–. Se encargarán... Tuska y Flores.

Peter miró a espaldas de Craig, a todos esos vehículos engrasados con los que podría marcharse de allí si ella no estuviera en medio.

–Tú eliges –le dijo con una sonrisa, y él comprendió que a veces no había en absoluto elección.

–Te veo de pie a orillas de un lago enorme –le había dicho Bea, la última vez que la había tenido abrazada–. Es de noche y el cielo está lleno de estrellas.

Y había compartido con Peter una visión de él predicando a una multitud de criaturas invisibles subidas a botes de pesca, oscilando en el mar. Tal vez ambos sabían que era un sueño, que no ocurriría nada así, realmente. Era un nuevo día soleado y letárgico en Oasis, y los nativos estaban dormitando en sus camas, o preparando comida para sus invitados extranjeros, o lavando ropa, o pasando tiempo con sus hijos, con la esperanza de que su carne sobreviviera sin daños hasta que el sol se pusiera y estuvieran otra vez cobijados en sus camas. Puede que estuviesen rezando.

Mientras hacía tiempo hasta la hora prevista para el viaje, Peter pensó qué llevar consigo al asentamiento, si es que iba a llevar algo. Había una pila de cuadernillos a medio terminar sobre la mesa, junto a algunos ovillos de lana. Cogió el que le quedaba más cerca, una paráfrasis del Apocalipsis, capítulo 21. Había reducido el número de «s» a tres, y a cuatro el de «t»: eso era, tal vez, lo mejor que podía conseguir.

Y allí vi un cielo nuevo y una ﻉ*ierra nueva, porque el primer cielo y la primera* ﻉ*ierra habían de*ﻉ*aparecido. Y oí una voz enérgica que venía del cielo y decía: Mirad, Él vivirá aquí, y* ﻉ*erá* ﻉ*u pueblo. Dio*ﻉ *vivirá con ello*ﻉ*. Y nadie morirá y no ha-*

brá ni pena ni dolor. Y él, en el ❧*rono, dijo: «¡Mirad, lo hago* ❧*odo nuevo!»*

Para evitar la necesidad de explicaciones que no irían a ninguna parte, había omitido Jerusalén, el mar, el tabernáculo, Juan el apóstol, la novia y el marido, hombres, y algunas cosas más. El Dios de su cuadernillo ya no se secaba las lágrimas de los ojos, en parte porque eran palabras difíciles de pronunciar, y en parte porque, después de todo este tiempo, seguía siendo un misterio para él si los ⲗⲟⲣⲁⲥ tenían ojos o si lloraban. Peter reconectó con lo que le había hecho sudar buscar una alternativa a «sincero». Todo ese trabajo, ¿para qué? Las únicas palabras que tenía ahora para ellos eran «perdón» y «adiós».

–Bonito día –dijo Tuska, y lo era.

El cielo estaba desplegando un espectáculo para ellos, como para honrar una ocasión trascendental. Dos enormes columnas de lluvia aún por descargar, una al este y otra al oeste, se habían acercado la una a la otra, y ahora sus extremos superiores se estaban entremezclando, formando un arco resplandeciente en el cielo. Quedaba todavía muy lejos, a kilómetros, tal vez, pero creaba la ilusión de que estaban a punto de pasar por un portal colosal hecho de nada más consistente que gotas de lluvia.

–Tengo que reconocer que –comentó Tuska–, por lo que respecta a la vista, es un nueve sobre diez.

–Las ventanillas traseras están cerradas, espero –dijo Flores–. No quiero que llueva encima de los medicamentos.

–Sí, están cerradas –respondió Peter.

Tuska y Flores, sentados en los asientos delanteros, apenas le habían dirigido la palabra desde que el todoterreno había abandonado el complejo. Se sentía como un niño metido allí atrás al que le permitían ir por el simple motivo de que no lo podían dejar solo, y con nada más que hacer durante el viaje que esperar que sus padres no se pelearan.

Ese sello hermético de aire acondicionado que Grainger se esforzaba por mantener tan diligentemente no era el estilo de Tuska. Él llevaba las ventanillas bajadas, y dejaba que el aire entrara con libertad en el todoterreno. A las lánguidas agitaciones de la atmósfera se unía la brisa artificial que creaba la velocidad del vehículo.

–¿Dónde está Grainger? –preguntó Peter.

–Tomándoselo con calma –respondió Tuska, del que Peter sólo veía el hombro y un brazo al volante.

–Embriaguez total –dijo Flores, oculta por completo.

–Ha sido muy buena farmacéutica todos estos años.

–Hay otros farmacéuticos.

–Bueno, vamos a ver qué nos trae Papá Noel, ¿eh? –dijo Tuska, y Flores guardó silencio.

El arco brillante del cielo no se había acercado nada, así que Peter se puso a mirar por la ventanilla. El paisaje, que había acabado amando, seguía siendo austeramente hermoso, pero ese día vio su simplicidad con otros ojos, y le perturbó. Se imaginó a una chica de campo como Grainger escudriñando el sereno vacío del terreno buscando en vano vida animal, vida vegetal, cualquier tipo de vida que le recordase al entorno de su infancia.

–Grainger necesita volver a casa –dijo, y las palabras brotaron de su boca antes de saber siquiera que las había concebido.

–Sí –coincidió Tuska–. Creo que sí.

–Pronto –añadió Peter, y recordó, por primera vez en años, que *Pronto* era el nombre de un folleto con pasajes de la Biblia que Bea y él habían confeccionado hacía siglos para los amantes de Jesús de Arunachal Pradesh. De pronto, vio en su imaginación las manos de Bea y las suyas moviéndose las unas cerca de las otras sobre la mesa de la cocina: las suyas doblando en tres el folleto, con el letrero de *Pronto* hacia arriba; las de Bea, metiendo el papel en un sobre, cerrándolo y escribiendo en él la dirección de un adivasi de nombre impronunciable que vivía

596

en las montañas. Habían ido enviando al extranjero cajas de cartón llenas de folletos de *Pronto* en intervalos de seis meses, un gasto absurdo en la era de la electrónica, pero no todo el mundo tenía ordenador y, además, había algo especial en el hecho de tener entre las manos versículos de la Biblia.

Cuánto tiempo hacía de aquello. Él con un folleto llamado *Pronto* en la mano, tendiéndoselo a Bea por encima de la mesa.

—He reenviado su solicitud también —dijo Tuska—. Supongo que os marcharéis juntos. —Bostezó—. ¡Dos deserciones simultáneas de nuestro pequeño paraíso! ¿Sabéis algo que yo no sé? Pensándolo mejor, no me lo digas.

—No hay ningún problema con este sitio —dijo Peter, mirando de nuevo por la ventanilla—. Siento dejar a todo el mundo tirado.

—Algunos lo aguantan y otros no —dijo Tuska a la ligera—. No se puede reutilizar un GCFBE.

—¿Cómo?

—Un generador de compresión de flujo con bombeo explosivo.

Esas palabras, que eran para Peter tan extrañas e incomprensibles como lo sería para sus anfitriones un arcano versículo de la Biblia, fueron las últimas en un buen rato. La ilusión de que estaban a punto de pasar bajo un arco inmenso y titilante se fue desvaneciendo a medida que las dos columnas de agua se separaban y adoptaban formas distintas y asimétricas. La lluvia salpicó el parabrisas y el techo, su ritmo tan extraño como siempre, determinado por unos principios físicos más allá del entendimiento humano. Luego el chaparrón pasó, y los limpiaparabrisas chirriaron fastidiosamente contra el cristal despejado hasta que Tuska los desactivó. Ahora las fachadas de caramelo de Villa Friki estaban a sólo unos centenares de metros, y Peter podía distinguir ya una figura menuda esperando en el punto designado.

—Cuando lleguemos —soltó de pronto desde el asiento de atrás—, necesito un minuto, dos minutos a solas con esa persona.

597

–Vale –respondió Tuska, cambiando de marcha para el último tramo–, pero sin lengua.

Amante de Jesús Uno estaba esperando enfrente del edificio con la estrella blanca pintada. Cuando vio a Peter, su cuerpo dio un respingo de sorpresa, pero logró recomponerse en los escasos segundos que pasaron entre la revelación y la bajada de Peter del todoterreno.

–ꞇodavía vivo –le dijo.

–Eso espero –respondió Peter, y se arrepintió al momento: los ꞇꝋꞇ no entendían la frivolidad, y su ocurrencia sólo sirvió para que a Amante Uno le costara más asimilar la milagrosa recuperación de Peter de sus heridas mortales.

–Loꞇ demáꞇ creen que haꞇ muerꞇo –le dijo–. Yo creo que ꞇú ꞇodavía vivo. ꞇólo yo ꞇengo fe.

Peter se esforzó por encontrar la respuesta adecuada. Un abrazo afectuoso estaba descartado.

–Gracias.

Detrás de las cortinas de cuentas de los portales de los edificios se habían congregado figuras borrosas. «ꞇꝋꞇ ꝋꞇꝋ», dijo una voz. Peter conocía lo bastante el idioma como para entender que eso significaba «La tarea sigue dormida». O, en otras palabras: *Ponte a trabajar*.

Amante Uno salió del trance y asumió su papel oficial. Se volvió hacia el vehículo preparándose a saludar a la enviada de la USIC, esa tal Grainger, siempre envuelta en un pañuelo, que los aborrecía a él y a toda su especie.

La enfermera Flores se apeó del vehículo. Cuando se acercó al oasiano, resultó obvio que no había mucha diferencia de tamaño entre ellos. Casualmente, su ropa –el uniforme de ella, la túnica de él– era casi del mismo color.

Era evidente que Amante Uno estaba descolocado por estos parecidos inesperados. Estudió a Flores unos segundos más de lo que la educación permitía, pero ella le sostuvo la mirada.

–ʁú y yo –le dijo Amante Uno–. Ahora primera vez. –Alargó la mano y le tocó suavemente la muñeca con la punta de los dedos, enfundados en los guantes.

–Quiere decir: Hola, no nos conocemos –explicó Peter.

–Me alegro de conocerte –le dijo Flores. Aunque tal vez fuera una afirmación exagerada, parecía exenta de la incomodidad de Grainger.

–¿ʁraeʂ medicina? –le preguntó Amante Uno.

–Por supuesto –aseguró Flores, y fue a la parte trasera del vehículo a coger los medicamentos. Varios oasianos se aventuraron fuera de sus escondites, y luego otros más. Era inusual: dos o tres era lo máximo en la experiencia de Peter.

Flores trajo la caja con sus brazos fibrosos. Parecía más grande y más llena que la última vez, quizás porque ella era más pequeña que Grainger. Aun así, la cargó sin esfuerzo y se la entregó a uno de los oasianos con desenvuelta confianza.

–¿A quién le doy las explicaciones? –preguntó.

–Yo enʁiendo máʂ –dijo Amante Uno.

–Pues a ti, entonces –dijo Flores, con actitud amistosa pero profesional.

La caja, como siempre, estaba abarrotada de una mezcla de medicamentos genéricos y de marca. Flores fue sacando cada frasquito de plástico, cada caja de cartón y cada tubo, lo sostenía en alto como un subastador mientras describía su función y luego volvía a encajarlo en su sitio.

–Yo no soy farmacéutica, pero está todo escrito en las etiquetas y en los prospectos, de todos modos. Lo más importante es que nos digáis qué os funciona y qué no. Perdonad que os diga, pero aquí ha habido mucho misterio. Vamos a dejar los misterios fuera y a probar con un enfoque más científico. ¿Os parece bien?

Amante Uno se quedó callado unos segundos, centrado en la criatura que tenía delante, cara a cara.

–Eʂʁamoʂ agradecidoʂ por la medicina –dijo al fin.

–Eso está bien –respondió Flores, inexpresiva–. Pero escucha: esto de aquí es una caja de Sumycin. Es un antibiótico. Si tienes una infección en las vías urinarias o en la tripa, te podría curar. Pero si ya has tomado mucho Sumycin antes, a lo mejor no funciona tan bien. Entonces sería mejor que tomaras éste, amoxicilina. Estas dos cajas de amoxicilina son genéricas...

—El nombre del que vienen todoſ loſ nombreſ —dijo Amante Uno.

—Exacto. Bueno, la amoxicilina va bien si no la has tomado nunca, pero si tu cuerpo se ha hecho resistente a ella, te irá mejor éste de color violeta, Augmentine, que lleva cosas extra para superar esa resistencia. —Flores devolvió el Augmentine a la caja y se rascó la nariz con un dedo simiesco—. Mira, nos podemos pasar aquí todo el día hablando de los pros y los contras de todos y cada uno de los antibióticos que hay en esta caja, pero lo que necesitamos realmente es asociar medicamentos específicos con problemas específicos. Por ejemplo, tú. ¿Estás enfermo?

—No, graciaſ a Dioſ —respondió Amante Uno.

—Bueno, trae a alguien que *sí* esté enfermo y hablemos.

Hubo un silencio.

—Eſ᙮amoſ agradecidoſ por la medicina —dijo Amante Uno—. Hay comida para voſo᙮roſ. —El tono era neutral, y sin embargo había terquedad, incluso amenaza en él.

—Genial, gracias, enseguida pasamos a eso —respondió Flores, impasible—. Pero primero, ¿podría conocer a alguien que crea que necesita antibióticos? Como he dicho, no soy farmacéutica, no soy médico. Es sólo que preferiría estar un poco más familiarizada con vosotros.

Mientras uno y otro defendían su terreno, más oasianos se aventuraron a salir. Peter comprendió que debían de haber estado siempre allí, cuando se hacían las entregas, pero que les había faltado coraje para dejarse ver. ¿Qué tenía Flores? ¿Era su olor, tal vez? Peter se volvió hacia Tuska, que le guiñó un ojo:

—Obedeced a la poderosa Flores o ya veréis —dijo con ironía.

Cuando quedó claro que la entrega iba a llevar un rato, Peter se excusó y empezó a cruzar la tundra en dirección a su iglesia. Soplaba bastante viento, y la dishdasha aleteaba alrededor de los tobillos, pero la brisa servía para reducir la humedad, creando la ilusión de un oxígeno más puro. Los pies sudados le resbalaban dentro de las sandalias. Bajó la vista hacia ellos mientras andaba, y recordó la sensación de pisar la nieve crujiente con botas de suela gruesa una cruda mañana de enero en Richmond Park con su padre, recién divorciado, fumando un cigarrillo allí cerca. Apenas había atisbado la imagen cuando ésta desapareció.

Alguna que otra vez, mientras cruzaba la planicie hacia el templo que su rebaño y él habían construido, miró por encima del hombro por si Amante Uno lo estaba siguiendo. Pero Amante Uno no lo siguió, y la visión de aquellas pequeñas figuras junto al vehículo de la USIC quedó desdibujada tras borrosas corrientes de aire solapándose.

Cuando llegó a la iglesia, extendió las palmas de las manos y abrió las puertas de par en par, esperando encontrar vacío el lugar. Pero no. Había cincuenta o sesenta almas reunidas allí dentro, vestidas de vivos colores, sentadas ya en los bancos, como si se tratara de una cita en firme. No era la congregación completa, pero sí una asistencia considerable, sobre todo teniendo en cuenta que se habían reunido para rendir culto por su cuenta, sin pastor. Bastantes de ellos estaban trabajando en los campos de blancaflor el día de su ruina, y habían sido testigos de cómo perforaban su carne, habían visto cómo los dientes de las alimañas lo mutilaban de tal manera que no podía haber ninguna esperanza de salvación, ni siquiera con la Técnica de Jesús. A lo mejor aquella reunión era una misa en recuerdo del padre Peter, y allí estaba él, colándose por la cara.

Un murmullo de asombro recorrió la multitud. Y luego una oleada de euforia colectiva electrizó el aire, ocupando un espacio palpable, presionando contra las paredes, amenazando con levantar el techo. Si lo hubiese querido, podría haber hecho cualquier cosa con ellos en ese momento, llevarlos a cualquier parte. Eran suyos.

–Dioഛ bendiga nueഛᴕra reunión, padre Peᴕer –exclamaron, primero de uno en uno, luego a coro.

Cada voz agravaba un poco más el dolor que sentía en el pecho. Su fe había sido elevada hasta los cielos, y él había venido a defraudarlos.

Las puertas se cerraron de un golpe tras él, su engrasado movimiento ayudado por el viento. La luz entraba a raudales por las ventanas e iluminaba las cabezas encapuchadas de los Amantes de Jesús de tal modo que brillaban como las llamas de las velas votivas en un lampadario. Mientras avanzaba entre los bancos, sintió sobre él el peso del montaje surrealista de pinturas del techo. El luminoso Jesús rosa de Amante Doce de la mano de un Lázaro gris brillante, la Natividad azul y amarilla de Amante Catorce, la María Magdalena escupiendo demonios ectoplasmáticos de Amante Veinte, la duda de Santo Tomás de Amante Sesenta y Tres... y, por supuesto, el Cristo resucitado y sus mujeres que había pintado Amante Cinco, fijo en su sitio, afianzado con un extra de cuidado después del accidente que la había dejado lisiada. El espantapájaros del lienzo, tan distinto del hombre noble y bondadoso de la tradición cristiana, se volvió de pronto terrorífico. El estallido de luz que ocupaba el lugar de su cabeza y los agujeros en forma de ojo en Sus manos como estrellas de mar, que en su momento Peter había visto como una evidencia de que Dios no podía confinarse a la iconografía de una sola raza, le parecieron ahora la prueba de un abismo insalvable.

Ocupó su lugar tras el púlpito. Advirtió que los ഛᴥᴀᴄ habían recogido su cama; lavado, secado y plegado las sábanas; limpiado las botas que Amante Cinco había cosido para él, y colocado un lápiz extraviado sobre la almohada, donde las futuras generaciones pudieran adorarlo como una reliquia sagra-

602

da. Ahora, bendecidos con su milagroso retorno, atendían embelesados. A su lado, los cuadernillos de la Biblia, aguardando la llamada a cantar el primer himno, que podría ser, siguiendo la costumbre, «En el jardín» o «A Dios sea la gloria». Se aclaró la garganta. Confiaba, contra toda esperanza, en que le llegara la inspiración de alguna parte, como había ocurrido siempre.

—ᒪᐱᕮᎯᘏ⅄ᗖ —dijo—. ᐱsᕮᎯ. ᒪᐱᕮ ᗖᒪ ᒪᕮᗖᕈt igleᒪia ᗖᒪ⅄Ꮖᘏs Ꮖᕮᗖsᒪ⅄Ꮖᕮᕮ.

Algunos hicieron esos movimientos con los hombros que él había interpretado siempre como risas. Esperaba que *fueran* risas, motivadas por su torpe pronunciación, pero tal vez nunca había entendido qué significaban esos movimientos.

—ᒪᐱᐱsᕮᎯ ᕈtᕮ ᒪᎯsᐱᗖ ᒪᐱᎯ Jesús ᐱᕮᎯᘏ⅄ᗖs —prosiguió.

Podía sentir la extrañeza de la congregación ante su lenguaje infantil y forzado, totalmente innecesario cuando ellos estaban más que deseosos de escuchar la lengua sagrada del rey Jacobo. Pero quería dirigirse a ellos, sólo por una vez, de un modo que pudiesen comprender por completo. Se lo debía: su dignidad a costa de la propia.

—ᘏᗖs Jesús ᒪᕈt ᒪᕮᕮᎯᕽ ᒪᐱᎯ ᒪᐱᎯ ᐱᕮ.

Terminó con su recuento preciso de feligreses, que había emprendido por reflejo: cincuenta y dos. No sabría nunca cuántas almas estaban ocultas en el asentamiento, nunca sabría cómo de lejos se había quedado de atraer a toda la comunidad al seno de Cristo. Lo único que sabía era que reconocía a todas y cada una de las personas que estaban allí, y no sólo por el color de su túnica.

—ᕽ ᐱᕮᎯ⅄ᗖs ᒪᕮᗖᐱ igleᒪia ᒪᕮ —dijo—, ᕮᎯ⅄ᗖs ᒪᕮᏆᕮᗖᗖᐱ el Libro de las cosas nunca vistas.

Sacó de la bolsa la Biblia del rey Jacobo y, en lugar de pasar las páginas de cantos dorados hasta un fragmento seleccionado que leería en voz alta, salió de detrás del púlpito y les llevó el libro a los Amantes de Jesús que estaban en el primer banco.

603

Con una delicadeza escrupulosa –no por reverencia al libro, sino porque le preocupaba la fragilidad de su piel– se lo entregó a Amante Diecisiete, que lo envolvió en su regazo.

–ꙮꙮ ꙮꙮ ꙮ ꙮꙮ –dijo, de nuevo en el púlpito–, ꙮꙮ ꙮsꙮ ꙮsꙮꙮ Dioꙮ. ꙮꙮ Dioꙮ ꙮꙮꙮ ꙮꙮ ꙮꙮꙮꙮꙮꙮꙮs ꙮꙮꙮ ꙮꙮs ꙮꙮꙮꙮꙮ.

Un estremecimiento de consternación recorrió a su rebaño. Las cabezas inclinadas, las manos agitadas. Amante Quince soltó un quejido.

–ꙮꙮꙮꙮ ꙮꙮꙮꙮs ꙮꙮs ꙮ Dioꙮ ꙮꙮ ꙮꙮꙮꙮ ꙮꙮꙮ ꙮꙮs –insistió–, ꙮꙮ tꙮꙮ ꙮ ꙮꙮꙮ ꙮꙮ ꙮꙮꙮ ꙮ ꙮꙮꙮꙮ ꙮsꙮꙮ ꙮꙮs Amante de Jesús Cinco... –Se le quebró la voz, y tuvo que agarrarse a los bordes del púlpito para no temblar–. Amante de Jesús Cinco ꙮꙮꙮ ꙮꙮ ꙮꙮꙮl ꙮiꙮ ꙮꙮꙮꙮꙮ ꙮꙮt ꙮꙮꙮ. ꙮꙮ ꙮꙮ ꙮꙮꙮ ꙮꙮꙮꙮꙮ USIC –respiró hondo, tembloroso–. ꙮꙮꙮtꙮꙮꙮ ꙮꙮꙮ ꙮꙮꙮꙮꙮꙮꙮ ꙮ ꙮꙮꙮt igleꙮia. ꙮꙮ ꙮꙮꙮ ꙮꙮꙮ ꙮꙮꙮꙮꙮ ꙮꙮ Bea. ꙮtꙮ ꙮꙮ ꙮs...

Eso era todo: no podía decir más. La palabra que necesitaba, la palabra crucial, era una que no conocía en el idioma ꙮꙮꙮꙮ. Agachó la cabeza y se refugió, al fin, en su lengua extranjera:

–... perdón.

Abandonó el púlpito, cogió las botas amarillo canario, una en cada mano, y recorrió el pasillo con rigidez, hacia la salida. Durante los primeros segundos, que parecieron minutos, avanzó en silencio, solo. Entonces los Amantes de Jesús se levantaron de sus asientos y se amontonaron todos a su alrededor, tocándole con cariño los hombros, la espalda, la tripa, el trasero, los muslos, allí donde llegaran, mientras decían, con voces claras y sin trabas: «Perdón.»

–Perdón.

–Perdón.

–Perdón.

–Perdón.

–Perdón. –Uno tras otro, hasta que cruzó a tumbos las puertas y se sumergió en la rigurosa luz del sol.

En el camino de vuelta al asentamiento, con la bolsa blanda y vacía rebotándole en la cintura, se volvió varias veces hacia la iglesia, que se recortaba contra el cielo resplandeciente. No había salido nadie más aparte de él. La fe era un lugar que nadie abandonaba hasta que no le quedaba más remedio. Los ᴌᴖᴕᴧᴕ le habían seguido con entusiasmo hasta el reino de los cielos, pero no tenían ningún interés en seguirlo al valle de las dudas. Peter sabía que algún día –puede que muy pronto– tendrían otro pastor. Habían tomado de él lo que necesitaban, y su búsqueda de la salvación continuaría mucho después de que él se hubiese ido. A fin de cuentas, sus almas anhelaban fervientemente permanecer más tiempo en la carne, un periodo más largo de conciencia. Era natural: sólo eran humanos.

Junto al todoterreno de la USIC, el tema había avanzado. No se veía a Amante Uno por ninguna parte, todos los medicamentos habían sido repartidos y estaban cargando la comida en el vehículo. Había más ᴌᴖᴕᴧᴕ involucrados que de costumbre, un grupo bastante grande. Tanto Tuska como Flores se encargaban de coger las cubetas, sacas y latas que les llevaban, pero Peter se percató, incluso a esa distancia, de que los ᴌᴖᴕᴧᴕ se acercaban primero a Flores, y sólo se desviaban hacia Tuska cuando ella tenía ya las manos ocupadas. Al fin lo comprendió: les gustaba. ¿Quién lo iba a decir? Les gustaba.

–Déjame a mí –le dijo Tuska cuando Flores cargó con un saco particularmente pesado de masa de blancaflor.

–Yo puedo –respondió Flores.

Llevaba el pelo apelmazado por el sudor, lo que recalcaba la pequeñez de su cráneo, y unas venas azules le sobresalían de las sienes. Tenía todo el torso empapado. Lo estaba pasando en grande.

Poco después, cuando estuvieron los tres sentados en el vehículo y dejaron atrás C-2, Flores dijo:

–Los vamos a descifrar, tío.

–¿Descifrarlos? –preguntó Tuska.

–A averiguar cómo funcionan.

–¿Sí? –dijo Tuska, al que era evidente que no le interesaba mucho la perspectiva.

–Sí, y luego, si Dios quiere, los curaremos.

A Peter le sorprendió oír esas palabras en boca de un empleado de la USIC. Pero entonces la cara de Flores apareció en el espacio entre los asientos delanteros, como la cabeza de una gárgola descollando de una fachada gótica, y buscó al pastor, metido detrás.

–Es sólo una forma de hablar, ya me entiendes –le dijo–. Quería decir «con suerte», en realidad. –Su cara desapareció de nuevo, pero aún no había terminado de hablar–. Supongo que tú no crees en eso de la suerte, ¿no?

Peter volvió la cara para mirar por la ventanilla. A la velocidad a la que conducía Tuska, la tierra oscura podía confundirse con asfalto, y las matas aisladas de blancaflor pasaban borrosas, como las líneas blancas de la autopista. Si se esforzaba por imaginar, podía ver incluso las señales de la M25 que marcaban la distancia a Londres.

–Yo espero que sí –dijo Flores, un poco demasiado tarde.

Peter estaba casi seguro de que la palabra «suerte» no aparecía en la Biblia en ningún momento, pero eso no significaba que no existiera. Grainger le había dicho que era un tipo con suerte. Y, con Bea a su lado, la mejor parte de su vida, lo había sido verdaderamente.

Cuando llegó a su cuarto, había, por fin, un mensaje de Bea. Decía:

Peter, te quiero. Pero por favor, no vengas a casa. Te lo suplico. Quédate donde estás.

606

28. AMÉN

—Lo que me gusta de este sitio —dijo Moro, caminando a paso ligero en la cinta— es que todos los días hay algo un poco distinto, pero que también son todos iguales.

Ella, BG y Peter estaban haciendo ejercicio en la glorieta. Era otro día en Oasis, otra pausa programada en la tarea inmediata, unas cuantas horas de descanso y recreo antes de retomar el trabajo en el gran proyecto. El toldo los resguardaba del sol, pero la luz era tan intensa en esa fase de la tarde que traspasaba la tela, proyectando un tinte amarillento en su piel.

Moro ya había sudado bastante: la tela del shalwar estaba esculpida con la forma de sus muslos y la cintura desnuda brillaba por el sudor. Había anunciado que su objetivo eran trescientos pasos, y ya debía de ir por la mitad, sin dejar en ningún momento que aflojara el ritmo. Giraba las muñecas en el manillar de la cinta, como si fuera el acelerador de una motocicleta.

—Tendrías que probar sólo con las piernas, sin cogerte —le aconsejó BG, en un descanso entre series de flexiones—. Es mejor para los cuádriceps, para los tibiales, para todo.

—Yo lo veo como un ejercicio para las manos, también —respondió Moro—. La gente que pierde un dedo a menudo descuida la mano. Pero tomé una decisión: yo no.

Peter estaba levantando un saco de arena con una polea, o

intentándolo. Los brazos se le habían puesto fuertes y nervudos de trabajar en los campos de blancaflor, pero los músculos que había fortalecido debían de ser un grupo distinto del que estaba ejercitando ahora.

–Tampoco eches el hígado para levantarlo –le recomendó BG–. La bajada es igual de buena. Hazlo despacio. Lo más despacio que puedas.

–Sigue pesando demasiado para mí, me parece –dijo Peter–. ¿Qué hay en la bolsa? Arena no es, ¿verdad?

No se imaginaba a la USIC aprobando el envío de un saco de arena cuando, con la misma ratio coste-peso, podían enviar un saco de azúcar o una persona.

–Tierra –respondió BG, señalando hacia las hectáreas desiertas que rodeaban el centro de ejercicios. Se quitó la camiseta de tirantes y la escurrió con las manos. Un arco de cicatrices arrugadas cobró vida cerca de su axila derecha, arruinando la lisa turgencia de sus pectorales.

–Supongo que no podríamos sacar algo de tierra, ¿no?

–Supongo que no, colega –le respondió BG.

Tenía una expresión seria y adusta, pero aquello le hacía gracia. Era bastante fácil leer a los seres humanos cuando conseguías conocerlos un poco. Estaba todo en el tono, en las cadencias, un brillo en los ojos, muchos factores sutiles que desafiaban la descripción científica pero sobre los que podías construir, si querías, una amistad para toda la vida.

Peter intentó levantar el saco de nuevo. Esta vez, apenas lo subió al nivel de las rodillas antes de que empezaran a dolerle los bíceps.

–Parte del problema... –le dijo BG acercándose– es que necesitas un enfoque más equilibrado.

Desenganchó el saco de arena de la polea, se lo llevó al pecho sin demasiado esfuerzo y luego lo sostuvo con un brazo.

–El músculo más importante es el cerebro. Tienes que planear lo que vas a hacer, motivarte. Encontrar un ejercicio que te lleve al límite pero no más allá. Con este saco de arena, yo te recomiendo que lo cargues sin más.

—¿Perdón?

BG se acercó y transfirió el saco de sus brazos a los de Peter, con cuidado, como si fuera un bebé dormido.

—Abrázalo contra el pecho —le dijo—. Rodéalo con los brazos y camina. De una punta de la glorieta a la otra, una vez, y otra vez, todas las veces que puedas hasta que ya no puedas más. Y luego déjalo en el suelo despacio y suavemente.

Peter hizo lo que le dijo. BG lo miraba. Y también Moro, que había terminado sus trescientos pasos y bebía de una botella de líquido verde claro, tal vez agua de lluvia, tal vez un refresco carbonatado de una lejana multinacional que le habría costado una fortuna. Peter pasó raudo por su lado con el saco en los brazos, de aquí para allá, de aquí para allá. La parte de cargar con él la hizo razonablemente bien, pero cuando llegó a su límite, la parte de bajarlo resultó algo torpe.

—Necesito práctica —dijo entre jadeos.

—Bueno —comentó BG, suspirando—, pues no la vas a tener, ¿eh?

Era la primera vez que hacía referencia a la inminente partida de Peter.

—Puede que sí —respondió, mientras se sentaba en un pequeño pedestal de madera cuyo propósito no lograba adivinar—. Nada me impide cargar con un saco de arena cuando vuelva a casa. De hecho, puede que tenga que hacerlo, si hay alguna inundación. Ha habido muchas inundaciones últimamente.

—Tienen que replantearse esos penosos sistemas de gestión de aguas —comentó BG.

Moro se puso de pie y se alisó la ropa. El descanso para el ejercicio se había terminado y el deber la llamaba.

—A lo mejor deberías hacer lo que tengas que hacer y volver enseguida —le dijo.

–Sin mi mujer, no.

–Bueno, tal vez pueda venir ella también.

–La USIC decidió que no podía, al parecer.

Moro se encogió de hombros, y un destello de desafío animó su cara por lo general desapasionada.

–En la USIC son idiotas. Además, ¿qué es la USIC? *Nosotros* somos la USIC. Nosotros, aquí. Puede que ya sea hora de que las pruebas de idoneidad se relajen un poco.

–Sí, son duras –coincidió BG, con tono nostálgico, a medias orgulloso por haber dado la talla, a medias lamentando que sus potenciales hermanos y hermanas no lo hubiesen conseguido–. Por el ojo de una maldita aguja. Eso sale en la Biblia, ¿verdad?

Casi como un reflejo, Peter se aprestó a elaborar una respuesta diplomática. Luego se dio cuenta de que no tenía que hacerlo.

–Sí, BG, sí que sale. Mateo, capítulo diecinueve, versículo veinticuatro.

–Lo recordaré –respondió BG, y sonrió de oreja a oreja, para indicar que sabía muy bien que no.

–Un equipo de marido y mujer –dijo Moro, mientras guardaba la botella en su bolsa–. Yo creo que sería romántico.

Lo dijo con nostalgia, como si el romanticismo fuera algo exótico y extraño que uno pudiera observar en una tribu de monos o de gansos blancos, no en nadie que ella hubiese conocido nunca.

Peter cerró los ojos. El último mensaje de Bea, y su respuesta, estaban grabados allí, tan claros como cualquier versículo de la Biblia.

Peter, te quiero, había escrito ella. Pero por favor, no vengas. Te lo suplico. Quédate donde estás. Es más seguro y quiero que estés a salvo.

Éste es el último mensaje que podré enviarte, no me va a ser posible quedarme en esta casa. Voy a vivir con otra gente, desconocidos. No sé dónde exactamente. Nos iremos moviendo. No te lo puedo explicar, pero créeme cuando te digo que es lo mejor. Aquí ya nada es como cuando te fuiste. Las cosas pueden cambiar muy rápido. Soy una irresponsable por traer una criatura a este mundo podrido, pero la alternativa es matarla y yo no tengo la valentía para hacer eso. Supongo que las cosas acabarán mal de todas maneras, y no será tan duro para ti si no estás aquí para verlo. Si me quieres, no me hagas verte sufrir.

Es gracioso; hace muchos años, cuando nos conocimos, la gente me alertaba de que eras un explotador curtido y taimado, siempre manipulando a la gente para engañarla, pero yo sé que en el fondo no eres más que un niñito inocente. Este planeta es demasiado cruel para ti ahora. Me consolaré pensando que estás en un lugar seguro, con alguna oportunidad de tener una vida feliz.

Beatrice

A lo que había respondido, sin detenerse a dudar o a deliberar, sólo esto:

A salvo o no, feliz o no, mi sitio está a tu lado. No te rindas. Te encontraré.

—Cuídate, ¿de acuerdo? —le dijo BG—. Vas a un lugar muuuuuy malo. Aguanta fuerte. Mantente centrado. ¿Me lo prometes?

Peter sonrió.

—Te lo prometo.

El hombretón y él estrecharon las manos, formal y decorosamente, como diplomáticos. Nada de abrazos de oso o de chocar los cinco. BG supo adaptar el gesto a la ocasión. Dio media vuelta y se alejó, con Moro a su lado.

Peter vio cómo sus cuerpos menguaban y desaparecían en el horrible exterior de la base de la USIC. Luego se sentó en un columpio, cogido sin fuerzas a las cadenas, y lloró un poco. Sin grandes sollozos, ni siquiera en alto, nada que Amante Cinco pudiera haber llamado una canción muy larga. Sólo algunas lágrimas en las mejillas, que el aire lamió antes de que tuviesen tiempo de caer al suelo.

Al final, volvió hacia el saco de arena y se arrodilló al lado. Sin muchas dificultades, lo arrastró por los muslos hasta colocarlo en el regazo. Luego lo rodeó con los brazos y lo levantó hasta el pecho. Pesaba más que Bea, supuso, aunque era difícil de asegurar. Levantar a una persona era más fácil, en cierto modo. No debería ser así, porque ambos estaban sometidos a la gravedad; no había forma de escapar de eso. Sin embargo, él había intentado levantar un cuerpo inconsciente y a Bea y no era lo mismo. Y un bebé..., un bebé pesaría aún menos, mucho menos.

Se sentó con el saco cogido hasta que le dolieron las rodillas y los brazos. Cuando por fin lo dejó resbalar hasta el suelo, no supo decir cuánto rato llevaría Grainger de pie a su lado, mirándolo.

—Pensaba que estabas enfadada conmigo.

—¿Y por eso te escapas?

—Sólo quería dejarte espacio.

—Tengo todo el espacio que puedo manejar —respondió ella riendo.

Peter echó un vistazo a su aspecto, con discreción, o eso esperaba. Parecía sobria, iba vestida como siempre, lista para trabajar.

—Tú también vuelves a casa, ¿verdad?

—Sí.

—Estaremos juntos.

Este consuelo la dejó fría.

—Iremos en la misma nave, pero no seremos conscientes de ello.

—Nos despertaremos juntos al otro lado.

Grainger apartó la mirada. Se dirigían a destinos distintos, y ambos lo sabían.

–¿Hay...? –comenzó a decir Peter, y se quedó encallado unos segundos–. ¿Hay una parte de ti que lamente marcharse?

–Buscarán a otra farmacéutica, buscarán a otro pastor –respondió, encogiéndose de hombros–. Todo el mundo es reemplazable.

–Sí, y también irreemplazable.

El ruido de un motor acelerando los distrajo. No muy lejos, un vehículo había salido de la base y circulaba ahora en dirección al Sostén Gigante. Era la ranchera negra, la que usaba siempre Kurtzberg. Los mecánicos la habían arreglado, lo que demostraba que, si eras un coche, te podía caer un rayo encima, podían declararte muerto y, sin embargo, era posible devolverte a la vida. No como nuevo, exactamente, pero sí a salvo del desguace por obra y gracia de los expertos. La parte de atrás estaba atiborrada de una especie de tuberías que sobresalían un poco de la puerta trasera y llevaban atadas con cuerda. Se habrían deshecho de la cama. Evidentemente, ahora que los empleados de la USIC sabían con certeza que el pastor estaba muerto, ya no se sentían obligados a mantener el coche como a él le gustaba, aparcado de forma permanente en una plaza reservada al «Pastor», sino a destinarlo al uso general. Quien guarda, halla. Y, eh, Kurtzberg se había encargado de su propio funeral y todo, en lugar de darle quebraderos de cabeza a nadie muriéndose en la base. Qué tío.

–¿Sigues rezando por mi padre? –le preguntó Grainger.

–Me está costando mucho rezar por nadie ahora mismo –respondió Peter, retirando con cuidado un insecto verde brillante de su manga y lanzándolo al aire–. Pero dime... ¿Cómo vas a encontrarlo?

–Ya lo averiguaré. Sólo necesito volver. Luego sabré qué hacer.

–¿Hay familia que pueda ayudar?

–Puede –dijo, con un tono que insinuaba que era igualmente probable que un equipo de fútbol tibetano, una manada de búfalos parlantes o una hueste de ángeles le echasen una mano.

—No te has casado nunca —confirmó él.

—¿Cómo lo sabes?

—Aún te llamas Grainger.

—Muchas mujeres conservan su apellido cuando se casan —respondió ella. La oportunidad de discutir con él pareció animarla.

—Mi mujer se lo cambió. Beatrice Leigh. Bea Leigh —explicó con una sonrisita, avergonzado—. Parece ridículo, lo sé. Pero odiaba a su padre.

—Nadie odia a su padre —dijo ella, negando con la cabeza—. En el fondo, no. No puedes. Él te ha creado.

—No vayamos por ahí. O acabaremos hablando de religión.

El coche fúnebre de Kurtzberg era ya un punto en el horizonte. Una constelación centelleante de lluvia pendía justo encima de él.

—¿Qué nombre le vas a poner a tu hijo?

—No lo sé... Es todo... Todavía me cuesta hacerme a la idea. Da un poco de miedo. Dicen que es algo que te cambia para siempre. O sea, no es que yo no quiera cambiar, pero... Ya ves lo que está pasando en el mundo, ya ves qué camino llevan las cosas. La decisión de poner a un niño en peligro de esa manera, exponer a una inocente criatura a sabe Dios qué... a qué sé yo... —Titubeó y se quedó callado.

Grainger no parecía escucharlo. Saltó a la cinta y balanceó las caderas como una bailarina, sin mover los pies, para ver si aquello se ponía en marcha. Sacudió la pelvis. La cinta avanzó tal vez un par de centímetros.

—Tu hijo será un recién llegado al planeta —le dijo—. Tu hijo no pensará en todas las cosas que hemos perdido, en los lugares que se fueron al cuerno, en la gente que murió. Todo eso serán cosas prehistóricas, como los dinosaurios. Cosas que pasaron antes de que comenzara el tiempo. Sólo importará el mañana. Sólo el hoy. –Sonrió–: En plan, ¿qué hay para desayunar?

Peter soltó una risa.

–¿Has hecho la maleta? –le preguntó.

–Claro. Vine con poca cosa. Me voy igual.

–Yo también la tengo hecha.

Le había llevado tres minutos; ahora en su equipaje no había apenas nada. Pasaporte. Llaves de una casa que, para cuando él llegara, tal vez tuviera otra cerradura. Algunos cabos de lápiz. Las botas amarillo brillante que le había cosido Amante Cinco, cada puntada ejecutada con infinito cuidado para no correr el riesgo de herirse las manos. Un par de pantalones que se le caían, unas cuantas camisetas que le quedarían tan grandes que parecería un refugiado ataviado con ropa usada de la beneficencia. ¿Algo más? Creía que no. El resto de las prendas que había traído estaban estropeadas por el moho, o fueron sacrificadas para hacer trapos durante la construcción de su iglesia. Sabía que cuando llegara a casa haría frío, y que no podría pasearse por ahí con una dishdasha sin nada debajo, pero ya se preocuparía por eso otro día.

La ausencia más extraña en la mochila era la de su Biblia. Tenía esa Biblia desde su conversión. Le había aconsejado, inspirado y consolado durante muchos años; habría hojeado las páginas miles de veces. La urdimbre de papel de hilo debía de contener tantas células procedentes de las yemas de sus dedos que podría hacerse otro Peter con el ADN. «An𝔰e𝔰 de que llegara𝔰, cada uno e𝔰𝔰aba abandonado y débil», le había dicho en una ocasión Amante de Jesús Diecisiete. «Ahora, jun𝔱o𝔰, 𝔰omo𝔰 fuer𝔱e𝔰.» Esperaba que ella y el resto de los Amantes de Jesús sacaran algunas fuerzas de su querida Biblia del rey Jacobo, su propio Libro de las cosas nunca vistas.

Estaba todo en su cabeza, de todas formas. Las partes importantes, las partes que quizás fuera a necesitar. Todavía ahora, estaba bastante seguro de poder recitar el evangelio de Mateo, los veintiocho capítulos enteros, excepto esa parte de Ezequías-engendró-a-Yotán del principio. Pensó en Bea, leyéndole el capítulo 6 en el dormitorio de su piso diminuto, la primera vez que estuvieron juntos, la voz dulce y ferviente con la que le habló del refugio celestial en el que las cosas valiosas estaban a salvo de peligros: «Pues donde esté tu tesoro, allí estará también tu corazón.» Pensó en las últimas palabras de Mateo, y en el significado que podían tener para dos personas que se amaban: *Estoy contigo siempre, hasta el fin de los tiempos. Amén.*

AGRADECIMIENTOS

Un amplio círculo de gente leyó fragmentos de este libro durante su escritura y me ofreció valiosos comentarios. Me gustaría dar las gracias a Francis Bickmore, Jamie Byng, Jo Dingley, Viktor Janiš, Mary Ellen Kappler, David Kappler-Burch, Lorraine McCann, Paul Owens, Ann Patty, Angela Richardson, Anya Serota, Iris Tupholme y Zachary Wagman. Mi esposa Eva fue, como siempre, mi consejera y colaboradora más cercana y sagaz. Los borradores finales se ultimaron en circunstancias difíciles en el ático de Lucinda y en el sótano de la Primrose Hill Book Shop, que Jessica y Marek pusieron a mi disposición día y noche. Mi agradecimiento para ellos.

Me gustaría también expresar mi reconocimiento por el equipo de guionistas, dibujantes y entintadores que trabajaron en Marvel Comics durante las décadas de 1960 y 1970, y que tanto me hicieron disfrutar de niño, y hasta ahora. Todos los apellidos en *El Libro de las cosas nunca vistas* están basados en los suyos, en ocasiones ligeramente modificados o disfrazados, y en otras, no. Mi elección de los apellidos responde a aspectos narrativos y no refleja mi estimación por los creadores de cómics que aparezcan o no homenajeados. Tampoco se ha buscado ninguna similitud entre las características del *bullpen* de Marvel y las características de los personajes de esta novela, salvo en algunas alusiones obvias a ese pionero de universos nuevos que fue Jakob Kurtzberg (Jack Kirby).

617

ÍNDICE